GESA SCHWARTZ

Grim
Das Siegel des Feuers

GESA
SCHWARTZ

GRIM

DAS SIEGEL DES FEUERS

LYX
EGMONT

Originalausgabe März 2010 bei LYX
verlegt durch EGMONT Verlagsgesellschaften mbH,
Gertrudenstr. 30–36, 50667 Köln

1. Auflage
Lektorat: Katharina Kramp
Vignette: Eva Widermann
Vorsatz: © Max Meinzold/hildendesign
Satz: Greiner & Reichel, Köln
Druck: GGP Media GmbH, Pößneck
ISBN 978-3-8025-8303-2
www.egmont-lyx.de

Kapitel 1

Regungslos hockte Grim auf dem Dachfirst über dem siebten Stock, die schwarzen Schwingen hoch über seinen Kopf erhoben, und starrte hinab auf die Straße. Seine Klauen hatten sich in die Fassade gekrallt, als wären sie ein Teil davon, und der Regen prallte von seinem Obsidianleib ab wie von der Hauswand unter ihm. Fast schien es, als säße nichts als eine riesige, dämonenhafte Statue dort oben, und nicht einmal dem aufmerksamsten Beobachter wären die nebelgleichen Wölkchen aufgefallen, die hin und wieder mit einem Seufzen aus dem steinernen Mund entwichen. In dieser Nacht jedoch schaute ohnehin niemand nach oben. Nur vereinzelt huschten Menschen tief unten auf dem Asphalt vorüber, die Köpfe vor dem Regen geduckt wie unter zischenden Schwertern.

Grim konnte es ihnen nicht verdenken. Er hasste dieses Wetter. Vor über zweihundert Jahren war er von Italien nach Paris gekommen, und er hatte geglaubt, sich irgendwann an den Regen zu gewöhnen, an das feuchte Klima, die tief hängenden Wolken, den pfeifenden Wind. Aber er hatte sich nie daran gewöhnt, im Gegenteil, immer schlimmer war es geworden, und nun, da ihn dieser verfluchte Auftrag seit Stunden daran hinderte, sich ein trockenes Plätzchen zu suchen, fühlte er sich plötzlich so alt wie noch nie. Er zwinkerte, dass die Regentropfen von seinen steinernen Wimpern fielen. Wie lange hockte er nun schon auf irgendwelchen Dächern herum, stunden- und tagelang, wie lange wartete er schon auf irgendwelche Sterblichen, wie lange schon war er ihnen gefolgt? Er wusste es nicht, er wusste nur eines: zu lange. Dabei gab es weiß Gott spannendere Aufgaben zu erledigen. Beispielsweise die Sache mit den Vampiren, die sich wieder einmal in sinnlose Clangefechte mit den Werwölfen verwickelt hatten und geradezu danach gierten, zur Raison gebracht zu werden. Oder der durchgedrehte Poltergeist, der seit Tagen wie ein Verrückter die Bilder im Louvre umhängte, dass es eine Freude war, und der immer noch nicht gefasst war.

Grim schnaubte leise. Nicht, dass es ihn sonderlich kümmerte, ob die Mona Lisa auf einmal neben dem Toilettenschild für Herren zu finden war oder ob sich Vampire und Werwölfe die Köpfe einschlugen – ohnehin war es ein lächerlicher Zwist zwischen diesen beiden, der niemanden mehr hinterm Ofen hervorlockte, es sei denn, er war zufälligerweise ein Gargoyle und um die Sicherheit der Stadt bemüht. Doch solche Aktionen wurden zwangsläufig irgendwann von Menschen bemerkt, und damit gefährdeten sie das, was seit Jahrhunderten wie ein schweres Tuch über den steinernen Gassen von Paris lag: das Vergessen. Die Menschen ahnten nichts von den Geschöpfen, die unter ihnen lebten, erst recht nichts von den Gargoyles, und wenn Grim eines wusste, dann dass sie nie von ihnen erfahren durften – niemals. So lautete das Steinerne Gesetz.

Dennoch waren diese Fälle gewissermaßen Routine. Natürlich waren sie immer noch spannender als sein eigener langweiliger Auftrag, aber bei Weitem nicht so anspruchsvoll wie diese andere Geschichte – die Sache mit den Morden. Ein Kribbeln zog über Grims steinerne Haut, als er daran dachte. Seit geschlagenen drei Wochen schlich ein namenloses Grauen durch die Schattenwelt von Paris. Siebzehn Tote gab es bis jetzt, jeder einzelne auf bestialische Weise ermordet – und allesamt überaus mächtige Geschöpfe. Hochmagische Gestaltwandler. Starke Werwesen. Uralte Vampire. Sie alle waren mit scheinbarer Leichtigkeit zur Strecke gebracht worden, aber ohne erkennbares Muster: Einen Werwolf hatte man ohne Haut gefunden, einen Vampir so ausgiebig gepfählt, dass er ausgesehen hatte wie ein Nadelkissen, und keines der Opfer stand in irgendeiner Beziehung zu einem der anderen. Fest stand nur eines: Der Mörder musste über unvorstellbare Kräfte gebieten, um diese Wesen in die Knie zu zwingen.

Grim zog die Brauen zusammen. Hätte man ihm diese Angelegenheit anvertraut, wäre der Fall längst erledigt gewesen, davon war er überzeugt. Aber nein, er durfte die Drecksarbeit machen und im Regen auf Häusern herumsitzen, während die elenden Speichellecker seines Vorgesetzten Mourier wie die Schmeißfliegen um die Morde kreisten. Bis jetzt hatten sie in ihrem ratlosen Dilettantismus nicht das Geringste erreicht, verschwendeten aber dennoch einen Großteil ihrer Zeit damit, die lächerliche Krönungszeremonie des Königs vorzubereiten, als gäbe es nichts Wichtigeres auf der Welt. Grim schnaubte verächtlich.

Er hatte gerade eine Klaue gelöst und streckte sie, sodass kleine Steinsplitter zur Straße hinabfielen, als sich im Gebäude auf der anderen Seite eine Tür öffnete. Laute Musik quoll auf die Straße, Grim roch Alkohol und Zigaretten. Angewidert verzog er das Gesicht. Er würde nie verstehen, wie die Menschen ihren eigenen Gestank ertragen konnten. Drei Männer traten auf die

Straße, die Tür fiel hinter ihnen ins Schloss. Grim rührte sich nicht. Er sah zu, wie zwei von ihnen die Straße hinabgingen und sich ein Taxi riefen. Der dritte blieb allein zurück, schlug seinen Jackenkragen hoch und stapfte in die andere Richtung. Grim hatte nichts an seiner Haltung verändert, und doch spürte er in jeder Faser seines Körpers, dass er in diesem Moment nichts mehr war als ein zum Sprung bereites Raubtier. Er hörte die Tür des Taxis zuschlagen. Im selben Moment breitete er die Schwingen aus und glitt seinem Opfer über die Häuserdächer lautlos nach.

Mit angezogenen Schultern schob sich der Mann an einer Gruppe Menschen vorbei und bog in eine Seitengasse ab. Eine Laterne warf ihr flackerndes Licht auf weggeworfene Kippen, alte Zeitungen und leere Bierflaschen. Der Mann blieb stehen, um sich eine Zigarette anzuzünden. Er war allein in der Gasse, abgesehen von einer Katze, die um einen metallenen Müllcontainer strich und nach Essbarem suchte.

Grims Schatten glitt übers Kopfsteinpflaster, seine Schwingen durchschnitten die Luft. Doch der Mann bemerkte ihn erst, als die steinerne Faust des Gargoyles bereits seine Kehle umfasst hielt. Seine Zigaretten landeten mit dumpfem Geräusch in einer Pfütze. Panisch strampelte er mit den Füßen, denn Grim hatte ihn ein ganzes Stück emporgehoben, und griff nach den riesigen Klauen. Der Schreck verzerrte sein Gesicht zu einer Maske der Angst.

»Zeige dich«, grollte Grim leise. Er wusste, dass allein sein Anblick den Menschen zu Tode ängstigen musste. Die dunkle Gestalt, das menschliche, aber steinerne Gesicht mit der Narbe quer über dem rechten Auge, die klauenartigen Hände und Füße … Möglicherweise mochte er im ersten flüchtigen Moment noch wirken wie ein außergewöhnlich großer Mensch mit schulterlangem tiefschwarzen Haar, doch spätestens mit Blick auf seine riesigen Schwingen wurde auch dem ignorantesten Sterblichen klar, dass er im besten Fall einen Engel vor sich hatte – einen Engel aus Schatten und Dunkelheit. Doch schlimmer als all das war seine Stimme. Sie klang wie das Bersten großer Felsen, und obwohl er sich bemühte, ruhig zu sprechen, löste ihr Ton bei dem Menschen wie üblich Entsetzen aus.

Aber es war nicht der Mensch, mit dem er sprach.

»Zeige dich«, wiederholte er. »Oder hast du Angst?«

Ein animalisches Keuchen kroch aus der Kehle des Menschen, und gleich darauf verzerrte sich dessen Gesicht zu einer bösartigen Fratze. Die Haut zog sich zusammen, als würde sie rasend schnell altern, die Lippen wichen zurück und gaben den Blick frei auf nadelspitze schwarze Zähne. Grim fühlte ihn, den Dämon, der sich in diesem Sterblichen eingenistet hatte wie eine Ratte in einem Kadaver. Dann veränderten sich die Augen, und Grim konnte ihn sehen: Die Pupille weitete sich, sie franste an den Rändern aus und kroch über das Weiß der Augen wie schwarze Tinte über ein frisches Laken. Und aus dem Dunkel starrte Grim Hass entgegen.

Er lächelte. Es war doch immer wieder faszinierend, wie eindrucksvoll Dämonen über menschliche Körper herrschen konnten. Jetzt verzog sich der Mund, die hochgezogenen Lippen waren blau angelaufen, und Speichel troff aus dem Mundwinkel. Schwere, klebrige Worte schlugen Grim entgegen und dieser typische Gestank nach faulen Eiern, den Menschen ausatmeten, wenn sie von einem Dämon besessen waren. Grim hielt den schlaffen Körper ein Stück weiter von sich weg.

»Da bist du ja«, stellte er fest. »Ich weiß, es muss für einen Parasiten wie dich sehr verlockend sein, sich pomadig in diesem

Körper einzunisten und ihm nach Lust und Laune jedes einzelne Tröpfchen abzusaugen. Aber laut Paragraph dreihundertsiebenunddreißig des GBG ist es dir verboten, dich länger als nötig in einem Wirt zu befinden. Du raubst diesem hier seit sieben Tagen das Leben, und zuvor hast du zwei weitere ins Jenseits befördert, ein Vergehen, das mit achthundert Jahren Diamantfeuer geahndet wird. Bist du geständig?«

Das Diamantfeuer war eine ziemlich unangenehme Art der Bestrafung. Für gewöhnlich mieden Dämonen Diamanten wie Menschen das Feuer, denn wenn sie ihnen zu nah kamen, jagten gewaltige Energieströme durch ihren Körper. Nicht selten setzten sie den jeweiligen Dämon dabei in Brand, immer jedoch fügten sie ihm äußerst heftige Schmerzen zu. Grim war daher nicht überrascht, als der Dämon ihm statt einer Antwort eine wüste Beschimpfung auf Ungarisch entgegenschleuderte. Es klang, als würde er sich mit Gewalt die Stimmbänder des Menschen zunutze machen – wie ein Kind, das sich über eine Geige hermacht und den Bogen wütend über die Saiten zieht.

Grim seufzte. Was hatte er erwartet? Intellektuellen Austausch? Schließlich handelte es sich bei diesem Dämon nur um einen Holokliten, wie die gargoylschen Stielaugen von der Spurensicherung bei der Untersuchung seiner letzten Opfer festgestellt hatten. Holokliten waren eine sehr schwache Gattung der Dämonen – vor allem in Geistesangelegenheiten.

Grim lächelte geduldig. »Wenn du schon …«

Weiter kam er nicht. Er spürte noch, wie der Körper des Menschen sich zusammenzog, der Dämon sich mit enormer Geschwindigkeit aus seinen Klauen wand und ihm heftig gegen die Brust schlug. Im nächsten Moment flog Grim durch die Luft und landete scheppernd in dem metallenen Müllcontainer. Fauchend machte sich die Katze aus dem Staub, die dort nach Nahrung gesucht hatte, und Grim roch sofort den bestialischen Gestank menschlicher Abfälle. Er stieß die Luft aus. Ein gewöhnlicher Holoklit – von wegen! Dieser Kerl gehörte zu den stärksten Dämonen, mit denen er es je zu tun gehabt hatte, ein Phy, mindestens aber ein Iphryr stand ihm gegenüber. Dämliche Stielaugen, sie würden es nie lernen, Informationen auszuwerten! Sie waren beinahe so schlimm wie Menschen – nicht einmal Augen hatten sie im Kopf, geschweige denn ein Gehirn!

Er starrte den Dämon an, der in der Mitte der Gasse stehen geblieben war, leicht geduckt und mit diesem verschlagenen, todesgierigen Blick, den nur Wahnsinnige oder Untote haben können.

»Verfluchter Bastard«, grollte Grim. Das Metall knirschte unter ihm, als er sich erhob. Sein Körper hatte einen formvollendeten Abdruck im Container hinterlassen, inklusive Klauen. Mit schweren Schritten trat er in den Schein der Laterne. Seine Klauenfüße, die sich nie daran gewöhnt hatten, in Schuhe gezwängt zu werden, knirschten auf dem Asphalt.

»Wenn du schon ungarisch reden willst«, fuhr er fort, als hätte das Containerintermezzo gar nicht stattgefunden, »mach das gefälligst anständig. Du rollst das R nicht richtig!« Und dann rollte er das R zur Veranschaulichung bei einer raschen Folge ausgesucht derber Schimpfwörter. Sie verfehlten ihre Wirkung nicht.

»Törichtes Steinhirn«, zischte der Dämon und verzog den Mund des Menschen zu einem boshaften Lächeln. »Wer bist du, dass du mir befehlen willst? Ich weiß – dein Volk hat die Schlacht von Prag gewonnen, jene Schlacht, die uns Dämonen beinahe auslöschte und die Erde auf ewig schwarz färbte vom

Blut der gefallenen Vampire. Ihr habt gesiegt – ihr habt die Macht über die Schattenwelt an euch gerissen. Doch das ist lange her. Die Zeiten haben sich geändert. Seht euch an! Seht, was aus euch geworden ist! Selbst vor ihnen habt ihr Angst, ihr alle!« Mit fahriger Bewegung schlug er sich gegen die Brust und hinterließ blutige Kratzer in der Haut des Menschen.

Grim zeigte keine Regung. Der Körper des Menschen war nichts mehr als eine dünne Haut, die über der Finsternis lag, eine zitternde Blase angefüllt mit stinkender Fäulnis. Und doch war dieser Körper verletzlich – und es war seine Aufgabe, ihn zu beschützen.

»Ihr und euer albernes GBG«, kreischte der Dämon. »Gesetzbuch der Gargoyles, dass ich nicht lache! Wie dick ist es inzwischen? Habt ihr eigentlich auch ein Gesetz, wie man in der Nase zu bohren hat?« Er brach in schrilles Gelächter aus.

Da stieß Grim die Luft aus. »Immerhin haben wir Nasen, in denen man bohren kann – im Gegensatz zu euch. Es muss in der Tat erbärmlich sein, sich zeit seines unsterblichen Lebens in klebrigen Menschenkörpern herumzutreiben, nur um sich am Hintern kratzen zu können!«

Der Dämon presste die Zähne zusammen. Ein Rasseln ging durch den Menschenleib, als er sich vorbeugte. »Ich vergaß«, zischte er boshaft. »Ich spreche mit einem Gargoyle, einem unfehlbaren ... Aber da ist ein Fehler in eurer ... Existenz!« Das letzte Wort dehnte er, dass es klang wie das Zischen einer Schlange. »Ihr seid nicht besser als wir. Doch, natürlich, nicht wahr? Denn ihr klaut ihnen die Träume, was für ein Heldenmut!« Er spuckte einen stinkenden Brocken Schleim aus. »Versteckt euch in den Schatten, ihr mächtigen Helden der Nacht – aus Angst, Angst, Angst!«

Grim spürte, dass seine Klauen sich zu Fäusten geballt hatten, und ließ seine Gelenke knacken. »Kreatur der Finsternis«, sagte er leise. »Noch heute Nacht wirst du für deine Taten büßen. Dafür werde ich sorgen.« Er murmelte den Zauber und spürte, wie das Feuer in ihm sich seinen Weg brach. Krachend schoss es in seine rechte Faust und setzte sie in schwarze Flammen. Seine Augen verwandelten sich in glühende Kohlen. Der Regen verdampfte zischend auf seinem Körper, geistergleich zogen die Rauchschwaden davon.

Der Dämon stierte ihn an, etwas wie Achtung hatte sich in seinen Blick geschlichen. Grim hörte die Formel, die über die spitzen Zähne rollte. Klirrend wuchsen messerscharfe Nägel aus den Fingern des Menschen, Fluchfeuer entfachten sich auf der eingefallenen Haut. Der Dämon erhob sich kreischend in die Luft.

Für einen Augenblick schien die Zeit stillzustehen. Der Regen erstarrte um sie herum, die Flammen hörten auf zu flackern, selbst die Wolken, die wie zerfetzte Kleider über den Himmel zogen, hielten inne. Dann zerbrach der Moment, und der Dämon stürzte auf Grim nieder.

Grim sprang zurück, sein Mantel flatterte durch die Luft wie ein Rabenschwarm, doch er war nicht schnell genug. Die Klauen des Dämons trafen seine Wange, Blut lief über sein Gesicht, und im nächsten Moment spürte er den Fuß des Dämons in seinem Bauch. Keuchend landete er auf dem Pflaster. Teufel noch eins, der Kerl war schnell. Verschwommen sah er die Gestalt des Dämons, hocherhoben stand er über ihm in der Luft. Etwas Grelles schoss auf Grim zu, er erkannte es erst, als es sein Gesicht traf. Fluchfeuer. Im nächsten Moment war die Gasse verschwunden, er war in einem Wald aus Flammen. Sie bissen in die nackte Haut seines Oberkörpers, rissen an seiner Hose und seinem Mantel, versuchten, seine Augen auszubrennen. Es war, als würde ihm mit tausend winzigen Klingen die Haut abgezogen, aber das Schlimmste waren die Stimmen. Das Feuer sang, es rief nach ihm, es raubte ihm den Verstand. Grim sah Gesichter in den Flammen, Menschenkinder, sie standen nicht weit von ihm entfernt, sie lachten und winkten ihm.

Für einen Moment wollte er nichts weiter, als zu ihnen zu gehen, ganz gleich, was dann mit ihm werden würde. Aber der Moment war kurz. Er war ein Gargoyle, verflucht noch eins, und er ließ sich nicht um den Verstand bringen, schon gar nicht in einer stinkenden Gasse von einem dahergelaufenen Dämon. Er drehte sich auf den Rücken und drückte die Handflächen gegen das kühle Pflaster der Straße. Regungslos ertrug er die Bisse der Flammen. Nach und nach erloschen sie, bis nur noch stinkender Qualm übrig blieb.

Grim hielt die Augen geschlossen, der Rauch benebelte ihm die Sinne. Er fühlte, wie der Dämon leichtfüßig und siegessicher auf seine Brust sprang, spürte die eiskalten Klauen auf seinem Gesicht und den klebrigen Dämonenatem an seinen Lippen. Betäubend kroch er Grims Rachen hinab und bereitete den Weg für seinen Meister. Er wollte sich in ihm einnisten, dieser Mistkerl, was bildete er sich ein! Grim riss die Augen auf, noch immer loderte sein Feuer in ihnen. Der Dämon erstarrte, Entsetzen spiegelte sich in seinem Blick.

»Wie hast du …«, stammelte er. »Du hast das Fluchfeuer überlebt. Das hat noch niemand …«

Grim lächelte dunkel. »Dann«, sagte er leise, »nenn mich niemand.«

Er sprang auf die Füße, stieß die flammende Faust vor und

packte den Dämon an der Kehle. Entschlossen riss er einen glühenden roten Leib aus dem Menschen. Während der menschliche Körper lautlos zu Boden fiel, schaute Grim in ein verbranntes, lippenloses Gesicht. Von Ekel erfüllt sah er, dass sich unter der Haut etwas bewegte, etwas wie Spinnenbeine, die von innen gegen das Fleisch drückten. Der Dämon wollte schreien, aber nichts als ein Krächzen drang aus seiner Kehle. Seine blutig glänzende Haut verfärbte sich an der Luft und schlug knisternd Blasen. Zitternd murmelte der Dämon einen Zauber, und gleich darauf zog sich eine graue Schicht über seinen Körper, faltig und rau wie die Haut sehr alter Schildkröten.

Grim zog etwas aus seiner Tasche. Er hielt den Diamanten dicht vor die Augen des Dämons, der bei diesem Anblick beinahe die Besinnung verlor.

»Nein!«, kreischte dieser und schlug mit den Klauen auf Grim ein, der sich davon nicht im Mindesten beeindrucken ließ.

»Nenn mir deinen Rang«, verlangte er und drückte den Diamanten auf die Stirn des Dämons. Zischend verbrannte die Haut und wurde schwarz, der Dämon jaulte markerschütternd. Grim löste den Diamanten und ließ ihn Atem holen.

»Zweiter Grad, siebter Kreis, Phy«, keuchte der Dämon.

Grim stieß die Luft aus. Hatte er es doch gewusst. Stümper von Stielaugen!

Der Dämon sah ihn an. Für einen Moment war nichts als Traurigkeit in seinem Blick. »Ihr Gargoyles«, flüsterte er, und zum ersten Mal hatte seine Stimme jeden Anflug von Hass verloren. »Einst eherne Engel, Helden auf Flügeln aus Stein. Was ist aus euch geworden? Nun seid ihr genauso arm dran wie wir.«

Ehe Grim etwas hätte erwidern können, flog der Kopf des Dämons zurück, die spitzen Spinnenbeine stachen durch die

Haut. Blut rann ihm übers Gesicht. Etwas brach durch den Kieferknochen, Grim sah schwarze Leiber, die sich rasselnd über das aufgebrochene Fleisch hermachten. Ein entsetzliches Knacken ging durch den Körper, dann hing das Wesen schlaff in Grims Klauen. Mit einem Rauschen entzündeten sich grüne Flammen, Fluchfeuer außer Kontrolle. Schnell ließ Grim den Dämon fallen und sah zu, wie die dürre Gestalt vom Feuer verzehrt wurde. Am Ende meinte er, sie hätte geseufzt – aber es hätte auch ein Lachen sein können, ein irres, verfluchtes Lachen aus der Dunkelheit.

Grim fuhr sich über die Augen. Zur Hölle noch eins, so hatte er sich diese Nacht nicht vorgestellt. Er schaute auf das verkohlte Wesen zu seinen Füßen. Es hatte sich lieber umgebracht, als in das glitzernde Gefängnis gesperrt zu werden. Lautlos ließ er den Diamanten zurück in seine Tasche gleiten. *Eherne Engel … Helden auf Flügeln aus Stein … Was ist aus euch geworden?*

Ein Klappern riss Grim aus seinen Gedanken. Noch ehe er sich umdrehte, wusste er, woher es kam. Menschen! Grim seufzte leise, und tatsächlich: Hinter ihm, platt gegen die Wand gedrückt, kauerte der gerade noch bewusstlose Mann und starrte ihn aus tellergroßen Augen an. Grim ging in langen Schritten auf ihn zu und hob ihn, so sanft er es vermochte, am Kragen hoch.

»Du hast etwas gesehen«, sagte er leise. »Etwas, das nicht für deine Augen bestimmt war.«

Der Mensch hatte alles vergessen, was er in den ungefähr vierzig Jahren seines bisherigen Lebens gelernt hatte, inklusive des Sprechens, ohne zu sabbern. Er speichelte auf Grims Hand. Es war widerwärtig. Grim beschloss, es kurz zu machen.

»Vade, memoria!«, grollte er und unterdrückte ein Stöhnen. Dieses verfluchte Latein!

Doch es wirkte. Umgehend schwand der Schrecken vom Gesicht des Menschen, und Grim schaute in zwei glasige Augen, die nur darauf warteten, ihn hereinzulassen. Entschlossen fixierte er die matte Pupille und stürzte sich vor. Um ihn her wirbelten die Gedanken wie Bilder, die jemand in Seifenblasen gefangen hatte. Er löschte alle Erlebnisse, die der Mann mit dem Dämon gehabt hatte, und er fand noch etwas anderes: Er sah den Menschen, der noch immer reglos in seinen Klauen hing, wie er einen kleinen Wasserspeier dabei beobachtete, die Fassade Notre Dames hinabzuklettern. Grim stieß die Luft aus. Dilettanten! Nur die Snobs von Notre Dame konnten auf eine solche Idee kommen. Es war kein Steinblut mehr in ihren Adern, kein Erz aus den tiefsten Schluchten dieser Welt. Ihre Vorbilder, ja, die hätten sich nicht in helllichter Nacht an der Fassade des gargoyleträchtigsten Ortes von ganz Paris herabgelassen. Aber die Wasserspeier Notre Dames waren nur Kopien, billige Repliken des einstigen Glanzes der Gargoyles von Paris, was sollte man anderes von ihnen erwarten? Seufzend hauchte Grim seinen eisigen Atem gegen die Erinnerung und brachte sie mit leisem Klingen zum Platzen. Umgehend zog er sich aus den Gedanken des Menschen zurück und bettete ihn so sanft, wie es ihm möglich war, auf der nassen Erde.

Für einen Moment blieb Grim neben ihm stehen und schaute auf ihn hinab. *Helden auf Flügeln aus Stein.* Sind wir das etwa nicht mehr? Ohne uns, so dachte er, wärt ihr ganz schön aufgeschmissen. Um ein Haar hätte dieser Dämon dich ausgepresst wie eine Zitrone. Ich habe mein Leben für dich riskiert. Aber du … du wirst dich nicht einmal daran erinnern. Vielleicht wirst du dich fragen, wie du mitten im Regen in dieser schäbigen Gasse hast einschlafen können. Du wirst dich über die Abschürfungen an deinen Händen, über die Schmerzen an deinem Hals und die merkwürdigen Kratzspuren auf deiner Brust wundern. Vielleicht wirst du noch eine Weile an diesen seltsamen Abend zurückdenken. Aber dann … Grim seufzte leise. Dann würde der Mensch ihn vergessen.

Grim hingegen vergaß niemals. Denn er war ein Gargoyle, ein Schattenflügler der Nacht, in den Festen des Feuers geschmiedet und als glühender Klumpen auf die Erde geworfen, um zu schützen, was sein war: die Ewigkeit des steinernen Blutes.

Doch Grim war müde. Dabei hatte die Nacht gerade erst begonnen.

Kapitel 2

Ihr Scheißbullen, was fällt euch ein, das ist Freiheitsberaubung, ihr könnt mich …«

Die Tür fiel mit leisem Klicken ins Schloss und schnitt das Gebrüll des Betrunkenen ab, der gerade von zwei Polizisten über den Flur geführt wurde.

Mia verschränkte die Arme vor der Brust. Seit geschlagenen fünfzehn Minuten hockte sie nun mit diesem Wurstgesicht von einem Polizisten in seinem Büro und wartete darauf, dass er aufhörte zu telefonieren. Er hatte bisher noch kein Wort mit ihr gesprochen, stattdessen klappte er ununterbrochen sein Stempelkissen auf und zu – klick-klack, klick-klack – und warf ihr missbilligende Blicke zu. Offensichtlich hatte sie ihn in seinem Beamtenkoma gestört. Dabei konnte sie sich auch Angenehmeres vorstellen, als mitten in der Nacht in einem Polizeirevier herumzusitzen, auf einem quietschenden Plastikstuhl, weit weg von jeder Art von Tisch oder Tür. Unauffällig sah sie auf die Uhr. Sie hatte nicht mehr viel Zeit. Sie musste hier verschwinden, am besten sofort, aber der Polizist ließ sie nicht aus den Augen. Es fehlte nur noch, dass er das Zimmer abdunkelte und ihr eine Lampe ins Gesicht hielt, als wäre sie eine Schwerverbrecherin. Dabei hatte sie gar nichts getan, nun ja … fast nichts.

Mit einem Seufzen legte der Polizist den Hörer auf die Gabel, streckte beide Arme von sich, als hätte er sich ziemlich lange nicht mehr bewegt (was in der Tat so war), und beugte sich über einen Zettel auf seinem Schreibtisch.

»So, so«, machte er, während er beide Augenbrauen hochzog. »Interessant.«

Mia konnte sich mindestens fünfzig Dinge vorstellen, die garantiert interessanter waren als das, was da auf dem winzigen Zettel stand, aber sie verzichtete darauf, ihrem Gegenüber das mitzuteilen.

»Einbruch also«, stellte der Polizist fest. Er wedelte mit dem Zettel durch die Luft und sah Mia zum ersten Mal direkt an. Er hatte farblose Augen, in denen sich unverhohlen Schadenfreude spiegelte.

Mia erwiderte seinen Blick regungslos und sagte leise, aber bestimmt: »Nein.«

Der Polizist lächelte, als hätte er genau diese Reaktion erwartet. »Wie nennt man unerlaubtes Betreten eines Friedhofsgeländes denn in deiner Welt? Was hattest du da überhaupt vor? Eine kleine schwarze Messe abhalten?«

Mia stieß die Luft aus. »Nein, ich wollte Foucaults Schädel ausgraben und im Internet verkaufen.«

Für einen Moment lief ein Zucken über das Gesicht des Polizisten. Dann beschloss er offensichtlich, sich nicht provozieren zu lassen, stieß langsam die Luft aus und fuhr fort: »Also, was hattest du auf dem Friedhof zu suchen?«

Mia lächelte unschuldig. »Ich bin eingeschlafen, kurz vor der Schließung, tja …«

Der Polizist lachte auf, kurz und hart. »Eingeschlafen, natürlich. Wir haben Ende Oktober, aber Madame schläft erst einmal eine Runde auf dem Friedhof. Dumm nur, dass ich dir kein Wort glaube.«

Mia schwieg. Dumm war hier nur eins, und zwar das Auftauchen der Sicherheitsheinis mit ihren verdammten Tölen. Normalerweise kontrollierten sie den Friedhof kurz nach der Schließung und verschwanden dann wieder. Danach gab es nur noch die Nachtwächter, und die konnte man problemlos an der Nase herumführen. Aber ausgerechnet heute mussten die Kontrolleure sich mit den Nachtwächtern verquatschen, und so war Mia bei ihrer verspäteten Runde von ihnen entdeckt worden – zum ersten Mal seit fünf Jahren. Ihr Gesicht verdunkelte sich, was der Polizist offensichtlich seinen eigenen Worten zuschrieb. Zufrieden nickte er.

»Ein Einbruch ist kein Kavaliersdelikt«, dozierte er. »Das kann empfindliche Strafen nach sich ziehen, da kommt was auf dich zu, das kann ich dir versprechen. Vor allem, wenn etwas beschädigt wurde. Das mit den schwarzen Messen ist nicht aus der Luft gegriffen, verstehst du? Wir hatten solche Fälle, lange ist das noch nicht her. Aber du behauptest, damit nichts zu tun zu haben?«

Mia seufzte. »Doch, na klar. Schwarze Klamotten, schwarze Fingernägel – da ist Hähneköpfen doch fast dasselbe, nicht wahr?«

Der Polizist musterte sie kurz. Sein Unverständnis stand ihm ins Gesicht geschrieben, dabei sah sie an diesem Abend noch nicht einmal sonderlich aufsehenerregend aus. Sie trug hohe Schnürstiefel, ein langärmliges schwarzes Kleid und ihren Clochardwesternmantel – er war wie ein Waffenrock geschnitten und hatte zwei tiefe Taschen, in denen man allerhand Kram verstauen konnte, daher hatte Mia ihm diesen Namen gegeben. Sie war nicht übermäßig geschminkt und trug nur drei silberne

Ringe. Alles in allem also kein Grund, gleich die Augenbrauen bis zum Haaransatz hochzuziehen. Der Polizist war da natürlich anderer Meinung.

»Und was haben wir hier?« Er griff nach Mias Tasche, die neben ihm auf dem Tisch lag, und drehte sie um. Sofort prasselten mehrere Bleistifte, Kreidestücke und Federn heraus und verunreinigten seine blitzblank geputzte Schreibtischunterlage. Mia verzog das Gesicht, als er nach ihrem Zeichenblock griff. Mit spöttischer Miene begann er, darin zu blättern, sah kurz auf und ließ seinen Blick erneut über Mias Klamotten wandern.

»Ein Grufti, der Comics malt – das habe ich auch noch nie gesehen«, sagte er.

Mia stieß die Luft aus. »Scheiß Schubladendenker«, murmelte sie und hoffte, dass es laut genug gewesen war, um bei ihrem Gegenüber anzukommen. Aber der seufzte nur und begann etwas in seinen Computer zu tippen.

Mia verdrehte die Augen. Einfingersuchmethode, na großartig. Sie würde im Morgengrauen noch hier sitzen. Unruhig rutschte sie auf dem Stuhl hin und her. Immerhin war sie nicht allein. Nebenan bollerte irgendjemand gegen die Wand und brüllte Beleidigungen.

»Beginnen wir mit dem Protokoll«, seufzte der Polizist mit einer Inbrunst, als würde er damit in die Hölle hinabsteigen, um die Welt zu retten. »Wie ist dein Name?«

Mia verzog das Gesicht. Auch das noch. »Mia Lavie«, sagte sie leise.

Der Polizist nickte, und sie dachte schon, dieses Mal drum herum zu kommen. Doch dann hielt er inne und fasste nach dem Stempelkissen. Klick. Klack. »Bist du verwandt mit diesem Maler? Er hieß …«

»… Lucas Lavie, ja, und er war mein Vater.«

Der Polizist sah sie an, Mia konnte die Schublade auf- und wieder zurollen hören.

»Ja, ein großer Künstler«, sagte der Beamte, während er sich wieder dem Bildschirm zuwandte. »Und du bist also seine Tochter. Ich verstehe nicht viel von Kunst, Malerei und so, aber um seine Bilder kam man ja gar nicht mehr herum. Einige fand ich sogar ganz ansprechend, dieses blaue da mit den Gesichtern …«

Mia lehnte den Kopf gegen die Wand. Manche Dinge änderten sich nie.

»Schade, dass er irgendwann durchgedreht ist«, fuhr der Polizist fort, aber seine Stimme drang nur noch vage an ihr Ohr. Sie hatte wenig geschlafen in der Nacht zuvor. Sie war hundemüde. »Er hat Dinge gesehen, nicht wahr? So stand es in der Zeitung. Ist verrückt geworden. Hat er sich nicht … mit einem Schrotgewehr …« Er tippte sich an die Schläfe und drückte ab, als hielte er eine Waffe in der Hand.

»Es war eine Walther P38, Kaliber neun Millimeter.« Mia hörte sich selbst wie aus weiter Ferne, der Polizist erwiderte irgendetwas, aber sie antwortete nicht. Müde fuhr sie sich über die Augen, nannte ihm ihre Anschrift und bemerkte erst auf den zweiten Blick die Eisblumen, die sich in rasender Geschwindigkeit auf dem Glas des Fensters bildeten.

Mia zog die Brauen zusammen. Sie konnte das Knistern des Eises hören, als die filigranen Muster entstanden, doch damit war sie offensichtlich allein. Der Polizist war vollends damit beschäftigt, ihre Adresse richtig in den Computer zu tippen.

»Wohnst du dort allein?«, fragte er gerade.

Leise stieß sie die Luft aus. »Ich bin siebzehn und gehe noch zur Schule, wie sollte ich mir eine eigene Wohnung leisten können? Nein, ich lebe mit meiner Mutter und meiner Tante zusammen. Vor zwei Jahren hat auch Jakob, mein Bruder, noch bei uns gewohnt, aber seit er studiert, hat er seine eigene Wohnung. Wollen Sie auch wissen, ob Haustiere bei uns leben? Meine Tante hat einen Kanarienvogel und …«

Ein Seitenblick des Polizisten ließ sie verstummen. Sie setzte sich auf und beobachtete, wie die Eisblumen außen am Rand des Fensters emporkrochen und sich an der Innenseite wieder hinabbewegten. Sie räusperte sich und deutete zum Fenster. Der Polizist sah sie an.

»Was soll das?«, murmelte er. »Es regnet, na und?«

Währenddessen suchten die Eisblumen ihren Weg an der glühenden Heizung hinab, Mia hörte das Metall leise knacken, überzogen den Fußboden und hielten zielstrebig auf den Polizisten zu. Mias Atem gefror in der Luft. Jetzt erreichte das Eis die schwarzen Halbschuhe des Beamten, knisternd kroch es darüber hin und bildete ein zartes Spitzenmuster auf dem Leder.

»Hören Sie«, begann Mia, doch der Polizist stieß ärgerlich die Luft aus.

»Es dauert nur länger, wenn du mich alle paar Minuten unterbrichst«, sagte er, ohne sie anzusehen. Er fuhr sich mit der Hand an die Brust, seine Finger schabten Raureif von seinem Revers, als er sich kratzte.

Mia spürte, wie ihr Herz anfing zu rasen. Was ging hier vor? Atemlos sah sie, wie das Eis am Hals des Polizisten hinaufkroch, er hustete, als würde er es fühlen – aber er sah es nicht. Seine Lippen wurden blau, seine Finger klackten wie Eiswürfel auf die Tasten. Erstarrt sah Mia, wie Splitter von seinen Händen abflogen, seine Finger bröckelten, gefrorenes Fleisch löste sich, und er schrieb trotzdem weiter, als würde er nichts davon bemerken.

»Nein«, flüsterte Mia, dankbar, dass sie noch eine Stimme hatte. Da wandte der Polizist ihr das Gesicht zu, seine Haut war blau angelaufen und mit dunklen Adern durchzogen. Knisternd krochen die Eisblumen über ihn hin, erreichten seine Augen – mit leisem Knacken brachen seine Augäpfel, und im gleichen Moment fing er an zu lachen, laut und schrill.

»Nein!« Mia sprang auf, stürzte zur Tür – und fühlte die Wärme um sich herum. Verwirrt drehte sie sich um und schaute in das rosige Gesicht des Polizisten. Sie sah zum Fenster. Das Eis war verschwunden. War es überhaupt da gewesen?

»Alles klar so weit?« Der Polizist zog die Brauen zusammen. »Wir waren bei deinem Geburtsdatum.«

Mia nickte und ging benommen zurück zu ihrem Stuhl. Hatte sie geträumt? Ja, so musste es gewesen sein. Sie war eingeschlafen und hatte sich dieses Szenario zusammenphantasiert. Aber es war so kalt gewesen …

»Pass lieber auf, dass du nicht auch noch verrückt wirst«, stellte der Polizist fest und sah sie an, als wäre es nur eine Frage der Zeit, dass sie sich eine Waffe schnappen und in alter Familientradition ihr Gehirn an der Wand verteilen würde. »Erste Anzeichen sind ja schon erkennbar.«

Mia wollte etwas erwidern, doch ihre Kehle war wie zugeschnürt. Sie musste hier raus, sonst würde sie diesem Kerl sein Stempelkissen auf den Kopf hauen. Sie hatte sich gerade überlegt, in einem plötzlichen Anfall von Übelkeit unbedingt auf die Toilette zu müssen, als die Tür aufgerissen wurde und ein Kerl in braunen, zerschlissenen Klamotten und mit einer Fahne, dass man schon vom Geruch betrunken werden musste, wie ein Kugelblitz ins Zimmer schoss.

»Ihr blöden Arschlöcher«, grölte er, warf sich über den Schreibtisch und packte den ängstlich zurückweichenden Polizisten am Kragen. »Ich will endlich …«

Was er wollte, ging in würgendem Gurgeln unter. Offensichtlich war dem Ärmsten sein Alkoholgenuss zu Kopf gestiegen, sodass sich nun der grüngelbe Inhalt seines Magens auf die Uniform des Beamten ergoss. Gerade als er sein Werk beendet hatte, stürmten drei Polizisten in den Raum und rissen ihn vom Schreibtisch. Mia warf einen letzten Blick auf das totenblasse Wurstgesicht, dann drückte sie sich im allgemeinen Trubel aus dem Zimmer.

Kaum stand sie auf der Straße, schlug ihr eisiger Wind entgegen. Sie knöpfte ihren Mantel zu und grub die Hände tief in ihre Taschen. Über die Rue de Clignancourt war es nur ein kurzes Stück bis zur Metro, aber natürlich war gleich die erste Ampel auf ihrem Weg rot. Nachdenklich betrachtete sie das Haus auf der anderen Straßenseite. Dunkle Adern zogen über seine Fassade, fast so … fast so wie die Haut des Polizisten, als das Eis gekommen war. Sie musste mehr schlafen, und das bald, sonst würde sie wirklich noch den Verstand verlieren – wie ihr Vater.

Sie erreichte die Metrostation Marcadet Poissonniers. Ein warmer Luftzug fuhr ihr wie der Atem eines lebendigen Wesens ins Gesicht, als sie die Treppe hinablief. Das Tunnelsystem empfing sie mit seinen kalkweißen Kacheln und dem kaugummigefleckten Boden, auf dem alle paar Meter Obdachlose saßen. Sie schaute an die Decke. Regelmäßig wurde sie frisch gestrichen, man konnte die Farbe fast noch riechen. Und doch wellte sich die Tunnelhaut überall und schlug Blasen, als wäre sie lebendig, tumoröses Gewebe in den Gedärmen der Stadt. Schimmel hatte sich in das saubere Weiß gefressen und verteilte in grün-feuchten Rinnsalen seinen Speichel auf dem Boden.

Mia holte tief Atem. Hier unten war eine andere Welt, und diese Welt sammelte das, was dort oben in der Stadt des Lichts keinen Platz mehr hatte. Es war eine schmutzige, eine harte Welt, aber sie ließ sich ihre Hässlichkeit nicht nehmen. Sie war da. Sie würde immer da sein, die Welt der Schatten – so lange, wie es die Welt des Lichts gab.

Sie erreichte den Bahnsteig, dröhnend fuhr die Metro Richtung Mairie d'Issy ein. Mia setzte sich auf einen der mit Filzstift bemalten Sitze. Die Neonleuchten über ihr flackerten, immer wieder blieben sie sekundenlang ganz aus. Eine leere Dose rollte scheppernd vor und zurück, und draußen vor dem Fenster tanzten Notbeleuchtungen in den Tunneln.

Und du bist also seine Tochter. Seufzend betrachtete sie sich im Fenster der Metro. Sie hatte das blasse, schmale Gesicht ihrer Mutter und auch deren dunkle Haare, die ihr bis zum Kinn reichten. Aber ihre Augen … ihre Augen waren nicht schön und blau wie die ihrer Mutter, sondern grün – beunruhigend grün sogar. Manchmal blieben die Menschen stehen, um sie anzustarren, als wäre sie ein entlaufenes Zootier. *Weil du hübsch bist*, sagte ihr Bruder immer, wenn sie ihm davon erzählte, aber sie wusste, dass das nicht alles war. Sie hatte eine besondere Begabung dafür, die kleinen Schwächen der Menschen zu durchschauen, ihre Eigenheiten und Wünsche zu erkennen, ohne dass sie mitunter mehr als einige Worte mit ihnen gewechselt hatte. Vielen Menschen machte das Angst, das wusste Mia, und nicht immer wollte sie sehen, was sie im Inneren der Menschen fand. Manchmal schien es Mia, als gäbe es eine gläserne Wand zwischen ihr und den anderen, eine Mauer, die nur sie wahrnahm und die sie unabänderlich von den Menschen trennte. Sie hatte Freunde, Menschen, die sich zur schwarzen Szene zählten wie sie selbst, und doch umgab sie ein Schleier aus Einsamkeit, den sie nicht durchbrechen konnte.

Auch deshalb liebte sie die Nacht. Deren Dunkelheit wusste, wer sie war. Mia sehnte sich nach den Geheimnissen, die sich in den Schatten verbargen, und wollte ihnen so nah kommen wie irgend möglich. Die meisten Menschen jedoch fürchteten sich vor der Finsternis, weil sie nicht wussten, was sie dort erwartete. Mia hingegen fühlte sich unendlich von ihr angezogen – aus demselben Grund. Es war ein Zauber in der Welt, den sie sich nicht erklären konnte und der nachts besonders stark für sie fühlbar wurde. Sie wünschte sich oft, anderen davon erzählen zu können, aber jedes Mal, wenn sie es versuchte, trat etwas in ihren Blick, das die Menschen verunsicherte. Es hatte auch in den Augen ihres Vaters gelegen, und die Leute hatten fast so etwas wie Angst vor ihm gehabt – grundlos und instinktiv.

Mia gähnte, und ihr war kalt. Am liebsten hätte sie sich einfach ins Bett gelegt und an nichts, an gar nichts mehr gedacht. Ja, normalerweise wäre sie sofort nach Hause gefahren.

Aber nicht heute Nacht.

Kapitel 3

Wie Hagelkörner prallten die Regentropfen gegen Grims Gesicht, als er durch die Nacht flog. Das Wasser war ihm in den Nacken gelaufen, der Mantel klebte an seinem Körper, und ihm war verflucht noch mal eiskalt. Aber immerhin hatte er ein Ziel.

Unter ihm pumpte der nie versiegende Verkehr durch die Straßen, rote und goldene Adern im Geflecht der Nacht, vereinzelt dröhnte Musik aus Kneipen und Bars, doch ansonsten lag die Stadt in tiefem Schlaf. Er konnte sie spüren, die Träume der Menschen, die wie Rauchschwaden an seinen Klauen haften blieben, wenn er nah genug an ihren Fenstern vorüberflog. Ja, die Stadt schlief – aber nicht überall.

Bereits von Weitem sah er das grelle Licht der Leuchtreklamen, flackernde Herztöne im Dunkel der Nacht – das Pigalleviertel, Vergnügungsmeile der Menschen, wenn es dunkel wurde in der Stadt des Lichts. Kristallen tanzten die Lichter über Grims Haut, als er in den hellen Kegel eintauchte. Er flog tiefer, umfasste einen Flügel der roten Mühle und gab ihm kräftig Schwung. Funken sprühten, die Menschen kreischten, als sie das Feuerwerk sahen, und applaudierten begeistert. Grim lachte. Wenn die wüssten.

Er landete in einer Seitengasse auf dem Dach eines heruntergekommenen Hauses mit verschlossenen Fensterläden. Ein grauer Quader mit leuchtend roter Metalltür bildete den Treppenhausausgang. Irgendjemand hatte ein Graffiti in Form eines geschlossenen Auges an die Tür gesprüht. In schnellem Rhythmus klopfte Grim an. Sofort ging ein Seufzen durch die Tür, und mit leisem Knirschen öffnete sich das Auge. Grim fühlte sich von einer gelb umrandeten Pupille gemustert. Surrend schoss ein blauer Lichtstrahl aus dem Auge, glitt über sein Gesicht und zog sich wieder zurück.

»Willkommen im *Zwielicht*«, murmelte eine Stimme im Inneren der Tür. Diese öffnete sich gleich darauf und gab den Blick frei auf eine schmale Steintreppe.

Schnell trat Grim ein. Wohlige Wärme umfing ihn, als er die Treppe hinabging und in einen dunklen, von hohen Gewölben durchzogenen Saal trat. Der Putz blätterte von der Decke, und die Eichendielen waren verschmiert von Ruß und Schmutz. Fackeln hingen an den Säulen rings um die hölzerne Theke und tauchten alles in ihr flackerndes Licht. Irgendwo spielte jemand Akkordeon. Es war brechend voll. Werwölfe lungerten auf abgerissenen Sofas herum, Kobolde hockten betrunken an den hölzernen Tischen, und heruntergekommene Gestaltwandler lehnten an den Säulen und rauchten. Ein fleckig grauer Gnom sprang mit einem für seine Körpergröße gewaltigen Bauchladen von Tisch zu Tisch und verkaufte Morgendämmerungsaroma, den Duft der Mittagssonne und die Farben des Regenbogens. Bei den Geschöpfen des *Zwielichts* fand er dankbare Abnehmer. Sie mieden die wahre Sonne, wenn sie konnten. Der Dampf der Wasserpfeifen waberte durch den Raum und milderte jedes Geräusch.

Grim atmete ein. Hier herrschte nicht die unterkühlte Stimmung wie in den Bars und Kneipen der Gargoyles in Ghrogonia, hier gab es auch keinen, der die Waldschrate vor die Tür setzte, weil sie angeblich zu sehr nach Knoblauch rochen. Das *Zwielicht* kannte keine Unterschiede. Hier waren alle gleich. Er bewegte sich langsam an den Tischen vorbei, grüßte hier und da und genoss die gedämpfte Atmosphäre. Hier würde es niemandem einfallen, wie in den ghrogonischen Koboldabsteigen nackt auf dem Tisch zu tanzen oder herumzuschreien und …

»Full House! Heureka, Full Hooooooouse!«, kreischte es da so laut, dass Grim zusammenfuhr. Er folgte dem Geschrei in eine Ecke, wo gerade ein marmorner Teufel mit langen Eckzähnen einen Freudentanz auf dem Tisch aufführte.

Grim stöhnte. Fibi, natürlich. Und da waren auch die anderen, der feuerspuckende Wasserspeierdrache Bocus und die uralte Steinziege Klara. Sie lachten so laut über Fibis Tanz, dass die Gewölbe davon widerhallten. Grim verzog das Gesicht. Und ausgerechnet diese Gargoyles waren seine Freunde. Er beobachtete Fibis Tanz mit einem Lächeln. Immerhin war er nicht nackt.

»Grim, welch seltener Anblick zu dieser Nachtzeit!« Bocus hatte ihn bemerkt und ließ seine von Ruß und Asche geschwärzten Zähne sehen.

Klara klopfte auf den steinernen Schemel neben sich. »Setz dich, setz dich!«, sagte sie leicht lispelnd.

Aufatmend ließ Grim sich fallen, streifte den tropfenden Mantel ab und hängte ihn neben eine der Fackeln.

»Hast wohl ’ne anstrengende Nacht gehabt, hm? Und dann noch dein Lieblingswetter – Regen! Du armer Teufel!« Fibi liebte es, mephistophelische Ausdrücke zu verwenden. Gerade schob er seine Hände über den Tisch und häufte einen Berg kleiner, glitzernder Kristalle vor sich auf.

»Und verletzt bist du auch.« Klara deutete auf Grims Wange und legte ihm mitfühlend einen Huf auf die Schulter.

Grim schnaubte. »Wäre alles nicht so schlimm, wenn ich mich auf meine …« Er überlegte kurz und verzog das Gesicht. »Informanten, haha, verlassen könnte. Dank ihnen habe ich es statt mit einem Holokliten mit einem Phy zu tun bekommen, und …«

Bocus riss die Augen auf. »Holla, der war nicht ohne, könnte ich wetten! Aber du hast ihn fertiggemacht, wie immer, nicht wahr?«

Grim dachte an das armselige verkohlte Wesen, das im Regen zu seinen Füßen gestorben war. Auf einmal hatte er ein Kratzen im Hals.

»Dann wird es dich freuen zu hören, dass deine lieben Kollegen in der Zwischenzeit richtig fleißig waren«, sagte Klara und griff nach den Karten. Blitzschnell warf sie sie durch die Luft, fing sie wieder auf und mischte so das Blatt.

Grim spürte den Schatten, der sich seiner bemächtigte. *Kollegen* – also diejenigen, die an seiner Stelle mit den Mordfällen betraut worden waren: die Speichellecker Mouriers. Grim konnte sie nicht ausstehen.

»Sie haben wieder mal den Mörder gefasst«, meinte Fibi, während er sein Blatt aufnahm.

Grim bewegte seine Karten in den Klauen, ohne sie anzusehen. »Lasst mich raten«, murmelte er. »Es ist ein Hybrid.«

»Richtig!« Bocus riss in gespielter Überraschung die Augen auf. »Wie bist du nur darauf gekommen? Er soll einen der Senatoren, Phor Kramas, soweit ich weiß, hinterrücks ermordet haben – dabei wurde er wohl erwischt, und nun machen sie ihn mal eben für alle anderen Morde gleich mit verantwortlich.«

Grim zog die Brauen zusammen. »Phor Kramas … der hatte nicht einmal genug Stärke, um sich auf magische Weise ein Ohrloch zu schießen. Alle Opfer des Mörders waren mächtige Wesen – das ist das Einzige, was sie verbindet. Kramas passt nicht ins Schema.«

Klara zuckte die Achseln. »Wer interessiert sich denn noch für das Schema? Viele haben Angst. Hauptsache, alle paar Tage kann jemand hingerichtet werden – dann sind sie zufrieden. Und die sogenannten Kommissare klopfen sich gegenseitig auf die Schulter.«

Fibi hob den Kopf und seufzte tief. »Wenn man vom Teufel spricht.«

Lautes Lachen drang von der Treppe zu ihnen, gepaart mit schweren, steinernen Schritten. Grim stöhnte. Schon hörte er das hechelnde, unterwürfige Lachen von Krallas – erst seit drei Monaten in der Stadt und aufgrund seiner hohen magischen Stärke und vor allem seiner Kriecherei bei Mourier dennoch schon der zweithöchste Schattenflügler nach Grim selbst. Krallas war ein großer, hagerer Gargoyle. Seine steinerne Haut war bleich wie ein aufgeweichter Käse, seine Augen blickten farblos und ohne Wimpern oder Augenbrauen. Er ging immer ein wenig gebeugt und betrachtete sein Gegenüber nie geradeheraus, sondern stets mit halb geneigtem, seitlich gewandten Kopf. Grim hatte ihn vom ersten Augenblick an nicht sonderlich gemocht, aber seit Krallas mit der Aufklärung der Morde betraut worden war, verabscheute er ihn regelrecht. Grim seufzte. Konnte er denn nicht einfach mal in Ruhe irgendwo sitzen? Aber Krallas gefiel es, von Zeit zu Zeit ins *Zwielicht* zu kommen, arrogant in die

Runde zu glotzen und die kleinen Taschenspieler das Fürchten zu lehren, die er in diesem Etablissement vermutete. Meist umgab er sich mit frisch ernannten Schattenflüglern, die noch jung genug waren, um auf seinen schmierigen Glanz hereinzufallen. Grim brauchte sich nicht umzudrehen, um sie zu sehen: Fünf junge Rekruten waren es, allesamt menschenähnlich, wenn man von den winzigen Hörnern auf ihren Schädeln und den langen Teufelsschwänzen einmal absah, die sie wie Ratten hinter sich herzogen. Und alle steckten sie in der steinledernen Uniform der OGP, um die Brust eine Schärpe, auf der für jeden sichtbar zu lesen war: Schattenflügler, Sondereinsatzkommando. OGP – ein lächerlicher Name für das Exekutivorgan der Anderwelt, der auf Mouriers Mist gewachsen war: Oberste Gargoyle Polizei.

Grim schnaubte verächtlich. Alberne Namen und Uniformen waren für Mourier überaus wichtig. Grim hingegen hatte für die Einheitskleidung der OGP nicht viel übrig und sich immer wieder erfolgreich gegen sie gewehrt. Denn eines wusste er genau: Ein Gargoyle musste nicht die Gewandung eines Schattenflüglers tragen, um einer zu sein – ebenso wenig, wie eine strahlende Rüstung jemanden in einen Ritter verwandeln konnte.

Doch um das zu erfahren, brauchte es seine Zeit. Die Rekruten waren tatsächlich alle noch nicht lange dabei, und Grim vermutete, dass sie ihre Uniform seit ihrer Ernennung noch nicht einmal abgelegt hatten. Wahrscheinlich waren sie schon mit ihr verwachsen. Grim musste lächeln. Er erinnerte sich an seine eigene Ernennung zum Schattenflügler, daran, wie stolz und aufgeregt er gewesen war, und spürte, dass er den Jungspunden ihre Arroganz nicht übelnehmen konnte. Aber Krallas war etwas anderes. In dieser Nacht konnte Grim ihn nicht ertragen, das wusste er.

Er schob seinen Stuhl zurück und griff nach seinem Mantel.

Was zu viel war, war zu viel. Er musste hier raus. Schnell verabschiedete er sich von seinen Freunden, schob sich wortlos an dem OGP-Trupp vorbei und hatte schon die Treppe erreicht, als er das Wispern hinter sich hörte. Er tat so, als wäre ihm etwas aus der Tasche gefallen, bückte sich und lauschte. Ja, sie redeten über ihn.

»Strafversetzt …«, drang es an sein Ohr. »Vom Schattenflügler zum Erinnerungslöscher … tiefer Fall … Aber nur auf Zeit, wie ich gehört habe …«

Ein Lächeln überzog Grims Gesicht. Solange das alles war, was sie über ihn zu reden hatten, konnte er … Da hörte er es, klar und deutlich, wenn auch mehr gehaucht als gesagt: »Verräter.«

Langsam richtete Grim sich auf und wandte sich zu der Gruppe um. Eine Weile tuschelten sie noch weiter, dann merkten sie, dass er sie ansah.

»Wer hat mich gerade so genannt?«, grollte er, obwohl er genau wusste, wer es gewesen war. Seine Stimme brach sich dunkel in den Gewölben des Saals, und die Gruppe der Uniformierten rückte zusammen wie eine Schafherde beim Anblick des Wolfes. Grim meinte sogar, leises Zähneklappern zu hören. *Zur Hölle, was seid ihr für Waschlappen!* Krallas stand vor ihnen wie ein ausgestoßenes Herdenmitglied. Blitzschnell packte Grim ihn an der Kehle, riss ihn in die Luft und drückte zu. Japsend strampelte Krallas mit den Beinen, die Augen quollen ihm aus dem Kopf. Spätestens jetzt war jedes Gespräch im Saal verstummt.

»Du warst das?«, fragte Grim leise und schaute Krallas direkt in sein angstverzerrtes Gesicht.

»Nein«, keuchte der und krallte seine Hände hilflos in Grims Klauen. »Ich wollte nur …«

»Du bist nur ein lächerlicher Speichellecker Mouriers«, sagte Grim ruhig. »Aber auch du bist Mitglied der OGP. Oder irre ich mich?«

Krallas starrte ihn aus seinen farblosen Augen an, als wäre ihm der Antichrist erschienen. »Nein«, krächzte er.

Grim zog ihn zu sich heran, so nah, dass er die Schweißperlen auf Krallas' Stirn sehen konnte.

»Erster Grundsatz der OGP: Sei ein Gargoyle«, sagte er, ohne seinen Griff zu lockern. »Zweiter Grundsatz der OGP: Sei ein GARGOYLE!«

Mit diesen Worten schleuderte er Krallas zu Boden. »Ihr seid nicht nur dumm und unerfahren, ihr benehmt euch auch noch wie winselnde Menschen!«, fuhr er die anderen der Gruppe an und trat einen Schritt auf sie zu. Sofort wichen sie vor ihm zurück. »Ist hier noch jemand, der mich einen Verräter nennt, mich, der seit Jahrhunderten im Dienst des Königs steht?« Er nickte zufrieden, als er die ehrfurchtsvollen Gesichter sah, und grollte leise: »Gut.«

Noch einmal warf er einen Blick auf die jämmerliche Kreatur zu seinen Füßen, dann fuhr er herum und stampfte die Treppe nach oben. Natürlich wusste er, worauf sie anspielten. Seine Versetzung in den Streifendienst – zeitlich begrenzte Versetzung im Übrigen – kam ja nicht von ungefähr, und es war auch nicht das erste Mal. Er hatte schon immer in erster Linie seine eigenen Regeln befolgt, und er war bekannt dafür, dass er die Gesetze der Gargoyles mitunter ein wenig … nun, dehnte. Und *ja*, er hätte sich diese … Geschichte nicht zuschulden kommen lassen dürfen. Er hätte den Menschenjungen ausliefern müssen, der sich in die Nähe der geheimen Eingänge gewagt hatte, jener Eingänge, die in die anderweltliche Unterwelt von Paris führten. Grim wusste, dass er einen Fehler begangen hatte – und er würde ihn jederzeit wiederholen. Machte ihn das etwa zu einem Verräter?

Er stieß die Tür auf und spürte sofort den eisigen Wind auf seinem Gesicht. Egal. Alles war besser als Krallas dort unten. Er warf sich in die Nacht und schwebte eine Weile weit oben über der Stadt. Kaum hatte die Kälte ihn ein wenig beruhigt, wurde der Regen stärker. Grim schnaubte. War ja klar. Er musste ins Trockene, auf der Stelle, aber zurück ins *Zwielicht*? Auf keinen Fall. Er warf einen Blick auf die Straßen unter sich. Ganz in der Nähe gab es einen Ort, an dem er seine Ruhe haben würde. Ein düsteres Lächeln stahl sich auf sein Gesicht. Lautlos überflog er ein paar Häuserzeilen, entdeckte den nassen Sand der Arènes de Lutèce und ließ sich tiefer sinken. Mit leisem Knirschen schob er das oberste Fenster eines der umstehenden Häuser auf und zwängte sich hinein. Für einen Moment war es stockdunkel, dann hatten seine Augen sich an die Finsternis gewöhnt, und er konnte sich umsehen.

Nichts hatte sich verändert seit seinem letzten Aufenthalt vor wenigen Wochen. Diese Etage war seit Längerem unbewohnt, auch wenn er sich gut vorstellen konnte, dass die Taubeninnung längst einen Antrag auf Besiedelung gestellt hatte. Mistige Kreaturen. Er sog die Luft ein. Kein Gargoyle war seitdem in diesem Gebäude gewesen, so viel stand fest, aber er witterte den Geruch von Menschen, kleinen Menschen. Ja, Kinder waren hier gewesen, vermutlich hatten sie in den verlassenen Räumen gespielt. Grim fuhr sich mit seiner Klaue über die Augen und lächelte. Er mochte es, Menschenkindern beim Spielen zuzusehen. Sie waren in einer Welt zu Hause, die ihm für immer verwehrt bleiben würde – eine Welt aus unverstellten Gefühlen, Träumen und Hoffnungen, fernab von den kühlen Gefilden der Erkenntnis, und manchmal, in samtschwarzen, einsamen Nächten, fühlte Grim eine Sehnsucht nach dieser Welt, die ihn erschreckte. Denn eines wusste er genau: Kein anständiger Gargoyle sehnte sich nach etwas, das die Menschen betraf. Meist gelang es ihm, mit der Maske der Verachtung auf die Welt der Sterblichen zu blicken, und sein Schauspiel war so überzeugend, dass er seiner Rolle selbst mehr glaubte als dem, was er unter ihr verbarg. Und doch gab es nichts, das ihn so sehr traf wie das Lachen oder Weinen eines Kindes. Manchmal schon hatte er sich gewünscht, diese kleinen Wesen festzuhalten, die Zeit einzufrieren, damit sie für immer so bleiben konnten. *Für immer.* Ein Frösteln überzog ihn bei diesen Worten.

Langsam ging er eine Weile auf und ab und hinterließ riesige Klauenabdrücke auf dem staubigen Boden. Er hörte die Ratten in den Rohren unter den Dielen. Sie begrüßten ihn, neugierig, wie sie waren. Eine Weile sprach er mit ihnen in Gedanken. Dann setzte er sich ans Fenster und schaute hinaus auf die Arena. Moosbewachsen erhoben sich die Sitzreihen im fahlen Schein der Laternen, die Bäume rauschten leise im Wind. Tagsüber spielten die Menschen hier Fußball oder Boule, Liebespaare trafen sich auf den Stufen, und manchmal kamen Touristen und machten unschlüssig ein paar Fotos von Sand und Steinen. Für die Menschen gehörte dieser Ort zu ihrer Stadt, aber sie hatten vergessen, was er eigentlich bedeutete. Dieser Platz war ein Ort der Geschichte, der Grim Ruhe vor lästigen Nervensägen garantierte. Denn kein Gargoyle kam freiwillig hierher.

Umso erstaunter war er, als er plötzlich ein vertrautes Geräusch hörte. Steinerne Schwingen in der Luft. Er schob das Fenster auf und versuchte Witterung aufzunehmen, doch der Wind schlug ihm mit eisiger Hand den Regen ins Gesicht und machte seinen Plan zunichte. Vorsichtshalber zog Grim sich in den Schatten des Hauses zurück. Ihm stand nicht der Sinn nach einem Schwätzchen und nach dummen Fragen schon gar nicht. Das Rauschen der Schwingen kam immer näher. Grim beugte sich vor und hob überrascht seine steinernen Brauen.

»Moira«, flüsterte er unhörbar.

Mit elegantem Schwingenschlag landete eine Gargoylefrau mitten in der Arena. Wie Grim selbst hatte sie auf den ersten Blick erstaunliche Ähnlichkeit mit einem Menschen. Sie trug eine Toga, die sich sanft um ihre schmale Taille wand, und hatte die langen Haare kunstvoll hochgesteckt. Ihre Augen lagen dunkel und geheimnisvoll in ihrem Gesicht. Sie sah jung aus, dabei war sie der älteste Gargoyle, den Grim kannte. Doch ihre Haut war grau geworden mit der Zeit, und in ihrem Inneren wucherte die Todesrose, eine Krankheit, die vor allem sehr alte Gargoyles heimsuchte und ihre Eingeweide zerfraß, bis sie innerlich hohl waren. Grim musste Atem holen, als er daran dachte. Nicht nur einmal hatte er erlebt, wie Moira Schmerzen gelitten hatte wegen dieser Krankheit. Doch in ihren Augen funkelte die lebhafte Schwärze des Steinblutes, das auch das seine war. Wie er war auch sie vulkangeboren, und sie hatte sich seiner angenommen, damals, als er ziellos durch Italien geirrt war, hatte ihn nach Ghrogonia gebracht und ihm ein Stück Wärme gegeben mitten in dieser kalten Stadt. Seit er sie kannte, lebte sie zurückgezogen auf den Friedhöfen, mal hier, mal dort, und hielt sich aus allem heraus. Das war auch ein Grund, warum Grim sie mochte. Aber was suchte sie an diesem Platz?

Auf einmal flackerten die Laternen, dann gingen sie aus. Grim fühlte den leisen Hauch von Magie. Warum löschte Moira das Licht? Fürchtete sie, dass sie beobachtet werden könnte, von

Menschen vielleicht? Grim hatte kein Problem damit, durch Regen und Dunkelheit zu sehen. Deutlich erkannte er, wie Moira in der Arena auf und ab ging. Ihre Krallen machten auf dem nassen Sand kaum ein Geräusch. Nur Grim konnte sie hören. Gerade hatte er beschlossen, sich zu erkennen zu geben, als er Schritte hörte.

Dieses Mal war es ein Mensch, der sich näherte. Alarmiert setzte Grim sich auf und stellte zu seiner Beruhigung fest, dass Moira erstarrt war. Leise stieß er die Luft aus. Natürlich hatte sie die Schritte auch gehört. Jetzt betrat ein junger Mann den Platz, ungewöhnlich dünn war er, und sein helles Haar leuchtete zu Grim herauf wie ein weißes Segeltuch. Was, in aller Welt, hatte der hier zu suchen? Die Arena wurde nachts geschlossen, er musste eingebrochen sein. Aber warum? Mit angehaltenem Atem sah Grim zu, wie er sich Moira näherte. Vermutlich wunderte sich der Kerl, wie diese Statue in die Arena gekommen war. Aber er würde schon eine Erklärung finden, die Menschen konnten immer alles erklären, was sie nicht verstanden. Es war nicht einfach, absolut still zu stehen, wenn man das Blut in seinen Adern spürte, das wusste Grim, und er fühlte Mitleid mit Moira, als der Junge dicht vor ihr stehen blieb. Noch immer verharrte sie regungslos. Der junge Mann hingegen stand eine Weile einfach da. Dann lächelte er und berührte Moira an der Schulter. Grim presste die Zähne zusammen. Was sollte das? War das einer von diesen Verrückten, die nachts mit Steinfiguren sprachen und sie behandelten, als wären sie ihre Freunde? Angestrengt fixierte er Moiras Gesicht. Sie schien den Jungen anzusehen, der konzentriert vor sich hin nickte, als würde ihm jemand etwas sehr Bedeutendes erzählen. Grim wurde blass unter seiner Obsidianhaut. Konnte das sein? Er beugte sich weiter vor und lauschte durch den Regen, doch er hörte nichts als das vermaledeite Aufschlagen der Tropfen auf Sand und Steinen. Verwirrt starrte er Moira an, und da – ganz deutlich – passierte es: Sie lächelte.

Der Schreck traf Grim so plötzlich, dass er wie von einem Schlag getroffen zurückfuhr. Fassungslos sah er zu, wie Moira die Hand hob und dem Jungen über die Wange strich. Was, zur Hölle noch eins, tat sie da? Außer sich musste Grim sich am Fensterrahmen festhalten, um nicht zu schwanken. Sie zeigte sich einem Menschen, einem Sterblichen, sie brach den jahrhundertealten Pakt, sie riskierte alles, al-les! Niemals war es vorgekommen, dass ein anständiger Gargoyle sich absichtlich einem menschlichen Auge gezeigt hatte, niemals seit der Alten Zeit, und das hatte seine Gründe! Wie konnte sie es wagen, alles zu verraten, was die Sicherheit ihres Volkes begründete? War es ihr gleichgültig, was geschehen mochte, wenn das herauskam?

Grim fühlte, wie ihm kleine Kiesel von der Stirn rieselten, so sehr hatte er die Brauen zusammengezogen. Nein, *er* würde sie nicht verraten, aber was, wenn er nicht der Einzige war, der etwas wusste? Er musste mit ihr sprechen, soviel war klar, doch erst einmal sollte er herausfinden, was dort unten vor sich ging. Sie sprachen Grhonisch, das wusste er, die uralte Gedankensprache der Gargoyles. Was für ein Verrat! Grim schüttelte sich bei dem Gedanken, einen Menschen Grhonisch sprechen zu hören.

Wieder streckte Moira die Hand aus, sie hielt etwas zwischen den Fingern. Grim kniff die Augen zusammen und erkannte ein in dunkles Leder verschnürtes Päckchen. Der junge Mann nahm es entgegen, seine Hände strichen über das Leder, und seine Augen leuchteten, als hätte er einen Schatz gefunden. Der

Regen hatte aufgehört, und als Grim angestrengt lauschte, hörte er drei Worte auf Grhonisch:

»Ich danke dir.«

Doch es war nicht der Mensch gewesen, der diese Worte gesprochen hatte, nein, Moiras Stimme war es, die in Grims Schädel widerhallte.

Noch einmal sahen sich die beiden an. Dann wandte der Junge sich ab und ging über den Platz. Moira blieb stehen, wo sie war. Kaum war der Mensch verschwunden, schob Grim das Fenster auf. Es knarrte kaum hörbar, doch Moira wandte sich um und schaute ihn an. Ein Flackern ging durch ihren Blick, eine Schwärze, die Grim frösteln ließ.

Moira, dachte er, als er seine Schwingen ausbreitete. *Was hast du getan?*

Kapitel 4

Wie wütende Hummeln rasten die Autos an ihr vorbei. Die eiserne Brücke der Rue Caulaincourt vibrierte unter ihren Füßen, es schüttete wie aus Eimern, und außerdem war es kalt. Unter ihr lag der Cimetière de Montmartre mit seinen verwitterten Gräbern und den alten, knorrigen Bäumen, deren Blätterrauschen durch den Regen drang wie eine nie enden wollende Totenklage.

Angespannt schaute Mia zu dem Damenquintett hinüber, das sich in der Nähe der Friedhofstür versammelt hatte und redete, als gäbe es kein Morgen. Aber den gab es, und Mia blieb nicht mehr viel Zeit. In ziemlich genau einer Stunde würde der alte Maurice sich seinen Hut aufsetzen und seine Runde machen, und da er nicht mehr der Jüngste war, konnte das einige Zeit dauern. Sie musste diese Sache vorher erledigen und rechtzeitig wieder verschwinden, wenn sie nicht zweimal in einer Nacht beim Wurstgesicht und seinem Stempelkissen landen wollte. Aber diese dämlichen Tratschtanten mussten sich natürlich ausgerechnet jetzt in strömendem Regen vor diese Tür stellen!

In diesem Moment schoss ein Taxi heran, hielt mit quietschenden Reifen mitten in einer Pfütze neben den Damen und durchnässte zwei von ihnen bis auf die Knochen. Keifend stürzten sich alle fünf auf den Taxifahrer, der geduldig die Türen öffnete und eine nach der anderen in seinen Wagen lud. Mit missmutigem Gesicht murmelte er ein Schimpfwort, verschwand hinterm Steuer und fuhr mit seiner wütenden Fracht davon.

Mia zog zwei silberne Gegenstände aus ihrer Tasche, die merkwürdige Ähnlichkeit mit Zahnarztsonden hatten. Prüfend schaute sie sich um, aber kein Fußgänger war zu sehen.

Jetzt.

Sie rannte zur Tür und klemmte den Spanner ins Schloss. Lucas hatte ihr einmal gesagt: *Du hast Schlösser geknackt, seit du fünf bist – weil du Grenzen und Barrieren nicht akzeptieren willst, die andere dir setzen.* Mia wusste nicht, ob tatsächlich eine psychologische Bedeutung hinter dieser Fähigkeit steckte, aber Begabung und Leidenschaft für das Knacken von Schlössern waren ihr tatsächlich in die Wiege gelegt worden. Schon als kleines Kind hatte sie mühelos das Schloss ihrer Spardose aufgebrochen und diese Fähigkeit in jahrelanger Übung immer mehr verfeinert.

Für dieses Schloss an der Friedhofstür brauchte sie sieben Sekunden. Vorsichtig schob sie das Tor auf und zwängte sich durch den Spalt. Leise fiel es hinter ihr zu.

Für einen Moment stand sie regungslos und lauschte. Gedämpft durch das Rauschen der Bäume drangen die Geräusche der Straße an ihr Ohr. Sie atmete ein. Vor ihr lag die Stadt der Toten.

Ihre Finger kribbelten, als sie den Weg verließ und zwischen den dunklen Totenhäusern entlangschlich. Der Kies knirschte leise unter ihren Füßen. Der Wind wehte Laub über die Gräber, es klang wie das Kratzen winziger Krallen auf Stein. Vorsichtig spähte Mia an einem der Häuser vorbei und sah den alten Maurice in seiner Wachstube sitzen. Ein Fernseher flackerte, es lief ein Western. Mia lächelte. Maurice liebte Western. Sie musste sich nicht beeilen.

So leise wie möglich schlich sie über die nassen Pfade und konnte sich wie in jedem Jahr nicht gegen die Angst wehren, die langsam von ihr Besitz ergriff. Jedes Mal, wenn sie an einem der dunklen Häuser vorbeilief, glaubte sie, ein Totenarm würde daraus hervorschnellen, sie packen und in sein Reich unter der Erde zerren. Früher, als sie noch ein Kind gewesen war, hatte sie geglaubt, dass die Angst vor Monstern und Ungeheuern irgendwann aufhören würde – wenn man erwachsen war. Aber sie hatte nie aufgehört.

Schließlich erreichte Mia die knorrige Eiche. Die Wurzeln hatten mit den Jahren beinahe einen Sitz gebildet, und Mia gefiel der Gedanke, dass der Baum nur ihr zuliebe eine so bequeme Form angenommen hatte. Sie ließ sich auf den Wurzeln nieder, die durch das noch fast vollständige Blätterdach annähernd trocken geblieben waren, und entzündete eine Kerze. Leise zog sie einen Bleistift und ihren Zeichenblock aus der Tasche, blätterte zu einem freien Blatt und holte noch einmal tief Luft. Dann hob sie den Kopf.

Sie betrachtete die Büste auf dem Grab ihres Vaters und suchte nach Änderungen in ihren Zügen. Lucas war auf dem linken Auge stark kurzsichtig gewesen, aber er hatte seine Brille kaum getragen. *Sie ist eine gläserne Wand zwischen mir und der Welt*, das waren seine Worte gewesen. So hatte er sich angewöhnt, den Kopf leicht zur Seite zu neigen, um die Dinge mit dem rechten Auge zu betrachten. Und auf diese Art schaute er jetzt auf Mia herab. Seine Augen lagen im Schatten, aber um seinen Mund spielte ein Lächeln, so winzig und unscheinbar, dass nur Mia es sehen konnte. Zu seinen Lebzeiten hatte er jedes Jahr an ihrem

Geburtstag ein Bild von ihr gemalt. *Warum*, hatte sie gefragt, denn sie konnte sich bessere Dinge vorstellen, als stundenlang ruhig dazusitzen und sich nicht einmal kratzen zu können, wenn es juckte, noch dazu mitten in der Nacht, denn Lucas hatte seine besten Bilder immer nachts gemalt – *das ist die Zeit der Feen*, so hatte er gesagt. *Warum malst du jedes Jahr ein Bild von mir?* Und Lucas hatte aufgesehen, beinahe erstaunt, dass sie diese Frage stellte und die Antwort nicht selbst kannte. Dann hatte er gelächelt und gesagt: *Damit wir uns erinnern*. Das war der Grund, aus dem sie ihn einmal im Jahr, an seinem Todestag, hier besuchte – damit sie sich erinnerte.

Anfangs hatte sie versucht, im Stil der großen Künstler zu malen – Dalí, Picasso, Monet. In der Kandinsky-Zeit war ihr nur ein Strich mit einem grünen Punkt gelungen, der wie ein sauronmäßiges Auge ausgesehen hatte. Aber mit der Zeit hatte sie eigene Stile entwickelt. *Jedes Ding hat eine Schale*, hatte Lucas immer gesagt. *Als Künstler musst du hinter sie schauen und ertragen, was du siehst*.

Jedes Jahr zeichnete sie seine Büste. Aber es war nie dasselbe Gesicht. Im vergangenen Jahr hatte der Mond den Friedhof in helles Licht getaucht, und sie hatte Lucas' Augen gesehen, seinen einsamen, traurigen Blick und das Flackern weit hinten in seiner Pupille. In diesem Jahr sah sie seinen Mund. Und er sprach zu ihr, als sie den Stift ansetzte, eine Stimme aus der Vergangenheit, die sich mit dem Rauschen der Blätter vermengte und klang wie brechendes Eis. Kaum hatte sie das gedacht, ging ein Windstoß durch die Bäume. Wie eine kalte Hand fuhr er Mia ins Gesicht.

Erschrocken hob sie den Kopf. Sie fühlte, dass da etwas war, etwas in den Schatten, das dort hockte und sie anstarrte. Unsinn, dachte sie halbherzig und wollte weiterzeichnen, aber sie konnte sich nicht rühren. Der Lichtschein ihrer Kerze hatte einen goldenen Kranz um sie gelegt, aber jenseits davon lauerte die Dunkelheit. Für einen Moment erstarb der Wind so vollständig, dass Mia nur noch ihren eigenen Atem hörte. Nicht einmal der dumpfe Lärm der Straße erreichte sie mehr. Etwas atmete in ihrer Nähe, und es war größer als eine der Katzen, die sich auf dem Friedhof häuslich eingerichtet hatten. Sie hörte ein Lachen wie aus weiter Ferne, ein Seufzen – und dann blies jemand die Kerze aus.

Im letzten Moment unterdrückte Mia einen Schrei. Sie sprang auf die Füße. Ihr Blick fiel hilflos in die Dunkelheit. Dafür hörte sie umso mehr: Scharren im Laub, Schritte auf Kies, heiseres Keuchen. Mit aller Kraft versuchte sie, ihre Panik niederzukämpfen. Da durchzog ein seltsames Knistern die Nacht. Sie hatte dieses Geräusch schon einmal gehört …

Wie von einem Blitz erhellt zuckte das Gesicht des Polizisten vor ihr auf. Wieder barsten seine Augen, wieder glotzte er sie mit diesem wahnsinnigen Grinsen an. Sie berührte den Stamm der Eiche – und erstarrte. Fassungslos sah sie auf ihre Hand – Raureif hatte die Rinde überzogen. Glitzernd bildeten sich Eiskristalle, sie krochen über Mias Finger, rasend schnell wie ein lebendiges Wesen. Atemlos wich sie zurück. Die Bäume um sie herum vereisten, die Blätter der Eiche wurden erst grau und dann weiß. Knisternd kroch das Eis auf sie zu. Da flackerte es über den Gräbern, und Gesichter tauchten in der Nacht auf, eingefallene, halb verbrannte Fratzen mit schwarzen Augenhöhlen. Sie starrten Mia an, Nebel zog über sie hin und gab ihnen dürre, in weiße Schleier gehüllte Körper, während geisterhafte Gesänge aus ihren Mündern drangen. Die Dunkelheit zwischen zwei Totenhäusern verdichtete sich und wurde zu einem in schwarzen

Samt gekleideten Mann. Seine langen dunklen Haare fielen in kunstvollen Zöpfen auf seinen Rücken hinab, und sein ebenmäßiges Gesicht mit den hohen Wangenknochen zeigte keine Regung. Auf den ersten Blick schien er ein Mensch zu sein. Aber seine Haut war so durchscheinend, dass Mia selbst in der Dunkelheit die blauen Adern darunter sehen konnte, und in seinen Augen fand sie keine Spiegelung des Friedhofs. Eine trostlose Ebene sah sie darin, von verkrüppelten Bäumen besetzt. Ab und zu flogen Nebelfetzen darüber hin wie zerrissene Tücher, und über der fruchtlosen Erde prangte ein roter Mond. Mia starrte den Fremden an – es war, als schaute sie in einen tiefen Abgrund. Da streckte er die Hand nach ihr aus. Ein eisiger Hauch streifte Mias Gesicht. Sie fuhr zurück, die Eiche knackte laut, scharfe Eissplitter brachen von ihrer Rinde. *Er verwandelt mich in Eis*, schoss es Mia durch den Kopf. *Er wird mich umbringen.*

»Nein!«, schrie sie, warf sich herum und rannte los. Sie hörte das Rauschen des Windes hinter sich. Rasend schnell kroch das Eis ihr nach. Steinsplitter flogen an ihr vorbei und scharfe Eisblätter trafen sie an der Schulter. Sie strauchelte und landete in einem Gebüsch, das klirrend zusammenbrach. Es zerschnitt ihr die Hände, aber sie achtete kaum darauf. Keuchend erreichte sie die Tür und stand Augenblicke später auf der Straße.

Mit einem Schlag war der Sturm vorüber. Die Tür fiel leise hinter ihr zu. Zwei Passanten warfen ihr abschätzige Blicke zu. Mit rasendem Herzen betrachtete sie die geschlossene Tür. *Das* hatte sie nicht geträumt.

Benommen wandte sie sich ab und lief die Straße hinunter. Es gab nur einen Menschen auf der Welt, mit dem sie darüber reden konnte.

Kapitel 5

Missbilligend stellte Grim fest, dass nicht einmal der kleinste Schreck über Moiras Gesicht lief, als sie ihm entgegensah. Mit einem Lächeln schaute sie ihn an, ruhig und gelassen wie immer. Wenigstens hatte der Regen aufgehört. Knirschend schrammten seine Klauen durch den Sand, als er direkt vor Moira zum Stehen kam. Wütend nahm er Haltung an, Brust raus, Bauch rein, während Moira mit funkelnden Augen zu ihm aufsah.

»Guten Abend, Grim«, sagte sie freundlich, ehe er auch nur die angestaute Luft hätte auspusten können. »Es freut mich, dich zu sehen. Es ist eine schöne Nacht, nicht wahr? Schön zum Spazierengehen und …«

Da hielt Grim es nicht mehr aus. »Bist du vollkommen verrückt geworden?«, rief er und erschrak, als seine Stimme wie ein donnerndes Meer gegen die Stufen der Arena brandete. Schnell vergewisserte er sich, dass sich niemand näherte, und fuhr leiser fort: »Was, zur Hölle, hast du dir dabei gedacht? Ich habe euch gesehen, damit du es gleich weißt, dich und diesen Menschen!« Das letzte Wort schleuderte er wie einen widerlichen Wurm vor ihre Füße. »Ich habe gesehen, dass du dich bewegt hast, du hast dich ihm zu erkennen gegeben, du hast … du …«

Verwirrt brach er ab und starrte in Moiras dunkle Augen. Sie hatte nichts von ihrem Lächeln eingebüßt, noch immer sah sie aufmerksam zu ihm auf, aber plötzlich war etwas in ihrem Blick, das ihm Einhalt gebot. Auf einmal fühlte er sich getadelt, auch wenn sie kein Wort gesprochen hatte. Er spürte, wie seine Schultern nach vorn sackten und er hilflos den Kopf schüttelte.

»Ich …«, begann er, doch Moira hob die Hand und deutete auf die steinernen Sitzreihen hinter ihm. Lautlos erhob sie sich in die Luft und landete auf der höchsten Stufe. Grim folgte ihr, doch ehe er etwas hätte sagen könne, meinte sie: »Du bist anders als die anderen. Das bist du schon immer gewesen. Wie ich stammst auch du aus den Reihen der Vulkangeborenen, einem der stärksten Gargoyleclans, die es gibt. Und daher hast du besondere Begabungen und Kräfte, die anderen Gargoyles fehlen. Du fliegst, was längst nicht alle von uns können, du gebietest über stärkere Magie als die meisten anderen, und du bist schneller, schattenreicher als sie. Außerdem kommst du an diesen Ort – jenen Ort, den all die anderen meiden, weil sie Angst haben.« Sie hielt kurz inne. »Dennoch ist es besser, wenn du nichts über diese Sache weißt. Du bist noch jung, Grim. Wärest du älter und weiser … Wer weiß, vielleicht würdest du es begreifen. Jetzt ist es zu früh. Es gibt Dinge, die man erfahren muss, um sie zu verstehen.«

»Ich begreife sehr gut, was passiert ist«, zischte Grim ärgerlich. »Du hast dich mit einem Menschen getroffen. Mit einem Menschen, Moira! Du hast mit ihm gesprochen, in unserer Sprache, und du hast ihm etwas gegeben. Warum?«

»Er ist ein Freund«, sagte sie leise.

Grim stieß die Luft aus. »Gargoyles haben keine Freunde unter den Menschen«, grollte er und bemühte sich, den größtmöglichen Grad an Verachtung in seiner Stimme mitschwingen zu lassen. »Es entsteht nur Böses, wenn wir uns mit ihnen abgeben.« Umgehend fühlte er sich von einem belustigten Blick Moiras ein gewaltiges Stück in die Stufe gerammt. Er seufzte innerlich und verdrehte die Augen.

»Und was ist mit …«, begann sie, doch er wischte ihre Worte beiseite wie eine lästige Taube.

»Das war was anderes«, murmelte er.

Sie schwieg, doch das Lächeln auf ihren Lippen sprach Bände. Eine Weile sagte keiner von ihnen mehr etwas. Sie saßen einfach da, Moira den Blick zum Himmel gewandt und Grim in sich zusammengesunken, die Arme vor der Brust verschränkt.

»Also gut«, sagte er schließlich. »Du hast recht. Aber Monsieur Pité war eine Ausnahme. Ich konnte ihm vertrauen. Er hätte mich niemals verraten.«

Moira sah ihn an, auf einmal war sie ganz ernst. »Und woher weißt du das?« Sie wartete, bis ihre Worte ihn umzingelt hatten, und gab sich selbst die Antwort: »Er war ein Freund.«

Zum ersten Mal in dieser Nacht war ihr Gesicht voll Traurigkeit. Sie schaute zum Himmel. Durch einen Spalt in den Wolken funkelten Sterne wie leuchtende Augen. »Es gibt Sterne«, sagte sie, »die schon nicht mehr da sind, wenn wir ihr Licht sehen. Sie sind erloschen, verstehst du, aber vorher haben sie ihren Schein zu uns gesandt. Und dann, wenn sie schon lange nicht mehr da sind, gibt es doch noch ihr Licht, das für uns strahlt.« Sie sah ihn an. »Ein Lächeln – welch seltener Anblick in deinem Gesicht«, sagte sie sanft.

Schnell presste Grim die Zähne zusammen. Er durfte sich nicht aus dem Konzept bringen lassen. »Warum hast du dich dem Jungen gezeigt?«, fragte er streng.

»Ich musste mich ihm nicht zeigen«, sagte sie unbeschwert. »Er ist ein Hartid.«

»Ein Seher?«, rief Grim außer sich. Angestrengt presste er die Klauen zusammen, dass es knirschte. »Woher weißt du das? Bist du dir sicher?«

Ein belustigtes Lächeln glitt über Moiras Gesicht. »Natürlich bin ich mir sicher«, erwiderte sie. »Er hat mich gesehen, und nicht nur mich. Er hat mit Elfen gesprochen, kannst du dir das vorstellen? Ich habe ihn eine Zeit lang beobachtet, um jeden Zweifel auszuschließen.«

Betroffen sah Grim, wie sie sich mit der Hand zur Brust fuhr. Sie hatte Schmerzen, und für einen Moment verblasste seine Verwirrung vor dem Gefühl, das sich mit scharfen Krallen in seinen Nacken setzte.

»Aber was heißt das?«, fragte er dann, darum bemüht, sanft zu klingen, was schändlich misslang.

Moira lächelte noch immer. »Er sieht die Wesen, die andere Menschen nicht einmal erkennen würden, wenn sie sich ihnen offenbarten. Der Zauber des Vergessens – er wirkt nicht bei einem Hartiden. Sie …«

»Das weiß ich«, unterbrach Grim sie ungeduldig. »Aber was bedeutet das?«

»Nichts«, erwiderte sie leichthin. »Außer, dass er ein Hartid ist.« Sie verstärkte ihr Lächeln. »Ich weiß, dass du eigentlich gar nichts darüber wissen willst. Du möchtest dir die Menschen am liebsten vom Hals halten, nicht wahr? Oder sollte ich sagen: vom Herzen?«

Sie schaute ihn auf rätselhafte Weise an, doch ehe er etwas erwidern konnte, wandte sie sich ab. »Dieser Ort«, sagte sie und ließ den Blick über den Sand der Arena gleiten, »ist etwas Besonderes.

Du weißt das. Er ist ein Symbol für die Alte Zeit – die Zeit vor dem Zauber des Vergessens, vor den Kriegen mit all ihrem Hass und Blutvergießen. Damals haben Gargoyles und Menschen zusammengelebt – sie haben diesen Platz zusammen errichtet, wie die Häuser rings herum. Zu jener Zeit wäre es nichts Außergewöhnliches gewesen, wenn sich ein Gargoyle hier mit einem Menschen getroffen hätte. Es war auch nichts Außergewöhnliches, dass etwas wie Freundschaft zwischen ihnen bestand.«

Grim schnaubte. »Seitdem ist viel passiert. Immer schon wurden die Menschen von Hass und Neid getrieben, genügend Völker mussten das durch die Jahrhunderte erfahren, und kaum dass sie die Macht dazu hatten, wandten sie sich auch gegen uns. Sie haben Krieg über uns gebracht, sie haben alles zerstört, was jemals zwischen unseren Völkern bestanden hat. Unter ihrem Blutkönig Pedro von Barkabant haben sie unser Volk fast ausgerottet, hast du das vergessen?«

Moira sah ihn mit einem undurchsichtigen Blick an und schwieg. Ärgerlich fuhr er fort: »Ohne den Zauber des Vergessens wären die Kriege nie beendet worden. Wir können froh sein, dass er uns vor den Menschen schützt. Aber jeder Kontakt mit ihnen gefährdet diesen Schutz. Du weißt, dass die Menschen uns nicht erkennen müssen, um Krieg gegen uns zu führen. Wenn sie von uns wüssten, würden sie uns vernichten, das haben sie schon einmal versucht, sie würden es wieder tun! Niemals darf das geschehen, Moira, wir müssen unsere ganze Kraft daransetzen, dass wir vor ihnen verborgen bleiben.«

Eine Weile war es still. Sie saß so regungslos neben ihm, dass Grim fast meinte, sie wäre eingeschlafen. Dann holte sie Atem. »Und wenn sie sich ändern, eines Tages? Was ist, wenn …«

Verächtlich stieß Grim die Luft aus. »Ändern! Pah!« Er schlug nach der Luft, als wäre sie ein riesiges Insekt, das nach ihm stach. »Die Menschen ändern sich nicht. Das solltest du doch am besten wissen. Du hast die Kriege der Ältesten noch erlebt, weißt um ihre Tücke, um ihre Lügen. Sie sind voll von sich selbst. Sie würden uns niemals akzeptieren. Und selbst wenn sie es täten – der Zauber des Vergessens ist endgültig, und du weißt das. Selbst wenn alle Gargoyles sich anders entscheiden würden – was niemals passieren wird –, gäbe es keinen Weg mehr zurück. Die Welt der Menschen ist uns versperrt – und sie haben keinen Zutritt mehr zu unserer Welt. Die wenigsten Hartide wissen, dass sie Hartide sind – sie glauben, sie seien verrückt. Lass es sie glauben! Menschen, auch Hartide, sind wankelmütig, und sie sind schwach. Wir können nicht das Risiko eingehen, dass …«

Da hob Moira den Blick, und fast wütend kamen die Worte aus ihrem Mund: »Du weißt nicht mehr, wie es ist, für einen Menschen ein Seelenspiegel zu sein, ihn auf den Grund seines Ichs zu tragen, auf deinen eigenen Händen. Du weißt nicht, wie es ist, die Dämmerwelt mit diesem fremden Wesen auf deinen Armen zu durchwandern, bis an den Rand der Totenwelt. Du bist nie mit einem von ihnen in die Welt der Träume gereist. Wir können nicht nur mit unseren Schwingen fliegen, hast du das vergessen? Wir können auch fliegen auf ihren Träumen. Wir konnten die Menschen hinbringen, wohin sie allein niemals gelangen konnten. Wir konnten ihnen helfen – wie sie uns helfen konnten.«

Grim hatte von der Fähigkeit des Seelenspiegelns gehört. Dabei trug ein Gargoyle einen Menschen durch die Zwischenwelt – jene Welt, die Sterbliche nur auf den unsterblichen Schwingen eines Zwischenweltlers oder durch Verlust ihres Lebens durchqueren können. So konnten Menschen in andere Welten gelangen – Welten, die sie verloren hatten, Welten, nach denen sie sich sehnten – oder in die Welt der Träume, wo alles möglich war. Grim kannte keinen Gargoyle, der auch nur daran gedacht hätte, als Seelenspiegel zu fungieren, nur um einen Menschen sonst wohin zu schleppen. Er biss die Zähne zusammen. Nicht einmal Mourier würde auf so einen Einfall kommen, und das hieß einiges.

»Der Zauber wirkt nicht nur auf die Menschen«, sagte Moira nach einer Weile. »Er hat auch Auswirkungen auf uns. Fällt dir das nicht auf? Wir leben in einer Atmosphäre der Angst – ja, wir haben Angst, so sehr, dass wir uns selbst in Ketten legen und alles töten, was unsere Unfreiheit gefährdet. Alles, was Schmerzen bereiten könnte.«

Grim presste die Zähne aufeinander. Irgendwie hatte er das in dieser Nacht schon mal gehört. »Unsinn«, murmelte er. »Kein anständiger Gargoyle hat Angst.«

Moiras Lächeln brannte auf seiner Stirn, als sie antwortete: »Du bist das beste Beispiel. Du hast erlebt, wovon ich spreche. Aber jetzt ist an die Stelle von allem, was du hattest, die Angst getreten.«

Da stieß Grim die Luft aus. »Blödsinn. Angst! Ich nenne das Vernunft! Und sie kam viel zu spät. Die Sache hat mir nur Ärger und Schmerz gebracht. Das ist alles, was uns bleibt, wenn sie fortgehen.«

Aus irgendeinem Grund war er außer Atem, aber seine Worte hatten ihn zur Besinnung gebracht. Jegliche Gefühlsduselei war wie weggewischt. Und doch kroch ihm Kälte in die Wangen, als Moira ihn ansah, so traurig, wie aus weiter Ferne. Es hatte nur wenige Momente gegeben, in denen Grim ihr wahres Alter gefühlt hatte, und wie immer fröstelte er jetzt, als er es tat.

»Du wirst keine Antworten von mir bekommen«, sagte sie. »Der Junge trägt keine bösen Absichten. Ich weiß, dass die Gesetze der OGP dich verpflichten, jeden Hartiden auszuliefern. Aber ich bürge für ihn, und ich möchte, dass du ihn in Frieden lässt. Ich weiß, dass du mir diese Bitte nicht abschlagen wirst, wenn ich schon nicht sagen kann: Gib auf ihn acht.«

Grim hatte gerade den Mund geöffnet, um etwas zu erwidern, als sie nach seiner Hand griff. Erschrocken fuhr er zurück. Er war es nicht gewohnt, auf diese Art berührt zu werden. Gargoyles taten das untereinander höchst selten, ganz besonders die Gargoyles von Paris.

»Dies ist ein Ort der Freiheit«, hörte er Moira sagen, doch er wusste nicht, ob sie die Worte laut aussprach oder nicht. »Deswegen bist du hierhergekommen, und deswegen meiden ihn die anderen. Du musst dir die Sehnsucht bewahren. Sie ist es, die uns lebendig hält.«

Mit angehaltenem Atem nickte Grim. Noch nie hatte er Moira so erlebt. Einen Augenblick sah sie ihn an, den Blick forschend auf seinem Gesicht – dann hob sie die Hand und strich, so rasch, dass er nicht zurückweichen konnte, über seine Wange. Ein Prickeln lief über seine steinerne Haut, als hätte Sonnenwärme ihn gestreift. Ein letztes Mal lächelte sie. Dann erhob sie sich mit leisem Flügelschlagen in die Nacht und verschwand.

Grim blieb noch eine ganze Weile im Schatten der Arena zurück. Er wälzte Moiras Worte in seinem Kopf hin und her, doch je länger er darüber nachdachte, desto stärker wurde er sich bewusst, dass sie ihm auf seine Fragen keine Antworten gegeben hatte. Stattdessen hatte sie ihm wieder einmal vor Augen geführt, wie wenig er dem Bild des idealen Gargoyles entsprach.

Das Gesicht eines Menschen tauchte vor ihm auf. Monsieur

Pité, früherer Pfarrer der Kirche Saint-Jacques-la-Boucherie, und sein – Grim hielt inne. Ja, was eigentlich? Er senkte den Blick und dachte an damals zurück, als er auf der Suche nach einer neuen Unterkunft durch Paris gestreift war. Er war nicht wie andere Gargoyles, da hatte Moira ganz recht. Er brauchte einen Platz für sich, einen Ort, wo er in Ruhe versteinern und wieder erwachen konnte, eine vertraute Umgebung, in der er sich sicher fühlte, ein Zuhause. Zuerst hatte er in den Katakomben gewohnt, eine Weile sogar unter der Oper. Doch dann war alles komplizierter geworden, auf einmal waren überall Menschen gewesen, er hatte sich einen neuen Platz suchen müssen und den Turm Saint Jacques gefunden. Dieser war im Flamboyantstil errichtet worden, das filigrane Maßwerk der Fassade erinnerte in seiner Kunstfertigkeit an Flammen und entsprach damit genau Grims Geschmack. Darüber hinaus bot der Turm genügend Platz für einen angemessenen An- und Abflug und war problemlos mit einem magischen Fahrstuhl zu versehen gewesen, der Grim in sein eigenes unterirdisches Reich brachte. Dort hatte er sich nach und nach ein Heim geschaffen, und manchmal war er nachts, wenn die Kirche verlassen gewesen war, um ihre hohen Säulen gegangen und hatte durch die Fenster das Mondlicht auf sich gefühlt. Eine Weile hatte er dort ganz passabel gelebt, bis eines Tages der alte Pfarrer – ein mürrischer Kerl, der nur zu seinen Predigten vom Jüngsten Tag überhaupt in der Kirche erschienen war – verstorben und ein neuer gekommen war. Und dieser neue war anders gewesen. Er stromerte wie ein streunender Kater durch die ganze Kirche, fand sogar die Kellergewölbe, in denen Grim zur Bauzeit seines unterirdischen Domizils einige Steinquader abgestellt hatte. Und er spielte zu jeder Tages- und Nachtzeit auf der Orgel.

Ein Schauer lief Grim über den Rücken, als er daran dachte, wie er zum ersten Mal diese Musik gehört hatte. Er war gerade aus der Stadt gekommen, es hatte bereits gedämmert, und schon von ferne waren ihm die Klänge der Orgel entgegengeschwappt wie Wellen aus schweren, seidenen Tüchern. Bezaubert hatte er sich ins Kirchenschiff geschlichen und den dünnen, kleinen Pfarrer mit dem zerzausten Haar spielen sehen, der viel mehr ausgesehen hatte, als hätte er bei den Elfen im Wald gelebt als in einer großen Menschenstadt. Niemals, daran erinnerte Grim sich genau, war er von etwas so ergriffen worden, und er fand bis zum heutigen Tag keine Worte dafür. Vor lauter Zauber hatte er das Morgenlicht vergessen, nie war ihm das bis dahin passiert. Noch immer schüttelte er den Kopf, als er darüber nachdachte, und er sah ihn noch immer vor sich, den staunenden Pfarrer, als er am nächsten Abend erwacht war. Wie ein Kind hatte er vor ihm gehockt, auf dem Boden, und zu ihm aufgesehen. Er war nicht erstaunt gewesen, der kleine Monsieur Pité, nur verzaubert, ebenso wie Grim von seiner Musik. Eine Weile hatten sie sich angeschaut, regungslos, wie träumend. Dann war Monsieur Pité aufgestanden, hatte Grim die Hand hingehalten und mit einem zaghaften Lächeln gesagt: »Es freut mich, endlich Ihre Bekanntschaft zu machen. Ich habe mir schon gedacht, dass jemand wie Sie hier sein muss. Irgendetwas war in der Luft, verstehen Sie?« Noch immer klang sein jungenhaftes Lachen in Grims Ohren wider. Von diesem Tag an waren sie – ja, sie waren Freunde gewesen, Moira hatte recht gehabt, und sie waren es geblieben, bis zu dem Tag, an dem Monsieur Pité ihn verlassen hatte.

Mit einem Stöhnen streckte Grim seine Glieder. Er würde Moira nicht verraten, das wusste sie ebenso gut wie er. Und er würde auch den Jungen nicht an die OGP ausliefern, dafür wusste er zu gut, was sie mit Hartiden anstellten. Aber er konnte die Angelegenheit nicht einfach auf sich beruhen lassen. Moira würde ihm nicht helfen, das hatte sie unmissverständlich klargemacht. Sie ließ ihm keine Wahl. Er musste diese Sache selbst in die Hand nehmen, und es gab nur eine Möglichkeit dazu. Entschlossen erhob er sich in die Nacht. Er musste den Jungen finden.

Kapitel 6

Die Tür zu Jakobs Wohnung klemmte. Zweimal musste man in Kniehöhe gegen das Holz treten und gleichzeitig den Türknauf gegen den Uhrzeigersinn drehen, ehe sie sich öffnen ließ. Mia hatte diese Tür und ihren Eigensinn von Anfang an gemocht, aber in dieser Nacht ging sie ihr unwahrscheinlich auf die Nerven. Warum war ihr Bruder nicht da? Wo trieb er sich mitten in der Nacht herum?

Sie fand den Schlüssel in ihrer Tasche, vollzog das Türritual und betrat die Wohnung. Sofort umhüllte sie ein staubiger Geruch, und als sie die Petroleumlampe neben der Tür entzündet hatte und über den Flur in das einzige Zimmer ging, sah sie auch, aus welchem Grund: Jakob hatte mehr Bücher als jeder andere Mensch, den Mia kannte, und die meisten davon waren uralt. Sie lagen überall, auf dem Tisch, der mitten im Zimmer stand, den beiden Klappstühlen, dem schmalen Bett unter der Dachschräge und dem Schreibtisch mit dem Computer und den unzähligen Papieren und Zeichnungen. Das einzige Regal – ein klappriges Ding mit ungleich langen Brettern – bog sich unter der Last dicker Atlanten, steinerner Figuren und dem Koffer mit Jakobs Querflöte.

Mia entzündete auch im Wohnzimmer einige Petroleumlampen und wurde ein wenig ruhiger. Sie atmete ein. Dieser Duft war Jakob für sie: die alten Bücher, die Petroleumlampen – bei seinem Auszug hatte er ihr eine geschenkt, sie stand auf ihrem Nachtschrank. Sie wandte den Blick und schaute auf die unzähligen Zeichnungen, die teils in Rahmen, teils mit Stecknadeln befestigt an der Wand hingen und die merkwürdigsten Kreaturen zeigten. Sie stammten alle von ihrem Vater. Jakob hatte keine davon weggeworfen. Selbst auf dem Boden lagen einige. Früher war es Mia vorgekommen, als liefe sie in dieser Wohnung über einen Flickenteppich aus Träumen.

Jetzt hatte sie für solche Gedanken keinen Sinn. Ruhelos ging sie auf und ab und merkte erst nach einer ganzen Weile, dass sie noch immer ihren Zeichenblock in der Hand hielt. Wütend schleuderte sie ihn auf den Tisch.

»Ich bin nicht verrückt«, sagte sie halblaut zu sich selbst und kam sich sofort lächerlich vor. »Na klar«, fuhr sie fort. »Es spricht wirklich für einen klaren Verstand, wenn man anfängt, mit sich selbst zu reden.«

Dennoch beruhigte sie der Klang ihrer eigenen Stimme und vertrieb die Gesänge der Wesen, deren Gesichter ihr vom Friedhof bis hierher gefolgt waren wie Albträume. Und dann der schwarz gewandete Fremde … Mia schauderte, als sie an das Eis dachte, das ihr nachgekrochen war wie eine riesige Totenzunge. Sie hob den Blick und erkannte sich selbst im schmutzigen Glas des Fensters, hinter dem die Nacht lag wie ein lebendiges Wesen. Sie zog die Arme um den Körper. Und wenn sie ihr gefolgt waren? Wer konnte wissen, was noch alles in der Dunkelheit vor dem Fenster lauerte und sie beobachtete, gerade in diesem Moment? Sie schaute sich ins Gesicht. Finsternis lag hinter ihren Augen, und plötzlich meinte sie, eine Bewegung zu erkennen –

ein schattenhaftes, lautloses Flackern, als wären zwei Kohlestücke aufgeflammt und gleich darauf wieder erloschen. Sie hielt den Atem an, und ein seltsamer Gedanke ging ihr durch den Kopf: Was, wenn sie zum Fenster gehen und es öffnen würde? Was würde sie dahinter finden?

Entschlossen riss sie den Blick los und wandte sich ab.

»Nein«, sagte sie laut. »Ich muss mich jetzt zusammenreißen. Es gibt eine Erklärung für alles. Es muss eine geben.«

Und obwohl sie wusste, wie angreifbar diese Feststellung war, setzte sie sich auf einen Klappstuhl und griff betont gelassen nach einer der Tageszeitungen, die auf dem Tisch herumlagen. Sie hatte gerade zwei Artikel überflogen, ohne die Buchstaben zu sehen, als die Luft über der Tür zum Flur anfing zu flirren. Mia ließ die Zeitung fallen und griff nach ihrer Tasche.

»Nicht schon wieder«, flüsterte sie. Mit zitternden Fingern ertastete sie ihr CS-Gas – dieses Mal wollte sie vorbereitet sein, auch wenn sie bezweifelte, dass diese winzige Dose sie in irgendeiner Weise beschützen konnte. Fassungslos sah sie zu, wie sich am oberen Falz der Tür zwei Funken bildeten und ein flammendes Oval in den Raum zeichneten. Die Luft darin flirrte wie ein Schwarm halb durchsichtiger Bienen und machte ein säuselndes Geräusch. Seltsamerweise fühlte Mia nicht eine Spur von Angst. Zögernd trat sie näher an das Oval heran, das inzwischen einer spiegelnden Wasseroberfläche glich. *Hör auf*, sagte sie sich, aber sie hatte schon die Hand ausgestreckt, um das Oval zu berühren. Wie ein Portal sah es aus, ein Tor in eine andere …

In diesem Moment glitt eine Hand aus dem Inneren des Ovals und traf Mias Finger. Schreiend sprang sie zurück, stolperte über ihren Klappstuhl und landete auf dem Allerwertesten. Panisch riss sie das CS-Gas nach oben und sah, wie sich ein Mensch aus dem Wasser schob. Vollkommen trocken stand er vor ihr und starrte sie ebenso fassungslos an wie sie ihn.

»Jakob!«, sagte sie und ließ die Hand sinken.

Eindeutig, es war ihr Bruder, der da mit teilweise zerrissenen Kleidern und merkwürdigen Kratzspuren im Gesicht vor ihr stand. Das Portal – denn offensichtlich war es genau das – löste sich langsam hinter ihm auf.

»Was tust du hier?«, fragte er kaum hörbar. »Vergiss, was du gerade gesehen hast.«

Mia kam auf die Füße. Sie stieß die Luft aus. »Soll das ein Witz sein? Ich weiß nicht, was hier los ist, aber ich werde gar nichts vergessen. Gerade hat mich eine Horde Zombies mit Eiskanonen verfolgt, und jetzt beamst du dich durch die Gegend wie Captain Kirk!«

In kurzen Sätzen berichtete sie ihm von ihren Erlebnissen auf dem Polizeirevier und dem Friedhof. Als sie fertig war, schien Jakob keineswegs beunruhigt zu sein. Vielmehr wirkte er nachdenklich und – erleichtert. Er ging an ihr vorbei und ließ sich auf einen Stuhl sinken. Erst jetzt bemerkte Mia, wie sich die Kratzer auf seiner Haut schlossen, wie sie verblassten und schließlich verschwanden. Sie deutete auf sein Gesicht, brachte aber keinen Ton über die Lippen. Jakob sah sie ernst an. Gerade öffnete er den Mund, als ein gewaltiger Knall ihn zusammenfahren ließ. Mia schrie auf und riss das CS-Gas in die Höhe, aber Jakob winkte ab. Vollkommen ruhig ging er zu seinem Regal und hob den Atlas auf, der zu Boden gefallen war.

»Vielleicht ein Poltergeist«, meinte er, als gäbe es nichts Normaleres auf der Welt. Er kehrte zu seinem Stuhl zurück und sah sie eine Weile an, ohne etwas zu sagen. Dann lächelte er. Kaum merklich deutete er auf die Bilder ihres Vaters an den Wänden.

»Weißt du noch, was er uns sagte, als wir klein waren? *Alles ist möglich – eines Tages.* Und er hatte recht. Er ... du ... ich ... Wir haben besondere ... Fähigkeiten. Wir ... Warte!«

Er sprang auf, lief zu einem Bücherstapel und zog einen alten Schuhkarton dahinter hervor. Schnell schob er den Deckel beiseite, entnahm einen silbernen Kreisel und stellte ihn vor Mia auf den Tisch. »Sieh hin«, sagte er leise, aber seine Stimme verbarg nicht die Aufregung, mit der er sprach.

Widerwillig schaute Mia auf den Kreisel, dessen wirbelnde Spirale sie seltsam müde machte. Sie fühlte, wie ihr die Augen zufielen und dachte noch: *Was für ein billiger Trick.* Sie hörte Jakobs Worte wie aus weiter Ferne, es war, als würde er ihr eine Geschichte in einer fremden Sprache erzählen. Lange hörte sie ihm zu, so schien es ihr, halb schlafend, halb wachend. Dann fühlte sie die Kälte. Erschrocken riss sie die Augen auf, aber sie war nicht mehr in Jakobs Wohnung. Sie war wieder auf dem Friedhof, und alles passierte noch einmal: das Eis, die Geisterwesen über den Gräbern, der Fremde ...

»Halt!«

Jakobs Stimme klang in ihren Ohren wider, und sie stellte fest, dass alles um sie herum stillstand. Es war, als hätte er die Zeit angehalten.

»Achte nicht auf ihn. Achte auf dich.«

Mia spürte wieder den eisigen Hauch an ihrem Gesicht. Panik erfasste sie, sie warf sich herum und schrie. Im selben Moment durchzog sie rasender Schmerz. Für einen Moment wurde ihr schwarz vor Augen. Als sie wieder zu sich kam, saß sie auf dem Klappstuhl in Jakobs Wohnung. Er sah sie an, ein triumphierendes Lächeln lag in seinem Blick. Eisiger Wind fuhr ihr unbarmherzig in den Nacken. Sie wandte sich um und sah ein riesiges Loch im Fenster, als hätte jemand einen Stein hindurchgeworfen.

»Was …«, begann sie, doch im nächsten Moment sah sie die Eisblumen, die sich langsam von den Wänden zurückzogen. Sie fuhr sich mit der Hand über den Mund. Ihre Finger waren kalt – und blaue Fünkchen sprangen über ihre Handfläche. Sie trafen den Boden, wo sie zu Eisblumen wurden, und erloschen.

»Du warst das«, hörte sie Jakob sagen. »Du hast alles in Eis verwandelt.«

Mia sah ihn an. »Ich?«, flüsterte sie.

Jakob nickte. Er zog etwas aus seiner Tasche, es war ein silbernes Amulett mit einem matten tiefschwarzen Stein darin. Mit feierlicher Miene legte er ihr das Schmuckstück um den Hals. »Du hast eine besondere Begabung. Du spürst, dass mehr in der Welt steckt, als dein menschliches Auge sieht. Die Sehnsucht nach diesem Unbekannten hat dich zu der gemacht, die du bist: ein schwarz gewandetes Dämmerkind, das lieber Bilder auf Friedhöfen malt, statt … Dinge zu tun, die Mädchen in deinem Alter eben tun.«

Mia musste lächeln, doch Jakob sah sie ernst an.

»Du bist ausgeschlossen, Mia. Und ich weiß, dass du darunter leidest. Selbst deine Freunde sind von dir getrennt, auch wenn sie die Sehnsucht kennen nach etwas, das diese Realität übersteigt. Doch sie fühlen nicht, was du fühlst. Sie ahnen nichts von der Anderwelt.«

Das letzte Wort streifte Mia wie ein Schmetterlingsflügel. »Die Anderwelt«, wiederholte sie leise.

»Die Welt ist mehr als das, was du bisher dachtest, dass sie sei«, fuhr Jakob fort. »Es existiert noch mehr, viel mehr, als normale Menschen sehen können. Eine Welt unter der Oberfläche, verborgen durch eine dünne, zitternde Haut, die nur wenige Menschen durchdringen können. Du, Mia – du kannst es.« Er lächelte. »Du bist eine Hartidin – eine Seherin des Möglichen.«

Kapitel 7

Verdammter Dreckswald! Wütend stampfte Grim zwischen den Bäumen des Jardin des Plantes hindurch. Er ging geduckt und mit verschränkten Schwingen, doch immer wieder blieb er im Blättergewirr der Zweige hängen, stieß gegen Äste und verhedderte sich hoffnungslos in jeder Art von Gestrüpp. Das erschrockene Wispern der Moostrolle tat seinen Ohren weh, ganz zu schweigen von den bronzenen Wächtern des Parks, die mit missbilligenden Blicken an ihm vorüberschlichen. Sie trauten sich nicht, ihn anzusprechen – immerhin war er ein Schattenflügler. Aber er ging jede Wette ein, dass sie noch in dieser Nacht bei Mourier Beschwerde über ihn einreichen würden. Nur im letzten Moment konnte er seine Klauen davon abhalten, einem im Dickicht versteckten Eichhörnchen durch einen ungeschickten Tritt die ewige Vernichtung zu bringen. Ausatmend blieb er stehen. Er war zu groß und zu alt für solche Sperenzchen. Aber er hatte keine Wahl. Er musste die Spur des Menschen finden. Mühelos hatte er dessen Fährte bis in diesen Park verfolgt, aber dann hatte es wieder angefangen zu regnen – ach was, zu *schütten*. In wenigen Sekunden war jede noch so deutliche Spur im wahrsten Sinne des Wortes weggespült worden. Deswegen hatte Grim sich in die Büsche begeben. Hier im einigermaßen Trockenen zwischen den Bäumen war der Duft des Menschen hängen geblieben wie feiner Nebel, da war Grim sich sicher. Aber wo genau? Er sog die Luft ein, langsam und zitternd. Ein Kaleidoskop an Düften ergoss sich in seine Lunge, er roch alle Pflanzen, jedes Tier und auch die Wesen, die sich sonst noch in den Baumwipfeln, Astlöchern und zwischen weichem Moos verbargen, er nahm sogar den Duft seiner eigenen steinkalten Haut wahr, obwohl es beinahe unmöglich war, einen Gargoylegeruch auszumachen. Aber von dem Menschen – nichts. Missmutig sah Grim sich um. Warum, zum Teufel, hatte es regnen müssen, ausgerechnet jetzt? Er würde Stunden brauchen, um in dem Wirrwarr an Bäumen und Büschen die Fährte wiederzufinden, von dem Chaos, das er dabei anrichtete, ganz zu schweigen. Ärgerlich schlug er gegen einen Ast und brachte ihn mit lautem Getöse zu Fall. Es hatte keinen Zweck. Er musste Hilfe holen. Seufzend schob er sich zwei Finger in den Mund und stieß in einem langen, tiefen Atemzug die Luft aus. Kein menschliches Ohr hätte den Ton hören können, der nun durch die Kronen der Bäume in die Nacht flog, und auch kein steinernes. Dieser Klang war für ein anderes Gehör bestimmt.

Grim stand eine Weile regungslos. Dann setzte er sich auf den feuchten Boden und wartete. Missmutig ließ er sich noch einmal die Worte Moiras durch den Kopf gehen. *Wärest du älter und weiser … Wer weiß, vielleicht würdest du es begreifen. Jetzt ist es zu früh. Es gibt Dinge, die man erfahren muss, um sie zu verstehen.* Lächerlich! Was, bitte schön, hatte er in seinem langen Leben noch nicht erfahren? Was konnte dieser mickrige Wurm von einem Menschen besser verstehen als er, der Schattenflügler?

Je länger er darüber nachdachte, desto wütender wurde er. Wie konnte sie es wagen, mit einem Menschen ein Geheimnis zu haben und ihn, einen Freund ihresgleichen, davon auszuschließen? Er grub seine Klauen in die Erde, und da, mitten in seine Wut hinein, hörte er leises Flügelschlagen. Er spähte durch die Bäume, doch noch ehe er das helle grüne Licht genau hätte erkennen können, schwirrte es in irrsinniger Geschwindigkeit heran und kam erst eine Winzigkeit vor seinem Gesicht zum Stehen.

Grim fuhr zurück und blinzelte. Im Lichtschein schwebte ein Kobold. Er hatte lange, spitze Ohren, wirres grünes Haar und ebenso grüne Haut, die von einer roten Latzhose bedeckt wurde. Eine riesige Knollennase saß unter wachsamen Augen, und als er das Gesicht zu einem Grinsen verzog, entblößte er eine Reihe schiefer Zähne.

»Grim, alter Junge«, sagte der Kobold. Er flog zur Schulter des Gargoyles, schlug dagegen und kehrte an seinen Ausgangspunkt zurück. »Du hast Remis gerufen, wie ich hörte? Freut mich außerordentlich, dich zu sehen.«

Remis strahlte von einem Ohr zum anderen, und für einen Moment wurde das grüne Licht eine Spur heller. Dann wandte der Kobold den Blick. Er schüttelte den Kopf, als er die entwurzelten Büsche, die zerbrochenen Zweige und den herabgestürzten Ast sah. Tadelnd hob er die rechte Augenbraue.

»Was hast du gemacht?«, zischte er, die Hände in die Hüfte gestemmt wie ein altes Waschweib. »Hat dich nun doch die Alterstollheit befallen, oder hast du plötzlich Aggressionen entwickelt, von denen ich noch nichts weiß?«

Grim stieß die Luft aus. »Remis«, grollte er und hob beschwichtigend die Klauen, an denen noch immer Erde klebte. »Ich suche einen Menschen. Seine Spur muss noch irgendwo hier sein, aber …«

Mit zusammengepressten Lippen schaute Remis den Erdklumpen hinterher, die von Grims Klauen zu Boden fielen. »Das ist noch lange kein Grund, hier herumzurandalieren, als gäbe es kein Morgen.« Missbilligend schüttelte er den Kopf.

Grim schnaubte leise. »Ich bin nun mal nicht für Wälder geschaffen, ich bin …«

Aber Remis ließ ihn nicht ausreden. »Wald! Wald!«, rief er außer sich und warf die Arme in die Luft. »Das hier ist doch kein Wald!«

Grim zog die Brauen zusammen. »Stehen hier Bäume?«

Remis zuckte die Achseln. »Sicher, aber …«

»Mehr als zehn?«

Der Kobold verdrehte die Augen. »Ja, aber …«

»Dann«, sagte Grim und beugte sich vor, »ist es ein Wald, ein verdammter Dreckswald, um genau zu sein – jedenfalls in meiner Welt, alles klar?«

Remis sah ihn einen Moment lang unter zusammengekniffenen Brauen an, dann breitete sich ein Grinsen auf seinem Gesicht aus. »Jedenfalls siehst du jetzt den Wald vor lauter Bäumen nicht mehr, was?«

Er brach in Gelächter aus und entlockte Grim ein Stöhnen. Er hasste es, wenn Remis menschliche Sprichwörter verwendete. Aus seinem Mund klangen sie noch lächerlicher, als wenn die Menschen sie gebrauchten. Gleich darauf wurde Remis wieder ernst.

»Einen Menschen suchst du also, hm?«, sagte er leise. »Nichts Neues so weit, würde ich sagen. Aber mit deinem riesigen Steinzinken kannst du ihn wegen des Regens nicht riechen, was?« Er verlor den tadelnden Ausdruck und zwinkerte übermütig. »Lass mich das machen, hast schließlich schon genug angerichtet, hörst du die Moostrolle, unglaublich, wie die schimpfen können, nicht wahr? Na ja, warte kurz, bin gleich zurück.«

Es dauerte nicht lange, da tauchte Remis wieder auf. »Ja, es war ein Männchen, eindeutig noch relativ jung, würde ich sagen. Ist schon vor einer Weile hier vorbeigekommen.« Er schwirrte auf Grims linke Schulter. »Wir machen es wie immer: Du fliegst, und ich rede.«

Wortlos brach sich Grim seinen Weg durch die Baumkronen und folgte Remis' Anweisungen durch die Stadt. Es war spät, doch noch immer glühten die Lichter zu ihnen herauf, die Straßen glänzten im Scheinwerferlicht, und die Leuchtreklamen warfen ihre Botschaften grell und bunt in die Nacht. Grim flog lautlos und so schnell, dass Remis sich mit beiden Händen an seinem Ohr festhalten musste. Die Lichter unter ihnen verschwammen zu funkelnden Teppichen, und Grim fühlte den Wind unter seinen Schwingen. Ein Lächeln hatte sich auf seine Lippen gelegt, als Remis ihn mit heiserer Stimme anhalten ließ.

Sie landeten auf einem Häuserdach in einer kleinen Seitenstraße. Die meisten Fenster waren dunkel und schauten wie tote Augen in die Nacht, doch da, im Dachgeschoss des Altbaus auf der anderen Seite, brannte noch Licht. Grim segelte lautlos über die Straße und krallte sich oberhalb des Fensters fest. Remis surrte hinunter und spähte in die Wohnung. Dann winkte er Grim zu sich. Vorsichtig ließ der Gargoyle sich tiefer sinken, bis er kopfüber vor dem Fenster hing. Er roch den Duft von Petroleum, dann sah er mindestens sieben entzündete Lampen. Ja, hier hatte er es in der Tat mit einem Hartiden zu tun, der sich zumindest einigermaßen mit den Wesen auskannte, die unentdeckt unter den Menschen lebten.

Es war kein Geheimnis, dass Gestaltwandler und zahlreiche

Dämonen den Duft von Petroleum hassten wie die Pest, und auch für die Geruchszentren eines Gargoyles gab es Angenehmeres. Dabei hatte er es hier nur mit gewöhnlichem Petroleum zu tun … Es gab noch weitaus gefährlichere Sorten. Dieser Mensch hatte sich also geschützt, gar nicht dumm.

Da bewegte sich etwas in den Schatten der Wohnung. Grim hielt den Atem an, doch statt des Mannes, den er mit Moira gesehen hatte, trat ein junges Mädchen in den Lichtkranz einer Lampe. Ihr dunkles Haar umrahmte ihr Gesicht wie Seide ein zerbrechliches Juwel. Unruhig ging sie im Zimmer auf und ab. Sie war allein.

Gerade wollte Grim sich abwenden, als sie den Kopf hob und ihn mit einem wachsamen, durchdringenden Blick ansah. Natürlich konnte sie ihn nicht sehen, dafür war das Zimmer zu hell erleuchtet, und auf der Straße war es dunkel – und doch *sah sie ihn an.* Sie hatte grüne Augen wie das Meer bei einem Gewitter, und in ihrem Blick lag Sehnsucht nach etwas, das unerreichbar war, etwas, gegen das man sich wehrte und das man doch nicht verleugnen konnte, etwas, das er lange gesucht hatte, ohne überhaupt davon zu wissen, und als sie den Blick abwandte, schien es ihm, als hätte man ihm mit glühendem Eisen ein Mal auf die Stirn gebrannt. Nur einmal hatte er etwas Ähnliches gefühlt. Orgelmusik rauschte in seinen Ohren, so laut, dass es ihm wehtat, und er wandte sich ab.

Remis musterte ihn fragend, aber zur Abwechslung war er klug genug, den Mund zu halten. Gerade sagte das Mädchen etwas, doch Grim wollte ihre Worte nicht hören. Er biss sich auf die Lippe, bis er Blut schmeckte, schwarzes, schweres Steinblut. Dann hob er den Blick und fixierte das Mädchen, doch als er zum zweiten Mal in ihre Augen sah, fühlte er nichts mehr.

»Er ist nicht da«, flüsterte er Remis zu. »Das ist *die* Gelegenheit.« In knappen Worten berichtete er dem Kobold von dem Treffen Moiras mit dem Menschen und der Übergabe des rätselhaften Pakets. »Er wird es bestimmt nicht die ganze Zeit mit sich herumtragen«, stellte er fest. »Es ist sicher noch in der Wohnung, und jetzt, wo er nicht da ist …«

Remis stieß die Luft aus. »Ja, jetzt, wo er nicht da ist, willst du mal eben an der Haustür klopfen und dem netten Mädchen da drinnen ein bisschen Todesangst bereiten?«

Grim verdrehte die Augen. »Ich bin nicht derjenige, der für seine Kletterkünste und Diebstähle bekannt ist. Ich dachte immer, das wärest du.«

Remis riss die Augen auf. »Ich soll …« Er fuchtelte mit der linken Hand so schnell durch die Luft, dass ihre Konturen verwischten, und nickte in Richtung Fenster. »Da rein?«

Grim nickte. »Du suchst das Paket und bringst es her.«

Ein geheimnisvoller Klang hatte sich in seine Stimme geschlichen, der Klang nach Abenteuern – jener Klang, der Remis regelmäßig das Herz in die Hose rutschen ließ. Aber Grim kannte seinen Freund, und er sah es genau: dieses dunkle, spitzbübische Funkeln in den Koboldaugen, wenn es darum ging, etwas auszufressen.

»Oder hast du etwa Angst?«, raunte Grim ihm ins Ohr, und damit hatte er ihn.

»Pah!«, machte Remis, sauste zum Fenster und spähte vorsichtig hindurch. Aufgeregt deutete er auf ein flirrendes Portal, aus dem gerade der junge Mann zum Vorschein kam. Grim zog die Brauen zusammen. Er spürte die Kraft eines nicht gerade unbedeutenden Zaubers. Aber das war jetzt unwichtig. Wichtig war das Paket. Er schob Remis mit dem kleinen Finger näher ans Fenster und machte eine eindeutige Kopfbewegung. *Egal. Da rein!*

Remis deutete auf den jungen Mann, Grim zuckte die Achseln, Remis riss die Augen auf, Grim nickte noch einmal, Remis seufzte und gab sich geschlagen.

Grim sah zu, wie sich das Leuchten um den Koboldkörper reduzierte, bis nur noch ein schwaches Glimmen zu sehen war. Er nickte Remis aufmunternd zu. *Los.*

Gerade hörte der junge Mann fasziniert zu, wie das Mädchen irgendetwas erzählte, und bemerkte nicht, wie Remis das Fenster ein winziges Stück weit anhob, um sich hindurchzuschieben. Gespannt sah Grim zu, wie der Kopf des Kobolds sich durch den Spalt drückte, und atmete erleichtert aus. Wenn der Kopf erst einmal durch war, kam der Rest von allein hinterher, das war wie bei den Ratten.

In der Tat schloss Remis das Fenster nach wenigen Augenblicken von innen und sprang in einigen gewagten Sätzen von Lampenschein zu Lampenschein. Mit vollendet detektivischer Miene durchsuchte er den Boden und einige Bücherhaufen, die ungeordnet überall im Zimmer herumlagen. Bei den Zeitungen blieb er stehen, und erst als er sich eine ganze Weile nicht mehr bewegt hatte, stellte Grim fest, dass er las. Entschlossen pfiff er auf Koboldweise, und umgehend fuhr Remis zusammen, als hätte man ihm kräftig in die Ohren gepustet. Vorwurfsvoll deutete Grim auf den winzigen Flur, denn er ging nicht davon aus, dass das Paket sich in einem der staubigen Bücherhaufen befinden würde. Remis biss die Zähne zusammen. Er war wütend, das konnte Grim sehen. Wie er selbst hasste Remis es, Befehle auszuführen. Und so hangelte er sich nun auf ein durchhängendes Regalbrett, um hinter einem riesigen Atlas nach dem Paket zu suchen. Leider verhedderte er sich dabei mit dem Fuß im Lesebändchen, was er selbst allerdings nicht merkte. Grim pfiff erneut, aber offensichtlich wollte Remis ihn nicht hören. Entschlossen sprang er vom Regal – und zerrte den Atlas samt daraufliegenden Buchhaltern und Lesezeichen mit sich. Krachend landete alles auf dem Fußboden, die beiden Menschen zuckten gehörig zusammen, und Grim hätte am liebsten durch die Fensterscheibe hindurch einen Enthaarungszauber auf Remis gelegt, der totenblass hinter einem Kerzenhalter stand und am ganzen Leib zitterte.

»Vielleicht ein Poltergeist«, hörte Grim den jungen Mann sagen, der die Sachen zurück ins Regal stellte.

Wenn du wüsstest.

Anscheinend hatte der Mensch wirklich schon einmal mit solchen Wesen zu tun gehabt und ihre Harmlosigkeit erkannt, denn nachdem er eine Weile prüfend durchs Zimmer geschaut hatte, schenkte er dem Zwischenfall keine weitere Bedeutung. Auch das Mädchen hatte offensichtlich Wichtigeres zu tun. Menschen! Grim selbst kam das allerdings wie gerufen. Remis, der nach diesem Reinfall lammfromm war, huschte pflichtergeben in den Flur.

Unruhig zählte Grim die Sekunden, auch wenn er wusste, dass das die Zeit nur noch länger machte. Aber schließlich tauchte Remis im Türrahmen auf – oder besser gesagt, das Paket tauchte auf. Taumelnd balancierte Remis es über seinem Kopf und steuerte auf den ersten Lichtkegel zu. Atemlos warf Grim den Menschen einen Blick zu, die zum Glück noch immer mit sich selbst beschäftigt waren. Remis' Gesicht war blassgelb geworden vor Anstrengung, aber er schaffte es in den nächsten Lampenschein. Gerade als er ihn verlassen wollte, stand der junge Mann auf und ging nur wenige Fingerbreit entfernt an ihm vorbei. Remis stand steif wie ein Stock, doch kaum hatte der Mensch sich wieder gesetzt, sauste der Kobold in einem Affenzahn aufs Fenster zu. Grim öffnete es lautlos, ließ den grünen Blitz an sich vorbeirasen und schloss es gleich wieder. Japsend folgte Remis ihm aufs Dach, wo sie sich neben einem Schornstein niederließen.

»Ist es das?« Remis legte das Paket vor sich ab und machte dabei ein Gesicht, als hätte er soeben den Heiligen Gral gefunden – mindestens.

Grim nickte düster. Jetzt, da es vor ihm lag, hatte er auf einmal Hemmungen, es anzufassen. *Es ist besser, wenn du nichts darüber weißt.* Unsinn. Entschlossen griff er nach dem Einband, schlug ihn zurück und brachte eine Pergamentrolle zum Vorschein, die ein rot glühendes Siegel trug. Flammen glommen an seinen Rändern und umfassten die Umrisse eines aufgehenden Mondes. Feine Ketten waren mit dem Siegel verbunden und verschlossen das Pergament fest.

Grim holte Atem. »Das Siegel des Feuers«, sagte er leise. »Ein uralter, mächtiger Zauber …«

Remis hatte sich auf Grims Knie niedergelassen und starrte ehrfürchtig auf das Siegel. »Das Zeichen des Wandels seit der Alten Zeit«, flüsterte er. »Es ist eine Legende. Weißt du, was man sich in meinem Volk darüber erzählt? Es heißt, seine Glut stamme vom Feuer des Prometheus und schlafe tief im Inneren der Erde. Seit jeher schützt es Geheimnisse, die bestimmt sind, die Welt zu verändern. König Artus beispielsweise …«

Grim seufzte. »Fängst du schon wieder mit diesen Koboldmärchen an? Ich weiß, ich weiß: Der Legende nach erhielt Artus, der große Sagenkönig der Menschen, von Merlin ein Schriftstück, das vom Siegel des Feuers verschlossen wurde. Darin fand er beschrieben, auf welche Art das Schwert aus dem Stein zu ziehen war – nur deswegen ist er König von England geworden und so weiter und so fort.«

Remis warf ihm einen bösen Blick zu. »Allerdings. Aber nicht immer geht die Geschichte gut aus. Gelangen die Geheimnisse, die ein solches Siegel schützt, in die falschen Hände, können furchtbare Dinge geschehen.« Er zog die Arme um den Körper, als würde er frieren. »Erinnerst du dich an die Maya? Verschwunden sind sie, einfach so, nachdem sie unrechtmäßig ein Siegel des Feuers zerstörten. Und jeder weiß, was passiert ist, als das Siegel auf Pandoras Büchse gebrochen wurde, ganz zu schweigen von Atlantis ...«

Da stieß Grim die Luft aus. »Atlantis!«, schnaubte er verächtlich. »Hast du noch mehr Legenden auf Lager? Niemand weiß, welches Geheimnis die Stadt hütete – oder ob tatsächlich ein Siegel des Feuers sie verschlang. Und Pandoras Büchse – ist das dein Ernst? Alberner Kobold! Das sind Märchen, Geschichten, nichts weiter. Dieses Siegel trägt mächtige Magie in sich, ja. Aber es bedeutet nur eines: dass jemand ein Geheimnis unbedingt für sich behalten will.«

Remis zog die Brauen zusammen. »Und wer?«

Grim seufzte. »Die Freien«, sagte er nur und glaubte, damit alles Nötige erklärt zu haben. Eine Weile war es still, und er dachte schon, damit recht zu behalten.

»Versteh ich nicht«, sagte Remis dann und entlockte Grim ein Stöhnen. »Freie? Wieso frei? Wer ist frei?«

Grim deutete auf das Siegel. »Der aufgehende Mond ist das Zeichen der Freien, Einfaltspinsel.«

Remis nickte, aber Grim sah genau, dass er immer noch nichts begriffen hatte. »Du meinst die Gargoyles, die … also …«, stammelte der Kobold und raubte ihm den letzten Nerv.

»Ganz genau«, murmelte er. »Ich meine die Verräter, die zu allen Zeiten – zu Zeiten der Kriege und auch nach dem Zauber des Vergessens – mit den Menschen paktiert haben. Sie wollten unser Volk auslöschen, um selbst mehr Macht zu bekommen. Wäre Thoron, unser König, nicht gewesen, wäre Pheradins Plänen nie ein Ende bereitet worden. Pheradin, dieser hinterhältige Höfling, der nur selbst auf den Thron wollte. Anführer der Freien, pah! Bastarde alle zusammen!«

Grim atmete aus. Er musste sich beruhigen. Gefühle waren nur eines: Mittel zum Zweck. Er musste endlich lernen, sich nicht von ihnen mitreißen zu lassen – wie es sich für einen Gargoyle gehörte. Immerhin war Remis endlich ein Licht aufgegangen.

»Ja«, sagte der Kobold, als hätte er es die ganze Zeit über gewusst. »Soweit ich weiß, wurde ihnen alle naselang eine Intrige gegen die Gargoyles unterstellt, und eines Tages wurden sie …« Er machte eine schnelle Handbewegung vor seiner Kehle und ließ die Zunge aus dem Mund hängen.

»Getötet«, beendete Grim den Satz. »Ja. Heute existieren nur noch Legenden über sie.«

Nachdenklich betrachtete er das Siegel, in dessen Mitte Flammen glommen, die niemals erloschen. Remis stützte den Kopf auf beide Hände und deutete auf das Pergament. »Sieht ziemlich alt aus.«

Grim nickte. »Es *ist* alt. So um die sechshundert Jahre …«

Remis pfiff durch die Zähne. »Und was meinst du, was es damit auf sich hat?«

Grim legte die Klauen auf das Pergament. Es fühlte sich rau

an wie die Haut eines uralten Wesens. »Das werden wir gleich wissen.« Gerade wollte er die Finger auf das Siegel legen, als Remis einen leisen Schrei ausstieß.

»Aber das Feuer!«, rief der Kobold aufgeregt. »Nur der, für den das Geheimnis bestimmt ist, darf das Siegel brechen! Und das bist ganz sicher nicht du! Willst du zerfallen wie das Reich der Maya? Du darfst das nicht tun! Briefgeheimnis und was nicht alles!«

Grim schnaufte verächtlich. »Du wirst einem Menschen von Tag zu Tag ähnlicher. Pass nur auf, eines Tages wachst du auf und hast kein einziges Haar mehr am Körper … na ja, abgesehen von ein paar Büscheln an unbedeutenden Stellen.« Er grinste über Remis' Empörung. »Keine Sorge. Selbst wenn deine lächerlichen Koboldgeschichten wahr sein sollten – was ich definitiv bezweifle –, wird mich kein Fluch treffen oder die plötzliche Vernichtung. Es wird nicht einmal jemand etwas merken. Denn ich werde das Siegel lösen, ohne es zu brechen. Ob Siegel des Feuers oder nicht – es ist magisch, und mit Magie kenne ich mich schließlich aus.«

Leise murmelte er den Zauber, streckte die Hand nach dem Siegel aus – und verbrannte sich gewaltig die Finger. »Verflucht noch eins!« Fassungslos starrte er auf seine rußgeschwärzten Fingerkuppen und die feinen Rauchschwaden, die sich in die Nacht erhoben.

Remis kicherte, als hätte er selten etwas Lustigeres gesehen. »Du kennst dich also aus, was?«

Grim starrte auf das Siegel, das unversehrt auf dem Pergament prangte und jedes Geheimnis sicher darin verbarg. Er konnte es nicht lösen, ohne das Pergament zu beschädigen, so viel war ihm jetzt klar.

»Bring es zurück«, grollte er nach einer Weile. Remis öffnete den Mund, um etwas zu sagen, entschied sich dann aber anders. Sorgfältig wickelte er das Pergament wieder in seine lederne Hülle und brachte es zurück in die Wohnung des Menschen.

»Die Freien«, murmelte Grim vor sich hin. »Moira … und ich dachte, ich würde dich kennen. Welche Geheimnisse verbirgst du vor mir?«

Nach einer Weile kehrte Remis zurück. »Das solltest du dir ansehen«, sagte er nur und deutete nach unten.

Wortlos ließ Grim sich vor die Wohnung des Menschen gleiten und warf einen Blick hinein. Überrascht hob er die Brauen. Überall – an den Wänden, am Fensterglas, sogar über den Büchern lag eine dünne Eisschicht, und offensichtlich war es das Mädchen, das diesen Zauber wirkte, denn unentwegt tanzten blaue Flämmchen über ihre Fingerkuppen, während der junge Mann neben ihr saß und auf sie einredete. Grim biss die Zähne zusammen. Er hatte es hier also nicht nur mit einem, sondern gleich mit zwei Hartiden zu tun – noch dazu mit einigermaßen mächtigen. »Du bleibst hier und passt auf«, raunte er Remis zu.

»Ich?«, empörte sich der Kobold. »Wieso ich? Was …«

Weiter kam er nicht, denn in diesem Moment brach ein Eiszapfen durchs Fenster und zischte als gewaltiges Geschoss zwischen ihnen hindurch – nicht ohne jedoch vorher Grims Wange zu treffen und ihm einen netten neuen Kratzer zu bescheren.

»Deswegen!«, zischte er Remis zu. »Irgendetwas geht hier vor, und wir müssen rausfinden, was es ist. Alles klar?«

Der Kobold seufzte. »Na klar. Wie immer.«

»Sobald sich etwas tut, sagst du mir Bescheid«, sagte Grim leise. »Ich werde noch einmal mit Moira sprechen. Und einfach werde ich es ihr dieses Mal nicht machen.«

Ohne ein weiteres Wort erhob er sich in die Luft und machte sich auf zu Moiras derzeitigem Stammfriedhof Père Lachaise, der größten Totenstadt innerhalb von Paris. Zwei Hartide also, und sie nutzten ihre Kräfte. Wie sonst war diese merkwürdige Szene zu deuten? Seit Urzeiten war das nicht mehr vorgekommen. Die meisten Menschen mit Hartidfähigkeiten wussten nicht einmal etwas davon. Diese beiden Hartide waren anders. Immerhin hatte Moira dem Jungen ein Pergament mit dem Siegel des Feuers anvertraut, das vermutlich ein Geheimnis mit weitreichenden Konsequenzen in sich trug. *Gelangen die Geheimnisse, die ein solches Siegel schützt, in die falschen Hände, können furchtbare Dinge geschehen.* Ob Moira von dem Mädchen wusste? Ganz sicher war sie sich nicht über dessen Fähigkeiten im Klaren. Dieses Mädchen war gefährlich, so viel stand fest. Brennend zog der Schmerz über Grims Wange. Angegriffen hatte sie ihn, ob wissentlich oder nicht, und sie hatte ihn verletzt. Er musste Moira davon erzählen. Und er musste herausfinden, was sie mit den Freien zu schaffen hatte. War sie etwa selbst eine von ihnen? Der Gedanke zog Grim den Magen zusammen. Nein, so schlecht kannte er Moira nicht. Oder doch?

Ein Geräusch riss ihn aus seinen Gedanken. Schnell ließ er sich fallen und verschwand im Schatten einer dunklen Gasse. Kurz darauf landete etwas mit steinernen Klauen ganz in seiner Nähe. Mühsam ließ er seinen Blick über das gegenüberliegende Dach schweifen und sah zwei dunkle Gestalten. Diese Gargoyles waren fremd, ihr Geruch, ihre Haut – sie gehörten keinem der Pariser Clans an, so viel stand fest. Misstrauisch beobachtete er, wie sie an den Rand des Daches traten. Sie waren fast so groß wie er, ihre Haut bestand aus gesprenkeltem Marmor, und sie trugen weite schwarze Umhänge. Grim hielt den Atem an.

»Also ich weiß nicht«, hörte er die Stimme des einen.

Der andere trat so dicht an den Rand des Daches, dass seine Krallen über den First ragten. »Das is nix Neues, dass du nix weißt«, sagte er und lachte.

Grim seufzte innerlich. Er hasste diese Art zu lachen, dieses klebrige Tonleiterlachen. Die Speichellecker Mouriers lachten genauso.

»Bist du dir sicher, dass er dieses Gebiet genannt hat? Der Pate reißt uns den Kopf ab, wenn wir die ganze Nacht am falschen Ort gesucht haben«, fuhr der Erste fort.

Grim runzelte die Stirn. Der Pate? Wo war er hier gelandet, in einem Mafiafilm der Menschen?

»Immerhin würde das erklären, wieso hier weit und breit kein Mörder zu sehen ist«, erwiderte der andere und spie eine Handvoll Kiesel auf die Straße. »Andererseits ist es vielleicht nicht schlecht, dem Kerl nicht zu begegnen. Immerhin … diese Sache mit dem Werwolf …«

Sein Kumpan gab ein gurgelndes Geräusch von sich. »Ja, dem ist die ganze Haut flöten gegangen … Ganz schön beschissene Art zu sterben.«

Grim spürte sein Blut im ganzen Körper. Sie suchten den Mörder, das war klar. Aber wer waren sie? Kopfgeldjäger aus einer entfernten Provinz, die sich ein Zubrot vom König erhofften, wenn sie den Mörder fingen? Grim verzog das Gesicht. Da kannten sie Thoron aber schlecht. Der würde sie eher neben dem Gefangenen aufknüpfen lassen, als Kopfgeldjäger zu bezahlen. Oder war das eine neue Spezialeinheit, von der niemand wissen sollte? Von den seltsamen Umhängen her zu schließen könnte glatt Mourier seine Pranken im Spiel haben.

»Ich bin dafür, dass wir hier abhauen«, sagte gerade einer der beiden. »Wir haben das ganze verdammte Viertel abgegrast – nichts. Der Pate hat gesagt, wir sollen ihn suchen – und das haben wir getan.« Er schnaubte durch die Nase. »Vielleicht haben die anderen mehr gesehen.«

Erleichtert hörte Grim, wie sich die zwei in die Nacht warfen und verschwanden. Ein geisteskranker Mörder, zwei Hartide, die Eiszapfen nach ihm warfen, Moira, die sich mal eben mit einem Menschen anfreundete und ihm merkwürdige Freiengeschenke machte, und jetzt auch noch fremde Gargoyles in der Stadt, die sich in die Angelegenheiten der OGP einmischten – verdammt, er hatte die Schnauze voll. Und wer, zum Teufel, war der Pate? Mit finsterem Blick überlegte Grim, ob es möglich war, dass Mourier sich einen Künstlernamen zugelegt hatte, und kam zu seiner Ernüchterung zu dem Schluss, dass es möglich war. Aber das hätte er doch erfahren. Nein, der Pate musste jemand anderes sein. Doch wer? Diese Nacht wurde immer merkwürdiger. Vielleicht konnte Moira wenigstens ein paar seiner Fragen beantworten. Bald würde es dämmern, er hatte nicht mehr viel Zeit.

In zackigem Flug machte er sich auf zum Friedhof Père Lachaise. Moira liebte die winkligen Gassen der Totenstadt, die hohen, uralten Bäume, die ihre Äste wie schützende Arme über die Gräber streckten, und die weinenden Engel aus Stein, stumme Kameraden in der Ewigkeit der Zeit. Schon von Weitem sah Grim das kleine Mausoleum, auf dessen Stufen sich Moira sinken ließ, jeden Morgen bei Sonnenaufgang. In seinem Kopf formulierte er die Sätze, mit denen er sie dazu bringen wollte, ihm die Wahrheit zu sagen, und landete siegessicher vor den Stufen des Grabmals. Sie war noch nicht da. Grim schritt auf und ab. Der Himmel im Osten färbte sich erst blau, dann violett, und schließlich leuchtete ein heller Kranz aus Sonnenstrahlen am Horizont. Unruhig erhob sich Grim noch einmal in die Luft, er kreiste wie ein Adler über den Pfaden des Friedhofes. Die Strahlen der Sonne brannten auf seiner Haut wie flammende Tücher, obwohl sie ihn noch nicht einmal berührten. Gerade hatte er beschlossen, in der Nacht wieder zu kommen, als er Moira entdeckte. Sie stand auf einer der höchsten Kapellen, den Blick der aufgehenden Sonne zugewandt, die Arme wie zum Flug erhoben.

Die Erkenntnis flutete Grim wie ein Strom aus eisigem Regen. Er stieß ein Brüllen aus, so laut, dass die Erde erzitterte, und stürzte sich vor. Sein Blick hing an Moira, schon kroch das Licht ihr entgegen, es warf sich wie flüssiges Gold auf die Wege des Friedhofs. Grim gelang es im letzten Moment, sich in den Eingang eines Mausoleums zu drücken. Voll Entsetzen sah er zu Moira auf, und sie erwiderte seinen Blick, ja, sie schaute ihn an. Ein Lächeln lag auf ihren Lippen, als sie die Worte sprach, die ihr ewiges Leben beenden würden, und sie hob die Hand zum Gruß. Noch einmal brüllte Grim, doch als sein Schrei Moira erreichte, hatte sich schon eine Steinschicht über ihren Körper gelegt. Ein letztes Mal flammten ihre Augen auf und schickten einen hellen Stern zum Himmel. Dann brach die Sonne durch die Wolken und legte sich auf die versteinerte Moira, die kein Leben mehr in sich trug.

Kapitel 8

Zur Abwechslung hatte es aufgehört zu regnen. Dafür war der Nebel gekommen, zäh und geisterhaft kroch er durch die Gassen und verwandelte jedes Geräusch in einen verzerrten Seufzer. Die Sonne war nichts als ein dumpfes Leuchten hinter dicken Wolken.

Mit angehaltenem Atem lief Mia hinter Jakob die Rue Buffon entlang. Den ganzen Tag über hatte sie sich Gedanken gemacht und kein Auge zugetan, obwohl Jakob ihr geraten hatte, noch etwas zu schlafen. Das, was er ihr zeigen wollte, würde ihre ganze Aufmerksamkeit brauchen. Dann hatte er geheimnisvoll gelächelt und geschwiegen. Am Nachmittag hatte er sie abgeholt, aus irgendeinem Grund mitsamt seiner Querflöte, und nun liefen sie durch die Straßen, ohne dass sie wusste, wohin es ging. Gerade wollte sie zum hundertsten Mal fragen, was die Geheimniskrämerei sollte und ob er das nur machte, damit sie aufgeregt wäre – in dem Fall hätte er sein Ziel erreicht, sie *war* aufgeregt –, als Jakob an der Ecke Rue Cuvier stehen blieb. Beiläufig bückte er sich, um seine Schnürsenkel zu schließen und zwei Passanten vorbeizulassen. Dann warf er prüfende Blicke die Straße hinab.

»Was soll das?«, flüsterte Mia. »Sind wir da?«

Jakob deutete auf einen Wallace-Brunnen, der hinter ihnen an der Mauer stand. Mia zog die Brauen zusammen. Diese Dinger waren so etwas wie ein Wahrzeichen von Paris, irgendein reicher Philanthrop hatte sie gegen Ende des neunzehnten Jahrhunderts aufstellen lassen, damit das arme Volk immer etwas zu trinken hatte. Das Gesicht einer Nymphe zierte den Brunnen, klares Wasser sprudelte aus ihrem Mund.

Jakob trat auf den Brunnen zu, beugte sich darüber, als wollte er trinken, und murmelte etwas. Angespannt warf Mia einen Blick über die Schulter, aber sie waren allein. Sie wandte sich wieder dem Brunnen zu – und erschrak. Die Nymphe sah sie an. Ihre Augen waren rätselhaft wie bei einer Sphinx.

»Wir begehren Einlass ins Reich der Schatten«, sagte Jakob leise. Die Nymphe schaute ihn an, reagierte aber nicht.

»Ich glaube, sie kann nicht antworten«, mutmaßte Mia. »Immerhin hat sie den Mund voll.«

Jakob warf ihr einen Blick zu. »Sie antwortet doch. Hör genau hin.«

Mia beugte sich näher an den Nymphenkopf heran. Sie hörte ein Auto, das hinter ihr die Straße hinabraste, das Plätschern des Wassers und sonst nichts. Gerade wollte sie sich abwenden, als sie ein Lachen vernahm, kristallen und hell wie Lichter auf den Wellen des Meeres. Mia verstand die Sprache nicht, in der die Nymphe im Brunnen sprach, aber sie konnte ihre Worte hören.

Als sie sich aufrichtete, hatte sich ein Schatten auf Jakobs Gesicht gelegt. »Sie haben das Passwort geändert«, murmelte er nachdenklich.

Mia zog die Brauen zusammen und sah zu, wie die Nymphe die Augen schloss und wieder erstarrte.

»Das heißt, dass wir einen Umweg gehen müssen. Einen ziemlich unangenehmen Umweg. Du hast alte Sachen an, hoffe ich.« Ohne auf ihre Reaktion zu warten, ging Jakob die Straße hinab und blieb vor dem Gatter des Jardin des Plantes stehen.

»So alt sind sie nun auch wieder nicht«, stellte Mia fest und beobachtete, wie Jakob beide Hände an die Gitterstäbe legte. »Also, wenn du das Schloss knacken willst, kann ich …«

In diesem Moment ging ein Stöhnen durch die Stäbe. Jakob schob sie auseinander und kletterte ins Innere des Parks. »Ich brauche keine Hilfsmittel dazu«, sagte er mit einem Grinsen, winkte Mia zu sich und schloss die Stäbe hinter ihr. Nach wenigen Schritten ging er in die Knie und fuhr mit der Hand über den Boden. Mia trat von einem Bein aufs andere. Es war kalt, und so langsam ging ihr die eigene Unwissenheit auf die Nerven. Missmutig schaute sie den Weg hinab und ließ den Blick über eine ziemlich trostlos wirkende Baumgruppe schweifen. Abgebrochene Äste und Zweige lagen am Boden, und entwurzelte Sträucher ließen die Blätter hängen. Es sah aus, als hätte ein Orkan zwischen den Pflanzen gewütet.

»Wo rohe Kräfte sinnlos walten …«, hörte Mia eine Stimme und sah zu den bronzenen Löwenstatuen auf, die über einem wasserleeren Brunnen standen.

»Guten Abend«, sagte da der linke Löwe, in dessen Pranken ein winziges Hündchen saß. »Damit es keine Missverständnisse gibt: Wir sind nicht für dieses Chaos verantwortlich. Aber nicht jeder hat seine Kraft so gut unter Kontrolle wie wir.«

Mia fuhr zurück. »Er hat etwas gesagt«, stellte sie überflüssigerweise fest.

Jakob lachte. »Darf ich vorstellen, Thor und Odin, Wächter des Parks, Mia, meine Schwester.«

»Sehr angenehm«, sagte nun der rechte Löwe, indem er den Kopf hob. Mia warf ihm einen Blick zu und bemerkte erst jetzt die Füße, die vor seinen Pranken lagen – menschliche Füße, und *nur* sie. »Keine Sorge«, sagte der Löwe, und es klang, als würde er lächeln. »Das war er.« Unmissverständlich deutete er in Richtung seines Gefährten, woraufhin der Hund hysterisch zu bellen anfing.

»Der Hund?«, fragte Mia ungläubig, und beide Löwen nickten. Der Hund reckte den Kopf und stand mit stolz geschwellter Brust da.

»Wir sind Vegetarier«, stellte der linke Löwe fest. »Aber Herkules hier hat einen mörderischen Appetit.«

Mia lächelte gezwungen und meinte, ein teuflisches Flackern in den Augen des Hundes zu bemerken. Schnell wandte sie sich ab und sah, dass Jakob die Erde rund um einen Gullydeckel entfernt hatte. Jetzt legte er beide Hände darauf. Eine leuchtende blaue Flamme hüpfte über seine Finger und lief einmal im Kreis über den Rand des Gullys. Ein leises Knirschen erklang, dann hob Jakob die Hände und beförderte den Deckel mühelos beiseite.

»Nach dir«, sagte er grinsend und deutete auf die rostige Leiter, die irgendwo in der Dunkelheit des Schachts verschwand. Einen Moment zögerte Mia. Dann ließ sie sich an den Rand des Gullys sinken, umfasste die Leiter und stieg mit angehaltenem Atem hinab. Schnell erreichte sie den Boden und hörte das Wasser, das nicht weit von ihr durch den Kanal lief. Dann holte sie Atem – und musste feststellen, dass es sich keineswegs um Wasser handelte, jedenfalls nicht nur.

»Wir sind in der Kanalisation«, stellte sie fest, als Jakob den Deckel wieder auf den Schacht geschoben hatte und neben ihr stand. Ein winziges gelbes Licht tanzte über seiner Hand, erhob sich in die Luft und erhellte den Tunnel.

»Ja«, erwiderte er mit einem Gesicht, als wäre er in einen Berg Schokolade gefallen. »Es gibt noch andere Eingänge zu den Katakomben, aber …«

Mia riss die Augen auf. »Die Katakomben!«

Jakob lächelte. »Du weißt doch, was Hugo gesagt hat: *Der Untergrund von Paris, könnte das Auge durch seine Oberfläche dringen, würde den Anblick einer riesenhaften Buschkoralle bieten.*«

Mia wusste, dass das stimmte. Allein das System der Pariser Kanalisation erstreckte sich auf über zweitausend Kilometern durch die Eingeweide der Stadt, und weit darunter in einer Tiefe von bis zu fünfunddreißig Metern lagen die Carrières – die unterirdischen Steinbrüche von Paris. Aus ihnen stammte ein Großteil des Baumaterials, mit dem die Stadt einst errichtet worden war, und sie hatten den Bauch der Stadt ausgehöhlt wie ein kariöses Gebiss. Unzählige Legenden rankten sich um den Untergrund von Paris, was sicher auch daran lag, dass ein Teil der Steinbrüche seit 1785 als Nekropole diente. Zahlreiche Pariser Friedhöfe waren zu jener Zeit überfüllt gewesen und hatten die Stadt in entsetzliche Ausdünstungen gehüllt, bis mehrere Begräbnisstätten geschlossen und Leichen in die Steinbrüche überführt worden waren. Insgesamt sollte es sich dabei um etwa sechs Millionen Menschen gehandelt haben. Eines Tages hatte man die menschlichen Überreste geordnet, sie als Ziermauern aus Knochen an den Wänden der Stollen aufgetürmt und für die Öffentlichkeit zugänglich gemacht. Mehrfach hatte Mia diese aufeinandergeschichteten Gelenkknochen, Schädel und Schienbeine bereits besichtigt. Viel interessanter jedoch waren für sie immer schon jene Bereiche der Katakomben gewesen, zu denen der Zutritt streng verboten war. Denn nicht alle Gebiete der Steinbrüche waren vollständig erfasst, und die unbekannten Schattenreiche boten viel Raum für Mythen und unheimliche Geschichten. Mia kannte einige Leute aus den Reihen der sogenannten Kataphilen, die sich leidenschaftlich gern in den verbotenen Teilen der Steinbrüche aufhielten.

»Ich bin dort unten mal auf einer Party gewesen«, sagte sie. »Aber soweit ich weiß, hat die Polizei alle Gullydeckel verplombt, und andere Eingänge gibt es nur noch wenige.«

Jakob nickte. »Zum Glück sind wir, auch was das betrifft, nicht auf gewöhnliche Wege angewiesen.« Er deutete den Tunnel hinab. »Ein Stück geradeaus und dann links.«

Es stank bestialisch, und die Ratten, die mit schmutzverkrustetem Fell durch die Kloake schwammen, machten das Ganze auch nicht besser. Immerhin gab es jeweils einen schmalen Weg rechts und links von dem Strom, der durch den Tunnel geleitet wurde, aber auch dort war alles matschig, und Mia ging jede Wette ein, dass sie gerade nicht nur auf Sand und Erde herumlief. Sie war heilfroh, als Jakob vor einer Wand stehen blieb. Er berührte einen glitschigen Stein und schloss konzentriert die Augen. Der Stein verfärbte sich erst violett, dann rot, und ein Knacken ging durch den Tunnel, als würde irgendwo ein Riegel zurückgeschoben.

Fasziniert sah Mia, dass sich die Wand dort, wo Jakob stand, in flirrendes Licht verwandelt hatte. Ohne zu zögern, ging Jakob mitten hinein. Mia folgte ihm. Sie fühlte ein Prickeln auf ihrem Gesicht und fand sich im nächsten Moment in einem niedrigen Gang der Katakomben wieder. Auf einmal war fast nichts mehr zu hören. Mia schien es, als wäre sie in eine Welt der Stille eingetaucht, von Kalkstein umhüllt wie von einer Schutzschicht.

Jetzt, da sie die Ratten und den Gestank hinter sich gelassen und trockenen Grund unter den Füßen hatten, überkam sie beinahe so etwas wie Abenteuerlust.

»Warum erst jetzt«, fragte sie, nachdem sie eine Weile schweigend hintereinander her gelaufen waren. »Warum habe ich es erst jetzt gemerkt?«

Jakob duckte sich unter einem querlaufenden Rohr, aus dem zähe Tropfen in den Gang fielen. »Mit der Magie ist es so eine Sache. Die meisten Hartide in unserer Welt wissen gar nicht, dass sie über Magie gebieten, oder sie ahnen es und haben Angst davor – in beiden Fällen müssen Barrieren überwunden werden, um die Magie freizusetzen. Es ist wie … ein Tor, das geöffnet werden muss. Erinnerst du dich an die Teestunde vor ein paar Wochen?«

Mia nickte. In der Tat erinnerte sie sich daran. Jakob hatte aus irgendeinem Land am anderen Ende der Welt Teesorten bestellt und sie mit ihr getestet – sie hatten allesamt scheußlich geschmeckt.

Jakob lachte über ihr angeekeltes Gesicht und fuhr fort: »Nun ja, in Wahrheit handelte es sich dabei nicht wirklich um Tee. Es war ein Zauber, ein Ritual, das …«

Mia riss die Augen auf und starrte ihren Bruder entgeistert an. »Du hast mich verhext?«

»Ich habe deine Magiefähigkeit getestet. Auf dem Polizeirevier hat sich vermutlich eine Vorstufe dessen gezeigt, was dann auf dem Friedhof ausgebrochen ist. Ehrlich gesagt, habe ich nicht mehr damit gerechnet, dass du überhaupt magiefähig bist – aber offenbar hat das heutige Datum mehr bewirkt, als ich gedacht habe. Hätte ich das geahnt! Ich hätte dich niemals allein durch die Gegend laufen lassen.«

Mia nickte nachdenklich. »Ja … Nach der Teestunde bist du tagelang kaum von meiner Seite gewichen.«

Jakob lachte leise. »Ich habe jeden Moment damit gerechnet, dass du den Vogel von Tante Josi in Brand setzt oder den Kühlschrank zum Laufen bringst.«

»Und diese … diese Wesen, die ich gesehen habe?«

»Wie haben sie ausgesehen? Du hast von einer Zombiehorde gesprochen.« Er grinste, und Mia erzählte in knappen Worten von den Wesen, die ihr auf dem Friedhof erschienen waren. Ein Lächeln stahl sich in Jakobs Blick, dieses Lächeln, das ihr deutlich zeigte, dass er mal wieder mehr wusste als sie. »Es gibt mehr als eine Wirklichkeit«, sagte er schließlich. »Und es gibt mehr als eine Welt. Manche sind weit von unserer entfernt, andere sind uns ganz nah und gleichzeitig unerreichbar. Und einige wenige befinden sich direkt vor unserer Nase, ohne dass wir sie auch nur erahnen würden, obwohl wir sie betreten könnten. Eine dieser Welten ist die Welt der Feen – das Feenland. Es gibt Geschichtenerzähler, die behaupten, dass jeder Funke Phantasie, jede Idee und jeder reine Gedanke im Feenland geboren wird. Sie sagen, es sei das Land der grenzenlosen Zauberei. Jedes Mal, wenn du deine Magie benutzt, bist du dem Feenland ganz nah – und wenn du Glück hast, kannst du einen Blick hineinwerfen. Dann siehst du ihre Geschöpfe – und sie sehen dich. Manche verbergen sich vor uns, andere warten auf uns. Die Feen sind uralte Wesen, älter als diese Welt und manche andere, und seit jeher haben sie eine besondere Beziehung zu den Menschen.«

Deutlich sah Mia die Wesen auf dem Friedhof vor sich. *Das* sollten Feen sein? Bisher hatte sie ihre Feendefinition Märchen wie Dornröschen entnommen, was vielleicht naiv war – aber dass ihre Vorstellung so weit von der Wahrheit entfernt lag, hätte sie sich nicht träumen lassen. Sie schwieg und hörte geistesabwesend auf das schmatzende Geräusch, das ihre Schuhe bei jedem Schritt auf dem inzwischen wieder feuchten Boden veranstalteten.

»Es hat einen Grund, warum ich herausfinden musste, ob du eine Hartidin bist oder nicht«, sagte Jakob leise. »Es kann gefährlich sein, die Magie von jemandem freizusetzen, der das nicht will oder der von seinen Kräften nichts ahnt. Und ich hätte es nicht getan, wenn ich eine andere Möglichkeit gesehen hätte. Denn es bedeutet Einsamkeit, ein Hartid zu sein – ein Seher unter Blinden. Aber hier geht es um mehr als uns beide, Mia, um viel mehr.« Er holte Atem. »Mir ist etwas anvertraut worden, etwas, das niemals in die falschen Hände geraten darf. Es ist ein … Relikt von großer Macht – größer, als ich erahnen kann. Und meine Aufgabe ist es, es zu beschützen. Aber das kann ich nicht allein tun. Es ist zu bedeutend für einen allein. Eigentlich ist es sogar zu bedeutend für zwei.« Er hielt inne, dann schüttelte er den Kopf. »Bald kann ich dir mehr darüber erzählen, aber zuerst musst du andere Dinge erfahren. Wichtig ist zunächst vor allem eines: Du hast große magische Kraft. Sie kann eine Gefahr sein, für andere, aber auch für dich selbst, solange du nicht gelernt hast, sie zu beherrschen. Deswegen ist es wichtig, dass du das Amulett trägst, das ich dir gegeben habe – so lange, bis du gelernt hast, deine Fähigkeiten zu kontrollieren. Es bindet deine magischen Kräfte.«

Mia musste grinsen. »Soll das heißen, dass ich jetzt zaubern lernen muss?«

Jakob lächelte. »So in etwa, ja.« Er hob den Kopf, als lauschte er. Anspannung glitt über seine Züge. Da hörte Mia es auch, ein Scharren in der Nähe, als würde etwas Schweres über rauen Fels gezogen. Jakob griff nach seiner Querflöte. »Ich weiß, dass du viele Fragen hast, und du wirst deine Antworten bekommen«, flüsterte er. »Aber jetzt sei leise – wir nähern uns einem besonderen Bereich der Katakomben, und dort wimmelt es nur so von … Anderwesen.«

Es dauerte nicht lange, bis Mia sah, was Jakob damit meinte.

Anfangs waren es nur Schatten, die sich aus dem Dunkel abhoben und sich in ruckartigen Sprüngen bewegten. Dann hörte Mia Stimmen, wisperndes Flüstern wie aus tausend scharfzähnigen Mäulern, und schließlich sah sie das erste fratzenhafte Gesicht. Weiße Körper schälten sich aus den Spalten und Nischen der Tunnel, Gesichter mit vernarbten, blinden Augen und Mündern, aus denen eitrig gelbe Zähne wie abgebrochene Knochen hervorstachen. Sie konnten sie nicht sehen, das merkte Mia schnell, aber sie gingen ihnen nach. Was waren das für Wesen? Lebten sie hier unten? Und wenn ja – wovon? Gerade hatte sie sich überlegt, dass sie sich vielleicht von Steinen oder Luft ernährten, als sie eines Besseren belehrt wurde. Mit einem heiseren Schrei stürzte sich eines der Wesen aus einer Nische auf sie, packte ihren Arm und riss ihn bis dicht vor seine Zähne. Mia schrie, als sich eine schwarze Zunge genüsslich über weiße Lippen leckte. Da war Jakob bei ihr, doch statt dem Ungeheuer eins auf die Nase zu geben, wie Mia es sich vorgestellt hatte, hielt ihr Bruder sich seine Querflöte an die Lippen. Ein heller Ton entwich dem Instrument, kaum hörbar zwar – doch für das blinde Wesen war er offenbar schrecklich. Keuchend ließ es Mias Arm los, presste sich die Hände an den Kopf und zog sich wimmernd in die Schatten zurück.

Jakob hörte nicht mehr auf zu spielen, selbst wenn er Portale in andere Bereiche der Katakomben öffnete, und die merkwürdigen

Kreaturen wichen vor ihnen zurück, als würden sie schmelzen im Schein der Sonne. Endlich blieb Jakob stehen und nahm das Instrument von seinen Lippen. Sie standen vor einer niedrigen Wand. Er verstaute seine Flöte, dann murmelte er etwas vor sich hin. »Nicht erschrecken«, sagte er noch. Im nächsten Moment wuchsen ihm lange braune Haare, seine Haut verfärbte sich blau, und er bekam einen leuchtend roten Bart. Seine Kleidung verwandelte sich in einen ledernen Mantel und schwere Stiefel, an denen noch immer der Matsch der Kanalisation klebte. Mia starrte ihn mit offenem Mund an.

»Gestatten, Waldschrat«, sagte er hinter seinem Bart und grinste. Wieder murmelte er vor sich hin, und sie fühlte, wie ihre Haare über ihre Schultern fielen bis hinab zur Hüfte. Ihre Hose verwandelte sich in einen unförmigen langen Rock, und vor ihrer Brust verknotete sich ein braun getupftes Tuch, das weit über ihren Rücken hinabreichte. Ein seltsamer roter Schleier lag vor ihrem Blick, doch Jakob lachte, als sie sich über die Augen wischte.

»Sie sind rot«, sagte er leichthin. »Und keine Sorge. Das ist alles nur eine Illusion. Aber dort, wo wir jetzt hingehen, ist es für uns als Menschen die einzige Chance zu überleben.«

Er ließ ihr keine Zeit, die Bedeutung seiner Worte zu begreifen. Schon schritt er durch das nächste Portal. Mia folgte ihm und fand sich in einer düsteren, schmalen Schlucht wieder. Von irgendwoher kam Wind, aber um sie herum war es so dunkel, dass sie nicht erkennen konnte, wo sie sich genau befand. Stattdessen sah sie die Wesen, die über den schmalen Grund der Schlucht hasteten – allesamt waren es Waldschrate, und sie sahen nicht viel anders aus als sie selbst. Staunend starrte Mia sie an, bis einer von ihnen ihr einen Kuss zuhauchte und ihr übermütig zuzwinkerte. Verlegen wandte sie sich ab und sah, dass an den Wänden der Schlucht kleine Türen und Fenster angebracht waren.

»Sie wohnen hier?«, flüsterte sie Jakob zu, aber der pfiff gerade gellend laut durch die Zähne.

Im nächsten Augenblick rauschte es in der Luft, und ein zerrupfter Esel mit Flügeln landete neben ihnen und schaute treuherzig zu ihnen auf. Um seinen Hals hing ein grünes Band mit einem Schriftzug in einer fremden Sprache.

»Ein geflügelter Esel«, murmelte Mia, als sie sich hinter Jakob auf das Tier schwang.

»Nicht jeder kann sich einen Pegasus leisten«, kommentierte er leichthin. »Außerdem halten die Esel alles für einen Schrat, das nur genügend nach Knoblauch riecht. Sie sind die Taxis der armen Leute hier unten.«

Da bäumte der Esel sich auf und erhob sich so schnell in die Luft, dass Mia sich gerade noch an Jakob festhalten konnte, um nicht abgeworfen zu werden. In rasendem Tempo ging es voran, dann hob der Esel den Kopf und schoss beinahe senkrecht in die Höhe, hinaus aus der Dunkelheit der Schlucht. Mia spürte, wie ihr Magen sich verkrampfte. Gerade wollte sie sich die Hand vor den Mund pressen, um Schlimmeres zu verhindern, als sie den Blick wandte und ihr der Atem stockte.

Sie schwebten in einer Höhle von solchen Ausmaßen, dass Mia weder Decke noch Wände erkennen konnte, und vor ihnen, funkelnd wie tausend schwarze Sterne, lag eine riesige Stadt. Wie ein gewaltiges zerbrochenes Schloss thronte sie inmitten einer zerklüfteten Landschaft. Es war, als wäre sie als zu schwerer Stein auf einen trockenen Boden gefallen und hätte die Erde um sich herum gespalten. Nun fächerten sich Schluchten von ihr fort, einige sanft, andere so tief, dass wohl niemand hätte sagen können, wie weit sie hinabreichten. Nadelfein erhob sich ein gewaltiger Turm in der Mitte der Stadt. Über ihm lag eine zitternde Haut schwarzer Flammen.

»Das«, sagte Jakob, indem er sich nach hinten beugte, »ist Ghrogonia – früher die Stadt aller, denn das bedeutet ihr Name ursprünglich, nun die Stadt der Schatten, erbaut von den Drachen als ein riesiges Schloss vor unendlich langer Zeit. Einst war sie ein leuchtender schwarzer Stern und schwebte hoch über der Ebene, die nun von Schluchten durchzogen wird. Doch als die Drachen gingen, stürzte der Stern zu Boden. Sie haben Ghrogonia verlassen, und sie haben die Hoffnung mit sich genommen – so sagen es die Legenden.«

Mia starrte wie verzaubert auf die glimmende Stadt. Staunend ließ sie ihren Blick über die Gebäude gleiten, die sich in jeder Form und Größe in das gewaltige Schloss gefressen hatten. Prachtvolle Kathedralen erhoben sich aus der Dunkelheit, sie sah Burgen und Paläste, deren Größe ihr den Atem raubte und die nur von den gewaltigen Zinnen des einstigen Schlosses übertroffen wurde. Wie riesig waren wohl die Drachen gewesen, die in einem so gigantischen Bau gelebt hatten? Erst als sie näher kamen, bemerkte sie die steinernen Figuren, die überall auf den Kuppeln, Türmen und Zinnen standen. Sie rührten sich nicht, und ihre Körper schimmerten im Schein der Lichter. Es war, als wären sie mitten in der Bewegung zu Stein geworden. Wie erstarrte Schatten standen sie auf Ghrogonias Dächern.

Jakob folgte ihrem Blick. »Sie sind die neuen Herrscher dieser Stadt«, sagte er mit einem Lächeln. »Du kennst sie als Wasserspeier, als Statuen auf Brücken und Kirchen, aber in Wahrheit steckt Leben in ihnen – nachts, wenn kein menschliches Auge sie sieht. Sie fürchten und beschützen uns seit uralter Zeit. Sie sind der kalte Hauch, der in einer warmen Sommernacht deine Wange streift, wenn du schläfst, und sie sind der schwache Duft von Dunkelheit im Morgengrauen. Sie sind die gefallenen Engel unserer Zeit, sie sind – die Gargoyles.«

Kapitel 9

Als Grim am Abend erwachte, war für einen winzigen Moment alles wie früher. Dann erinnerte er sich. Tosend wie ein Meer aus schwarzen Wellen brachen die Ereignisse der vergangenen Nacht auf ihn nieder und rissen ihn mit sich. Ehe er sich rührte, schaute er zum Dach der Kapelle. Dort stand Moira noch immer, die Hand zum Gruß erhoben, und lächelte auf ihn herab. Doch sie war nichts mehr als eine steinerne Figur. Sie hatte sich der Sonne geschenkt – wie viele Gargoyles vor ihr, die keine Kraft mehr gehabt hatten für die Unsterblichkeit. *Es gibt Sterne, die schon nicht mehr da sind, wenn wir ihr Licht sehen. Sie sind erloschen, verstehst du, aber vorher haben sie ihren Schein zu uns gesandt. Und dann, wenn sie schon lange nicht mehr da sind, gibt es doch noch ihr Licht, das für uns strahlt.* Grim krallte seine Klaue in die Tür des Mausoleums, dass sich das Metall zusammenzog. Sie hatte Abschied von ihm genommen, und er hatte es nicht einmal gemerkt. Sie hatte diese verfluchten Schmerzen kaum noch ertragen, er hatte es gewusst, und als der Moment gekommen war, da sie ihn gebraucht hätte, hatte er wie ein kleines Menschenkind mit verschränkten Armen dagesessen und nichts begriffen.

Für einen Augenblick wollte er zu ihr hinauffliegen, sie noch einmal aus der Nähe betrachten, ihr Lebewohl sagen. Doch dann wandte er sich ab, mit einer einzigen, mächtigen Bewegung, und erhob sich in die Nacht. Er floh vor der Dunkelheit, die in Moiras toten Augen auf ihn wartete, floh auch vor dem Schrei in seinem Inneren, der wider- und widerhallte und etwas in ihm zerbrechen wollte, das nie wieder heilen würde. Nein, er durfte sich dieser Trauer nicht stellen. Sie würde ihn mit sich reißen und alles zerstören, was er war – mit einem einzigen Blick.

Die Kühle der Nacht strömte über sein Gesicht und beruhigte ihn, bis seine Gefühle nichts mehr waren als leise Flüstertöne tief in seinem Inneren. Er wusste, dass er der OGP Bericht erstatten musste, so war das, wenn ein Gargoyle das Ewige Leben freiwillig abgab und ein anderer ihn fand. Er konnte die Vorstellung nicht ertragen, dass die Stielaugen der Spurenbeseitigung sich an Moira zu schaffen machten, er wollte sie nicht hören, die Schwätzer von Notre Dame, die immer zu allem eine Meinung hatten. Aber Mourier würde ihm mit sauberem Krallenschlag den steinernen Kopf vom Körper trennen, wenn er herausfand, dass er seine Aufträge vernachlässigt hatte, unnützerweise Menschen verfolgte und nun auch noch den Suizid eines Gargoyles beobachtet und nicht gemeldet hatte. Grim zog die Brauen zusammen, als er an seinen Vorgesetzten dachte.

Mourier war ein aufgeblasener Laffe von einem Gargoyle, ein eingebildeter geflügelter Löwe, der vor allem durch seine Beziehungen zum Königshaus überhaupt Präsident der OGP geworden war und bei jeder Gelegenheit erzählte, wie er angeblich gegen diesen Lindwurm gekämpft und gesiegt hatte, der vor Urzeiten auf irgendeinem Friedhof gelebt haben sollte. Grim schnaufte, als er darüber nachdachte. Aber es half nichts.

Er konnte es nicht riskieren, dass der Löwe ihm einen Posten in den Katakomben und Metroschächten zuwies, eine Arbeit unter Neonlicht, zwischen dem ewigen Getuschel der Ratten und im Gestank des unterirdischen Paris. Ihm blieb keine Wahl. Er musste Bericht erstatten. Sofort.

Schon von Weitem sah er den Gare d'Austerlitz wie eine Insel aus Licht im dunklen Gewirr der Straßen auftauchen. Lautlos landete er in einer kaum beleuchteten Gasse, murmelte die Formel und spürte gleich darauf, wie sich sein Magen zusammenzog. Ein Schmerz wie der Stich von tausend Nadeln raste über seine Haut, er krümmte sich, als der Stein sich in seinen Körper zurückzog und stattdessen zarte, weiche Menschenhaut sichtbar wurde. Lederne Schuhe umhüllten seine nun menschlichen Füße, und selbst Hose und Mantel schrumpften, bis sie seinem menschlichen Alter Ego wie angegossen passten. Aus seiner Brusttasche zog er eine Sonnenbrille gegen das Licht, dann trat er aus den Schatten.

Die Bahnhöfe waren seit Langem die beliebtesten Eingänge in das unterirdische Netzwerk, das nach Ghrogonia führte. Ein zwielichtiger Handel der Gargoyles mit einem der teuflischsten Geschöpfe von Paris hatte ihnen diese Erleichterung verschafft, denn der Verkehr zwischen Unter- und Oberwelt florierte seit jeher, und es war doch mehr als lästig, jedes Mal widerlich magisches Wasser saufen zu müssen, um nach Ghrogonia teleportiert zu werden. Immer noch nutzten viele Bewohner der Schattenstadt diese Wallace-Möglichkeit – so benannt nach dem Erfinder der grünen Brunnen, der sich als einer der wenigen gargoylefreundlichen Hartide entpuppt hatte –, vor allem jene, die sich vor der Verwandlung fürchteten. Denn durch den Zauber des Vergessens war es natürlich undenkbar, dass Gargoyles, Gnome oder Kobolde den Bahnhof in ihrer wahren Gestalt betraten. Man stelle sich die Panik vor, die ein behaarter Troll bei den Menschen auslösen würde! Grim lächelte bei der Vorstellung. Ihm selbst passte diese Verwandlungsgeschichte auch nicht, zumal sie ihn, sobald er in Bahnhofsnähe die Formel sprach, in die lästige Gestalt eines Menschen zwängte. Nur sein Gewicht konnte sie nicht vollends aufheben, wenngleich er sich kurz nach der Verwandlung immer fühlte, als wäre er gerade auf dem Mond gelandet, so leicht kam er sich vor. Er hatte keine Ahnung, wie er als Mensch aussah, und es interessierte ihn auch nicht. Es war eine Maske, eine Illusion, um sich in einer Institution der Menschen frei bewegen zu können – mehr nicht.

Trotz der Sonnenbrille kniff er die Augen zusammen, als er den Bahnhof betrat, und das Stimmengewirr der Menschen ließ ihn einen Moment innehalten. Er kannte Wesen, die sich nie daran gewöhnt hatten. Er selbst liebte dieses Geräusch. Es war wie ein Meer, dessen Schaum auf den Wellen Geschichten erzählte, ganz gleich, wer ihm zuhörte: Er tat es für die Geschichten. Das war das Wichtigste. Grim liebte auch die Bahnhöfe selbst, und nicht selten kam es vor, dass er nachts auf den Dächern des Gare de l'Est oder des Gare du Nord landete und durch die hohen Fenster hinunterschaute auf die Menschen. Ameisengleich hasteten sie durch die Gegend, den Kopf voll von Gedanken, einige traurig, viele müde, aber alle hatten sie ein Ziel. An diesem Ort schien es keine Sinnfragen zu geben, die doch die Menschheit sonst ständig umtrieben. Alles war gut so, wie es war, eine in sich geschlossene Welt, in der man nur eine Rolle zu spielen hatte: die des Reisenden. Grim seufzte leise. Die Bahnhöfe machten ihn melancholisch, und wenn er melancholisch war, wurde er zum Philosophen. Zum Glück wusste niemand etwas davon.

Er betrat die Metro, die scheinbar nur auf ihn gewartet hatte. Kaum spürbar kippte der Zug ein wenig zur Seite, doch die Menschen auf den Plastiksitzen merkten nichts davon. Sie sahen auch nicht, wie der große Mann mit der Sonnenbrille eine der Haltestangen umfasste und in rascher Folge mit seinem Daumennagel dagegen klopfte, als trommelte er im Takt eines Liedes. Grim ließ den Blick durch den Zug gleiten. Keiner der Passagiere beachtete ihn. Nur ein kleines Mädchen, vielleicht zwei oder drei Jahre alt, das auf dem Schoß seiner Mutter saß und den Daumen im Mund hatte, starrte ihn an wie gebannt. Ja, Kinder konnten das oft. Sie sahen ihn nicht in seiner wahren Gestalt, aber sie *fühlten*, was er war. Und so sahen sie ihn dann eben doch. Er verzog den Mund zu einem Lächeln. Die Kleine machte es ihm schüchtern nach. Er grinste. Sie lachte glucksend und fröhlich. Er streckte die Zunge raus, so weit er konnte – darin war er schon immer gut gewesen. Das Kind fing auf der Stelle an zu brüllen und heulte Rotz und Wasser. Schnell wandte Grim sich ab. Irgendwie hatte er einfach kein Händchen für Kinder.

Die Lampen der Bahn begannen zu summen – unhörbar für menschliche Ohren, aber sehr wohl zu hören für die Ohren eines Gargoyles oder für den Werwolf, der während der gesamten Fahrt an der Tür gelehnt hatte. Jetzt stellte er sich neben Grim, nickte unauffällig und starrte geradeaus. Grim kannte diesen Ritus. Aus irgendeinem Grund wurde innerhalb des Metronetzes eine Wir-Gruppe aus allen Anderwesen – jenen Geschöpfen, die sich vor den Menschen verbargen. Die Lichter im Zug gingen aus. Für die Menschen dauerte dieser Moment nur den Bruchteil einer Sekunde – Grim hingegen hatte genug Zeit, hinter dem Werwolf auf einen blitzblanken Bahnsteig aus

Marmor zu treten, an dessen Wand in goldenen Lettern stand: *Ghrogonia Nord*.

Langsam wich der Zauber von Grims Körper, und als er seine Hände betrachtete, hatten sie wieder ihre gargoylsche Form. Hinter dem Werwolf und einigen weiteren Anderwesen ging er durch endlose Tunnel und gelangte schließlich in eine Höhle aus blauen Steinen. Drei Säulen ragten in ihrer Mitte auf, in denen freundliche Gargoylefrauen saßen wie in Bahnwärterhäuschen, und vor jeder einzelnen Säule war die Schlange so lang wie der Bart von Methusalem. Grim stöhnte. Diese dämliche Krönungszeremonie. Musste es diesen Zirkus darum geben? Meine Güte, das war ein Rummel fast wie bei den Menschen, ein Marketinggag, der sich um irgendeinen hirnlosen Trend drehte, den eigentlich alle absurd fanden – aber natürlich machte ihn doch jeder mit. Man wollte ja kein Spielverderber sein.

Grim ließ den Blick über die Wesen schweifen, die mehr oder minder geduldig warteten, bis sie an der Reihe waren. Gargoyles standen da, natürlich, aber auch Trolle und Gnome, Steinfresser, Gestaltwandler, Felsenkäfer – und da winkte eine knallgrüne Pranke durch Grims Blick und brachte ihm augenblicklich gute Laune.

»Karphyr!«, rief Grim, so überschwänglich es ihm möglich war, und drängte sich mit strahlendem Gesicht an den Wartenden vorbei nach vorn zu einem dicken grünen Drachen.

Er hatte leuchtend rote Augen und war so kurzsichtig, dass er eine zentimeterdicke Brille tragen musste. Da es in der Vergangenheit blutige Konflikte zwischen den Drachen und den Gargoyles gegeben haben sollte, waren Erstere im Volk der Letzteren als hinterlistig, gierig, grausam und blutdurstig verschrien. Doch die Drachen waren schon vor Urzeiten vom Angesicht der

Welt verschwunden, und obwohl es Gerüchte gab, dass es sie noch geben sollte, war Karphyr der einzige Drache, den Grim kannte – und im Gegensatz zu den Geschichten, die sich um sein Volk rankten, war er alles andere als grausam oder gierig, und wenn er Blut sah, wurde ihm beinahe auf der Stelle schwindlig. Von den Gargoyles wurde Karphyr dennoch argwöhnisch beäugt, und er genoss keinerlei Vertrauen: In ihren Augen hatte ein Drache so zu sein, wie es die Legenden erzählten, und wenn er anders war, lag das nur an einer List des Drachen. Da Karphyr allerdings bereits seit dem Anbeginn Ghrogonias in der Stadt lebte, wurde er geduldet – auch, weil die Gargoyles seine sicherlich verborgene Kraft fürchteten. Dabei widmete Karphyr sich vor allem seiner größten Leidenschaft: dem Züchten von Zierkürbissen. Die materiellen Kostbarkeiten, die sich seit Generationen im Besitz seiner Familie befanden, staubte er zwar regelmäßig ab, erfreute sich ihrer jedoch nur dann, wenn sie durch ihre Mineralien – wie beispielsweise beim Heiligen Gral – oder ihr Licht seine Kürbisse besser wachsen ließen.

Grim lächelte. Karphyr war durchgedreht, keine Frage, und vermutlich gerade deswegen sein Freund, was außer ihm nur drei Gargoyles und ein Moorkobold von sich behaupten konnten – aber außerdem stand er an zweiter Stelle in der Schlange. Ein besserer Grund für einen kleinen Plausch über Zierkürbisse fiel Grim nicht ein.

»Ganz schön was los, hm?«, fragte Karphyr und schlug Grim mit klatschendem Geräusch gegen die Schulter. »Die Zeremonie hat Leute angezogen, Junge, Junge, langsam bin ich froh, wenn alles vorbei ist! Ich verstehe diesen immensen Aufriss ohnehin nicht. Es ist doch bloß eine Zeremonie zur Machtbestätigung des Königs, eine Formalität, oder irre ich mich? Thoron wird Zepter und Krone ablegen, der Senat wird die Stimmen abzählen – und wieder wird sich herausstellen, dass er ohne Gegenstimme in seinem Amt bestätigt wurde. Dann legt er sich das Zepter wieder an, die Krone noch dazu – und wir haben einen neuen alten König.« Er zuckte mit den Schultern. »Aber vielleicht muss man ein Gargoyle sein, um das zu verstehen.«

Grim verzog das Gesicht. »Keine Sorge. Ich begreife von dem ganzen Getue nicht das Geringste – mit Gargoylesein oder nicht hat das also nichts zu tun. Aber rate mal, zu wem ich gerade auf dem Weg bin und wer garantiert den absoluten Durchblick hat, was diese verfluchte Krönung betrifft.«

Karphyr hob seine Augenbrauen – wie sein Rückenkamm waren sie leuchtend rot – und zwinkerte einige Male. »Monsieur Ich-bin-ungeheuer-wichtig von und zu Und-wehe-jemand-behauptet-etwas-anderes-dem-haue-ich-mit-meiner-manikürten-Kralle-auf-den-Popo?«

Grim musste lachen, zum ersten Mal seit Tagen, wie ihm schien. Karphyr machte eine wegwerfende Handbewegung.

»Mach dir nichts draus, mein Lieber«, sagte er. »Es gibt jemanden, der noch mehr leiden wird als du. Hast du die Hinrichtung vergessen?«

Grim zog die Brauen zusammen.

»Ach, du weißt es noch gar nicht?« Karphyr nickte düster. »Der Hybrid, den sie gefangen haben – der angebliche Mörder, du weißt schon. Er wird heute hingerichtet. Was glaubst du, wie die Menge ausrasten wird – die gieren doch alle nach solchen Belustigungen.«

Grim stieß die Luft aus. Karphyr hatte recht. Selbst die Gargoyles ließen sich immer häufiger dazu hinreißen, sich leidenschaftlich an diesen Dingen zu beteiligen. Es war widerwärtig.

Der Drache zuckte die Achseln. »Aber mach dir keine Gedanken wegen Mourier. Bald ist die Krönungszeremonie vorbei, dann kehrt wieder Ruhe ein, auch beim alten Löwen. Und so schlimm ist das Kostüm nun auch wieder nicht.«

Grim sah ihn fragend an. »Keine Ahnung, was du meinst«, erwiderte er, aber in diesem Moment kamen sie an die Reihe, und die Gargoylefrau begann, in rasend schnellen Bewegungen auf eine gläserne Maschine einzutippen, die umgehend surrende Geräusche von sich gab.

»Zweimal schnurgerade nach Ghrogonia, Hauptstadt der Ewigkeit und so weiter und so fort«, plapperte sie freundlich. »Bitte hier den Daumen drauf und hier hineinsehen.« Sie deutete auf eine metallene Fläche und eine höhenverstellbare Kugel auf einem silbernen Gestell. Seufzend beugte Grim sich vor, spürte den Pieks in seinem Daumen und ließ den Irisscanner über sein Auge laufen. Der gläserne Gargoyle, in der Tat. Aber so musste es eben sein, wenn Ghrogonia sicher sein und niemand außer erwählten Gästen und Anwohnern Zutritt haben sollte. Die Gargoyledame schaute auf ihren Bildschirm, lächelte und reichte Grim und Karphyr zwei funkelnde Steine, die mit schmatzendem Geräusch aus der Maschine geschossen waren.

Grim folgte dem Drachen zum Rand der Höhle. Dort ließen sie die Steine in einen Schlitz in der Wand fallen, woraufhin sich ein Spalt öffnete und den Blick auf eine steinerne Kugel freigab, die wie eine schwerelose Gondel in der Luft schwebte und sich lautlos an einer Seite öffnete. Grim schob sich hinter Karphyr in die Kammer, setzte sich auf einen der steinernen Sitze und wartete, bis die Kugel sich schloss und in Bewegung setzte. Erst langsam, dann immer schneller schoss sie durch einen endlos langen Tunnel dahin. Nur ab und an zuckten Lichter durch das winzige Fenster, doch Grim hatte ohnehin keinen Blick dafür. Dunkle Vorahnungen ließen ihn die Brauen zusammenziehen.

»Also, das Kostüm«, begann er, weil es ihm keine Ruhe ließ, und unterbrach damit einen Monolog des Drachen über Zierkürbisse, dem er überhaupt nicht zugehört hatte.

Karphyr nickte eifrig. »Du wirst allerliebst aussehen, mein Bester, ganz allerliebst!«, rief er und schlug lachend die Hände zusammen.

Noch ehe Grim etwas hätte erwidern können, stoppte die Kugel – wie immer so plötzlich, dass er von seinem Sitz rutschte und sich die Schulter stieß. Seufzend rappelte er sich auf und schwang sich aus der Kugel.

Unter ihnen lag Ghrogonia, die Stadt der Schatten in ihrem Meer aus Schluchten. Grim atmete ein. Es war ungeheuerlich, wie die Stadt mit den Jahrhunderten gewachsen war.

Grim sauste neben Karphyr auf einer der Luftstraßen über eine breite, belebte Promenade. Rechts und links von ihnen ragten Prachtbauten der Gargoyles auf – viele wohnten gar nicht darin, sondern wollten sie nur besitzen, etwas, das Grim nie verstehen würde –, überall flogen steinerne Kugeln durch die Luft, und Flugwesen jeder Art verbreiteten einen mörderischen Lärm. Sie erreichten den Goldenen Berg, genauer gesagt, die unscheinbare Hütte, unter der sich der Goldene Berg befand – Karphyrs Zuhause, wo er die unzähligen Schätze der Menschheit bewachte, die er und seine Vorfahren angehäuft hatten, und von dem nur seine engsten Freunde wussten. Sie verabschiedeten sich, und Grim genoss es, jegliche Kürbisthemen vorläufig aus seinen Gehirnwindungen vertreiben zu können.

Er durchquerte den Wald der Cylaster, winzige Funkenwesen, die in Stresssituationen auf ihre hundertfache Größe anschwellen und wahre Feuersbrünste verursachen konnten, und holte tief Atem, als er den pechschwarzen Dorn sah, der in der Mitte Ghrogonias aufragte – Vranis Xor, der Sitz des Gargoylekönigs. Das Ewige Feuer, ein mächtiger Schutzzauber, der alle sieben Mondzyklen durch den Senat und den König erneuert wurde, umhüllte den Turm wie eine dünne Schicht aus tanzenden schwarzen Flammen. Nicht weit davon entfernt ragte eine gewaltige Basilika auf. Sie hatte Ähnlichkeit mit einem gewissen Zuckerhutbau des oberweltlichen Paris, doch auf ihrer höchsten Kuppel prangte ein riesiger Gargoyle – pechschwarz wie sie selbst, mit geöffneten Schwingen und finsterem Blick. Er trug ein Schwert, und um seine Brust flatterte eine Schärpe, auf der in dicken Lettern zu lesen war: OGP – Oberste Gargoyle Polizei. Grim stöhnte. Als wenn diese alberne Statue nicht schon schlimm genug wäre – wie war Mourier nur auf die Idee gekommen, dass eine Schärpe um die Brust mehr Würde vermitteln könnte als das Vereinslogo eines Kegelclubs?

Mit finsterer Miene landete er auf der Faust der Statue, ging die wenigen Schritte bis ins Innere des gewaltigen Körpers und erhob sich umgehend wieder in die Luft. Er befand sich in einem Höhlensystem und hatte eigentlich nur ein Ziel: so schnell wie möglich wieder zu verschwinden. Er wollte mit niemandem sprechen, wollte keinen Blick auf die gargoylschen Schreibkräfte werfen, die im großen Bau der Bürokratie ameisengleich hinter ihren Tischen hockten und eine staubtrockene Arbeit nach der anderen erledigen mussten, wollte eigentlich nicht einmal mit Mourier sprechen, aber das ließ sich wohl nicht vermeiden. Kaum hatte er das Innere der Basilika erreicht, umschwirrte ihn hektisches Stimmengewirr. Er stöhnte. Mochte sich die Welt ändern, wie sie wollte, eines blieb, wie es war: das emsige Gehetze von Mouriers Laufburschen, immer hektisch, immer unglaublich beschäftigt, ganz gleich, ob es viel zu tun gab oder wenig, ob schwierige Fälle zu lösen waren oder leichte, ob mittlere Katastrophen herrschten oder langweilige Routinen.

Er glitt über die Köpfe einiger Stielaugen aus der Spurensicherung hinweg, hörte ihre zischenden Stimmen und sah die verächtlichen Blicke ebenso wie die neidischen. *Da staunt ihr, was?*, dachte er und lächelte böse. *So sieht es aus, wenn ein Gargoyle fliegen kann.*

Er erreichte eine riesige, steinerne Tür, hinter der Mouriers Büro lag. Auch sie hätte besser ausgesehen, wenn nicht Tag und Nacht die Lakaien des Löwen davorgestanden hätten. Grim verdrehte die Augen, als er sie sah, diese lächerlichen Pappkameraden mit den steinernen Stäbchen in der Hand, die wohl an Speere erinnern sollten. Zwei Greifen waren es dieses Mal, die Köpfe so hoch erhoben, dass sie permanent nichts anderes sahen als die schmutzige Decke. Als sie Grim entdeckten, sprang einer von ihnen vor.

»Zutritt nur für Befugte«, kreischte er und flatterte mit den Flügeln.

Mit müdem Lächeln kam Grim vor ihm zum Stehen und betrachtete ihn von oben bis unten. »Menschenhände haben nach deinem Marmor gegraben«, sagte er leise, aber so boshaft, dass der Greif augenblicklich das Flügelschlagen unterließ. »Und vielleicht sind es Menschen, die auf deine Worte hören.« Er trat vor und schaute dem Greif direkt in die Augen. »Doch ich bin ein Gargoyle, geschmiedet in den Festen eines Vulkans. Schattenflügler nennt man mich, ein Geist der Nacht, der nicht nur den Menschen Schrecken bringt. Und du trittst mir in den

Weg?« Seine Stimme hallte an den Wänden der Höhle wider. Zu seiner Befriedigung sah er das Zittern der steinernen Greifenlider. Einen Augenblick stand Grim regungslos. Dann riss er den Kopf zurück und sah zu, wie der Greif vor Schreck zur Seite sprang. Ohne die Türsteher eines weiteren Blickes zu würdigen, schritt er durch das Portal.

Im Vorzimmer hockte Krallas hinter einem riesigen Stapel Akten zur Aufklärung der Morde. Für einen Moment lächelte Grim. Also musste auch Mouriers Speichellecker Nummer eins sich an die Regel halten: Keine aktuellen Akten durften das Büro des Polizeipräsidenten verlassen. So hatte Mourier es vor einiger Zeit beschlossen, und da Krallas sich im Gegensatz zu Grim an diese Vorschrift zu halten schien, war er nun mit irgendeiner unsinnigen Abschrift beschäftigt und machte ein mürrisches Gesicht, als er Grim sah.

Ohne ihn zu beachten, betrat Grim das Büro seines Vorgesetzten.

Mourier saß auf seinem Thron, einem schwarzen Ungetüm von einem Felsen, und blätterte mit einer Kralle in den Berichten der vergangenen Nacht. Sein steinerner Schweif peitschte den Boden. Er langweilte sich. Grim trat vor und wartete, bis es Mourier gefiel, ihn zu bemerken.

»Du kommst spät«, sagte der Löwe schließlich, ohne den Blick von den Papieren zu nehmen. »*Zu* spät. Wie oft muss ich dir sagen, dass ich jede Nacht euren Bericht erwarte?«

Grim stieß lautlos die Luft aus. *Als wenn du nicht schon genug Berichte zu lesen hättest, alter Narr.*

»Ich war in einer Angelegenheit beschäftigt, die meine Anwesenheit erforderte«, sagte er stattdessen.

Mourier hob den Kopf und schaute aus halb geschlossenen

Augen auf Grim herab. Da sah man sie, die Ähnlichkeit zu jenen Gargoyles, die seit Urzeiten den Thron des Königs umlagerten und vergebens darauf hofften, jemals an seinem Glanz teilhaben zu können: diese Tränensäcke, diese immermüden, verquollenen Augen, diese lustlos herabhängenden Lefzen, die mehr an einen Bernhardiner erinnerten als an einen Löwen – Grim schüttelte es. Venedig fiel ihm ein mit seinen Löwen, den Blick gewetzt wie die Krallen, immer zum Sprung bereit – ja, eine solche Katze hätten sie in Paris gebraucht. Stattdessen saß dieser fettleibige Adelsspross von einem Löwen auf seinem lächerlichen Thron und schielte auf Grim herab mit einer Leidensmiene, als würde er die Welt auf seinen Schultern tragen.

»Wo du gerade da bist«, sagte er gedehnt, »will ich es nicht versäumen, dich persönlich über die Kostümprobe für die Krönungszeremonie zu informieren.«

Grim spürte, wie ihm heiß und kalt wurde. Er öffnete den Mund, aber er wusste nicht, was er erwidern sollte, und schloss ihn gleich wieder.

Mourier hingegen schien langsam wach zu werden. »Die ganze OGP, ein Meer aus roter Seide und Taft, hier und da weiße Schärpen, Halskrausen – famos wird das, sage ich dir, ganz, ganz famos! Der König wird begeistert sein!«

Grim starrte Mourier an und spürte, wie ihm die Gesichtszüge entglitten. Er hatte nur Seide und Taft verstanden und die Tatsache, dass Mourier ganz rot wurde, während er über seine Pläne sprach.

»Halskrausen?«, fragte Grim schließlich, als Mourier ihn erwartungsvoll ansah, und fühlte sich von einem vernichtenden Blick getroffen.

»In der Tat«, erwiderte der Löwe scharf. »Von so etwas verstehst du nichts. Es ist auch ohne Belang, solange du zur Anprobe erscheinst. Die Zeit drängt, verstehst du, und schließlich ist es mein Kopf, der auf dem Tablett landet, wenn alles nicht mehr rechtzeitig fertig wird oder jemand patzt.«

Grim nickte so ernst es ihm möglich war. *Solange dein Kopf dann eine Halskrause trägt, ist doch alles in Ordnung*, dachte er und presste die Zähne aufeinander.

Mourier hatte sich wieder seinen Berichten zugewandt und ließ Grim eine Weile dastehen. »Und welche Angelegenheit erforderte so dringend deine Anwesenheit?«, fragte er dann, als hätte das Gespräch über die Kostümprobe niemals stattgefunden. »Die, während der du die Pflanzen im Jardin des Plantes – nun, sagen wir: umdekoriert hast, wie mir zu Ohren kam?«

Grim hatte gewusst, dass die vegetarischen Löwen ihn verpfeifen würden – und er hatte gewusst, dass Mourier ihn in diesem Tonfall fragen würde, er hatte es schon gewusst, als er sich auf den Weg nach Ghrogonia gemacht hatte. Mourier hatte ihn noch nie überrascht.

»Moira ist tot«, sagte er ohne Umschweife. »Sie hat die Ewige Losung gesprochen und sich vergangene Nacht der Sonne geschenkt.« Er hielt kurz inne und bemerkte den erwarteten Schrecken auf Mouriers Gesicht. Der Tod passte nicht in sein Weltbild. Er war zu wenig berechenbar, zu wenig bequem, und außerdem machte er niemals eine Ausnahme.

»Die Todesrose …«, murmelte der Löwe und nickte.

Tu nicht so, als würdest du Moira verstehen. Nicht einmal ich habe sie verstanden.

»Ist das alles?« Mourier sah Grim an, er hatte dieses Glitzern in den Augen, das fast wie Wachsamkeit aussah. »Oder soll ich deinen Bericht einer Wahrheitsprüfung unterziehen? Nach den jüngsten Vorkommnissen wäre das vielleicht eine gute Idee, nicht wahr?«

Grim biss die Zähne zusammen. Mourier hatte Möglichkeiten, alles zu erfahren, das wusste er. Er kannte die Goldene Fessel, jene Foltermethode, bei der durch ständige Elektroschübe das Gehirn zu einer Pampelmuse wurde und der Betroffene vorher noch schnell alles erzählte, was er wusste.

»Moira hat mit einem Menschen gesprochen«, Grim spürte die Worte wie Gift auf seinen Lippen. Aber irgendetwas musste er erzählen, sonst würde Mourier zwangsläufig alles herausfinden – und das hätte den Tod der beiden Hartide bedeutet.

Mouriers Augen wurden groß. »Mit einem Menschen? Aber warum?«

Grim zuckte so gelangweilt die Schultern, wie es ihm möglich war. »Ich habe zufällig gesehen, wie er ihr … auf dem Friedhof auf die Pelle gerückt ist. Ich vermute, dass es einer von diesen durchgedrehten Satanisten war. Wer sonst bricht schon nachts auf einen Friedhof ein? Wie auch immer, Moira war durch die Todesrose gezeichnet, sie konnte nicht so lange vollkommen unbeweglich dastehen, wie es nötig gewesen wäre, bis der Spinner das Weite gesucht hätte. Sie hat gezwinkert, der Kerl ist fast aus den Latschen gekippt. Daraufhin hat sie etwas gesagt, ich weiß nicht, was, aber vermutlich wollte sie seine Erinnerung löschen. Allerdings hat ihr Zauber nicht gewirkt, ihre Kraft war wohl schon zu schwach.« Er schaute betroffen zu Boden und fühlte sich einen Augenblick lang furchtbar, da er Moiras Krankheit für seine Zwecke missbrauchte. Aber es waren nicht nur *seine* Zwecke.

Wenn ich schon nicht sagen kann: Gib auf ihn acht.

»Ich habe dann ein Spektakel veranstaltet, das dem Kerl offenbar Angst eingejagt hat. Er ist abgehauen. Als ich Moira erreicht hatte, war sie so erschöpft, dass sie nicht sprechen konnte. Ich habe umgehend die Spur des Menschen aufgenommen, konnte sie aber nicht mehr rechtzeitig vor Tagesanbruch bis zum Ende verfolgen. Daher bitte ich um Erlaubnis, den Menschen ausfindig machen und seine Erinnerung löschen zu dürfen.«

Von wegen. Nichts werde ich tun, gar nichts. Ich werde den Jungen in Ruhe lassen, so wie Moira es wollte. Mehr kann ich nicht für sie tun – aber das werde *ich tun.*

Mourier musterte ihn prüfend, und es war unmöglich zu sagen, was der Löwe dachte. Da fiel Grim etwas ein.

»Außerdem sind fremde Gargoyles in der Stadt«, sagte er schnell. »Aber davon hat die OGP wohl schon gehört.«

Mourier sah verächtlich auf ihn herab. »Ich bin die OGP«, sagte er herablassend. »Und ich habe von gar nichts gehört.«

Grim wurde unbehaglich zumute. »Dann weißt du nichts von … dem Paten?«

Der Löwe stieß die Luft aus. »Ein lächerlicher Film, nun ja, der erste Teil war recht gelungen, aber die folgenden … Vor allem die Sterbeszene der Tochter, du meine Güte, da habe ich …« Er unterbrach sich. »Du meinst nicht den Film?«

Grim stöhnte innerlich. Es war nicht unüblich, dass Gargoyles sich für die Künste der Menschen interessierten. Es fiel ihnen schwer, selbst Kunst zu schaffen – den meisten war es schlichtweg unmöglich. Aber Grim kannte einige, die ganze Gemäldegalerien aus gestohlenen Bildern der Menschen in ihren Villen zusammengestellt hatten, andere wiederum begeisterten sich für ihre Dichter und Denker – und dann gab es die Banausen, die sich einfach gern mal einen Film anschauten, so wie er selbst und offenbar auch sein Chef. »Nein«, erwiderte er ernst. »Und auch nicht das Buch. Ich habe zwei fremde Gargoyles gesehen. Sie sprachen von einem Paten, für den sie den Mörder suchen sollten. Ich dachte, dass du vielleicht …«

Mouriers Augen wurden groß wie immer kurz vor einem Wutanfall. »Dass ich mir einen lächerlichen Spitznamen zulege?«, brüllte der Löwe, dass sich seine steinerne Mähne sträubte. Gleich darauf sank er zurück auf seinen Thron und stieß die Luft aus. »Du raubst mir die Kraft, Grim«, seufzte er und wischte sich mit der Pfote über die Stirn.

Und du mir die Nerven, dachte Grim, behielt es aber für sich.

»Ich weiß nichts von diesem Paten, aber es ist interessant, dass es offenbar immer noch Gargoyles gibt, die neu sind in der Stadt und die Regeln nicht kennen. Hier gibt es die OGP, und nur sie befasst sich mit den Morden. Ich kümmere mich darum. Und was diese andere Geschichte angeht …« Mourier senkte den Blick und blätterte beiläufig in den Berichten. »Sieh zu, dass du den Menschen findest.«

Grim nickte und machte ein ernstes Gesicht. Keinesfalls durfte er Mourier seine Erleichterung zeigen. Er verbeugte sich, wie Mourier es stets forderte, und wollte sich gerade zurückziehen, als der Löwe ihn zurückrief.

»Ach, und wo … ist Moira jetzt?«

Grim presste die Zähne aufeinander. Sie würden sie abholen, das taten sie immer. Wie hätten sich die Menschen erklären sollen, dass auf einmal eine Steinfrau auf einer ihrer Kapellen stand? Es hätte Fragen gegeben, unangenehme Nachforschungen vielleicht, öffentliche Diskussionen … Nein, Moiras steinerne Überreste mussten verschwinden, und dann … Die Gargoyles trauerten nicht um ihre Toten. Jedenfalls nicht so, dass es jemand merkte.

Grim drehte nur den Kopf: »Auf einer Kapelle, Friedhof Père Lachaise. Ich werde jetzt …«

Da sog Mourier die Luft ein. »Gehen?«, fragte er leise. »Nein. Das glaube ich nicht.«

Verständnislos wandte Grim sich um und sah, dass Thoron, der König, gerade das Büro betrat. Schnell legte Grim sich die Hand auf die Brust und neigte den Kopf. Dann sah er auf. Thoron war ein mächtiger Gargoyle mit kalkweißer Haut, stechenden, nah beieinander stehenden blauen Augen und einer ausgeprägten Hakennase. Kälte ging von ihm aus, wie es bei Geschöpfen mit großer magischer Kraft üblich war. Er trug die Königskrone, und an seinem rechten Arm glomm das Zepter der Gargoyles in seinem trüben grünen Licht. Wie eine Schlange aus Stein und Kristall hatte es sich um den Arm des Königs gewunden und war teilweise mit ihm verschmolzen.

»Grim«, sagte Thoron, nachdem er Mourier einen Blick zugeworfen hatte. Seine Stimme war ruhig und kühl wie ein See, von dem man nie wusste, wie tief er wirklich war. »Welch ein Vergnügen, den Besten der Schattenflügler nach seinem letzten Fauxpas bei diesem offiziellen Anlass zu sehen. Das wird den Rekruten zeigen, dass du die Gesetze deines Königs sehr wohl anerkennst – entgegen aller … nun, nennen wir es Gerüchte.«

Ohne ein weiteres Wort wandte der König sich an Mourier. Grim blieb, wo er war. Er mochte von den Hinrichtungen halten, was er wollte. Aber das eben war keine Einladung gewesen – sondern ein Befehl. Sollte Thoron ihn nicht neben den anderen Schattenflüglern in der ersten Reihe sehen, würde er das als Missachtung seines Ranges als König werten – und das wiederum würde Konsequenzen nach sich ziehen. Schlimmere als die Versetzung auf Zeit in eine niedere Rangstufe.

Wortlos wartete er darauf, dass Thoron und Mourier ihre Besprechung beenden würden, und spürte plötzlich, dass ihn jemand beobachtete. Durch die halb geöffnete Tür konnte er Krallas sehen, wie er – den Kopf tief über eine Akte gebeugt – mit hämischem Lächeln zu ihm herüberstierte.

Kapitel 10

Leuchtende Bojen begrenzten die Luftstraße und führten unzählige Flugobjekte über die Dächer Ghrogonias. Mia schaute neugierig über Jakobs Schulter. Die Straße war brechend voll, und der Esel kam auf der rechten Spur nur langsam voran. Vor ihnen schwebte ein Luftschiff, das sie an die Konstruktionszeichnungen von Leonardo da Vincis Fluggeräten denken ließ. Gewaltige Fledermausflügel trugen ein schmales, hölzernes Boot, in dem zwei muskulöse Trolle die Flügel auf und ab bewegten. Sie schienen es nicht sonderlich eilig zu haben.

Da beugte Jakob sich vor, flüsterte dem Esel etwas ins Ohr – und vorbei war es mit der Ruhe. Wie von der Tarantel gestochen bäumte ihr Taxi sich auf und schoss nach vorn, geradewegs auf das Fledermausboot zu. Mia krallte sich an Jakob fest, mit einem Ruck flog der Esel über seinen Vordermann hinweg, setzte nach halbherzigem Schulterblick über auf die linke Spur und verursachte hinter sich ein Mordsgeschrei. Zwei ledergewandete Kobolde auf schwarzen Gänsen zischten an ihnen vorbei, nicht ohne dem Esel wüste Beschimpfungen entgegenzuschleudern, doch den kümmerte das überhaupt nicht. In Schräglage zwängte er sich zwischen zwei Gnomen auf steinernen Fluggeräten hindurch und raste in schwindelerregendem Slalom dahin.

Mia spürte, wie ihr schlecht wurde, verdammt schlecht sogar, und als sie endlich zum Stehen kamen, schwankte der Boden unter ihr. Jakob steckte dem Esel glitzernde Kristalle und einen Apfel in die Satteltasche. Daraufhin erhob sich das Taxi mit zufriedenem Schnauben in die Luft und ließ sie allein. Mia atmete langsam ein und aus. »Das«, sagte sie nach einer Weile, »war die schlimmste Taxifahrt meines Lebens.«

Jakob lachte. »Ja, man braucht eine Weile, bis man sich an Ghrogonias Rhythmus gewöhnt hat.«

Mia seufzte und sah sich zum ersten Mal seit ihrer Landung um. Sie standen in einer schwach erleuchteten Straße, die aus einem langen Zug beinahe identischer Herrenhäuser bestand. Erst bei näherem Hinsehen stellte Mia fest, dass sie allesamt in einen umgestürzten Turm des ehemaligen Drachenschlosses geschlagen worden waren. Vereinzelt standen dunkle Gestalten im Schein der Straßenlaternen und unterhielten sich leise, andere liefen mit angezogenen Schultern über den Gehweg, als hätten sie es eilig. Ein kalter Wind strich um die Häuser, und an besonders hohen Gebäuden flackerten in regelmäßigen Abständen große Leinwände. Sie zeigten ein Podest auf dem Platz vor dem schwarzen Turm, den Mia schon im Anflug auf die Stadt gesehen hatte.

»Darüber vermittelt der König seine Kundgebungen an ganz Ghrogonia«, sagte Jakob, der ihrem Blick gefolgt war. »Offenbar ist für heute noch etwas geplant.«

Sein Gesicht hatte sich verdunkelt, doch ehe Mia etwas erwidern konnte, drang eine heisere Stimme über die Straße.

»Ankauf von Lumpen!«

Ein dürrer Waldschrat mit schwarzer, ledriger Haut und Glotzaugen zerrte einen Karren mit Gerümpel hinter sich her.

Erschrocken sah Mia, dass er sie anstarrte, und fürchtete, jeden Augenblick als das entdeckt zu werden, was sie war: ein Mensch. Doch der Waldschrat hob nur die Hand zum Gruß und ging weiter.

»Ankauf von Lumpen«, schrie er noch einmal, während er mit seinem Stock gegen einen metallenen Kochtopf schlug. »Papier! Leder! Alteisen!«

Mia schüttelte den Kopf. Lumpensammler kannte sie nur aus Geschichten. Fasziniert sah sie, wie sich direkt neben ihr die eben noch verschlossene Tür eines der Häuser in glitzernde Staubkörnchen auflöste. Ein pechschwarzer Zentaur mit dichtem Backenbart trat auf die Straße, gab dem Lumpensammler ein Bündel Papier und erhielt dafür zwei funkelnde Kristalle. Mit angezogenen Schultern trat er zurück ins Haus, und augenblicklich setzte sich die Tür hinter ihm wieder zusammen.

Mia musste lächeln. Trotz der Magie, die in dieser Stadt so viel ermöglichte, schien niemand auf die Idee zu kommen, den Lumpensammler wegzurationalisieren. Er gehörte hierher wie die glänzenden schwarzen Häuser oder die kristallenen Fabrikschlote ganz in der Nähe, in denen sich goldene, rote und grüne Schleier hin und her wälzten, die als dünner Nebel aus den Schornsteinen entlassen wurden. Geisterhaft zog er über die Häuserdächer hin. Rostbraune Leitungen liefen über das Pflaster der Straße, die offensichtlich ähnliche Nebel transportierten, denn Mia sah immer wieder farbige Schleier, die aus undichten Nähten der Rohre entwichen. Sie war gerade neben Jakob ein Stück die Straße hinabgegangen, als ihr der Geruch von Bratäpfeln in die Nase stieg. Eine beleibte Gnomin kam auf einem klapprigen Fahrrad auf sie zu. Hinter ihr auf einem Anhänger stand ein kleiner Herd, und darauf lagen leuchtend rote Äpfel.

Kaum hatte sie gehalten, wandten sich Passanten nach ihr um. Schnell bildete sich eine Schlange vor ihrem Rad. Mia lief das Wasser im Mund zusammen, aber Jakob zog sie weiter.

»Ich glaube nicht, dass du das essen willst«, sagte er mit einem Grinsen. »Die Äpfel sehen nämlich nur so aus, als wären es Äpfel. In Wahrheit ist es Hirn.«

Mia verzog das Gesicht. »Aber der Geruch …«

Jakob nickte. »Hier gelten andere Gesetze. Du kannst dich nicht auf das verlassen, was deine Sinne dir sagen, denn hier herrscht die Magie, und Ghrogonia ist eine Stadt des Zwielichts.«

Mia nickte nachdenklich. Sie spürte ihn deutlich, den Schatten, der auf dieser Stadt lag, und die nicht greifbare Unruhe, die mit dem Wind durch die Straßen pfiff und sie frösteln ließ. Ihr Blick glitt zu den steinernen Figuren hinauf, die auf beinahe jedem Haus standen. Direkt über ihr hockte ein Gargoyle mit breitem Grinsen auf einem Dachsims und schien sie durch kalte, reglose Augen zu beobachten.

»In ihnen steckt Leben«, sagte Jakob, der ihrem Blick gefolgt war. »Kaum zu glauben, nicht wahr? Unsere Augen täuschen uns – aber du fühlst es, wenn du sie berührst. Man kann ihren Herzschlag spüren, und manchmal hört man sie seufzen im Todesschlaf. Es klingt, als würden Steine zerbrechen. Im Paris der Oberwelt setzen viele Gargoyles hin und wieder Duplixe ein – Kopien ihrer selbst, um nicht ständig an einen Ort gebunden zu sein. Es ist nicht leicht, einen Duplix von einem echten Gargoyle zu unterscheiden. Auch das ist – Magie.«

Da ging ein Ton durch die Straßen wie das Schlagen einer riesigen Bronzeglocke. Jakob blieb stehen – und er war nicht der Einzige. Plötzlich rührte sich keiner mehr auf der Straße, selbst die Hirnverkäuferin hielt inne. Mia folgte den Blicken und sah, dass alle den schwarzen Turm betrachteten, der sich in einiger Entfernung aus dem Häusermeer erhob. Nun erkannte sie, dass er mit spitzen Dornen übersät war. Schwach schimmernde grüne Fenster schauten wie Augen auf die Stadt, und eine gewaltige Uhr prangte an seiner Spitze. Langsam wie bei einer Sonnenfinsternis zog ein Schatten über das Ziffernblatt, das eben noch in goldenem Licht erstrahlt war. Mia spürte die Anspannung, die in der Luft lag. Für einen Moment wurde der Wind schneidend kalt. Dann schmolz der schmale goldene Rand aus Licht – und verschwand. Die Uhr war schwarz geworden. Im selben Moment ging ein Stöhnen durch die Stadt. Es war ein Laut von solcher Tiefe, dass der Boden erzitterte.

Mia erschrak, aber in die Gesichter der Umstehenden war etwas wie Erleichterung getreten, und der eisige Wind, der sich gerade noch wie eine Schlange um die Häuser gewunden hatte, war verschwunden. Da traf Mia etwas am Kopf, erschrocken wich sie zurück. Steinsplitter hingen in ihren Haaren. Sie schaute nach oben – und erstarrte. Glühende Augen sahen sie an, glühende Augen in einem steinernen Gesicht. Der Gargoyle, der gerade noch grinsend und versteinert dort oben gesessen hatte, war erwacht. Ein Lächeln glitt über sein Gesicht, als er sich streckte. Dann stieß er einen Schrei aus. Heiser wie der Ruf eines Adlers hallte er über die Häuserschluchten. Andere Gargoyles antworteten ihm, es war wie das Heulen von Wölfen in der Nacht. Mia hielt den Atem an. Es schien ihr, als würde dieser Gesang ihr Antwort geben auf eine Frage, die sie vor langer Zeit gestellt und dann vergessen hatte. Mit einem Rauschen erhoben sich die Gargoyles in die Nacht, für einen Moment flackerte die Dämmerung im schnellen Schlagen ihrer Schwingen. Dann war der Bann gebrochen. Die Wesen, die gerade noch staunend auf der Straße gestanden hatten, setzten ihren Weg fort und bissen in ihre Äpfel – oder besser gesagt, in ihr Hirn.

»Es ist Nacht«, sagte Jakob und deutete auf eine der Laternen, die gerade noch goldenes und jetzt glutrotes Licht ausstrahlten. Verwundert stellte Mia fest, dass eine winzige Elfe in dem Zylinder der Laterne hockte und strickte. Ihr Körper leuchtete, als hätte sie eine Lampe verschluckt.

»Hier unten werden die Tageszeiten durch die Farben der Lichter angezeigt«, sagte Jakob. »Jetzt, in der Nacht, gibt es sogar Sterne. Das Volk der Glühwürmer sorgt dafür.« Er deutete nach oben, und tatsächlich erstrahlte die Decke der Höhle in unzähligen Lichtern.

Mia lächelte. Sterne unter der Erde, wer hätte das gedacht?

Weit über ihnen erhob sich an der Wand der Höhle ein gläsernes Gebäude, aus dem unentwegt riesige Steinkugeln auf die Stadt zurasten. Einige hielten mitten in der Luft an, andere bewegten sich auf Glashäuschen in Bodennähe zu, öffneten zischend eine Klappe und spuckten die verschiedensten Fahrgäste aus. Die meisten von ihnen waren Gargoyles, jedenfalls entdeckte Mia keinen Einzigen der zerlumpten Waldschrate, die ihnen in der schmalen Schlucht begegnet waren.

Jakob nahm ihre Hand und zog sie mit sich. »Es ist nicht mehr weit.«

Sie liefen eine Treppe aus rot gesprenkeltem Marmor hinab und gelangten auf eine lebhafte Straße. In ihrer Mitte schoben sich Gespanne vorwärts, Mia sah gewöhnliche Zugpferde mit hölzernen Fässern auf ihren Wagen, aber auch Ochsen mit grünem Fell und Trolle, die auf ihrem Rücken Lasten transportierten. Passanten liefen in beiden Richtungen voran. Mia sah furchterregende Minotauren, kleine Elfen, die während des

Flugs ein wahres Konzert an Glockentönen von sich gaben, und bierbäuchige Gnome mit schwarzgrüner Haut. Immer wieder flackerten bleiche Gesichter in der Menge auf, Vampire, da war sie sich sicher. Vor nicht allzu langer Zeit wäre sie vor diesen Wesen auf die Knie gefallen und hätte sie um Unsterblichkeit angebettelt, wie es sich für einen richtigen Goth gehörte. Aber jetzt verblassten diese Gestalten vor jenen Wesen, die sich allenthalben durch die Menge bewegten, in sanften Flügelschlägen über sie hinwegglitten oder regungslos am Straßenrand standen, in leise Gespräche vertieft.

Gargoyles, ging es Mia durch den Kopf, und sie konnte fühlen, wie dieser Name seine Bedeutung verwandelte, wie er aus einer staubigen, unbedeutenden Ecke heraustrat und im Licht anfing zu schimmern. Fasziniert betrachtete sie die Gesichter dieser Geschöpfe, allesamt aus feinstem Stein, der bei vielen so zart war, dass ihre Haut fast menschlich wirkte. Mia sah Gargoyles in Teufelsgestalt mit winzigen Hörnern auf den Köpfen, sie sah steinerne Hunde, Affen und Drachen und solche, die trotz ihrer menschlichen Gestalt mächtige Pranken besaßen oder lange, gespaltene Zungen. Aber ganz gleich, wie ihr Körper gebildet war, trugen sie doch alle eine Dunkelheit in den Augen, die Mia frösteln ließ und sie gleichzeitig auf eine Weise anzog, wie sie es noch nie gespürt hatte. Solche Augen hatte sie noch nie gesehen, nicht einmal in ihren Träumen.

Sie ließ sich von Jakob durch die Menge ziehen und merkte kaum, wohin sie ging. Seit dem Erwachen der Gargoyles lag etwas in der Luft, ein Geruch wie uralter Stein, dessen Duft bisher nur in ihrer Vorstellung bestanden hatte, und plötzlich war überall Musik. Sie drang aus den Fenstern der Paläste, die diese Straße säumten, und kam auch von den Musikanten, die in regelmäßigen Abständen mitten im Weg standen und sangen oder auf wunderlichen Instrumenten spielten. Gerade sah Mia einen Faun im bunt gestreiften Anzug, der seinen Leierkasten drehte, als schwere Schritte den Boden zum Beben brachten.

»Aus dem Weg!«

Mia fühlte sich von Jakob am Arm gepackt und in einen der Hauseingänge gezogen. In schnellen Schritten marschierten vier oder fünf Gargoyles an ihnen vorbei, allesamt in pechschwarzen, ledernen Uniformen. Über ihrer Brust spannte sich eine Schärpe mit der Aufschrift OGP, und darunter stand der Schriftzug: Schattenflügler. Sie musterten Mia mit einem Blick, der sie an das kalte Starren von Krokodilen denken ließ. Ehrfürchtig schaute sie ihnen hinterher.

»Sie gehören zur Polizei der Gargoyles«, murmelte Jakob. »Schattenflügler, die Besten der Besten. Seit einiger Zeit wird die Pariser Anderwelt von Morden erschüttert. Und natürlich versuchen die Gargoyles, den Täter zu fangen.«

Ein Schauer lief über Mias Rücken. »Morde?« Ein kalter Windhauch säuselte über die Straße und verschwand so plötzlich, wie er gekommen war.

Jakob lächelte. »Keine Sorge, es hat bisher nur ziemlich mächtige Wesen getroffen. Aber die OGP steht Kopf.«

Mia zog die Brauen zusammen. »OGP?«

»Oberste Gargoyle Polizei.«

Mia lachte laut auf. »Ist das dein Ernst?«

Jakob grinste, wurde aber gleich wieder ernst. Er schaute den Schattenflüglern nach, die sich in raschem Tempo durch die Menge bewegten. »Ich wette, sie sind wieder einmal auf der Suche nach dem … Mörder.« Beim letzten Wort stieß er so verächtlich die Luft aus, dass Mia ihn ansah.

»Wo sind wir denn hier?«, fragte sie, um den düsteren Schatten von Jakobs Gesicht zu vertreiben. Sie sah zu einem der gewaltigen Paläste auf. Die Tür war so riesig, dass sie eines der kleineren Häuser aus den Schluchten problemlos hätte schlucken können.

»Diese Gebäude gehören den Gargoyles«, sagte Jakob und riss seinen Blick von den Schattenflüglern los. »Manchmal halten sie sich sogar darin auf.«

Mia wehrte sich vergebens gegen das Gefühl der Bezauberung, das plötzlich von ihr Besitz ergriff. Sie legte ihre Hand an die Hauswand – und fuhr erschrocken zurück. »Der Stein ist warm«, sagte sie, doch Jakob nickte nur.

»Es ist ein Karemtyx«, erklärte er. »Er speichert die Wärme der Sonne. Den Gargoyles ist immer kalt. Sie frieren, seit … Aber warte. Du wirst es bald erfahren. Genauer gesagt … Jetzt.«

Zielstrebig verließ er die Straße und betrat eine heruntergekommene Gasse, die nicht einmal von einer Laterne erhellt wurde. Mia folgte ihm zögernd. Sie blieben vor einem Häuschen mit niedrigem Dach und hölzerner, ein wenig schiefer Tür stehen. Jakob klopfte in melodischem Rhythmus dagegen. Auf der Stelle begann es im Inneren des Hauses zu rumpeln. Knarrend zogen sich Riegel von der Tür zurück, ehe diese mit einem Ruck geöffnet wurde.

Vor ihnen stand ein Gnom. Er reichte Mia gerade einmal bis zur Schulter, hatte leicht glänzende olivfarbene Haut und blaue Haare, die im Nacken zu einem dicken Zopf gebunden waren. Er trug silberne Glöckchen um die Fesseln, die bei jeder Bewegung bimmelten, eine braune Lederhose und ein Fischerhemd, das er bis zu den Ellbogen aufgekrempelt hatte. An seinen Handgelenken schimmerten unzählige Armreifen, und in seinem linken Ohr steckte ein goldener Ring. Seine Augen waren gelb wie bei einer Katze. Er musterte sie in Windeseile, packte sie dann an den Armen und zog sie mit überraschender Kraft ins Innere des Hauses. Schnell knallte er die Tür hinter ihnen zu und schob die Riegel vor.

»So«, sagte er, als er sich zu ihnen umdrehte, und grinste von einem Ohr zum anderen. »Da seid ihr also.«

»Das ist meine Schwester Mia«, sagte Jakob und deutete dann auf den Gnom. »Und das ist Vraternius.«

Mia schaute verlegen auf die einsamen drei Zähne, die er im Mund hatte, und lächelte, als Vraternius eine Verbeugung andeutete. Sie sah sich in dem Raum um, aus dem neben der Eingangstür zwei niedrige Torbögen in andere Zimmer führten. Überall standen Regale, auf denen sich bis zur Decke ausgestopfte Tiere, Hexenkessel und Pergamentrollen stapelten. An den Dachbalken hingen getrocknete Kräuter, und irgendwo prasselte ein Feuer, das angenehme Wärme verbreitete.

»Seid ihr problemlos hergekommen?«, fragte Vraternius. »Oder hat euch einer der Steinköpfe aufgehalten?«

Er lachte keckernd, und Mia musste lächeln. »Du magst die Gargoyles wohl nicht besonders, was?«, fragte sie.

Vraternius wischte abfällig durch die Luft. »Gargoyles, pah! Nenn mir einen Gnom, der die ausstehen kann! Die nutzen unsereins aus, wo sie können. In ihren feinen Senat dürfen wir nicht einmal den kleinen Zeh setzen, geschweige denn, dass wir andere Kreaturen als Gargoyles in ihre Reihen wählen dürfen. Wollen nichts mit uns zu schaffen haben, die feinen Herrschaften – aber über uns bestimmen, ja, das können sie. Verlogene Schweinebande! Auf ihren schönen Plätzen darf ich als Gnom nicht sitzen, das verunstalte das Stadtbild, aber du kannst Gift drauf nehmen, dass jeder zweite der vornehmen Gesellschaft sich bei mir Aphrodisiaka und Düfte mischen lässt – wahrscheinlich, damit sie ihren eigenen Gestank nicht ertragen müssen, ha!«

Er lachte wieder und warf einen Blick aus einem kleinen, von einem Vorhang halb bedeckten Fenster. »In letzter Zeit sind sie besonders auf der Hut. Neulich bin ich auf dem Weg zum Markt dreimal kontrolliert worden – dabei kennt mich doch nun wirklich jeder – Vraternius, der Alchemistengnom, bin bekannt wie ein bunter Hund. Aber die Stadt lebt in Angst, weil der Mörder immer noch nicht gefasst ist – na ja, vor allem die da oben haben Angst. Uns kleine Leute kümmert das nicht so sehr. Wir fallen wohl nicht ins Beuteschema des Mörders. Aber egal. Thoron nutzt diese Angst jedenfalls, um einen neuen Feldzug gegen die Hybriden im Untergrund zu führen.« Er warf Mia einen Blick zu. »Das sind Mischlinge, Mensch-Gargoyle, und Thoron, der König, hasst sie, weil sie in seinen Augen gegen die Natur sind.«

Jakob stieß die Luft aus. »Und lass mich raten – in Zeiten der Angst hat das Volk auch in Ghrogonia plötzlich viel weniger gegen Hinrichtungen einzuwenden.«

Vraternius schnalzte zustimmend mit der Zunge. »In regelmäßigen Abständen muss seit Kurzem irgendein armer Tölpel sein Leben lassen, den man nicht selten kurz davor zum potenziellen Mörder ernannt hat. Seit ein paar Tagen sitzt wieder ein Hybrid im Knast, offenbar einer von den Rebellen, und seine Leute haben versucht, ihn zu befreien. Ist natürlich nach hinten losgegangen, sie sind nicht mal bis zu seiner Zelle gekommen. Dafür hat man sie beinahe selbst drangekriegt, und einer von ihnen wurde mit einem Bannarmband versehen. Konnten dann zwar fliehen, aber die OGP durchkämmt seit gestern alle Straßen, um sie zu fangen. Können die Stadt natürlich nicht verlassen, sonst fängt das Scheißding an zu fiepen wie eine Horde

Schweine. Am liebsten will Thoron sie wohl gleich neben ihrem Kumpan aufknüpfen lassen.«

Jakob nickte düster. »Aufknüpfen … wenn es nur das wäre …«

Vraternius seufzte hörbar, dann schlug er die Hände zusammen und sah unternehmungslustig von einem zum anderen. »Zum Trübsalblasen seid ihr nicht gekommen, oder etwa doch?«

Dabei grinste er so zahnlos, dass Mia lachen musste. Vraternius griff nach einer Kerze und entzündete sie mit einem Fingerschnipsen. »Kommt, kommt«, sagte er energisch. »Ihr habt sicher viel zu besprechen, oder besser … zu erfahren, wie ich mir denken kann.«

Er eilte durch einen der steinernen Torbögen, hinter dem eine Wendeltreppe abwärts führte. Mia und Jakob folgten ihm schweigend und gelangten in einen abgedunkelten Raum, der offensichtlich einmal als Atelier benutzt worden war. Das musste allerdings schon eine ganze Weile her sein, denn überall lag Staub: auf dem Holztisch, der mitten im Zimmer stand, den Schemeln, dem mit einem Laken abgedeckten Bild, das an der Wand lehnte, der Arbeitsfläche mit den Pinseln, Tuben, Ölfarben, und sogar auf der Staffelei, die ein halb fertiges Bild zeigte. Neugierig trat Mia näher. Dunkle Haare umrahmten ein schmales Kindergesicht, es war ein Mädchen, vielleicht sechs oder sieben Jahre alt. Ein wenig abweisend schaute es von der Leinwand in den Raum, und etwas lag in seinen Augen … Mia wich zurück. Sie kannte diese Augen. Sie kannte dieses Mädchen. Erschrocken sah sie Jakob an.

»Das bin ich«, flüsterte sie, denn auf einmal versagte ihre Stimme. Vraternius hockte regungslos auf der untersten Treppenstufe und schaute verlegen auf seine Füße. Jakob hatte die Hände in den Taschen seiner Jacke vergraben. Er schaute ernst zu ihr herüber. Sie deutete auf das Bild. »Lucas hat es gemalt, an meinem Geburtstag. Kurz bevor er …« Sie brach ab. »Was soll das?«

Da ging Jakob zum Tisch und murmelte etwas. Der Staub von Tisch und Schemeln flog in einer riesigen Wolke in eine Ecke. Jakob setzte sich und legte beide Hände auf den Tisch. »Erinnerst du dich an die Geschichte über den Gnom aus den Sümpfen, die er uns erzählt hat?«, fragte er leise.

Mia nickte. »Aber was …« Sie hielt inne. Auf einmal zogen Bilder durch ihren Sinn, Erinnerungsfetzen und Worte, die sie vor langer Zeit gehört hatte, und sie verwoben sich zu einer ganz bestimmten Gestalt. Langsam wandte sie sich zu Vraternius um, der noch immer auf der Stufe saß und sie jetzt beinahe schüchtern ansah. Er hob die rechte Hand und winkte unsicher.

»Ja, also«, begann er. »Als Gnom hat man es in dieser Welt nicht leicht. Die Gerüchte über mein Volk eilen uns meistens voraus, und oft stimmen sie auch. Na ja, also ich verdingte mich früher als Taschendieb und brauchte eigentlich ständig Geld. Jedenfalls begegnete ich eines Tages einem Menschen, das heißt, ich beobachtete ihn heimlich, wie er mitten im Wald herumsaß und eine Elfenwohnung zeichnete. Für ihn, so dachte ich damals, war sie natürlich nur ein Pilz, aber egal. Ich hatte gerade beschlossen, ihn um seine Tasche zu erleichtern, in der ich allerhand Kostbarkeiten vermutete – als ich merkte, dass ich beim Anschleichen in heimtückischen Morast geraten war, der mich in raschem Tempo einsog wie ein Riese eine Fliege. Nun, wir Gnome sind zwar stark, aber so stark nun auch wieder nicht, dass ich mich an den eigenen Haaren dort hätte herausziehen können. Ich schrie wie am Spieß, der Mensch fuhr herum und riss mich wie eine gepflückte Blume aus dem Morast. Keuchend lag ich am Boden und bemerkte erst nach einer Weile, dass er mich ansah. *Moment mal*, entfuhr es mir. *Du kannst mich sehen?* Denn natürlich ging ich davon aus, dass er mich wie alle Menschen für einen Wildschweinfindling oder eine besonders fette Wildkatze hielt. Tat er aber nicht. Er konnte mich *sehen*. Er war ein Hartid.«

Mia ließ sich auf einen Schemel sinken. »Immer wieder hat Lucas die Geschichte von dem Gnom mit den gelben Augen erzählt, dem er das Leben gerettet hat, so oft, bis ich jedes Wort auswendig kannte. Aber ich hätte nie gedacht, dass …« Sie stockte.

Vraternius lächelte traurig. »Dass die Geschichte wahr sein könnte? Nun, sie ist wahr. Und sie endet nicht bei dem verdatterten Gnom im Wald. Denn man mag von uns sagen, was man will: Wir sind ehrenhafte Geschöpfe, und wenn wir bei jemandem in der Schuld stehen, wissen wir, was das heißt. Von diesem Moment an gehörte mein Leben ihm, bis zu dem Zeitpunkt, da ich ihm meine Rettung vergelten konnte. Doch das konnte ich nie …« Sein Blick glitt zu Boden, und er wischte sich kurz über die Augen, ehe er fortfuhr. »Nun ja, Lucas lachte damals herzlich über mein dummes Gesicht, und wir verstanden uns prächtig. Und da sich gerade keine Gelegenheit bot, ihm ebenfalls das Leben zu retten, verschaffte ich ihm als Dank für meine Rettung die Möglichkeit, seiner Beschäftigung – dem Zeichnen von Anderwesen – dort nachzugehen, wo seine Motive quasi nie versiegen würden: hier, in Ghrogonia.« Er breitete die Arme aus und ließ den Blick durch das Atelier schweifen. »Natürlich war es gefährlich, es hätte uns beiden an den Kragen gehen können, wenn sie uns erwischt hätten.« Ein spitzbübisches Funkeln ging durch seine Augen. »Haben sie aber nicht. Und so kam er oft hierher, lief als Waldschrat verkleidet durch die Stadt und malte anschließend, was er gesehen hatte.« Vraternius hielt inne. »Ich habe alles so gelassen, wie es war, als er zum letzten Mal hier war. Hier unten ist es, als wäre er gar nicht weggegangen.«

Mia schaute auf das Bild auf der Staffelei, aber sie sah es nicht. Lucas tauchte vor ihr auf, Lucas mit dem halb geneigten Kopf und seinen rauen Händen, die immer voll mit Farbe gewesen waren, sie sah seine Augen mit den Lachfalten und den Mund, mit dem er ihr unzählige Geschichten erzählt hatte. Sie sah Lucas, wie er weinte, zusammengesunken in einer Ecke seines Ateliers, Lucas im Gras, er hatte ihr Himbeeren auf einen Grashalm gezogen, war das wirklich passiert oder hatte sie es nur geträumt? Lucas im Gehen, immer wieder, den Blick halb zurück, die Füße vorwärts, Schritt für Schritt fort von ihr. Und dann Jakobs Gesicht vor seinem Sarg, die Tränen in seinen Augen und der Knoten, der im gleichen Moment in Mia gewachsen war, hart und kalt wie ein Gebilde aus Eis. Sie schluckte und musste sich räuspern, so heiser war sie auf einmal.

»Ja«, sagte sie. »Als wäre er gar nicht weggegangen.«

Eine Weile war es still. Mia sah aus den Augenwinkeln, wie Vraternius aufstand und das Zimmer verließ. Dann spürte sie Jakobs Hand auf ihrem Arm.

»Lucas hatte recht«, sagte er leise. »Er wusste von der verborgenen Welt unter unseren Füßen. Doch niemand hat ihm geglaubt. Sie hielten ihn im besten Fall für einen durchgeknallten Künstler, im schlechtesten für geisteskrank. Aber …« Er hielt inne und wartete, bis sie ihn ansah. Dann wiederholte er die Worte: »Er hatte recht. Die Welt, in der wir leben, basiert auf einer Lüge. Es wird Zeit, dass du die Wahrheit erfährst.«

Er erhob sich und zog mit einer schnellen Bewegung das Laken von dem Bild, das an der Wand lehnte. Es steckte in einem schmucklosen Rahmen und war vollständig mit grauer, leicht glitzernder Ölfarbe bemalt. Jakob rückte zwei Schemel vor das Bild und forderte Mia auf, sich neben ihn zu setzen.

»Vieles von dem, was ich dir erzählen werde, wird wie ein Märchen für dich klingen«, sagte er. »Es ist schwer, wissenschaftliche Fakten über die Anderwelt zu sammeln, in der wir uns nun befinden – eine Welt, der unsere Art von Wissenschaft fremd und die mir selbst immer noch ein schillerndes Rätsel ist.«

Mia lächelte ein wenig. »Ich habe Märchen schon immer gemocht.«

Jakob erwiderte ihr Lächeln. »Dieses Bild wird mir helfen, dir alles zu erzählen. Lucas hat es gemalt, und es zeigt … Bilder, wenn Worte versagen.« Er murmelte etwas und berührte die Leinwand mit dem Zeigefinger. Ein roter Funke sprang auf die graue Farbe. Mia riss die Augen auf, als sie sah, dass sich das Grau bewegte. Wie zäher Nebel begann es, sich auf und ab zu wälzen. Farben mischten sich hinein, sie umschmeichelten einander und wiegten Mia in einen angenehmen Dämmerzustand. Wie von Ferne hörte sie Jakobs Stimme.

»Das Märchen beginnt in der Ersten Zeit – als die Menschen noch wussten, dass es Feen und Irrlichter gibt, und die Welten noch nicht auseinandergerissen waren wie in diesen Tagen. Es beginnt mit der Geschichte der Gargoyles.«

Da riss der Nebel auseinander und gab den Blick frei auf einen dunklen, mit glitzernden Kristallen durchsetzten Felsen. Ein zarter, kühler Duft ging von ihm aus, wie der Geruch von Schnee in einer klaren Winternacht. Staunend sah Mia zu, wie sich langsam aus dem Felsen die Konturen eines Gesichts herausbildeten – die Züge eines Gargoyles. Wieder spürte sie das kühle Gefühl der Ehrfurcht, das sich bei diesem Anblick um ihre Schultern legte. Und als hätten ihre Gedanken den Befehl dazu gegeben, öffnete der Gargoyle in diesem Moment die Augen. Mia fuhr zurück, denn er sah sie direkt an, sah sie an aus glühenden schwarzen Augen – und lächelte. Sie streckte die Hand nach ihm aus, sie konnte nicht anders. Da war keine Leinwand mehr. Ungehindert tauchten ihre Finger in die Welt des Bildes ein. Vorsichtig berührte sie die Wange des Gargoyles. Seine Haut fühlte sich an, als würde flüssiges Gold darunter fließen.

Sie hörte Jakobs Stimme wie ein Flüstern neben ihrem Ohr. »Niemand weiß, woher sie gekommen sind, nicht einmal sie selbst. Manche Mythen sagen, dass sie als steinerne Klumpen auf die Erde geschleudert wurden von den Göttern der Ersten Zeit. Andere berichten von fernen Welten, in denen sie einst zu Hause waren und die sie vor langer Zeit verließen. Und in vielen Geschichten ist ihre Vergangenheit eng mit der unsrigen verknüpft. So, wie das Christentum unsere westliche Welt geprägt hat, zieht sich eine Legende durch die Anderwelt, von der niemand mehr sagen kann, ob sie wahr ist oder nicht. Ich möchte sie dir erzählen, wohl wissend, dass es mehr als eine Wahrheit gibt. Nach ihr wurden die Gargoyles von einem Engel erschaffen – einem gefallenen Engel.«

Kaum hatte Jakob das letzte Wort ausgesprochen, wurden die Augen des Gargoyles dunkler. Schwarze Schatten loderten in ihnen wie züngelnde Flammen. Er lächelte in leisem Spott, und ein Name glitt über seine Lippen, lautlos und kühl. Mia zog die Schultern an, auf einmal war ihr kalt.

»Luzifer«, wiederholte sie. Sie wollte sich abwenden, die Kälte von ihrem Körper schütteln, aber der Blick des Gargoyles hielt sie fest.

»Aus Stolz weigerte er sich, sich vor den Menschen zu verneigen«, fuhr Jakob fort. »So wurde er aus dem Himmelreich verbannt. Nach seinem Sturz beschloss er in seinem Hochmut, Gottes Schöpfung in den Schatten zu stellen. Und er erschuf die Gargoyles – unsterblich, magiefähig und wunderschön. Doch seine Geschöpfe besaßen einen Makel: Sie waren unfähig zu träumen. Und so waren sie zu einer Existenz jenseits des Lebens verdammt, die in einem qualvollen Tod enden musste. Denn kein lebendiges Wesen kann ohne Träume gesund bleiben. Wir in der Oberwelt haben inzwischen sogar wissenschaftliche Erklärungen dafür.«

Mia hielt den Atem an. Die gerade noch glatte Haut des Gargoyles zog sich zusammen. Sein Blick wurde trübe, und sein Gesicht verdunkelte sich zu einem sterbenden Grau. Die flammenden Schatten in seinen Augen erloschen. Schließlich verdeckte ihn der Nebel, der mit wütenden Bewegungen vom Rand des Bildes auf die Leinwand drängte.

»Niemand weiß, aus welchem Grund die Gargoyles nicht träumen können«, sagte Jakob. »Manche behaupten, dass Gott Luzifers Schöpfung beschädigte, da er eifersüchtig war auf ihre Vollkommenheit – andere sagen, Luzifer sei unfähig gewesen, Leben zu schaffen. Man mag die Legenden glauben oder nicht. Fest steht, dass die Gargoyles bis heute nicht träumen können – und dass sie einen Weg gefunden haben, dennoch zu überleben: mit dem Zepter des Teufels.«

Wie Schnee in der Sonne schmolz der Nebel, und Mia sah ein kristallenes Zepter, das teilweise von dunklem Stein überzogen wurde. Gleißende Lichter bildeten seinen Stab und strömten wie Wasser in miteinander verschlungenen Streben auf und nieder. Mia spürte die Lichter auf ihrem Gesicht, doch irgendetwas hielt sie zurück, als sie das Zepter berühren wollte. Eine Kälte ging davon aus, die ihr Angst machte.

»Ob dieses Zepter tatsächlich ein Geschenk des Teufels war, kann ich nicht sagen«, fuhr Jakob fort. »Es gibt mehr Legenden um seine Herkunft, als ein einzelner Mensch in seinem Leben erzählen könnte. Doch eines ist sicher: Es war das mächtigste Artefakt, das jemals geschmiedet wurde. Es verschmolz mit seinem Träger, und nur wenn es freiwillig abgelegt wurde, konnte es von einem anderen aufgenommen werden. Sollte sich ein niederer Gargoyle gegen seinen König wenden und ihn töten, um das Zepter an sich zu bringen, würde er gleichzeitig das Zepter vernichten – und damit seine eigene Lebensgrundlage. Denn mit diesem Zepter konnten die Gargoyles die Träume der Menschen für eigene Träume nutzen.« Er hielt kurz inne. »Aber ihr Unterbewusstsein war nur in begrenztem Maß fähig, mit den Träumen umzugehen. Ein Verdurstender, der nach Tagen in der Wüste zu einer Oase kommt und gierig literweise Wasser trinkt, wird sterben. Sein Körper ist so viel Wasser einfach nicht mehr gewohnt. Während ein Mensch sich nun langsam wieder an die Aufnahme von Flüssigkeit gewöhnen kann, ist es den Gargoyles für immer verwehrt, ihren Durst nach Träumen endgültig zu stillen. Ihr Unterbewusstsein ist wie der Magen des Verdurstenden, nur dass es sich nicht mit der Zeit dehnt. Wie ein zu kleines Gefäß würde es … nun ja, platzen, wenn es zu viele Träume aufnehmen müsste. Verglichen mit dem Verdurstenden reichen den Gargoyles die Träume, die sie durch das Zepter bekommen, gerade, um ihnen die Lippen zu befeuchten.«

Mia dachte an den dunklen Schimmer in den Augen der Gargoyles auf den Straßen Ghrogonias. Ob das die Sehnsucht nach Träumen gewesen war?

»Die Träume allein konnten den Gargoyles ihre Kräfte nicht zurückgeben«, fuhr Jakob fort. »Und auch der Schlaf, der sie notwendig begleitete, war hierfür zu schwach. Doch seit jeher hat der Schlaf einen Bruder. Thanatos nannten ihn die alten Griechen – wir nennen ihn den Tod. Mit seinem Zwillingsbruder Hypnos wohnt er in der Dämmerung – dort, wohin die Strahlen der Sonne niemals gelangen können. Der Legende nach schloss Luzifer mit Thanatos einen Pakt: Wenn die Sonne ihre Strahlen über die Erde schickte, sollten seine Geschöpfe in den Armen des Todes schlafen – doch mit dem Anbruch der Nacht musste er sie gehen lassen. So kommt es, dass die Gargoyles bis heute im Morgengrauen versteinern.«

Mia dachte fröstelnd an die zu Stein erstarrten Gargoyles auf den Dächern Ghrogonias, und ein Gedicht ging ihr durch den Kopf, das sie irgendwann einmal gelesen hatte. *Do not stand at my grave and weep, I am not there, I do not sleep. I am a thousands winds that blow, I am the diamond glint on snow, I am the sunlight in ripened grain, I am the gentle autumn rain. Do not stand at my grave and cry, I am not there, I did not die.*

»Sie müssen sterben, um zu leben«, sagte Jakob leise. »So sind sie statt Geschöpfe des Lichts mächtige Wesen der Nacht geworden. Und sie geben ihre Kraft weiter, wenngleich sie sich nicht vermehren, wie wir Menschen es tun. Sie hauchen einer steinernen Statue durch ihren Kuss Leben und Magie ein und machen sie so zu einem Gargoyle. Bei der Geburt wird meist auch die Zugehörigkeit eines Gargoyles zu einem Clan bestimmt.«

Mia sah ihn an. »Was meinst du mit Clan?«

»Auch heute noch ist sein Clan für einen Gargoyle oft wie eine Familie«, erwiderte Jakob. »Meist gehört der neugeborene Gargoyle zum selben Clan wie sein Schöpfer. Ein besonderer Clan sind die Vulkangeborenen, die im Inneren der Erde geschaffen werden. Bei ihnen gibt der Schöpfergargoyle seinem Kind meist seine gesamte Kraft, sodass er selbst stirbt. So zeichnen sich die Vulkangeborenen dadurch aus, dass sie über große magische Stärke gebieten, sich aber meist nicht an ihre Erschaffung erinnern können. Es gibt noch einige andere Clans, wie die Wasserspeier, die Marmornen und die Uralten. Vielleicht kann ich dir später mehr darüber erzählen.«

Plötzlich zitterte der Boden unter Mias Füßen, ein Blitz zerriss das Bild des Zepters, und es donnerte so laut, dass die Pinsel neben der Staffelei in ihren Gläsern auf und ab hüpften. Das Bild zeigte eine Wiese im Mondlicht, und ein Wald wiegte sich im Wind. Mia schob ihren Stuhl näher an das Bild heran. Sie konnte Grillen hören, und der Mond legte sanft seine Strahlen auf ihr Gesicht.

»Die Erste Zeit war eine Ära des Umbruchs«, sagte Jakob. »Unzählige Völker existierten nebeneinander, die oft nicht gegensätzlicher hätten sein können. Die Welt teilte sich auf in eine Welt des Lichts – sie wurde als Oberwelt bezeichnet – und eine Welt der Schatten: die Unterwelt. Bis heute haben diese Begriffe sich gehalten. Und bis heute sind es die Geschöpfe der Nacht, die bevorzugt die Unterwelt bewohnen, da ihnen die helle Oberwelt nicht zusagt. Auch die Clans der Gargoyles lebten in der Unterwelt, und es gab viele Schlachten um die Vormachtstellung der einzelnen Völker. Schließlich konnten die Gargoyles sich gegen alle anderen Wesen behaupten. Aufgrund ihrer Anzahl und magischen Stärke schlugen sie letztlich sogar die Vampire und Dämonen, ihre ärgsten Konkurrenten, in einer alles entscheidenden Schlacht in der Unterwelt von Prag. Seit diesem Tag herrschen die Gargoyles über die Welt der Schatten. Und die Menschen erlangten die Vormachtstellung in der Oberwelt.«

Langsam, als würde sie darauf zufliegen, näherte Mia sich dem Wald. Der wundersame Geruch von Jasmin drang ihr in die Nase, und riesige Schmetterlinge flatterten über Büsche voller Beeren. Leise plätscherte ein Bach durch die Dämmerung, und Mia sah nicht weit entfernt drei wunderschöne Nixen, die ihre langen Haare an dem Flusslauf kämmten. Sie sangen, und ihre Stimmen ließen Mia aufstehen und auf das Bild zutreten. Einen Moment zögerte sie. Sie hatte den Gargoyle berührt, sie hatte die Strahlen des Mondes auf ihrem Gesicht gefühlt, warum sollte sie nicht … Noch ehe sie den Gedanken beendet hatte, setzte sie einen Fuß auf den schwach im Mondlicht schimmernden Pfad und stand gleich darauf im Schatten des Waldes.

»Jakob«, flüsterte sie, denn sie fürchtete, den Zauber zu zerstören, wenn sie lauter sprach. »Ich bin in *seiner* Welt.«

Sie hörte, dass ihr Bruder lachte. Sie konnte ihn nicht mehr sehen, aber seine Stimme klang noch immer so, als würde er direkt neben ihr sitzen. »Das ist die Wirklichkeit«, erwiderte er.

Vorsichtig bewegte Mia sich durch den Wald. Irgendwo heulte ein Wolf, aber sie hatte keine Angst. Es war wie in einem Traum, in dem man auf einem hohen Turm steht und springt – wohl wissend, dass man in Wahrheit fliegen kann. Die Blätter flüsterten im Wind, und auf einer Lichtung flackerten sieben bunte Lichter. Langsam ging Mia näher heran und sah, dass es Elfen waren, winzige Wesen mit zartschimmernden Flügeln, die im Mondlicht tanzten. Mia sah ihnen zu, sie wusste nicht, wie lange. Sie hätte ewig so stehen und hinübersehen können.

Plötzlich zischte ein Pfeil an ihrem Ohr vorbei. Im nächsten Moment traf er eine der Elfen, durchschlug ihre Brust und nagelte sie an den nächsten Baum. Instinktiv warf Mia sich hinter einem Baumstamm zu Boden. Sie hörte Stimmen, es waren Menschen. Wild lachend brachen sie durchs Unterholz, stürmten die Lichtung und jagten den fliehenden Elfen nach. Mia erschrak vor Jakobs Stimme, als er weitersprach.

»Trotz ihrer Machtposition beneideten die Menschen andere Wesen um ihre Fähigkeiten. In Anbetracht von Magie und ewigem Leben hat ein menschliches Dasein für einige nicht gerade viel zu bieten. Immer wieder gab es kleinere Konflikte, die deutlich zeigten, dass es den Menschen schwerfiel, andere Wesen gleichberechtigt neben sich zu akzeptieren. Doch nicht nur die Menschen gingen auf die Jagd. Auch die Gargoyles verfolgten andere Geschöpfe.«

Mia hörte noch immer die Jagdrufe der Menschen, und ein Frösteln zog über ihren Körper. »Wen sollten sie verfolgen?«, fragte sie. »Sie sind doch schon die Mächtigsten, die es gibt, wenn man von den Träumen absieht.«

Sie hörte, wie Jakob die Luft ausstieß. »Du kennst noch nicht alle Geschöpfe der Anderwelt«, erwiderte er. »Der Legende nach hat Luzifer sich, als er die ersten Gargoyles schuf, an den Menschen ein Beispiel genommen. Daher sind die ersten Gargoyles anatomisch menschenähnlich geworden, und bis heute haben Gargoyles Organe wie wir, Herz, Lunge, Magen ... Zum Beginn der Zeit unterschieden sich die beiden Völker nicht in dem Maße, wie es heute der Fall ist, und zu jener Zeit entstanden die ersten Mischlinge – heute werden sie abfällig als Hybriden bezeichnet.«

Mia ließ sich auf dem Baumstamm nieder, hinter dem sie sich eben noch versteckt hatte. »Hybriden ... Vraternius hat von ihnen gesprochen.«

»Ja«, erwiderte Jakob. »Doch schon damals waren die Hybriden nicht gern gesehen, denn während die Menschen sich aufgrund ihrer Stärke vor ihnen fürchteten und sie in Schauprozessen hinrichten ließen, wenn sie ihrer habhaft werden konnten, beneideten die Gargoyles sie: Denn die Hybriden waren nicht nur unsterblich und magiefähig wie sie selbst, sondern besaßen auch die Traumfähigkeit der Menschen. So wurden sie seit jeher auch von den Gargoyles verfolgt und schließlich versklavt. Ja, ein Sklavenvolk ist aus ihnen gemacht worden. Bis heute werden die offiziell geborenen Hybriden automatisch in den Stand eines Sklaven versetzt. Ihre magische Kraft wird durch ein Halsband gebannt, das offiziell zeigt, bei welchem Herrn sie in Diensten stehen – doch nebenbei unterdrückt es auch die magischen Fähigkeiten. Das ist der Grund, warum viele Hybriden als sogenannte Rebellen im Untergrund leben – nur dort können sie sein, wer sie sind.«

Mia konnte hören, dass Jakob wütend war. Sie selbst schüttelte nachdenklich den Kopf. Wie war es möglich, dass diese schönen, stolzen Gargoyles so etwas Rückständiges wie Sklaverei betrieben? Gedankenverloren hob sie den Blick und stellte zu ihrem Erstaunen fest, dass eine Hütte auf der Lichtung aufgetaucht war, wo eben noch die Elfen getanzt hatten. Davor saß eine Familie an einem Holztisch beim Abendessen. Kaum hatte sie den Blick gewandt, wurde sie von den vier Kindern bemerkt. Freundlich winkten sie ihr zu. Zögernd ging sie näher und setzte sich auf den Platz, den ein kleiner Junge ihr anbot. Er hatte braunes Haar und dunkle blaue Augen, und er sagte etwas zu ihr, das sie nicht verstand. Sie zuckte die Achseln. Da reichte der Kleine ihr ein Stück von dem Kuchen, der in der Mitte des Tisches stand.

»Er wird nach Luft schmecken«, hörte sie Jakobs Stimme. »Denn mehr als Luft ist es ja nicht. Aber das macht nichts.«

Lächelnd nahm Mia ein Stück Kuchen in die Hand. Er fühlte

sich an, als wäre er wirklich, doch als sie ihn in den Mund schob, spürte sie nur prickelnde Luftblasen. Sie hielt den Daumen nach oben zum Zeichen, dass er sehr gut schmeckte, und der Junge strahlte übers ganze Gesicht. Und da bemerkte sie es, dieses Flackern in seinen Augen. Er war kein Mensch, das wusste sie jetzt – er hatte Gargoyleblut in den Adern. Er war ein Hybrid. Im selben Moment brach etwas durch die Bäume.

Mia fühlte, wie sie zurückgerissen wurde. In einiger Entfernung landete sie auf dem Boden und sah, wie sich in schwarze Roben gehüllte Gargoyles auf die Familie stürzten. Der Vater der Kinder wurde von einem gewaltigen Feuerball getroffen und verbrannte in rasender Geschwindigkeit bei lebendigem Leib. Mia wollte der Familie helfen, aber sie konnte sich nicht bewegen, irgendetwas hielt sie am Boden fest. Schreckensstarr musste sie zusehen, wie die Gargoyles die Kinder töteten und dem Kleinsten, der sich schützend vor seine ermordete Mutter werfen wollte, das Genick brachen. Kaum hatten die Gargoyles ihr Werk vollbracht, erhoben sie sich in die Luft und verschwanden.

Mias Magen zog sich zusammen. Ihre Hände zitterten. Jakobs Stimme klang heiser, als er fortfuhr: »Früher wurden Hybriden, die sich den Gargoyles nicht unterwarfen, ermordet. Die Gargoyleinquisition fand sie alle – ganz gleich, ob sie sich in Mensch- oder Gargoylegestalt verbargen, denn dies ist eine Gabe der Hybriden: Als Mischlinge können sie die eine wie die andere Gestalt annehmen.«

Die Fesseln um Mias Körper lösten sich, taumelnd kam sie auf die Füße und ließ sich neben dem kleinen Jungen fallen. Seine Augen waren geöffnet, aber er sah sie nicht mehr. Und da, leise und knisternd, verwandelte sich seine linke Gesichtshälfte in Stein. Gerade wollte sie seine Wange berühren, als gleißend helles Licht aus seinen toten Augen schoss. Geblendet fuhr Mia zurück und fand sich im nächsten Moment in einem prunkvollen Festsaal wieder. Rings um sie herum saßen Gargoyles auf steinernen Sitzreihen und blickten schweigend hinauf zu einer Empore. Dort standen sich zwei Gargoyles gegenüber, einer von ihnen trug eine Krone, und an seinem Arm funkelte das Teufelszepter. Ein Schatten im Augenwinkel ließ Mia aufsehen, und sie erkannte dunkle Gestalten, die sich draußen vor den hohen Fenstern sammelten. Gerade löste der König unter leisen Worten das Zepter von seinem Körper. Da ging ein Dröhnen durch den Raum, dicht gefolgt vom Kampfgeschrei der Gestalten, die durch klirrende Fenster in den Saal sprangen. Es waren Hybriden, wie Mia jetzt sah. Sie stürzten sich auf die festliche Gesellschaft, und ehe der König wusste, wie ihm geschah, hatte ein blonder Hybrid ihn zu Boden geworfen und das Zepter an sich gebracht.

»Eines Tages«, erklang Jakobs Stimme in ihrem Kopf, »gelang es dem Hybriden Konis, sich gegen seine Herren aufzulehnen. Er scharte andere Sklaven um sich, und es gelang ihnen, während der Krönungszeremonie des neuen Königs das Teufelszepter an sich zu bringen. Von nun an herrschte Krieg zwischen Gargoyles und Hybriden. Die Gargoyles konnten sich nur schlecht gegen die wachsende Zahl der aufsässigen Sklaven verteidigen, denn es gab schon seit Langem mehr Sklaven als Herren. Doch die Gargoyles fanden Verbündete: die Menschen. Ihr König schlug den Gargoyles vor, sie bei dem Kampf gegen Konis zu unterstützen, und verlangte dafür die Hälfte des Teufelszepters. Die Gargoyles gingen auf den Handel ein, und zusammen mit den Menschen besiegten sie die Hybriden. Und sie hielten ihr Versprechen.«

Mit angehaltenem Atem sah Mia, wie alle Hybriden und einige Gargoyles um sie herum verblassten. Ihre Konturen wurden unscharf wie ausradierte Zeichnungen, bis sie verschwunden waren. Licht und Schatten flackerten durch den Saal, als würde es in rasender Folge Tag und wieder Nacht werden. Dann flammten Fackeln an den Wänden auf, und vorn auf der Empore standen sich ein Mensch und ein Gargoyle gegenüber. Langsam legte der Gargoyle sein Zepter ab, teilte es in zwei Hälften und überließ eine davon dem Menschen. Fasziniert sah Mia zu, wie die Zepter sich mit gedämpftem Zischen ins Fleisch ihrer Träger gruben und mit ihnen verschmolzen. Leise hörte sie Jakobs Stimme: »Die Hälfte des Zepters eröffnete den Menschen das, was sie immer wollten: die Magie. Wie die Gargoyles die Träume der Menschen nutzen, um eigene Träume zu haben, nutzten die Menschen damals die Magie der Gargoyles, um selbst Magie zu wirken. Aber es dauerte nicht lange, da gaben sich die Menschen nicht mehr mit dem zufrieden, was sie hatten. Nun, da sie über Magie gebieten konnten, wollten sie sich nicht länger mit der Hälfte der Welt begnügen – die Unterwelt sollte ihnen auch gehören. So kam es zum Krieg zwischen Gargoyles und Menschen – zu einem Krieg, der die Freundschaft, die einst zwischen diesen Völkern bestanden hatte, endgültig beendete.«

Erschrocken sah Mia, wie sich das Gesicht des Menschenkönigs veränderte. Auf einmal waren es tausend Gesichter in einem, seine Augen flackerten wie im Fieber, und als er den Arm mit dem Zepter emporriss und schrie, zerbrach der Saal um sie herum in klirrende Scherben. Sie stürzte auf ein Feld und sah im nächsten Moment schreiende Gargoyles auf sich zustürmen.

»Lange Zeit wogte der Krieg hin und her, bis es Pedro von Barkabant, dem Menschenkönig, der unter den Gargoyles als

Blutkönig in die Geschichte einging, gelang, das Gargoylezepter an sich zu bringen. Mit der Kraft der beiden Zepter machte er Jagd auf die Gargoyles.«

In der Ferne sah Mia einen Reiter. Für einen Moment stand er regungslos. Dann riss er einen funkelnden Gegenstand über seinen Kopf, von dem augenblicklich ein gleißend helles Licht ausging. Etwas rollte durch die Luft wie ein Meer, das gewaltige Wellen an Land trägt. Die ersten Gargoyles wurden davon erfasst, knirschend zersplitterten ihre Körper und wurden umgehend zu feinem Staub. Mia hörte die Schreie um sich herum, sah das Brechen der Körper und fühlte sich im nächsten Moment von einem gewaltigen Schlag getroffen. Schreiend flog sie durch die Luft und landete krachend auf dem Boden vor dem Tisch in Lucas' Atelier. Keuchend kam sie auf die Füße und starrte benommen auf das Aschefeld, das sich ihrem Blick auf der Leinwand bot. Die Gargoyles waren verschwunden. In der Ferne lachte jemand, es war ein krankes, wahnsinniges Lachen.

»Pedro von Barkabant«, flüsterte Mia und spürte, wie ihr kalt wurde. Jakob stellte ihren Schemel wieder auf, den sie bei ihrem Flug aus dem Bild umgeworfen hatte, und sie setzte sich langsam. Sie hatte sich einige blaue Flecken geholt, das fühlte sie, aber in diesem Moment war es ihr gleichgültig. Noch immer klebte der Staub der steinernen Körper an ihren Händen. Nach einer Weile fuhr Jakob fort.

»Da Pedro von Barkabant die Zepter mit sich verschmolzen hatte, konnte er nicht getötet werden – und wurde somit fast unbesiegbar. Viele Gargoyles flohen vor ihm, einige stellten sich zum Kampf. Die meisten tötete er. Und er hätte dieses Volk ausgelöscht, wenn sein Wahnsinn ihm nicht zuvorgekommen wäre. Immer häufiger soll es vorgekommen sein, dass er sich über die Last der Zepter beklagte, und eines Tages soll er sie abgelegt haben – irgendwo in der Einöde, und er ging davon, ohne sich umzudrehen. Spitzel der Gargoyles, die ihn verfolgt hatten, nahmen die Zepter an sich und brachten sie ihrem König. Und dieser traf eine folgenschwere Entscheidung.«

Pfeifender Wind ließ Mia den Blick von ihren Händen nehmen. Auf der Leinwand war eine Stadt zu sehen. Es war eine Stadt vergangener Jahrhunderte, und doch erkannte Mia sie sofort. Der Eiffelturm fehlte ebenso wie die meisten der Gebäude und Plätze, die diese Stadt nun berühmt machten. Und dennoch wusste Mia instinktiv, dass es nur Paris sein konnte. Sie fühlte diesen Duft, den Atem, der in jedem Pflasterstein, in jedem Lächeln seiner Bewohner steckte. Jede Stadt habe einen bestimmten Duft, hatte sie einmal irgendwo gelesen. Aber den Duft der Sehnsucht fand man nur in Paris. Die Leinwand zeigte die Stadt von oben, verwinkelte Gassen und breitere Straßen – und überall schoben sich Gargoyles wie Flüsse aus Stein durch die Nacht.

»Sie gehen ein letztes Mal durch die Straßen dieser Stadt«, hörte Mia Jakob sagen. »Ein letztes Mal, bevor sie ihr Leben in der Unterwelt beginnen, das kein Zusammenleben mit den Menschen mehr kennt. Denn der König der Gargoyles beschloss zusammen mit den Letzten seines Volkes, den Krieg mit den Menschen ein für alle Mal zu beenden. So wirkte er mit beiden Zeptern den Zauber des Vergessens. Durch die Zerstörung des Menschenzepters sollte dieser Zauber unumkehrbar werden.«

In dem Bild ging die Sonne auf. Blassgelbe Strahlen fielen auf die trostlosen Straßen. Alle Gargoyles waren verschwunden.

»Von nun an galt das Steinerne Gesetz, das besagt, dass die Menschen niemals etwas von der Existenz der Anderwelt oder ihrer Geschöpfe erfahren dürfen. Viele Wesen, die sich von nun an vor den Menschen verbergen mussten, gingen in die Unterwelt. Manche von ihnen leben hingegen noch immer unter uns, wie die Gargoyles, die tagsüber auf unseren Kirchen versteinern, oder die Vampire, die neben dir in der Metro sitzen können, ohne dass sie dir besonders auffallen. Doch uns wurde durch den Zauber des Vergessens nicht nur der Blick auf die Welt versperrt. Jegliche Zeichen der Anderwelt wurden aus unserer Geschichtsschreibung vor dem Jahr 1403 gelöscht – jenem Jahr, da der Zauber gesprochen wurde. Die Anderwesen vernichteten jede schriftliche Fixierung ihrer Existenz, die sie finden konnten, verschleierten ihr Mitwirken an historischen Ereignissen durch geschicktes Umdichten der Geschichte und zerstörten zahlreiche Monumente, die sie einst errichtet hatten. Kurzum: Sie zerstörten alles, was die Menschen auf ihre Fährte bringen konnte. Doch noch immer finden sich überall auf der Welt ihre Spuren. Konnten sie die Schriftlichkeit manipulieren – in Sagen und Märchen lebten sie fort, und auch Rätsel wie Stonehenge oder die Moais auf den Osterinseln zeugen von ihrer Existenz. Doch die Menschen ahnen nichts davon und wissen nicht, wie nah sie der Wahrheit mitunter kommen.«

Das Bild zeigte nun eine Straße im heutigen Paris. Autos fuhren hupend über rote Ampeln, Menschenmassen drängten sich an den Schaufenstern vorbei, und Mia sah deutlich den Vampir, der regungslos neben einer Tür stand und die Menschen musterte. Achtlos rempelten sie ihn an und prallten von ihm ab wie von Stein, doch sie merkten es kaum. Auch die Geister, die hoheitsvoll durch die Menge schritten, sahen sie nicht, und sie bemerkten nicht das Lächeln, das der Gestaltwandler hinter der Maske eines gutmütigen Herren verbarg, der gerade zwei Kinder in eine Seitengasse lockte.

»Der Zauber des Vergessens liegt seit jener Zeit wie ein Schleier auf uns Menschen«, fuhr Jakob fort. »Selbst wenn ein Anderwesen sich uns offenbart, erscheint es uns nie in seiner wahren Gestalt. So fühlen manche von uns, dass sie eine Elfe vor sich haben, sehen aber nur eine schillernde Libelle oder einen Schmetterling mit besonders zarten Flügeln. Der Zauber schützt die Geschöpfe davor, dass wir ihr wahres Wesen erkennen. Dennoch ist ihr Anblick oft ungewöhnlich, wie eine steinerne Statue, die auf einmal blinzelt. Und da die Menschen dazu neigen zu bekämpfen, was sie nicht verstehen, gefährden solche Zusammentreffen die Anderwelt. Manche Anderwesen sind unvorsichtig, andere scheren sich nicht um den Zauber des Vergessens und zeigen sich den Menschen ganz bewusst. Ein prominentes Beispiel ist das Monster von Loch Ness, das geradezu eine Fetischbeziehung zu Kameras jeder Art hat und nichts lieber tut, als sich fotografieren zu lassen. Daher gibt es die OGP. Einem Sondereinsatzkommando der Schattenflügler ist es gelungen, die Haut von Nessie mit einem speziellen Zauber zu belegen, sodass sie zu flirren scheint und verwischt, sobald eine Kameralinse sie fokussiert. Meist sind solche Zauber jedoch nicht anwendbar – beispielsweise, wenn ein Mensch einem unvorsichtigen Anderwesen begegnet. In diesen Fällen sorgt die OGP dafür, dass wir uns nicht an solche Ereignisse erinnern. Die Gargoyles löschen unsere Erinnerungen, weil sie Angst vor uns haben – Angst vor dem, was wir ihnen antun könnten, wenn wir von ihnen wüssten.«

Mia zog die Arme um ihren Körper. Auf einmal roch sie wieder den Duft von Farbe und Papier, und für einen winzigen Moment war ihr, als wäre Lucas da, als stünde er genau hinter ihr, gerade in diesem Moment. Sie drehte sich nicht um.

»Aber ich kann sie sehen«, sagte sie stattdessen und starrte auf die Leinwand, die langsam wieder von glitzerndem Nebel überzogen wurde.

»Nicht alle Menschen wurden vom Zauber des Vergessens erfasst«, erwiderte Jakob. »Einige wenige blieben verschont: wir, die Hartide, Seher des Möglichen. Manche sagen, dass vor langer Zeit noch alle Menschen Magie in sich trugen und sie nach und nach verloren haben – wie ein Talent, das man nicht pflegt. Sie denken, dass die Magie in uns den Zauber verhindert. Andere sprechen von einer besonders starken Sehnsucht nach der Phantasie, nach einer Anderwelt, die dasselbe bewirkt. Ich weiß nicht, warum wir sind, wie wir sind. Aber ja: Wir können sie sehen.«

Mia dachte an die Gargoyles, die ihr noch vor Kurzem so wunderschön erschienen waren. Jetzt wurde ihr kalt, wenn sie an sie dachte. »Sie haben uns belogen«, sagte sie leise. »Sie haben uns die Welt und unsere Geschichte gestohlen. Und sie tun es noch immer.«

Jakob schwieg eine Weile. »Ich habe dir das alles nicht erzählt, um dich wütend oder traurig zu machen. Nicht alle Gargoyles hassen die Menschen. Zu allen Zeiten, selbst in den Zeiten der Kriege, hat es auch andere gegeben – jene, die sich immer wieder auf die Seite der Menschen stellten. Sie nannten sich die Freien. Aber sie waren geächtet in ihrem Volk, und wie die Hartide wurden sie von den Gargoyles verfolgt und ermordet, wenn sie sich erwischen ließen. Dennoch haben sie die Menschen nie alleingelassen. Kurz nach dem Zauber des Vergessens haben sie sich mit den Hartiden zusammengetan, um …« Jakob stockte. Es war, als hätte er sich wochenlang auf diesen Moment vorbereitet und wüsste gerade jetzt nicht mehr, wie er weitermachen sollte.

Aufatmend griff er in die Tasche seiner Jacke und zog etwas daraus hervor. Fast ehrfürchtig hielt er es in den Händen.

Mia warf einen Blick darauf. Es war ein Paket, in dunkles Leder gewickelt, und strömte einen Duft aus wie uralte Bücher. Jakob starrte darauf. Ein seltsamer Glanz lag in seinen Augen.

»Das, was ich dir jetzt anvertrauen werde«, sagte er, »darf unter keinen Umständen diesen Raum verlassen. Du darfst mit niemandem darüber sprechen, mit niemandem, hörst du?«

Mia nickte beklommen. Noch nie hatte Jakob so mit ihr gesprochen, so ernst und so – traurig. Er strich vorsichtig mit den Fingern über das Leder. Nach und nach öffnete er die Schnüre, die sich wie Schlangenleiber ineinander verstrickt hatten. Leise fuhr er fort zu sprechen, so leise, dass Mia sich vorbeugen musste, um ihn zu verstehen. Wie zwei Verschwörer hockten sie auf ihren Stühlen, das seltsame Paket zwischen sich.

»Kurz nachdem der Zauber des Vergessens gesprochen wurde, fanden sich die ersten Hartide zusammen. Sie, die noch immer sehen konnten, waren auf einmal umgeben von Blinden, und die Hälfte ihrer bisherigen Welt war verschwunden. Viele von ihnen wurden von den Gargoyles ausfindig gemacht und ermordet, aus Angst, dass sie den anderen Menschen von der verborgenen Anderwelt erzählen könnten. Aber es gab einige, die den Gargoyles entkamen. Gemeinsam mit den Freien beschlossen sie, ihr Leben zu riskieren und einen gefährlichen Plan in die Tat umzusetzen. Einen Plan, der …«

In diesem Moment wurde die Tür aufgerissen. Mia schrie auf, und Jakob presste das Paket an sich, das er gerade beinahe vollständig geöffnet hatte. Ausatmend stellten sie fest, dass Vraternius in der Tür stand.

»'tschuldigung«, murmelte der verlegen. »Ich wollte nur …

Eine Patrouille hat diese Straße erreicht, sie durchsuchen jedes Haus nach den flüchtigen Hybriden. Ich vermute, dass sie sich auch mit zwei Menschen zufriedengeben werden, und deshalb … Also, ihr solltet verschwinden.«

Kaum hatte er das gesagt, polterte etwas gegen seine Tür. Mia zuckte zusammen. Jakob stopfte das Paket in seine Jackentasche und sprang auf.

»Wir müssen verschwinden«, sagte er leise. »Wenn sie uns erwischen, sind wir tot.«

Kapitel 11

Auf dem Platz vor dem Schwarzen Dorn erhob sich ein Podest mit einem Thron aus weißem Marmor in der Mitte. Knapp dahinter stand Grim, eingezwängt zwischen Mourier und Kronk, einem der früheren Krieger in der Geschichte der Schattenflügler. Zu Anlässen wie diesen standen die Helden von einst stets in der ersten Reihe: Walli, der abergläubische Bär, der die Gestaltwandler von Budapest das Fürchten gelehrt hatte, Vladik, der in der Tundra Sibiriens den menschenfressenden Harpyien gefolgt war, Pyros, der in der Unterwelt Moskaus die Wiedergänger in Zaum gehalten hatte – oder eben Kronk, dieser breitschultrige Gargoyle mit den rabenschwarzen Augen, dessen Gesicht mit den Jahren grau und verbittert geworden war. Vor über zweihundert Jahren waren sie alle Gefährten gewesen. Gemeinsam hatten sie die Aufstände der Dämonen in Prag niedergeschlagen und immer wieder auch die Welt der Menschen vor dem Bösen bewahrt. Doch diese Zeiten waren lange vorbei. Die Menschen hatten gelernt, sich selbst zu helfen, und auch in der Anderwelt war Ruhe und Ordnung eingekehrt. Heutzutage gab es keine Kriege mehr. Es gab keinen Platz mehr für die Kämpfer der alten Zeit. Sie verbargen sich unter reglosen Fassaden, hatten sich in Stille und Einsamkeit zurückgezogen. Jetzt standen sie hier, armselige Abziehbilder ihrer einstigen Stärke, Requisiten für Krönungszeremonien und Hinrichtungen.

Grim betrachtete verstohlen Kronks regungsloses Gesicht und spürte, wie sich etwas in ihm zusammenzog. Früher hatten sie einander gemocht, mehr als das, es hatte fast so etwas wie Freundschaft zwischen ihnen bestanden. Doch mit den Jahren hatten sie sich voneinander entfernt, oder besser gesagt: Sie hielten sich voneinander fern. Alle alten Schattenflügler taten das, vielleicht, um nicht in den Spiegel schauen zu müssen, um nicht immer wieder damit konfrontiert zu werden, dass sie nicht mehr gebraucht wurden als das, was sie eigentlich waren: *eherne Engel, Helden auf Flügeln aus Stein.*

Grim hatte die Hände auf dem Rücken verschränkt und bemühte sich nach Kräften, seine trüben Gedanken für sich zu behalten. Aber er brauchte nur in die Menge zu sehen, diese geifernde, sensationslüsterne Masse dort unten, und ihm wurde auf der Stelle speiübel.

Kobolde, Gnome, Vampire und andere Wesen hatten sich auf dem Platz vor dem Schwarzen Dorn eingefunden, vor allem Gargoyles natürlich, und alle warteten sie auf den Mörder. Grim hustete, um sein verächtliches Schnauben zu vertuschen, das ihm gerade aus Versehen entwichen war. Wie viele Hybriden waren in den letzten Wochen hingerichtet worden? Und hatte man nicht einige von ihnen mit der Mordserie in Verbindung gebracht? Sicher, die meisten hatten sich wirklich etwas zuschulden kommen lassen, und oft nicht nur das geheime Leben im Untergrund, das an sich schon streng verboten war. Es waren Diebe darunter gewesen, Totschläger – und Mörder. Aber keiner davon – *keiner* – wäre fähig gewesen, *diese* Morde zu begehen. Und er, Grim, musste jetzt hier stehen, knappe zwei Meter hinter Thorons Thron, und zusehen, wie sein eigenes Volk sich für dumm verkaufen ließ. Sie schrien nicht unbeherrscht durcheinander wie die Kobolde, waren nicht hemmungslos und leidenschaftlich wie die Gnome – aber auch sie wollten den Mörder sterben sehen, wollten es so sehr, dass es ihnen gleichgültig war, ob der Richtige getötet wurde oder nicht. Hauptsache, es starb überhaupt jemand.

Da ging ein Raunen durch die Menge. Alle Köpfe wandten sich nach links, und Grim sah, wie Thoron das Podest betrat. Langsam und Ehrfurcht gebietend schritt er zu seinem Thron, ließ sich majestätisch darauf nieder und blickte für einen Moment in die Menge. Und als hätte sein Blick ihnen ein Mal auf die Stirn gebrannt, verstummten die Zuschauer und starrten zu ihm hinauf. *Wie die Kaninchen vor der Schlange*, schoss es Grim durch den Kopf. Unauffällig verdrehte er die Augen. Na großartig. Jetzt fing er auch schon an, menschliche Redewendungen zu gebrauchen, Remis schien auf ihn abzufärben. Die Menge starrte Thoron an, und als er jetzt den Arm mit dem Zepter von sich streckte, als wollte er sie segnen, ging ein ehrfürchtiges Raunen durch die Reihen.

»Gargoyles«, rief Thoron, indem er sich mit einer raschen Bewegung vom Thron erhob, »und auch ihr anderen. Wir haben uns heute hier zusammengefunden, um jenes Phantom an den Pranger zu stellen, jenes Ungeheuer, das uns seit Wochen unsere Stunden, unsere Minuten und Sekunden verleidet zu einer endlosen, grausamen Qual.«

Grim unterdrückte ein Seufzen. Wenn Thoron ein Mensch gewesen wäre, hätte er einen erstklassigen Pfarrer abgegeben – irgendwann im Mittelalter oder so.

»Auf bestialische Weise hat er in unseren Reihen gewütet, hat willkürlich Hass und Verderben über den mächtigen Häusern ausgeschüttet und seinem Wahnsinn freien Lauf gelassen.«

Zustimmendes Gemurmel ging durch die Reihen, und Grim sah ihn deutlich, diesen gespannten Ausdruck in den Augen der Schaulustigen, als würden sie eine Horrorgeschichte hören, vor der sie sich eigentlich fürchteten – und doch waren sie unfähig, sich die Hände vor die Ohren zu halten und fortzugehen.

»Heute«, rief Thoron und streckte beide Arme empor, »ist die Zeit der Vergeltung gekommen. Heute sollt ihr ihn sehen, jenen Schatten, der durch unsere Straßen kroch und so viel Elend über uns brachte. Ja, er hat Unglück über uns gebracht, und er wird dafür – bezahlen!«

Frenetischer Jubel brach aus, der Grim in den Ohren wehtat, und er wurde noch gesteigert, als nun der Angeklagte auf das Podest geschleift wurde. Er trug einen Strick um den Hals, der seine magischen Kräfte bannte und blutige Kerben in sein Fleisch schnitt. Ein stämmiger Gargoyle kettete ihn mit Fußfesseln an den Boden direkt vor Thorons Thron und blieb rechts von ihm stehen. Der Angeklagte hatte Hybridgestalt angenommen; seine rechte Gesichtshälfte bestand aus schwarzem Marmor. Er war noch jung, das las Grim in seinen Augen, deren helles Blau sich vor Schmerz und Wut verdunkelt hatte.

Der Jubel der Menge schlug um, schrille Pfiffe und animalisches Kreischen durchzogen die Luft, und selbst die Gargoyles riefen Beleidigungen. Grim presste die Zähne aufeinander. Es war erbärmlich, sein Volk in diesem Zustand sehen zu müssen, mit vor Hass verzerrten Gesichtern, die Mäuler weit aufgerissen, die Klauen zu Fäusten geballt, als wären sie nichts weiter als eine Herde Vieh, die sich mit scharfen Zähnen auf den einsamen Wolf stürzt, um ihn zu fressen.

Thoron, der wieder Platz genommen hatte, ließ die Menge eine Weile kreischen und faules Obst auf das Podest werfen. Jemand schmiss einen Stein, er traf den Hybriden am Kopf. Instinktiv wollte Grim vortreten und denjenigen zur Rechenschaft ziehen, doch da hob Thoron die Hand. Augenblicklich war es still.

»Wie ist dein Name?« Thorons Stimme hallte wie Donner über den Platz, doch der Angeklagte verzog keine Miene. Er starrte den König nur an mit seiner Wut. Grim konnte sich vorstellen, dass er am liebsten geradewegs auf den Thron gesprungen wäre, um dem König ins Gesicht zu spucken – und es wohl auch getan hätte, wenn er nicht festgekettet gewesen wäre.

Thoron nickte geduldig und gab dem Gargoyle neben dem Angeklagten ein Zeichen. Sofort zückte der seinen Donnerstab und schickte einen gewaltigen Stromstoß in dessen Körper. Keuchend brach der Hybrid zusammen. Schwarze Blitze zuckten über seinen Körper, aber er gab keinen Laut des Schmerzes von sich. Stöhnend kam er wieder auf die Füße und stand da wie zuvor. Grim spürte, wie Mourier neben ihm die Luft einsog.

Thoron schnaubte ärgerlich. »Du bringst Schande über das Blut der Völker, die du in dir trägst!«, donnerte er. »Selbst das Blut der Menschen, jener verachtenswerten Kreaturen, ist rein und edel im Gegensatz zu dem deinen! Willst du dein Leben in dieser Schande beschließen, oder kehrst du dich ab von dem Weg, den die Finsternis dir zu Füßen gelegt hat?«

Der Hybrid stieß verächtlich die Luft aus und spuckte in weitem Bogen direkt vor Thorons Thron. Grim stockte der Atem. Der Kerl war wahnsinnig. Thoron würde ihm bei lebendigem Leib die Haut abziehen, wenn er sich nicht zusammenriss! Gierig wartete die Menge auf einen zweiten Einsatz des Donnerstabes, doch dieses Mal schlug der stämmige Gargoyle dem Hybriden auf Thorons Befehl mit der Faust ins Gesicht. Grim konnte das Herausbrechen zweier Zähne hören, doch der Angeklagte wich kaum von der Stelle. Mit blutenden Lippen starrte er den König an, und etwas wie Spott stahl sich auf sein Gesicht. Grim sah, wie Thoron die rechte Hand in die Armlehne seines Throns krallte. Einen Augenblick lang traten die Adern dick und schwarz unter der kalkweißen Haut hervor. Dann entspannte sich der König.

»Entspricht es der Wahrheit«, begann er beinahe gleichmütig, »dass du dich vor drei Tagen um kurz nach Mitternacht hinter der Waldtherme versteckt und Senator Phor Kramas auf seinem Heimweg überfallen und getötet hast?«

Da ließ der Hybrid erstmals seine Stimme hören, und im Gegensatz zu seinem hassverzerrten Gesicht war sie hell, beinahe zart, mit einem heiseren Unterton der Wut. »Ja, allerdings, und ich würde es jederzeit wieder tun!«

Grim hielt den Atem an. Ein Raunen ging durch die Menge, wieder flogen Steine auf die Bühne, doch keiner traf den Angeklagten. Thoron wandte sich nicht von ihm ab. Sein Blick glühte vor Kälte, doch der Hybrid schien sich nicht darum zu kümmern. *Furchtlos*, ging es Grim durch den Kopf, und es schien ihm, als hätte er dieses Wort seit Urzeiten nicht mehr gedacht. *Er ist furchtlos.*

»Was ist mit den anderen Morden?«, fragte Thoron scharf.

Der Hybrid spuckte einen seiner Zähne auf die Empore. »Die hätte ich auch begangen, wenn ich gekonnt hätte!« Er sprach laut und deutlich. Jedes seiner Worte schlug der Menge ins Gesicht. »Die haben mich ja überhaupt erst auf die Idee gebracht! Endlich hatte mal jemand den Mumm dazu, euch zu zeigen, dass ihr nicht so unangreifbar seid, wie ihr denkt!« Er reckte den Kopf zur Menge, so weit er konnte. »He, wenn du zuhörst, wer auch immer du bist: meine Hochachtung!« Dann wandte er sich wieder Thoron zu und ließ seinen Blick über jeden Einzelnen der OGP schweifen. Grim konnte ein Schaudern nicht unterdrücken, als er in diese Augen sah. »Und euch habe ich auch noch was zu sagen: Ghrogonia ist die Stadt aller! Sie gehört uns ebenso wie euch, auch wenn ihr uns am liebsten dort seht, wo ich jetzt stehe: dicht beim Henkerbeil! Aber es gibt mehr von meiner Art! Ich habe euch Angst gemacht, nicht wahr? Dieses Gefühl werdet ihr nicht vergessen. Und da draußen – da draußen ist etwas, das viel schlimmer ist als ich!«

Wieder begann die Menge zu toben, aber in die Schreie und Pfiffe der Schaulustigen hatte sich etwas Dämpfendes geschlichen, wie ein Kissen, das die Luft abdrückt: Angst.

Thoron hob die Hand. Langsam wurde es ruhiger. »Aus der Kleinheit deines Wesens heraus musst du uns hassen«, sagte er gerade laut genug, dass jeder auf dem Platz es hören konnte. »Doch besinne dich! Bereue, was du getan hast, sei anderen deines Schlages ein Vorbild zum Guten, und dir wird vergeben werden, in dieser Welt oder der nächsten.«

Der Hybrid sah ihn an, als hätte Thoron gerade einen Witz erzählt und die Pointe vermasselt. Für einen Moment stand er regungslos. Dann ging ein Zucken durch seinen Körper, ein krampfhaftes Rütteln, und schließlich riss er den Mund auf und lachte wie wahnsinnig. Grim spürte, wie dieses Lachen etwas in ihm erschütterte, und er fühlte, wie Kronk neben ihm die Muskeln anspannte, als würde er dasselbe empfinden: haltloses Erstaunen. Da sprang Thoron auf und streckte den Arm mit dem Zepter nach dem Hybriden aus.

»Wie jeder deiner Art bist du eine Unaussprechlichkeit«, wütete er. »Ein Geschwür im Gedärm deiner Mutter, die besser wie jede ihresgleichen in der Gosse umgekommen wäre, als dich auf die Welt zu schleudern! Ich werde dich von deinem Hass erlösen!«

Kaum hatte er die Worte ausgesprochen, schoss ein blauer Lichtstrahl aus seiner Hand. Er hüllte den Hybriden ein wie eine Wolke aus Flammen. Grim roch auf der Stelle verbranntes Fleisch. Der Hybrid verzog das Gesicht zu einer Grimasse aus Schmerz, doch er schrie nicht, was die Menge mit missgelauntem Murren quittierte. Thoron riss den Arm in die Höhe, und der Lichtstrahl hob den verbrennenden Hybriden empor, der sich die Hände vors Gesicht schlug und schließlich als zusammengeschrumpfter Körper in der Luft stehen blieb. Thoron zog den Lichtstrahl zurück, der leblose Körper landete mit dumpfem Geräusch auf der Empore. Grim zuckte zusammen bei diesem Laut, er konnte nichts dagegen tun. Er spürte Mouriers Blick, aber er kümmerte sich nicht darum.

»Das Dunkel«, rief Thoron und riss beide Arme empor, sodass er von hinten aussah, als wollte er zum Himmel auffahren, »ist besiegt!«

Und als hätte er einen Fluch von ihr genommen, brach die Menge in Jubel aus.

Grim starrte auf den Boden. Er musste hier weg, sofort. Es war genug. Gerade hatte er beschlossen, sich aus der Reihe der Schattenflügler zurückzuziehen, als er ein grünes Leuchten über der tobenden Menge bemerkte.

In zackigem Flug schoss Remis auf ihn zu und kam auf seiner Schulter zum Stehen. Keuchend flüsterte der Kobold in sein Ohr, und was er da hörte, ließ Grim zusammenfahren.

»Was?«, zischte er und fühlte sich umgehend von einem Blick

Mouriers getroffen. Er presste die Zähne zusammen und schaute angestrengt in die Richtung, die Remis ihm gewiesen hatte. »Das darf nicht wahr sein«, murmelte er.

Der Junge war hier.

Kapitel 12

Mia konnte sich nicht rühren. Die Menge löste sich auf, immer wieder rammte ihr jemand seinen Ellbogen in die Seite, aber sie konnte nicht ausweichen. Sie schaute auf die Empore, auf dieses schwarze Bündel, das einmal ein lebendiges Wesen gewesen war. Immer noch dröhnten die Schreie der Menge ihr in den Ohren, dieses grausame Tier, das kein Gewissen gekannt hatte. Ihre Kehle war wie zugeschnürt, als sie einen Blick auf sich spürte, glühend wie heiße Kohlen. Sie riss sich von dem toten Hybriden los – und erstarrte. Einer der Schattenflügler sah sie an. Jetzt murmelte er etwas und trat einen Schritt auf sie zu. Im selben Moment packte Jakob ihren Arm.

»Dreh dich nicht um«, sagte er eindringlich. »Am Ende des Platzes steht eine Laterne mit rotem Licht. Gleich daneben ist eine Gasse. Die läufst du bis zum Ende und versteckst dich in der Mauernische zwischen den Häusern. Hast du verstanden?«

Mia stand wie erstarrt, seine Worte drangen nur langsam in ihr Bewusstsein. »Du willst mich allein lassen?«

Jakob stieß die Luft aus. »Sie haben uns gesehen. Ich muss sie ablenken, sonst sind wir die Nächsten, die als flambiertes Kotelett auf der Empore landen. Kein Mensch darf nach Ghrogonia kommen, und jeder, der es dennoch tut – ganz egal, aus welchen Gründen – ist des Todes! Ich werde nachkommen. Und jetzt: Geh!«

Ohne etwas zu erwidern, lief sie los. So schnell und unauffällig sie konnte, bewegte sie sich durch die Menge und widerstand erfolgreich dem Drang, sich umzudrehen. Sie erreichte die Laterne, rannte die verwaiste Gasse hinab und zwängte sich in die dunkle Nische zwischen zwei schiefen Häusern. Da schloss sich eine steinerne Hand um ihren Hals. Sie wollte schreien, doch schon spürte sie einen heftigen Stoß im Rücken.

»Ein Waldschrat, nichts weiter«, hörte sie eine Stimme. »Verschwinde, Pack!«

Mia zog die Brauen zusammen und sah, dass sie in der Nische keineswegs allein war. Zwei Hybriden standen da, die Gesichter halb mit Stein überzogen. Einer trug einen dichten Vollbart, der andere war jung, hatte braunes Haar, das ihm wirr in die Stirn hing, und große dunkle Augen. Ihre Kleidung war schmutzig und teilweise zerrissen, und sie flüsterten miteinander. Mia wusste, dass sie sich schnell ein anderes Versteck suchen musste, aber sie blieb stehen, wo sie war, und starrte die beiden an. Der Bärtige versuchte vergeblich, ein mit Schloss versehenes Armband vom Handgelenk des anderen zu ziehen.

»Es geht nicht«, schnaufte er und wischte sich die schweißnasse Stirn.

Der jüngere Hybrid atmete aus. »Es hat keinen Zweck. Lasst mich zurück. Es ist meine eigene Schuld, ich hätte schneller sein müssen. Dann hätten sie mir dieses verfluchte Ding nicht umlegen können.«

»Entschuldigt«, sagte Mia und trat einen Schritt näher. Sofort funkelte der Bärtige sie wütend an, während der andere ein schwaches Lächeln auf seine Lippen zwang. »Kann ich euch helfen?«

Diese Frage brachte den Bärtigen völlig aus der Fassung. »Ob sie uns helfen kann, hörst du das, Morl?«, schnaufte er und schlug seinem Begleiter vor die Brust. »Klar, Madame, wieso auch nicht? Ein Waldschrat kennt sich sicher bestens aus mit den Sicherungsarmbändern der OGP, nicht wahr?«

Mia presste die Zähne zusammen und hatte schon eine bissige Antwort auf den Lippen, als Morl leise lachte. Erstaunt sah sie ihn an, der Bärtige war nicht weniger überrascht.

»Sie ist kein Waldschrat«, sagte er, ohne den Blick von ihr abzuwenden. »Sie ist ein Mensch.« Dann schüttelte er den Kopf. »Du kannst uns nicht helfen. Mit diesem Armband kann ich mich nicht in einen Gargoyle verwandeln, es unterdrückt meine Magie, und das bedeutet, dass die Patrouillen, die uns seit Stunden suchen, mich sofort erkennen, wenn ich ihnen begegne. Außerdem darf ich mich nicht zu weit vom Schwarzen Dorn entfernen – sonst beginnt das Ding zu kreischen wie ein sterbendes Rehkitz. Wir können uns nicht mehr lange verstecken, sie sind inzwischen überall.«

Mia schaute auf das Armband, dann warf sie dem Bärtigen einen Blick zu. »Du trägst doch keins, wieso verwendest du nicht deine Magie, um es zu öffnen?«

Der Bärtige spie aus. »Weil das Scheißding bei Kontakt mit Magie ebenfalls sofort wie blöd anfängt zu heulen, Madame Neunmalklug. Das wäre so, als würden wir schreiend über den Marktplatz rennen. Wie groß wäre wohl die Wahrscheinlichkeit, dass sie uns kriegen, hm?«

Da näherten sich Schritte. Schnell zwängte Mia sich zu den Hybriden in die Nische, ob es ihnen nun passte oder nicht, und hielt den Atem an. Kurz darauf erschien eine Frau vor der Öffnung. Grauer Stein überzog die linke Hälfte ihres Gesichts.

»Sie kommen«, flüsterte sie und warf Mia einen beunruhigten Blick zu. Lautlos nahm sie Gargoylegestalt an.

»Lasst mich hier«, sagte Morl erneut.

Der Bärtige hatte sich ebenfalls in einen Gargoyle verwandelt und schaute unschlüssig die Gasse hinab. Deutlich klangen die Stimmen zweier Schattenflügler zu ihnen herüber.

»Zeigt mir das Schloss.« Mia strömte das Blut in den Kopf, als sie das sagte, und der Bärtige musterte sie abfällig, aber Morl hielt ihr sein Handgelenk hin und lächelte schwach.

»Fünf Sekunden«, murmelte Mia und zog ihr Werkzeug aus der Tasche. Es war ein gewöhnliches Schloss, und in der Tat ließ es sich nach knappen fünf Sekunden öffnen. Klirrend fiel es zu Boden, ehe der Bärtige es fassungslos aufhob.

Morl starrte sie an. »Wie hast du das gemacht?«

Mia lächelte ein wenig. »Natürliche Begabung.«

In diesem Moment erschienen Schattenflügler am Ende der Gasse. Schnell verschwand Mia in der Mauernische. Morl trat aus dem Versteck. Während seine Gefährten sich vor den näher kommenden Gargoyles aufbauten, wandte er ihnen den Rücken zu. Mia sah, wie Stein seine Haut überzog.

»Was macht ihr hier?«, fragte einer der Schattenflügler unfreundlich.

Die Frau legte ihm verführerisch die Hand auf die Schulter. »Wir haben der netten kleinen Hinrichtung beigewohnt und wollten jetzt noch ein bisschen Spaß haben. Ihr wisst nicht zufällig, wohin man gehen kann, um ein wenig zu tanzen?«

Der Schattenflügler lächelte unsicher. »Also, tanzen, ja …«

Da unterbrach ihn sein Kollege. »Was ist mit dem da?« Er

deutete mit seinem Stock auf Morl, der noch immer mit dem Rücken zu ihnen stand. Mia sah deutlich die Hoffnung in den Augen des Schattenflüglers – und die Enttäuschung, als der Hybrid sich umdrehte.

»Zu viel gesoffen«, sagte Morl überzeugend und taumelte einige Schritte auf die Schattenflügler zu.

Angewidert wichen sie zurück. »Hier sind sie nicht«, murrte der eine. Daraufhin musterten sie Morl abfällig, gaben einige missbilligende Bemerkungen zur Trunkenheit von sich und verließen die Gasse. Kaum waren sie verschwunden, eilten die Hybriden ihnen nach. Nach einigen Schritten blieb Morl stehen und wandte sich um. Schnell kehrte er zu der Mauernische zurück, in der Mia sich verbarg.

»Komm mit uns«, sagte er leise. Mia schüttelte den Kopf. Ungeduldig riefen die anderen nach ihm, aber Morl blieb, wo er war. »Sie werden dich töten, wenn sie herausfinden, was du bist.«

Mia verzog den Mund. »Dafür müssten sie mich erst mal kriegen. Ich kann auf mich aufpassen.«

Er sah sie zweifelnd an, aber offenbar lag etwas in ihrem Blick, das keinen Widerspruch duldete. Zögernd machte er einige Schritte auf seine Gefährten zu. Dann blieb er noch einmal stehen. »Sag mir wenigstens deinen Namen«, rief er leise.

Sie beugte sich ein Stück vor. »Mia.«

»Ich bin …«

»… Morl«, sagte sie lächelnd.

Morl grinste schief. Dann legte ihm der Bärtige die Hand auf die Schulter. Morl warf Mia noch einen Blick zu, dann liefen die drei die Gasse hinab und verschwanden.

Mia wusste nicht, wie lange sie in der Finsternis gehockt und auf Jakob gewartet hatte, bis sie endlich seine Schritte hörte. Wortlos griff er nach ihrer Hand und zog sie mit sich.

Sie liefen durch ein Gewirr aus Gassen, und bald hatte Mia keine Ahnung mehr, wo sie sich befand. Immer wieder sah sie sich um, voller Angst, eine Armee von Schattenflüglern hinter sich zu erblicken. Aber da war nichts. Eilig lief sie neben Jakob über einen weiten, marmornen Platz, an dessen Rand sich die kristallene Fabrik erhob, die sie bereits kurz nach ihrer Ankunft in Ghrogonia gesehen hatte.

»Ich glaube«, keuchte sie und stützte sich auf ihre Knie, »wir haben es geschafft.«

Jakob sah sich um, ein Anflug von Erleichterung breitete sich auf seinem Gesicht aus. Da glitt sein Blick über sie hinweg, und jedes Lächeln gefror auf seinen Lippen. Erschrocken sah Mia sich um und erstarrte. Drei dunkle steinerne Gestalten standen am Rand des Platzes, regungslos wie Statuen, und schauten aus flackernden Augen zu ihnen herüber. Zwei von ihnen sahen aus wie unscheinbare, ein wenig grobschlächtige Menschen mit bronzefarbener Haut. Der Dritte trug schwarze Tätowierungen auf seinem kahlen Schädel und seine Haut war mehligweiß. Ein boshaftes Lächeln breitete sich auf seinem Mund aus und färbte die Lippen schwarz. Alle drei trugen bodenlange schwarze Umhänge.

»Die Gargoyles«, flüsterte Mia. »Sie haben uns gefunden.«

Jakobs Augen wurden schmal. »Das sind keine Gargoyles.«

Als hätten sie seine Worte gehört, setzten die Gestalten sich in Bewegung. Obwohl sie keine Flügel hatten, erhoben sie sich in die Luft und flogen in rasender Geschwindigkeit auf Mia und Jakob zu.

Panisch warfen sie sich herum, rannten auf die Fabrik zu und standen im nächsten Moment in einer gewaltigen Halle aus Kristall. Direkt vor ihnen erhob sich hinter einem gläsernen Trichter ein gewaltiger Wirbel aus Licht und Farben bis zur Decke. Schwebende Plattformen verteilten sich über den gesamten Raum. Bequeme, von gläsernen Kuppeln überwölbte Sessel standen darauf, und auf den Sesseln lagen Gargoyles, die offensichtlich schliefen. Die Kuppeln über ihren Körpern wurden durch feine Glasadern mit dem Wirbel verbunden, dessen Licht sie wie eine Dusche auf die Gargoyles niederrieseln ließen. Als goldene Funken tanzte es über die steinerne Haut und sank in die Körper der Gargoyles ein. Eine Treppe aus Marmor wand sich am äußeren Rand der Halle nach oben und lief wie ein Schneckenhaus in der Höhe spitz zu. Daneben saß ein Wachtposten hinter einem marmornen Tresen und döste vor sich hin. Jakob zog Mia mit sich. Sie liefen die Treppe hinauf und kauerten sich hinter den Sessel eines beleibten Gargoyles in Ochsengestalt, der leise schnarchte.

»Wo sind wir hier?«, flüsterte Mia, während sie atemlos auf die Eingangstür starrte.

»In der Traumsammelstation«, sagte Jakob leise. »Früher hat jeder Gargoyle für sich selbst gesorgt, was aber mit zunehmender Population dazu geführt hat, dass immer mehr Gargoyles sich an der Oberfläche herumtreiben mussten und die Menschen auf sich aufmerksam machten. Jetzt erledigen speziell ausgebildete Traumsammler die Aufgabe, die Träume der Menschen zu stehlen. Sie nutzen sie nicht für sich selbst, sondern geben sie hier ab, wo sie durch die Kraft des Zepters von den Gargoyles für eigene Träume verwendet werden können.«

Fasziniert warf Mia einen Blick auf die farbigen Schleier im Trichter. Das waren die Träume der Menschen? Kaum hatte sie das gedacht, erkannte sie ein wild galoppierendes Pferd darin, das sich in einen Vogel verwandelte, dann in eine Wolke, in ein Meer, sie sah lachende und weinende Gesichter, sah die Blüten einer Blume und einen verlassenen Tunnel in der Nacht. Die Bilder flackerten so schnell auf, dass ihr schwindlig wurde. Gerade wollte sich ein Lächeln auf ihre Lippen stehlen, als die Glastür sich öffnete und ihre Verfolger eintraten. Suchend ließen sie ihre Blicke über die Ruheinseln gleiten. Mia hielt den Atem an. Vielleicht würden sie sie nicht sehen. Vielleicht würden sie einfach wieder gehen. Vielleicht …

»Was soll das?«, kreischte eine Stimme an ihrem Ohr.

Erschrocken sah sie auf und schaute in das glühende Gesicht des Ochsengargoyles. Er hatte sich auf seinem Sessel aufgerichtet und starrte empört auf sie herab.

Jakob hob beschwichtigend die Hände. »Bitte, wir …«, begann er leise, doch der Gargoyle wollte nichts hören.

»Wo sind wir denn hier«, rief er mit dröhnender Stimme. »Geht zurück in euer Ghetto, wo ihr hingehört! Was fällt euch ein!«

Er sprang von seinem Sessel auf und stemmte beide Hufe in die Hüfte. Starr vor Schreck sah Mia, wie ihre Verfolger die Treppe heraufkamen. Kalt legte sich der Blick des Kahlköpfigen auf Jakob, wie der Blick eines Tigers kurz vor dem Sprung.

»Da hört doch wirklich alles auf«, rief der Ochsengargoyle und warf den dreien einen Blick zu. »Seht euch an, was sich hier hereingeschlichen hat!«

Jakob zog Mia auf die Beine. »Knie dich hinter mir hin«, hörte sie seine Stimme. »Schütze den Kopf mit den Armen.«

Sie hockte sich auf die Treppe und sah, wie seine Lippen sich bewegten. Winzige Funken sprangen über seine Finger. Langsam stiegen ihre Verfolger die Treppe hinauf, als wollten sie jeden Augenblick genießen. Der Kahlköpfige hatte den Blick geneigt, ein schwarzes, irrsinniges Flackern lag in seinen Augen, als er Jakob ansah. Da schob sich ein Schatten vor Mias Blick. Der Ochsengargoyle war den Verfolgern in den Weg getreten.

»Ist euch das etwa ganz egal?«, fragte er empört. »Ich denke doch …«

Niemand erfuhr mehr, was er dachte. Der Kahlköpfige streckte zwei Finger in seine Richtung, ein dunkles Licht schoss auf ihn zu – und im nächsten Moment explodierte sein Schädel. Mia schrie auf, als sie von blutigen Splittern getroffen wurde, und damit war sie nicht die Einzige. Um sie herum brach Tumult aus, von allen Seiten kamen Gargoyles, um zu sehen, was vor sich ging. Der Ochsengargoyle sackte nach dem Verlust seines Kopfes auf die Knie, kippte zur Seite und schlug nach mehreren Salti unten neben dem Wirbel auf. Da begann das Geschrei. Hysterische Gargoyles rannten durcheinander, als wären sie Hühner und hätten ebenfalls ihren Kopf verloren.

Der Kahlköpfige grinste. Er hatte sein Opfer nicht einmal angesehen. Sein Blick ruhte immer noch auf Jakob. Seine Gefährten standen rechts und links hinter ihm, die Arme vor der Brust verschränkt, und rührten sich nicht. Und dann, langsam und knisternd, zog sich der Stein von einer Hälfte ihrer Gesichter zurück. Mia stockte der Atem. Hybriden!

Der Kahlköpfige ließ ein flackerndes Licht auf seiner Handfläche entstehen. Mia fuhr sich über die Augen. Das Licht war glühend heiß. Da öffnete der Hybrid den Mund.

»Gib uns, was du bekommen hast«, sagte er mit einer Stimme, die nach schmorendem Fett klang.

Jakob stieß die Luft aus. »Ich weiß nicht, wovon du redest.«

Er stand da, als wäre er mit dem Boden verschmolzen, und in seinem Blick lag dunkle Entschlossenheit.

Der Kahlschädel entblößte schiefe gelbe Zähne. Er lachte klebrig, dann nickte er bedächtig. »Dann«, sagte er boshaft, »werden wir es uns holen.«

Mia sah noch, wie er das Licht auf seiner Hand mit der Faust umfing. Im nächsten Moment brachen gleißende Strahlen zwischen seinen Fingern hindurch. Die Luft fing an zu flimmern, es wurde unerträglich heiß. Da riss Jakob die Arme in die Luft, eine zitternde Kuppel wölbte sich über ihm und Mia. Aber der Kahlschädel lachte nur. Krachend schlug er die Hände zusammen, die Kuppel splitterte. Doch ehe er sein Licht neu entfachen konnte, ballte Jakob die Faust. Mit einem Schrei erhob er sich in die Luft, riss den Arm zurück und schleuderte die Faust nach vorn. Eine glühende Peitsche schoss aus seiner Hand und wickelte sich zischend um den Hals des Hybriden. Keuchend fasste der sich an die Kehle, Mia roch den Gestank von verbranntem Fleisch. Die anderen Hybriden sprangen vor, doch Jakob war schneller. Er riss seine Peitsche zurück und schlug sie ihnen so heftig vor die Beine, dass sie in die Knie gingen. Dann zog er sie dem Kahlkopf einmal quer übers Gesicht. Der schrie ohrenbetäubend und schlug sich die Hände vor die Augen.

Schwer atmend landete Jakob auf dem Boden. Sein Körper war schweißnass. Er packte Mia am Arm.

»Schnell«, keuchte er und zog sie die Treppe hinauf.

Da brüllte jemand hinter ihnen. Jakob fuhr herum, und Mia sah, dass der Kahlköpfige sich aufgerichtet hatte. Ein leuchtend roter Striemen lief quer über sein Gesicht, Blasen bildeten sich auf Haut und Stein.

»Bastard«, brüllte er, riss die Hände in die Luft und schlug ein grelles rotes Licht zu Boden. Eine Erschütterung ging durch den Raum, die Mia zu Fall brachte. Schreckensstarr sah sie, wie das Licht auf sie zuraste, es brach die Treppe auf und zermahlte den Stein, als wäre er verklebter Zucker. Da sprang Jakob vor sie, breitete die Arme aus und schrie so laut, dass sich seine Stimme überschlug: »Naar Afratam!«

Im nächsten Moment entfachte sich ein schwarzes Licht zu seinen Füßen. Grollend raste es der roten Feuerwolke entgegen. Mit einem gewaltigen Knall stießen sie zusammen, Funken sprühten und Steinsplitter flogen glühend durch die Luft. Jakob wurde von der Druckwelle neben Mia zu Boden geworfen und legte einen Arm um sie. Sie sah brennende Klumpen direkt neben sich einschlagen und fühlte ein Poltern und Stöhnen im Inneren der Treppe, als würde jeden Moment der Stein auseinanderreißen. Kaum war der Funkenregen versiegt, sprang Jakob auf die Füße. Im nächsten Moment stand er da wie erstarrt. Mia wandte den Blick. Direkt vor ihnen in dem riesigen Trichter klaffte ein gewaltiges Loch. Das Licht im Inneren begann zu brodeln, schon verfärbte es sich lila und dann schwarz.

Jakobs Gesicht war aschfahl. »Raus hier«, flüsterte er kaum hörbar, und dann schrie er: »Raus hier!«

Kapitel 13

Verfluchter Mist, was fiel dem Jungen ein hierherzukommen? Was, zur Hölle noch eins, hatte er hier zu suchen? Das ging zu weit, so viel war klar. Grim schnaubte leise und schnippte Remis zum wiederholten Mal von seiner Schulter. Den Kobold kümmerte das nicht. Hartnäckig kehrte er dorthin zurück und bohrte ihm erneut seine stachligen Haare ins Ohr.

Ja, er hatte versprochen, den Jungen in Ruhe zu lassen – aber wie sollte er das tun, wenn der Kerl einfach mal eben nach Ghrogonia spazierte? Das war eine Frechheit sondergleichen, ein Schlag ins Gesicht aller Sicherheitsvorkehrungen! *Wo kämen wir denn da hin*, schoss es ihm durch den Kopf, *wenn jeder Mensch einfach so hier herumspazieren könnte?* Verdammt, Moira, was hast du dir gedacht? Und wer musste jetzt die Arbeit machen? Er natürlich. Wenn die anderen den Jungen fingen, war er tot, so viel stand fest, und ein Versprechen war nun einmal ein Versprechen, ob man es laut gegeben hatte oder nicht. *Wenn ich schon nicht sagen kann: Gib auf ihn acht.* Er hatte Moira im Stich gelassen. Er konnte den Jungen nicht seinem Schicksal überlassen. Aber einfach war das nicht.

Ja, jetzt stand der Junge da und wusste nicht weiter, das konnte Grim sehen. Starrte vor sich hin, das Gesicht aschfahl, und rührte sich nicht mehr.

Lautlos glitt Grim die Treppe hinab und blieb direkt hinter ihm stehen. »Im Namen der OGP, keine Bewegung!«, brüllte er und packte den Jungen an der Schulter. Im selben Moment zerstob dessen Körper in feinen, glitzernden Staub. Fassungslos starrte Grim auf seine Finger. »Was, zur Hölle …«

Remis glotzte mit bahnbrechender Einfalt auf den Staub, der von Grims Klauen zu Boden rieselte. Dann schwirrte er ans Ende der Gasse und zuckte die Achseln. »Das war dann wohl …«, begann er, aber Grim deutete mit dem Finger auf ihn und grollte: »Ich will nichts hören, verstanden?«

Er hatte ihn doch verfolgt, oder etwa nicht? Er hatte ihn auf dem Platz der Hinrichtung gesehen und war ihm durch die Gassen gefolgt, bis hierher in dieses dunkle, modrige Viertel, wo er … Grim stöhnte. Eine Illusion. Er war einer verdammten *Illusion* gefolgt! Für einen Moment loderte die Wut so heftig in ihm auf, dass er kurzzeitig Verständnis für die Trolle hatte, die sich einfach so mal herzhaft prügeln wollten. Dann holte er tief Atem. Er hatte einen Anfängerfehler begannen, hatte sich zum Narren halten lassen, und das gründlich. Aber davon musste niemand erfahren. Es war nichts Schlimmes passiert, er würde einfach weiter nach dem Jungen suchen. Aber wo konnte er sein?

In diesem Moment ging eine Erschütterung durch die Erde, dicht gefolgt von einem ohrenbetäubenden Knall. Gleißend helles Licht flutete die Gasse und ließ Grim für einen Augenblick blind zurück. Stöhnend fuhr er sich über die Augen und starrte in die Richtung, aus der der Knall gekommen war. Er traute seinen Augen nicht. Dort, wo eben noch die Traumsammelstation gestanden hatte – dieses riesige kristallene Protzgebäude –, schossen nun Flammen in die Dunkelheit. Riesige Feuerbälle flogen durch die Luft, bis hierher konnte Grim die Hitze fühlen und die Energie der freigesetzten Träume.

Etwas Stachliges landete auf seiner Schulter. »Also«, sagte Remis mit diesem Tonfall, der Grim umgehend wieder an die Trolle denken ließ, »was ich vorhin sagen wollte, als du mich unterbrochen hast: Das war dann wohl die falsche Fährte, was?«

Grim schnaufte eine Beschimpfung, wischte den Kobold von seiner Schulter und erhob sich in die Luft. Er brauchte nicht lange zu fliegen. Schnell umgab er sich mit einem Schutzzauber gegen die Traumenergie, dann stob er wie ein Komet mitten hinein in das Licht der explodierenden Station.

Noch immer standen Teile der Treppe, aber die meisten Plattformen waren zu Boden gestürzt. Der gläserne Trichter war in sich zusammengefallen, und die Luft flirrte vor unkontrollierter Traumenergie. Überall irrten Gargoyles umher, ihrem Blick nach zu urteilen in einem Zustand höchster Verwirrung. Selbst Schattenflügler drehten sich um sich selbst und lachten hysterisch. Grim stieß die Luft aus. Alles musste man selbst machen. Suchend ließ er den Blick über die Trümmer schweifen und entdeckte zwei Waldschrate, die gerade über ein hinabgestürztes Treppenstück kletterten und auf die Straße liefen. Er ballte die Klauen zu Fäusten.

»Nicht mit mir, mein Junge«, murmelte er. »Nicht mit mir.«

Entschlossen stob er durch die Flammen und sah gerade noch, wie die beiden Pseudo-Waldschrate einen Kanaldeckel anhoben und sich hinabließen. Grim schnaufte. Na großartig. Als wenn seine Nacht nicht schon schlimm genug wäre, musste er jetzt auch noch in Koboldkacke herumwaten. Ganz, ganz toll. Gerade wollte er ihnen nacheilen, als ein Gargoyle mit roter Narbe mitten im Gesicht und widerlichen Tätowierungen auf dem Schädel den beiden folgte. Zwei weitere Gargoyles rannten ihm nach. Grim zog die Brauen zusammen. Verflucht, was waren das denn für welche? Er hatte sie noch nie gesehen, und zur OGP gehörten sie schon gar nicht, so viel stand fest. Kaum waren die drei in der Kanalisation verschwunden, lief er ihnen nach. Einen Moment lang hielt er inne. Dann sprang er, ohne die mit Exkrementen besudelte Leiter zu benutzen, einfach hinab in den Schacht.

Er landete in einer grünen Lache aus irgendwas. Bei näherem Hinsehen hätte er vermutlich auf der Stelle gewusst, wessen Gedärm sie entkrochen war – aber in diesem Fall wollte er es nicht zu genau wissen. Er sah sich im Tunnel um, der von rostigen Rohren durchzogen wurde, und folgte den Schritten, die leise durch die Gänge hallten.

Er hatte aufgehört zu atmen, eine Kleinigkeit für einen Gargoyle, denn er brauchte zum Überleben keine Luft. Dennoch war es ungewohnt, gewissermaßen sogar schmerzhaft, nicht zu atmen. Grim hatte das immer wieder erlebt, und auch jetzt zuckte ein unangenehmes Ziehen durch seinen Brustkorb. Immerhin musste er so die Dämpfe nicht ertragen, die aus den zahlreichen Nebentunneln an seine Nase drangen. Es reichte schon, sie zu sehen. Er warf einen schlecht gelaunten Blick in einen der Tunnel – und erstarrte. Da war ein Schatten gewesen, eindeutig, und Schritte, immer mehr Schritte hallten durch den Tunnel.

Er zog die Brauen zusammen. So schnell war die OGP normalerweise nicht. Er bog um eine Ecke und sah, wie die beiden Waldschrate von vier oder fünf Gargoyles verfolgt wurden. Sie schleuderten ihnen Feuerbälle nach, aber offensichtlich konnte der Junge sich ganz gut verteidigen. Eilig schienen die Gargoyles es jedoch nicht zu haben. Ruhig, beinahe gemächlich gingen sie den Menschen nach, als wüssten sie genau, dass sie sie früher oder später ja doch kriegen würden. Deutlich hörte Grim die Stimme des Jungen im Gewirr der schweren Schritte seiner Verfolger, und er hörte auch die Schritte des Mädchens. Das war auch so eine Sache. Wieso, um alles in der Welt, hatte der Junge sie hierher gebracht? Darum würde er sich kümmern müssen. Aber vorerst gab es Wichtigeres.

»Im Namen der OGP«, brüllte er vorschriftsmäßig und so laut, dass seine Stimme im Tunnel widerhallte wie ein ausbrechender Vulkan. »Im Namen des Königs! Verschwindet von hier! Das ist Sache der OGP!«

Natürlich kümmerten sich die fremden Gargoyles einen Dreck um das, was er ihnen hinterherrief. Das war klar gewesen. Mit einem Lächeln murmelte Grim seinen Zauber. Dann holte er tief Luft und entließ eine gewaltige Eiswolke aus seiner Lunge. Sie raste den Tunnel entlang und hüllte die Gargoyles für einen Moment vollkommen ein. Dann legte sich der Nebel, und Grim stellte zu seiner Befriedigung fest, dass sie im wahrsten Sinne des Wortes zu Eis erstarrt waren.

Die Schritte der Menschen klangen nur noch leise an sein Ohr. Er musste sich beeilen. Schnell schoss er vorwärts auf die Gargoyles zu. Ihre Augen waren eisüberzogen, es war fast ein wenig unheimlich. Grim achtete darauf, keinen von ihnen zu berühren, und hatte schon zwei passiert, als ein Klirren ihn herumfahren ließ. Er schaute direkt in die Augen des Kahlköpfigen mit den lächerlichen Tätowierungen.

»Gemein«, sagte der mit amüsiertem Tonfall in der Stimme.

Grim zog die Brauen zusammen. Sein Zauber war gebrochen, so schnell, wie war das möglich? Im nächsten Moment fühlte er sich von einem gewaltigen Schlag getroffen. Er flog durch die Luft und landete rücklings in dem widerwärtigen Strom in der Mitte des Tunnels. Er wollte sich aufrappeln, aber schon traf ihn etwas am Kopf. Er fühlte, wie ihm Blut in den Mund schoss, und er hörte ein helles Summen wie von einem Bienenschwarm. Er sah den Kahlkopf über sich und wurde von zwei oder drei Bannzaubern an den Boden gefesselt.

»Deinetwegen sind sie weg«, zischte der Kahlkopf. »Die Kanalisation ist ein beschissenes Labyrinth, und deinetwegen haben wir sie aus den Augen verloren.«

Grim spürte, wie der Kerl ihm in den Magen trat. Keuchend sog er die Luft ein. Er hatte sich überrumpeln lassen, verflucht noch mal, wie hatte ihm das passieren können? Angestrengt versuchte er, die Fesseln um seinen Körper zu sprengen, doch der Kahlkopf ließ nicht von ihm ab. Es war unmöglich, sich zu konzentrieren, wenn einem jemand den Kopf auf den Boden schlug. Schwarze Schleier zogen an Grims Augen vorüber. Er spürte, dass er ohnmächtig wurde, und wehrte sich mit aller Kraft. Er musste sich befreien. Sie würden ihn umbringen.

»Lasst ihn in Ruhe.«

Auf der Stelle ließ der Kahlkopf von ihm ab. Selbst die Fesseln lösten sich. Grim rappelte sich auf, aber er brauchte eine ganze Weile dazu. Schwer atmend stützte er sich an der Tunnelwand ab. Dann durchfuhr ihn ein Schreck. Diese Stimme hatte er schon einmal gehört. Er hob den Blick und sah, dass jemand auf ihn zukam, eine helle, hochgewachsene Gestalt mit weißen Schwingen. Für einen Moment flog ihm ein unsinniger Gedanke durch den Kopf: *ein Engel*. Er konnte das Gesicht der Gestalt nicht sehen, irgendetwas blendete ihn. Grim fuhr sich über die Augen. Das Licht im Tunnel wurde schwächer. Die Gestalt vor ihm tat noch einen Schritt. Eine Kapuze bedeckte halb das Gesicht. Grim zog die Brauen zusammen. *Menschen haben hier nichts verloren, verflucht noch eins, und heute tummeln sie sich hier unten wie die Ratten, was …*

Da zog sein Gegenüber die Kapuze zurück, und Grim sah in das schmale, fast zarte Gesicht eines Hybriden. Er war noch recht jung, kaum älter als Grim selbst. Ein Lächeln spielte um sanft geschwungene Lippen. Schwarze Augen standen in merkwürdigem Kontrast zu seinem langen weißen Haar, und in ihnen lag etwas, das Grim frösteln ließ. Die linke Hälfte seines Gesichts wurde von feinem weißen Stein überzogen. Grim sah sich um. Knisternd zog sich der Stein auch von den Gesichtern der anderen zurück. Hybriden. Er war von Hybriden umgeben! Aber sie sahen nicht so aus, als würden sie zu den Rebellen gehören. Ihre Kleidung war teilweise verschmort, aber aus besten Stoffen, und ihre Gesichter – nein, diese Kälte gab es nicht in den Augen der Hybriden von Ghrogonia. Diese hier erinnerten Grim mehr an Fürsten als an Obdachlose.

Sein Gegenüber intensivierte sein Lächeln. »Mein Name«, sagte er mit dunkler, sanfter Stimme, »ist Seraphin von Athen. Ich bin auf der Suche nach dem Jungen, und ich weiß, dass du mich zu ihm führen kannst. Wo kann ich ihn finden?«

Grim starrte in die dunklen Augen und verbarg jedes Gefühl hinter der steinernen Fassade seines Gesichts. Woher, zur Hölle noch eins, kannte er diesen Kerl? Sie waren sich schon einmal begegnet, das spürte er, doch dieses Gefühl war vage und nebelhaft wie die Erinnerung an einen Traum. Falls Seraphin Ähnliches empfand, ließ er es sich nicht anmerken. Aber er beobachtete ihn, ihm entging nichts, keine noch so kleine Regung, das wusste Grim genau. »Es interessiert mich einen Dreck, wie du heißt«, erwiderte er grollend. »Du kannst suchen, wen oder was du willst. Aber finden musst du es schon allein. Außerdem habe ich keinen von euch in dieser Stadt schon mal gesehen. Woher kommt ihr, und wer seid ihr?«

Seraphin warf einen Blick in die Runde. »Wir kommen aus den Schatten wie du«, sagte er leise. »Und vielleicht sind wir das auch: Schatten.« Das letzte Wort hallte wie ein Fluch durch den Tunnel. Seraphin trat einen Schritt näher. »Wenn ich eines wirklich verabscheue«, sagte er ruhig, »dann ist es Gewalt. Aber wenn du mir nicht freiwillig sagst, wo ich den Jungen finde, werde ich dich zwingen müssen.«

Grim sah, wie Seraphin die Hände ausstreckte, und wich zurück. Umgehend spürte er die Kälte eines Bannzaubers um seine Kehle. *Er will meine Erinnerung lesen*, schoss es ihm durch den Kopf. *Verflucht, er …* Doch schon hatte Seraphin seine Finger an Grims Schläfen gelegt. Sie waren eiskalt. Grim sah, wie Seraphin den Zauber sprach, und fühlte im nächsten Moment den tauben Dämmerzustand, der einen befiel, wenn jemand anderes in die eigenen Gedanken eindrang. Schwer atmend sah er, wie sich nach einem Moment der Konzentration ein Lächeln auf Seraphins Gesicht stahl. *Verschwinde*, dachte Grim und versuchte, sich vor ihm zu verschließen. Aber es gelang ihm nicht. Die Konturen des Tunnels verschwammen vor seinem Blick, und ein Schmerz wie ein Schwerthieb durchzog sein Auge mit der Narbe. Dann wurde es schwarz. Plötzlich steckte er in einem reglosen steinernen Leib, er atmete nicht und konnte nichts sehen als die feinen Maserungen eines Tuches, das direkt vor ihm hing. Hinter dem Tuch, das fühlte er, war Licht. Grim hätte die Luft ausgestoßen, wenn er gekonnt hätte. Er spürte, dass er sich in Trance befand – ein Zustand, der bei Erinnerungslesungen häufiger auftrat, wenn die Geister der Beteiligten für kurze Zeit miteinander verschmolzen.

Da hörte er das Prasseln von Feuer, die Luft erzitterte von mächtiger Magie. Im nächsten Moment erkannte Grim Schatten hinter dem Tuch. Zwei menschliche Gestalten kämpften vor einem gewaltigen Feuer, wie Scherenschnitte rangen sie miteinander. Da schleuderte der eine seinen Gegner durch die Luft, hart schlug er gegen Grims reglosen Körper. Es war tatsächlich ein Mensch. Der andere Kämpfer näherte sich, Grim sah durch das Tuch ein flammendes Schwert in seiner Hand. Kurz bevor er Grim erreicht hatte, blieb er stehen.

»Du«, sagte er, und die Kälte in seiner Stimme ließ Grim frösteln, »hast mich – verraten!«

Das flammende Schwert wirbelte durch die Luft, es raste auf den Menschen zu. Da tauchte ein Schatten in Grims Blickfeld auf, er sprang vor und warf sich vor den Menschen. Zischend sauste das Schwert nieder. Im nächsten Augenblick durchzuckte Grim unbeschreiblicher Schmerz. Das Schwert hatte sein Auge getroffen, durch einen Riss im Tuch sah er in den flammenden Saal, der vor ihm lag. Mit dem Schwert in der Hand stand der Kämpfer vor ihm, das Feuer verwandelte ihn in einen Schatten. Langsam trat er vor. Flammen fielen auf sein Gesicht. Grim wäre zurückgewichen, wenn er gekonnt hätte: Vor ihm stand Seraphin. Im selben Moment sah Grim Blut an seinen Händen, das Blut eines Kindes. Sein Herz zog sich in einem Moment totaler Verzweiflung zusammen. Sie raste durch seinen reglosen Körper, er verstand sie nicht und konnte doch nichts gegen sie ausrichten. Da legte Seraphin den Kopf in den Nacken und schrie. Nie zuvor hatte Grim jemanden auf so unmenschliche Weise schreien hören, da war kein Leben, kein Blut mehr, nur noch Hass in jedem Ton. Er starrte Seraphin in sein blasses, schönes Gesicht, sah die Bestürzung darin und dann die Maske, die sich als Schicht aus Frost über seine Züge legte.

Im nächsten Moment ging ein Riss durch Grims Bewusstsein, er spürte, wie sich der Schraubstock um seine Schläfen löste. Benommen stellte er fest, dass er sich wieder in dem stinkenden dunklen Tunnel befand. Seraphin stand vor ihm, er hatte die Hände sinken lassen und starrte ihn an. Etwas wühlte sich durch seine Augen, Verzweiflung, Ratlosigkeit, Wut – Grim wusste es nicht. Er selbst konnte sich die Bilder, die ihn während der Trance bestürmt hatten, nicht erklären, aber Seraphin schien augenscheinlich mehr zu wissen als er. Gerade öffnete er den Mund, um etwas zu sagen. Doch in diesem Moment hallten Schritte durch den Tunnel.

»Hier spricht die OGP«, drang eine Flüstertütenstimme zu ihnen. Grim zählte die Schritte von zwanzig Schattenflüglern und mindestens fünfzehn Rekruten. Erleichtert stellte er fest, dass die Hybriden sich zurückzogen. Nur Seraphin blieb noch einen Augenblick lang vor ihm stehen.

»Nun«, sagte er leise, »wir haben uns nicht zum letzten Mal gesehen. Da bin ich sicher.« Sein Blick ruhte auf Grim, es lag ein seltsamer Ausdruck darin, den Grim nicht deuten konnte. Dann wandte Seraphin sich um und stürzte den Tunnel hinab, umringt von seinen dunklen Gefährten, wie ein Engel auf dem Weg zur Hölle.

Kapitel 14

Mit hochgezogenen Beinen saß Mia am Küchentisch und sah zu, wie ihre Mutter zwischen Kühlschrank und Spülbecken auf und ab ging. Es war kalt in der Wohnung, denn der Wind pfiff durch die Fenster wie durch Papier. Aber die Kälte war nichts gegen die Unruhe, die in der Luft lag, die Angst und die Anspannung, die jedes Geräusch lauter klingen ließen. Leise Walgesänge drangen aus Tante Josis Zimmer durch die Wohnung.

»Seit fünf Tagen«, sagte ihre Mutter und blieb stehen. Sie war blass und übermüdet, und ihre Augen glänzten, als würde sie jeden Augenblick anfangen zu weinen. Eigentlich hätte sie sich schon längst auf den Weg ins Altenheim machen müssen, wo sie als Pflegerin arbeitete. Stattdessen rannte sie in der Küche auf und ab und sagte immer wieder dasselbe. »Seit fünf Tagen ist Jakob verschwunden, und du sagst mir, ich solle mir keine Sorgen machen.« Sie wandte sich ab und schaute aus dem kleinen Fenster nach draußen. »Wo ist er nur?«

Mia wusste es nicht. Sie hatten ihre Verfolger abgehängt, irgendwie war ihnen das gelungen. Dann hatten sie die Kanalisation Ghrogonias durchquert und schließlich die Katakomben erreicht. Kurz darauf waren sie durch einen Gullydeckel in das

Paris der Oberwelt zurückgekehrt. Aber Jakob war neben der Öffnung stehen geblieben und hatte sie nachdenklich angesehen. »Ich muss untertauchen«, hatte er geflüstert. »Ich muss herausfinden, warum wir verfolgt worden sind, und vor allem, von wem. Es ist zu gefährlich, wenn ich mit dir gehe. Sie wollen mich, verstehst du? Geh nach Hause, bleib zu Hause, geh nicht in meine Wohnung.« Dann hatte er sie umarmt. »Ich melde mich, sobald ich kann.« Hilflos hatte sie zugesehen, wie er zurück in den Kanal geklettert war, und als der Deckel sich über ihm geschlossen hatte, war das Geräusch wie das Poltern eines Sargdeckels gewesen. Und jetzt saß sie hier und musste ihre Mutter beruhigen, obwohl sie selbst fast verrückt wurde. Sie durfte nichts von dem erzählen, was Jakob ihr anvertraut hatte, das hatte sie ihm versprochen. Da kam ihr eine Idee.

»Mensch«, sagte sie und schlug sich gegen die Stirn, als wäre ihr gerade etwas eingefallen. »Die Forschungsreise! Er wollte doch nach Prag, weißt du nicht mehr?« Ihre Mutter sah sie an und verstand natürlich überhaupt nichts. »Er wollte sich diese Handschrift besorgen, keine Ahnung, wie die hieß«, Mia redete schnell, um das Zittern in ihrer Stimme zu übertönen, »von diesem Professor, Jakob braucht sie doch für sein Studium. Ja, und deswegen ist er nicht da, natürlich nicht, er ist ja in Prag, er hat es uns auch gesagt, hat er nicht sogar einen Zettel geschrieben?« Sie sprang auf und ging zum Kühlschrank, an dem ein bunter Flickenteppich von Briefen und Nachrichten klebte. Sie zuckte die Achseln. »Keine Ahnung, wo der hin ist, aber Jakob hat uns Bescheid gesagt. Wir haben es nur vergessen.«

Ihre Mutter sah sie an. »Unsinn«, sagte sie, aber ein Hauch von Unsicherheit lag in ihrer Stimme. In diesem Moment kam Josi aus ihrem Zimmer. Sie war Anfang vierzig, trug ein langes

Batikkleid und roch wie gewöhnlich penetrant nach Räucherstäbchen. Tante Josi war Heilpraktikerin für Tiere, und sie hatte einen Vogel – im wahrsten Sinne des Wortes –, der ihr beinahe ständig auf der Schulter hockte, auch jetzt. Mia vermutete, dass er einmal ein Kanarienvogel hatte werden sollen. Leider war er stattdessen das hässlichste Vieh mit Flügeln, das sie jemals gesehen hatte: halbnackt, denn nur sein Kopf, seine Flügel und sein Bürzel waren mit Federn bedeckt, dürr und glotzäugig. Falifar hieß der Ärmste, und er krähte heiser, als Josi die Küche betrat.

»Was ist denn hier los?«, fragte Josi erstaunt »Trübsal blasen ist schlecht für den Teint, meine Lieben. Ihr solltet …«

Da stieß Mias Mutter die Luft aus. »Jakob ist weg!«, rief sie. »Und ihr tut so, als wäre das ganz normal, und tischt mir irgendwelche Geschichten auf von Studienreisen und …«

Sie verstummte. Mia fuhr sich über die Augen, aber Tante Josi stand seelenruhig da und lächelte. »Ja, nach Prag ist er gefahren, nicht wahr?«, fragte sie so beiläufig, dass Mia der Atem stockte. Josi griff in eine Tasche ihres Kleides und zog einen Zettel heraus. »Hier, er hat es uns doch gesagt. Habe ihn neulich unterm Kühlschrank gefunden, beim Saubermachen. Hab wohl vergessen, ihn zurückzuhängen.« Sie legte ihn auf den Tisch, wie gebannt starrte Mia darauf.

Ihre Mutter nahm ihn in die Hand, ihr Gesicht entspannte sich zusehends. »So was«, murmelte sie leise. »Ich hätte schwören können …«

Josi lachte. »Ja, so ist das mit dem Alter, was?« Sie warf Mia einen Blick zu. »Ich bin gespannt, was er alles zu erzählen hat, wenn er wieder da ist.«

Mia bemühte sich, sich nichts anmerken zu lassen. Aber in ihrem Kopf überschlugen sich die Gedanken. Woher kam dieser ominöse Zettel auf einmal? Jakob hatte ihn nicht geschrieben, so viel stand fest. Es musste Tante Josi gewesen sein, aber warum hätte sie das tun sollen?

Ihre Mutter seufzte leise. Dann strich sie Mia eine Haarsträhne aus dem Gesicht. »Wir sind schon eine seltsame Familie. Eine Tierflüsterin, ein Grufti, ein Verschollener – und eine Alte, deren Socken nie zusammenpassen.« Sie wackelte mit den Zehen in ihren Sandalen und verzog das Gesicht – tatsächlich trug sie eine grüne und eine gelb-rot gestreifte Socke.

Mia zwang ein Lächeln auf ihre Lippen. »Dann haben die alten Leute immerhin ein bisschen Farbe in ihrem Leben.«

In diesem Moment unterbrach sie das schrille Klingeln des Telefons. Mia ging an den Apparat.

»Hallo?«, sagte sie und lauschte.

Sie hörte ein Keuchen und Stimmengewirr, doch niemand sagte etwas.

»Hallo? Wenn das ein perverser Anruf sein soll, ist er ziemlich mies.« Sie wollte auflegen, doch Jakobs Stimme hielt sie davon ab.

»Wer ist da?«, flüsterte er so leise, dass sie ihn kaum verstand. »Sag nicht meinen Namen!«

Mia drehte sich zu Josi und ihrer Mutter um, doch die waren in der Küche beschäftigt. »Ich bin es, Mia«, flüsterte sie zurück. »Wo bist du?«

Wieder hörte sie Stimmen und das Hupen von Autos. Sie presste den Hörer an ihr Ohr.

»Komm zum Gare du Nord«, sagte Jakob gehetzt. »Zur Laterne zwischen dem elften und zwölften Gleis.« Ein Knacken im Hörer, dann war die Leitung tot.

Verwirrt legte Mia auf. Ein Frösteln kroch ihr über den Rücken. Seine Stimme hatte fremd geklungen, fast hätte sie ihn nicht erkannt. Sie zog die Schultern an.

»Ich geh noch mal weg«, rief sie in betont unbekümmertem Ton, schnappte sich ihren Mantel und war aus der Tür. So schnell sie konnte, lief sie die Straße hinab, sprang in die Metro und erreichte nach endlosen Minuten den Gare du Nord. Es war Feierabendzeit, die Pendler drängten sich an ihr vorbei, als sie an der Laterne stehen blieb. Die Gedanken in ihrem Kopf überschlugen sich. Warum wollte Jakob sich gerade hier mit ihr treffen? Er hasste die Menschenmassen ebenso wie sie selbst. Wollte er nicht mit ihr allein sein? Was, wenn er wieder verfolgt worden war? Warum sonst hatte er so gehetzt geklungen, so müde, so fremd?

Unruhig trat sie von einem Bein aufs andere. Menschen liefen an ihr vorbei und standen in langen Schlangen vor den Kiosken. Blechern dröhnte eine Lautsprecheransage durch die Halle. Endlich sah sie Jakob im Gewühl – und erschrak. Sein Haar war strähnig und hing ihm wirr ins Gesicht, seine Augen waren rot gerändert, als hätte er seit Tagen nicht geschlafen, und seine Wangen waren eingefallen und aschfahl. Er sah aus wie ein Toter, als er auf sie zustolperte. Nur sein Lächeln hinderte sie daran, vor ihm zurückzuweichen.

»Mia, Gott sei Dank!«, flüsterte er und zog sie an sich.

Sie spürte, wie die Angst ihr die Kehle zuschnürte. »Jakob, was ist passiert?«

»Hör mir zu«, hörte sie seine Stimme an ihrem Ohr. Seine Lippen waren kalt, sie fühlte, dass er zitterte. »Ich werde verfolgt, daher kann ich nicht lange bleiben. Ich habe versucht, sie abzuhängen, aber … ich weiß nicht, was sie sind, aber sie sind stark. Verflucht stark sogar. Erinnerst du dich an das Paket? Das, was ich dir im Atelier gezeigt habe?«

Sie nickte.

»Es darf niemals in falsche Hände geraten, hörst du, niemals. Die, die hinter mir her sind, wollen es haben, sie jagen mich schon seit Tagen, aber sie werden mich nicht bekommen. Niemals. Nimm es«, Mia spürte, wie er ihr etwas in die Manteltasche schob. »Gib gut darauf acht, Mia, erzähle niemandem davon! Sie dürfen nie von dir erfahren. Wenn sie wissen, dass du es hast, bist du verloren, genauso wie ich, verstehst du?«

Mia nickte wieder, obwohl sie gar nichts verstand.

»Ich werde versuchen, sie abzuschütteln«, fuhr er fort. »Triff mich in drei Tagen zur gleichen Zeit am Eiffelturm. Ich hoffe, dass ich kommen kann. Dann werde ich dir alles erklären.«

Sie holte tief Atem. Sie hatte so viele Fragen, aber sie konnte kein Wort über die Lippen bringen. Sie fühlte seine Hand an ihrem Kopf, kaum merklich strich er ihr übers Haar. »Ich habe nicht gewusst, dass es so kommen würde. Ich weiß selbst nicht, was hier vorgeht. Es tut mir leid, dass ich dich da mit reinziehe, es tut mir so leid, aber … Du bist die Einzige, der ich vertraue, Mia. Der einzige Mensch auf der Welt.«

Er sah sie an. Auf einmal war sein Gesicht ganz anders, irgendwie weicher. Doch sein Blick machte ihr Angst, Schatten lagen darin und ein fiebriger Ausdruck, den sie noch nie zuvor bei ihm gesehen hatte.

»Versprich mir, dass du auf dich aufpasst«, sagte sie leise.

Er lächelte. In einer winzigen Bewegung beugte er sich vor und küsste sie auf die Stirn. Ein Gefühl strich über ihre Haut, als hätte sie eisiger Atem gestreift. Dann löste er sich von ihr. Noch einmal sah er sie an, ehe er sich umwandte und in der Menge verschwand.

Mia blieb stehen und starrte auf die bunten Jacken, zwischen denen Jakob untergetaucht war. Irgendwo fuhren Züge ab. Ein Windhauch blies ihr ins Gesicht. Plötzlich war ihr eiskalt. Sie zog die Arme um den Körper und setzte sich in Bewegung. In ihrer Tasche spürte sie das Paket, es schlug im Laufen gegen ihr Bein, aber sie griff nicht danach. Überall vermutete sie Augen, fühlte sich gehetzt und verfolgt. Sie nahm die falsche Metro, stieg dreimal um, ging einen anderen Weg zurück zur Wohnung, stahl sich an Josi vorbei in ihr Zimmer, schloss die Tür hinter sich ab und riss die Vorhänge vor die Fenster. Einen Augenblick blieb sie regungslos stehen. Dann griff sie in ihre Tasche.

Ihre Finger berührten das Bündel aus Leder. Vorsichtig zog sie es heraus und legte es vor sich aufs Bett. Gerade noch, so schien es ihr, hatte sie mit Jakob an dem staubigen Ateliertisch ihres Vaters gesessen, und jetzt … Langsam löste sie die Knoten und schlug das Leder zurück. Vor ihr lag ein zusammengefaltetes Pergament, gelb und eingerissen. Ein glühend rotes Siegel mit dem Zeichen eines aufgehenden Mondes vereinte feine Ketten in sich, die das Pergament fest umschlossen. Mia streckte die Hand aus. Sie zögerte einen Moment. Dann legte sie den Finger auf das Siegel.

Mit leisem Klicken zogen sich die Ketten in das glühende Rot zurück und gaben das Pergament frei. Mia spürte ihren Herzschlag. Vorsichtig faltete sie es auseinander – und zog die Brauen zusammen. Es war leer. Verwundert drehte sie es um sich selbst, hielt es gegen das Licht, legte es wieder weg. Nichts. Was hatte das zu bedeuten? Sie strich mit den Fingern darüber. Es war alt, so viel konnte sie sehen, und ausgeblichen, fast wie eine Schatzkarte. Kaum hatte sie das gedacht, ging ein Schimmer darüber hin, fast unmerklich zuerst, aber deutlich genug, um sie sich vorbeugen zu lassen. Sie traute ihren Augen nicht, als sie sah, wie goldene Zeichen aus dem Inneren des Pergaments auftauchten, verschlungene Linien und Buchstaben in einer fremden Sprache. Mia streckte die Hand danach aus, doch kaum hatte sie die Zeichen berührt, verwischte ihr Bild, fast so, als hätte sie eine Wasseroberfläche aufgewühlt. Schnell zog sie die Hand zurück, doch die Zeichen wurden blasser und sanken zurück ins Pergament, wie Steine, die man ins Meer wirft.

Josi ließ in der Küche etwas fallen, sofort zuckte Mia zusammen. Sie spürte, wie ihr die Hitze in den Kopf stieg. Schnell faltete sie das Pergament zusammen und sah staunend zu, wie sich das Siegel wieder schloss. Vorsichtig verstaute sie es in seinem Lederschutz und schob es unter ihre Matratze. Aufgewühlt ließ sie sich in die Kissen sinken und starrte an die Decke. Jakobs Worte gingen ihr nicht aus dem Sinn. *Ich werde verfolgt … Sie jagen mich schon seit Tagen … Wenn sie wissen, dass du es hast, bist du verloren, genauso wie ich.* Die Gesichter der unheimlichen Verfolger gingen ihr durch den Kopf. Sie spürte Jakobs Hand an ihrem Haar, seine Lippen auf ihrer Stirn, hörte sein Herz schlagen durch die dünne Jacke, die er am Leib getragen hatte. Er hatte gezittert vor Kälte. *Du bist die Einzige, der ich vertraue, Mia. Der einzige Mensch auf der Welt.*

Kapitel 15

Grim hockte im Schatten der Schornsteine und beobachtete mit düsterer Miene die beiden Gestalten auf dem gegenüberliegenden Dach. Ihre Kutten flatterten im Wind, und ihr Lachen klang heiser zu ihm herüber. Noch immer hatte er keine Ahnung, wer sie waren. Zu den Rebellen gehörten sie jedenfalls nicht. Den Berichten zufolge waren sie einfach in die Sammelstation spaziert, hatten mal eben einem Gargoyle den Kopf weggepustet und nebenbei die gesamte Station in die Luft gesprengt. Diese Hybriden interessierten sich überhaupt nicht dafür, ob sie gesehen wurden oder nicht. Andererseits waren sie vor den Truppen der OGP geflüchtet. Und die klare Hierarchie, der sie offensichtlich unterstanden, war zusätzlich außergewöhnlich. Grim zog die Brauen zusammen, als er an Seraphin dachte. Es war nicht unüblich, dass man bei einer Erinnerungslesung in Trance verfiel, aber diese Vision, die er erlebt hatte, war so echt gewesen … Und seine Narbe … Er hatte nie erfahren, wer sie ihm zugefügt hatte. War es wirklich Seraphin gewesen? Aber warum konnte er sich nicht an ihn erinnern? Grim stieß die Luft aus. Er musste sich zusammenreißen. Hier ging es nicht um ihn.

Denn eines wusste er genau: Diese Kerle wollten den Jungen.

Unablässig und starr wie eine Klaue aus Eisen hatten sie sich um sein Leben geschlungen und warteten auf den Moment, in dem sie zudrücken würden. Sie wollten das Pergament mit dem Siegel des Feuers, da ging Grim jede Wette ein. Doch der Junge machte es ihnen nicht leicht. Zwei Tage nach der kleinen Sprengaktion in der Sammelstation war er von ihnen entdeckt worden, sie hatten ihn verfolgt, aber irgendwie war er immer wieder entkommen, hatte seinen Kopf aus der Schlinge gezogen und war nun seit einigen Tagen verschwunden. Am Ende war er nachlässig geworden, fahriger, er schien erschöpft zu sein, ausgezehrt wie ein verwundetes Reh, das von Wölfen gehetzt wurde.

Grim stieß die Luft aus. Aber er war nicht allein. Er hatte ja seinen großen, unbekannten, steinernen Beschützer, der nichts lieber tat, als in der Kälte zu hocken und seine potenziellen Mörder zu beobachten. *Gib auf ihn acht,* hatte Moira gesagt.

Mit düsterer Miene schaute Grim zu den beiden Gestalten hinüber. Ein merkwürdiges Gefühl glomm in seiner Brust, seit er sie zum ersten Mal gesehen hatte, ein Gefühl wie – er zögerte, als sich das Wort in seinen Gedanken formte. Ein Gefühl wie Angst.

Das Zischen steinerner Schwingen zerriss die Luft. Schnell duckte Grim sich tiefer in die Schatten und beobachtete, wie drei Hybriden auf dem gegenüberliegenden Dach landeten. Sie redeten schnell und aufgeregt und erhoben sich umgehend wieder in die Luft.

Grim zögerte nicht. Eilig flog er ihnen nach, lautlos und unbemerkt. Sie hatten erst wenige Straßenzüge hinter sich gelassen, als er acht Hybriden vor sich ausmachte. Sie sammelten sich auf einem Häuserdach und wandten ihre Blicke hinab zur Straße.

Grim atmete ein. Dort stand eine menschliche Gestalt, sie trug halb zerrissene Kleidung und stützte sich schwer atmend an der Häuserwand ab. Es war der Junge. Sie hatten ihn gefunden. Aber war das wirklich noch derselbe Junge, den Grim vor wenigen Tagen in Ghrogonia in Verkleidung gesehen hatte? Jede Farbe war aus seinem Gesicht gewichen, seine Haut spannte sich wachsbleich über seinen Wangenknochen, seine Lippen waren aufgesprungen und bluteten, und seine Augen waren nur noch zwei dunkle schwarze Seen voller Müdigkeit und Verzweiflung.

Kaum hatte Grim ihn erkannt, stießen sich die ersten Hybriden vom Dach ab und schossen auf ihn nieder. Panisch fuhr der Junge herum, zog mit bebenden Lippen die rechte Hand durch die Luft und wurde im nächsten Moment in eine stinkende Schwefelwolke gehüllt. Ein Hybrid stürzte sich in den Nebel, aber der Junge war verschwunden. Da hörte Grim seine Schritte, am Ende der Straße bog er um eine Ecke. Sein Atem ging stoßweise, Grim hörte es deutlich. Der Junge war am Ende.

Doch er rannte, so schnell er konnte, und als die Hybriden und Grim die Rue Beautreillis erreichten, in die er eingebogen war, sahen sie ihn vor einem uralten Tor stehen bleiben. Es erhob sich halb zerfallen vor einem Klotz mit Neubauwohnungen. Das Holz des Tores war mit Graffiti übersät, und darüber stand in verwaschenen Lettern: Hôtel Raoul. Das Haus, das einmal dahintergestanden hatte, war schon vor langer Zeit abgerissen worden, nur das Tor war geblieben – wie ein Weg in eine andere Welt stand es vor den Neubauten. Grim kannte dieses Portal, denn nichts anderes war es. Es führte in einen Raum zwischen der Zeit, in eine Nische voller Zwielicht – in eine Zwischenwelt.

Grim raste hinter den Hybriden die Straße hinab und sah gerade noch, wie der Junge die Hand auf den Türklopfer legte.

Blaue Funken lösten das eingerostete Scharnier, der Junge klopfte dreimal gegen das Holz. Dumpf hallte das Echo wider – als gäbe es ein Gewölbe dahinter, ein gewaltiges Gebäude, und nicht nur – nichts. Dann öffnete sich das Tor einen Spaltbreit. Nebel waberte auf die Straße. Ohne zu zögern, schlüpfte der Junge ins Innere. In diesem Augenblick landeten die Hybriden vor der Tür, stießen sie weiter auf und folgten ihm. Grim wartete einen Moment. Dann ging er ihnen nach.

Der Nebel legte sich wie Watte auf sein Gesicht und verflüchtigte sich, als er über den dunklen, verlassenen Innenhof schritt, der plötzlich auf der anderen Seite des Tores lag. Grim meinte, das Wiehern von Pferden in den halb verfallenen Ställen rechts von ihm zu hören, aber er achtete nicht darauf. Gerade betrat der letzte Hybrid das herrschaftliche Haus, das vor ihm lag. Lautlos ging Grim ihm nach und gelangte in eine Eingangshalle, in der sich eine stolze, wohl einstmals prächtige Treppe in obere Stockwerke wand. Spinnweben bewegten sich im eisigen Wind, und überall lag fingerdick der Staub. Grim sah die Fußspuren des Jungen, sie führten die Treppe hinauf – und die Hybriden waren ihnen gefolgt. Grim hörte das Ächzen der Dielen über seinem Kopf. Er musste sich beeilen.

Schnell lief er die Treppe hinauf und folgte den Spuren der anderen über einen langen, düsteren Gang mit unzähligen Türen. Marmorne Büsten standen auf vergoldeten Sockeln, und vereinzelt wehten welke Blätter über den zerschlissenen Teppich. Grim ging langsam, um keinen unnötigen Lärm zu machen. Für einen Moment meinte er, eine der Büsten hätte ihn angesehen. Aber sie waren aus Stein – und nur aus Stein. Aus irgendeinem Grund beschlich Grim trotzdem ein ungutes Gefühl, und er musste an die Nächte denken, in denen er heimlich mit Remis vor den

Fenstern der Menschen gehockt und deren Horrorfilmchen mitangesehen hatte. Wie war das in diesen Filmen gewesen? Hatte es nicht immer den getroffen, der ganz hinten gegangen war?

Er straffte die Schultern und konzentrierte sich. Deutlich spürte er, dass dieses Haus atmete, er hörte den dumpfen Herzschlag, der die Wände zum Beben brachte, und fühlte den kühlen Atem des Windes in seinem Nacken. Ja, dieser Ort war verflucht, wie alle Orte der Zwischenwelt. Aber das Böse schlief in den Mauern. Es würde noch lange Zeit schlafen müssen, um erwachen zu können.

Ein wenig ruhiger erreichte Grim das Ende des Ganges und gelangte in ein Zimmer, in dem alle Möbel mit weißen Laken bedeckt waren. Er ging zielstrebig auf die Tür zu, durch die der Junge und die Hybriden verschwunden sein mussten. Lautlos trat er näher und spähte in einen riesigen Saal. Goldumrandete Spiegel bedeckten die Wände, und staubiger Parkettboden erstreckte sich bis zu den hohen, mit samtenen Vorhängen versehenen Fenstern. Ein Kamin prangte am Kopf des Saales und davor lag, winzig und verletzlich, der Junge auf den Knien. Er hatte den Kopf geneigt, sein helles Haar war ihm ins Gesicht gefallen, und seine Hände zitterten.

Die Hybriden standen mitten im Raum und starrten zu ihm hinüber, gierig wie Tiger, die kurz davorstanden, ihrem Opfer die Zähne ins Genick zu schlagen. Grim sah den Hybriden mit den Tätowierungen, der schmierig lächelte und auf den Jungen zutrat. Seine Schritte hallten wie Pistolenschüsse von den Spiegeln wider. Grim ballte die Klauen und murmelte einen Zauber, um den Hybriden aufzuhalten. Da fiel sein Blick auf den Jungen, und er hielt inne. Was, zum Teufel, ging hier vor?

Der Junge atmete nicht.

Da stieß der Kahlkopf einen Schrei aus. Sein Körper wurde für einen Moment von gleißendem Licht durchflutet. Dann verwandelten sich seine Beine in Vogelkrallen, und er stürzte senkrecht auf den Jungen hinab. Unbarmherzig schlugen seine Klauen sich in dessen Rücken – und zerrissen nichts als glitzernden Staub.

Grim konnte nur mit Mühe ein Lachen unterdrücken. Er war also nicht der Einzige, der auf die Zaubertricks des Jungen hereinfiel. Eine Illusion, ha, ihr Armleuchter, habt ihr das etwa nicht gewusst? Eine Illusion erkennt doch ein Blinder mit Krückstock, was seid ihr … Er unterbrach sich, denn er bemerkte, dass er schon wieder eine menschliche Redewendung gebraucht hatte. Verdammt.

Ein Lachen drang durch den Raum, hell und klar wie ein Frühlingswind. Grim und die Hybriden wandten die Köpfe – und da war der Junge. Er stand vor den Spiegeln, und auf seinem blassen, ausgezehrten Gesicht blühte ein Lächeln.

»Du willst uns also zum Narren halten«, zischte der Kahlkopf, während er seine ursprüngliche Gestalt wieder annahm. Grim zog die Schultern an bei dieser Stimme. Sie klang wie schmorendes Fett. Der Hybrid machte einen Schritt auf den Jungen zu. »Gib uns das Pergament!« Seine Stimme brach sich an den Spiegeln und wurde zu einem schrillen Kreischen verzerrt.

Da wurde das Lächeln auf dem Gesicht des Jungen kalt. Er neigte den Kopf, trat seinerseits einen Schritt auf den Hybriden zu und breitete beide Arme vom Körper aus, als wollte er zeigen, dass er keine Waffen trug. »Komm«, flüsterte er, und der Ton ging wie ein Schwerthieb durch die Stille. »Komm und hol es dir!«

Der Hybrid ließ die Knöchel seiner Finger knacken, grüne Funken sprühten über seine Hand. Er würde den Jungen zerschmettern! Grim hielt den Atem an. Schon hatte er die Faust ausgestreckt, um den Hybriden von den Füßen zu reißen, aber wieder hielt er inne, als er dem Jungen ins Gesicht sah. Dieses Flackern in den Augen, dieses düstere, beinahe grausame Licht … Grim ließ die Faust sinken. Im selben Moment roch er es. Dieser Duft. Er sog die Luft ein, und die Erkenntnis flutete ihn wie Eiswasser. Petroleum. Schwarzes Petroleum. Schon sah er, wie das Parkett dort, wo die Hybriden standen, von schwarzer Flüssigkeit getränkt wurde. Zäh drang sie aus dem Boden und hatte in rasender Geschwindigkeit ein Pentagramm gebildet, das die Hybriden in seiner Mitte einschloss. Der Kahlkopf sah als einer der Ersten auf seine Füße, zäh blieb die Flüssigkeit an seinen Sohlen haften, doch er kümmerte sich nicht darum.

»Du …«, brüllte er und riss die Faust in die Luft.

Da hob der Junge die Hand. Ein Zucken ging durch seinen Blick, dann schnippte er mit den Fingern. Ein schwarzer Funke sprang dem Kahlkopf vor die Füße – und steckte ihn umgehend in Brand.

Grim umfasste die Tür mit beiden Klauen. Das Pentagramm stand in Flammen, die Hybriden starrten ungläubig auf das Feuer, das sich gierig auf ihre Körper warf.

»Schwarzes Petroleum«, murmelte Grim. Wenn es etwas gab, das jedes lebendige Wesen fürchten musste, ganz gleich, ob es aus Stein und Gedanken bestand, aus Fleisch und Blut oder aus Nebel und Rauch, dann war es dieses schwarze Gift. Es verbrannte jeden Körper, es kroch in jeden Geist, und es zerfraß alles, was es finden konnte. Es war nicht einfach, dieses Feuer zu kontrollieren, offensichtlich hatte der Junge sich vorbereitet. Und er hatte sein Ziel fast erreicht.

Die Flammen wurden zu wunderschönen Frauen, sie traten

auf ihre Opfer zu, die hustend den Rauch einatmeten, der sie umgab, sie winkten den Hybriden, und bald warf sich der erste in ihre Arme. Grim sah, wie sie ihm über die Haut strichen, wie sie ihm das Fleisch von den Knochen schälten, ohne dass er es bemerkt hätte. Dann stießen sie ihn von sich, zurück ins Bewusstsein, er starrte auf seinen zerfressenen Arm und hielt sich die Gedärme, die ihm aus dem Leib quollen. Er schrie wie wahnsinnig, aber im gleichen Moment schlugen die Flammen über ihm zusammen und verbargen die Hybriden vor Grims Blick. Der Boden knackte, wo das Feuer loderte und fraß. Tosend brach er ein, und die Hybriden stürzten in die Tiefe.

Grim atmete schwer. Der Gestank des magischen Feuers war ekelerregend. Er starrte auf das riesige Loch im Boden. Dann wandte er sich dem Jungen zu.

Dieser Zauber hatte ihn fast seine letzte Kraft gekostet, das konnte Grim sehen. Er hielt sich an der Wand fest, seine Finger hinterließen feuchte Abdrücke an den Spiegeln. Entschlossen trat er in den Raum. Der Junge fuhr so heftig zusammen, dass Grim stehen blieb, und bewegte sich unerwartet schnell von ihm weg. Die linke Hand hatte er wie zum Fluch erhoben, als er vor dem Kamin Aufstellung nahm. Grim stieß die Luft aus. Der Kleine wollte tatsächlich gegen ihn antreten! Aber da war noch etwas in seinem Blick, ein Suchen und Zögern. Langsam trat Grim näher, bis er zwischen dem Krater im Boden und dem Jungen zum Stehen kam.

»Mein Name ist Grim«, sagte er so sanft wie möglich. »Wie heißt du?«

Der Junge starrte ihn aus großen schwarzen Augen an. »Jakob«, sagte er leise.

Grim hatte selten eine solche Erleichterung gefühlt wie in

dem Moment, da der Junge zu ihm sprach. Er wusste selbst nicht, warum. »In Ordnung«, fuhr er fort. »Ich will dir nichts Böses, Jakob. Ich bin ein Freund von Moira.« Noch immer deutete der Junge mit der Hand auf ihn. Grim sah den Zauber, der in seinem Handgelenk darauf wartete, entlassen zu werden. Es war ein Feuerzauber, und er war stark genug, um Grim trotz Schutz das Gesicht zu verbrennen. Jakobs Brust hob und senkte sich, und Grim konnte sein Herz hören wie bei einem sehr kleinen Tier. »Bitte«, sagte er leise. »Vertrau mir.«

Ein ungläubiges Lächeln trat auf Jakobs Lippen. Einen Moment lang sah er Grim auf so intensive Weise an, dass dieser sich beinahe abgewandt hätte. Dann ließ der Junge die Hand sinken, sein Gesicht war jetzt weich und verwundbar.

Erleichtert atmete Grim aus. Er wollte gerade auf Jakob zugehen, als dieser an ihm vorbeisah. Seine Augen verengten sich, seine Lippen begannen zu zittern. Auf einmal war die Kälte in seinen Augen zurück. Er riss die Hand hoch und schleuderte einen Feuerball dicht an Grims Kopf vorbei.

»Verflucht, was ...«, grollte Grim, doch im nächsten Moment fühlte er sich von einem gewaltigen Stoß in den Rücken zu Boden geworfen.

»Wen haben wir denn da?«

Grim schauderte, als er diese Stimme hörte. Fassungslos fuhr er herum und starrte in die glühenden Augen des Kahlköpfigen. Da schwebte er über dem Abgrund, umringt von seinen Hybriden. Seine Kleider waren leicht verkohlt – ansonsten hatte er nicht einmal eine Brandblase.

Grim schüttelte den Kopf. »Wie ist das möglich?«

Der Kahlkopf lachte laut und hohl. Er hielt etwas in seiner Hand. Erst auf den zweiten Blick erkannte Grim, dass es der flammende Kopf einer der Feuerfrauen war. »In der Tat, wie ist das möglich?«, rief der Hybrid und trat auf das Parkett. »Wie ist es möglich, dass dieser Mensch uns eine so hinterhältige Falle stellt? Und wie ist es möglich, dass wir dich wiedersehen, der uns schon einmal das Spiel verdorben hat?« Er sah Grim mit kalter Boshaftigkeit an. »Leider habt ihr uns unterschätzt. Jetzt nehmen wir uns, wonach wir eben noch höflich gefragt haben. Ihr habt es nicht anders gewollt!«

Mit einem Schrei breitete er die Arme aus, und Grim sah mit offenem Mund zu, wie er sich in einen Teufel aus Blut verwandelte. Die Luft um ihn herum flirrte in tausend Farben. Mit einer schnellen Bewegung schleuderte er den Frauenkopf gegen die Fensterfront. Auf der Stelle gingen die Vorhänge in Flammen auf. Dann erhob er sich auf gewaltigen Schwingen in die Luft.

Grim sprang auf die Füße und fühlte sich im nächsten Moment von drei Hybriden bedrängt. Ein merkwürdiges Funkeln war in ihre Augen getreten. Fast beiläufig traten sie zwischen ihn und Jakob, wirkten mächtige Zauber, als wäre es eine Kleinigkeit, und trieben ihn immer weiter hinab in den Saal. Nur mit Mühe gelang es Grim, seinen Schutzzauber aufrechtzuerhalten. Verflucht, woher hatten die Kerle solche Kräfte? Sie schienen sich in keinster Weise zu erschöpfen. Jakob erging es nicht besser. Er zitterte unter seinem Schild, während der blutige Teufel mit einer gewaltigen Axt auf ihn einschlug.

Gib auf ihn acht.

Grim stürzte sich auf den Hybriden, der ihm am nächsten stand, und drehte ihm mit schneller Bewegung den Kopf in den Nacken. Lautlos fiel er in sich zusammen und blieb liegen. *Sterben können sie also*, schoss es Grim durch den Kopf, doch im nächsten Moment sprang ihm ein Hybrid gegen den Rücken.

Keuchend ging Grim zu Boden, drehte sich weg und erwischte den Hybriden am Bein. Krachend landete der auf dem Rücken und schrie auf, als Grim ihm seine glühenden Finger aufs Gesicht drückte.

»So ein Brandzeichen hat nicht jeder«, schnaufte Grim, ohne von ihm abzulassen. Da sah er, wie Jakobs Schild sich für einen Moment auflöste. Der Junge hatte keine Kraft mehr. Dunkel zischte die Axt des Teufels vor ihm durch die Luft.

Grim ballte die Klauen. Brüllend preschte er vor, stieß zwei Hybriden die Faust in den Magen und hatte den Teufel fast erreicht, als sich zwei andere auf ihn warfen. Sie packten ihn an den Armen und schickten Stromstöße durch seinen Körper, dass er meinte, er verlöre den Verstand. Es war, als würde heißes Metall durch seine Adern schießen. Der Saal flackerte vor seinem Blick, er fühlte, dass er das Bewusstsein verlor. Verzweifelt hob er den Kopf und sah, wie Jakobs Schild zusammenbrach. Riesengroß stand der Blutteufel vor ihm. Jetzt machte er einen Schritt auf ihn zu.

Für einen Augenblick schien die Zeit stillzustehen. Grim fühlte die Schmerzen nicht mehr, auch die Fratzen der Hybriden verschwammen vor seinem Blick. Er sah nur Jakob. Und der Junge schaute ihn an. Wie ein Blitz schoss der Ausdruck in seinen Augen in Grim hinein, er traf ihn mit einer Wucht, die ihm den Atem raubte. Trauer lag darin und Furcht und eine unnennbare Sehnsucht nach etwas, für das es keine Worte gab, und dann noch etwas, das Grim erst erkannte, als es zu spät war. Denn noch ehe auch nur ein Wort aus seiner Kehle gedrungen war, hatte Jakob eine Waffe gezogen und hielt sie sich an die Schläfe. Pfeilschnell schoss die Erkenntnis durch Grims Geist. Abschied war es. Abschied lag in Jakobs Blick. Grim brüllte, aber er hörte es nicht. Im nächsten Moment zerfetzte ein Schuss die Luft. Ein Riss ging durch Jakobs Augen, Grim konnte ihn hören wie berstenden Kristall. Gelähmt sah er, wie die Waffe aus Jakobs Fingern glitt und er nach vorn fiel.

Lautlos wie ein fallendes Blatt sank er in den Staub.

Kapitel 16

Lange Schlangen hatten sich vor den Stahlbeinen des Eiffelturms gebildet. Unruhig stellte Mia sich auf die Zehenspitzen und schaute über die Köpfe der Wartenden hinweg. Sie war zu früh gekommen, fast eine Stunde, doch jetzt war es weit nach der Zeit, und Jakob war immer noch nicht da. *Ich hoffe, dass ich kommen kann.* Seine Worte hallten in ihr wider wie der Glockenschlag eines fernen Kirchturms. Immer wieder hatte sie in den vergangenen Tagen das Pergament hervorgeholt, aber die seltsamen Zeichen waren nur für kurze Augenblicke aufgetaucht. Schwer zog das lederne Bündel ihre Manteltasche nach unten, und es kostete sie ihre gesamte Kraft, nicht dennoch ständig nachzufühlen, ob es noch da war. Sie zog die Arme um den Leib. *Ich werde verfolgt. Ich werde versuchen, sie abzuschütteln.* Die Bedeutung dieser Sätze wurde ihr mit jedem Moment, den sie auf Jakob wartete, stärker bewusst.

Sie sah die Fratzen der Hybriden vor sich, die Kälte in ihren Augen. Sie hatten sie bis in ihre Träume verfolgt. Vergangene Nacht war sie plötzlich aufgewacht, als hätte sie jemand an der Stirn berührt. Für einen Moment hatte sie geglaubt, Jakob zu sehen – aber das Zimmer war leer gewesen. Das Päckchen pochte wie ein schlagendes Herz in ihrer Tasche.

Langsam wurde es dunkel, nebelhaft kroch die Dämmerung über das Marsfeld und brachte die Nacht mit sich. Der Platz unter dem Eiffelturm leerte sich. Menschen liefen an Mia vorbei, grau und gesichtslos. Sie selbst stand regungslos. Sie hatte einen Punkt am Horizont fixiert, einen hellen Fleck inmitten der aufkommenden Dunkelheit, und die Hände zu Fäusten geballt. Längst hatte die Angst sie wie eine steinerne Kruste überzogen. Sie konnte sich nicht bewegen, nicht einmal zittern konnte sie, obwohl ihr so kalt war wie noch nie zuvor in ihrem Leben. Sie stand einfach da und stellte sich vor, Jakobs Schritte hinter sich zu hören.

Doch Jakob kam nicht.

Erst als es vollkommen dunkel war, setzte Mia sich in Bewegung. Vielleicht, so dachte sie, war Jakob bei ihr zu Hause und wartete dort auf sie. Vielleicht hatte er seine Verfolger loswerden können und traute sich nicht mehr vor die Tür. Vielleicht …

Der Rückweg erschien ihr endlos. Atemlos rannte sie die Treppe zur Wohnung ihrer Mutter nach oben und stellte sich vor, er würde öffnen, schon bevor sie klopfte, so wie früher, als er noch zu Hause gewohnt, ihre Schritte erkannt und sie hereingelassen hatte. Für einen winzigen Moment durchströmte sie Wärme. Dann stand sie vor der Tür, und noch ehe sie sie öffnen konnte, hörte sie ein Poltern im Inneren der Wohnung. Ihre Mutter war um diese Zeit bei der Arbeit und Josi in ihrem Esoterik-Kreis. Ihr Herz machte einen Sprung.

Umso erschrockener war sie, als Josi ihr die Tür öffnete. Sie hatte rotgeweinte Augen und schniefte ununterbrochen. Und gleichzeitig war etwas anderes in ihrem Blick, etwas, das Mia das Blut aus dem Kopf zog. Sie wollte sich umdrehen und die Treppe hinablaufen, doch Josi fiel ihr in die Arme und zog sie in die Wohnung. Ihre Mutter lag auf dem Sofa im Wohnzimmer. Regungslos starrte sie an die Decke, die Augen aufgerissen wie bei einer Toten. Mia stand da wie erstarrt, hörte die Worte, die Josi ihr sagte, und spürte deren Hand auf der Schulter. Dann war es plötzlich still.

»Tot?«, fragte sie mitten hinein in das Nichts, das sie auf einmal umgab, das sie einschloss in einem Kokon aus Verzweiflung. Sie riss sich von Josi los, die hilflos die Hand nach ihr ausstreckte, wich zurück, taumelte aus der Wohnung und die Treppe hinab. Sie blieb stehen, unfähig, sich zu rühren. *Er ist tot*, hallte es in ihrem Kopf wider, geschrien von unzähligen Stimmen. Sie starrte ins Nichts und spürte, wie ihr Tränen in die Augen schossen, aber sie konnte nicht weinen. Sie sah sich von außen wie eine Puppe, gelähmt und starr. Das Licht im Treppenhaus erlosch, sie stand im Dunkeln und merkte es nicht, sie spürte gar nichts mehr, außer dem Abgrund in ihrem Inneren, das Schwert, das plötzlich durch ihre Brust glitt und alles in ihr zerriss, mit einem einzigen Schlag.

Kapitel 17

Es war Nacht, doch Paris schlief nicht. Das Leben pulsierte in jeder Straße, in jedem erleuchteten Fenster, in jeder überfüllten Kneipe. Es rauschte Grim in den Ohren, so laut war es, selbst hier unten in den Gewölben des *Zwielichts*. Graue Gestalten schoben sich an seinem Platz in der Ecke vorbei, ohne dass er sie bemerkte. Das Leben brandete als reißender Strom an ihm vorüber, und er stand am Ufer und starrte in die Fluten. Aber er sah nichts. Von Zeit zu Zeit zuckte er zusammen, als hätte ihn etwas erschreckt, er blinzelte, als würde er genauer hinsehen wollen, aber das, was er erblickte, waren nicht die rauchgefüllten Gewölbe des *Zwielichts*. Er sah ein Gesicht, ein blasses Gesicht mit verzweifelten Augen, sah blondes Haar, das sich im Wind bewegte, sah Staub, der an einer zarten weißen Hand klebte, und das Lächeln eines Toten. Er hörte den letzten Atemzug, roch den metallischen Duft von menschlichem Blut, sah das aschfahle Grau, das über den eben noch lebendigen Körper kroch wie ein Nebel aus Gift.

Und dann, immer wieder, der Schuss. Kreischend hatte er das Leben des Jungen zerfetzt und Grim in seinen Grundfesten erschüttert, so sehr, dass er nicht stehen konnte, ohne zu schwanken. Wieder stand er im Dämmerlicht des Spiegelsaals, wieder stürzte er sich durch die Starre, die nach dem Schuss über den Hybriden gelegen hatte, vor zu dem Jungen. Wieder hob er ihn hoch, floh mit ihm durch die Fenster, trug ihn auf seinen Armen durch die Nacht. Wieder spürte er den schwachen, blutenden Körper, der kein Leben mehr in sich trug, und fühlte das weiche Haar an seiner Wange. Wieder zog er vor dem Neonlicht der Notaufnahme seinen Mantel aus und bettete den Jungen darauf. Und wieder raste er durch die Nacht, den Regen wie brennende Funken auf seiner nackten Haut, und fühlte nichts mehr.

Schwerfällig fuhr er sich über die Augen. Das Wirrwarr seiner Gedanken war einer beklemmenden Leere gewichen, einem Nichts, in dem tonlos und unveränderlich eine Folge von Wörtern widerhallte: Warum hatte Jakob das getan? Warum?

Da hörte Grim ein Lachen, es durchzog die Stille in ihm wie das Geräusch von schmorendem Fett. Auf der Stelle erwachte er aus seiner Lethargie. Sein Blick glitt suchend durch den Raum, und dann sah er ihn: Nicht weit von ihm entfernt, lässig an einer Säule lehnend, stand der kahlköpfige Hybrid. Sein Umhang war von einer dunklen Flüssigkeit besudelt. Erst auf den zweiten Blick stellte Grim fest, dass es Blut war. Der Hybrid unterhielt sich gerade mit einer Dryade und schien ihn nicht bemerkt zu haben. Grim zog sich in den Rauch der Wasserpfeifen zurück, ohne den Kahlkopf aus den Augen zu lassen. Er hatte den Jungen gehetzt, vielleicht hätte er ihn getötet, wenn Jakob ihm nicht zuvorgekommen wäre. Aber vorher ... Ja, vorher hätte der Kerl herausgefunden, wo sich das Paket befand, das der Junge offensichtlich nicht bei sich gehabt hatte. Hatte Jakob sich deswegen das Leben genommen? Um den Hybriden daran zu hindern, seine Erinnerung zu lesen und damit dem Paket auf die Spur zu kommen?

Grim zog die Brauen zusammen. Wenn er nur wüsste, was es mit diesem Paket auf sich hatte! Vielleicht hätte Moira es ihm erzählt, wenn er nicht so abweisend und stur gewesen wäre. Jetzt hatte er keine Möglichkeit mehr, die Wahrheit herauszufinden, es sei denn … Düster heftete sich sein Blick auf den Kahlkopf, der gerade an seinem Tisch vorbeiging, ohne ihn zu sehen. Entschlossen schob Grim seinen Stuhl zurück und folgte ihm.

Der Kahlkopf hatte fast die Treppe erreicht, als er stehenblieb. Mit einem Ruck wandte er sich um und sah Grim in die Augen. Ein Schreck flackerte über sein Gesicht, dann ein höhnisches Grinsen. Im nächsten Moment fuhr er herum, flog über die Köpfe der Umstehenden hinweg und raste die Treppe hinauf.

Grim sprang ihm nach, so schnell er konnte, doch als er das Dach erreicht hatte, war der Hybrid verschwunden. Er legte den Kopf in den Nacken und witterte. Deutlich lag der metallische Geruch des Blutes von dessen Umhang in der Luft. Er folgte der Spur, und nach kurzer Zeit sah er den dunklen Schatten des Hybriden vor sich. Grim legte die Schwingen an, schoss unbemerkt an ihm vorbei und verbarg sich hinter einem großen Schornstein. Lautlos überzog er seine Faust mit Flammen. Er hörte, wie der Hybrid sich näherte, schnell hatte er den Schornstein erreicht. Mit einem Satz sprang Grim aus seinem Versteck und schlug dem Hybriden seine Faust ins Gesicht. Mit schreckgeweiteten Augen flog der Kahlkopf durch die Luft und landete auf dem Rücken. Ehe er sich besinnen konnte, war Grim über ihm und schlug seinen Kopf mit voller Wucht gegen den Schornstein. Dann packte er den Hybriden an der Kehle und riss ihn in die Luft.

»Warum?«, brüllte er, denn in seinem derzeitigen Zustand

war es zwecklos, sich um eine ruhige Stimme zu bemühen. Am liebsten hätte er dem Kerl den Kopf vom Hals getrennt.

Die Augenlider des Hybriden flatterten. Dann erkannte er Grim und verzog die Lippen zu einem blutigen Grinsen. »Da ist er ja wieder«, keuchte er, denn Grims Klaue drückte ihm die Luft ab. »Unser dunkler Engel. Hast du dich …«

Mit einem Ruck stieß Grim seinen Kopf vor und brach dem Hybriden die Nase. »Warum habt ihr den Jungen verfolgt? Was habt ihr von ihm gewollt?«

Der Kahlkopf spuckte ihm eine Ladung Blut ins Gesicht. Noch immer grinste er, als hätte ihm jemand die Mundwinkel an die Ohren genäht. »Das weißt du nicht?«, gurgelte er in irrem Lachen. »Warum warst du dann hinter ihm her? Das warst du doch, nicht wahr? Was bist du, ein Menschenfreund?« Sein Lachen erstickte unter Grims Klauendruck. Schlagartig wurde der Hybrid ernst, seine Mundwinkel sackten nach unten, und seine Augen wurden schwarz. »Narr«, flüsterte er. »Du hast keine Ahnung, worauf du dich eingelassen hast. Bald schon wirst du die Welt nicht wiedererkennen – wenn unsere Zeit gekommen ist!«

Im nächsten Moment traf Grim ein Schlag gegen die Brust. Keuchend ging er zu Boden. Der Hybrid packte den Schornstein mit beiden Händen, riss ihn aus dem Dach, als wäre er aus Pappe, und schleuderte ihn Grim auf den Rücken. Für einen Moment bekam Grim keine Luft mehr, ein zäher Schmerz zog durch seine Brust. Er hörte das Lachen des Hybriden und das Flirren der Luft, als er sich entfernte.

»Verfluchter …«, keuchte Grim, aber seine Stimme versagte. Er schloss die Augen und schickte Heilungszauber durch seinen Körper. Während sie den Riss in seiner Lunge flickten und den angebrochenen Wirbel in seinem Rücken, schossen ihm die

Worte des Hybriden durch den Kopf. *Wenn unsere Zeit gekommen ist.* Wessen Zeit? Ein Schmerz flammte durch Grims Narbe. Seraphin von Athen tauchte vor ihm auf, diese helle, engelhafte Gestalt. Es hatte fast so etwas wie Trauer in dessen Blick gelegen, damals im Tunnel. Damals? Es war erst wenige Tage her. Grim konnte nicht klar denken, aber was erwartete er? Er war gerade von einem Schornstein erschlagen worden! Stöhnend stützte er beide Klauen ab und erhob sich. Die Trümmer auf seinem Rücken stürzten zu Boden. Der Blutgeruch lag noch schwach in der Luft. Er beeilte sich, dem Hybriden zu folgen. *Bald schon wirst du die Welt nicht wiedererkennen – wenn unsere Zeit gekommen ist!*

Er hatte das Industriegebiet im Norden der Stadt erreicht, als Rauch in seine Nase stieg. Kein Mensch hätte diese feine Nuance in der Luft wahrgenommen, aber für Grim war es eine Explosion aus Düften. Irgendwo brannte es. Er sog die Luft ein. Und es war kein Holz, das da verkohlte. Es war Fleisch – und Stein. Mit angelegten Schwingen raste er an der Blutspur entlang auf die Quelle des Rauchs zu und gelangte zu einer Fabrikhalle mit eingeschlagenen Fenstern. Flammen flackerten im Inneren, geisterhaft quoll Rauch in die Nacht. Grim witterte, aber er konnte kein lebendiges Wesen in der Nähe ausmachen. Schnell zog er die Arme an den Körper und flog durch eines der Fenster ins Innere der Halle.

Er sah den Kahlkopf sofort. Er lag reglos zwischen zerrissenen Kartons auf dem staubigen Boden – und brannte lichterloh. Um ihn herum war mit schwarzer Kohle ein Kreis gezogen worden – ein Bannkreis. Grim sog die Luft ein. Der Hybrid war tot. Jemand hatte ihn in diesen Kohlekreis gesperrt, der seine Magie unterdrückte, und blaues Feuer auf ihn gehetzt. Nur wenige sehr mächtige Magier konnten dieses Feuer erschaffen und beherrschen. Der Hybrid hatte keine Chance gehabt. Jemand hatte ihn hingerichtet. Aber wer?

Grim trat in die Nähe der Flammen. Sie hatten ihr Opfer gefunden, ihm drohte keine Gefahr. Mit einer Bewegung seiner Klaue durchbrach er die Linie des Kreises. Die blauen Flammen flackerten und versiegten. Grim beugte sich über den Toten und holte tief Atem. Es gab nur eine Möglichkeit herauszufinden, was passiert war. Entschlossen stieß er die Faust vor und riss dem Hybriden das Herz aus der Brust. Ohne sich noch einmal umzusehen, verließ er die Fabrik und stürzte sich in die Kühle der Nacht.

Wenig später landete er in einem schäbigen Hinterhof. Ein Obdachloser schlief unter nassen Zeitungen und murmelte vor sich hin. Überall lag Müll. Grim hatte das Herz des Hybriden in ein Tuch gewickelt. Jetzt drehte sich das Bündel bei jeder Bewegung wie ein lebendiges Wesen in seiner Hand. Angespannt betrachtete er den flackernden Neonschriftzug des Tattoostudios, das direkt vor ihm lag. Das Schaufenster war mit Sprühfarbe beschmiert worden, die Eingangstür hatte keinen Griff. Grim stieß die Luft aus. Hier kam niemand her, der ein Tattoo haben wollte. Und wenn doch – ging er niemals wieder fort.

Er holte tief Luft. Lange genug hatte er sich diesen Gefallen aufgehoben – jetzt war es an der Zeit, dass er ihn einlöste. Entschlossen klopfte er gegen die Tür. Ein Geräusch erklang wie das Zusammenfallen von einem riesigen Kartenhaus, und die Tür öffnete sich einen Spaltbreit. Auf der Stelle wurde es eiskalt in dem Hof, der Obdachlose stöhnte im Schlaf, und selbst Grim zog fröstelnd die Schultern an. In der Tür schwebte ein Männchen mit silbernen Flügeln. Es war etwa so groß wie eine Heuschrecke und trug einen zu kleinen leuchtend roten Samtanzug. Auf seinem Kopf saß ein Zylinder in derselben Farbe, und sein Gesicht sah aus, als wäre ihm jemand mit einem Messer hindurchgefahren. Sein rechter Mundwinkel ging in eine blasse Narbe über und reichte bis zu seinem Ohr. Das Schlimmste aber waren seine Augen. In feinen Stichen hatte sie jemand mit schwarzem Garn zugenäht. Das Männchen starrte Grim durch die Lider an. Unwillkürlich fuhr dieser sich mit der Hand an die Augen.

»Ich bin gekommen, um eine alte Schuld zu begleichen«, sagte er heiser.

Das Männchen nickte und schlug ihm die Tür vor der Nase zu. Wenig später – Grim hatte in der Zwischenzeit in dem schäbigen Hinterhof herumgestanden wie bestellt und nicht abgeholt – öffnete sich die Tür wieder. Niemand war zu sehen. Grim trat ein. Vor ihm lag ein Tunnel. Die Decke hing so niedrig, als würden Tonnenlasten auf ihr ruhen. Sie trug rostige Rohre, aus denen eine zähe Flüssigkeit tropfte. Eine einzelne Glühbirne flackerte in sterbendem Licht. Am Ende des Ganges lag eine geschlossene Tür. Rotes Licht kroch unter dem Spalt hervor.

Entschlossen ging Grim darauf zu. Ratten sprangen ihm vor die Füße, sie schienen zu grinsen, aber er beachtete sie nicht. Etwas tropfte ihm auf die Schulter. Es war Blut. Angewidert umgab er sich mit einem Schutzschild. Die nächste Tür öffnete sich mit einem Geräusch, das wie das Mischen eines Kartenspiels klang. Er befand sich in einem Schlachthaus, aber an den Fleischerhaken hingen keine Rinder- oder Schweinehälften. Es waren Menschen, die dort ausbluteten. Meist fehlten ihnen Kopf und Hände. Jemand hatte ihnen die riesigen Haken in den Rücken gebohrt und sie mit den Füßen zur Decke aufgehängt. Unter ihnen standen metallene Schüsseln. Das tropfende Blut hörte sich an wie Regen auf Autodächern. Grim spürte, wie sein Magen sich zusammenzog, und er hörte auf zu atmen. So schnell er konnte, lief er über den rutschigen Boden und stolperte prompt über eine Schüssel mit Blut. Gerade noch konnte er einen Sturz verhindern. Im nächsten Moment stand er vor einem kleinen Mädchen. Sie trug ein schneeweißes Nachthemd und war barfuß.

»Spiel mit mir!« Mit einem Lächeln griff sie nach seiner Hand. Doch kaum hatten ihre Finger seine Klaue umfasst, verwandelte sich ihr Gesicht. Ihre Augen traten aus den Höhlen, ihre Haut wurde faltig und grau, die Lippen zogen sich von den Zähnen zurück, die im Zeitraffer anfingen zu faulen. Wieder lachte das Kind, aber es klang wie eine zu oft gespielte Schallplatte. Grim riss seine Klaue zurück.

»Kartenmann!«, brüllte er. »Du stehst in meiner Schuld! Begleiche sie!«

Kaum hatte er das gesagt, öffnete sich eine weitere Tür mit dem Geräusch von Karten, wenn sie ausgeteilt werden. Ohne auf das uralte Kind zu achten, stampfte Grim darauf zu. Er würde sich nicht zum Narren halten lassen. Er riss die Tür auf – und fand sich in einem Büro im altenglischen Stil wieder. Breite Bücherregale zierten die Wände, vor den hohen Fenstern hingen samtene Vorhänge und hinter einem Mahagonischreibtisch saß der Kartenmann auf einem rotledernen Sessel. Er trug einen blutroten Anzug, auf den in unregelmäßigen Abständen Spielkarten genäht waren. Auf seinem Kopf saß ein violetter Zylinder, der sein Gesicht vollständig verbarg und nur dicke Büschel von grünem Haar sehen ließ.

Die Hände des Kartenmanns bewegten sich rasend schnell, während er drei ebenhölzerne Becher auf seinem Tisch hin und her schob. Plötzlich hielt er inne und Grim konnte die Hände sehen – Hände mit schwarzen Nägeln und einer Haut wie uraltes Pergament. In dem weißen Fleisch waren Brandnarben, sie zeigten die Farben eines Spielkartensatzes: Kreuz, Pik, Herz, Karo. Mit unnatürlich schneller Bewegung riss die rechte Hand den mittleren Becher zurück. Darunter lag ein menschliches Auge. Die linke Hand schoss vor, spießte das Auge mit knackendem Geräusch auf den Nagel des kleinen Fingers und schob es unter den Zylinder. Sofort hörte Grim genüssliches Schmatzen. Langsam hob der Kartenmann den Kopf.

Ein breiter Mund mit schmalen, blutigen Lippen schob sich zuerst aus dem Schatten, gefolgt von einer schmalen Nase und hellen, farblosen Augen. Auch im Gesicht trug er die Zeichen eines Kartenspiels, und rings um sein linkes Auge prangte das schwarze Pik. Er starrte Grim an, während er kaute, und seine Augen veränderten sich. Sie füllten sich wie ein sich vollsaugender Schwamm mit Farbe, bis sie vollständig schwarz waren. Wenn Grim seinem Gegenüber nun in das linke Auge schaute, war es, als stürzte er in die Dunkelheit. Kaum hatte er das gedacht, entfachte sich im Blick des Kartenmanns ein Feuer. Zwei lodernde Flammen ersetzten seine Pupillen und ließen Grim nicht los. Mit genüsslichem Schmatzen schluckte er die Reste seiner Mahlzeit hinunter und entblößte für einen Moment messerscharfe Zähne.

»Du hast von Schuld gesprochen«, sagte er mit leiser, warmer Stimme. »Ich bin ganz Ohr.«

Grim warf das Bündel in seiner Hand auf den Tisch. Der Kartenmann hob die Arme und schlug das Tuch zurück. In den inneren Lagen hatte Blut den Stoff verfärbt. Der Kartenmann beugte sich so weit hinunter, dass sein Mund beinahe das Herz des Kahlkopfs berührte. Seine Nasenflügel zitterten, gierig sog er die Luft ein.

»Ein Hybrid«, flüsterte er.

»Er wurde ermordet«, sagte Grim. »Aber ich weiß nicht von wem. Er gehört zu einer Gruppe Hybriden. Sie sind neu in der Stadt und verfügen über große Kräfte.«

Der Kartenmann sah ihn an, ohne den Kopf zu heben, und grinste verschlagen. »Größere Kräfte als du? Wie ungewöhnlich!«

Grim presste die Zähne aufeinander. »Ich bin hier, weil ich wissen will, wer diese Kerle sind und was sie in Ghrogonia wollen. Deswegen habe ich dir sein Herz gebracht, denn ...«

»... nur der Kartenmann kann aus toten Herzen lesen.« Der Kartenmann schob seinen Stuhl zurück und summte eine Melodie. Sie klang wie die verzerrte Imitation eines Kinderliedes. Sofort ging eine Erschütterung durch den Raum. Gleich darauf klappten sich die Bücherregale in die Wand, der Tisch verwandelte sich in einen Altar aus Marmor, und die Wände überzogen sich mit blutroter Farbe. Der Kartenmann erhob sich, biss sich in den Finger und ließ drei Blutstropfen auf das Herz fallen. Grim schauderte, als er sah, wie das Herz sich zusammenzog. Es begann zu pumpen, röchelnd und gurgelnd. Dann schnippte der Kartenmann mit dem Finger.

Im nächsten Moment fand Grim sich in der Lagerhalle wieder, in der er den toten Hybriden gefunden hatte. Nicht weit von ihm lag der Kahlkopf auf seinen Knien, quicklebendig, aber wimmernd wie ein kleines Kind. Dunkel erhoben sich die Gestalten von Hybriden, sie hatten einen Kreis um ihn gebildet. Und vor ihm stand – eine Lichtgestalt in der Dämmerung – Seraphin von Athen. Voller Verachtung schaute er auf den Kahlkopf hinab.

»Du warst es«, hörte Grim seine Stimme. »Du hast mich hintergangen. Du hast sie ermordet, dabei hättest du ihre Kraft nehmen sollen – nicht mehr!«

Der Kahlkopf rang die Hände, Schweiß tropfte ihm von der Stirn. »Verzeih«, heulte er in wirrer Verzweiflung. »Ich habe die Kontrolle verloren. Ich schwöre, dass es nicht noch einmal vorkommt, bitte, ich …«

»Du«, fuhr Seraphin dazwischen, und Grim hörte den Zorn in seiner Stimme, »hast mich belogen. Ohne mich wärest du nichts – und wie hast du es mir gedankt? Du bist eine Schande in unseren Reihen. Du konntest mit der Macht, die ich dir gegeben habe, nicht umgehen. Sie hat dich verführt, und deswegen hast du die Morde begangen. Hinter meinem Rücken bist du deinen widerwärtigen Trieben gefolgt, ohne Rücksicht auf unseren Bund!«

Seraphin hob die rechte Hand. Sofort zog einer seiner Gefährten etwas hinter dem Rücken hervor. Es war ein Stab aus hellem Marmor, dessen Spitze schwarz verfärbt war. Grim schauderte. Bannkohle. Auch der Hybrid begriff, was mit ihm passieren sollte, und schlug die Hände vors Gesicht. Er bot einen jämmerlichen Anblick, wie er auf seinen Knien lag und weinte, doch Seraphin stand regungslos. Er betrachtete den Hybriden, als würde er ein misslungenes Gemälde ansehen. Dann wandte er sich ab und schritt auf den Stab zu.

»Ich bin dir gefolgt!«, schrie der Kahlkopf mit sich überschlagender Stimme. »Ich habe alles für dich getan! Und jetzt willst du mich aussortieren, weil ich zu stark geworden bin! So ist es doch, nicht wahr? Und ich habe dir vertraut!«

Seraphin beachtete ihn nicht. Nur seine Hände bewegten sich langsam mit seinen Schritten, als wäre er ein Klavierspieler kurz vor dem Auftritt. Da stürzte der Hybrid plötzlich vor. Seine Haut platzte auf, blutige Schwingen brachen sich ihren Weg durch sein Fleisch und eine glühende Axt wuchs aus seinem

Arm. Grim krampfte sich der Magen zusammen, als er sie wiedererkannte. Lautlos schoss der Kahlkopf auf Seraphin zu, die Axt zerschnitt die Luft mit leisem Zischen.

Seraphin fuhr herum. Er riss den Arm in die Luft, die Axt sprang mit leisem Klirren von ihm ab – und zersplitterte noch im Fallen in tausend Teile. Mit einer schnellen Bewegung packte er seinen Angreifer an der Kehle. Blut quoll diesem aus dem Mund, es war, als presste Seraphin ihm das Innere aus dem Leib. Langsam verfärbte sich das Gesicht des Hybriden grau, er verwandelte sich ohne sein Zutun in seine ursprüngliche Gestalt zurück. Blaue Funken liefen über Seraphins Hand, sie sprangen über seine Arme und drangen in sein Fleisch ein. Grim holte Atem. Seraphin sog dem Hybriden die Kraft ab, die Magie, alles Leben. Seine Augen brannten vor Wut. Er sah den röchelnden Hybriden an, dann schleuderte er ihn zu Boden. Wortlos griff er nach dem Stab und zeichnete einen Kreis um seinen ehemaligen Gefolgsmann, der sich beide Hände an die Kehle hielt und hustete. Der Hybrid riss die Arme in die Höhe und wollte Seraphin berühren, doch als er die unsichtbare Linie des Kreises erreichte, verbrannte er sich die Finger. Sein Fleisch platzte auf, und der Knochen trat hervor.

»Nein!«, keuchte er. »Ich will es wiedergutmachen! Du kannst mich doch nicht einfach umbringen! Ich habe dir gedient, ich habe dir mein Leben anvertraut!«

Mit lautloser Geste entfachte Seraphin eine blaue Flamme in seiner Hand. Die Luft um ihn herum begann für einen kurzen Moment hörbar zu flackern, dann war es wieder still. »Du hast dich gegen mich aufgelehnt«, sagte er beinahe sanft. »Und schlimmer noch: Du hast meine Pläne gefährdet. Das werde ich nicht dulden.«

Damit warf er die Flamme ins Innere des Kreises. Umgehend entfachte sich eine gewaltige Feuersäule. Der Hybrid verschwand darin, Grim hörte nichts als seine grauenvollen Schreie. Seraphin schaute ins Feuer, es flackerte auf seinem Gesicht. Dann wandte er sich ab. Seine Hybriden folgten ihm wie ein Krähenschwarm durch ein zerbrochenes Fenster. Im nächsten Moment waren sie verschwunden.

Der Geruch von verbranntem Fleisch lag noch in der Luft, als Grim sich im Zimmer des Kartenmannes wiederfand. Wortlos ließ er sich auf den zweiten der roten Sessel sinken und starrte auf das noch immer zuckende Herz.

»Faszinierend«, sagte der Kartenmann und schien Grims Abscheu sichtlich zu genießen.

Grim schüttelte den Kopf. »Wie ist das möglich? Ich habe selbst gegen diesen Kahlkopf gekämpft, und er war stark – aber Seraphin ...«

Der Kartenmann hob den Blick. »Seraphin? Du kennst ihn?«

Grim verzog das Gesicht. »Kennen ist zu viel gesagt. Ich bin ihm schon einmal begegnet. Sein Name ist Seraphin von Athen, und ich vermute, dass er der Anführer ist von diesen Hybriden. Er hat dem Kerl seine ganze Kraft geraubt, einfach so. Er hat ihn getötet wie ...«

»... wie der Adler die Maus«, beendete der Kartenmann seinen Satz. »Ja, unser cherubinischer Freund hier scheint außergewöhnlich stark zu sein – interessant, wie mühelos er mit jenem fertig wurde, der dir den Allerwertesten weich geklopft hat, nicht wahr?«

Grim hatte mindestens zehn verächtliche Bemerkungen auf den Lippen und sah, dass der Kartenmann begierig darauf wartete, eine davon zu hören, um die Unterredung abbrechen zu können. Trocken wie Sandstaub schmirgelten sie Grims Kehle hinunter. »Was sind das für Kreaturen?«, fragte er stattdessen.

»So wie es aussieht, hat dieser Kerl die Morde begangen, die Ghrogonia seit Wochen in Panik versetzen, und jetzt wurde er dafür von Seraphin bestraft. Ich habe noch nie Hybriden mit solcher Macht gesehen.«

»Dann kannst du wohl daraus schließen, dass es keine gewöhnlichen Hybriden sind«, erwiderte der Kartenmann beinahe gelangweilt. »Und damit hast du recht. Es sind Schwarzmagier.«

Grim fühlte, wie ihm der Unterkiefer nach unten sackte. »Aber das …«, begann er.

»… ist die Wahrheit und nichts als die Wahrheit, so wahr mir …« Der Kartenmann spuckte schwarzen Speichel auf den Boden und lächelte.

Grim ballte die Klauen. »Die letzten Schwarzmagierorden wurden nach den Koniskriegen von der Inquisition vernichtet. Thoron selbst hat die Hinrichtungen geleitet!«

Gleichgültig sah der Kartenmann ihn an. »Offenbar wurde ein Orden wiederbelebt. Anders lässt sich diese Szene nicht deuten. Jedes magische Wesen verfügt über eine gewisse magische Kraft, das dürfte dir klar sein – je größer diese Kraft, desto stärker das Wesen. Schwarzmagierorden zeichnen sich dadurch aus, dass sie ihre Kräfte steigern, indem sie auf fremde Magie zugreifen. *Dabei hättest du nur ihre Kraft nehmen sollen.* Was denkst du, was sonst damit gemeint ist?«

Grim schwieg. Er hatte von den Praktiken solcher Orden gehört.

»Das muss nicht immer unfreiwillig ablaufen«, fuhr der Kartenmann fort. »Für gewöhnlich geben mehrere Jünger einem Meister die Gelegenheit, auf ihre Magie zuzugreifen und so seine Macht zu vergrößern, während sie sich selbst ihrerseits Untergebene suchen, die ihnen ihre magischen Kräfte zur Verfügung stellen. Allerdings nutzen die meisten Orden überdies sogenannte Wirte. Denen rauben sie die Kraft, ohne dass die Opfer auch nur etwas davon ahnen würden. Offensichtlich waren einige dieser Wirte die Mordopfer der letzten Zeit. Wir haben hier also einen Schwarzmagierorden, der seine Kräfte nach und nach vermehrt. Aber das ist noch nicht alles.«

Erneut beugte er sich über das Herz. Angewidert sah Grim, wie er die Zunge zwischen seinen blutigen Lippen hervorschnellen ließ und kurz über den Herzmuskel leckte. Ohne den Kopf zu heben, sah er Grim an. »Du hast das Flackern in der Luft gesehen, als Seraphin das Feuer in den Bannkreis warf, nicht wahr?«, fragte er, als wäre er ein böser Alter, der Kindern schmeichelnd verdorbene Süßigkeiten anbot. »Er hat höhere Magie benutzt, die immer in zitternder – man könnte sagen: hysterischer – Weise mit allem Irdischen reagiert, selbst, wenn es nur die Luft ist.«

Grim dachte an das Flirren der Luft, als der Hybrid ihm den Schornstein auf den Rücken geworfen hatte. Ein Frösteln zog über seinen Nacken.

Der Kartenmann lächelte boshaft. »Du brauchst nicht blass zu werden unter deiner schwarzen Haut. Magie ist nichts weiter als ein äußerlicher Stoff. Sie ist das Garn, aus dem die Zauber sind. Profaner gesprochen: Irdische Magie ist Silber, höhere Gold. Erstere füllt automatisch die magische Kraft eines magiefähigen Wesens auf – wie Luft, die in eine Lunge strömt. Letztere ist schwerer zu bekommen, denn sie ist buchstäblich nicht von dieser Welt. Sie ist die Sphäre höchster Magie. Manche sagen, sie sei mit der Entstehung der Welt geboren worden – oder habe sie selbst erschaffen und umgebe sie nun, ohne jemals ein Teil von ihr zu werden. Sie ist der Anfang aller Dinge. Viele sehen in ihr einen geheimen Zauber, der alles zusammenhält und dabei selbst niemals sichtbar wird. Jene, die dem Luzifer- oder Christentum anhängen, glauben, dass sie aus der Welt Gottes mit all seinen Engeln stamme – oder alternativ aus der Welt des Teufels. Andere halten noch immer einen Olymp vieler Götter für möglich – du kennst das, die Menschen liebten solche Vorstellungen zu früheren Zeiten, Zeus, Athene, Apollon und wie die lorbeerbekränzten Götter der Antike alle hießen, und die Anderwesen sind nicht weniger erfindungsreich, wenn es um die Möglichkeiten höherer Mächte geht.«

Grim seufzte leise. »Ich glaube nicht an Götter – nicht an einen einzelnen und nicht an viele«, stellte er fest.

Der Kartenmann blinzelte listig. »Aber du weißt, dass sie da ist, nicht wahr? Unerreichbar für jemanden wie dich – sie, die Magie der höchsten Art.«

Grim nickte düster.

»Und es macht dich wahnsinnig zu wissen, dass es sie gibt, ohne dass du sie erreichen oder erklären könntest. Du bist einem Menschen nicht unähnlich, hast du das schon einmal gehört?« Der Kartenmann lächelte verschlagen und sah triumphierend zu, wie Grim die Arme vor der Brust verschränkte. Dann zuckte er leicht die Schultern. »Nun – was auch immer man in Bezug auf die höhere Magie glauben mag, fest steht nur eines: Es ist alles andere als leicht, in ihre Sphäre vorzudringen, um sie sich nutzbar zu machen. Doch die Gier nach ihr war seit dem Anbeginn der Zeit groß. Denn bedenke: Wie viel kann man erreichen mit einem Sack voll Silber – und wie viel mehr mit einem Sack voll Gold?«

Grim sog die Luft ein. Das Gespräch nahm eine Wendung, die ihm unheimlich wurde. Es waren lasterhafte Dinge, um die es hier ging – Dinge, die beinahe einem Unterricht in schwarzer Magie gleichkamen, ein Unterfangen, das in Ghrogonia mit der Todesstrafe geahndet wurde.

»Keine Kreatur sollte über höhere Magie verfügen, es sei denn, dass sie ihr von Geburt an gegeben wäre«, sagte er deshalb. »Sie ist zu gewaltig, als dass gewöhnliche Wesen sie erfassen könnten, und sie birgt viele Gefahren. Sie …«

Der Kartenmann verdrehte die Augen. »Ja, ja, so sprechen die Gutmagier, die weißen. Aber hier geht es um die andere Seite, nicht wahr? Es geht um die Seite der Nacht. Und die Schwarzmagier scheren sich nur um eines: sich selbst.«

Grim starrte in die flammenden Augen des Kartenmanns und spürte das Feuer auf seinem Gesicht. Er wollte etwas erwidern, aber er konnte es nicht. Seine Zunge lag wie ein Mühlstein in seinem Mund und rührte sich nicht.

»Gewöhnlichen Wesen ist die Welt der höheren Magie verschlossen«, fuhr der Kartenmann fort. »Aber was ist mit den Uralten, jenen Wesen, die seit dem Anbeginn der Zeit existieren – jene, die, wie manche Sagen erzählen, von den Göttern selbst zum Leben gebracht wurden?« Er hob leicht die Achseln. »Man mag an Götter glauben oder nicht, eines ist sicher: Die magische Kraft jener uralten Wesen ist eine Brücke zu jener Welt, in der die höhere Magie wohnt – und sie ist es, auf die es die Schwarzmagier abgesehen haben.«

Er betrachtete das Herz vor sich auf dem Tisch. »Sie haben sich die Schwarze Flamme angeeignet, die magische Kraft eines uralten Wesens. Durch sie können sie die höhere Magie für sich nutzen. Diese Verbindung ist wie die Nabelschnur einer Mutter zu ihrem Kind.« Er grinste höhnisch, ehe er fortfuhr: »Doch die Schwarze Flamme hat ihre Tücken. Denn was ist die Eigenschaft von Feuer? Es brennt und frisst. Die Schwarze Flamme lässt sich nur von dem beherrschen, dem sie gegeben wurde – nicht von jenem, der sie sich mit Gewalt genommen hat. Ihn wird sie über kurz oder lang verzehren – mit Haut und Haaren.«

Grim nickte nachdenklich. Er erinnerte sich gut an die Reden Thorons, der immer wieder lang und breit von seiner Zeit als Inquisitor berichtete. »So war es mit vielen Orden der Schwarzmagier, wie ich hörte. Irgendwann wurden sie … wahnsinnig.«

Der Kartenmann hielt seine Hand über das Herz und bewegte die Finger. »Dieser Kerl hat seine Wirte getötet, weil er es genossen hat, seine Macht bis zum Letzten auszukosten. Er hat seine Grenzen überschritten, und Seraphin, der Meister des Bundes, hat ihn dafür bestraft. Aber wahnsinnig, nein, das ist er nicht gewesen. Dabei nutzte er die höhere Magie mindestens seit …« Er riss die Augen auf. »Jahrzehnten!« Im Blick des Kartenmanns loderte etwas wie Wahnsinn oder Bewunderung. »Jemand hat die Kraft der Götter für ihn bezwungen, die Kraft der Schwarzen Flamme, und sie daran gehindert, das Ich dieses Hybriden zu fressen. Ich bin alt – sehr alt, um genau zu sein. Aber ich habe noch nie einen Schwarzmagier getroffen, der die Schwarze Flamme über einen derart langen Zeitraum beherrschen konnte. Bis jetzt.« Ein seltsamer Ton hatte sich in seine Stimme geschlichen, es klang fast so, als frohlockte er. »Es tut mir leid, dir sagen zu müssen, dass dies der mächtigste Schwarzmagierorden ist, den ich jemals gesehen habe.«

Grim seufzte leise. »Phantastisch«, murmelte er. Dann hob er den Blick. »Da ist noch etwas. Als ich Seraphin zum ersten Mal begegnet bin, hatte ich während einer Trance eine Art Vision, wie eine Erinnerung an ein gemeinsames Erlebnis. Er muss etwas Ähnliches empfunden haben, denn er ist vor mir zurückgewichen – als hätte er in meinen Gedanken etwas gefunden, das ihn beunruhigte.«

Der Kartenmann musterte Grim schweigend. Dann beugte er sich weit über den Tisch. Seine linke Hand krallte sich in das Herz, es zuckte noch einmal, dann lag es still.

»Ich kann das klären«, flüsterte der Kartenmann. »Wenn du mich einen Blick in dein … Innerstes werfen lässt.«

Grim stieß die Luft aus und schüttelte den Kopf.

»Sei vorsichtig, Kartenmann«, grollte er. »Sei vorsichtig mit deiner Gier.«

Er erhob sich und stellte zu seiner Verwunderung fest, dass hinter ihm eine Tür lag, die sich nun mit dem Geräusch des leisen Flatterns eines Kartenspiels öffnete.

»Es schmerzt mich, dich so hoffnungslos zu sehen«, sagte der Kartenmann mit einem grausamen Lächeln. »Deshalb sage ich dir noch etwas: Sie bereiten sich auf etwas vor. Sie stärken sich, das hast du erfahren – für was, weiß ich nicht, aber es wird etwas Großes sein. Etwas sehr Großes. Du wirst nichts, gar nichts dagegen tun können. Und dein letzter Gefallen – ist tot!«

Im nächsten Moment fühlte Grim sich von einem heftigen Schlag getroffen. Er flog durch die Luft und landete neben dem Obdachlosen in dem eiskalten Hinterhof. Die Tür schlug zu, aber das Lachen hörte er noch, als er längst über die Dächer von Paris flog – das teuflische Lachen des Kartenmanns.

Kapitel 18

Mia schaute zu den schweren Wolken hinauf, die über den Friedhof zogen wie ein Schwarm riesiger Krähen. *Wenn es nur regnen würde.* Dann hätte sie das Schluchzen ihrer Mutter nicht ertragen müssen, das leise Murmeln von Josi und das Knirschen der Seile beim Herablassen des Sarges. Hinter ihr standen ein paar Kommilitonen von Jakob. Er hatte nie viele Freunde gehabt – nicht in dieser Welt. Die Eiche über ihnen rauschte, als sänge sie ein Totenlied. Zwei Birken in der Nähe fielen mit zitternden Blättern in die düstere Weise ein.

Sie starrte auf den Sarg und konnte für einen Moment nicht glauben, dass Jakob tatsächlich darin lag. Sie stellte sich vor, wie es sein musste, lebendig begraben zu werden, wie still es wohl war tief unten in der Erde. Sie dachte merkwürdige Dinge, fast so, als wäre sie gar nicht da, als würde ein Fremder an ihrer Stelle hier am Grab ihres Bruders stehen und unbeteiligt die Zeremonie verfolgen. Aber sie wusste, dass sie da war. Sie spürte es an dem Knoten in ihrem Brustkorb, diesem Gewächs aus Eis, das sie daran hinderte zu weinen.

Mit dumpfem Geräusch setzte der Sarg auf feuchter Erde auf. Die Träger zogen die Seile scharrend unter ihm weg. Ein dicker Pfarrer mit ungesunder Gesichtsfarbe, der die ganze Zeit mit gekünstelter Betroffenheit auf den Sarg geschaut hatte, räusperte sich. Mia verschloss sich vor ihm. Sie wollte nicht hören, wie ein Fremder über ihren Bruder sprach, sie wollte überhaupt nichts hören. Die Geräusche verstummten um sie herum. Nur den Wind hörte sie noch, der leise und flüsternd um ihre Wangen strich – und Jakobs Stimme.

Ich werde verfolgt. Die Gesichter der Hybriden hatten sich in Mia eingenistet wie ein Geschwür. Er war ihnen nicht entkommen. Wieder und wieder hatte sie versucht, sich die letzten Augenblicke seines Lebens vorzustellen, doch es war ihr nicht gelungen. Sie wusste nur eines: Jakob hatte sich das Leben genommen, um die Spur zu ihr zu unterbrechen. Um sie zu schützen – und das Paket. Ihr wurde übel, als sie an den Geruch des Leders dachte und an die verschlungenen Zeichen auf dem Pergament. Sie bargen ein Geheimnis, für das Jakob gestorben war – und sie würde nie erfahren, welches. Und noch etwas gab ihr Rätsel auf: Jakob war vor der Notaufnahme des Hôpital des Quinze-Vingts gefunden worden – gebettet auf einen schweren schwarzen Mantel. Wer hatte ihren Bruder zum Krankenhaus gebracht? Wem gehörte dieser Mantel? Langsam atmete sie ein. Es war sinnlos, darüber nachzudenken. Jakob war tot.

Kaum hatte sie das gedacht, flimmerte etwas in ihrem Augenwinkel. Sie hob den Kopf und sah, dass die Luft zwischen den Birken flackerte, als wäre am Boden ein Feuer entfacht worden. Keiner der Trauergäste bemerkte es. Sie standen nebeneinander wie verschlossene Gefäße und sahen oder fühlten nichts als den eigenen Schmerz. Lautlos entfernte Mia sich vom Grab und ging zu den Birken hinüber. Die Luft summte, als würde sie unter Strom stehen. Erst schemenhaft, dann immer deutlicher zeigte sich eine Gestalt zwischen den Bäumen. Mia stockte der Atem.

Vor ihr stand der Mann vom Friedhof – der Mann aus der Feenwelt.

Wieder war er ganz in Schwarz gekleidet, doch seine Haut wirkte aus der Nähe durchscheinend wie ein Geflecht aus Glas und zarten Adern. Er schaute sie an, seine Lippen waren zu einem schmerzvollen Lächeln verzogen. Zerrissene Wolken zogen über den Himmel hin, der sich über der trostlosen Ebene in seinen Augen erhob. *Es gibt mehr als eine Welt.* Jakobs Stimme klang so deutlich in Mias Kopf, dass sie fast meinte, er stünde neben ihr. Ihre Kehle zog sich zusammen. Der Feenmensch hob die Hand. Sie tat es ihm gleich. Ihre Finger näherten sich einander, sie fühlte eisige Kälte an der Handfläche. Mit klopfendem Herzen berührte sie seine Finger. Es war ein Gefühl, als tauchte sie die Hand in Eiswasser. Sie sah ihm in die Augen. Es schien ihr, als würde sie sich kopfüber in ein Meer aus Finsternis stürzen. Langsam glitt eine schwarze Träne seine Wange hinab. Dann zerbrach sein Bild, und er war verschwunden.

Mit einem Schlag kehrten die Geräusche zurück. Überdeutlich hörte Mia die Stimme des Pfarrers, das Rauschen der Blätter, die in der Ferne vorbeifahrenden Autos. Das Leben ging weiter – nur sie war mit Jakobs Tod von diesem Zug abgesprungen. Nun stand sie am Rand mit einem bitteren Geschmack im Mund, als hätte sie auf einmal begriffen, wie absurd das Leben war und wie wenig sie dagegen tun konnte.

Erzähle niemandem etwas davon. Eisig fuhr ihr der Wind ins Gesicht, doch sie fühlte es kaum. Sie stand unter den Birken – allein. Und nur sie hörte das Flüstern, das durch die Bäume ging wie der Gesang aus einer fernen Welt. Dann setzte der Regen ein.

Kapitel 19

Der unscheinbare metallene Quader stand mitten im Raum und hatte verschiedene Knöpfe, die scheinheilig in sanften Farben blinkten. Aber Grim ließ sich nicht täuschen. Dieses Ding, das wusste er, war eine Erfindung des Teufels – mindestens! Langsam näherte er sich dem Gerät, ohne es aus den Augen zu lassen. Jedes Mal, wenn er es bedienen wollte, gab es Probleme. Er konnte diesen neumodischen Technikschnickschnack nicht ausstehen. Aber er hatte keine Wahl. Er musste Mourier von seinen Nachforschungen berichten. Seraphin und seine Anhänger waren gefährlich, die OGP musste etwas unternehmen. Grim seufzte. Aber zuerst musste er mit dieser verfluchten Technik zurechtkommen. Bei der ersten Tastenkombination fing der Quader an, seltsame Töne von sich zu geben – es klang in Grims Ohren wie Hohngelächter –, dann hüpfte er einige Male auf der Stelle und schließlich pfiff er laut und durchdringend, bis Grim durch puren Zufall die richtigen Knöpfe fand und jedes Geräusch verstummte. Stattdessen erschien eine grüne Lichtsäule neben dem Quader. Darin nahm eine Gestalt Konturen an. Innerhalb weniger Augenblicke stand Grim Mourier gegenüber. Nur ein schwaches Flimmern verriet, dass es sich bei dem Löwen um ein Hologramm handelte.

»Oh«, sagte Mourier und gab sich keine Mühe, seine Überraschung zu verbergen. »Du hast den HIK aktiviert?«

Grim stöhnte. Einigen Leuten sollte es verboten werden, sich Abkürzungen oder Namen auszudenken, und Mourier gehörte definitiv dazu. Hologrammerzeuger für Interaktive Kommunikation, kurz HIK – konnte es ein dämlicheres Wort geben?

»Hier ist die Hölle los«, sagte Mourier und fuhr sich mit der Rückseite seiner Pranke über die Stirn. »Du kannst es dir nicht vorstellen. Jedes Hospital in der Stadt ist bis zum Rand voll mit kranken Gargoyles, gerade heute mussten sieben von ihnen in die Psychiatrie eingewiesen werden!«

Grim zog die Brauen zusammen. »Folgen der Explosion der Sammelstation?«

Mourier nickte. »Nicht nur diejenigen, die sich gerade innerhalb der Station befunden haben, sondern auch Anwohner und Passanten hat es erwischt. Die Energie der Träume hat sie schlicht und ergreifend geflutet! Einige sind vollkommen verrückt geworden, sie singen und tanzen rund um die Uhr. Andere sitzen einfach in einer Ecke und fangen plötzlich an, auf ihre Mitpatienten einzuprügeln. Ein paar haben sich zwar wieder erholt – aber dieser Vorfall treibt Ghrogonia an den Rand des Wahnsinns. Wir müssen die Station so schnell wie möglich wieder aufbauen, wenn es uns nicht an den Kragen gehen soll – ohne die Träume sind wir verloren. Und stell dir nur vor, was geschehen würde, wenn auf einmal unzählige Gargoyles in der Oberwelt auf Traumfang gingen! Nein, wir müssen uns beeilen. Aber der Wiederaufbau ist kompliziert, die Hybriden haben ganze Arbeit geleistet, so viel ist sicher. Ihren Kompagnon konnten sie nicht befreien, deshalb haben sie die Sammelstation in die Luft gesprengt, um ein Zeichen zu setzen.«

Grim sah zu, wie Mourier sich mit zitternder Schwanzspitze auf seinem Thron niederließ, und überlegte für einen Moment, ob sein Vorgesetzter vielleicht auch etwas zu viel Traumenergie abbekommen haben könnte.

»Ich habe begründete Zweifel, dass es sich bei den Verantwortlichen um gewöhnliche Hybriden handelt«, sagte er ernst.

Mourier setzte sich auf. »Ich höre.«

»Während meiner Suche nach dem Jungen, du weißt, die Erinnerungslöschung«, er wartete, bis Mourier ungeduldig genickt hatte, und fuhr dann fort, »bin ich den Hybriden aus der Sammelstation begegnet. Ich hatte … nun ja, sagen wir: die Gelegenheit, ihre Kräfte kennenzulernen.« In knappen Worten berichtete er von den Fähigkeiten des Kahlköpfigen und dessen Todesumständen. »Es sind Schwarzmagier«, schloss er und hörte, wie Mourier die Luft einsog. »Und sie sind auch für die Morde verantwortlich, die unsere Stadt seit Wochen erschüttern – nicht die Rebellen.«

»Grim, das …«, begann der Löwe, doch in diesem Moment flackerte eine weitere Lichtsäule auf, und neben Mourier erschien ein Hologramm von Thoron.

Schnell legte Grim die Hand auf die Brust und neigte den Kopf, doch Thoron stand offensichtlich nicht der Sinn nach Förmlichkeiten.

»Woher hast du diese Informationen?«, fragte der König ohne Umschweife.

Grim senkte den Blick. Damit hatte er nicht gerechnet. Mourier hätte er den Sachverhalt darstellen können. Ohne Zweifel, der Löwe hätte ihm geglaubt. Aber bei Thoron lag die Sache anders. Er atmete ein. Ihm blieb keine Wahl.

»Ich habe das Herz des Toten zum Kartenmann gebracht.«

Für einen Moment war es still. Grim hörte nur das leise Stöhnen Mouriers. Dann stieß der König die Luft aus, hart und schneidend.

»Und er hat ein wenig gezaubert, ja?«

Grim fiel es nicht leicht, ruhig zu bleiben. »Er hat mir die letzten Minuten des Toten gezeigt. Er hat mir die Erklärung geboten für das, was ich selbst erlebt habe.«

Thoron stieß verächtlich die Luft aus. »Der Kartenmann – er hat uns verraten, uns hintergangen! Wie kannst du zu ihm gehen nach all dem, was er uns angetan hat?«

»Bei allem Respekt, mein König«, sagte Grim leise. »Aber er war nicht der Einzige, der sich nicht an den Pakt gehalten hat.«

Er rechnete damit, augenblicklich in die niederste Kaste der OGP strafversetzt zu werden. Mourier durchbohrte ihn förmlich mit seinen Blicken und bekam hektische Pusteln auf der Nase. Doch Thoron stand regungslos. Grim schöpfte Hoffnung. Vielleicht war das seine Chance.

»Mein König«, sagte er mit dem ihm größtmöglichen Respekt. »Ich habe gesehen, über welche Kräfte diese Kreaturen gebieten. Seit langer Zeit stehe ich in Euren Diensten, und noch länger habe ich Erfahrungen im Umgang mit Hybriden und mächtigen Kreaturen. Aber das«, er schüttelte den Kopf, »habe ich noch nie erlebt. Sie nutzen höhere Magie, sie beherrschen eine Schwarze Flamme. Und sie planen etwas, das unserer Gesellschaft schaden wird – auch wenn ich nicht weiß, was es ist.«

Im nächsten Moment wusste Grim, dass er einen Fehler gemacht hatte. Thoron presste die Zähne zusammen, bis seine Lippen nichts mehr waren als blasse Narben in seinem Gesicht. Seine Augen flammten dunkel, und seine Muskeln strafften sich unter seiner weißen Haut, als würde er sich zum Sprung bereit machen.

»Nie wieder«, sagte der König, und Grim hörte den Zorn in seiner Stimme, als würden Schwerter die Luft in Stücke schneiden, »nie wieder will ich so etwas von dir hören. Woher willst du wissen, dass die Kräfte dieser Hybriden nicht aus natürlicher Begabung heraus entstanden sind? Gut, sie sind stärker als andere – aber es sind Hybriden, nicht mehr! Wenn sie die Morde begangen haben, umso besser! Wir sind jedem Hybriden auf den Fersen, der sich nicht an unsere Gesetze hält – wir werden sie finden! Aber niemand«, er senkte die Stimme und wiederholte bedrohlich leise, »niemand beherrscht die Schwarze Flamme, wenn sie ihm nicht bei seiner Geburt gegeben wurde! Niemand kann die Grenze überschreiten, die ihm gesetzt wurde! Und wenn er es doch tut, stürzt er ins Verderben! So war es bei allen Magiern, die sich mit der Schwarzen Flamme einließen. Und dann wurden sie vernichtet – alle!« Er riss die Faust mit dem Zepter in die Höhe. »*Ich* habe sie vernichtet!« Im nächsten Moment erlosch das Hologramm.

Grim starrte auf die Stelle, wo gerade noch der König gestanden hatte. So hatte er Thoron noch nie erlebt. Obwohl … Mit einem Schaudern dachte er an die Hinrichtung. Auch dort hatte etwas Zorniges, Verzweifeltes in Thorons Stimme gelegen. Etwas wie Hass.

»Meine Güte«, drang Mouriers Stimme in sein Bewusstsein. »Der Kartenmann. Grim, was hast du dir dabei gedacht? Du weißt, wie Thoron zu solchen Dingen steht.«

Grim nickte. »Ich habe nicht erwartet, dass er uns – zuhört.«

Mourier seufzte leise, er schien nachzudenken. »Deine Vermutungen beunruhigen mich«, sagte er. »Ich werde die zuständigen Schattenflügler darüber informieren, dass es sich bei diesen Hybriden um ungewöhnlich mächtige Exemplare handelt.«

Grim stieß die Luft aus. »Das ist alles? Das wird ihnen nicht helfen! Wir brauchen eine Sonderkommission, die der Sache auf den Grund geht, wir müssen …«

»Du hast Thoron gehört«, unterbrach ihn Mourier. »Die OGP steht unter seinem Befehl. Und du weißt, was mit denen passiert, die sich nicht an seine Gesetze halten. Bislang sind es nur ungewöhnlich starke Hybriden – mehr nicht. Ich werde die Schattenflügler zur Vorsicht ermahnen und die Einsatzgruppen verstärken, mehr kann ich nicht tun. Solange du keine handfesteren Beweise hast, wird dir in Ghrogonia niemand glauben.«

Grim presste die Zähne zusammen. Zu seiner Überraschung hörte er ehrliches Bedauern in Mouriers Stimme. Doch gleich darauf hatte der Löwe sich wieder im Griff.

»Aber wo du gerade da bist«, sagte Mourier. »Heute Nacht findet die Probe statt, du hast es doch nicht vergessen? Ich erwarte, dass du dein Kostüm anziehst, nur damit wir uns …«

Das durfte nicht wahr sein! Mit voller Wucht schlug Grim gegen den metallenen Quader, und das Hologramm verschwand. Augenblicklich begann das Gerät, Funken zu sprühen und quer durchs Zimmer zu springen. Nach einem kleinen Tänzchen blieb es stehen und gab keinen Ton mehr von sich. Grim empfand ein merkwürdiges Gefühl der Befriedigung, als er den Rauch sah, der aus den Löchern der Knöpfe drang. Da klopfte es an der Tür.

»Zum Teufel, was …«, brüllte Grim und schaute in das verdatterte Gesicht von Remis.

»Friedhof Montmartre«, sagte dieser und schüttelte sich den Regen aus den grünen Haaren. »Die Beisetzung war heute Nachmittag, aber das Mädchen steht immer noch am Grab.«

Grim stieß die Luft aus. Seine Wut über Mourier und Thoron

strömte wie sein Atem aus ihm hinaus. Schnell verließ er das Zimmer. Remis flog auf seine Schulter.

»Hat es Sinn, dich zu fragen, was du vorhast?«, fragte er, während sie mit dem Fahrstuhl auf die Spitze des Turms fuhren.

»Ich bin nur von Idioten umgeben«, stellte Grim fest. »Mourier und Thoron glauben mir kein Wort. Sie halten die Explosion der Traumsammelstation für einen Anschlag der Rebellen und finden jeden Gedanken daran, dass es sich bei den Tätern um Schwarzmagier handeln könnte, schlichtweg lächerlich. Und die Morde haben natürlich auch ganz gewöhnliche Hybriden begangen.« Er stieß die Luft aus. »Aber ich weiß, dass das nicht wahr ist. Die haben etwas vor. Und wenn weder mein König noch mein Vorgesetzter etwas unternehmen wollen, muss ich es eben selbst tun. Und bei dem Mädchen fange ich an.«

Sie verließen den Turm, und Grim erhob sich mit raschen Flügelschlägen in die Luft. Remis klammerte sich an sein Ohr. »Was willst du denn tun?«

»Ich habe schon einmal nicht auf mein Gefühl gehört. Vielleicht hätte ich Jakob retten können. Ich wusste, dass diese Kerle stark sind. Ich wusste es schon, als sie mich im Tunnel in die Mangel genommen haben. Aber ich habe es darauf geschoben, dass sie mich überrascht hatten. Warum habe ich das getan? Warum habe ich nicht die Augen aufgemacht? Ja – ich hätte auf mein Gefühl hören sollen.« Er lachte verächtlich. »Ich, ein Gargoyle, soll meinen Gefühlen vertrauen – ha! Dabei wird einem Schattenflügler als Erstes beigebracht: Vertraue deinen Instinkten, aber nie deinen Gefühlen. – So ein Schwachsinn! Mein Gefühl hat mir gesagt, dass mit diesen Kerlen etwas nicht stimmt. Ich hätte Verstärkung anfordern können. Und …«

»… und hättest Mourier erzählen wollen, dass diese Hybriden

einen Hartiden jagen?« Remis verzog das Gesicht. »Erstens ist zu bezweifeln, dass er dir überhaupt Schattenflügler unterstellt hätte – und selbst wenn: Was wäre wohl mit dem Jungen passiert? Du weißt, was Thoron mit Hartiden anstellt.«

Ein Schatten legte sich auf Grims Gesicht. Ja … das wusste er.

»Und vermutlich hätte Mourier nicht anders reagiert als jetzt«, sagte Remis. »Du hättest nichts tun können.«

Grim schwieg. Remis hatte recht, das war ihm bewusst, und doch erschienen ihm die Worte des Kobolds wie lachende Masken über toten Gesichtern. Vielleicht war es gleichgültig, wie man es nannte: Schuld, Zweifel, Dunkelheit. Grim wusste nur eines: Er war dabei gewesen. Er hatte gesehen, wie Jakob eine Waffe gezogen, sie sich an die Schläfe gehalten und abgedrückt hatte. Und er hatte es nicht verhindern können.

Sie erreichten den Friedhof Montmartre, und Grim rauschte über die Wipfel der Bäume und die im Regen schimmernden Grabsteine hinweg. Remis wies ihm den Weg, bis sie ein neues Grab erreichten. Der Hügel wurde von einer grünen Plane vor dem Regen geschützt, Blumen und Kränze lagen darum herum. Einen Grabstein gab es noch nicht. Stattdessen war da ein Mensch, ein Mädchen, um genau zu sein. Sie stand regungslos, der Regen durchnässte ihre Haare und perlte von ihrem Gesicht ab, die Tropfen blieben an ihren Wimpern hängen, doch sie rührte sich nicht.

Grim landete lautlos auf einer nahe stehenden Kapelle und schaute zu ihr hinüber. Wie eine Puppe stand sie da, klein und verletzlich. Er spürte ihre Traurigkeit, konnte ihr Blut riechen, das verzweifelt in ihren Adern rauschte, und er fühlte die Tränen, die in ihr verschlossen waren wie Gold in einer Truhe. Etwas in ihm wollte sich abwenden, wollte davonfliegen, wie er es immer getan hatte seit damals, wollte nicht teilhaben an ihrem Schicksal. Doch er blieb. Da stand sie trauernd am Grab ihres Bruders, bleich wie eine Figur aus Wachs.

Und wieder durchzuckte es ihn: Hätte er den Jungen retten können? Er spürte, dass er diese Frage mit sich tragen würde so lange er lebte. Und noch eines wurde ihm bewusst: Er hatte für Jakob die Verantwortung übernommen. Er hatte es schon damals in der Arena getan, als Moira gesagt hatte: *Gib auf ihn acht*, ohne ihn darum zu bitten. Und jetzt – jetzt würde er ein Auge auf das Mädchen haben. Die Schwarzmagier hatten ihren Bruder nicht ohne Grund verfolgt. Sollte sie tatsächlich im Besitz des Pergaments mit dem Siegel des Feuers sein, schwebte sie in Gefahr. Er würde sie nicht allein lassen.

Kaum hatte er das gedacht, zerbrach die Mauer zwischen ihm und der Welt. Er hörte den Regen wieder, das Rauschen der Bäume, den pfeifenden Wind und Remis, der die ganze Zeit über tröstend auf ihn einredete. Grim holte tief Luft und sah, wie das Mädchen sich rührte. Sie hob den Kopf und blinzelte durch die Finsternis in seine Richtung, als könnte sie ihn erkennen. Ein seltsames Gefühl ergriff ihn, als er ihren suchenden, wachsamen Blick spürte, eine flüsternde Zärtlichkeit, die er so noch nie empfunden hatte. Er konnte sie sich nicht erklären, aber sie durchströmte ihn wie der Gedanke an Sonne und Licht. Regungslos verharrte er, bis sie sich abwandte und den langen, gewundenen Weg hinabging.

Er wartete, bis sie das andere Ende des Friedhofs erreicht hatte. Er wollte nicht, dass sie ihn bemerkte und es womöglich mit der Angst bekam. Da verstummten ihre Schritte. Gerade wollte er ihr folgen, als er ein Zischen hörte, klar und schneidend wie Pfeile in der Luft. Noch ehe er sie sah, wusste er, dass sie es waren. Hybriden flogen über den Friedhof, es waren fünf oder sechs. Ihre Umhänge flatterten im Wind, und sie verfolgten das Mädchen. Ein Grollen drang aus Grims Kehle.

»Was hast du …«, konnte Remis noch sagen, doch im nächsten Moment raste er in Grims Faust durch die Nacht, so schnell, dass ihm das Haar wie ein Segeltuch bei steifer Brise vom Kopf abstand. Seine Wangen zitterten im Wind. »Wuas haaast du vouaaa?«, rief er und krallte seine Koboldhände in Grims Klaue.

Grim antwortete nicht. Nicht weit entfernt sah er die Hybriden. Sie hatten das Mädchen umzingelt und offensichtlich nicht vor, sich lange mit ihr aufzuhalten. Schon ließen sie grünes Feuer über ihre Körper laufen und streckten gleichzeitig die Hände nach ihr aus. Fast hatte Grim sie erreicht. Da sah er, wie das Mädchen nach dem Amulett griff, das sie um den Hals trug. Ihre Hände zitterten, ihr Gesicht war leichenblass. Mit einem Klirren zerriss sie die Kette und murmelte etwas. Im nächsten Moment schleuderte eine heftige Druckwelle die Angreifer gegen die steinernen Totenhäuser. Das Mädchen starrte fassungslos auf die bewusstlosen Hybriden. Im nächsten Moment brach sie zusammen. Ehe sie auf dem Boden aufschlug, hatte Grim sie gepackt und trug sie auf seinen Armen durch die Nacht.

»Sie hat sie besiegt!«, kreischte Remis und sprang auf Grims Schulter auf und ab. »Hast du das gesehen, sie hat …«

»Sie hat das Amulett abgelegt«, grollte Grim. Seine Stimme zitterte. »Weißt du, was das eben für ein Zauber war? Nur die wenigsten Menschen können ihn in dieser Stärke überhaupt wirken! Das war Zufall, nichts weiter! Sie ist noch nicht einmal ausgebildet! Das war zu viel für sie, der Zauber hat ihr alle Kraft geraubt. Sieh hin!«

Das Gesicht des Mädchens war schneeweiß. Rasend schnell

bildeten sich schwarze Ringe unter ihren Augen, ihre Lippen platzten auf, und ein feines Rinnsal aus Blut floss ihr aus dem Mund. Remis klammerte sich an Grims Ohr. Sie flogen so schnell, dass er die Augen nicht offen halten konnte. Kurz darauf landeten sie auf Grims Turm. Ohne auf seine Mitbewohner Klara, Bocus und Fibi zu achten, die mit offenen Mündern auf das Mädchen starrten, rasten sie in dem magischen Fahrstuhl abwärts.

Mit schweren Schritten ging Grim einen langen Gewölbegang hinab. Automatisch entzündeten sich Fackeln zu beiden Seiten. Er trat mit dem Fuß gegen eine schwere Holztür, die knarrend aufflog und den Blick freigab auf ein großes Zimmer. Dunkle Bücherregale zierten die Wände, und rotes Licht warf durch ein Bleiglasfenster seinen flackernden Schein auf ein Himmelbett. Feiner Staub hatte die unzähligen Kissen bedeckt.

Behutsam legte Grim das bewusstlose Mädchen auf das Bett. Ihre Lider flatterten, er konnte ihr Herz hören, das in beängstigendem Rhythmus schlug. Wie betäubt stand er da und konnte sich nicht rühren. Dumpf hörte er steinerne Schritte hinter sich.

»Was ist denn hier los?« Polternd kam Bocus ins Zimmer, dicht gefolgt von Klara und Fibi.

Der steinerne Teufel sprang auf den Nachttisch neben dem Bett und riss die Augen auf. »Bist du verrückt geworden?«, kreischte er so laut, dass seine Stimme sich überschlug. »Ein *Mensch*? Du bringst einen *Menschen* hierher?«

Grim hörte seine Stimme wie aus weiter Ferne. Er konnte sich nicht abwenden vom blassen Gesicht des Mädchens. Ihr Herzschlag dröhnte so laut in seinen Ohren, dass es wehtat. Dann wurde er leiser. Der Atem des Mädchens wurde flach.

Klara trat ans Bett. Ihre kühlen Augen musterten das Mädchen, und ein sanfter Ausdruck legte sich auf ihr Gesicht. »Sie liegt im Sterben«, sagte sie leise. »Grim. Sie stirbt!«

Es war, als hätte sie ihn geschlagen. Er fuhr zurück. Noch einmal sah er dem Mädchen ins Gesicht. Dann verließ er das Zimmer.

»Verflucht, Grim, was …«, kreischte Remis, doch schon war er zurück. Er trug einen silbernen Dolch in der Hand und setzte sich an den Rand des Bettes. Remis wurde blass unter seiner grünen Haut. »Du willst doch nicht etwa …«

Grim ballte die Faust. Dann zog er mit sanfter Geste den Dolch über seinen linken Arm. Sofort trat schwarzes Blut aus der Wunde.

Fibi schluckte hörbar. »Blut ist ein ganz besondrer Saft, ja, ich weiß, aber … Was hast du vor?«

Grim antwortete nicht. Er murmelte etwas und legte dem Mädchen die rechte Hand auf die Schläfe. Ein Zucken ging durch ihren Körper.

»Grim«, drang Klaras Stimme an sein Ohr. »Weißt du, was du da tust?«

Er nickte. »Früher war das nichts Außergewöhnliches, damals, als Menschen und Gargoyles noch … Egal. Denkt ihr, sie wird sich in einen Gargoyle verwandeln, oder was?« Er lachte angestrengt und warf einen Blick auf Klara, Bocus und Fibi, die ihn anstarrten wie einen Geist. »Seit wann sind wir Vampire?«

Vorsichtig hob er den Arm und ließ einige Blutstropfen in Mias Mund fallen. Angespannt starrten alle auf das Mädchen. Sie rührte sich nicht. Etwas kroch Grims Rücken hinab, auf einmal war ihm eisig kalt. Er konnte ihr Herz nicht mehr hören. *Wer auch immer dafür verantwortlich ist*, dachte er, *ich werde ihn suchen, und ich werde ihn finden, und dann werde ich eine Menge, oh ja, eine ganze Menge Spaß mit ihm haben.*

Und da, als hätte seine Drohung Gehör gefunden, holte das Mädchen Atem. Fibi und Bocus stießen einen Schrei aus, Remis griff nach der Kerze auf dem Nachttisch und sank seufzend an ihr nieder. Klara legte Grim einen Huf auf das Knie. Grim spürte ihr Lächeln, aber er achtete nicht darauf. Er sah das Mädchen an. Schnell kehrte die Farbe in ihr Gesicht zurück, ihre Lippen verheilten, und ihr Herz verfiel in einen ruhigen Rhythmus. Nach wenigen Augenblicken sank sie in einen tiefen Schlaf.

»Du hast ihr das Leben gerettet«, sagte Klara sanft.

Grim holte tief Luft. Ja, er hatte sie gerettet. Wenigstens sie. Etwas Kühles strich über sein Gesicht wie eine ferne Erinnerung, als er das dachte. Auf einmal war ihm der Raum zu klein, er ertrug den Anblick des Mädchens nicht mehr, er musste raus, nur raus. Ruckartig sprang er auf. Orgelmusik spielte in seinen Ohren, als er den Gang hinablief. Er hörte, wie die anderen ihm etwas nachriefen. Augenblicke später landete Remis auf seiner Schulter. Grim raste mit seinem Fahrstuhl nach oben und warf sich in die Nacht. Pfeilschnell schoss er über die Straßen dahin, die Lichter der Stadt brannten auf seiner Haut. Remis sagte etwas, aber Grim wollte ihm nicht zuhören, wollte niemandem zuhören, auch nicht der Stimme in seinem Inneren, dieser Stimme des kleinen Pfarrers, seinem Schreien, seinem Weinen, seinen letzten Atemzügen, er wollte vergessen, alles vergessen und fort sein.

Irgendwann hörte Remis auf, ihm ins Ohr zu schreien, aber er ließ ihn nicht allein. Er hielt sich fest, klappernd vor Kälte, klammerte sich an Grims steinernes Ohr und flog mit ihm durch die Nacht, weiter und weiter, bis der Gargoyle auf einem verlassenen Feld weit draußen vor den Toren von Paris landete. Grim war erschöpft. Am liebsten hätte er geschlafen, doch die Bilder in seinem Inneren hielten ihn wach. Mit einem tiefen Atemzug ließ er sich aufs Feld sinken, den Kopf den Sternen zugewandt, und schloss die Augen.

»Du hast sie gerettet«, sagte Remis nach einer Weile. Sein grünes Licht dämmerte durch Grims steinerne Lider. »Verdammt, Grim!«

Das Licht wurde heller. Plötzlich wurde eines von Grims Augen aufgerissen, und das wütende Gesicht eines Kobolds starrte ihn an. Ärgerlich setzte Grim sich auf und wischte Remis beiseite wie eine zu groß geratene Mücke.

»Ohne dich wäre sie gestorben.« Remis landete auf Grims Knie und schüttelte sorgenvoll den Kopf. »Aber du darfst das alles nicht an dich herankommen lassen! Mir ist nicht entgangen, wie du das Mädchen angesehen hast, ich muss nichts darüber wissen, aber ich sage dir: Die Menschen sind es nicht wert, dass …«

Grim wich seinem Blick aus. »Manche sind es wert«, unterbrach er ihn leise.

Remis ließ den Kopf sinken. Seine Arme hingen von seinem Körper hinab, als könnte er sie nicht mehr bewegen. »Tatsächlich?«, erwiderte er. »Sind sie es wert, dass Wesen wie du – Wesen wie wir – bis in alle Ewigkeit um sie trauern, wenn sie uns verlassen haben?« Seine Stimme war sanft, kaum hörbar gewesen, und doch trafen die Worte Grim mit einer Wucht, die ihn husten ließ. Remis flog auf seine rechte Klaue, sodass Grim ihn ansehen musste. »Das sind Menschen, Grim! Sie sind sterblich. Und das werden sie immer bleiben. Du gehörst nicht in ihre Welt, so wie sie nicht in deine gehören. Das hast du schon einmal erfahren.«

Remis sagte noch mehr, doch Grim hörte seine Worte wie durch Watte.

Der Blick des Mädchens war ihm gefolgt, ihre Augen, ihre Stimme, er hörte den Schuss, er sah Jakob in den Staub fallen, er hörte die Worte von Monsieur Pité, *Es war etwas in der Luft, wissen Sie*, wieder und wieder sagte er das, bis Grim das Gesicht in den Klauen verbarg und weinte. Kristallene Tränen fielen in die dunkle Erde, und aus seinem Körper drang ein Ton, als würden Gebirge auseinanderbrechen. Remis hatte sich auf seine Schulter gesetzt, klein und zusammengesunken hockte er dort und hielt Grims Ohr umklammert, ein winziges grünes Licht auf einem obsidianschwarzen Felsen.

Kapitel 20

Noch ehe Mia die Augen öffnete, spürte sie das weiche Kissen an ihrer Wange. Ein zäher Schmerz puckerte in ihren Schläfen. Es war dunkel um sie herum, nur ein flackerndes rotes Licht zeichnete die Umrisse des Zimmers nach, in dem sie sich befand. Dunkle Regale mit Unmengen an Büchern standen an den Wänden, sie selbst lag in einem Himmelbett. Das rote Licht fiel durch ein filigranes Bleiglasfenster. Mühsam setzte sie sich auf. Erinnerungen zogen durch ihren Sinn, sie sah die Hybriden, die sie auf dem Friedhof umringt hatten, fühlte wieder die Panik in ihrer Brust und hörte das Klirren der Kette beim Abreißen des Amuletts. Sie hatte sich vorgestellt, dass ihre Angreifer zurückgeschlagen würden, und im nächsten Moment war es passiert. Gleich darauf hatten sich ihre Muskeln verkrampft, ein heilloser Schrecken war ihr durch die Glieder gerast. Dann war ihr schwarz vor Augen geworden. Aber sie hatte einen Schatten gesehen, kurz bevor sie zusammengebrochen war. Er war über die Köpfe der Hybriden auf sie zugerast. Sie holte tief Atem. Hatte er sie hierher gebracht? Sie fuhr mit der Hand an ihren Hals – die Kette des Amuletts war wieder ganz.

Ein Windhauch säuselte durch den Spalt unter der Tür. Wie ein riesiges Tier aus Luft strich er ihr übers Gesicht und ließ sie frösteln. So leise wie möglich schlug sie die Decke zurück und stand auf. Sie war noch ein wenig wacklig auf den Beinen, aber davon konnte sie sich jetzt nicht aufhalten lassen. Sie musste wissen, wo sie hier war – und bei wem.

Sie schlüpfte in ihre Schuhe – irgendjemand hatte sie ihr ausgezogen und fein säuberlich neben das Bett gestellt – und warf sich ihren Mantel um die Schultern, der ordentlich auf einem Sessel gelegen hatte. Erleichtert stellte sie fest, dass sich das Paket noch immer darin befand. Leise schlich sie zur Tür. Die Stille um sie herum war unwirklich, sie hörte keine Straßengeräusche, keine Stimmen, noch nicht einmal den Wind, der in diesem Moment wieder ins Zimmer kroch und nach ihren Haaren griff. Mit angehaltenem Atem zog sie die Tür auf.

Sie stand am Ende eines langen Korridors. Eine einzelne Fackel warf ihr flackerndes Licht auf hohe Gewölbe, konnte aber die Schatten, die sich in den Nischen des Ganges verbargen, nicht vertreiben. Eine seltsame Kühle schlich über den staubigen Boden, als Mia aus dem Zimmer trat. Ihre Schritte klangen wie ein Flüstern durch die Dunkelheit. Schwere Türen, manche aus Holz, andere aus verziertem Marmor, erstreckten sich zu beiden Seiten, und ganz am Ende, dort, wo das Licht der Fackel endgültig versagte, fiel ein goldener Schein durch einen Torbogen. Mia ging darauf zu. Für einen Moment wurde sie von einem Feuerwerk aus Farben geblendet. Dann kniff sie die Augen zusammen – und erstarrte.

Vor ihr lag ein Kirchenschiff. Lichter hinter hohen Bleiglasfenstern verwandelten die Mauern in ein filigranes Netzwerk aus Schattenspielen. Dicke Staubschichten bedeckten die Holzbänke und den Mittelgang, die verzierten Spiralsäulen, die die Brüstung trugen, und den kleinen Altar mit der gewölbten, beinahe zarten Kanzel. Hell wie aus Elfenbein leuchtete das Kreuz Mia entgegen.

Langsam betrat sie die Kirche. Unter ihr knarrten die Dielen, der Ton irrte eine Weile durch die Gewölbe, ehe er sich zwischen den Säulen verlor. Es kam ihr vor, als wäre sie in eine versunkene Welt geraten, ein staubiges Atlantis, in das vor Urzeiten der letzte Mensch einen Fuß gesetzt hatte. Ihr Blick glitt über die mottenzerfressenen Wandteppiche, die reglos wie alte Kleider von den Wänden hingen. Die silbernen Kelche auf dem Altartuch waren angelaufen, geisterhafte Spinnweben hingen an den Fenstern und zwischen den Säulen.

Nachdenklich strich sie über eine der Bänke. Ihre Finger hinterließen eine Spur im Staub, als wäre er Schnee. Eine Weile betrachtete sie das Farbenspiel auf dem Boden, dann wandte sie sich um. Hinter ihr erhob sich eine Orgel. Sie war pechschwarz, und für einen Augenblick meinte Mia, einen Laut zu hören wie das sanfte Anspielen eines uralten Liedes. Doch ehe sie genauer hinhören konnte, erklang ein Scharren hinter ihr. Erschrocken fuhr sie herum. Aber nichts hatte sich verändert.

Sie verließ den Hauptgang und öffnete eine schmale Holztür, die nach draußen führte. Blauer Lichtschein fiel auf den Kirchenboden. Mia trat vor und fand sich in einem wunderschönen Garten wieder. Schwarzblaue Bäume und Büsche wurden von Kieswegen umwunden, ein Springbrunnen sprudelte in einer kleinen Grotte, und über allem schimmerten – Sterne? Mia sah genauer hin und erkannte die winzigen Bewegungen der Glühwürmchen an der Höhlendecke, die sich weit über ihr erstreckte. Sie sog die Luft ein. Sie war unter der Erde. Winzige Elfen hockten vor den Kirchenfenstern und schimmerten in den buntesten Farben. Mia fuhr sich über die Augen. Sie durfte sich nicht verzaubern lassen, als wäre sie ein kleines Kind, das in ein Märchenbuch gefallen war. Entschlossen zog sie die Tür wieder zu und setzte ihren Streifzug fort. Fasziniert ging sie über ein kunstvolles Bodenmosaik in eine kleine Kapelle, in der drei Steinfiguren und einige Marmorquader standen. Ein Drache mit weit aufgerissenem Maul starrte ihr entgegen, seine Augen traten ein wenig aus ihren Höhlen, und sein langer Schwanz umfasste zwei der Quader wie eine Rosenranke. Neben ihm hockte eine Ziege. Sie hatte die Hände über ihrem Bauch gefaltet und sah Mia an wie eine Großmutter, die Märchen erzählt. Mia musste lächeln, als sie den Teufel sah, der spitzbübisch die Arme hinter dem Rücken gekreuzt hatte und gewichtig zu ihr aufschaute. Es sah fast so aus, als wäre er … Kaum hatte sie das gedacht, fuhr ihr der Schreck in die Glieder. Was hatten diese Figuren hier zu suchen? Es gab sie in Kirchen nur selten im Inneren, das wusste sie – normalerweise sollten sie alles Böse von dem Gotteshaus fernhalten, deswegen hockten sie in Dämonengestalt auf den Dächern. Das war die Aufgabe der … Sie schluckte. Gargoyles.

Noch immer starrte der Drache sie an, und die Ziege hatte nichts von ihrem Lächeln eingebüßt. Mia überlegte für einen Moment, ob sie einfach wegrennen und sehen sollte, wie weit sie kam. Dann holte sie tief Atem.

»Hallo«, sagte sie unbeholfen. Ihre Stimme wehte wie ein Flüstern durch die Kirche. Die Gargoyles regten sich nicht. Mia trat einen Schritt auf sie zu. Und wenn es wirklich nur Figuren aus Stein waren, leblose Kreationen der Menschen? Sie klopfte dem Teufel gerade auf die Nase, als etwas hinter seinem Rücken vorschoss und auf sie zuraste. Es war ein leuchtend grünes Licht, etwa so groß wie ein Stiefel. Energisch trieb es sie in den Mittelgang zurück, bis sie mit den Beinen gegen eine der Bänke stieß und sich in den Staub setzte. Sie riss die Augen auf. Vor ihr in der Luft schwebte ein wild gestikulierender Kobold. Er schien ihre Aufregung zu bemerken, denn er hob beschwichtigend beide Hände.

»Hab keine Angst«, hörte sie ihn sagen. »Es ist so, also …« Da schlug er sich mit der Hand gegen die Stirn, dass es ein leises, klatschendes Geräusch machte. »Verzeihung«, er hob entschuldigend die Schultern, »ich will mich erst einmal vorstellen. Ich bin ein Moorkobold, eng verwandt mit den Waldkobolden, ursprünglich stammend aus dem Schwarzwald, seit vierhundertundsiebzig Jahren jedoch ansässig im schönen Frankreich, genauer in Paris – Pari, Pari, mon amour!« Er lächelte und zeigte seine schiefen Zähne. Dann deutete er eine Verbeugung an und fügte hinzu: »Mein Name ist Remis.«

Mia nickte. »Remis«, wiederholte sie. »Ich bin Mia.«

Der Kobold lächelte, als wäre das keine Neuigkeit für ihn. »Wir freuen uns, dass du bei uns bist, Mia. Hier droht dir keine Gefahr. Wir wollen dir nichts Böses.«

Mia rutschte auf der Bank ein wenig nach hinten. »Wir?«, fragte sie vorsichtig. »Wer …«

Gleich darauf sah sie den Teufel auf sich zuspringen. Seine Füße klangen auf dem Boden wie Xylophonschläge. »Ja, wir freuen uns«, rief er und blieb dicht vor ihr stehen. »Auch wenn du mir eben fast die Nase gebrochen hättest. Aber Schwamm drüber.« Er legte den Kopf in den Nacken und lachte, dass sein kleiner Bauch auf und ab hüpfte.

»Es ist lange her, dass ein Mensch mit uns gesprochen hat«, sagte die Ziege, die in langsamen Schritten auf Mia zukam und hinter dem Teufel stehen blieb. Ihre Stimme war warm und weich wie schmelzender Käse.

»Viel *zu* lange, wenn du mich fragst.« Der Drache ließ seinen Schwanz wie eine Kette aus Eisen über den Boden rasseln und spie eine lodernde Atemwolke in die Luft.

»Wenn ich vorstellen darf«, ergriff Remis wieder das Wort. »Bocus, furchterregendster Drache seit dem Zeitalter der Nibelungen, zugehörig zum Clan der Wasserspeier, allerdings aufgrund gewisser Branddelikte aus dem Königshaus verbannt. Fibi, Satansbraten und Höllentierchen par excellence, früher im Clan der Mephisti, und Klara, unsere gute Seele, ohne Sinn für die Sperenzchen der edlen Kreise, aus denen sie stammt. Willkommen bei den Abtrünnigen! Wir freuen uns, dich bei uns begrüßen zu dürfen.«

Wie auf Kommando verbeugten sich alle.

Mia schaute von einem zum anderen. »Ihr seid Gargoyles, nicht wahr?«, fragte sie vorsichtshalber. Die drei steinernen Wesen nickten.

»Aber keine Sorge«, sagte Fibi mit einem Grinsen. »Keiner von uns würde einem Menschen etwas zuleide tun. Wir sind … nun ja … anders als die meisten Gargoyles.«

Mia sah sich um. »Aber sind wir denn nicht in Ghrogonia?«

Bocus lachte so laut, dass seine Stimme dröhnend um die Säulen fegte. »Du lieber Himmel, nein! Um genau zu sein, befinden wir uns unter dem Turm Saint Jacques, in eben jener Kirche, die 1797 abgerissen wurde.«

Mia wollte etwas erwidern, aber Fibi fiel ihr ins Wort.

»Das war natürlich eine teuflische Lüge«, rief er und schlug begeistert die Hände zusammen. »In Wahrheit wurde nämlich gar nichts abgerissen, sondern nur versetzt. Und zwar hierher!«

Mia nickte langsam. »Unter die Erde.« Sie hob den Blick.

»Aber es ist kalt hier. In Ghrogonia haben alle Gargoyles warme Wohnungen, wie heißt noch dieser Stein …«

»Karemtyx«, sagte Fibi wie aus der Pistole geschossen und strahlte übers ganze Gesicht.

Remis lächelte. »Wie gesagt – du bist hier nicht bei gewöhnlichen Gargoyles. Nimm unseren Fibi. Er ist ein Mephisto – aber im Gegensatz zu den meisten anderen seines Clans ist er unfähig, vor den Menschen Furcht zu empfinden. Stattdessen vertreibt er sich die Zeit, indem er ihnen Streiche spielt. Die Mephisti hingegen haben wie die meisten anderen Gargoyles nicht nur unbändige Angst vor den Menschen, sondern auch eine besondere Art, selbige von sich selbst fernzuhalten: Durch grauenhafte Fratzen und unheimliche Körper wollen sie die Menschen ängstigen und sie so daran hindern, sich den versteinerten Mephisti tagsüber zu nähern. Wenn die Menschen Angst vor ihnen haben, sind die Mephisti beruhigt und fühlen sich sicher. Daher bereitet es ihnen auch ein teuflisches Vergnügen, Menschen einen Schrecken einzujagen, was sie bei jeder Gelegenheit und mit teilweise haarsträubender Boshaftigkeit tun. Fibi hingegen ist ein freundlicher Mephisto, der nicht durch Furcht zu seinem Schabernack getrieben wird, sondern aus einer harmlosen, kindlichen Neugier und Schaulust heraus.«

Mia musste lächeln, als sie daran dachte, wie viele unheimlich dreinschauende Steinfiguren an den Kirchen von Paris wohl in Wahrheit ängstliche Mephisti sein mochten.

Bocus grinste, dass seine rußgeschwärzten Zähne sichtbar wurden. »Ich entstamme dem stolzesten Clan der Wasserspeier – den Sputatores, die seit jeher zur Belustigung der Gargoyles am Hofe Ghrogonias Wasser speien. Aus unerfindlichen Gründen bin ich aber unfähig, Wasser zu spucken – es verwandelt sich in meinem

Inneren einfach jedes Mal in Feuer. Als ich dann eines Tages aus Versehen statt eines lustigen Springbrunnens an der Festtafel des Königs ein Feuerinferno ausbrechen ließ, wurde ich vom Hof verbannt.« Er lachte leise. »Andere von uns haben aus eigener Entscheidung heraus dem Leben in Ghrogonia den Rücken gekehrt.« Sein Blick fiel auf Klara, und ein Schatten legte sich auf sein Gesicht. Die Ziege aber lächelte.

»Und so geben wir uns sogar mit Kobolden ab«, sagte sie.

Remis hustete verlegen. »Normalerweise haben Gargoyles mit niederen Existenzen wie mir nichts zu tun. Die wilden Feste meines Volkes, unsere starken Leidenschaften und unsere Fürsorge für die Tier- und Pflanzenwelt – inklusive der Tauben – sind den Gargoyles fremd, und auch der Schabernack, den einige Verwandte der Kobolde, insbesondere die Poltergeister, in früheren Zeiten mit versteinerten Gargoyles anstellten, trug nicht gerade zur Völkerverständigung bei. Besonders die Irrwichte – in den Augen der Gargoyles boshafte Kreaturen, die alles Lebendige in die Moore führen, um es dort zu ertränken – wurden lange von ihnen verfolgt und werden heutzutage zumindest mit aller Inbrunst verabscheut. Der Herr dieser Kirche bildete da keine Ausnahme. Als er sich jedoch einmal rettungslos im Dickicht der Wälder und Moore des Düsterhains verirrte und ein grünes Licht ihm auf festen Boden verhalf, änderte sich seine Meinung. Nun erfuhr er, dass die Irrwichte, auch Irrlichter genannt, keineswegs zur Gattung der Kobolde gehören, sondern diesen nur auf den ersten Blick ähnlich sehen.« Remis schüttelte den Kopf. »Kaum leuchtet etwas aus sich selbst heraus und lebt in einem Wald, denkt ein Gargoyle, es sei ein Irrlicht. Glaube ich etwa, dass die Kiesel am Ufer des Meeres Gargoyles sind, nur weil sie aus Stein bestehen und sich ab und an bewegen?«

Mia musste über den Vergleich lachen. Dann wurde sie wieder ernst. »Der Herr dieser Kirche«, begann sie. »War er es, der mich hierher gebracht hat?«

»Ja«, sagte Remis leise. »Er hat dir das Leben gerettet. Und du ahnst nicht, was es ihn gekostet hat. Diese Hybriden, die dich auf dem Friedhof angegriffen haben … Weißt du, aus welchem Grund sie das taten?«

Mia spürte, wie ihr das Blut in den Kopf schoss. Sie schwieg, aber offensichtlich hatte Remis mit dieser Reaktion gerechnet.

»Wir jedenfalls wissen nicht, wer sie sind oder woher sie kommen«, fuhr er fort. »Sie sind ungewöhnlich stark und gehören nicht zu den Rebellen aus Ghrogonia. Kurz – wir wissen überhaupt nichts.«

Mia nickte nachdenklich. »Aber er … er hat mich gerettet«, sagte sie leise. »Ich würde mich gern bei ihm bedanken. Wo ist er jetzt?«

Offensichtlich löste diese Frage Unbehagen aus. Fibi verschränkte die Arme auf dem Rücken, Bocus schaute unbeteiligt zur Decke, und Klara warf Remis einen vielsagenden Blick zu.

»Nun ja«, begann der Kobold. »Für ihn ist deine … deine Anwesenheit nicht so einfach. Er ist ein Schattenflügler, verstehst du? Und ein Vulkangeborener noch dazu.«

Mia zog die Schultern an. Ein Schattenflügler, na großartig. Schaudernd dachte sie an die Hinrichtung des Hybriden und an den kalten Krokodilsblick der Schattenflügler auf den Straßen Ghrogonias.

»Keine Sorge«, sagte Remis mit einem schiefen Lächeln. »Normalerweise hat jeder Schattenflügler die Pflicht, einen Hartiden dem König der Gargoyles auszuliefern, vielleicht weißt du das schon. Aber hier hast du nichts zu befürchten. Er wird dir nichts tun, da kannst du sicher sein. Er ist ein liebenswerter Charakter, wenn auch vielleicht erst auf den zweiten Blick.«

Fibi rieb sich mit unbeteiligter Miene den Bauch. »Oder auf den dritten.«

»Trotzdem halte ich es für keine gute Idee, dass du ihn jetzt kennenlernst«, fuhr Remis fort, ohne auf den Einwand des Mephisto einzugehen. »Die ganze Situation ist doch ziemlich verwirrend für alle Beteiligten.«

Mia seufzte. Wem sagte er das! »In Ordnung«, erwiderte sie. »Dann werde ich jetzt gehen. Wo ist der Ausgang?«

Ungläubig starrte Remis sie an, Bocus und Klara tauschten verwirrte Blicke, und Fibi klappte hörbar der Kiefer nach unten.

»Wie, du willst gehen?« Remis schüttelte den Kopf. »Das geht nicht, ausgeschlossen. Unter gar keinen Umständen. Nein!«

Mia zog die Brauen zusammen. »Soll das heißen, ihr haltet mich hier gefangen?«

Unsicher warf der Kobold Klara einen Blick zu. »Nun ja«, begann er und schaute flüchtig zur Decke.

Da stieß Mia die Luft aus. »Bringt mich zu ihm«, sagte sie knapp. Für einen kurzen Moment war sie von sich selbst überrascht. Gleichzeitig sprang die Anspannung von ihren Schultern, und die Kopfschmerzen schmolzen auf ein erträgliches Maß. Sie schaute in die schreckensstarren Gesichter dreier Gargoyles und eines Kobolds. »Wenn ich eure Blicke zur Decke richtig deute, ist er irgendwo da oben. Es ist schon schlimm genug, nicht zu wissen, in was für ein absurdes Spiel ich hier geraten bin. Aber gefangen halten lasse ich mich nicht. Und da er hier offensichtlich derjenige ist, der das Sagen hat, will ich jetzt sofort mit ihm sprechen.«

Sie wartete nicht darauf, dass einer der vier ihr den Weg zeigte, sondern betrat zielstrebig den Gang vor der Kirche. Sofort sprangen die Gargoyles ihr nach und Remis flatterte aufgeregt vor ihr Gesicht.

»Das ist keine gute Idee«, sagte er und schwebte so händeringend vor ihr auf und ab, dass Mia daraus schloss, auf dem richtigen Weg zu sein. Sie schaute an ihm vorbei und entdeckte eine glänzende Tür aus schwarzem Marmor. Drei metallene Knöpfe blinkten in schwachem Licht neben der Zarge. Entschlossen blieb Mia stehen.

»Hör zu«, sagte sie und schaute Remis direkt in die Augen. Wie erstarrt hielt er inne. »Ich bin kein Vogel, den man fangen und einsperren kann, verstanden? Ich habe Schlimmes durchgemacht, und ich erwarte, dass man mich mit Respekt behandelt, auch wenn ich keine Haut aus Stein habe oder grüne Haare. Wisst ihr etwa nicht, was das ist: Respekt?«

Das saß. Seufzend murmelte Remis eine Formel, worauf die Marmortür lautlos nach oben aufschwang. Eine flirrende Säule aus Licht erhob sich in einem dunklen Raum. Für einen Moment holte Mia tief Atem. Dann trat sie vor.

Das Licht prickelte auf ihrer Haut, und sie hätte fast geschrien, als sie spürte, wie ihre Füße den Kontakt zum Boden verloren. In langsamer Geschwindigkeit schwebte sie innerhalb der Lichtsäule aufwärts. Lautlos löste sich die Decke über ihr auf, und Augenblicke später stand sie am Rand eines hohen Turms. Es regnete nicht, und der Mond, der in einem zerrissenen Wolkenmeer dahintrieb, warf sein kaltes Licht in die Nacht. Unter ihr floss der Verkehr in funkelnden Lichtern durch die Straßen, und rings um sie herum verlief ein steinernes Geländer. Sie musste Luft holen. Das war tatsächlich der Turm Saint Jacques. Die Figur des Heiligen Jakobus des Älteren erhob sich auf der Turmspitze, und die vier geflügelten Symbole der Evangelisten schmückten als helle Statuen die Brüstung: ein Mensch versinnbildlichte Matthäus, ein Löwe Markus, ein Stier Lukas und ein Adler Johannes. Mia ließ den Blick über ihre Gesichter schweifen – und erschrak. Dort auf der Brüstung saß ein gewaltiger Schatten. Er war schwärzer als die Nacht, die ihn umgab, ein Engel aus Finsternis. Ein Knie hatte er an seinen Körper gezogen und seine Klauen mit den scharfen Krallen gelassen darauf abgelegt. Seine gewaltigen Schwingen ragten hinter ihm auf wie Engelsflügel, und dichtes dunkles Haar fiel auf seine Schultern hinab. Da wandte er sich um und sah sie an. Sie kannte ihn, das wusste sie sofort. Es war der Gargoyle, der Jakob und sie in der Menge bei der Hinrichtung gesehen hatte. Und doch schien es ihr, als sähe sie sein Gesicht zum ersten Mal. Stolz lag auf seinen Zügen, eine kühle Erhabenheit, wie sie sie von den Gesichtern antiker Statuen kannte. Ein Ausdruck wie wütender Trotz, ein kindlich-nachdenklicher Schatten flammte in seinen Augen, mit denen er auf die Welt schaute, als wollte er ihr jeden Moment ins Gesicht spucken. Dieses Gesicht, das wusste sie, wäre vollkommen gewesen, wenn nicht die Narbe über das rechte Auge gelaufen wäre, ein schmaler Schnitt längs über das Lid bis hinab zur Wange.

»Als hätte man ihn verwundet, während er schlief«, murmelte Mia leise und verzog gleich darauf das Gesicht. Sie war schließlich nicht hier herauf gekommen, um in merkwürdige Schwärmereien auszubrechen.

Der Gargoyle war offensichtlich nicht gerade begeistert von ihrem Auftauchen. Er ließ die Klauen sinken, langsam, als wollte er sie an jede seiner Bewegungen gewöhnen, schwang die Beine auf den Turm und erhob sich. Er war so groß, dass seine Schwingen den Mond verdeckten. Langsam trat er auf sie zu.

»Was willst du hier?«, grollte er mit einer Stimme, die ihr die Haare nach hinten strich.

Für einen Moment hätte sie sich am liebsten umgedreht und wäre wieder im Fahrstuhl verschwunden. Dann stieß sie die Luft aus, so verächtlich sie konnte.

»Das frage ich mich auch«, gab sie zurück. »Ich dachte, dass hier oben jemand wäre, der mir das Leben gerettet hat. Aber da habe ich mich wohl geirrt.«

Mit dieser Reaktion hatte ihr Gegenüber offensichtlich nicht gerechnet. Seine Züge verfinsterten sich, als hätte er auf eine schlechte Nuss gebissen.

»Nein«, sagte er ein wenig leiser. »Du hast dich nicht geirrt. Auf dem Friedhof hast du Magie gewirkt, starke Magie, die dich deine gesamte Kraft gekostet hat. Deswegen bist du ohnmächtig geworden. Ich habe dich hierher gebracht, damit du in Sicherheit bist.« Er hielt inne.

Falls er jetzt ein Dankeschön erwartete, konnte er lange warten! Mia presste entschlossen die Zähne aufeinander und schwieg.

Leise stieß er die Luft aus und sagte dann: »Mein Name ist Grim.«

»Das ist mir vollkommen egal«, erwiderte sie und schob das Kinn vor. »Ich will sofort wissen, warum ich hier festgehalten werde.«

»Wenn ich dich nicht gerettet hätte«, grollte er, und sie konnte hören, dass er ungehalten war, »wärest du jetzt tot, klar?«

Mia spürte die Wut in ihren Wangen. »Klar«, rief sie und trat einen Schritt auf ihn zu. »Ich wurde von Ungeheuern verfolgt, und deswegen verschleppst du mich in diese unterirdische Gruft und legst mich in ein staubiges Himmelbett! Das ist ja fast wie im Märchen.«

Grim schnaubte durch die Nase. »Im Märchen wäre keiner so undankbar gewesen, so viel steht fest!«

Sie verschränkte die Arme vor der Brust. »Ach nein?«, fragte sie spöttisch. »Dann sind wir wohl im falschen Genre gelandet, was?«

Da rauschte etwas Grünes vor ihr Gesicht und wedelte mit leuchtenden Händen durch die Luft. »Schluss jetzt!«, rief Remis aufgebracht und schaute von einem zum anderen. »Ihr müsst zusammenarbeiten, begreift das doch! Ihr seid beide in diese Geschichte verwickelt!« Er warf Grim einen Blick zu. »Sag es ihr.«

Der Gargoyle sah sie an, es war ein kurzer Blick voller Gegenwehr. Dann wandte er sich ab und trat an den Rand des Turms. »Dein Bruder«, hörte sie seine Stimme, »hat etwas von einem sehr alten Gargoyle bekommen, von Moira, einer Freundin von mir. Kurz darauf ist sie gestorben, und die Hybriden haben begonnen, deinen Bruder zu verfolgen. Sie haben ihn gehetzt, aber er hatte einen Plan. Er wollte sie alle miteinander in schwarzem Feuer verbrennen. Doch sein Plan ging schief, denn die Hybriden entfalteten im letzten Moment ungeahnte Kräfte. Wie ich vor Kurzem erfuhr, sind es keine gewöhnlichen Hybriden – sie gehören einem Orden aus Schwarzmagiern an. Daher gebieten sie über Mächte, von denen selbst ich kaum eine Vorstellung habe. Dein Bruder hat etwas vor ihnen versteckt, ich vermute, dass es sich dabei um das handelt, was Moira ihm gegeben hat. Er hat sich das Leben genommen, damit sie ihm nicht auf die Spur kommen. Doch jetzt jagen sie dich.«

Er wandte sich um. Mia hatte die Arme um den Körper gezogen. Auf einmal war ihr eiskalt.

»Sie werden alles tun, um dich zu kriegen«, fuhr Grim fort, »und sie sind gefährlich. Du bist nicht unsere Gefangene. Natürlich kannst du jederzeit gehen.« Er machte eine Pause. »Aber da draußen suchen sie nach dir, da bin ich mir sicher, gerade jetzt, in diesem Moment.«

Mia schauderte. Langsam trat sie an den Rand des Turms und schaute in die Nacht. Sie spürte Grims Blick wie Flammen auf ihrem Gesicht. Leise fragte er: »Hat Jakob dir vor seinem Tod etwas gegeben?«

Nicht nur der Name ihres Bruders ließ sie zusammenfahren. In einem plötzlichen Reflex griff sie nach ihrer Manteltasche. Grim und Remis war ihre Geste nicht entgangen. Mia spürte ihr Herz in ihrer Brust. Wenn Grim beschließen sollte, sie zu berauben und ihren Kopf auf einen Pfahl zu spießen, würde sie sich bei einem Fluchtversuch vermutlich nur alle Knochen brechen. Andererseits hätte er ihr das Pergament schon längst wegnehmen können, inklusive der Kopf-auf-Pfahl-Geschichte, und er hatte es nicht getan. Jakobs Stimme klang in ihr wider. *Erzähle niemandem etwas davon.* Aber was sollte aus ihr werden, wenn sie sich daran hielt? Wie sollte sie allein herausfinden, was es mit diesem Paket auf sich hatte und warum die Hybriden sie verfolgten?

Sie warf Grim einen Blick zu. Konnte sie ihm trauen? Natürlich nicht. Schließlich kannte sie ihn überhaupt nicht, noch dazu war er ein Gargoyle, schlimmer, ein Schattenflügler! Eigentlich hätte sie sich auf der Stelle umdrehen und weglaufen sollen. Doch in diesem Moment wandte Grim den Blick, sah sie an – und sie blieb. Dunkelheit lag in seinen Augen, dieselbe Finsternis, die auch in den Blicken der Gargoyles von Ghrogonia gewesen war, doch da, zwischen all den Schatten, erkannte Mia etwas Weiches in seinem Blick, einen Hunger, den sie selbst in sich fühlte und der nun, da sie ihn ansah, plötzlich verstummte.

Verwirrt wandte sie sich ab. Noch nie hatte sie etwas Ähnliches empfunden. Aber er war ein Gargoyle, er beherrschte Magie. Sie durfte sich nicht von ihm verzaubern lassen, sie musste einen klaren Verstand bewahren. Angestrengt bemühte sie sich, die Situation sachlich zu betrachten. Es stimmte, sie kannte Grim nicht, aber alles, wovor sie sich fürchtete, hatte nicht direkt mit ihm zu tun, Schattenflügler hin oder her. Wie hatte Remis gesagt: *Hier droht dir keine Gefahr.* Sie hatte dem Kobold geglaubt, instinktiv. Sie mochte nicht viel über Grim wissen, aber eines stand fest: Er hatte sie nicht an die OGP ausgeliefert, obwohl er als Schattenflügler dazu verpflichtet gewesen wäre – und er hatte ihr das Leben gerettet. Sie zwang sich, ihn anzusehen, und widerstand der Finsternis seiner Augen, die auf rätselhafte Weise nach ihr griff.

»Woher weißt du, wie Jakob gestorben ist?«

Grims Gesicht zeigte keine Regung, als er sich abwandte. »Ich bin ihm gefolgt.«

»Warum?«

Sie hörte, wie er Atem holte. »Ich habe ihn gesucht. Ich wollte ihn … beschützen.«

Erstaunt hob sie die Brauen. Auf einmal war seine Stimme weich, fast sanft, und auf seinem Gesicht lag ein Schmerz, der dem ihren ähnlich war. Langsam legte er die Klauen auf die Brüstung und stützte sich darauf, als könnte er nicht länger aufrecht stehen.

»Aber ich konnte ihn nicht retten. Ich war zu schwach. Ich habe zugesehen, wie er gestorben ist, aber ich konnte ihm nicht helfen.«

Für einen Moment hatte Mia den Drang, ihm die Hand auf die Schulter zu legen, ihm von ihrer eigenen Hilflosigkeit, von ihrer Verzweiflung zu erzählen, um nicht mehr allein damit zu sein. Dann spürte sie den Knoten in ihrem Brustkorb und wandte sich ab.

»Ja«, sagte sie. »Er hat mir etwas gegeben. Es ist ein Pergament mit merkwürdigen Zeichen, die …«

»Du konntest das Siegel öffnen?«, unterbrach Grim sie.

Sie verzog misstrauisch das Gesicht. »Woher weißt du von dem Siegel?«

Ein Schatten legte sich auf Grims Miene, als er sich abwandte, und Remis schaute betont unbeteiligt auf seine Füße. »Das ist eine lange Geschichte«, murmelte der Kobold, hatte aber offensichtlich nicht vor, sie zu erzählen.

Mia seufzte. »Wie auch immer. Ich kann mit diesem Pergament nichts anfangen, ihr vielleicht schon. Deswegen bin ich bereit, es euch zu zeigen.« Sie spürte, wie Grim den Blick wandte, und hätte über sein überraschtes Gesicht beinahe gelächelt. Entschlossen sah sie ihn an. »Aber damit eines gleich klar ist: Das Pergament bleibt bei mir. Ihr dürft es sehen, mir aber nicht wegnehmen, unter keinen Umständen.«

Grim atmete tief ein. »Einverstanden.«

Mia nickte. »Und ich will in alle Entscheidungen einbezogen werden, die sich um diese Angelegenheit drehen. Ihr wollt das Geheimnis lösen und ich auch. Wir müssen es zusammen tun.«

Grim stieß die Luft aus. »Ausgeschlossen.«

Mia verschränkte die Arme vor der Brust. »Dann vergesst es.«

Remis schaute von einem zum anderen und raufte sich die Haare. »Hör zu«, sagte er beschwichtigend und flog auf Mias Arm. »Diese … diese Sache ist sehr gefährlich. Du bist nur ein Mensch, schwach und verletzlich.«

Sie lächelte beinahe liebenswert. »Es ist nett, dass du dich um mich sorgst, aber das ist meine Sache. Und es ist meine Entscheidung. Ich bin kein kleines Kind.«

Grim schnaubte verächtlich, aber bevor er etwas sagen konnte, fuhr Remis fort: »Außerdem gab es große Konflikte, jedes Mal, wenn Menschen mit Gargoyles zu tun hatten. Es ist nicht böse gemeint, aber …«

»Ihr müsst mir schon vertrauen, wenn das Ganze funktionieren soll«, sagte sie und presste die Lippen zusammen.

Grim lachte höhnisch. »Vertrauen! Einem Menschen! Das wäre so, als würde ich mich von diesem Turm stürzen im Vertrauen darauf, dass Fibi mich rettet!«

Mia funkelte ihn wütend an. »Aber ich soll dir vertrauen, ja? Einem Gargoyle, der Menschen von Natur aus verabscheut, und mehr noch, einem Schattenflügler, der vor wenigen Tagen einer bestialischen Hinrichtung beiwohnte, ohne auch nur mit der Wimper zu zucken?« Sie stieß so abfällig die Luft aus, dass Grim die Brauen hob.

Remis kratzte sich am Kopf und schwirrte zu Grim hinüber. Neben dessen Ohr blieb er in der Luft stehen. Mia hörte seine Stimme, fein wie das Surren einer Mücke. Sie konnte sich denken, was er sagte, denn Grims Gesicht verfinsterte sich mehr und mehr.

»Von mir aus«, rief der Gargoyle schließlich so laut, dass Mia zurückwich. Verlegen räusperte er sich. »Ich habe eine Freundin verloren«, sagte er. »Und du einen Bruder. Wenn wir ihr Geheimnis lösen wollen, müssen wir es gemeinsam tun.«

Schweigend fuhren sie mit dem Fahrstuhl hinab. Mit gewaltigen Schritten ging Grim neben Mia her. Verwundert stellte sie fest, dass die Fackeln an den Wänden sich entfachten, sobald er in ihre Nähe kam. Vor einer grauen, schmiedeeisernen Tür blieben sie stehen. Die verschnörkelte Klinke senkte sich mit lautem Quietschen unter Grims Klaue. Wie Nebel rissen die Spinnweben, als er die Tür öffnete. Zögernd folgte Mia ihm in einen Raum, der größer war als das Zimmer mit dem Himmelbett, aber mindestens ebenso staubig. Teppiche hingen an den Wänden, uralte Truhen standen vor der Fensterreihe, deren Glas so stumpf war, dass es aussah, als zögen Heerscharen von Geistern durch die Nacht, und ein noch älterer Holztisch mit sechs steinernen Stühlen stand in der Mitte des Zimmers. Ein Kronleuchter mit schwarzen Kerzen und kristallenen Steinen hing darüber, und ein Kamin prangte wie ein gefräßiges Maul gegenüber der Tür.

Der Boden knirschte unter Grims Füßen, als er zum Kamin trat und den Kopf in den Schlund steckte. »Bocus!«, rief er. Dröhnend hallte seine Stimme durch den Schacht, und kurz darauf rasselte etwas im Schornstein. Hustend tauchte der Drachenkopf im Maul des Kamins auf.

»Der Abzug ist auch nicht mehr das, was er mal war«, krächzte Bocus und nieste. »Oder ich bin zu alt für so was. Vielleicht auch beides. Was soll's. Was kann ich …«

»Mach Feuer«, grollte Grim und wandte sich dem Tisch zu. »Und wenn du fertig bist – verschwinde. Und lass dir nicht einfallen zu lauschen.«

Bocus blies kleine Aschewolken durch die Nase. »Deine Freundlichkeit ist allerliebst, Grim, ehrlich. Man könnte meinen, ich hätte mich allmählich daran gewöhnt, aber nein: Ich bin jedes Mal aufs Neue entzückt! Es ist doch wirklich ein Hochgenuss, dir zuzuhören. Da könnte man …«

Ein Blick von Grim ließ ihn verstummen. Grummelnd spie er weißes Feuer auf die Holzscheite im Kamin, die augenblicklich zu brennen anfingen, und zog sich rasselnd zurück. Mia riss die

Augen auf. »Weißes Feuer«, murmelte sie und trat näher an den Kamin heran.

»Vorsicht«, Remis schwirrte zu ihr und hob die Hände. »Das ist kein gewöhnliches Feuer. Es ist unberechenbar. Normalerweise mag es keine Menschen, doch Bocus hat sicher mit ihm geredet, also … Aber es ist besser, du setzt dich da hin, es wird schnell warm werden.«

Mia setzte sich auf einen der staubigen Stühle und zog die Brauen zusammen. »Er hat mit dem Feuer geredet?«, fragte sie, ohne den Blick von den Flammen abzuwenden.

Grim schnaufte, zog einen Stuhl zurück und setzte sich. »Es gibt so einiges, was du nicht weißt, so viel steht fest«, sagte er.

»Sagt der, der noch nicht einmal weiß, was ich in meiner Tasche habe«, konterte sie. Was dachte er, wen er vor sich hatte?

»Also«, meinte Remis, der sich auf die Tischplatte gesetzt hatte, und sah Mia erwartungsvoll an. »Wie wäre es, wenn du es uns jetzt zeigen würdest?«

Mia nickte, aber als sie das Paket aus ihrer Tasche zog, schien es ihr, als würde es auf einmal schwerer werden. Sie spürte ihren Puls in den Fingerspitzen. Langsam legte sie es auf den Tisch und löste die ledernen Schnüre. Sie hörte, wie Grim die Luft einsog, als das glühende Siegel zum Vorschein kam. Ihre Finger zitterten, als sie es berührte. Rasselnd zogen sich die Ketten ins Innere zurück und gaben das Pergament frei.

Es war totenstill, nicht einmal das Feuer machte ein Geräusch. Nur das Pergament raschelte ein wenig, als Mia es auf dem Tisch ausbreitete. Undeutlich schimmerten die goldenen Zeichen darauf, wie Steine, die tief auf dem Grund eines Sees liegen. Mia kniff die Augen zusammen, aber kaum, dass sie eines der Zeichen eingehender betrachtete, verschwand es. Seufzend wandte sie sich ab und sah zu, wie Remis über das Pergament flog, die Nase dicht über dem Blatt, als wäre er ein leuchtender grüner Staubsauger. Eine steile Falte hatte sich zwischen seinen Brauen gebildet, während Grim regungslos dasaß und keinen Ton von sich gab.

»Hm«, machte Grim schließlich. »Was hat das zu bedeuten?«

Mia stieß die Luft aus. »Woher soll ich das wissen? Wie ihr seht, bleiben die Zeichen nie lange genug, um sie richtig erkennen zu können – davon mal abgesehen, kann ich sie sowieso nicht lesen.«

»Da bist du nicht allein«, murmelte Grim nachdenklich.

Mia sah ihn verständnislos an. »Was soll das heißen?«

»Das heißt, dass wir die verdammten Zeichen nicht einmal sehen können, alles klar?«, erwiderte er gereizt.

Sie presste die Lippen zusammen. Wenn er meinte, mit ihr in diesem Tonfall sprechen zu wollen – das konnte er haben. Verächtlich stieß sie die Luft aus. »Alles klar. War ohnehin dumm von mir zu glauben, dass ein Gargoyle lesen kann.«

Für einen Moment sah er sie ärgerlich an. Dann holte er tief Luft. »Du musst uns die Zeichen beschreiben«, sagte er, und sie konnte hören, dass ihm die Ruhe in seiner Stimme nicht leichtfiel. »Wie sehen sie aus?«

»Stift«, erwiderte sie kühl. Als weder Grim noch Remis reagierten, schlug sie mit der Hand auf das Pergament. »Einen Stift brauche ich und einen Zettel, dann zeige ich euch, was ich sehe!«

Grim bedachte sie mit einem skeptischen Blick, aber Remis sprang auf, schwirrte in irrsinniger Geschwindigkeit quer durch den Raum und wühlte wie ein Eichhörnchen in einer der Truhen. Mit einem vergilbten Blatt Papier und einem Bleistift kam er zurück und legte beides vor Mia auf den Tisch.

Sofort begann Mia zu malen, so gut es eben ging. Tatsächlich gelang es ihr, einige Zeichen vollständig abzubilden, und als sie den Stift beiseitelegte und aufsah, hatte sich zwischen Grims Brauen eine steile Falte gebildet.

»Fyrenisch«, murmelte er und tippte vorsichtig auf die Schriftzeichen, die über das Papier liefen wie in Tinte getauchte Rattenfüße. »Die Sprache der Freien.«

Mia holte Atem. Auf einmal hörte sie Jakobs Stimme, leise und flüsternd wie Wind in herbstlichen Blättern. *Nicht alle Gargoyles hassen die Menschen. Zu allen Zeiten hat es auch andere gegeben – jene, die sich immer wieder auf die Seite der Menschen stellten. Sie nannten sich die Freien. Kurz nach dem Zauber des Vergessens haben sie sich mit den Hartiden zusammengetan, um …*

Grim griff nach dem Pergament und betrachtete das Siegel, offensichtlich darum bemüht, es nicht zu berühren. »Der aufgehende Mond ist ihr Zeichen«, sagte er leise. »Die Freien waren … Abtrünnige. Jene Menschen und Gargoyles, die sich zu allen Zeiten zusammengetan haben und denen immer wieder Verschwörungen gegen mein Volk unterstellt wurden. Ich habe diese Meinung selbst vertreten. Früher dachte ich, alle Gargoyles unter den Freien wären Verräter, die schlimmsten, die es geben kann.« Er sah auf. »Aber jetzt … Moira … sie … ich weiß nicht mehr, was ich glauben soll. Fest steht, dass die Freien über lange Zeit verfolgt wurden, sodass sie sich in den Untergrund der Unterwelt zurückzogen. Eine Zeit lang lebten sie zusammen mit Hartiden in einer Festung. Angeblich haben sie Aktionen gegen die Gargoyles geplant; dafür bedienten sie sich einer gemeinsamen Geheimsprache: Fyrenisch. Sie ist nur von Hartiden und Freien lesbar. Eines Tages dann wurde diese letzte Bastion von den Gargoyles vernichtet. Danach habe ich von keinen Freien mehr gehört. Soweit ich weiß, wurden sie alle getötet. Jedenfalls, wenn man die Legenden außer Acht lässt …«

Mia beugte sich vor. »Welche Legenden?«

Auf einmal schien es dunkler im Zimmer zu werden. Grim schaute nachdenklich auf das rot glühende Siegel, und Remis starrte ihn so gebannt an, dass sein linkes Augenlid anfing zu zucken.

»Mythen«, fuhr Grim fort. »Geschichten wie Schatten und Nebel, niemand weiß, ob sie wahr sind oder nicht. Es gibt eine Legende von einem Freien … einem Gargoyle am Hofe des Königs zu früherer Zeit …«

Remis sog hörbar die Luft ein. »Pheradin«, flüsterte er. Wie ein Windhauch strich der Name um Mias Körper und ließ sie frösteln.

Grim nickte. »Ja. Er soll der Anführer der Freien gewesen sein, damals in ihrer letzten Festung. Man unterstellte ihm Intrigen gegen den König und Gier nach dem Thron. Seine Leiche wurde niemals gefunden. Manche sagen, er geht noch heute durch Ghrogonias Gassen und reißt unachtsamen Gargoyles den Kopf ab, aus Rache für das Gemetzel in der letzten Bastion der Freien.« Remis fasste sich an die Kehle und schluckte hörbar. »Andere sagen, er sei geflohen und niemals wiedergekehrt«, fuhr Grim fort. »So oder so … Er ist nur ein Geist, selbst in meinen Gedanken. Er soll in den Schatten hausen wie ein Phantom.«

Das Schweigen, das sich nun über sie senkte, war so bleiern, dass Mia die Luft ausstieß. »Na, dann ist ja jetzt ziemlich klar, was wir zu tun haben, nicht wahr?« Grim und Remis sahen sie an und machten deutlich, dass ihnen überhaupt nichts klar war. Mia seufzte. »Also«, fing sie an. »Das hier ist ein Pergament mit merkwürdigen Zeichen. Offensichtlich ist es ziemlich wichtig.

Jakob ist gestorben, um es zu schützen, und nach ihm werde nun auch ich von mächtigen Schwarzmagiern verfolgt, die es unbedingt bekommen wollen. Leider versteht keiner von uns die Zeichen, und es gibt auch niemanden mehr, der diese Geheimsprache Fyrsonstwas noch spricht.«

»Fyrenisch«, warf Grim ein, doch Mia achtete nicht darauf.

»Fast niemanden zumindest«, fuhr sie fort. »Wer auch immer dieser Pheradin ist – er ist der Einzige, der das Geheimnis des Pergaments lüften kann. Und deshalb müssen wir ihn finden.«

Für einen Moment trat etwas wie ein Lächeln auf Grims Gesicht, als er sie ansah. Dann wandte er sich ab. »Ich weiß, wen wir fragen müssen, wenn wir ihn finden wollen«, sagte er nach einer Weile. »Niemand kennt sich mit Legenden besser aus als er. Neben den Gargoyles gehört er zu den ältesten Wesen der Stadt. Er weiß von sämtlichen Phantomen – er muss von ihnen wissen, schließlich ist er ihr König, in gewisser Weise. Wenn jemand eine Ahnung hat, ob und wo Pheradin lebt, dann er.« Er hob den Blick und sah sie an. »Doch nimm dich in Acht, Menschenkind«, sagte er leise. »Uns erwartet eine Welt der Finsternis.«

Kapitel 21

Die Luft war herrlich, die Nacht zur Abwechslung sternenklar, unter ihm rauschten die Bäume im Wind, und das Licht des Mondes verwandelte seinen Turm in einen schimmernden Eispalast. Grim lehnte an der Brüstung und hätte die Atmosphäre beinahe genossen – wenn ihm nicht ohne Unterbrechung ein lästiger grüner Kobold ins Ohr gequakt hätte.

Seufzend warf er Remis einen Blick zu, doch der machte ein dermaßen vorwurfsvolles Gesicht, dass Grim sich genervt in die Luft erhob.

»Du hältst das vermutlich immer noch für eine gute Idee, hm?« Problemlos hatte der Kobold ihn eingeholt und verschränkte die Arme vor der Brust.

»Natürlich«, erwiderte Grim, auch wenn er keine Ahnung hatte, wovon Remis sprach. »Ich habe nur gute Ideen, falls dir das entgangen ist.«

Der Kobold schwirrte direkt vor sein Gesicht. »Ich spreche von der Welt der Finsternis, wie du sie so schön genannt hast. Selbst, wenn man davon absieht, dass du dich mit dem Mädchen nicht gerade blendend verstehst … Hast du dir mal überlegt, dass es gefährlich werden könnte?«

Grim zog die Brauen zusammen. »Keine Ahnung, wovon du redest. Gefahr ist meine Luft zum Atmen!«

Er packte Remis und raste in wahnsinnigen Loopings durch die Nacht.

»Verfl…«, sagte der Kobold mit kreischender Stimme, während er durch die Luft gerissen wurde wie ein willenloses Püppchen. Grim hörte es nur ganz schwach, das lang gezogene »…iiixt«. Überhaupt kamen nur halbe Wörter bei ihm an, doch das war ihm ganz recht so. Was interessierte ihn das Gerede eines Kobolds? *Bleib …fort …hen! … mich! Was … das!* Er musste lachen. Vielleicht hätte Remis ein Dichter werden sollen. Haikus wären ihm sicher nicht schwer gefallen. Lächelnd verlangsamte Grim seinen Flug. Mit einem Quietschen schoss Remis aus seiner geöffneten Klaue.

»Eine Frechheit!«, kreischte der Kobold. Er war knallrot im Gesicht und flatterte mit den Armen wie ein Kolibri. »Nicht für dich! Für *sie*!« Er schüttelte seine Haare, als wäre eine widerwärtige Spinne hineingeraten. »Sie ist ein Mensch, kapito? Und Reglementierung hin oder her – wenn du einen Menschen in eines dieser … dieser Nester bringst, kannst du nicht erwarten, dass sich auch nur eine von diesen Kreaturen an die Regeln hält.«

Grim lachte leise. »Deswegen habe ich ihr die Tinktur gegeben. Drei Tropfen hinter jedes Ohr genügen, um sie unausstehlich zu machen. Keine Sorge: Meine Quellen sind sicher.«

Remis schwieg, aber seine Zweifel schienen noch nicht ausgeräumt.

»Es ist die einzige Möglichkeit«, sagte Grim. »Das weißt du genau. Außerdem werden wir schon auf sie aufpassen.«

Remis riss die Augen auf. »*Wir*? Was soll das heißen, *wir*? Glaubst du etwa …«

»Natürlich! Was dachtest du denn?« Grim lachte in sich hinein. »Allein gehe ich nirgendwohin.«

Remis seufzte tief. »Möchte wirklich mal wissen, woher deine gute Laune auf einmal kommt.« Als hätten ihn seine eigenen Worte auf eine Idee gebracht, musterte er Grim eingehend. »Man könnte fast meinen, dass das mit dem Mädchen zu tun hätte. Ihre Anwesenheit ist dir anscheinend längst nicht so unangenehm, wie es auf den ersten Blick wirken könnte.«

Sofort verfinsterte sich Grims Gesicht. »Keine Ahnung, wovon du redest«, murmelte er. »Es ist …« Weiter kam er nicht. Ein schriller Pfiff drang an sein Ohr. Wie ein Peitschenhieb schlug er durch die Nacht. Alarmiert landete Grim auf seinem Turm.

»Wo ist das Mädchen?«, fragte er kaum hörbar.

»Sie ist in ihrem Zimmer«, flüsterte der Kobold neben seinem Ohr.

Grim straffte die Schultern und sah, wie die ersten Gestalten in der Dunkelheit auftauchten.

»Mourier«, grollte er. »Und er hat seinen Harem mitgebracht.«

Regungslos sahen Remis und Grim zu, wie Mourier mit seinem Gefolge näher kam. Grim zählte fünf Gargoyles aus der Eliteeinheit der OGP, allesamt mit wehenden Umhängen um die Hälse und diesen lächerlichen roten Gamaschen für offizielle Oberwelteinsätze an den Fesseln, als seien sie Droschkengäule. Grim entdeckte Krallas an vorderster Front. Ein sensationsgieriges Lächeln lag auf dessen Gesicht, und der Umhang hing um seinen Hals wie ein blutiges Laken. Mourier hatte sich diese Uniform seiner engsten Getreuen ausgedacht, wer auch sonst. Er selbst war herausgeputzt wie ein Pfau. Der leuchtend rote Umhang flatterte im Wind, lange, ebenfalls rote Bänder wickelten sich wie Schleifchen um den steinernen Schweif, und in der

Mähne leuchteten kleine silberne Sterne. Grim kam sich vor, als wäre er in einer Sissi-Parodie gelandet. Er verdrehte die Augen, als er die riesigen Gamaschen an den Löwenpranken entdeckte. *Fehlt nur der Apfel, und man hat ein Spanferkel – oder einen Spanlöwen*, dachte er mürrisch. Mourier sah aus, als würde er zum Tanzen gehen – rechts und links von den lächerlichen Greifen eskortiert, die mit aller Anstrengung zwei Fahnen mit Mouriers Wappen und dem Zeichen der OGP in die Luft hielten. Doch sein Blick sprach nicht von Vergnügungen. Finster starrte er durch die Nacht zu Grim herüber.

Irgendein winziger Domestik in Form eines geflügelten Hundes pustete in eine Trompete und bekam kaum einen Ton heraus. Fast meinte Grim, ihn unter seiner Steinhaut erröten zu sehen. Dann schwebte Mourier heran. Die Greifen landeten mit wildem Geflatter auf dem Turm, die Köpfe wie immer ins Nirgendwo erhoben, während der Löwe schwingenrauschend vor Grim aufsetzte. Krallas baute sich neben ihm auf und nickte hämisch vor sich hin.

»Es ist bedauerlich«, rief Mourier, »dass ich gezwungen bin, dich hier zu besuchen.« Majestätisch reckte er den Kopf höher, fast so wie seine Greifen. Abfällig begutachtete Grim das Doppelkinn an seinem Hals. Er hätte nie gedacht, dass Gargoyles fett werden konnten.

»Ich …«, begann er, doch Mourier unterbrach ihn mit einem wütenden Fauchen.

»Du«, zischte er und trat näher an Grim heran, bis er so dicht vor ihm stand, dass er ihm direkt in die Augen sehen konnte. Weiß und faltig spannte sich die Steinhaut des Löwen um seine Lefzen und verbarg nur halbherzig die spitzen Reißzähne. Grim bemühte sich, sie nicht anzustarren. Mourier war ein Kretin, ein eitler Gockel, der sich aufspielte und oft nichts verstand, sicher. Aber er war auch gefährlich, ein alter Gargoyle mit scharfen Krallen, die er ohne Weiteres einsetzte, das wusste Grim. Er senkte den Blick und starrte auf Mouriers Pranken. »Ich bin Eskapaden von dir gewohnt, und ich habe sie geduldet, wieder und immer wieder, weil du deine Arbeit gut gemacht hast. Ja, das hast du.« Mourier hielt inne und wartete, bis Grim ihn ansah. »Aber was denkst du, wer du bist?«, rief er, dass Grim seinen Atem im Gesicht spürte. »Ein Schattenflügler, in der Tat, aber ersetzbar, leicht, ganz leicht ersetzbar. Ein Wunder, dass du mir noch selbst Bericht erstattet und das nicht durch deinen lächerlichen Weihnachtswichtel erledigt hast!«

Grim spürte, wie Remis auf seiner Schulter zusammenzuckte. »Er ist ein Moorkobold«, sagte er, wohl wissend, dass Mourier das einen feuchten Felsklumpen interessierte. Aber er hatte ruhig gesprochen, so ruhig, dass der Löwe beinahe die Beherrschung verlor. Selbst Krallas hatte sein Grinsen eingebüßt und starrte mit einem Anflug von Wut zu ihnen herüber. Grim lächelte innerlich und wunderte sich selbst darüber. Was, zum Teufel, war so komisch?

»Du hast mich zum Narren gehalten«, fuhr Mourier fort, leise nun und bedrohlich. »Wieder einmal hast du dich über meine Anweisungen hinweggesetzt und bist trotz persönlicher Aufforderung nicht zur Probe erschienen.«

Da ging Grim ein Licht auf. »Die Zeremonie«, murmelte er und brachte Mourier damit offensichtlich fast um den Verstand.

»Wie oft habe ich dir gesagt, dass du zur Probe kommen sollst«, keifte dieser mit hohem Stimmchen, als drückte ihm jemand die Kehle zu. »In wenigen Tagen findet die Krönung des

Königs statt, was denkst du, wie ich dastehe, wenn du während der Pyramide stecken bleibst?«

Grim zog die Brauen zusammen. Er hatte keine Ahnung, wie Mourier sich diese Pyramide vorstellte, aber er selbst hatte augenblicklich das Bild von übereinandergestapelten Gargoyles in roten Tüllröcken im Kopf, allesamt mit Äpfeln im Maul und Petersilie in den Ohren, und er selbst würde ganz oben stehen und ein von Mourier verfasstes Gedicht vortragen müssen. Er schüttelte sich und wusste gleichzeitig, dass es durchaus im Bereich des Möglichen lag, dass dieses Bild wahr wurde.

»Ich …«, begann er, doch Mourier war noch nicht fertig.

Mit einer Kopfbewegung ließ er Krallas näher herantreten. »Aber eines sage ich dir«, zischte er, während der mit eilfertigen Bewegungen einen Karton hinter seinem Rücken hervorzog. »Ich werde nicht deinetwegen wie der letzte Idiot dastehen.«

Nein, dachte Grim düster. *Das schaffst du schon ganz allein.*

»Und deswegen werden wir die Probe hier abhalten«, fuhr Mourier fort. Gleichzeitig riss Krallas mit widerwärtigem Grinsen eine Schrecklichkeit aus rot glänzender Seide aus dem Karton und hielt sie Grim unter die Nase. »Das ist dein Kostüm. Am besten probierst du es gleich an.«

Grim starrte auf den riesigen Plüschgürtel an diesem Ding, das aussah wie ein eingelaufenes Superheldenkostüm, und konnte es nicht fassen. Er hatte schon den Mund geöffnet, um etwas zu sagen, aber Mourier kam ihm zuvor.

»Wage es nicht, mir zu widersprechen«, zischte der Löwe. »Das ist deine letzte Chance, so viel verspreche ich dir. Ich habe mich lange genug von dir zum Narren halten lassen. Jetzt wirst du mir deine Loyalität beweisen! Die Zeiten, da ich dich brauchte, sind vorbei. Andere können problemlos deinen Platz einnehmen!«

Er warf Krallas einen Blick zu, der sein Lachen offenbar kaum unterdrücken konnte. »Vor allem deswegen, weil du nicht einmal deinen letzten Auftrag zur Befriedigung erfüllt hast.«

Mit einem Schlag war Grim hellwach. Er starrte Mourier an und begriff, noch ehe der Löwe fortfuhr.

»Der Junge ist tot.«

Plötzlich war es totenstill auf dem Turm. Nicht einmal die lächerlichen Fahnen der Greifen machten mehr ein Geräusch. Grim hörte nur Mouriers Worte, wie sie als Felsbrocken gegen seinen Brustkorb schlugen und ihn schwanken ließen.

»Er ist tot«, wiederholte der Löwe und schob seinen Kopf ganz nah vor Grims Gesicht. »Und du hast es mir nicht erzählt. Trauerst du um ihn? Ist es das? Du bist nicht umsonst in den Streifendienst versetzt worden, und du weißt, was man sich seit dem Zwischenfall über dich erzählt. Sind die Gerüchte wahr? Hinter vorgehaltener Hand nennen sie dich Verräter und – Menschenfreund!«

Krallas sog scharf die Luft ein, doch Grim hörte es kaum. Dieses eine Wort traf ihn wie ein Schwerthieb, und eine Kälte breitete sich in ihm aus, die ihn frösteln ließ. Er hörte das irre Lachen des Kahlkopfs in sich widerhallen. *Was bist du, ein Menschenfreund?* Er hob den Blick und sah das Feuer seiner Augen in Mouriers matten Pupillen. Für einen Moment flog ein Schrecken über das Gesicht des Löwen. Er wich zurück, kaum merklich zwar, doch die Geste genügte, um den Bann zu brechen. Auf einmal waren die Geräusche wieder da, und die Schwere, die sich auf Grims Schultern niedergelassen hatte wie ein steinerner Rabe mit scharfen Klauen, flog davon.

Er starrte Mourier in die Augen, unbarmherzig zwang er ihn zurück, bis er zwischen seinen Greifen stand und zu ihm aufsah.

»Ich habe dir nichts von seinem Tod erzählt.« Grim ließ seine Stimme als schwarze Welle auf Mourier zurollen und sah zu seiner Befriedigung, dass der Löwe zusammenfuhr. »Ich hätte dir schon nichts von ihm erzählen sollen, als er noch lebte. Habt ihr nichts Besseres zu tun als Verleumdungen zu säen? Seid ihr blind und taub? Ich habe euch gesagt, welche Kreaturen sich in Ghrogonia eingeschlichen haben, und was war eure Reaktion?«

Mourier stieß die Luft aus. »Zu einem Taschenspieler bist du gegangen, von ihm hast du deine Informationen, wie kannst du erwarten …«

»Ich erwarte es!«, grollte Grim. »Ich bin ein Schattenflügler, und der, von dem ich meine Informationen bekommen habe, war einst euer engster Vertrauter. Jetzt hasst ihr ihn, weil er klüger war, als ihr dachtet. Gut! Meinetwegen! Aber es nähert sich Gefahr für Ghrogonia, und ihr seid unfähig, sie zu erkennen. Tausend Gesetze erlasst ihr für jeden Dreck, ihr reguliert sogar das Defäkieren der Tauben über den Dächern der Stadt, so viel Angst habt ihr, dass euch der Taubenmist beim Fallen den Schädel spaltet. Aber wenn wirkliche Gefahr droht, dann seid ihr blind. Ihr seid Narren, wenn ihr mir nicht glaubt.«

Mourier kniff die Augen zusammen. »Achte auf deinen Ton. Du weißt, was Thoron gesagt hat. Es ist deine Pflicht als Schattenflügler …«

Grim lachte auf. »Es interessiert mich nicht, was du für meine Pflicht hältst!« Er senkte den Kopf und schaute Mourier an, der auf einmal seltsam klein wirkte zwischen den lächerlichen Greifen mit ihren albernen Wimpeln. »Und es interessiert mich auch nicht, was du mir zu sagen hast.« Ein eisiger Sturm brauste in seinem Inneren, er erschütterte ihn und brachte ihn gleichzeitig zur Besinnung. So durfte er mit Mourier nicht reden, das wusste er, und doch fühlte er sich so befriedigt, dass er seine Worte nicht zurücknehmen konnte.

»Bunker«, presste Mourier hervor und erbleichte unter seiner Steinhaut. »Das ist unumgänglich für diese Frechheit!« Dann fiel sein Blick auf das Kostüm, das noch immer in Krallas' Händen lag. »Nun«, fauchte er hinter zusammengepressten Zähnen. »Du kannst deine Strafe mildern. Immerhin steht die Choreographie für die Pyramide fest, es würde ewig dauern, alles noch einmal umzuwerfen. Aber ich erwarte, dass du dich von jetzt an zusammenreißt!«

Fast hätte Grim gelacht. Er musste an die unzähligen Tadel denken, die er unfreiwillig vor den Wohnungen der Menschen mitgehört hatte, an die strengen Blicke der Eltern und die unterwürfigen, manchmal auch trotzigen Gesichter der Kinder. Mourier schien sein Schweigen als Zustimmung zu deuten. Zufrieden hob er den Kopf.

»Was interessiert dich ein Mensch«, sagte der Löwe versöhnlich. »Einer mehr oder weniger ist für uns ohne Belang.«

Grim sah ihn an. Er hörte Krallas lachen, und auf einmal wurde ihm übel. Etwas in seinem Inneren krampfte sich zusammen und brachte ihn dazu, sich abzuwenden. Er hörte den Schuss, sah Jakobs Blick, fühlte, wie das Leben aus ihm wich, und sah den grauen Todesschleier, der langsam über seine Haut kroch. Ein Ruck ging durch seinen Körper. Plötzlich sah er sich von außen, sah, wie er den Mund öffnete, und hörte die Worte: »Ich kündige.«

Der Schreck traf ihn beinahe ebenso heftig wie Mourier. Der Löwe zuckte zusammen, seine Augen wurden kreisrund, und aus seinem Mund kamen unverständliche Laute. Grim straffte die Schultern. Sein Blut wogte in seinen Adern, und gleichzeitig durchfloss ihn ein Glücksgefühl, wie er es seit Ewigkeiten nicht mehr gespürt hatte. Am liebsten hätte er laut gesungen – und er hatte noch nie gesungen.

»Und jetzt«, sagte er und ging drohend auf Mourier zu, »verschwinde von meinem Turm! Verschwinde mit deinem Lumpenpack und deinen Fähnchen und nimm dieses Truthahnskostüm gleich mit!« Er stampfte mit dem Fuß auf, dass der Turm erzitterte. Wieder sah er Jakob in den Staub fallen, die Wut schoss schwarze Flammen in seinen Blick und ließ ihn mit lautem Brüllen auf Mourier zustürzen.

Der Löwe fuhr zurück, so hatte er Grim noch nie erlebt, er rutschte mit den Hinterbeinen über das Geländer und schlug sich das Kinn auf. Im letzten Moment erhob er sich in die Luft, flatternd wie ein Spatz. Keuchend stob er in die Nacht.

»Undankbare Kreatur!«, hörte Grim ihn aus sicherer Entfernung kreischen, während seine Schergen ihm nachflogen, als wäre er ein Magnet und sie die Nägel. Krallas warf Grim aus seinen wimpernlosen Augen einen finsteren Blick zu, dann folgte er den anderen.

Grim atmete aus. Er sah ihnen nach, bis sie in der Nacht verschwanden, einer nach dem anderen, wie erlöschende Funken.

Kapitel 22

Mia hörte nichts als ihre eigenen Schritte. Der Gang wölbte sich über ihr wie ein Himmel aus Stein. Zum ersten Mal achtete sie bewusst auf die Türen, die von ihm abgingen. Manche waren riesengroß mit mächtigen Eisenbeschlägen, andere schmal und hölzern, aber alle schienen ein Geheimnis zu hüten, etwas, das still im Verborgenen darauf wartete, entdeckt zu werden. Mia spürte ihr Herz in ihrer Brust, während sie den Gang hinunterlief. Offenbar waren die anderen ausgeflogen. Großartig. So hatte sie sich die Zusammenarbeit nicht vorgestellt. Dabei hatte sie sogar diese stinkende Tinktur verwendet, die Grim ihr gegeben hatte. *Wenn du das nicht benutzt*, hatte er in seiner charmanten Art gesagt, *ist es reine Glückssache, ob du dort überleben wirst, wo wir hingehen.* Wo das sein sollte, hatte er mit düsterem Lächeln verschwiegen.

Ihr Gesicht verfinsterte sich, als sie an Grim dachte. *Was willst du hier?* Wie abweisend er das gesagt hatte. Und sein Blick – als wäre sie ein dummes Kind, das ihm ein Spielzeug an den Kopf geworfen hatte. Doch im nächsten Moment hatte er sie auf eine Weise angesehen, die in krassem Gegensatz stand zu seinen bärbeißigen Worten. Wieder sah sie ihn oben auf dem Turm stehen, der Schein des Mondes lag auf seiner schwarzen Haut wie ein Schleier aus Silber, seine Augen schimmerten wie nasse Kohlen in der Dunkelheit. Was war das für ein Gefühl gewesen, das sie bei seinem Anblick empfunden hatte? Sie verlangsamte ihren Schritt und blieb stehen, als sie sich dessen bewusst wurde: Geborgenheit. Sie ließ das Wort in ihrem Kopf in tausend Funken zerspringen und war wütend auf sich selbst. Phantastisch. Schlimmer hätte es nicht kommen können, als ausgerechnet *jetzt*, ausgerechnet bei *ihm* so etwas zu empfinden. Sie hatte sich nicht oft so gefühlt in ihrem Leben nach Lucas' Tod. Er hatte einen Zweifel und eine Angst auf sie geladen, die nie ganz verschwanden.

Lucas. Bei ihm hatte sie sich selten geborgen gefühlt, aber sie hatte sich danach gesehnt, so sehr, früher, wenn sie mitten in der Nacht aufgewacht war und gemerkt hatte, dass ihre Mutter im Nebenzimmer weinte, während er durch die Weltgeschichte reiste, um merkwürdige Wesen zu zeichnen, die es angeblich wirklich gab. Dann hatte sie ihn vermisst, nicht Lucas, den Maler und Verrückten, sondern ihren Vater, der nichts weiter war als das: ihr Vater.

Jakob. Seine Gestalt flammte vor ihr auf wie ein Licht am Ende des Ganges. Jakob war Geborgenheit für sie gewesen, Vertrauen und Nachhausekommen. Bei ihm hatte sie sich sicher gefühlt, fast wie … Ja, fast wie bei Grim. Ärgerlich stieß sie die Luft aus. Das war ja nicht auszuhalten! Davon abgesehen, dass sie ihn quasi überhaupt nicht kannte, konnte er sie offensichtlich nicht besonders gut leiden. Und ging es ihr etwa anders? Er war mürrisch, unhöflich und obendrein ein Gargoyle – ein Schattenflügler, einer von jenen, die Jagd auf Hybriden wie Morl machten und jeden Menschen, der sich nach Ghrogonia verirrte, bei lebendigem Leib rösteten. *Ich habe ihn gesucht. Ich wollte ihn … beschützen.* Seine Worte gingen wie ein Flüstern durch ihre Gedanken.

Sie erreichte eine schmale, helle Tür. Sie bestand weder aus Holz noch aus Eisen, und als Mia näher herantrat und die Hand auf die kunstvollen Verzierungen legte, stellte sie fest, dass sie aus Stein war, aus einem zarten, schimmernden Stein. Vorsichtig drückte sie die Klinke hinunter – auch sie war steinern und hatte die Form eines schlafenden Fuchses –, und sofort drang ihr dieser Duft in die Nase, den sie zum letzten Mal in Jakobs Wohnung wahrgenommen hatte, dieser Geruch von Staub, alten Büchern und Einsamkeit.

Mia betrat ein Zimmer mit hohen Fenstern, die die gesamte gegenüberliegende Wand einnahmen. Goldenes Licht schien dahinter so hell, dass es ihr für einen Moment so vorkam, als wäre es Tag geworden. Langsam trat sie näher. Vor der Fensterfront stand ein Schreibtisch, Bücher und Pergamentrollen lagen darauf herum, ein altertümliches Teleskop, mehrere Tintenfässchen und sogar eine Feder, die aussah, als hätte ihr Besitzer sie gerade erst in der Hand gehalten. Auch auf der Kommode neben dem Bett, das vielmehr einer Pritsche glich, standen und lagen Bücher herum, Bücher aller Farben und Größen, und Papier, Unmengen an Papier. In zarten, geschwungenen Buchstaben standen Notizen auf den Zetteln, die überall im Zimmer herumlagen, als wären sie schlafende Schmetterlinge. Sie bedeckten die Truhen neben der Tür und den großen, breitschultrigen Schrank, der wie ein Riese mit eingezogenem Kopf in einer Ecke stand.

Mia atmete ein. Die Luft war kühl wie in einer Gruft. Zaghaft ging sie zum Schreibtisch und strich mit den Fingern über die Lehne des klapprigen alten Stuhls, der davorstand. Wer mochte in diesem Zimmer gelebt haben? Es sah aus, als wäre sein

Bewohner gerade erst zur Tür hinausgegangen. Es herrschte Unordnung, ein Leben unter einer Glasglocke, in der die Zeit stehen geblieben war. Nur die graue Bettdecke lag ordentlich gefaltet auf der Pritsche. Sie sah ohnehin so aus, als wäre sie nicht oft benutzt worden. Da hing ein Mantel über einem Kerzenständer, als hätte ihn jemand zum Trocknen aufgehängt, Bücher lagen aufgeschlagen auf dem Schreibtisch, und die Feder – ja, die Feder. Silbern glänzte sie an ihrem hölzernen Griff, die Spitze mit schwarzer Tinte besudelt, und deutete auf ein weißes Blatt Papier, auf dem sich in geschwungenen Lettern einige Sätze hinzogen. Mia beugte sich vor, um zu lesen, was dort stand, als ein Scharren sie zusammenzucken ließ. Erschrocken fuhr sie herum und sah direkt in Grims Gesicht.

Er stand in der Tür, nein, er stand schon im Zimmer, riesig wie eine Wolke aus schwarzem Gift, und starrte auf sie herab. Seine Brauen waren zusammengezogen, seine Klauen zu Fäusten geballt, und in seinen Augen flackerte ein Zorn, der Mia den Atem raubte.

»Raus hier«, zischte er. Seine Stimme zitterte vor Wut. »Verschwinde!« Sein Brüllen schlug ihr wie eine Faust ins Gesicht. Sie taumelte rückwärts. Irgendetwas griff nach ihrem Fuß, sie fiel. Ihr Kopf knallte gegen etwas Hartes, ihre Hände schürften über den Boden. In ihrem Kopf explodierte der Schmerz, er durchzog ihren Körper wie ein Peitschenhieb. Sie kam auf die Füße und wollte etwas sagen, aber in Grims Augen loderte nichts als Ablehnung und Wut.

Da wandte sie sich ab, rannte aus dem Zimmer und den Gang hinunter zum Fahrstuhl. Wahllos drückte sie auf den mittleren der metallenen Knöpfe, stellte sich in den Lichtkreis, wurde nach oben befördert und fand sich in einem schmalen Raum mit nur einer Tür wieder. Als wäre die Hölle hinter ihr her, riss sie die Tür auf und stand im nächsten Moment vor dem Turm Saint Jacques. Sofort begann sie zu rennen. Sie musste weg, nur weg von hier, weg von den Fragen, auf die sie Antworten finden musste, und vor allem weg von diesem durchgedrehten Gargoyle, der sie vermutlich erschlagen hätte, wenn sie nicht geflohen wäre.

»Mia!«

Ehe sie sich umsehen konnte, flog Remis vor ihr Gesicht und breitete die Arme aus, als könnte er sie so aufhalten.

»Das musst du verstehen«, sagte er aufgeregt und schwirrte nach rechts und links, um ihr den Weg zu versperren. »Vermutlich wird er mich umbringen, wenn ich dir davon erzähle. Aber Grim ist den Menschen bei Weitem nicht so abgeneigt, wie er es gern hätte. Allerdings hat er sich erfolgreich gegen sie gewehrt, wie Gargoyles das eben tun sollten, immer – bis auf eine Ausnahme. Er hatte einen Freund, Monsieur Pité war sein Name. Die beiden hat etwas verbunden, das … Nun, für einen Moorkobold ist das schwer zu begreifen. Jedenfalls war dieser Mensch der Einzige, den Grim … was sagt ihr? Geliebt hat. Ja, so war es wohl. So ist es noch. Und nun bist du in Monsieur Pités Zimmer geraten, jenes Zimmer, das seit … seit dem Ende niemand mehr betreten hat. Monsieur Pité, weißt du … er ist tot.«

Mia spürte, wie sich ihre Kehle zusammenzog. Sie hatte es gleich gefühlt, schon als sie die Tür mit der Fuchsklinke gesehen hatte und die zarte schwarze Schrift auf all den Zetteln.

»Grim hat seine Kirche unter die Erde versetzen lassen«, fuhr Remis fort. »Und sein privates Zimmer. Er hat alles so gelassen, wie es war – seit damals.«

Mia begann zu zittern und räusperte sich ärgerlich. »Er konnte mich von Anfang an nicht leiden«, sagte sie. »Aber jetzt hasst er mich!«

Mit aufrichtiger Bestürzung sah Remis sie an. »Nein«, erwiderte er traurig. »Er hasst dich nicht. Er wehrt sich nur. Das muss er, verstehst du? Viel zu lange hat er das geübt. Er hat es perfektioniert, immer schon und noch mehr nach Pités Tod. Die Trauer um seinen Freund hätte ihn fast umgebracht, nie wieder wollte er danach einen Menschen in sein Leben lassen. Nun ist es doch passiert, und das ist für ihn eine sehr schwierige Situation. Denn gleichzeitig genießt er deine Nähe, selbst wenn du es mir vielleicht nicht glaubst. Er ist kein gewöhnlicher Gargoyle, Mia, das wirst du noch merken, auch wenn er selbst gern das Gegenteil behauptet. Er wird sich an dich gewöhnen. Du wirst schon sehen.«

Mia stieß die Luft aus. »Großartig! Und vielleicht schlägt er mir bis dahin ein klein wenig den Schädel ein, nicht wahr? Damit hat er doch Übung – als Schattenflügler! Er hasst die Menschen wie alle Gargoyles!«

Da lachte Remis auf. »Oh ja, er hasst sie so sehr, dass er sie rettet und dafür sogar wochenlange Drecksarbeit in Kauf nimmt.« Er holte tief Atem. »Es gibt tausend Möglichkeiten, um nach Ghrogonia zu kommen – unter anderem allerhand geheime Eingänge in den Katakomben von Paris. Vor einer Weile wurden ein paar davon von den Rebellen manipuliert, sodass drei Gargoyles und sieben andere Wesen darin umkamen bei dem Versuch, Ghrogonia zu betreten. Seitdem ist es streng verboten, sich in der Nähe der Öffnungen aufzuhalten, es sei denn, man geht rein oder raus – und Menschen ist es sowieso untersagt, wovon sie natürlich nichts wissen können, aber egal. Jedenfalls hat Grim einen Jungen gesehen, ein Kind … weiß der Geier, was der Knabe in den Katakomben zu suchen hatte, vielleicht eine dämliche Mutprobe, was weiß ich, jedenfalls schaute er Grim dabei zu, wie dieser einen der Geheimgänge verließ. Grim hat seine Erinnerungen gelöscht und ihn laufen lassen, obwohl er ihn hätte ausliefern müssen. Aber dann wäre der Junge … Nun ja. Grim ist dabei gesehen und in den Streifendienst versetzt worden. Er hat gekocht vor Wut. Bis heute muss er sich die Gerüchte gefallen lassen, die wegen dieser Sache über ihn in Umlauf geraten sind – aber sein Handeln hat er nicht bereut, und ich bin sicher, dass er es immer wieder tun würde.« Er hielt kurz inne. »Du bist ein Hartid. Es steht im GBG – dem Gesetzbuch der Gargoyles –, dass jeder Hartid umgehend ausgeliefert und entweder hingerichtet oder einer kompletten Erinnerungslöschung unterzogen werden muss, was dem Ersten gleichkommt, denn hinterher sind die meisten … dütdütdüt.« Remis tippte sich an die Stirn und verdrehte die Augen.

Mia zog die Brauen zusammen. »Dann hat er meinetwegen ein Gesetz gebrochen?«

Remis nickte. »Allerdings.« Dann wischte er mit der Hand durch die Luft. »Aber Grim hat sich noch nie viel aus dem GBG und dem ZGBG gemacht – dem Zusatz zum Gesetzbuch, eigenhändig verfasst vom Polizeipräsidenten und Grims Vorgesetzten Mourier.« Er seufzte und sah sie ernst an. »Er hat dich gern«, sagte er leise. »Er weiß es nur noch nicht.«

Mia biss sich auf die Lippe, dann schüttelte sie den Kopf. »Woher soll ich wissen, dass du die Wahrheit sagst? Und selbst wenn – vermutlich hat Grim ganz recht mit seiner Meinung: Menschen und Gargoyles gehen sich besser aus dem Weg.«

Ihre Worte ließen Remis zurückweichen. Schnell setzte sie ihren Weg fort und stellte nach einer Weile fest, dass der Kobold ihr nicht gefolgt war. Es war ihr recht so. Sie würde es auch allein schaffen. Für einen Moment flackerten die Fratzen der Hybriden vor ihr auf, aber sie stieß so entschlossen die Luft aus, dass sie verschwanden. Jakob war auch allein gewesen – und er war bis nach Ghrogonia gekommen. Sie würde seine Sachen durchsuchen, sicher standen sie noch immer in Kisten verpackt bei ihnen im Flur. Vielleicht würde sie Aufzeichnungen finden, die sie auf die Spur desjenigen brachten, der laut Grim etwas von diesem Pheradin wusste. Und dann würde sie eben allein zu ihm gehen, Reich der Finsternis hin oder her. Diese Gedanken ließen sie ruhiger werden.

Erst als sie das Treppenhaus zur Wohnung ihrer Mutter betrat, fühlte sie, dass etwas nicht stimmte. So leise wie möglich bewegte sie sich die Treppe hinauf und hätte fast geschrien, als sie die Polizeibanderole sah, die sich quer über die halb zertrümmerte Tür spannte. Mia konnte nichts denken als: *Sie sind hier gewesen!* Die Hybriden hatten ihre Mutter und Josi gefunden. Wie in Trance zerriss sie die Banderole. Die Wohnung war nicht wiederzuerkennen. Die Möbel lagen umgeworfen auf dem Boden, überall waren Scherben von zerbrochenem Geschirr, an den Wänden prangten tiefe Kratzer, als hätte ein gewaltiger Löwe seine Krallen über den Putz gezogen. Mia schrak zusammen, als ihre Schritte auf den Scherben knirschten. Sie trat in ihr Zimmer, ihr Schreibtisch war in der Mitte durchgebrochen, die Matratze bestand nur noch aus winzigen Fetzen, als hätte sie jemand wie ein Stück Papier auseinandergerissen. Die Petroleumlampe lag zerbrochen mitten im Zimmer, und da, unter einem Berg ihrer Zeichnungen, befand sich der schwarze Mantel mit Jakobs Blut daran. Mia spürte, wie sich ihre Kehle zuschnürte. Sie zog den Mantel an sich. Mit beiden Armen hielt sie ihn fest, er roch nach Regen und Wind. Dann ging sie zurück in den Flur. Jakobs Sachen waren verschwunden. Sie spürte, wie die Angst ihr Herz rasen ließ. Wo war ihre Mutter, wo war Josi?

Ein Krächzen ließ sie zusammenfahren. Erleichtert stellte sie fest, dass Josis Vogel auf einem der zerbrochenen Stühle hockte und sie aufmerksam betrachtete.

»Falifar«, sagte sie leise. Noch nie hatte sie sich so gefreut, diesen hässlichen Vogel zu sehen. Als hätte er sie verstanden, flatterte er auf ihre Schulter. Gleich darauf flog er über den Flur und hinaus aus der Tür. Im Treppenhaus blieb er sitzen, aufgeregt mit den Flügeln schlagend, und wartete, bis sie ihm gefolgt war. Dann erhob er sich wieder in die Luft und glitt das Treppenhaus hinab. Mia zog die Brauen zusammen. So seltsam hatte sich der Vogel noch nie benommen, es sah ja fast so aus, als wollte er … Sie schüttelte den Kopf. Er war ein Kanarienvogel – oder so etwas Ähnliches –, nicht mehr. Er würde sie nirgendwohin führen. Und doch folgte sie ihm. Er flog schnell, und sie hielt sich fern von den Straßenlaternen. Wer konnte wissen, ob die Hybriden – denn niemand anderes hatte die Wohnung so zugerichtet, da war sie sich sicher – noch oder schon wieder in der Nähe waren.

Sie waren einige Straßen weit gegangen, als Falifar vor einem Altbau innehielt. Er wandte sich zu ihr um und schoss dann wie eine Rakete in eines der geöffneten Fenster im dritten Stock. Augenblicke später wurde der Summer betätigt. Mia zögerte einen Moment. Dann drückte sie die Tür auf. Ihr Herz schlug ihr bis zum Hals, als sie die Treppe nach oben ging. Licht fiel aus einer geöffneten Tür, und ein bekanntes Gesicht schaute ihr entgegen.

»Josi!«

Mia wusste nicht, wie sie die letzten Meter überwand. Im nächsten Moment fiel sie ihrer Tante in die Arme. Der Knoten in ihrem Brustkorb schmerzte so sehr, dass sie am liebsten geschrien hätte. Josi zog sie in die Wohnung und verriegelte die Tür. Wortlos führte sie Mia über einen Flur in ein abgedunkeltes Schlafzimmer.

»Mia«, hörte sie eine leise Stimme, und da erkannte sie ihre Mutter. Sie saß auf einem Stuhl am Fenster, eine Decke um ihre Beine gewickelt. Ihre Augen glänzten, als sie Mia in den Arm nahm, doch in ihrem Blick lag eine seltsame Ruhe. Für einen Augenblick hatte Mia keine Angst mehr, keine Fragen, nichts. Sie fühlte sich wie damals, als sie neben Jakob im Bett gelegen und einer von Lucas' Geschichten zugehört hatte, an deren Ende alles gut wurde. Dann wandte sie sich ab, und die Furcht kehrte zurück.

»Ich war in unserer Wohnung«, sagte sie heiser. Sie wollte noch mehr sagen, aber die Worte blieben ihr in der Kehle stecken.

»Ja«, sagte Josi beinahe unbekümmert. »Irgendwelche Monster haben sie verwüstet, wie es aussieht. Zum Glück konnten wir rechtzeitig entkommen.«

Mia starrte sie an, wie sie mit einem Lächeln auf dem Boden hockte und zu ihr aufsah. Langsam setzte sie sich aufs Bett. »Aber … wie …«, stammelte sie, doch Josi winkte ab.

»Wir hatten Glück, das ist alles«, sagte sie. »Falifar hatte immer schon ein Gespür für böse Schwingungen. Er hat sie kommen hören, nicht wahr, mein Lieber?«

Mia folgte Josis Blick. Der Vogel hockte zusammengekauert auf der Bettkante – und zum ersten Mal fiel ihr auf, aus welchem Grund Falifars Schnabel so schief aussah: Es war eine Maske. Sie sog die Luft ein, so überrascht war sie. Langsam bewegte Falifar die Beine und streifte lautlos seine Krallen ab. Zum Vorschein kamen dunkelblaue, haarige Füße. Er schüttelte sich und jetzt sah Mia auch seine Finger – er hatte eine rote und eine schwarze Hand mit schmalen goldenen Nägeln, die aus seinem Federkostüm herausschauten. Hinter der Maske blinzelten grüne Augen zu Mia herüber. Die weiße Haut um die Augen herum war vernarbt.

»Du bist eine Hartidin, nicht wahr?«, fragte Josi.

Mia zuckte zusammen, so entlarvt fühlte sie sich. Langsam nickte sie.

»Ich habe es mir gedacht. Als du vor ein paar Tagen in der Küche gesessen hast, war dieses Klingeln in der Luft. Lucas, weißt du … er hatte immer das Klingeln im Haar, wenn er aus Ghrogonia zurückkam, genau wie Jakob. Ich habe gewusst, dass etwas vor sich ging, als du in der Küche gesessen und deiner Mutter Märchen über Jakobs Verschwinden erzählt hast. Deswegen habe ich den Zettel geschrieben. Ich wollte nicht, dass sie sich sorgt. Ich konnte ja nicht ahnen, dass alles so enden würde.« Sie schwieg einen Moment. »Ich habe eure Begabung nicht, leider. Aber als Lucas und ich Kinder waren, hat er mich mitgenommen auf die Wiesen, wo die Elfen tanzten, und zu den Seen, auf denen sich die Kobolde im Mondlicht sammelten. Ich habe sie nie gesehen. Aber ich habe sie gefühlt. Ich glaube, dass alle Menschen tief in sich diese Fähigkeit haben. Früher haben sie es noch viel stärker gespürt. Aber er ist immer noch da – dieser dunkle Punkt in uns, der die Sehnsucht kennt. Ich liebte diese Wesen, die ich nur mit geschlossenen Augen sehen konnte – in meiner Phantasie. Und eines Tages bin ich Falifar begegnet. Nach Lucas' Tod rettete er mir das Leben, und ich nahm ihn zum Dank bei mir auf. Vielleicht kann ich dir eines Tages unsere ganze Geschichte erzählen. Wir sind Freunde geworden, und obwohl ich ihn aufgrund des Zaubers des Vergessens niemals in seiner wahren Gestalt sehen werde, sind wir es bis heute geblieben.« Sie hielt kurz inne. »Ich habe nie mit Jakob über seine Begabung gesprochen. Ich wollte nicht, dass … Lucas hat es zur Verzweiflung gebracht, dass ich nicht sehen konnte, was er sah, obwohl ich es fühlte. Jetzt wünschte ich, dass ich es getan hätte. Er war in Schwierigkeiten, nicht wahr?«

Mia holte tief Atem. »Ich würde euch so gern davon erzählen«, sagte sie leise. »Es ist alles so kompliziert und … Jeder, der davon weiß, ist in großer Gefahr. Deswegen hat Jakob mich gebeten zu schweigen. Er hätte nicht gewollt, dass ich euch in diese Sache hineinziehe.« Noch während sie die Worte aussprach, wusste sie, dass sie das Richtige tat – und dennoch fiel es ihr unglaublich schwer. »Dabei bräuchte ich so dringend einen Rat. Immer wieder frage ich mich: Was hätte Jakob getan?«

Da stand ihre Mutter auf, setzte sich neben sie und nahm sie in den Arm. »Jakob ist nicht hier«, sagte sie leise. »Aber du – du bist hier. Diese ganze Geschichte ist so verrückt und beängstigend. Mit einem Schlag ist mein ganzes Leben durcheinander, ich habe die Kontrolle verloren – und damit ist das passiert, was ich in all den Jahren am meisten gefürchtet habe. Jetzt merke ich, dass man manchmal die Kontrolle verlieren muss, um wieder zu sich selbst zu finden. Um sich selbst ins Gesicht zu sehen. Das, was ich gesehen habe, hat mich erschreckt, Mia. Mein ganzes Leben lang habe ich mich dagegen gewehrt, dass Lucas recht haben könnte. Und jetzt … Ich hätte auf das vertrauen sollen, was ich fühlte. Ich habe Lucas geliebt. Ich habe gewusst, dass er nicht verrückt war. Und dennoch – ich habe mir selbst nicht geglaubt.

Das Außen war immer stärker. Mach nicht denselben Fehler wie ich. Höre auf dein Gefühl. Sieh hinter die Dinge. Du hast die Fähigkeit dazu, das weiß ich. Hier geht es um mehr als nur um uns, nicht wahr? Es ging immer um mehr als das. Vergiss das niemals! Und denk daran, dass du stark bist – genau wie Jakob.«

Mia senkte den Blick und schaute auf den Mantel auf ihrem Schoß. Grim tauchte vor ihr auf, sein wütendes Gesicht in dem Zimmer seines toten Freundes, und auf einmal sah sie den Schmerz in seinen Augen. Sie hörte ihn brüllen, aber es klang wie ein Schrei aus tiefer Dunkelheit. Sie holte Atem, und etwas Schweres fiel von ihren Schultern, als sie sich erhob.

Sie hatte sich entschieden.

Kapitel 23

Grim saß auf einer der Holzbänke in seiner Kirche und starrte an die Decke, als könnte die etwas für die ganze verfluchte Geschichte. Vermaledeite Kreatur! Stromerte in der Kirche herum wie eine streunende Katze und steckte ihre Nase in Dinge, die sie nichts angingen, ja, die sie niemals etwas angehen würden. Und dennoch – ihm gingen ihre Augen nicht aus dem Kopf und der Ausdruck in ihrem Blick, als sie davongelaufen war. Sie hatte ihn angesehen wie ein Ungeheuer aus einem Märchen – wie einen Fremden. Und war er das nicht für sie? Woher sollte sie wissen, welche Abgründe in seinem Inneren darauf warteten, sie zu verschlingen?

»Hier steckst du also.«

Grim seufzte. Das hatte ihm gerade noch gefehlt. Remis landete auf seiner Klaue und machte ein Gesicht, das selbst dem Antichristen ein schlechtes Gewissen gemacht hätte.

»Ja«, grollte Grim gedehnt, ehe der Kobold etwas sagen konnte. »Ich weiß. Ich hätte versuchen sollen … netter zu ihr zu sein.«

Remis kniff die Augen zusammen, als könnte er so in Grims Gehirn sehen. »Na schön«, sagte er dann und ließ sich mit einem tiefen Seufzer neben ihm auf der Bank nieder. »Sie ist irgendwo da draußen«, sagte er nach einer Weile. Seine Stimme klang in der Kirche wider wie das Flüstern eines Geistes. Grims Gesicht verfinsterte sich. Sie war nur ein Mensch, Teufel noch eins, was fiel ihr ein, einfach wegzulaufen? Da draußen war niemand, der sie beschützen konnte, und er, er saß hier herum und guckte Löcher in die Luft. Mit einem Ruck stand er auf, dass die Bank knarrend über den Steinboden schrammte.

Remis starrte ihn an. »Was ist denn jetzt los?«

»Wo würdest du hingehen, wenn du sie wärest?«, fragte Grim nachdenklich. Dann hellte sich sein Gesicht auf. »Wohin wohl: nach Hause! Komm mit. Wir müssen sie suchen. Wir …«

Ein leises Trappeln ließ ihn sich umwenden. Klara stand zwischen zwei Säulen und lächelte. »Das wird nicht nötig sein.« Die Ziege hob vielsagend die Brauen und zog sich zurück.

Da tauchte eine Gestalt hinter einer der Säulen auf. Blass sah sie aus, aber unverletzt, soweit Grim das beurteilen konnte. Mit einem Satz war er bei ihr.

»Was ist denn in dich gefahren?«, grollte er. Eine winzige Stimme in ihm rief ihm zu, dass er ruhiger sprechen und netter sein sollte – ja, vor allem netter. Aber es war zwecklos. »Du kannst doch nicht einfach mitten in der Nacht zur Tür rausmarschieren und verschwinden! Du weißt, wer dich verfolgt! Glaubst du etwa, sie sind nicht mehr da draußen? Sie suchen nach dir, da kannst du Gift drauf nehmen, und wenn sie …«

Er verstummte. Auf einmal wusste er nicht mehr, was er sagen wollte, seine Gedanken waren mittendrin einfach abgerissen. Sie stand vor ihm und sah ihn an, vollkommen ruhig. Jetzt zog sie etwas hinter ihrem Rücken hervor.

»Hier«, sagte sie leise. »Ich glaube, der gehört dir.«

Sie legte ihm seinen Mantel in die Klauen, den Mantel, auf

den er Jakob vor dem Krankenhaus gebettet hatte. Er roch noch immer das Blut, das daran klebte, und für einen Moment fühlte er wieder das weiche Haar des Jungen an seiner Wange. Mühsam hob er den Blick.

»Ich will nicht, dass dir dasselbe passiert wie ihm.« Ja, das sagte er zu ihr, er konnte es selbst nicht fassen.

»Du passt ja auf mich auf«, erwiderte sie mit leicht spöttischer Stimme.

Er verzog den Mund. »Ja«, murmelte er. »Wenn du mich lässt.«

Und da glitt ein Lächeln über ihre Lippen, winzig nur und flüchtig, aber er sah es genau.

In diesem Moment fiel ein Schatten auf ihr Gesicht. Instinktiv warf Grim sich vor und riss sie hinter eine der Säulen. Gleich darauf erschütterte eine Explosion den Schutzschild, der um seine Kirche lag. Mit gewaltigem Klirren zersprangen die Fenster, und tausend Scherben flogen durch die Luft. Rauch drang durch die zerbrochenen Bleigläser, Mia hustete in seinen Armen, und Grim versuchte angestrengt, durch den Qualm etwas zu erkennen. Da sah er, wie sich eine Gestalt aus dem Rauch schälte – eine helle, engelhafte Gestalt. Remis stieß einen Schrei aus und schwirrte in der Luft auf und ab. Mit einem Schlag war jeder Muskel in Grims Körper gespannt. Er erhob sich und trat über die Scherben auf den Eindringling zu.

»Seraphin von Athen«, grollte er dunkel.

Hinter Seraphin bauten sich sieben Schwarzmagier auf, allesamt in lange Roben gehüllt und mit derart ernsten Gesichtern, als wären sie Henker bei einer Hinrichtung. Seraphin hingegen lächelte. »Ich hatte es doch im Gefühl, dass wir uns wiedersehen«, sagte er freundlich.

Grim stieß die Luft aus. »Es hat wenig mit der Gabe der

Voraussicht zu tun, wenn du ein Treffen provozierst, indem du bei mir einbrichst.«

Seraphin legte den Kopf schief, sein Lächeln wurde breiter. Am liebsten hätte Grim ihm ins Gesicht gespuckt. Aber er musste sich zusammenreißen. Unauffällig bewegte er die Hand hinter seinem Rücken und hoffte, dass Remis sein Zeichen begriff. Da hörte er ein leises Zungenschnalzen. Ja, der Kobold hatte ihn verstanden. Er würde Mia in Sicherheit bringen.

»Diese Angelegenheit ist rein geschäftlich«, sagte Seraphin. »Ich habe nichts gegen dich persönlich.«

Grim spürte, wie die Schwarzmagier ihn ansahen, prüfend, als wollten sie seine verwundbare Stelle herausfinden. Er lachte hart und kurz. »Ach nein? Es gibt bessere Arten, das zu beweisen, als mitten in der Nacht meinen Schutzwall zu zerbrechen und durch die Fenster zu springen. Das finde ich, ehrlich gesagt, ziemlich persönlich.«

Seraphin stieß eine Scherbe von seinem Stiefel und hob so bedauernd die Schultern, dass Grim schlecht wurde. »Da du in Ghrogonia leider nicht mehr anzutreffen warst, blieb mir keine andere Wahl. Aber ich habe nicht vor, dich lange aufzuhalten. Wie ich sehe, hast du gerade andere Dinge zu tun.«

Sein Blick glitt zur Seite, Grim wusste, dass er das Mädchen ansah. Mit einem Schritt schob er sich vor und versperrte Seraphin die Sicht. Nur noch ein paar Meter, dann hatten Mia und Remis das Mosaik erreicht, dann konnten sie …

»Es geht um den Jungen«, unterbrach Seraphin seine Gedanken. »Wie ich hörte, ist er gestorben. Er hatte etwas bei sich. Etwas von großem Wert für mich. Wer weiß, wenn du dich damals kooperativer gezeigt hättest … vielleicht würde der arme Kerl jetzt noch leben. Umso mehr vertraue ich darauf, dass du dich jetzt ohne Probleme bereit erklärst, mir weiterzuhelfen. Denn nach dem Tod des Jungen fiel das Artefakt an seine Schwester.« Grim spürte, wie ihm etwas in den Nacken kroch, etwas Eisiges, das Stacheln hatte. Seraphin sah ihn an, lauernd wie eine Schlange. »Mir steht nicht der Sinn nach Blutvergießen. Daher fordere ich dich im Guten auf, sie herauszugeben.«

»Seraphin von Athen«, grollte Grim und legte Verachtung in jeden Ton, »ich weiß nicht, wer du bist. Aber wenn du nicht sofort von hier verschwindest, wirst du es für den Rest deines Lebens bereuen.«

Das war ein Bluff, ein ziemlich mieser sogar. Aber als Grim sich in Seraphins Augen spiegelte, erschrak er beinahe selbst vor seinem Blick. Er lauschte hinter sich und hörte wieder leises Zungenschnalzen. Sie hatten das Mosaik erreicht, schon murmelte Remis den Zauber. Die Steine lösten sich auf, gleich würde die Treppe sichtbar werden, die tief unter die Kirche führte. Grim ballte die Hand zur Faust und schlug Seraphin mit voller Wucht ins Gesicht. Der taumelte zurück, Grim meinte, Blut zu riechen, aber er achtete nicht darauf. Mit einem Brüllen warf er sich herum und stürzte auf Remis und Mia zu.

»Lauft!«

Kapitel 24

Mia rannte, so schnell sie konnte. Remis hockte auf ihrer Schulter und keuchte, als würde er selbst laufen. Der Tunnel nahm kein Ende. Sie spürte die Detonationen hinter sich, fühlte die Hitze der Flammen und sah das Zittern der Luft vor ihrem Schutzschild. Grim entfachte eine Feuerwand vor den Magiern, die ihren Weg fortsetzten, als würden sie durch Nebel gehen. Schwarze Pfeile schossen an Mia vorbei, nur knapp verfehlten sie ihr Gesicht.

»In Deckung!« Grim packte sie am Arm und riss sie in einen Spalt in der Wand, der gerade noch von einem Tarnschild verdeckt gewesen war. Schwer atmend sahen sie, wie riesige Steinquader auf die Hybriden niederfielen. Doch sie zerbrachen an den Magiern, als wären sie Würfel aus Zucker. Mit einem Lächeln schritt Seraphin vorwärts, gefolgt von seinen dunklen Gefährten.

»Verflucht.« Grim murmelte etwas. Gleich darauf stieg Nebel aus dem Boden, grüner Dampf, der an den Beinen der Magier emporkroch. Er umschlang ihre Hälse und drang in ihre Münder, ohne dass sie etwas dagegen tun konnten. Atemlos sah Mia, wie sie husteten, sie hielten sich die Hände an die Kehlen und spuckten Blut, selbst Seraphin schwankte und sank auf die Knie.

»Was hast du hier unten gebaut?«, flüsterte sie Grim zu. »Sieht ja aus wie eine Festung!«

Grim zuckte die Achseln. »Ich habe nicht nur Freunde in der Stadt«, erwiderte er und fixierte die Hybriden, die keuchend am Boden lagen. Ihre Gesichter wurden fahl, und ihre Augen verdrehten sich in den Höhlen. Einen Moment lang war es still. Dann stieß Seraphin die Luft aus – es hörte sich an, als täte er es zum ersten Mal – und stand auf. Er schwankte nicht mehr, der graue Schleier wich von seinem Gesicht, und als der Dampf langsam im Boden versank, lächelte er. Um ihn herum kamen seine Gefährten auf die Beine. Seraphin zog ein Tuch aus seiner Tasche und wischte sich das Blut vom Mundwinkel. Dann fixierte er den Spalt in der Mauer.

»Verdammt.« Grim schlug die Klauen zusammen. Sofort schoss ein Schwarm glühender Messer vom Ende des Tunnels auf die Magier zu. Kaum hatten sie den Spalt passiert, sprang Grim aus dem Versteck und riss Mia mit sich. Sie sah noch, wie die Magier den Messern blitzschnell auswichen, dann brach der Boden unter ihr weg, und sie fiel in einen Schacht. Grim breitete seine Schwingen aus und hielt sie fest. Um sie herum war es dunkel, über ihnen sprangen die Hybriden ihnen nach. Mia hörte, wie metallene Speere aus den Wänden schossen, aber keiner der Verfolger wurde auch nur verwundet. Plötzlich wurde es hell, sie landeten auf schwarzen Felsen. Es war unerträglich heiß, und als Grim Mia absetzte, sah sie auch, aus welchem Grund.

Sie standen auf einer schmalen Landzunge, und vor ihnen, lodernd und rauschend, erstreckte sich ein Meer aus Feuer. Die Flammen schlugen an die Wände einer gewaltigen Höhle. Mias Augen begannen zu tränen. Grim legte ihr etwas um die Schultern, verschwommen sah sie, dass es sein Mantel war.

Ein blauer Glanz lag auf ihm und kühlte ihre Haut. Da schlug etwas vor ihr in den Boden, sie schrie und sprang zurück. Ein glühender schwarzer Klumpen traf sie beinahe am Kopf. Die Hybriden schossen aus dem Schacht, schon kamen sie auf sie zu und schleuderten ihnen gewaltige Gesteinsbrocken entgegen. Grim schmetterte die rechte Faust auf den Boden. Sofort klirrte etwas über ihnen, und gleich darauf schossen spitze Stalaktiten von der Decke auf die Hybriden zu. Ihr Angriff brach ab, sie errichteten einen Schild, um sich vor den messerscharfen Geschossen zu schützen.

»Schnell!« Grim zog Mia mit sich, näher an das Flammenmeer heran. Sie schlug sich den Mantel über den Kopf. Sie konnte kaum Atem holen, es schien ihr, als würde sie Feuer in ihre Lunge saugen. Im Flirren der Luft sah sie eine Lore, sie stand auf einem kleinen Abhang.

»Beeil dich!« Grim half ihr in den Karren und wurde im nächsten Moment von einem glühenden Speer getroffen. Mia schrie, aber Grim achtete kaum darauf. Mit wütendem Gesicht riss er sich den Speer aus der Brust, stemmte sich gegen die Lore und brachte sie in Bewegung. Mia klammerte sich an dem Metall fest. Blaue Funken liefen darüber hin und verbreiteten eine angenehme Kühle – offensichtlich konnte die Lore dem Feuer widerstehen. Oder nicht? Mia starrte auf das Meer aus Flammen. Das würde ihr Ende sein, sie würde verbrennen, bei lebendigem Leib. Remis redete auf ihrer Schulter vor sich hin, fast glaubte sie, dass er betete. Hinter sich hörte sie etwas explodieren.

Im nächsten Augenblick sprang die Lore von der Klippe und schwebte über dem Feuermeer. Mias Schrei ging im Tosen der Flammen unter. Panisch krallte sie sich an Grim, der im letzten Moment neben sie gesprungen war. Er brüllte etwas und gerade als sie die Flammen erreichten, hob sich ein glühender Felsen aus dem Meer. Die Lore schlug mit voller Wucht dagegen und sprang wieder in die Luft.

Mia wurde zurückgeworfen und konnte sich gerade noch an Grim festhalten. Wieder rasten sie übers Feuer, und wieder verhinderte ein plötzlich auftauchender Felsen ein Bad in den Flammen. So sprangen sie über das Meer und landeten kurz darauf an einem schwarzen Strand. Die Lore flog knirschend in den Sand, Mia wurde durch die Luft geschleudert und landete ein Stück weiter auf dem Rücken. Schwer atmend richtete sie sich auf. Sie konnte die Hybriden auf der anderen Seite des Meeres nicht sehen, aber sie spürte die Magie, die sie wirkten. Sie brachte die Luft zum Erzittern. Grim trat zu ihr, er blutete aus seiner Wunde.

»Haben wir sie abgehängt?«, fragte Remis, der zitternd von ihrer Schulter rutschte.

Düster schaute Grim in die Flammen. »Nein«, grollte er, »das ist nur eine Frage von Minuten. Wir müssen sie loswerden, ein für alle Mal. Sie müssen unsere Spur verlieren.« Ein Flackern ging durch seine Augen, dann lächelte er. »Und ich habe auch schon einen Plan.«

Kapitel 25

Sie landeten in einer menschenleeren Straße des Industriegebiets im Norden von Paris. Verlassene Fabrikgebäude erhoben sich zu beiden Seiten der Straße, einige trugen Holzplanken vor den maroden Türen, andere hatten dunkle, eingeschlagene Fenster. Mitunter flackerte ein bunter Schriftzug im Schein der Straßenlaternen auf. Der Mond, der ab und zu durch die zerfetzten Wolken schaute, warf sein eisiges Licht auf die Gebäude, sodass sie aussahen wie die Häuser in einer Geisterstadt. Der Wind wehte alte Zeitungen über die Straße, und irgendwo jaulte ein Hund. Ansonsten war es still – beängstigend still sogar.

Grim wusste, dass sie längst bemerkt worden waren. Er fühlte die Blicke wie brennende Zigaretten auf seiner Haut. Das Mädchen neben ihm zitterte, sie war schneeweiß im Gesicht. Die Jagd hatte sie mitgenommen, keine Frage, und offenbar war ihr auch der Flug über die Dächer von Paris nicht sonderlich gut bekommen. Er bewegte die rechte Schulter, dass es knackte. Lange war es her, seit er zum letzten Mal einen Menschen auf dem Rücken getragen hatte, und die Wunde in seiner Brust war nicht gerade angenehm. Er musste sich heilen, aber zuerst brauchte er seine Kräfte für andere Dinge. Er lauschte. Noch waren die Hybriden nicht zu hören. Aber sie folgten ihnen, folgten der Spur, die Grim überdeutlich hinterlassen hatte. Bald würden sie kommen.

Mia sah ihn an. »Was hast du vor?«

Er deutete auf den Schrottplatz, der vor ihnen lag. Es gab keine Absperrung, keinen Zaun. So etwas brauchte man hier nicht. Hier galten andere Regeln.

»Dieser Ort«, sagte er leise, »ist etwas Besonderes. Vor langer Zeit ist hier etwas geschehen … Glaubt man den Gerüchten, wurden hier einst viele Wesen von mächtigen Magiern ermordet. Ihr Hass, so sagen es die Legenden, hat die Erde getränkt, und er verschlingt noch heute jede Art von Magie. Die, die uns verfolgen …«

»… sind schwarze Magier«, flüsterte Mia kaum hörbar.

Grim nickte. »Sie ziehen ihre Kraft aus ihrer Magie – nur deswegen sind sie so stark. Wenn man ihnen die Möglichkeit nimmt, Magie zu wirken, kann man sie ganz leicht ausschalten. Aber das ist nicht so einfach. Dieser Ort – er ist gefährlich.« Er hob den Kopf. Für einen Moment glaubte er, etwas gehört zu haben. »Wir müssen uns beeilen«, fuhr er fort. »Ich habe einen Plan, ich kann ihn dir jetzt nicht erklären, aber was auch immer dort drinnen passiert: Vertrau mir!« Er sah sie so eindringlich an, wie es ihm möglich war, und offensichtlich hatte er Erfolg. Eine leichte Röte stieg in ihre Wangen, als sie sich abwandte.

»Okay«, sagte sie leise. »Okay.«

Grim holte tief Luft und ließ es zu, dass Remis die Finger in seine Schulter krallte, als sie den Schrottplatz betraten. Nur eine flackernde Laterne und der fahle Mondschein spendeten etwas Licht. Der Kies knirschte unter ihren Schritten. Lange Reihen von Autos zogen sich in Karawanen über den Platz, einige mit eingeschlagenen Scheiben, andere ohne Reifen, und manche stapelten sich übereinander zu seltsamen Leichenbergen. Ja, sie standen auf einem Friedhof, Grim fühlte es. Aber im Gegensatz zu den Menschen, die definitiv tot waren, wenn man ihnen das Herz aus der Brust riss, steckte noch immer etwas in diesen Trümmerhaufen, das beinahe Leben war. Hier lagen die Gerippe von Maschinen, denen man ihren Willen trotz aller Zerstörungswut nicht nehmen konnte, und als Grim in die matten Scheinwerfer einiger Autos schaute, hätte er sich nicht gewundert, sie aufleuchten zu sehen. Jederzeit konnte das Leben in ihnen erwachen.

Mia schien auch schon an beschaulicheren Orten gewesen zu sein, denn sie ging dicht neben ihm und schaute beinahe ängstlich von links nach rechts. Grim stöhnte leise. Die Verletzung in seiner Brust schmerzte, und zusätzlich spürte er, wie sich ein Schleier auf ihn legte, ein kühler Nebel, der ihm die Kraft raubte. Ja, seine Magie verließ ihn, sie floss aus seinem Inneren wie Blut aus einer Wunde. Entschlossen biss er die Zähne zusammen. Er hatte gewusst, dass es so kommen würde. Und sie hatten keine andere Wahl.

Vor ihnen leuchtete ein schwaches Licht durch die Dunkelheit. Es kam aus einem Bauwagen in einer Ecke des Platzes. Kaum hatte Grim das Licht gesehen, scharrte etwas hinter ihnen. Er holte Atem. Die Bewohner dieses Ortes hatten sie bemerkt. Lautlos schlichen sie hinter den ausgeschlachteten Autos entlang, sprangen über die Dächer und waren doch nichts als Schatten, wenn man in ihre Richtung sah. Grim zuckte zusammen, als er eine Berührung fühlte. Mia hatte die Hand auf seinen Arm gelegt.

In diesem Moment erreichten sie den Bauwagen. Die Tür flog

auf, und ein muskulöser Hüne mit dichtem schwarzen Bart und pechschwarzen Augen trat auf sie zu. Er trug eine Lederhose und eine Weste. Das Mondlicht schimmerte auf seiner bronzenen Haut. Um seine Handgelenke trug er breite Nietenbänder, und seine Arme zierten mehrere dunkle Tätowierungen. In einigem Abstand blieb er stehen. Lautlos traten fünf weitere Männer aus dem Bauwagen, auch sie trugen dunkle Lederkleidung und blieben im Halbkreis vor Grim, Remis und Mia stehen. Grim fühlte ihre Blicke. Regungslos wie Raubtiere standen sie da, nur ihre Augen funkelten im Schein des Mondes. Und er spürte auch die übrigen, jene, die sich noch in den Schatten verbargen und nur darauf warteten, hervorbrechen zu können. Er fixierte den Bärtigen mit seinem Blick.

»Dharko«, sagte er und neigte den Kopf. Er hatte nie aufgehört mit dieser Höflichkeitsbekundung, und auch dieses Mal stellte er fest, dass sein Gegenüber geschmeichelt war.

»Lange nicht gesehen«, erwiderte Dharko, während er die Daumen in die Gürtelschlaufen seiner Hose steckte. Er ließ den Blick für einen Moment auf Mia ruhen, ihre Hand schloss sich wie ein Schraubstock um Grims Arm. Dann wandte Dharko sich ab. »Was kann ich für dich tun?«

Grim trat einen Schritt näher, Mias Hand rutschte von seinem Arm. Sofort ging ein Zucken durch die Reihe der Männer, fast so, als machten sie sich zum Sprung bereit. »Ich bin in Schwierigkeiten«, sagte Grim, ohne Dharko aus den Augen zu lassen. »Und du schuldest mir einen Gefallen. Heute löse ich ihn ein.«

Ein Flackern ging durch Dharkos Blick, dann lächelte er und entblößte zwei goldene Schneidezähne. In knappen Worten erzählte Grim ihm von ihren Verfolgern. Dharkos Gesicht verfinsterte sich. Schließlich nickte er.

»Einige der Jungs sind unterwegs«, sagte er. Er pfiff laut und schrill durch die Zähne. Sofort trat einer aus dem Halbkreis vor. Dharko murmelte ihm etwas ins Ohr, und der andere sprang mit einem gewaltigen Satz über zwei Autos und war verschwunden.

Da hörte Grim sie kommen. Ihr Flug schnitt die Luft in Fetzen, so eilig schienen sie es zu haben, und er konnte die Zauber fühlen, die in ihren Fäusten auf Befreiung warteten. Dharko reckte den Kopf. Seine Nasenflügel bebten, hörbar sog er die Luft ein. Er warf Grim einen Blick zu. Ja, er hatte sie gewittert. Dann sah er Mia an. Sie stand mit angezogenen Armen da, den Kopf leicht geneigt, und verbarg ihr Misstrauen noch nicht einmal ansatzweise.

»Siehst du das Licht?« Dharko deutete auf die Laterne, und Mia wandte unsicher den Kopf. Zögernd nickte sie. »Geh dorthin, setz dich auf den Boden und warte. Sag keinen Ton, dreh dich nicht um und fang bloß nicht an zu heulen.«

Grim seufzte innerlich. Er selbst war ja nun auch nicht gerade für charmante Wendungen bekannt, aber Dharko hatte wirklich überhaupt kein Gespür für den richtigen Ton. Prompt verzog Mia das Gesicht, schob das Kinn vor und warf ihm einen verächtlichen Blick zu. Gleich würde sie eine unhöfliche Antwort geben, das wusste Grim, und dann wäre sein Plan im Eimer, so viel stand fest. Die Hybriden kamen immer näher. Er konnte fast den Wind unter Seraphins Schwingen fühlen. Sie hatten keine Zeit mehr.

»Tu, was er sagt«, grollte er deshalb.

Mia starrte ihn fassungslos an. »Aber …«

In diesem Moment rauschte etwas in der Luft. Ehe Grim etwas hätte tun können, war Dharko bei dem Mädchen, packte es am Kragen und schleuderte es durch die Luft unter die

Laterne. Mit einem gehetzten Ausdruck sah er Grim und Remis an. »Verschwindet!«

Grim fühlte, dass er die Klauen zu Fäusten geballt hatte, und ließ die Knochen knacken. Verflucht, worauf hatte er sich eingelassen? Er kannte Dharko seit Jahren, aber … Konnte man sich bei einem Geschöpf wie ihm jemals sicher sein? Er war unberechenbar wie jeder seiner Art. Nur er würde seine Meute im Zaum halten können, wenn es so weit war – falls er sich selbst beherrschen konnte. Grim zog sich hinter eines der zertrümmerten Autos zurück. Jetzt war es zu spät. Er spähte durch die zerbrochenen Fenster und sah, wie Mia sich im Schein der Laterne aufrichtete. Die Männer gingen auf sie zu, sie lachten bedrohlich. Mia war kreidebleich, als Dharko auf sie zutrat. Langsam hob er die Hand und wollte ihr Gesicht berühren, aber sie schlug seinen Arm weg und zog etwas aus ihrer Tasche, das wie Pfefferspray aussah. Grim stieß die Luft aus. Das würde ihr in dieser Gesellschaft gar nichts nützen. Angespannt ballte er die rechte Klaue zur Faust. Wenn sie ihr auch nur ein Haar krümmten, würden sie es für den Rest ihres Lebens bereuen, so viel stand fest.

»Warum denn so widerspenstig, meine Kleine«, hörte er Dharkos Stimme. Die Männer lachten laut und traten gleichzeitig auf Mia zu.

Da näherten sich Schritte. Grim hörte auf zu atmen, als er Seraphin in den Lichtkreis der Lampe treten sah. Ein wütendes Flackern war in seinen Blick getreten, und auch seine Hybriden wirkten alles andere als amüsiert. Grim lächelte dunkel. Ja, er hatte sie durch die halbe Stadt gelotst. Wenigstens das hatte er hinbekommen, wenn er schon sonst nichts gegen sie hatte ausrichten können. Seraphin starrte Mia an, die sichtlich verwirrt ihr albernes Spray mal auf die eine, dann auf die andere Gruppe richtete. Dharko packte sie am Genick und riss sie zu sich heran. Zwei seiner Kumpane traten auf Seraphin zu. Sofort sprangen zwei Hybriden ihnen entgegen. Drohend bauten sie sich voreinander auf.

»Ich kenne euch nicht«, rief Dharko mit vor Wut zitternder Stimme, »und ich kann mich nicht erinnern, euch eingeladen zu haben!«

Seraphin lächelte, aber Grim sah den Schatten auf seinem Gesicht. Die Magie verließ auch ihn – und er wusste es. »Gebt uns das Mädchen, und ihr habt nichts zu befürchten.«

Dharko strich mit der freien Hand über Mias Haar, die wie gelähmt in seinen Klauen hing. »Die Kleine ist unser Fang. Ihr habt hier nichts zu suchen. Verpisst euch!«

Da verschwand das Lächeln von Seraphin Lippen. Stattdessen riss er die Hand nach oben und schleuderte eine Lichtpeitsche in Mias Richtung. Sie wickelte sich um ihren Hals und riss sie aus Dharkos Armen. Mia stürzte – und im gleichen Moment löste sich die Peitsche in Luft auf. Seraphin schaute auf seine Hand, als hätte er das erwartet.

Dharko lachte dröhnend. »Euer Hokuspokus hat hier nichts zu melden«, rief er und neigte den Kopf. Seine Muskeln spannten sich unter seiner Haut, Grim hörte, wie sich seine Stimme veränderte. »Denn hier – ist Wolfsgebiet!«

Kaum hatte er das gesagt, warf er den Kopf in den Nacken und heulte. Sein Körper krümmte sich zusammen, Fell spross ihm aus dem Fleisch. Seine Hände verwandelten sich blitzartig in Klauen, und sein Schädel verformte sich zu einem riesigen Wolfskopf. Obwohl er auch in Menschengestalt bereits eine stattliche Größe gehabt hatte, überragte er die Hybriden nun um gut zwei Köpfe. Seine Kumpane hatten sich ebenfalls verwandelt und stierten die unwillkommenen Gäste gierig an. Mia lag noch immer am Boden, aber jetzt rappelte sie sich auf und rannte los. Grim sprang auf und zog sie zu sich hinters Auto. Im selben Augenblick glitten Schatten über sie hinweg, Grim zählte mindestens zwanzig. Sie kreisten die Hybriden ein. Seraphin sah sich um. Grim fühlte, dass er versuchte, Zauber zu wirken, aber es gelang ihm nicht. Da riss Dharko das Maul auf und heulte, dass Grim zusammenfuhr. Im selben Moment sprangen die Werwölfe vor und stürzten sich auf die Hybriden.

Es wäre heuchlerisch gewesen, wenn Grim behauptet hätte, keine Genugtuung dabei zu empfinden, jetzt zuzusehen, wie es den Hybriden an den Kragen ging. Mia starrte neben ihm mit aufgerissenen Augen auf das Spektakel. Er hätte erwartet, dass sie sich abwenden und sich womöglich sogar übergeben würde – schließlich war sie ein Mensch. Aber in ihrem Blick lag neben dem Entsetzen noch etwas anderes. Es war der Schatten der Vergeltung. Grim nickte kaum merklich. Jetzt bezahlten die Mörder ihres Bruders für das, was sie getan hatten – das war es, was sie dachte. Grim beobachtete das Schauspiel angespannt. Seine Klauen hatten sich in die Tür des Autos gekrallt, als wäre sie ein Kissen.

»Hört auf«, murmelte er. »Dharko, verdammt. Halt sie zurück.«

Er sah den Glanz, der auf einmal in den Augen der Werwölfe lag. Noch kämpften sie mit den Hybriden, die sich mit schwachen Zaubern zu verteidigen suchten, aber in jeder Bewegung, in jedem Blick lag eine Gier, die nur noch an einer dünnen Kette lag. Schon hatte der erste Werwolf einen der Hybriden gepackt und drückte dessen Kopf auf den Boden. Knurrend hob er die

Lefzen. Grim wusste, dass er etwas unternehmen musste. Entschlossen sprang er aus dem Versteck.

»Genug!«, brüllte er, und für einen Moment schauten die Werwölfe zu ihm her, wie Kinder, die bei einem verbotenen Spiel erwischt worden waren. Dann rissen sie die Köpfe in den Nacken und stießen ein so markerschütterndes Heulen aus, dass Grim zurückwich.

Im nächsten Moment war jeder Wall durchbrochen. Die Werwölfe fielen über die Hybriden her wie Tiger über Lämmer. Einen Hybriden warfen sie in die Luft und sprangen ihm nach, bis ein Werwolf seinen Hals, ein anderer sein linkes Bein im Maul hatte. Gleichzeitig rissen sie an ihrer Beute und zerfetzten sie, als wäre sie aus Papier. Ein anderer Hybrid versuchte zu fliehen und wurde so heftig gegen einen Autoturm geschleudert, dass sein Körper an dem Metall zerschellte und einfach darin stecken blieb. Es war ein Schlachtfest, nichts anderes.

Grim versuchte vergeblich, Dharko in dem Gewühl auszumachen. Nicht nur einmal musste er dem wilden Blick eines Werwolfs ausweichen. Da sah er Seraphin, Blut rann ihm aus dem rechten Ohr, und tiefe Kratzer liefen über seine Wangen. Ein Werwolf hatte seine Kehle umfasst – es war Dharko. Grim sprang vor und packte Dharko am Kragen.

»Du stehst in meiner Schuld!«, brüllte er in die rot glühenden Augen des Werwolfs. Seine Klauen drangen tief in Dharkos Fleisch und langsam – quälend langsam – sah Grim, wie die schwarze Farbe in dessen Augen zurückkehrte. Er starrte Grim an. Um sie herum herrschte Schweigen. Die Werwölfe hockten über ihren Opfern. Grim sah herausgerissene Gliedmaßen und Gedärme, die gierig verschlungen wurden. Alle Hybriden waren tot – bis auf einen. Grim ließ Dharko nicht aus den Augen, diesen gierigen Funken in seinem Blick, der so schnell wieder zum Inferno werden konnte. Da wandte der Werwolf sich ab. Wie ein Bündel Lumpen ließ er Seraphin fallen, der keuchend zu Boden ging und zu Grims Füßen liegen blieb. Zwei Werwölfe sprangen vor, Dharko warf sich ihnen entgegen und biss nach ihnen, doch schon wandten sich auch die anderen gegen ihren Anführer. Sie waren entfesselt. Sie wollten Fleisch.

Schnell packte Grim Seraphin am Arm und zog ihn auf die Beine. Für einen Moment sahen sie sich in die Augen. Seraphin war leichenblass. Alles Weiße war aus seinen Augen gewichen. Grim starrte in zwei schwarze Höhlen aus Finsternis.

»Damals im Tunnel hast du meine Haut gerettet«, sagte Grim leise. »Und ich schulde niemandem gern einen Gefallen. Also nimm dein Leben und verschwinde.«

Seraphin öffnete den Mund, aber kein Wort kam über seine Lippen. Da heulten die Werwölfe, einer sprang an Dharko vorbei und konnte nur im letzten Moment durch einen schnellen Schlag von Grim aufgehalten werden.

»Verschwinde!«, brüllte Grim.

Seraphin warf sich herum und rannte los. Erst als er das Ende des Platzes erreicht hatte, wandte er sich um. Er stand auf sicherem Boden – die Magie kehrte zusehends zu ihm zurück. Und da war er wieder, dieser angestrengte Ausdruck in seinen Augen, als er Grim ansah – so, als würde er etwas suchen, das er nicht finden konnte.

Kapitel 26

Mia schwieg. Die Lichter der Stadt rasten unter ihr dahin, während Grims Schwingen die Luft durchschnitten. Noch immer saß ihr die Angst im Nacken, die sie empfunden hatte, als die Werwölfe mit diesem gierigen Blick auf sie zugekommen waren. Tausend Tode war sie gestorben, und das nur, weil Grim ihr kein Sterbenswörtchen von seinem schönen Plan erzählt hatte. Sie biss sich auf die Lippe, bis sie Blut schmeckte. Aber funktioniert hatte es immerhin. Ein Schauer flog ihr über den Rücken, als sie an das Gemetzel dachte. Die Hybriden hatten es nicht anders verdient. Sie hatten Jakob in den Tod getrieben – und sie hätten auch sie selbst umgebracht, nur um an dieses verfluchte Pergament zu kommen, was auch immer sie damit wollten. Sie verdrängte das eisige Gefühl, das ihre Magenwände hochkroch. Ja, sie hatten verdient, was ihnen passiert war. Aber einer war entkommen. Grim hatte ihn gehen lassen aus Gründen, die nur er kannte. Remis hatte ihr erzählt, dass Seraphin ihm das Leben gerettet hatte – irgendwo in der Kanalisation von Ghrogonia. Aber war das wirklich alles? Ein seltsamer Ausdruck hatte in Grims Augen gelegen, als sie den Schrottplatz verlassen hatten, und nun, da sie über Paris dahinflogen, schien er in Gedanken versunken.

Unter ihnen lag der Gare de Lyon mit seinem Uhrenturm. Von allen Bahnhöfen in Paris mochte Mia ihn am liebsten. Dennoch blieb ihr fast das Herz stehen, als Grim zur Landung ansetzte. Die Straßen waren voller Menschen! In einer Seitengasse landete er, und sie rutschte von seinem Rücken. Schnell sah sie sich um, aber sie waren allein. Nur manchmal hasteten Menschen auf der Hauptstraße vorüber, doch sie verschwendeten keinen Blick an eine dunkle Gasse. Grim holte tief Atem und sah sie auf eine merkwürdig intensive Art an.

»Entschuldige«, sagte er dann, und diese Bitte kam so unerwartet, dass sie sich anstrengen musste, damit ihr Unterkiefer nicht nach unten klappte. Remis war offensichtlich genauso überrascht, denn er starrte Grim von der Seite an, als hätte der sich in einen Weihnachtskringel verwandelt. »Aber ich konnte dir nicht erzählen, was ich vorhatte. Das hätte zu viel Zeit gekostet, und außerdem … so war deine Angst viel glaubhafter.«

Mia stieß die Luft aus. »Na großartig!«, rief sie und erschrak vor ihrer eigenen Stimme. Sie war hoch und piepsig, offensichtlich hatte sie sich noch nicht vollends wieder beruhigt. Sie warf Grim einen wütenden Blick zu. »Das nächste Mal setzt du dich selbst als Köder unter die Laterne, damit das klar ist.«

Grim lächelte ein wenig. »Nehmen wir doch lieber Remis. Dem macht es gar nichts aus, mal ein bisschen durchgeschüttelt zu werden, nicht wahr?«

Remis verdrehte die Augen. »Ihr könnt froh sein, dass ich noch keinen Herzinfarkt bekommen habe. Sehr froh sogar. Ich bin nämlich …«

Grim wischte durch die Luft. »Ja, ja«, unterbrach er den Kobold. »Wir haben jetzt Wichtigeres vor, als uns gegenseitig Geschichten zu erzählen.« Er sah Mia an. »Ich bin nicht umsonst in dieser Gasse gelandet. Es ist nämlich so …«, er hielt inne, »ich bin verletzt. Eine Heilung würde jetzt zu lange dauern, und außerdem wissen wir nicht, wofür ich meine Kräfte noch brauche. Aber mit dieser Wunde kann ich nicht mehr fliegen. Wir müssen anders zum Ziel kommen. Dazu musst du wissen, dass es mehrere Eingänge nach Ghrogonia gibt. Die Brunnen, die Kanalisation, die Katakomben … und eben die Bahnhöfe.«

Mia zog die Brauen zusammen. »Die Bahnhöfe? Die der Menschen?«

Grim nickte. »Durch einen Paktschluss mit einem mächtigen Wesen dieser Stadt hat mein Volk es vor langer Zeit erreicht, die Bahnhöfe für sich nutzen zu können. Hier können die Anderwesen sich frei unter Menschen bewegen, ohne dass diese es ahnen würden, und so bequem nach Ghrogonia gelangen – und an andere Orte in und unterhalb von Paris. Aber dafür müssen wir uns verwandeln. Ich wollte nur, dass du vorbereitet bist.«

Mia sah ihn an und verstand überhaupt nichts. Sie hörte, wie er einen Zauber murmelte. Gleich darauf fasste er sich an die Brust und stöhnte. Sie wollte gerade nach seinem Arm greifen, um ihm zu helfen, als sie sah, wie seine steinerne Haut sich zurückzog. Stattdessen überzog bronzefarbene Menschenhaut seinen Körper, seine Klauen verwandelten sich in menschliche Hände, und sein Gesicht … Mia wusste, dass sie ihn anstarrte, aber sie konnte nicht anders. Noch immer hatte er die Narbe über dem Auge, noch immer den trotzigen, fast wütenden Ausdruck im Blick – aber sie schaute in das Gesicht eines Menschen. Dunkles Haar fiel ihm in die Stirn, seine Wangen schimmerten leicht im Licht des Mondes, und seine Lippen wirkten so weich, dass sie beinahe erschrak, als sie seine gewohnte Stimme hörte. Verlegen wandte sie sich ab.

»So ist das also«, murmelte sie, um überhaupt etwas zu sagen.

Grim zog eine Sonnenbrille aus seiner Manteltasche, und sie sahen zu, wie Remis sich lautlos in einen grünen Kakadu verwandelte.

»Es gibt Schlimmeres«, krächzte der, als er auf Mias Schulter flog. »Aber es ist alles andere als einfach, auf diesen Krallenbeinen zu stehen.«

Sie verließen die Gasse, und Mia ertappte sich dabei, wie sie unauffällig zu Grim hinübersah. Die Täuschung war perfekt. Niemals hätte sie diesen Mann für einen Gargoyle gehalten. Sie erreichten den Bahnhof, und Mia meinte für einen Moment, ihren Augen nicht zu trauen. Eine der Frauenstatuen an der Fassade winkte Grim, sie zwinkerte ausgelassen und warf ihm eine Kusshand zu. Eifersüchtig begutachtete sie Mia, dann wurde sie wieder zu Stein. Grim lachte leise, als er Mias Blick bemerkte.

»Eine alte Freundin«, sagte er nur.

Sie gelangten auf den Bahnsteig der Linie 1 und mussten auf die nächste Metro Richtung La Défense warten. Mia fühlte, wie die Leute sie anstarrten, und es dauerte eine Weile, bis sie erkannte, dass es in Wahrheit der grüne Kakadu war, der ihre Aufmerksamkeit erregte. Remis schien es sichtlich zu genießen. Er trat von einem Bein aufs andere, stellte seinen Kamm auf und sang ein scheußliches Lied nach dem anderen.

Die Metro fuhr ein, und als Grim in den Waggon stieg, sackte dieser ein wenig zur Seite. Unsicher sah Mia sich um, doch niemand schien Notiz davon zu nehmen. Nur zwei junge Mädchen schauten Grim interessiert an und begannen zu kichern, als er in ihre Richtung sah. Offensichtlich machte er in seiner menschlichen Gestalt keinen schlechten Eindruck auf weibliche Wesen. Aber das schien ihn nicht zu interessieren. Er starrte geradeaus und tippte mit dem Daumen gegen die Haltestange. Dann legte er Mia die Hand auf die Schulter. Kurz darauf flackerten die Lampen – und der Zug hielt. Mia sah sich um. Die Menschen um sie herum waren in ihren Bewegungen erstarrt, als hätte jemand die Zeit angehalten. Ein ziemlich dickes Kind drängte sich an ihr vorbei, sie erkannte erst auf den zweiten Blick, dass sich ein Gnom hinter den Pausbacken verbarg. Verwundert ließ sie sich von Grim aus dem Zug schieben, der gleich darauf weiterfuhr.

»Wie …«, begann sie, doch Grim lächelte.

»Magie«, erwiderte er nur.

Sie liefen durch einen langen Tunnel, der im Gegensatz zu den Tunneln des Menschenmetronetzes außerordentlich sauber war. Überall blitzten Steinchen in den Wänden, und auf dem Boden gab es kunstvolle Mosaike. Doch auch hier hockten zusammengesunkene Gestalten auf dem Boden. Der einzige Unterschied zu den Obdachlosen der Oberwelt war der, dass diese hier nicht menschlich waren. Sofort dachte Mia, wer wohl darauf erpicht war, die Tunnel rein zu halten – und ob auch hier unten die Obdachlosen aus den warmen Gängen vertrieben wurden, weil sie das saubere Bild störten.

Sie erreichten den Bahnsteig zeitgleich mit einem Zug, der aussah wie eine Riesenausgabe eines antiken Modellbausatzes. Mia betrachtete staunend die hölzernen Verkleidungen und die verschnörkelten Fenster. Ein Schaffner in schwarzer Uniform sprang aus dem vordersten Abteil, pfiff durch eine goldene Trillerpfeife und schwenkte die Arme.

»Deeeer Mitternachtszuuuuug«, rief er. »Bitte einsteigen, meine Damen und Herren, einsteigen, alle miteinander!«

Mia drängte sich hinter Grim in den Zug. Um sie herum

saßen bleiche Gestalten mit ungewöhnlich dunklen Augen, allesamt überaus schweigsam. Einige warfen ihr verärgerte Blicke zu und rümpften die Nase. Der Zug hielt, und zwei der Anwesenden stürzten mit der Hand vor dem Mund an ihr vorbei, als wäre ihnen übel. Dabei ging eine eigentümliche Kälte von ihnen aus. Der Schreck kam so plötzlich, dass Mia die Luft einsog. Sie packte Grim am Arm.

»Vampire«, zischte sie und schaute bedeutsam in die Runde.

Grim verzog den Mund zu einem Grinsen. »In der Tat. Die Blutsauger sind Snobs, das waren sie schon immer. Sie halten sich für etwas Besseres und verfügen über ein eigenes Metronetzwerk, das um ein Vielfaches schneller ist als das der Menschen. Außerdem müssen die Vampire so auf ihren Fahrten durch die Stadt normalerweise weder Menschen noch Anderweltler ertragen – abgesehen von ihrer eigenen Spezies, selbstverständlich.«

Ohne ein Wort zu sagen, zog er sie bei dem nächsten Halt aus dem Zug. Erneut liefen sie durch einen mosaikbesetzten Tunnel und erreichten bald eine dunkle Metalltür, vor der bereits ein halbes Dutzend Vampire stand und auf etwas zu warten schien. Neben der Türzarge blinkten zwei Schalter wie bei einem Fahrstuhl, als die Tür lautlos aufschwang. Mia folgte Grim hindurch und fand sich zu ihrer Verwunderung an der Haltestelle La Muette wieder, mitten im vornehmen sechzehnten Arrondissement. Die Neonleuchten an der Decke flackerten hektisch – und die Menschen auf dem Bahnsteig waren in ihren Bewegungen erstarrt. Mit leisem Klicken fiel die Tür hinter Mia ins Schloss und verschmolz mit der kalkweißen Wand der Station. Sofort hörten die Neonleuchten auf zu flackern, und die Zeit lief weiter, ohne dass die Menschen etwas von den Vampiren bemerkten, die sich unauffällig unter sie mischten. Mia folgte

Grim durch das Gewühl. Sie verließen die Station und gelangten in die Rue de Passy.

Mia schob die Hände in die Taschen ihres Mantels. »Kannst du mir das nächste Mal bitte vorher sagen, wenn wir kurz davorstehen, in einer Horde Vampire zu landen?«, fragte sie bissig.

Grim lachte leise und blieb vor einer Treppe stehen, die zu einem hochherrschaftlichen Haus führte. »Kein Problem«, sagte er. »Vorher.«

Damit ging er die Treppe hinauf. Mia beeilte sich, ihm zu folgen, und sah zu, wie er und Remis sich in ihre ursprüngliche Gestalt zurückverwandelten. Der Kobold sog auf ihrer Schulter die Luft ein, und sie meinte zu fühlen, dass er zitterte – aber ganz sicher wusste sie es nicht. Grim klopfte laut gegen die Tür, und es dauerte kaum einen Moment, da wurde sie aufgerissen.

Mia schaute in das ebenmäßige Gesicht einer Frau. Sie hatte langes schwarzes Haar und trug ein dunkles Kleid, als wollte sie in die Oper gehen. In ihrer Hand hielt sie ein Glas mit – nun, auf den ersten Blick hätte Mia es für Wein gehalten. Aber sie wusste, mit wem sie es zu tun hatte. Sie schluckte und zog sich den Mantel enger um den Leib. Die Frau musterte Grim kühl, dann huschte ein Lächeln über ihre Lippen. Sie warf Mia einen missbilligenden Blick zu – offensichtlich hatte auch sie die wundersame Tinktur gerochen, die Mia sich hinter die Ohren geschmiert hatte.

Wortlos ließ die Frau sie herein und geleitete sie über eine prunkvolle Treppe ins erste Obergeschoss. Überall saßen Vampire – auf den mit rotem Samt bezogenen Sesseln, in den Fensternischen, sogar auf den Treppenstufen. Alle trugen sie Abendgarderobe. Sie unterhielten sich leise, doch als sie Grim bemerkten, senkten viele leicht den Kopf. Grim erwiderte ihre Geste, und

Mia begriff zu ihrer Überraschung, dass sie sich vor ihm verneigten. Sie selbst wurde dagegen mit der größtmöglichen Verachtung angesehen. Nur vereinzelt flackerte ein gieriges Feuer in den dunklen Augen der Vampire auf, aber das genügte schon, um sie zu Boden sehen zu lassen. Früher hätte sie sonst was darum gegeben, an einen solchen Ort geführt zu werden. Aber diese Wesen waren keine Gestalten aus einem Buch oder Film, keine Grafen, die in unsterblicher Liebe zu einem Menschen entbrannten. Sie tranken Blut, das war alles. Auf einmal kam Mia die Vorstellung, dass ein Vampir sich in einen Menschen verlieben könnte, unglaublich absurd vor; das wäre ja beinahe so, als würde sich ein Mensch in sein Sandwich verlieben. Da begann jemand Klavier zu spielen. Die Musik drang Mia in die Seele, ohne dass sie etwas dagegen hätte tun können, und hinterließ in ihrem Kopf nichts als Verwirrung und Dunkelheit.

Sie erreichten eine Tür aus dunklem, glänzenden Holz. Für einen Moment legte die Frau Grim die Hand auf den Arm und flüsterte ihm etwas ins Ohr. Grim lachte leise. Dann waren sie allein. Mia atmete aus. Sie wollte so schnell wie möglich von hier verschwinden.

Grim klopfte und öffnete, ohne zu warten, die Tür. Sie betraten eine beeindruckende Bibliothek. Die Bücher reichten auf dunklen, über mehrere Etagen reichenden Regalen bis zur Decke. Ein Kaminfeuer verbreitete angenehme Wärme, und auf einem großen Schreibtisch lagen unzählige aufgeklappte Bücher und Schriften. Ein hohes Fenster wurde halb von Samtvorhängen verdeckt, und davor saß, auf einem von vier Sesseln, ein Vampir.

Er trug einen schwarzen Gehrock, hatte helles, fast weißes Haar, das in seinen Nacken fiel, und ein ungewöhnlich aristokratisches Gesicht. Seine dunklen Augen ruhten auf dem Buch, das er las. Mia erhaschte einen kurzen Blick darauf. Nietzsche, *Jenseits von Gut und Böse*. Ein Stich ging durch ihre Brust. Jakob hatte Nietzsche gemocht. Der Vampir blätterte um. Plötzlich verzog sich sein Mund zu einem Grinsen, und er lachte. Mia hielt den Atem an. Er lachte wie ein kleines Kind und gleichzeitig wie ein uralter Mann. Noch nie hatte sie jemanden auf diese Weise lachen hören.

»Die menschliche Psyche!«, rief er und klappte das Buch zu. »Kann es etwas Spannenderes geben?« Er sah auf, und sein Lächeln verstärkte sich. »Oh«, sagte er sanft, »ein Anschauungsobjekt.«

Mia wollte sich abwenden, aber sie konnte es nicht. Der Vampir sah sie an, und obwohl er lächelte, spürte sie die Dunkelheit hinter seinen Augen wie eisige Schleier auf ihrer Haut. Es war, als würde die menschliche Fassade sich über einem Abgrund spannen, dessen Finsternis jeden Sterblichen augenblicklich um den Verstand bringen konnte.

Langsam stand der Vampir auf, ohne sie aus den Augen zu lassen. Er war fast so groß wie Grim und bewegte sich wie ein Panther auf der Jagd. Da trat Grim vor.

»Lyskian«, sagte er.

Der Vampir wandte den Blick von Mia ab, und sie fühlte sich, als hätten sich zwei eiskalte Hände von ihren Wangen gelöst.

»Ist es ein Zufall, dich heute hier zu sehen?« Lyskian legte Grim zur Begrüßung die Hand auf den Arm, dann warf er einen Blick auf die Verletzung. »Oder soll ich dich verarzten?« Er beugte sich vor und sog die Luft ein. Angewidert verzog er das Gesicht. »Es sollte genügen, den Duft des menschlichen Blutes zu übertünchen«, sagte er schneidend. »Musst du auch noch Wolfsgestank in mein Haus bringen?«

Grim hob die Schultern. »Es ließ sich nicht vermeiden. Ich

hatte einen kleinen Disput, bei dem nur sie mir weiterhelfen konnten.«

Lyskians Augen wurden schmal. »Nur sie, ja?«, flüsterte er. Seine Hände ballten sich zu Fäusten, Mia hörte, wie seine Knochen knackten. Für einen Moment schien es ihr, als würde sich die Haut von seinem Gesicht zurückziehen, und darunter lag nichts mehr als eine Fratze aus Hass. Dann kehrte das Lächeln auf seine Lippen zurück. Er griff in die Tasche seines Gehrocks, zog einen silbernen Fingerkuppenring hervor und stach ihn sich in die Handfläche. Sofort drang dunkles Blut aus der Wunde.

»Mein Lieber«, sagte er und legte Grim die blutende Hand auf die Brust, »so manch einer würde mich für verrückt halten. Ich verkehre mit Wolfsfreunden!« Er lachte, als hätte er einen urkomischen Witz erzählt, während sich die Wunde in Grims Fleisch schloss. »Aber so ist das nun einmal mit den Freunden – man toleriert ihre Schwächen und bewundert ihre Stärken, nicht wahr?«

Er sah Grim an, und Mia spürte, dass seine Worte keine Lüge waren. Er und Grim, sie schienen wirklich befreundet zu sein – verbunden durch ein Band, das jede äußere Hürde überwinden konnte. Lyskian zog seine Hand zurück, und Grim bewegte die Arme.

»Ich danke dir«, sagte er hörbar erleichtert. »Aber das war nicht der Grund, aus dem ich gekommen bin. Ich habe eine Frage, bei der nur du mir weiterhelfen kannst.«

Lyskian hob die Brauen. »Ist das so?« Er deutete auf die Sessel. »Nun, dann nehmt Platz. Doch bevor wir beginnen …« Er hielt Mia die Hand hin. »Mein Name ist Lyskian, Prinz der Vampire von Paris. Und wer bist du?«

Seine Finger schlossen sich um Mias Hand, und sie hätte beinahe überrascht die Augen aufgerissen. Seine Hand war ganz warm, und etwas strömte durch seine Finger, das ihre Anspannung auflöste, als wäre sie nie vorhanden gewesen. Auf einmal fühlte sie sich so sicher wie noch nie zuvor in ihrem Leben, und sie konnte nicht mehr verstehen, wie sie vor diesem Wesen so etwas wie Angst hatte empfinden können. Da legte Grim dem Vampir die Hand auf die Schulter.

»Ihr Name ist Mia«, sagte er düster. »Und sie ist eine Freundin.«

Lyskian hob lächelnd die Brauen und ließ ihre Hand los. Mia empfand fast so etwas wie Ärger. Warum hatte Grim sich eingemischt? War sie ein kleines Kind? Missmutig setzte sie sich auf einen der Sessel und sah zu, wie Grim und Lyskian ebenfalls Platz nahmen. Remis ließ sich auf ihrer Armlehne nieder und beobachtete den Vampir mit Argusaugen.

»Es geht um Pheradin«, sagte Grim unumwunden. »Ich weiß, dass er zu den Freien gehörte, mehr noch, dass er ihr Anführer war. Ansonsten kenne ich nur die Legenden. Aber du … du kanntest ihn, nicht wahr?«

Lyskian lehnte sich zurück und schlug die Beine übereinander. Das Lächeln war von seinem Gesicht verschwunden. Seine Hände lagen ruhig auf den Lehnen, aber Mia sah das Muskelspiel in seinen Schläfen, als er den Kopf neigte.

»Ja«, sagte er nachdenklich, »ich kannte ihn. Doch das ist lange her. Er zog sich selbst in die Schatten zurück, und eines Tages verschwand er völlig.«

Grim nickte langsam. »Die Sache ist die … Ich muss ihn finden.«

Etwas wie Überraschung flackerte über Lyskians Gesicht. »Wenig ruhmreich und daher unerwähnt in den Annalen der Gargoyles ist seine Verfolgung bis nach Thyros. Denn keiner seiner Verfolger ist von dort zurückgekehrt. In der Nähe des Todesgürtels soll er zuletzt gesehen worden sein.« Er sah Mia an. »Nicht immer war Ghrogonia die Hauptstadt der Gargoyles, musst du wissen. Vor den Kriegen und lange vor dem Zauber des Vergessens lag sie in einem gewaltigen Gebirge unterhalb Roms. Man nannte sie Thyros, die Goldene Stadt – ein Sinnbild der gargoylschen Macht und …«, er warf Grim einen Blick zu, »ihres endgültigen Sieges über mein Volk im zweiten Zyklus der Ersten Tage. Nach der Schlacht in der Unterwelt Prags unterzeichneten wir in der Hauptstadt den Vertrag von Thyros – die Kapitulation. Von dieser Stunde an fiel die Macht über die Schattenwelt an die Gargoyles – und so ist es bis heute.« Er lächelte düster. Dann holte er Atem und fuhr mit gleichmütigerer Stimme fort: »Auf dem Höhepunkt seiner Macht nahm Konis, der Rebellenführer der Hybriden, die Stadt in Besitz, und während der anschließenden Kriege wurde sie fast vollständig zerstört. Es waren blutige Kämpfe. Das Gebirge rings um die Stadt färbte sich rot vom Blut der Gefallenen – und das ist es bis heute. Nach Konis' Niederlage wurde sein Sitz sich selbst überlassen. Kurz darauf stieg rätselhafter Nebel rings um die Stadt auf, der nie mehr vollständig verschwand. Bald ging das Gerücht, es würde dort spuken. Immer wieder wagten sich ein paar Abenteuerlustige in den Nebel – und kehrten nie wieder zurück. Es heißt, das Blut der Gefallenen habe das Gebiet verflucht.« Er machte eine Pause, dann schüttelte er den Kopf. »Pheradin muss vollends den Verstand verloren haben, dass er sich dieser Stadt genähert hat. Aber vielleicht … nun, vielleicht hat er den Tod auch gesucht.« Schweigend sah er Mia an. Verlegen wandte sie sich ab.

Grim setzte sich vor. »Aber niemand weiß, ob er tatsächlich tot ist, nicht wahr?«

»Nein.« Lyskian hob die Schultern. »Natürlich nicht. Niemand war so wahnsinnig, ihm in den Nebel zu folgen. Wer weiß, vielleicht hockt er noch immer in irgendeinem Felsloch und meditiert.«

Mia räusperte sich. »Dann müssen wir ihn suchen«, sagte sie und war froh, dass ihre Stimme noch funktionierte.

Lyskian sah sie an wie vom Donner gerührt. »Ihr wollt nach Thyros?« Er schaute zu Grim und wieder zu ihr zurück. »Das kann nicht euer Ernst sein. Was auch immer ihr von Pheradin wollt, es kann nicht so wichtig sein, dass ihr euch dafür in die Hölle begebt.«

Grim zuckte mit den Schultern. »Immerhin geht es nach Italien. Dort wurde ich geboren. Endlich Schluss mit dem Regen!«

Lyskian stieß verächtlich die Luft aus. Er sah Mia eindringlich an. »Er kann leicht reden, aber du bist nur ein Mensch. Du solltest Angst haben in Anbetracht dessen, was dir bevorsteht!«

Mia schaute auf das Buch, in dem er gelesen hatte. »Drei Viertel alles Bösen, das in der Welt getan wird, geschieht aus Furchtsamkeit.« Sie war selbst überrascht, dass sie sich an diesen Satz von Nietzsche erinnerte, aber Grim war es offensichtlich noch mehr. Mit offenem Mund starrte er sie an. Lyskian hingegen lächelte ein wenig. Eine Weile ließ er seinen Blick auf ihr ruhen, aber dieses Mal wandte sie sich nicht ab. Schließlich holte er tief Atem.

»Gut«, sagte er langsam. »Ihr wollt also gehen. In Ordnung. Ich kann euch ohnehin nicht aufhalten.« Dann beugte er sich vor und griff so plötzlich nach Mias Hand, dass sie nicht zurückweichen konnte. Seine Augen brannten in schwarzem Feuer. »Aber vergiss nicht, Menschenkind«, flüsterte er. »Man muss Flügel haben, wenn man den Abgrund liebt.«

Kapitel 27

Grim konnte sich nicht erinnern, jemals so schlechte Laune gehabt zu haben. Ihm war kalt, sein Rücken tat weh – und obendrein regnete es. Es regnete! Dabei waren sie in Italien, verflucht noch eins, was fiel dem Himmel ein, es regnen zu lassen! Seit zwei Nächten waren sie unterwegs, und eigentlich hätte Rom längst unter ihnen auftauchen müssen. Anfangs hatte er geglaubt, höchstens ein paar Stunden für den Flug zu brauchen – aber da hatte er die Rechnung ohne Mia gemacht. Alle paar Minuten hatte sie irgendwelche Bedürfnisse – so kam es ihm zumindest vor. Sie fror, sie musste mal, sie hatte Hunger … Menschen! Dabei war es *sein* Rücken, der sich langsam, aber sicher in eine Quelle des Schmerzes verwandelte.

Er seufzte tief. Er durfte nicht ungerecht sein. Sie war nun einmal ein Mensch. Sie war schwach, und eigentlich konnte er von Glück reden, dass sie noch keine Mittelohrentzündung bekommen hatte oder eine Magen-Darm-Grippe oder wie die merkwürdigen Gebrechen der Menschen alle hießen. Und wenn er ehrlich war, lag seine miese Stimmung gar nicht an Mia.

Missmutig verzog er das Gesicht. Seit einigen Stunden hatte sich ein zäher Kopfschmerz hinter seiner Stirn eingenistet und machte es ihm zunehmend schwerer, ihn zu verdrängen. Grim wusste, was das bedeutete. Es waren die ersten Anzeichen dafür, dass er auf Entzug war – auf Traumentzug. Vergangenen Tag war er zwar wie üblich versteinert, aber der Schlaf war unfruchtbar geblieben, und am heutigen Abend hatte er sich wie gerädert gefühlt. Er kannte den Begriff *nuit blanche* aus dem Sprachgebrauch der Menschen – er beschrieb eine Nacht ohne Schlaf. Er hatte nie gewusst, wie er sich das hätte vorstellen sollen, schließlich versteinerte er im Morgengrauen von allein und wurde zwangsläufig ins Reich des Schlafs gezogen. Doch nun, da ihm die Träume fehlten, wusste er, was eine *nuit blanche* bedeutete: ständige Erkenntnis ohne die Gnade des Vergessens. Ihm war der Neuanfang genommen worden, der sonst mit jedem Erwachen gekommen war, das Gefühl, etwas Altes hinter sich zu lassen und etwas Neues zu beginnen. Es war, als müsste er sich und der Welt ununterbrochen ins Gesicht starren, ohne die Augen für einen Moment schließen zu können. Noch hatte er Reserven, von denen er zehren konnte. Aber wenn das so weiterging, würde er bald krank werden. Er konnte nur hoffen, dass Mourier in seiner Abwesenheit nicht untätig herumsaß, sondern tatsächlich alles daransetzte, um die Sammelstation wieder aufzubauen. Die paar Tage würde Grim problemlos überstehen, es wäre nicht das erste Mal gewesen, dass er sich vor einem Besuch in der Sammelstation gedrückt hätte. Er seufzte tief. Verfluchte miese Gedanken! Dabei hatte er sich so auf den Flug gefreut, auf die Höhe, die er über Land erreichen, die Geschwindigkeit, mit der er dahinrasen konnte, und die Lichter, die unter ihm leuchten würden wie Sterne. Jetzt leuchtete gar nichts außer Remis, der ihm schon wieder mit seinen Haaren in die Nase stach.

»Verdammt noch mal!« Er packte den Kobold und warf ihn ein Stück voraus durch die Luft. Remis flog in mehreren Salti durch den Regen und wurde vor Empörung auf der Stelle knallrot. Sofort fühlte Grim sich besser.

Mit einem Quieken blieb Remis in der Luft stehen, fuhr herum und schoss mit wütendem Gesicht auf ihn zu. Fast hatte er ihn erreicht, als der Klang einer Fanfare ihn zusammenfahren ließ. Auch Grim hatte sich erschrocken, von Mia auf seinem Rücken ganz zu schweigen. Er kniff die Augen zusammen und sah, wie sich zwei Gestalten aus dem Regen schälten. Es waren geflügelte Gargoyles mit langen Gewändern. Sie trugen neben den Fanfaren Pfeil und Bogen und flogen direkt auf ihn zu.

»Ihr befindet euch im Luftraum der Stadt Rom«, rief ihnen die eine der Gestalten zu, und Grim erkannte erst jetzt, dass es sich um einen weiblichen Gargoyle mit langen, wehenden Haaren handelte. Sie hatte grüne Augen und richtete zielsicher ihren Pfeil auf seinen Hals. »Euer Kommen war nicht angemeldet. Wo ist euer Visum?«

Jetzt hatten sie ihn erreicht und sahen Mia. Grim sammelte seine Kräfte. Es war durchaus möglich, dass die Gargoyles Roms sich verändert hatten. Doch seine Befürchtung war unbegründet. Die Frau legte den Kopf schief, ein seltsamer Ausdruck trat in ihre Augen, und auch der andere Gargoyle, ein schmaler Jüngling mit lockigem Haar, schien in keinster Weise beunruhigt.

»Und was ist das?«, fragte er nur, fast so, als hätte Grim eine seltene Blume dabei und nicht ein Geschöpf, das von den Gargoyles seit Jahrhunderten gehasst und gefürchtet wurde.

Grim räusperte sich und legte eine Klaue auf Mias Arm, der sich wie ein Schraubstock um seine Kehle geschlossen hatte. »Sie ist ein Mensch«, sagte er. »Und sie steht unter meinem Schutz. Mein Name ist Grim. Ich bin Schattenflügler der OGP von

Paris. Ich konnte mein Kommen nicht ankündigen, denn ich bin in einer geheimen Angelegenheit unterwegs.«

Die beiden Gargoyles schauten auf den Ausweis, den er ihnen entgegenhielt, und wechselten einen Blick. »Sieht so aus, als hätten wir einen Landsmann vor uns«, sagte die Frau mit einem Lächeln.

Grim neigte den Kopf zu einer Verbeugung. »Ich komme aus Italien, in der Tat«, erwiderte er. »Ich wurde in den Festen des Ätnas geschmiedet, viele Jahre lebte ich in diesem Land. Dann führten mich die Umstände nach Ghrogonia.«

Der junge Mann verzog das Gesicht. »Die Hauptstadt, die Hauptstadt!«, rief er theatralisch und lachte. »Als Neugeborener war ich dort – einmal und nie wieder. Sie haben mir den Daumen zerstochen und mir mit ihrem Scanner fast das Auge ausgebrannt!«

Grim musste lachen. In Ghrogonia hätte eine solche Bemerkung Konsequenzen nach sich gezogen – wie oft hatte er das am eigenen Leib erfahren! »Seitdem hat sich nichts geändert«, erwiderte er. »Allerdings wird das GBG von Tag zu Tag dicker.« Die Frau verdrehte die Augen. »In Rom haben wir noch immer eine andere Art, mit Dingen umzugehen«, sagte sie mit einem Lächeln. »Dennoch müssen wir uns in Acht nehmen. Seit Wochen gibt es Unruhen in den Provinzen, Gestaltwandler, Vampire … Wir rechnen täglich mit neuen Übergriffen, daher die Vorsicht. Aber ihr dürft selbstverständlich passieren. Schließlich sind wir Kollegen.«

Grim lächelte. Er hatte schon die Hand zum Gruß erhoben, als ihm etwas einfiel. »Ihr könnt uns nicht zufällig sagen, wie wir nach Thyros kommen?«, fragte er so beiläufig wie möglich. Aber kaum dass er den Namen der Stadt ausgesprochen hatte, wurde die Frau schneeweiß unter ihrer ohnehin schon hellen Steinhaut, und der junge Mann umklammerte seine Fanfare, als wollte er sie erwürgen.

»Die Eingänge wurden verschlossen«, sagte er mit heiserer Stimme. »Dort unten ist es nicht geheuer. Dort gibt es Schrecken, die …« Er schüttelte den Kopf. »Ich kann euch nur dringend abraten, dorthin gelangen zu wollen. Niemand, der seit der Alten Zeit nach dieser Stadt suchte, kehrte jemals zurück. Außerdem ist es verboten, sich dorthin auf den Weg zu machen. Zu gefährlich. Nur die Herzogin kann eine Ausnahme gestatten.«

Grim nickte nachdenklich. »Und die Herzogin … ich meine, ihr alle … ihr wohnt noch immer …«

Die Frau lächelte, wenn auch nur schwach. »Natürlich«, erwiderte sie leise. »Wo denn sonst?«

Grim verabschiedete sich und setzte seinen Weg fort.

»Was hat das zu bedeuten?«, flüsterte Mia an seinem Ohr. »Wieso haben sie mich nicht verhaftet? Sie haben mich so merkwürdig angesehen. In Ghrogonia wäre ich wahrscheinlich schon tot und du auch.«

Remis hustete. »Ja, übergeht mich ruhig, schon gut. Ist nicht so wichtig.«

Grim sank tiefer. Jetzt sah er die Lichter der Stadt unter den dicken Regenwolken und die blutroten Adern des Verkehrs. »Die Gargoyles von Rom sind anders«, sagte er leise, als spräche er zu sich selbst. Es schien ihm, als hätte er das vergessen, als wäre die Erinnerung ein Traum, der nun langsam aus den Tiefen seines Inneren auftauchte. »Sie waren es immer schon. Deswegen werden sie von den Gargoyles von Paris belächelt. Thoron und seine Truppen waren es, die die neue Richtung vorgaben – damals, als die Menschen kapitulierten. Sie waren sehr streng in allem, was sie taten, und sind es bis heute. Die Gargoyles Italiens hingegen … sie …« Er hielt inne. »Sie verwahren sich vor den neuen Gesetzen der Steinernen Gesellschaft – bis heute. Hier sind Gefühle und Leidenschaften kein Makel, im Gegenteil, denn die Gargoyles Italiens sind sich bewusst, dass diese Regungen eine Brücke sind zu jener Welt, mit der sie einst verbunden waren und nach der sich viele von ihnen noch immer sehnen: der Welt der Menschen. Die Gargoyles Italiens kämpfen nicht gegen ihre Sehnsucht an und verleugnen sie nicht. Aber sie leiden unter ihr.«

Die Worte lagen schwer auf seiner Zunge, und gleichzeitig ließen sie einen ehernen Ring um seinen Brustkorb zerspringen, von dem er nicht einmal gewusst hatte, dass er da gewesen war. Er spürte Mias Atem an seiner Wange, zart wie ein Schmetterlingsflügel.

Er holte Luft, ehe er fortfuhr: »Für die Gargoyles Ghrogonias hingegen sind Empfindungen wie Sehnsucht oder Trauer höchstens Mittel zum Zweck – zumindest bemühen sie sich redlich darum, dass es so ist. Deshalb belächeln sie euch Menschen – und beneiden euch aus demselben Grund: weil ihr Leidenschaften habt, während sie selbst unfähig geworden sind, sich ihren Empfindungen hinzugeben. Ich bin anders als die Gargoyles in Paris. Ich gebe es nicht gern zu, aber es ist wahr: Ich folge meinen Gefühlen, auch wenn sich das für einen anständigen Gargoyle nicht gehört. Aber ich kann nicht anders. Was sind wir, wenn wir es verlernen, auf unsere Gefühle zu hören? Sie zeigen uns, dass wir lebendig sind, oder etwa nicht?«

Mia nickte an seinem Ohr. »Bist du deswegen fortgegangen?«, fragte sie. »Aus Italien, meine ich – weil du bist wie die Gargoyles hier?«

Er lächelte ein wenig. »Ich bin nicht wie sie. Wäre ich es, hätte ich bleiben können. Ghrogonia ist nicht ohne Grund meine Heimat geworden. Diese Stadt ist genauso zerrissen wie ich selbst. Aber dennoch hast du recht. Ich bin wegen der Sehnsucht fortgegangen. Vielleicht bin ich geflohen. Vielleicht bin ich ein Feigling.«

Er hörte Mia leise lachen. »Nein«, erwiderte sie kaum hörbar. »Sonst wärest du nicht hierher zurückgekehrt – mit einem Menschenkind auf deinem Rücken.«

Er fühlte, wie sie ihren Kopf auf seine Schulter legte. Ihr Haar war weich an seiner Wange.

Er flog dicht über den Häusern dahin, auch wenn es gefährlich war. Aber er wollte ihn riechen, den Duft der Uralten, die diese Stadt errichtet hatten, er wollte sie fühlen, die Wärme der roten Schindeldächer und den Glanz der Kuppeln, der sich wie Mondlicht auf seine Haut warf und ihn lächeln ließ. Es war unmöglich für ihn, keine Ehrfurcht zu empfinden, als er über die Gassen schwebte, und spätestens beim Anblick der dritten Kathedrale, die sich stolz in die Nacht erhob, spürte er, dass er diese Stadt vermisst hatte wie eine Freundin.

Unter ihnen schimmerte der Tiber wie ein Fluss aus Sturm. Ewigkeiten war es her, seit er das letzte Mal in dieser Stadt gewesen war – und natürlich hatte sie sich verändert. Ihr einstiges Gesicht war zerfallen und zerfressen, wie eine Theatermaske, die langsam zerbröckelt. Und doch war es noch immer da. Es schaute Grim an, durch jede zerfallene Ruine, durch jeden Atemzug, den die reglosen Gargoyles auf den Brunnen, den Palästen und Kirchen taten, es steckte in jedem Pflasterstein, in jedem winzigen Kiesel. Diese Stadt war die Welt, sie war die Ewigkeit, das fühlte er. Sie war es schon immer gewesen, und sie würde es immer sein.

Mit leisem Schwingenschlag landete er auf dem Palatin. Mia rutschte von seinem Rücken, sie stöhnte leise und streckte sich. Er hörte ihre Knochen knacken, offensichtlich war der Flug für sie nicht angenehmer gewesen als für ihn. Remis schwebte regungslos in der Luft, die Augen weit aufgerissen, und sah sich um. Grim sog die Luft ein. Es war, als ergösse sich ein Bilderstrom vergangener Zeiten in seine Lunge. So viel hatte sich verändert – und doch war manches geblieben von dem, was einst gewesen war. Um sie herum lagen die Ruinen früherer Gebäude, manche kaum noch als solche zu erkennen. Bäume rauschten im Wind, Unkraut hatte sich in Mauernischen eingenistet und seine Finger in die Steine gekrallt.

»Was tun wir hier?«, fragte Mia und zog die Arme um den Körper. »Ich dachte, wir suchen die Herzogin. Hier ist sie doch nicht. Hier ist gar nichts mehr.«

Grim lächelte. »Doch«, sagte er leise. »Sie ist hier. Sie sind alle hier.«

Lautlos murmelte er die Formel, und da erhoben sich die Gebäude, sie errichteten sich selbst wie von Zauberhand, Stein für Stein, Ziegel für Ziegel. Die Bäume und das Gestrüpp verschwanden, stattdessen entstanden breite Wege zu ihren Füßen, prächtige Bauten und stolze Tempel erhoben sich in die Nacht. Vor ihnen wuchs eine Stadt, die einmal gewesen war – und die es noch immer gab, verborgen und von keinem Menschen bemerkt.

»Was ist das?« Mia starrte mit weit aufgerissenen Augen auf das Schauspiel und begriff natürlich überhaupt nichts.

»Eine Illusion«, erwiderte Grim. »Das ist alles, was ihnen geblieben ist.«

Vor ihnen lag eine Straße. Breite Pflastersteine glänzten im

Regen, deutlich hatten sich die Radspuren von Fuhrwerken in den Stein gegraben. Häuser standen zu beiden Seiten, allesamt prachtvoll und wie gerade erst gebaut. Zwischen den Säulen eines Tempels standen Gargoyles in langen Gewändern, sie unterhielten sich leise und musterten die Neuankömmlinge mit beiläufigen Blicken. An Mia blieben sie hängen, ein Aufatmen ging durch die Reihen.

»Keine Angst«, sagte Grim und legte ihr die Klaue auf die Schulter. »Sie werden dir nichts tun.«

Und damit hatte er recht. Langsam gingen sie die Straße hinab und wurden von neugierigen Blicken begleitet, doch niemand belästigte sie.

»Es gibt sogar Garküchen«, sagte Mia und deutete auf ein ockerfarbenes Gebäude, in dem eine rundliche Gargoylefrau hinter einem steinernen Tresen duftende Gerichte zubereitete. Grim musste lachen.

»Du weißt so wenig, Menschenkind«, erwiderte er. Er hatte es spöttisch sagen wollen, aber stattdessen hatte es sanft geklungen, beinahe zärtlich. Prompt sah Mia ihn an und lächelte. Schnell wandte er sich ab. Verflucht, er musste sich zusammenreißen. Dieser ganze Vergangenheits- und Nostalgiequatsch machte ihn weich und sentimental – und genau das konnte er nicht brauchen. Mit düsterer Miene ging er an den Häusern vorbei, von denen jedes ihn beim Namen rief. Erst als Mia mit einem Laut des Staunens stehen blieb, sah er auf.

Vor ihnen lag ein gewaltiger Ziegelbau. Die roten Steine glühten im Mondlicht und der Portikus mit den riesigen Säulen erhob sich majestätisch in die Nacht. Erleichtert stieß Grim die Luft aus. Einst die Domus Augustana – nun der Sitz der Herzogin. Kaum hatte er einen Fuß auf die Treppe gesetzt, kamen zwei Wachtposten auf ihn zu. Es waren zwei Gargoyles, deren Augen zur Seite hin spitz zuliefen. Schwimmhäute lagen zwischen ihren Fingern, und ihr Mund war breit wie ein Fischmaul. Grim erkannte sie sofort als Angehörige des Clans der Aquaphilen. Freundlich neigten sie den Kopf, als er ihnen seinen Ausweis entgegenhielt, und lockerten ihren Griff um die Speere, die sie trugen.

»Ich erbitte Audienz bei Herzogin Vara«, sagte Grim und machte sich darauf gefasst, mindestens zehn unbequeme Fragen beantworten zu müssen. Doch die Wachen warfen nur einen kurzen Blick auf Mia und einen weiteren auf Remis, der sofort mitten in der Bewegung erstarrte und zu Boden fiel. Dann breitete einer der Wachtposten die Arme aus.

»Soeben kehrte Ihre Majestät aus den Thermen zurück. Bitte folgt mir«, sagte er freundlich.

Als Grim die Treppe hinaufstieg, merkte er, dass seine Klaue noch immer auf Mias Schulter lag. Er spürte, wie schnell ihr Atem ging, und konnte nachvollziehen, warum sie Angst hatte. Immerhin befand sie sich in einer Gargoylestadt und rechnete wohl trotz seiner Erklärungen über das Steinerne Volk Italiens damit, jeden Augenblick gevierteilt zu werden. Er ließ seine Klaue auf ihrer Schulter liegen und betrat hinter dem Wachtposten den Palast.

Sie standen in einem Atrium mit Säulengang und einem achtseitigen Wasserbecken, das von einem labyrinthartigen Muster geschmückt wurde. Vielfarbiger Marmor bedeckte den Boden, und die Wände waren mit Gemälden in leuchtenden Farben verziert – Blau, Grün und vor allem Rot in all seinen Schattierungen.

Grim atmete ein. Fast schien es ihm, als wäre Sonnenwärme in den Wänden gefangen. Er sah mythische Szenen, Theatermasken, Greifenvögel und menschliche Figuren, aber auch antike Götter wie Apollon und Kybele. Die Götter sahen ihn an, als wollten sie jeden Augenblick aus der Wand treten, und für einen Moment meinte er, den Schwingenschlag der Kraniche zu hören, die über einen blauen Himmel dahinzogen. Die gemalten Säulen und Fenster waren so kunstfertig gestaltet, dass er unauffällig die Klaue nach ihnen ausstreckte, da sie so echt aussahen. Schweigend folgten sie dem Wachtposten, und Grim konnte nicht aufhören zu lächeln. So war es früher gewesen. So etwas hatten die Menschen geschaffen, nicht ohne Hilfe, natürlich nicht – aber sie hatten es getan. Und heute? Was war aus den Menschen geworden?

Sie liefen durch eine gigantische Bibliothek mit reichen Stuckverzierungen und Wandnischen, in die sich Gargoyles mit Büchern und Schriftrollen zurückgezogen hatten. Mia murmelte etwas neben ihm, und als er sie ansah, glühten ihre Wangen. Er musste lächeln. So eine Bibliothek hatte sie bislang wahrscheinlich nicht einmal in ihren Träumen gesehen. Sie folgten dem Wachtposten über eine Treppe in den ersten Stock und erreichten ein kleines Zimmer. Geometrische Muster bedeckten die Wände, Scheinarchitekturen, die den Raum zu beeindruckender Größe weiteten und Grim das Gefühl gaben, in endlose Säulengänge zu schauen. Selbst die Decke war mit kunstvollen Malereien verziert, und marmorne Möbel schmückten das Zimmer, doch das alles verblasste vor dem Anblick, der sich ihm nun bot.

Vor dem Fenster stand eine Frau. Sie trug ein langes, helles Gewand, und ihre steinernen Haare waren kunstvoll hochgesteckt, sodass nur einzelne Strähnen in ihren Nacken fielen. Für einen

Moment musste Grim an Moira denken. Doch die Haut dieser Frau war weiß und so zart, dass er das dunkle Steinblut darunter schimmern sah. Als sie sich umwandte und ihn aus tiefblauen Augen ansah, glaubte er, sein Herz würde stehen bleiben. Er hatte sie seit langer Zeit nicht mehr gesehen, doch er erinnerte sich, dass ihr Anblick schon damals eine solche Wirkung auf ihn gehabt hatte. Es war, als hätte sie sämtliche Sehnsucht des Steinernen Volkes in ihren Augen gefangen.

Der Wachtposten flüsterte ihr etwas zu, sie nickte kurz. Dann waren sie mit ihr allein. Regungslos schaute sie Grim an, aber erst als Remis ihn heftig ins Ohr zwickte, kam er zu sich.

»Eure Majestät«, sagte er schnell und neigte den Kopf. Er sah, dass Mia es ihm gleichtat, aber ein verkniffener Ausdruck war auf ihre Lippen getreten. »Mein Name ist Grim. Vor langer Zeit lebte ich in Eurem Land, doch damals mied ich die Höfe der Herrschenden, daher werdet Ihr mich nicht kennen. Ich komme als Schattenflügler in einem geheimen Auftrag aus Ghrogonia, und ich erbitte die Erlaubnis, den Weg nach Thyros einschlagen zu dürfen.«

Er vermutete, dass es nicht gerade klug war, so mit der Tür ins Haus zu fallen, aber er war froh, überhaupt ein Wort herausbekommen zu haben.

»Ghrogonia«, sagte die Herzogin, und etwas wie Hohn trat in ihren Blick. »In diesen Tagen wird der König gekrönt, ist es nicht so?«

Grim fühlte sich ertappt. Das hatte er vollkommen verdrängt. »So ist es«, erwiderte er schnell.

»Vermutlich wird Thoron in seinem Amt bestätigt«, sagte sie. »Aber ob dieser König oder der nächste – was macht das schon?« Sie löste sich aus ihrer Starre und trat auf ihn zu. Ihre Füße machten auf dem Boden kaum ein Geräusch. Dicht vor Grim blieb sie stehen und reichte ihm die Hand. Sie war warm, fast wie bei einem Menschen. Dann wandte sie sich Mia zu.

»Menschenkind«, flüsterte sie und streckte die Hand aus, um Mia an der Wange zu berühren, doch diese wich zurück. Die Herzogin lächelte sanft. »Es freut mich, dass du gekommen bist. Ich habe lange darauf gewartet, hier an diesem Ort aus Luft, verborgen und unerkannt. Fürchtest du mich?« Sie streckte erneut die Hand aus und hob Mias Kinn, um sie ansehen zu können. Da ging ein Schatten durch das Blau ihrer Augen, und ein Schmerz zuckte über ihr Gesicht. »Du hast Leid erfahren«, sagte die Herzogin kaum hörbar. »Schreckliches Leid, Menschenkind. In deinem Herzen ist ein Riss, und ein Knoten liegt in deiner Brust. Du kannst nicht weinen … Es ist wie …«

Grim spürte, wie Mias Hand sich um seinen Arm schloss, er hörte, wie sie einatmete. Die Herzogin schaute ihn an, Bilder zogen durch ihre Augen, als sie sich Mia wieder zuwandte. Grim sah Jakob, wie er vor den Hybriden floh, er sah ihn gegen sie kämpfen, sah das Schutzschild und wie es zerbrach – und er hörte den Schuss. Mia fuhr zurück und prallte mit dem Rücken gegen die Wand. Ihr Atem ging schnell, sie zitterte.

»Genug!« Grim trat vor sie und versperrte der Herzogin den Blick. Sie senkte den Kopf.

»Verzeiht mir«, erwiderte sie leise. Eine Weile war es still. Dann holte sie Atem, und im nächsten Moment war jeder Schatten von ihrem Gesicht verschwunden. »Thyros«, murmelte sie. »Die Wege dorthin wurden nicht ohne Grund verschlossen. Ein Grauen geht um in der einstigen Hauptstadt. Ich kann euch nicht erlauben, dorthin zu gehen – ganz gleich, wie wichtig euer Auftrag ist. Oder verfügt ihr über ein Gesuch des Königs?«

Grim presste die Zähne zusammen. Er schüttelte den Kopf. »Es geht um eine Angelegenheit von größter Wichtigkeit«, sagte er und wusste, dass er genauso gut gegen eine Wand hätte reden können. Die Augen der Herzogin waren kalt geworden. Beinahe gleichgültig trat sie nun zurück ans Fenster. Grim stieß die Luft aus. Es hatte keinen Zweck. Sie würde ihnen niemals helfen. Er musste einen anderen Weg finden. Wortlos wandte er sich zum Gehen, als Mia sich an ihm vorbeischob.

»Es ist ein Gefühl wie Schleier aus Eis«, sagte sie kaum hörbar. Langsam trat sie auf die Herzogin zu, die sie erstaunt ansah. »Wie tausend Nadeln, die die Haut durchbohren. Es ist wie ein Traum, in dem man den Mund öffnet, um zu schreien, und dann merkt, dass man keine Stimme mehr hat. Es ist, als würde man warten, allein im Dunkeln. Das einzige Geräusch ist die Stille im Inneren, und man wartet und wartet auf etwas, das niemals kommen wird. Es ist wie ein Fall ohne Aufkommen – wie ein Sterben ohne Tod.«

Das letzte Wort irrte wie ein Flüstern durch den Raum. Erstaunt sah Grim, dass die Herzogin Tränen in den Augen hatte. Tränen – Gargoyles weinten nicht, oder besser gesagt: Sie taten es so selten, dass es kaum ins Gewicht fiel.

»Aber manchmal«, fuhr Mia fort, »manchmal gibt es einen Weg in der Dunkelheit. Und wenn man ihn sieht – und möge er noch so gefährlich sein –, muss man ihn dann nicht gehen?«

Grim merkte, dass er den Atem anhielt. Jetzt trat die Herzogin vor, legte Mia die Hand an die Wange und fuhr mit sanfter Bewegung darüber. Dann lächelte sie. Wortlos ging sie zu ihrem Schreibtisch, nahm einen goldenen Schlüssel aus einer Schublade und verließ das Zimmer.

»Folgt mir, wenn ihr nach Thyros wollt«, sagte sie im Gehen.

Grim sah Mia an, sie war noch immer kreideweiß, aber auf ihren Lippen lag ein Lächeln. Schnell folgten sie der Herzogin die Treppe hinab und durch prunkvolle Räume, bis sie ein Peristyl erreichten. Auch hier befand sich ein Wasserbecken. In seiner Mitte erhob sich eine Insel mit einem Tempel, der über eine kleine Brücke erreicht werden konnte.

Die Herzogin wartete, bis zwei Gargoyles an ihnen vorübergeschritten waren. Dann eilte sie über die Brücke und blieb auf einem kunstvollen Mosaik stehen. Als Grim und Mia neben ihr standen, verneigte sie sich vor der regungslosen Frauenstatue im Tempel, steckte den Schlüssel in einen Spalt zu ihren Füßen – und schon senkte sich das Mosaik in den Boden. Sie schwebten abwärts und standen kurz darauf in einer wunderschönen Grotte. Grim hielt den Atem an. Das Lupercal – die Höhle von Romulus und Remus. Nach dem Gründungsmythos Roms, den die Menschen sich erzählten, wurden die Zwillinge dort von der Wölfin gesäugt, bevor sie im Jahr 753 vor Christus die Stadt gründeten.

Doch das war lange her. Seit Urzeiten war kein Mensch mehr hier gewesen, das konnte Grim riechen, und die Luft war alt hier unten, sehr alt. Das Gewölbe war reich mit Muscheln und Mosaiken verziert und schimmerte sanft, als die Herzogin ein Licht in ihrer Hand entfachte. Sie trat zu einer weißen Muschelscherbe und fuhr mit der Hand darüber. Sofort öffnete sich ein Portal in der Wand. Grim kniff die Augen zusammen, doch dahinter sah er nichts als Dunkelheit.

»Geht«, sagte die Herzogin leise. Sie ließ das Licht, das sie geschaffen hatte, auf Mias Handfläche gleiten. Es beschien das Gesicht der Herzogin, als würde es mit Gold bestäubt.

Angespannt trat Grim hinter Mia durch das Portal. Hinter sich hörte er die Stimme der Herzogin: »Möge der Weg euch bringen, was ihr sucht.«

Dann schloss sich die Tür, und sie waren allein.

Kapitel 28

Das Licht in Mias Hand beleuchtete einen schmalen Korridor. Einfache Nischen waren zu beiden Seiten in den Tuff gehauen. Sie stapelten sich übereinander und waren teilweise mit Marmorplatten verschlossen. In anderen lag feiner brauner Staub wie flockiges Mehl.

»Nicht nur Paris ist unterhöhlt wie ein Schweizer Käse«, sagte Grim leise, »sondern auch Rom. Ein Geflecht aus Gängen und Tunneln von mehreren Hundert Kilometern Länge erstreckt sich unterhalb dieser Stadt – und der größte Teil ist unerforscht.«

Mia räusperte sich und erschrak. Ihre Stimme hatte allen Klang verloren. Jeder Nachhall, jeder Ton wurde sofort von den dunklen Wandnischen aufgesogen. Misstrauisch besah sie sich die Öffnungen genauer und entdeckte ein helles Holzstück, das in einer der Kammern lag. Sie hatte schon die Hand ausgestreckt, als sie erkannte, dass es keineswegs Holz war: Es war ein Knochen. Mia wich zurück.

Remis schwirrte in die Mitte des Ganges und schaute von links nach rechts, als befürchtete er, dass etwas aus der Dunkelheit schnellen und ihn packen könnte. »Wir sind in den Katakomben«, flüsterte er. »Die Menschen haben sie lange Zeit als Friedhöfe benutzt … Heiden, Juden, Christen …«

Grim trat einen Schritt vor. »Und sie haben Spuren hinterlassen.«

Prüfend ließ er seinen Blick über die Wände wandern. Mia zog die Schultern an. Ihr kam es vor, als würden die unsichtbaren Toten nur darauf warten, etwas Lebendiges in die Finger zu bekommen – und wenn es nur eine Stimme war.

Grim deutete auf ein seltsames Zeichen an der Wand. Es zeigte einen Fisch. »Christen«, murmelte er. »Aber nicht nur ihre Spuren finden sich in diesen Gängen. Er fuhr mit den Fingern über den Fisch, ohne ihn zu berühren. Silberne Funken fielen von seiner Klaue, und als er sie sinken ließ, schimmerte unter dem eingeritzten Fisch eine Sonne. Mia trat näher.

»Was bedeutet das?«

Grim sah sie an. »Die Sonne ist in meinem Volk ein Zeichen der Hoffnung – der sinnlosen Hoffnung selbstverständlich, denn kein Gargoyle wird die Sonne jemals leibhaftig zu Gesicht bekommen. Dennoch sehnen wir uns danach. Die Sonne ist ein Symbol für all das, was wir verloren haben.« Er schaute den Korridor hinab, der sich am Ende in der Dunkelheit verlor. »Thyros ist untergegangen mit all seinem Glanz. Aber die Stadt ist nicht verloren.«

Entschlossen schritt er den Gang hinab. Mia folgte ihm, wie er furchtlos in die Finsternis ging, und ihr wurde bewusst, dass nur sie auf das Licht in ihrer Hand angewiesen war. Remis leuchtete aus sich selbst heraus, und Grim hatte Augen, mit denen er sogar in schwärzester Nacht besser sehen konnte als eine Katze. Zielsicher bewegte er sich durch die Gänge, fand immer wieder das Zeichen der Sonne und schien genau zu wissen, wohin er gehen musste. Sie selbst hingegen hatte schon bald jegliches Zeitgefühl verloren. Sie lauschte auf ihre Schritte, doch jeder Ton wurde aufgesogen und hinterließ nichts als die Stille um sie herum.

Sie folgte Grim über Treppen einige Etagen tiefer, es ging durch schmale Gänge, gewölbte Kammern und flirrende Portale, doch immer lagen auf der anderen Seite weitere Korridore, die sie nur tiefer in den Bauch von Rom führten. Freskenmalereien zierten die Wände, Mia sah kunstvolle Mosaike und Darstellungen aus dem Leben Jesus. Sie hatte sich nie besonders für das Christentum interessiert, und doch fiel ihr die ungewohnte Hoffnung auf, die aus den Bildern sprach. Sie entdeckte keine Darstellung, auf der Jesus leidend gezeigt wurde, sondern vielmehr zuversichtlich und triumphierend, umgeben von paradiesischen Zeichen. Oft sah sie ihn als jungen Mann, bartlos und im Lehrgestus antiker Philosophen, zwei Finger der rechten Hand ausgestreckt. Sie wusste nicht, ob es an der dumpfen Stille lag oder an den uralten Bildern, die sie betrachtete, aber nach einer Weile fiel jede Anspannung von ihr ab, und eine seltsame Art von Frieden legte sich um ihre Schultern wie ein Mantel aus Seide.

Auf einem Korridor, dessen Decke sich in der Dunkelheit verlor, blieb Grim stehen. Seine Finger glitten über eine helle Marmorplatte, die eines der Gräber verschloss. Er murmelte etwas. Dann hob er die Faust und stieß sie durch den Stein. Splitternd brach der Marmor auseinander. Mit angehaltenem Atem sah Mia, wie Grim in das Grab griff und einen Stein berührte, der staubbedeckt darin lag. Sofort ging ein Dröhnen durch den Gang wie das Stöhnen eines Riesen, in dessen Magen sie hockten. Mia wich zurück. Das Grab vor ihr löste sich buchstäblich in Luft auf. Es verschwamm vor ihren Augen, als würde es aus Nebel bestehen. Remis flog zögernd näher und spähte durch den Spalt, der sich aufgetan hatte.

»Und wer …«, begann er, doch Grim wartete das Ende des Satzes nicht ab.

»Immer der, der fragt«, erwiderte er und schnippte Remis mit einer Bewegung seiner Klaue durch die Öffnung.

Mia verzog das Gesicht. »Danke. Nicht nötig, dass du das bei mir auch machst.«

Mit angehaltenem Atem zwängte sie sich durch den Spalt und fand sich in einer gewaltigen Höhle wieder, deren Decke von goldenen Strömen aus Licht durchzogen wurde und mit schwachem Schein ein riesiges Gebirge beleuchtete. Es war rot – wie Blut. Eine ausgetrocknete Ebene mit tiefen Felsspalten erstreckte sich zu seinen Füßen. Eine Stadt war nirgendwo zu sehen, doch kaum hatte Mia sich aus der Öffnung gezwängt, trat Nebel aus den Spalten der Ebene. Lyskians Worte gingen ihr durch den Kopf, und sie wiederholte sie halb laut: »Es heißt, das Blut der Gefallenen habe das Gebiet verflucht …«

Remis flog auf ihre Schulter. Er schluckte hörbar. »Schön, dass du ausgerechnet jetzt damit anfängst.«

Hinter ihnen splitterte der Stein, dann stand Grim neben ihnen. Düster schaute er auf die Nebelschwaden, die sich in einigem Abstand bereits zu einer dichten grauen Mauer verwoben hatten und den Blick auf das Gebirge verwehrten. Mia spürte, dass sie beobachtet wurden. Irgendetwas hockte im Nebel und starrte zu ihnen herüber.

»Was, wenn Lyskian recht hat?«, fragte sie leise. »Er sagte, dass niemals jemand zurückgekehrt ist, der einmal in den Nebel ging, und …«

»… und du hast ihm mit Nietzsche geantwortet, soweit ich mich entsinne«, erwiderte Grim mit einem Grinsen. Dann wurde er ernst. »Haben wir eine andere Wahl?«

Sofort schwirrte Remis auf ihn zu. »Ja!«, rief er und warf die Arme in die Luft. »Allerdings haben wir die! Wir müssen nicht da hineingehen und zu Tode kommen wie alle, die vor uns in den Nebel geraten sind. Nein, nein, das müssen wir nicht. Wozu tun wir das überhaupt? Um vielleicht irgendwo dahinter den letzten Freien zu finden, der uns möglicherweise mit diesem mysteriösen Pergament weiterhelfen kann? Vielleicht, irgendwo, möglicherweise – das sind mir deutlich zu viele Unbekannte!«

Grim zuckte beinahe gleichgültig die Achseln. »Wir können auch einfach umkehren, uns damit abfinden, dass wir nie herausfinden, welches Geheimnis das Pergament birgt und uns für den Rest unseres Lebens vor den wahnsinnigen Magiern verstecken, die uns in ihrer Gier nach dem Paket beinahe umgebracht hätten – oder wir könnten es ihnen freiwillig überlassen, ganz gleich, was sie damit vorhaben.«

Instinktiv griff Mia nach ihrer Tasche. »Und vergessen, dass Jakob gestorben ist, um es zu beschützen?« Sie warf dem Nebel einen verächtlichen Blick zu. »Wir sind zu weit gekommen, als dass ich jetzt umkehren würde, nur weil ich Angst habe.« Sie straffte die Schultern und machte den ersten Schritt. »Gehen wir.«

Grim hielt sie zurück. »Warte«, sagte er leise. »Lass uns fliegen.«

Mia spürte ihr Herz in der Brust schneller schlagen, als sie auf seinen Rücken kletterte. Der Nebel rief nach ihnen, sie hörte es deutlich. Remis klammerte sich an ihre Schulter. Mit einem Satz erhob Grim sich in die Luft und raste auf den Nebel zu. In silbrigen Fäden blieb er an ihnen hängen. Mia wischte sich durchs Gesicht, auf einmal war es schrecklich kalt. Grims Flügelschläge wurden langsamer, eine Erschütterung ging durch seinen Körper.

»Verflucht, was …«, sagte er noch. Dann rasten sie auf die Erde zu.

Mia schrie, doch ihre Stimme wurde vom Nebel verschluckt, als hätte sie keinen Ton herausgebracht. Im letzten Moment riss Grim seine Schwingen in die Luft und verhinderte einen allzu harten Sturz. Trotzdem flog Mia von seinem Rücken und schrammte sich an dem harten Untergrund die Arme auf. Stöhnend kam sie auf die Füße. Sie war allein. Um sie herum lag grauer, undurchdringlicher Nebel.

»Grim!«, rief sie. »Remis! Wo seid ihr?«

Aber sie hörte nur ihre eigene Stimme, die hilflos und hell in dem Nichts verklang, das sie umgab. Sie machte einige Schritte. Da sog jemand neben ihrem Ohr die Luft ein. Sie fuhr zurück, doch da war niemand. Vorsichtig bewegte sie sich vorwärts. Sie dachte an die Risse und Schluchten, die sie vor dem Auftauchen des Nebels auf der Ebene gesehen hatte. Sie musste aufpassen, wo sie hintrat, sonst … Etwas fasste nach ihrem Haar. Sie stieß einen Schrei aus, doch kein Laut drang aus ihrer Kehle. Erschrocken griff sie sich an den Hals. Es war, als wäre sie verstummt. Sie hörte ein dumpfes, röchelndes Atmen, das durch den Nebel auf sie zukam. Starr vor Schreck blieb sie stehen.

Doch die Gestalt, die sich vor ihr aus dem Nebel schob, war Grim. Jede Hektik war aus seinem Blick gewichen. Lächelnd streckte er eine Klaue nach ihr aus, als forderte er sie zum Tanz. Misstrauisch zog sie die Brauen zusammen. War er verrückt geworden? Irgendetwas stimmte hier nicht. Doch schon spürte sie, wie sie sich in Bewegung setzte, es war, als würden ihre Füße nicht mehr ihr gehören. Sie trat auf Grim zu und legte ihre Hand in seine Klaue. Mit einem Schlag verschwand jeder Ansatz von Furcht. Seine Finger waren warm, und als er den

Kopf zur Verbeugung neigte und lachte, war jeder Zweifel in ihr wie weggewischt. Sie war in einem Traum, in dem ihr nichts passieren konnte, in dem alles gut so war, wie es eben war.

Ohne den Blick von Grim abzuwenden, folgte sie ihm durch den Nebel. Auf einmal erstand eine riesige Tanzfläche um sie herum, der marmorne Boden spiegelte die Lichter von unzähligen Kronleuchtern und eine betörende Musik erklang. Grim zog sie an sich und obwohl sie noch nie mit jemandem getanzt hatte, wusste sie instinktiv, wie sie die Schritte setzen musste. Seine Augen fingen das Licht der Kerzen, und sie flogen über die Tanzfläche, als würde sie nichts mehr am Boden halten. Mia lachte, ihr Haar wirbelte durch die Luft. Die Musik hüllte sie ein wie ein Strudel aus Licht und Farben. Sie schloss die Augen, hinter ihren Lidern loderten bunte Flammen. Da spürte sie, wie etwas Kaltes ihre Wange streifte. Es fühlte sich an wie ein eisiger Finger. Im selben Moment hörte sie eine Stimme durch die dumpfe Benommenheit, die von ihr Besitz ergriffen hatte. *Höre auf dein Gefühl. Sieh hinter die Dinge.*

Mit einem Schlag war sie hellwach. Sie riss die Augen auf. Noch immer hielt Grim sie im Arm, er lächelte, doch seine Hand, die die ihre umfasst hielt, war kalt geworden, und Mia stellte zu ihrem Entsetzen fest, dass sich die Haut von seinen Fingern zurückzog. Das Fleisch brach auf, steinerne Knochen traten hervor. Seine Klaue verfaulte in rasender Geschwindigkeit. Erschrocken sah sie ihm ins Gesicht, doch an Stelle der Augen klafften zwei blutige Höhlen. Die Lippen waren zurückgetreten, und eine schwarze, modrige Zunge leckte über faulende Zähne. Seine Kleider hingen wie Totengewänder von seinem Körper. Ein Schnarren drang aus seinem Mund, als würden sich Leiber von Asseln in seiner Kehle aneinander reiben. Sie hörte

Gelächter um sich herum, und da sah sie die anderen – unzählige verfaulende Geschöpfe, die gierig zu ihr herüberstarrten. Noch immer lächelnd beugte ihr Tanzpartner sich vor, dass sie seinen eisigen Atem im Gesicht fühlte. Sie riss an ihrer Hand, doch sie konnte sich nicht von ihm lösen. Stattdessen fühlte sie, wie seine Kälte ihr die Wärme absaugte. Das Leben wurde ihr aus dem Leib gerissen, sie konnte es fühlen. Alles in ihr zog sich zusammen, jeder Schrei, jede Spur von Angst, und wurde zu einem einzigen Wort.

»Grim!«, schrie sie, so laut sie konnte.

Das Wesen fuhr zurück, es schnarrte ärgerlich. Im nächsten Moment sprang etwas durch den Nebel, es schlug der Kreatur in den Rücken – und sie zerstob wie eine Figur aus Schnee. Grim zog Mia an sich. Sie hörte sein Herz wie das Schlagen einer Glocke in der Ferne. Remis kletterte schreckensbleich auf ihre Schulter.

»Keine Angst«, flüsterte Grim. »Das sind die Toten. Sie betäuben uns mit ihrem Gift. Dann saugen sie uns das Leben aus, bis wir genau so sind wie sie. Höre auf meine Stimme.«

Er nahm ihre Hand und zog sie mit sich. Flirrend legte sich ein goldener Schutzschild über sie. Langsam bewegten sie sich vorwärts, und Mia hörte Grims Stimme, dunkel und beruhigend, als würde er mit ihr durch einen Märchenwald gehen. Mit dem rechten Arm hielt er sie fest, seine linke Hand umfasste die ihre. Manchmal hörte sie Schreie, sie klangen wie Kinder in Todesangst, und immer wieder sprangen die Toten gegen ihren Schutz, als könnten sie ihn mit ihren faulenden Gliedern zerfetzen. Doch kaum hatten sie ihn berührt, entfachte sich ein Feuer auf ihren Körpern und sie verbrannten, bis nichts mehr von ihnen übrig war als schwarzer Nebel.

Mias Herz schlug bis zum Hals. Aber Grim ließ sie nicht los. Sie erinnerte sich an einen Winter, in dem sie mit ihren Eltern im Auto durch die Nacht gefahren war. Niemand war ihnen begegnet, sie waren ganz allein gewesen mit der Dunkelheit und den Schneeflocken, die auf sie zugerast waren wie Sterne. Wie sicher sie sich gefühlt hatte. Sie schloss die Finger um Grims Klaue. So wie jetzt.

Sie wusste nicht, wie lange sie so gegangen waren, als Grim stehen blieb. Der Nebel lag hinter ihnen.

»Wir haben es geschafft!«, rief sie und hörte, wie ihre Stimme voll und warm an den Felsen widerklang.

Grim lächelte. »Sieht ganz danach aus.«

Remis fuhr sich über die Augen. »Ich bin fix und fertig, hört ihr? Ich wusste ja, dass es Geister gibt – wie sollte ich das nicht wissen, schließlich bin ich ein Kobold, und Kobolde sind überaus intelligent. Aber das da …«, er deutete mit dem Daumen hinter sich, »sind die verrücktesten Geister, die mir jemals begegnet sind.«

Grim nickte langsam. »Diese Felsen tragen das Blut von Jahrhunderten in sich. Viele sind hier zu Tode gekommen, aber ihr Hass, ihre Angst und ihre Verzweiflung sind noch immer da. Und sie stürzen sich auf alles, was lebt.«

Remis seufzte hingegeben. »Aber wir haben sie überwunden. Wir haben uns nicht einlullen lassen von ihren Gesängen, wir hatten etwas, das stärker war als das, nicht wahr?« Er zwinkerte Grim zu, der ungehalten die Luft ausstieß. Unbeirrt fuhr der Kobold fort: »Jetzt müssen wir nur noch Pheradin finden. Und ich weiß auch schon, wo.«

Mia folgte seinem Blick, und jetzt sah sie, wonach sie gesucht hatten: In gleicher blutroter Farbe wie das Gebirge und teilweise mit ihm verwachsen erhob sich Thyros vor ihnen – die verlassene Stadt. Vor ihren Toren erstreckte sich ein schneebedeckter Park. Mia zog die Brauen zusammen.

»Schnee?«, fragte sie misstrauisch. »Wir sind unter der Erde. Wie kann es hier schneien?«

»Schnee ist Magie«, erwiderte Grim düster. »Und er kündigt Unheil an. Welchen Grund brauchst du noch?«

Kapitel 29

Der Park lag da wie ein Märchenwald im Winter. Hecken und Stauden waren zu labyrinthähnlichen Gebilden geschnitten worden, die Bäume umfassten geschwungene Kieswege, und überall lag Schnee, so unberührt und gleichmäßig, als hätte jemand Puderzucker aus einem riesigen Sieb gestreut. Hoch über ihnen thronte die Stadt. Sie schien wie aus dem Gebirge gewachsen zu sein, und trotz ihres Verfalls überkam Grim ein Schauer der Ehrfurcht, als er zu ihr aufsah. In ihrer Blütezeit musste sie dreimal so groß gewesen sein wie Ghrogonia jetzt. Er sah die Reste gewaltiger Kathedralen und Türme, deren Stein so edel war, dass er sanft schimmerte. Hier hatte Konis die Macht errungen, hier waren blutige Schlachten geschlagen worden. Die Goldene Stadt hatte einst über die Anderwelt geherrscht. Doch nun war nichts als Verfall übrig geblieben. Wie Scherenschnitte ragten die Ruinen von Thyros hinter dem weißen Park auf.

Kaum hatte Grim das gedacht, begann es zu schneien. Misstrauisch sah er sich um. Auf einmal hatte er das Gefühl, als würde ihn jemand anstarren, als würden sie verfolgt werden, als wären es nicht nur Schatten, die zwischen den Bäumen und Büschen lauerten. Im gleichen Moment sah er die Spuren im Schnee. Sie begannen zwischen den Häusern der Stadt und endeten neben einer dichten Hecke. Dann führten sie denselben Weg wieder zurück. Grim kniete sich neben die Fährte, die verteufelte Ähnlichkeit mit menschlichen Stiefelabdrücken hatte. Seine Finger zeichneten Tiefe und Länge nach.

»Kein Mensch hat so große Füße«, stellte er fest. Mia hockte sich neben ihn und verfolgte die Spur mit ihrem Blick bis hinauf zu den dunklen Häusern der Stadt. »Und kein Mensch ist so schwer.« Er sog die Luft ein und fand seinen Verdacht bestätigt. Steinblut. »Diese Spur stammt von einem Gargoyle.«

Remis riss die Augen auf. »Er hat uns beobachtet«, flüsterte er mit erbärmlich zitternder Stimme. »Er hat uns vermutlich schon von da oben kommen sehen, dann ist er bis zur Hecke gegangen, wo wir ihn nicht sehen konnten – und wie ein Geist wieder verschwunden!«

Grim verdrehte die Augen. »Von Geistern habe ich für heute die Nase voll.«

»Wir haben frische Fußspuren gefunden«, sagte Mia aufgeregt. »Von einem Gargoyle! Ist euch eigentlich klar, was das bedeutet?«

Natürlich war Grim das klar – glasklar sogar. Aber er fand es viel amüsanter, das nicht zuzugeben.

»Pheradin ist hier, das heißt es«, sagte Remis mit Strebermiene. »Oder ein anderer Gargoyle. Einer, der sich hierher zurückgezogen hat. Einer, von dem niemand mehr weiß. Einer, der nicht gefunden werden will.«

Grim erhob sich. »Ich würde sagen, dass er Pech gehabt hat, wenn das tatsächlich so ist. Denn finden werden wir ihn. Dafür hat er selbst gesorgt.«

Sie folgten den Fußspuren, und Grim stellte fest, dass sich ein Gefühl der Unruhe in seiner Brust einnistete, als er an Pheradin dachte. Er jagte ein Phantom und war sich nur in einer Angelegenheit vollkommen sicher: Schon damals, zur Zeit seines Verschwindens, war Pheradin ein alter und mächtiger Gargoyle gewesen. Grim konnte sich nicht erklären, aus welchem Grund er sich in den Todesgürtel begeben haben mochte, aber sollte er sich tatsächlich in die Ruinen von Thyros zurückgezogen haben, dann lebte er seitdem in absoluter Isolation. Wer konnte wissen, was die Zeit aus Pheradin gemacht hatte?

Sie erreichten die ersten Häuser der Stadt, und Grim stellte fest, dass der Schnee mit leisem Zischen auf den blutroten Steinen einiger Gebäude schmolz. Er legte seine Klaue auf die Wand eines eingestürzten Hauses. Sie bestand aus edelstem Karemtyx, der die Sonnenwärme für eine Ewigkeit speichern konnte – und sie war noch immer warm. Langsam gingen sie eine breite Straße hinunter. Die Fußspuren verliefen in beinahe identischen Abständen in der Mitte. Ringsum erhoben sich dunkle Gebäude. Ghrogonia fiel Grim ein, dieses gewaltige Saurierskelett, in dem sich die verschiedensten Völker eingenistet hatten, und der Lärm, der nie ganz verebbte. Hier war es so still, dass man das Fallen der Schneeflocken hören konnte. Geisterhaft ragten die verkohlten Grundmauern einer Kathedrale auf oder die Säulen eines Palastes. Und dennoch – trotz des offensichtlichen Verfalls meinte Grim, etwas wie Stolz in diesen Gemäuern zu fühlen, eine schlafende, träumende Schönheit, die nur darauf wartete, wieder zu erwachen.

Da hörte er ein dumpfes Geräusch. Sofort stand er regungslos und streckte jeden Sinn danach aus. Mia starrte ihn an, auch Remis schien nichts gehört zu haben. Nach einer Weile entspannte Grim sich. Vermutlich war es ein Ziegel gewesen, der am anderen Ende der Stadt unter der Last des Schnees heruntergefallen war. Er spürte Mias Blick und sah sie an. Schnell schaute sie auf die Fußspuren vor ihnen, aber er wusste, dass sie eine Frage auf den Lippen hatte. Er erkannte sie inzwischen genau: diese angedeutete Falte zwischen ihren Augenbrauen, den prüfenden Blick und den halb geöffneten Mund, als hätte sie die Worte schon auf der Zunge und könnte sich nur noch nicht entschließen, sie auszusprechen.

»Woher wusstest du, wie man durch den Todesgürtel kommen kann?«, fragte sie jetzt, ohne ihn anzusehen.

Grim senkte den Blick. Das hatte ihm gerade noch gefehlt: Psychogequatsche in einer Geisterstadt. Für einen Moment überlegte er, ob er ihre Frage einfach ignorieren sollte. Aber er wusste, dass das auf Dauer keinen Zweck haben würde. Sie würde auf ihrer Frage bestehen, bis sie ihre Antwort bekommen hatte.

»Durch dich«, erwiderte er und erkannte erst in dem Moment, da er es aussprach, dass er die Wahrheit sagte. »Ich war wie gelähmt. Die Toten, sie waren …« Er schüttelte den Kopf. »Doch dann habe ich dich schreien hören. Du hast den Zauber durchbrochen, der mich umgebracht hätte, und ich wollte nur noch eins: dich retten.«

»Scheint so, als hätten wir das gegenseitig getan, nicht wahr?«, sagte sie leise. »Uns gerettet …«

Sie blieb stehen und schaute ihn an, und für einen Moment sah er nichts anderes mehr: nicht Remis, der auf seiner Schulter auf einmal fünfmal so hell leuchtete wie sonst, nicht die Schatten, die hinter den Häusern auftauchten, nicht die gierigen Blicke, die auf ihnen ruhten. Er sah nur die Schneeflocken, die in Mias Haaren hängen blieben, und das Lächeln auf ihrem Gesicht.

Im nächsten Moment hörte er ein Zischen in der Luft. Angespannt hob er den Kopf. Dieses Mal war es kein Ziegel gewesen. Ein Schatten sprang vor ihnen auf die Straße. Er landete lautlos. Mit schneller Geste warf er einen Feuerklumpen zu Boden und erhellte seine Gestalt. Grim fuhr zurück. Auf den ersten Blick sah der Fremde aus wie ein Gargoyle. Er hatte dunkle, fast schwarze Augen und einen breiten steinernen Mund. Doch seine Haut war vernarbt, an zahlreichen Stellen aufgerissen und mit groben Stichen genäht worden. Sein linkes Bein schimmerte im Schein der Flammen, Grim erkannte, dass es aus Metall war, und aus seinem Rücken ragten gewaltige Flügel, von denen sich das Fleisch fetzenweise löste. Seine Hände trugen messerscharfe Nägel, und sein Blick … Grim spürte den Schauer, der ihm über den Rücken flog. Noch nie hatte er so viel Wut in einem Augenpaar gesehen wie in diesem. Der Fremde verzog den Mund zu einer Grimasse und pfiff so laut durch die Zähne, dass Mia zusammenfuhr. Sofort sprangen weitere Gestalten aus den Nischen zwischen den Häusern, lautlos glitten sie von den Dächern hinab. Sie alle waren wohl einst Gargoyles gewesen, aber ihre Körper hatten sich verändert. Grim sah Tiergliedmaßen, verfaulende Schwingen und blutende Wunden, die sich offenbar jeder Heilung widersetzten.

»Ihr habt den Schutz durchbrochen!«, rief der Fremde mit den blutigen Flügeln. Hätte man nur seine Stimme gehört, wäre man kaum beeindruckt gewesen, denn sie klang dunkel und angenehm. Doch sein Gesicht verzerrte sich zu einer Fratze aus Hass, als er das sagte.

Grim legte Mia eine Klaue auf die Schulter. »Dann seid ihr es gewesen, die den Nebel beschworen haben?«

Etwas wie Stolz legte sich auf die Gesichter, vereinzelt hörte er ein dunkles Murmeln.

»Das hier«, erwiderte der Fremde bedrohlich leise, »ist unser

Reich. Keiner aus der Welt da draußen hat hier etwas verloren – keiner!«

Grim erwiderte seinen Blick. Er spürte, wie die Kreaturen den Kreis um sie enger zogen. »Es war nicht unsere Absicht, euch zu stören«, sagte er so ruhig wie möglich. »Wir sind auf der Suche nach …«

Da spuckte der Fremde einen roten Blutklumpen auf die Straße. Mit dem Handrücken wischte er sich über den Mund. »Es ist mir egal, wonach ihr sucht!«, brüllte er, dass Speichel aus seinem Mund flog. »Ihr habt in unserer Stadt nichts verloren! Hier ist unser Reich! Und das werdet ihr spüren!«

Schnell errichtete Grim einen Schutzzauber. Er sah von einem zum anderen. Hinter jedem der entstellten Gesichter loderte Feindseligkeit. »Wer seid ihr?«

Einen Moment lang war es still. Dann neigte der Fremde den Kopf. Langsam trat er vor Grim hin, so dicht, dass dieser seine blutigen Narben und die Stiche in seiner Haut sehen konnte. Der Fremde schien zu lächeln hinter seinem hasserfüllten Blick. Er hob den Kopf und stieß lautlos die Luft gegen Grims Schutzschild, auf dem sich sofort blaue Adern bildeten, als sei er vergiftet worden. Im nächsten Moment brach der Wall zusammen.

»Bestien«, zischte der Fremde.

Im nächsten Moment packte er Grim und schleuderte ihn mit voller Wucht gegen eine Hauswand. Sofort kam Grim auf die Beine. Die anderen umringten Mia. Noch ließen sie die Finger von ihr, aber das war nur eine Frage der Zeit.

Mit einem Schrei stürzte Grim sich auf den Fremden, packte ihn an der Kehle und schickte einen Flammenzauber direkt in den Leib seines Gegners. Feuer loderte aus dessen Augen. Für einen Moment erstarrte der Fremde in der Luft. Dann riss er den

Kopf in den Nacken und brüllte. Feuer lief über seine Haut, aber es verletzte ihn nicht, im Gegenteil, es schien ihn noch stärker zu machen. Mühelos packte er Grims Arm und drehte ihn auf den Rücken. Ein stechender Schmerz durchzog Grims Schulter. Er hörte Mia schreien.

Verzweifelt warf er sich auf den Rücken, der Fremde lag unter ihm und schlug ihm die Klauen in den Nacken. Grim spürte, wie er ihm die Kraft nahm, es war, als zerrte er ihm das Leben aus dem Körper. Schwarze Schatten zogen an seinen Augen vorüber. Nein, so durfte es nicht enden – so nicht. Mit aller Kraft versuchte er sich zu befreien, doch es war zwecklos. Sein Körper gehorchte ihm nicht mehr. Die Geräusche um ihn herum wurden dumpf, nur ein leises Knirschen drang noch an sein Ohr. Schritte. Sie näherten sich mit einem Geräusch, als würden sie glühende Kohlen unter ihren Sohlen zum Erlöschen bringen.

»Halt!«

Grim hörte die Stimme durch tausend Tücher, eiskalt wie der Tod, der ihm im Nacken saß. Der Fremde ließ von ihm ab. Grim schlug mit dem Kopf aufs Pflaster. Für einen Moment lichtete sich der Schleier, und er erkannte eine regungslose Gestalt am Ende der Straße. Ihr Mantel flatterte, lange Haare wehten um ein helles Gesicht mit Augen voller Finsternis. Er wollte den Kopf heben, doch kaum hatte er sich aufgerichtet, traf ihn etwas am Hinterkopf, und alles wurde schwarz.

Kapitel 30

Mia erwachte vom Geschmack ihres eigenen Blutes. Um sie herum war es dämmrig, und rasende Kopfschmerzen puckerten in ihren Schläfen. Sie lag auf einer Pritsche, neben ihr auf dem Boden saß Grim. Er hatte den Kopf an die Wand gelehnt. Jetzt sah er sie an, streckte die Klaue aus und legte ihr zwei Finger an die Schläfe. Sofort zog ein kühlender Schleier über ihr Gesicht und nahm den Schmerz mit sich. Nur ein dumpfes Klopfen blieb hinter ihrer Stirn zurück.

»Wo sind wir?« Sie richtete sich auf und sah erst jetzt Remis, der in einer Mauernische neben Grim hockte und aussah wie ein gegrilltes Eichhörnchen. Seine grünen Haare waren angekokelt, als hätte er sie ins Feuer gehalten, und sein Gesicht war pechschwarz. Nur um die Augen sah man noch seine grüne Haut.

»Mein Gott, was ist denn mit dir passiert?« Mia folgte Grims Fingerzeig und schaute auf ein dunkles Gitter nicht weit von ihr entfernt. Sie saßen in einer Zelle – sie waren gefangen.

»Es ist magisch gesichert«, sagte Grim. »Remis hat versucht, durch die Stäbe zu fliegen – und das ist das Ergebnis: flambierter Kobold.«

Mia musste lachen, aber Remis warf ihr einen so bösen Blick

zu, dass sie sich auf die Zunge biss. »Wer auch immer uns hier eingesperrt hat«, sagte sie, »hat uns zumindest vor diesen Wesen gerettet.«

Remis schnaufte. »Na, gerettet ist doch wohl kaum der richtige Begriff. Wahrscheinlich will er uns fressen. Vielleicht ist hier seine Kotelettaufbewahrungskammer, in der die Mahlzeiten schon mal vorgegart werden sollen. Mit mir kann's losgehen, ein kleiner grüner Snack als Vorspeise ...«

Grim warf ihm einen Blick zu, und Remis verstummte. Nachdenklich biss Mia sich auf die Lippe. Sie konnte sich an eine dunkle Gestalt am Ende der Straße erinnern, kurz bevor ihr schwarz vor Augen geworden war. »Ob Pheradin uns gerettet hat?«, fragte sie leise.

Grim zuckte die Achseln. »Wenn er es war, scheint er nicht gerade begeistert davon zu sein, uns zu sehen. Und wenn er es nicht war ... Dann hat Pheradin vermutlich vor uns in dieser Zelle gehockt und schon hinter sich, was uns noch blüht.«

Mia stand auf. »So oder so müssen wir herausfinden, wer uns hier gefangen hält. Entweder ist es Pheradin selbst – oder derjenige weiß, was mit Pheradin passiert ist. Zumindest wird er mehr wissen als wir.«

Remis lachte leise. »Und du glaubst, dass er dir das erzählen wird, hm? Vorausgesetzt natürlich, dass er sich überhaupt hierher bequemt, was ich ausschließe, da er uns vermutlich qualvoll verhungern lässt.«

Mia betrachtete das Gitter. Die Stäbe wurden von einem klebrigen schwarzen Film umgeben, aber auf der Rückseite hing ein Schloss an einer Kette. Magisch, natürlich, das kannte sie ja inzwischen – aber kein Problem für sie. Sie griff in ihre Tasche und zog ihr Werkzeug heraus.

»Er braucht nicht zu uns zu kommen«, murmelte sie. »Wir gehen zu ihm.«

Remis schwirrte unruhig in die Luft, als sie das Schloss an der Kette ins Innere der Zelle zog. Grim trat neben sie. »Lass das lieber sein. Ich musste mich heilen, viel Kraft habe ich nicht mehr übrig. Wenn du einen Herzinfarkt bekommst …«

Mia stieß die Luft aus. »Herzinfarkt«, murmelte sie. »Wer ist denn hier der alte Herr, du oder ich?«

»Für einen Gargoyle bin ich ziemlich jung«, stellte er fest.

Mia erwiderte nichts. Sie schob den Spanner in die Öffnung. Vorsichtig drückte sie Zapfen für Zapfen nach unten und verhakte sie. Mit leisem Knacken öffnete sich das Schloss.

Sie grinste. »Na also. War doch ein Kinderspiel. Ihr immer mit eurer Magie …«

Ein schwaches Lächeln glitt über Grims Gesicht. Lautlos zogen sie das Gitter auf und verließen die Zelle. Ein breiter Gang erstreckte sich vor ihnen, der auf der rechten Seite von leeren Verliesen gesäumt wurde und sich am Ende in Dunkelheit verlor. Grim ging voraus, Mia hielt sich hinter ihm. Remis hatte sich auf ihre Schulter gesetzt, er stank erbärmlich nach verbranntem Haar. Nichts war zu hören als ihre leisen Schritte und – ganz plötzlich – ein Husten. Grim blieb stehen. Mia hörte, wie er einen Zauber murmelte.

Da trat am Ende des Ganges ein Gargoyle aus den Schatten. Er hatte lange, verfilzte Haare, und sein Gesicht glich dem eines Löwen. Er kam auf sie zu. Mia sah, dass er verletzt war. Blut rann ihm aus der Brust, er presste beide Hände gegen seine Wunde. Grim entließ seinen Zauber und legte einen Schutzwall um sie. Mit fiebrigen Augen sah der Fremde sie an, blieb kurz vor ihnen stehen – und ging einfach durch sie hindurch. Sein Körper löste sich auf, er wurde durchsichtig wie ein Geist. Mia schrie, es fühlte sich an, als würde Eisregen ihre Wangen streifen. Der Gargoyle hatte ihnen den Rücken zugewandt und ging weiter, als wäre nichts geschehen.

»Ein Geist«, keuchte Remis, und Mia hörte, wie seine Zähne aufeinanderschlugen. »Das war ein Gespenst!«

Grim stieß die Luft aus. »Natürlich«, murmelte er. »Fehlt nur noch das weiße Laken …«

In geduckter Haltung verließen sie den Gang und betraten ein ausgebranntes Zimmer. Verkohlte Möbel standen an den Wänden, vereinzelt lagen Aschehaufen auf dem Boden. In der Mitte erhob sich ein zerbrochener Glaszylinder. Remis schwirrte von Mias Schulter und klopfte dagegen. Ein heller Ton erklang.

»Eine Sammelstation«, sagte er mit fachmännischer Miene. »Hier hat jemand Träume gesammelt.«

Mia zog die Brauen zusammen. »Du meinst die Träume der Menschen?« Nachdenklich ging sie näher und erkannte feinen goldenen Glimmer an der Innenseite des Glases.

»Damit ist meine Vermutung bestätigt«, sagte Grim hinter ihr. »Es war ein Gargoyle, der uns im Park beobachtet hat – und er war es auch, der uns vor diesen Bestien bewahrt hat. Offensichtlich hat er früher die Träume der Menschen hier gesammelt. Aber jetzt … Er träumt schon lange nicht mehr – viel zu lange.« Sein Gesicht verfinsterte sich. »Gargoyles brauchen die Träume. Werden sie ihnen vorenthalten, kann das Konsequenzen haben. Die Betroffenen werden schläfrig, es stellen sich körperliche Gebrechen ein. Meist verlieren sie dann den Verstand, werden gewalttätig oder suizidal und haben Wahnvorstellungen.«

Remis sah seinen Freund prüfend an. »Die hast du zwar noch nicht, aber so langsam solltest auch du dir Gedanken machen, was deine Reserven an Träumen betrifft, nicht wahr? Du bist schon ganz blass um die Nase.«

Grim knurrte unwillig, aber Mia musste Remis zustimmen. Tatsächlich lag über Grims sonst pechschwarzer Haut ein kaum merklicher grauer Schleier, und seine Augen glänzten, als hätte er Fieber. Instinktiv wollte sie ihm die Hand auf die Stirn legen, aber er wich zurück.

»Noch besteht kein Grund zur Sorge«, sagte er abwehrend. Er deutete auf die Sammelstation. »Damit sieht es schon anders aus. Wer auch immer das hier aufgestellt hat – er ist gefährlich. Wir müssen …«

Weiter kam er nicht. Ein Brüllen hallte durch die Räume, und zwei Menschen stürzten ins Zimmer, die Gesichter in heillosem Entsetzen verzerrt. Sie hielten einander bei den Händen. Panisch sahen sie sich um, als suchten sie ein Versteck. Ihre Blicke glitten durch Mia, Grim und Remis hindurch, es war fast so, als würden sie sie gar nicht sehen. Da erklang das Brüllen erneut. Eine dunkle Gestalt brach durch die Tür, sie zog ein Schwert durch die Luft. Die Menschen schrien in Todesangst. Im letzten Moment riss Grim Mia zu Boden. Schon sprangen die Menschen über sie hinweg, das Schwert zischte heran – und im nächsten Augenblick ergoss sich Blut auf Mias Gesicht. Sie fuhr sich über die Augen – doch an ihren Fingern blieb nichts haften als feiner Staub. Sie sah sich um. Das Zimmer war leer.

Grim atmete aus. »Was ich vorhin sagen wollte: Wir müssen vorsichtig sein.«

Leise setzten sie ihren Weg fort. Die Räume unterschieden sich kaum voneinander. Alle waren ausgebrannt und bargen nur noch wenige Möbel. Nachdenklich strich Mia über ein verkohltes Bild, das auf einer Anrichte stand, und spürte auf einmal, wie ihre Füße feucht wurden. Erschrocken sah sie, dass sich der Boden, auf dem sie stand, in eine Sumpflandschaft verwandelt hatte. Rasch sank sie tiefer.

»Phantastisch«, murmelte Grim und kämpfte sich durch den Morast zu ihr. Er fasste sie unter, und gemeinsam erreichten sie sicheren Boden. Aufatmend sah Mia sich um – der Morast verwandelte sich wieder in die Holzdielen des Zimmers.

»Was auch immer hier los ist, so langsam habe ich genug davon«, grollte Grim düster.

»Es sind Träume«, sagte Mia. Sie wusste selbst nicht, wie sie darauf gekommen war – aber auf einmal gab es nicht mehr den geringsten Zweifel. Sie sah Grim an. »Wer auch immer hier lebt – er kann nicht träumen, aber dafür sind die Räume voller Albträume und Erinnerungen.«

Remis seufzte. »Also die Kerle da draußen in der Stadt kamen mir ziemlich echt vor.«

»Die schon … Aber das hier …«, Mia biss sich auf die Lippe, »das ist nicht wirklich.«

Grim erwiderte nichts, doch es lag ein Ausdruck in seinen Augen, der sie für komplett verrückt erklärte. Schweigend lief sie hinter ihm durch verlassene Räume, angespannt darauf gefasst, neuen Spukgestalten zu begegnen, und immer wieder sah sie tatsächlich verletzte Gargoyles, die durch die Zimmer wankten, Menschen, die mit abgerissenen Gliedmaßen in den Ecken hockten und schrien, und verkohlte Überreste einst lebendiger Wesen. Doch sobald sie die Gestalten ansah, verschwanden sie wieder.

»Als wären wir in einen Traum geraten, der nicht uns gehört«, sagte sie leise.

Grim schwieg. Er hatte den Kopf in den Nacken gelegt und

witterte. Eine steile Falte bildete sich zwischen seinen Augen. »Riecht ihr das?«, fragte er, wartete eine Antwort aber nicht ab. Lautlos durchquerte er mehrere Zimmer. Mia folgte ihm und bald roch sie es auch: Es duftete nach Blumen. Schwer und süß zog der Geruch durch die verbrannten Räume.

Vor einer niedrigen Tür blieb Grim stehen. Er sog langsam die Luft ein. »Also das hier«, begann er, »ist jedenfalls kein Traum.«

Mia schaute ihm über die Schulter. Vor ihnen lag ein prunkvoller Saal, der über und über mit weißen Lilien geschmückt war. Kerzen flackerten auf silbernen Ständern, und dort, auf einem Bett aus heller Seide, lag eine Frau. Sie trug ein weißes Kleid, ein Hochzeitskleid aus uralter Zeit. Ein Schleier bedeckte ihr Gesicht, und langes schwarzes Haar ergoss sich auf die Kissen. Bezaubert trat Mia näher – und stieß einen Schrei aus. Das Gesicht unter dem Schleier war das einer Toten. Die Haut zog sich wie Pergament über die Knochen, die Augen waren in ihre Höhlen gefallen und hatten nichts als zwei schwarze Löcher hinterlassen, und die Lippen gaben den Blick frei auf ein verfaultes Totengrinsen.

Mia prallte rücklings gegen Grim, der ihr gefolgt war. »Raus hier«, flüsterte sie, ohne den Blick von der Toten abwenden zu können. »Wir müssen von hier verschwinden!«

»Zu spät!« Die Stimme zerriss die Luft wie ein Schwerthieb.

Mia und Grim fuhren herum.

In der Tür zum Saal stand ein Gargoyle. Er trug einen schwarzen Mantel, mottenzerfressen und mit verkrustetem Blut besudelt. Er hatte beide Arme gegen die Tür gelehnt, sodass er aussah wie ein Rabe kurz vor dem Sturz auf sein Opfer. Gewaltige Schwingen ragten hinter ihm auf, und seine schwarzen, von weißen Strähnen durchzogenen Haare fielen auf seine Schultern hinab. Seine helle Steinhaut spannte sich über seinem Gesicht wie bei einem Toten. Vereinzelt drangen Blutstropfen aus seinen Poren. Tiefe Falten hatten sein Gesicht durchgraben. Er blutete aus der Nase, nachlässig fuhr er sich mit dem Handrücken ins Gesicht. Unwillkürlich dachte Mia, dass sie einen Sterbenden vor sich hatten, und erwartete, dass er sie aus glasigen Wachsaugen anstieren würde – doch als er sie mit seinem Blick fixierte, wusste sie, dass sie sich irrte. Diese Augen waren schwarz wie eine Nacht ohne Sterne.

»Ihr habt euch in mein Reich begeben«, sagte ihr Gegenüber mit tiefer Stimme, »und ich entscheide, wann ihr es wieder verlassen dürft.« Er löste sich von der Tür. Lautlos ging er zu einem der Leuchter. Seine Bewegungen waren mühsam, und doch sah Mia die Kraft, die in jeder Faser seines Körpers steckte. Dieser Gargoyle musste uralt sein, das fühlte sie. Er griff nach frischen Kerzen, entzündete sie und drehte sie langsam in die Halter. »Ihr habt den Nebel durchwandert«, sagte er. »Das ist ungewöhnlich. Die meisten werden bei lebendigem Leib von den Toten gefressen, und jene, die es dennoch schaffen – nun ja, ihr habt meine Freunde bereits kennengelernt.«

Grim trat vor. »Ihr habt uns vor ihnen bewahrt.«

Überrascht hob Mia den Blick. Grim sprach mit Respekt – das hatte sie bislang selten erlebt. Nicht einmal bei der Herzogin hatte er diese Ehrfurcht in den Augen gehabt. Der Fremde antwortete nicht. Stattdessen sah er sie an. Mia fühlte, wie sein Blick über ihr Gesicht glitt. Es war, als würde er darin nach etwas suchen, vor dem er sich fürchtete.

»Seid Ihr … Pheradin?«, fragte sie vorsichtig.

Sein Mundwinkel zuckte, dann wandte er sich ab. Er hustete

keuchend, sein Körper verkrampfte sich, und als er sich ein Tuch vor den Mund presste, sah Mia, dass es sich blutig verfärbte.

»Das geschieht, wenn Gargoyles nicht mehr träumen«, flüsterte Remis an ihrem Ohr. »Sieh hin. Er ist krank. Er lebt nicht mehr – er existiert nur noch.«

Schwer atmend stützte Pheradin sich auf den Kerzenständer. Mia warf Grim einen Blick zu. Etwas wie Betroffenheit lag auf seinem Gesicht und ein Anflug von Entsetzen. Sie ließ ihre Hand in die Tasche gleiten. Das Paket fühlte sich warm an unter ihren Fingern.

»Wir haben nach Euch gesucht«, sagte sie. Sie hörte, dass ihre Stimme zitterte, aber sie konnte nichts dagegen tun. Pheradin hob den Blick, als sie das Paket aus ihrer Tasche zog. Sie hörte, wie Grim die Luft einsog. Mit weichen Knien ging sie auf Pheradin zu. »Mein Bruder ist gestorben bei dem Versuch, das hier zu beschützen. Er wurde von Magiern verfolgt, die es auf dieses Paket abgesehen hatten. Kurz vor seinem Tod hat er es mir anvertraut und mir aufgetragen, darauf achtzugeben. Es ist ein Pergament mit seltsamen Zeichen auf Fyrenisch. Aber sie verschwimmen vor meinen Augen, ich verstehe die Sprache nicht. Ich muss wissen, warum mein Bruder gestorben ist. Und Ihr seid der Einzige, der mir helfen kann.« Sie musste Luft holen, auf einmal war sie außer Atem.

Pheradin schaute auf das Paket, das sie ihm entgegenhielt, als wäre es ein gefährliches Tier, das ihn jeden Augenblick beißen konnte. Er streckte die Hand danach aus, aber seine Augen flackerten, als würde er gegen diese Bewegung ankämpfen. Schweigend schlug er das Leder zurück. Sein Blick ruhte auf dem glühenden Siegel.

»Die Freien«, flüsterte er. »Du bist eine Hartidin, nicht wahr?«

Mia nickte.

»Du kannst ihre Sprache nicht lesen, weil du noch nicht erweckt worden bist«, fuhr er fort. »Nur ein Feenkrieger könnte das tun.«

Dann streckte er die Hand nach dem Siegel aus – und verbrannte sich zischend die Finger. Erschrocken fuhr er zurück, doch gleich darauf flog ein Lächeln über seine Lippen.

»Das Siegel des Feuers«, sagte er kaum hörbar. »Es schützt sein Geheimnis.« Er sah Mia an, dann wurde sein Blick kalt. Er umfasste das Pergament mit der Faust und hielt es Mia entgegen. »Ich kann euch nicht helfen.«

Ehe sie etwas erwidern konnte, trat Grim neben sie. »Das soll wohl ein Scherz sein«, grollte er. »Wir haben unser Leben riskiert, um hierherzukommen. Ihr könnt uns nicht einfach wegschicken. Ihr müsst doch wissen, was es damit auf sich hat! Das Pergament trägt das Siegel der Freien, Ihr seid der Letzte von ihnen …«

»Die Freien sind tot!« Pheradin hatte laut gesprochen, seine Stimme hallte in dem Saal wider. »Alles, was wir hatten, wurde vernichtet! Für immer! Alles, was das hier bieten kann, wird Leid sein und Erinnerung an das, was verloren ist! Es ist ein Schatten aus vergangenen Tagen, aber er ist tot! Und ich werde diesen Tod besiegeln!« Er hielt das Pergament in der erhobenen Faust, das Licht der Kerzen flackerte in seinen Augen. Im selben Moment kroch ein Schleier aus Feuer über das Pergament, langsam zog es sich zusammen.

»Das dürft Ihr nicht tun!« Mia sprang vor, doch ehe sie Pheradin erreicht hatte, hob er die Hand. Im nächsten Moment fühlte sie sich von einem gewaltigen Schlag getroffen. Sie flog durch den Raum und krachte mit dem Rücken gegen die Wand.

Benommen fuhr sie sich an die Stirn. Blut benetzte ihre Finger. Pheradin starrte sie an, sein Gesicht war vor Entsetzen verzerrt. Im selben Augenblick zerriss der Schrei einer Frau die Luft.

Gleißend helles Licht flutete den Raum. Mia verlor den Boden unter sich, sie fiel und landete hart auf steinernem Grund. Stöhnend kam sie auf die Füße. Grim stand neben ihr, offenbar war er ebenso verwirrt wie sie. Sie befanden sich in einem hellen Gewölbe, das von mehreren Säulen getragen wurde. Um sie herum saßen Gargoyles und Menschen auf steinernen Sesseln. Sie unterhielten sich und lachten. Kinder liefen zwischen den Sitzenden herum und spielten. Ein Gargoyle mit langem Bart und gewaltigem Fischschwanz hatte sich in einem kleinen Brunnen niedergelassen. Um ihn herum hockten sieben oder acht Menschenkinder und lauschten gespannt einem Märchen. Grim trat an eines der Fenster und schaute hinaus. Eine steile Falte hatte sich zwischen seinen Brauen gebildet. Mia musste lachen, als sich ein Gargoyle eines der herumlaufenden Kinder schnappte und es spielerisch durch die Luft wirbelte. Keiner der Anwesenden schien sie zu bemerken, doch ein Gargoyle kam ihr seltsam bekannt vor. Er lehnte an einer der Säulen und strich zärtlich mit den Fingern durch das lange schwarze Haar einer Menschenfrau. Seine Augen waren dunkel wie eine Nacht ohne Sterne.

»Pheradin«, flüsterte Mia und konnte es nicht glauben. Wie anders sah dieser Gargoyle plötzlich aus! Seine Haut war gesund und ohne jeden Kratzer, seine Haltung stolz, und sein Lächeln kannte weder Trauer noch Verzweiflung.

»Das sind die Freien«, murmelte Grim neben ihr. »Wir sind in ihrer Festung.«

Mia runzelte die Stirn. »Ich dachte, die Freien seien Verräter.

Das hier sieht mehr nach einem vergnügten Abend aus, ohne Intrigen gegen irgendwen. Hast du nicht gesagt …«

»Ich weiß, was ich gesagt habe!«, fuhr Grim sie an. Entschuldigend schüttelte er den Kopf und fuhr leiser fort: »Und ich habe auch gesagt, dass ich mir selbst nicht sicher bin, ob mein Bild von den Freien wirklich zutrifft. Ich weiß nicht, ob …«

Er verstummte. Eine Gargoylefrau hatte den Raum betreten. Sie trug eine lange Tunika, die Haare hatte sie aufgesteckt. Mia sah Grim an, der wie gebannt zu der Frau hinüberstarrte.

»Moira«, flüsterte er.

Mia wich das Blut aus dem Kopf. Das war Moira, jene Moira, die Jakob das Paket gegeben hatte? Kaum hatte sie das gedacht, hob die Frau den Kopf und sah sie an. Nein, eigentlich sah sie sie nicht wirklich, aber in ihrem Blick lag etwas, als würde sie sie fühlen – als würde sie wissen, dass dort, wo für sie nur Luft war, etwas stand und sie beobachtete. Ein vages Lächeln huschte über ihre Lippen. Doch gleich darauf gefror ihr Blick. Schreckensstarr schaute sie durch Mia und Grim hindurch zum Fenster.

Im nächsten Moment erschütterte ein ohrenbetäubender Knall den Boden. Mia fühlte Grims Arm um ihre Schulter, Gesteinsbrocken flogen ihr um die Ohren, alles war in riesige Staubwolken gehüllt. Gargoyles sprangen über sie hinweg, schwarz gewandet und mit hassverzerrten Gesichtern. Einer von ihnen kam ihr bekannt vor – seine Augen loderten in wütendem Feuer. Es war Thoron, der König der Gargoyles. Mit einem Schrei raste er in die Mitte des Raumes, packte das erstbeste Kind und schleuderte es gegen die Wand. Mia schrie, als der leblose Körper zu Boden fiel. Grim zog sie an sich, und sie verbarg das Gesicht an seiner Brust. Sie sah nichts mehr, aber sie hörte die Schreie in Todesfurcht, Kinder, die nach ihren Eltern riefen, und das metallene Zischen von Schwertern in der Luft. Sterbende brachen auf den Steinen zusammen.

Ein wütender Schrei ließ Mia den Kopf heben. Durch den Staub sah sie, wie Pheradin kämpfte. Um ihn herum lagen die Leichen der Freien – Gargoyles, Männer, Frauen, Kinder, niedergemetzelt in einem einzigen Atemzug. Pheradin kämpfte gegen Thoron und drei weitere Gargoyles. Zwei von ihnen streckte er nieder, doch als der dritte ihn zum Zweikampf forderte, nutzte Thoron seine Chance. Mit einem Schrei hob er das Schwert und stieß es in Pheradins Richtung. Da sprang ein Schatten hinter einer Säule vor. Mia sah, dass es die Frau war, die Frau mit dem langen schwarzen Haar. Sie war noch jung, kaum älter als Mia vielleicht, und in ihren Augen lag tiefste Verzweiflung. Wortlos warf sie sich vor Pheradin und wurde im selben Moment von Thorons Schwert getroffen.

Für einen Augenblick stand die Zeit still. Mia sah, wie Thoron sein Schwert zurückzog. Niemals würde sie dieses Geräusch vergessen, diesen Klang von Blut, Metall und Tod. Pheradin fuhr herum, er fing seine Geliebte, ehe sie auf dem Boden aufschlug. Fassungslos starrte er auf ihre Wunde. Mia sah, wie sich ihr Brustkorb hob und senkte, wie sie die Hand ausstreckte, um seine Wange zu berühren, und starb, ehe sie sie erreichte. Leblos fiel ihre Hand auf den Boden, mit einem kalten Geräusch, das den Moment zerriss. Pheradin warf den Kopf in den Nacken, unmenschlich rollte sein Schrei durch den Raum und brachte den Boden zum Erzittern. Er zog seine Geliebte an sich, sprang zum Fenster und stürzte sich hinaus. Mia lief ihm nach, doch noch ehe sie das Fenster erreicht hatte, wurde es hell, und sie fand sich in Pheradins Saal wieder.

Er stand unverändert. Noch immer starrte er sie an, doch in

seinen Augen glitzerten Tränen. Langsam verglühten die Flammen auf dem Pergament. Sie hatten es nicht beschädigt. Pheradin umfasste es mit beiden Händen. Dann wandte er sich ab und verließ mit langen Schritten den Raum. Die Kerzen flackerten kurz. Dann erloschen sie – als hätte ein Windhauch sie gestreift.

Kapitel 31

Beruhige dich!« Mia warf ihm einen strengen Blick zu. »So schlimm ist unsere Lage nun auch wieder nicht.«

Grim stieß die Luft aus. »Natürlich nicht! Ich habe mir immer schon gewünscht, von einem Psychopathen in seinem Palast gefangen gehalten zu werden. Na klar, nichts wollte ich lieber! Wenn ich ehrlich bin, habe ich seit meiner Geburt davon geträumt, und TATAA – endlich ist es wahr geworden!«

Verflucht, war er wütend. Seit Stunden hockten sie nun in diesem Zimmer, vermutlich dem einzigen im ganzen Gebäude, das nicht verkohlt war. Sie waren von zwei der Kreaturen, die sie in der Stadt angegriffen hatten, aus dem Raum mit den Kerzen geholt und hierher verfrachtet worden. Gewaltige Bücherregale standen an den Wänden, aber es gab kein Fenster, und die Tür war magisch gesichert. Sie waren Gefangene – Gefangene eines Wahnsinnigen! Grim fuhr sich an die Stirn. Diese Kopfschmerzen machten ihn wahnsinnig.

»Also, ich finde, Mia hat recht«, sagte Remis jetzt. Grim warf ihm einen Blick zu. Er hockte neben dem Mädchen auf dem einzigen Sofa und schaute so zufrieden drein, als hätte man ihm gerade eine Weintraube in den Mund geschoben. Er sah Grim an, ein Funkeln lag in seinem Blick, das Grim nervös machte.

»Abgesehen davon, dass wir hier von merkwürdigen Leuten gefangen gehalten werden, haben wir auch einiges erfahren, oder etwa nicht?«

Grim schnaubte durch die Nase. Lächerlicher Kobold! Diesen Schulmeisterton konnte er sich gleich abschminken, so viel stand fest. »Allerdings«, grollte er. »Zum Beispiel, dass Moira tatsächlich eine Freie war.« Grim dachte an ihr Gesicht. Sie hatte ihn angeschaut, als wäre sie wirklich da gewesen. Er sah sie wieder auf der Kapelle kurz vor ihrem Tod und in der Arena mit diesem traurigen Ausdruck in den Augen.

»Ich frage mich, ob die Freien tatsächlich mit den Menschen paktiert haben«, sagte Remis nachdenklich. »Es sah viel mehr so aus, als hätten sie mit ihnen zusammengelebt.«

Grim nickte langsam. Der Kobold hatte recht. Diese Szene, in die sie da geraten waren, ließ keinen anderen Schluss zu. Schaudernd dachte er an Thoron und den Hass in seinen Augen. »Und doch haben sie ihr Volk gefährdet«, erwiderte er. »Menschen sind unberechenbar – auch Hartide! Stellt euch nur vor, was geschehen wäre, wenn die anderen Menschen von uns erfahren hätten! Der Zauber des Vergessens ist nicht umsonst da.«

Da lachte Mia, es war ein kaltes Lachen, das ihm seltsam fremd erschien. »So ein Blödsinn! Seit ich in dieser … neuen Welt bin, waren es hauptsächlich die Gargoyles, die Böses getan haben! Und der Zauber des Vergessens, den du so toll findest, bedeutet auch, dass Menschen wie mein Vater, Menschen wie Jakob zur Einsamkeit verdammt sind. Er bedeutet, dass eine Tochter ihren Vater verliert, weil niemand ihm geglaubt hat. Und er bedeutet, dass eine Frau ihren Mann verfluchen musste, weil sie fälschlich in dem Glauben lebte, er wäre verrückt geworden – und sich nicht zugestand, um ihn zu trauern, nachdem er sie grundlos verlassen hatte.« Sie hielt inne. Eine aufgeregte Röte hatte ihre Wangen überzogen. So hatte Grim sie noch nie erlebt. »Die Szene, die wir gesehen haben, beweist es doch: Selbst nach dem Zauber des Vergessens gab es nicht nur Feindschaft zwischen unseren Völkern. Früher war da mehr, da hat uns etwas verbunden. Nicht alle Menschen sind so schlecht, wie du sagst.«

Grim wollte etwas erwidern, aber Remis war schneller: »Grim meint es nicht so, er …«, begann der Kobold, doch da platzte Grim die Hutschnur.

»Und ob Grim es so meint!«, rief er. »Ich habe es Moira gesagt, und ich sage es auch euch: Jeder, der sich mit einem Menschen einlässt, ist ein Narr.«

Remis grinste und nickte verständnisvoll. »Selbsterkenntnis ist der erste Weg … nun ja. Ist dir etwas aufgefallen? Du hast eine Gemeinsamkeit mit Pheradin. Auch er klammert sich an einen Toten. Auch er hat sich in Einsamkeit und Isolation zurückgezogen, um nicht wieder verletzt zu werden. So konnte er sich seiner Trauer hingeben und ist nicht Gefahr gelaufen, möglicherweise jemandem nahekommen zu müssen. Aber sieh dir an, was aus ihm geworden ist!«

Grim wandte sich ab. Remis plapperte über Privatangelegenheiten, als wäre Mia gar nicht da. Er hätte gern etwas erwidert, irgendetwas, das dem Kobold das verfluchte Grinsen vom Gesicht gewischt hätte, aber seine eigenen Worte zerbrachen auf seiner Zunge, als wären sie leere Kokons, deren Inhalt sich längst in etwas anderes, Schöneres verwandelt hatte. Für einen Moment stand er wieder mit Mia im Schneetreiben. *Scheint so, als hätten wir das gegenseitig getan, nicht wahr? Uns gerettet* … Er stieß die Luft aus. Er musste aufhören mit diesen Gedanken. Sie würden ihn in die Irre führen – wie sie es schon einmal getan hatten. Er spürte, dass Mia ihn ansah. Sie betrachtete ihn mit diesem durchdringenden Blick, der ihm jedes Mal bis ins Mark fuhr.

»Du hast recht«, sagte sie.

Er war so überrascht, dass er herumfuhr und sie ansah. Sie war blass, und für einen Moment lag eine Dunkelheit in ihrem Blick, die er nicht an ihr kannte. »Nach all den Erfahrungen, die ich bisher mit anderen Gargoyles gemacht habe, steht eins fest: Auch ein Mensch, der sich mit einem von euch einlässt, ist ein Narr.«

Er wollte ihr zustimmen, wollte Remis ein triumphierendes Lachen schenken – doch er konnte es nicht. Stattdessen stand er nur da, ließ ihre Worte als kalte Schauer über seinen Rücken laufen und senkte langsam den Blick.

»Aber vielleicht ist es manchmal gut«, sagte sie leise.

Fragend hob er den Kopf. »Wie meinst du das?«

»Vielleicht ist es manchmal gut, ein Narr zu sein«, erwiderte sie und lächelte.

Sie war nur ein Menschenkind, verflucht noch eins, und dennoch genügte ein Lächeln von ihr, um alle zerbrochenen Worte von seiner Zunge zu wischen. Für einen Moment wollte er lachen, spöttisch und kalt, wie er es sonst so oft tat. Doch stattdessen fühlte er, wie er den Kopf neigte, und leise, kaum hörbar kamen die Worte über seine Lippen: »Ja. Vielleicht.«

Einen Moment lang war es still. Es war keine unangenehme Stille, keine Ruhe vor dem Sturm und keine Beklemmung in Erwartung von Hohngelächter. Es war eine Stille aus Licht.

»Immerhin wissen wir jetzt, warum ich das Pergament nicht lesen kann«, sagte Mia schließlich und holte Grim in die Wirklichkeit zurück. »Ich muss erweckt werden, was auch immer das heißt.«

Grim holte tief Atem. »Und nur ein Feenkrieger kann das

tun.« Er ging zu einem der Regale und überflog die Buchrücken. »Aber die Feenkrieger sind weg, das wirst du in jeder verfluchten Zauberfibel nachlesen können. Warte nur ab!« Nachlässig zog er ein Buch nach dem anderen aus dem Regal, warf sie über die Schulter und genoss den Klang, den sie machten, als sie auf dem Boden aufschlugen. Einige dieser Bücher waren uralt. Pheradin würde sicher nicht erfreut sein, seine Lieblinge auf der Erde wiederzufinden. Schließlich fand Grim, was er gesucht hatte. Er zog ein schmales Buch mit goldenem Einband aus dem Regal und blätterte darin.

»Hier«, sagte er stolz. »Bitte sehr. Die Geschichte der Feen, kurz und kompakt.«

Mia nahm ihm das Buch ab, aber sie las nicht, was darin stand. Ihr Blick hing an dem Bild des Feenkriegers, der neben dem Abschnitt abgebildet war. Ignorante Comicgeneration der Menschen! Kaum dass irgendwo ein Bild auftauchte, starrten sie es an in der Hoffnung, es möge sich bewegen.

»So einer ist mir erschienen«, sagte sie kaum hörbar. Sie hob den Blick, und der Ausdruck in ihren Augen vertrieb die neckische Bemerkung von Grims Lippen. »Genau so sah er aus. Ich habe ihn auf dem Friedhof gesehen, als sich meine Fähigkeiten gezeigt haben, und dann noch einmal bei der Beisetzung. Er hat um Jakob geweint. Seine Tränen waren schwarz.«

Grim wischte durch die Luft. Auf einmal war ihm unbehaglich zumute, die Kopfschmerzen zogen mit spitzen Zähnen durch seine Schläfen. »Unsinn«, murmelte er. »Das Volk der Feen hat sich vor Jahrhunderten aus dieser Welt zurückgezogen – zu Recht! Was haben sie hier auch noch zu suchen? Die letzte Festung der Hartide wurde vor langer Zeit zerstört. Glaubst du etwa, dein Feenkrieger sitzt in den Ruinen und wartet, dass sich ein Mensch zu ihm bemüht?« Er lachte, aber Mias Blick ließ ihn verstummen.

Sie schwieg eine Weile. »Wie konnte Jakob all das lernen, was er wusste – wenn er nicht ausgebildet wurde?«

Grim presste die Zähne aufeinander.

Remis warf einen Blick zur Decke. »Stichhaltiges Argument«, murmelte er beiläufig. »Schwierig nachzuvollziehen, wenn man so aufgeregt ist wie manch einer hier im Raum und sich von seinen Gefühlen hinreißen lässt.«

Grim stieß die Luft aus. »Ganz gleich, wie Jakob das gelungen ist – die Festung der Hartide ist vernichtet worden.«

In diesem Moment öffnete sich die Tür, und Pheradin trat ein. Das Blut war aus seinem Gesicht verschwunden, fast sah es aus, als hätte er etwas Farbe bekommen. Das änderte allerdings gar nichts an seiner düsteren Erscheinung. Die riesigen Schwingen, die Hände, die weißer als Schnee aus dem Mantel ragten – und diese Augen, schwarz wie die Nacht, bei deren Anblick Grim sich fühlte, als würde er in tödliches Feuer schauen. Jetzt sah Pheradin ihn an, sein Mund verzog sich zu einer verächtlichen Grimasse.

»Nein«, sagte er, als hätte er jedes Wort gehört.

Grim verdrehte die Augen. Phantastisch! Dieser Kerl war nicht nur ein Psychopath, er lauschte auch noch an der Wand! Pheradin betrachtete ihn, als würde er seine Gedanken hören.

»Niemand kann die Festung der Hartide vernichten, nicht einmal die Gargoyles in ihrem grenzenlosen Hass. Nein. Sie ist noch da. Aber sie ist unerreichbar. Es …«

Grim schüttelte den Kopf. »Großartig. Zerstört oder nicht erreichbar – ich würde sagen, das macht keinen nennenswerten Unterschied, nicht wahr?«

Pheradins Gesicht zeigte keine Regung. »Sie ist unerreichbar – es sei denn, man hat einen Schlüssel. Und der Schlüssel, meine Liebe, bist du.«

Er warf Mia einen Blick zu, die wie ein kleines Kind zu ihm aufschaute. Grim zog die Brauen zusammen. Sah er richtig? War das Bewunderung in ihren Augen? So langsam wurde ihm die Sache zu bunt.

»Aber warum bin ich die Einzige, die das Siegel brechen kann?«, fragte sie. »Warum kann nur ich die Zeichen sehen?«

»Das Pergament wird durch das Siegel des Feuers geschützt«, erwiderte Pheradin. »Nur Auserwählte erhalten Zugang zu seinem Geheimnis – nur derjenige, der das Pergament hütet.«

Auf einmal wurde Mia blass. Grim sah, dass ihre Lippen zitterten. »Aber ich …«, flüsterte sie. »Mein Bruder …«

Pheradin ließ sie nicht aus den Augen. »Er hat dich ins Vertrauen gezogen, nicht wahr? Er hat dir das Pergament anvertraut – und den Zauber an dich weitergegeben.«

Grim sah, dass eine Erinnerung über Mias Gesicht flackerte. Langsam fuhr sie sich mit der Hand an die Stirn. »Der Kuss«, flüsterte sie. Sie war schneeweiß, Grim ging jede Wette ein, dass sie gleich in Ohnmacht fallen würde. Er hatte von dem Gefasel dieses Kerls wirklich die Nase voll.

»Und woher weißt du das alles, Großmeister der Freien?«, fragte er verächtlich. Er war sich bewusst, dass er die Höflichkeitsform vernachlässigte, und es war ihm egal. »Du lebst hier mit Verrückten in Ruinen und …«

»Das sind keine Verrückten«, erwiderte Pheradin ruhig. »Es sind Mutanten. Vor langer Zeit wurden sie von Magiern der Schwarzen Flamme erschaffen, um die Gargoyles zu vernichten. Doch die Mutanten ließen sich nicht bezwingen. Sie sind mehr als Todeswerkzeuge, und sie wandten sich gegen die, die sie missbrauchen wollten, und flohen. Obwohl die Gargoyles Jagd auf sie machten, hat kein Mutant jemals einem von ihnen auch nur ein Haar gekrümmt – es sei denn, sie sind hier eingedrungen, unerlaubt! Stattdessen verbergen sie sich an diesem Ort, in Nacht und Schatten, und werden beides niemals wieder verlassen. Und auch ich dachte, ich würde dieser Stadt niemals mehr den Rücken kehren … bis jetzt.«

Pheradin zog etwas aus seiner Tasche. Es war das Pergament. Mit einem Lächeln reichte er es Mia.

Sie trat vor. »Dann helft Ihr uns doch? Ich dachte, Ihr hättet Eure Wahl getroffen.« Sie strich mit den Fingern über das Pergament. »Es sei ein Schatten aus vergangenen Tagen, sagtet Ihr – aber er sei tot.«

Pheradin betrachtete sie schweigend. »Manche Dinge sterben nie«, sagte er dann und lächelte.

Kapitel 32

Dunkelheit umgab Mia. Sie hatte geschlafen, lange und ausgiebig, wie ihr schien, und von Jakob geträumt, von dem Moment, da er ihre Stirn geküsst hatte. Sie erinnerte sich an diesen Augenblick, als wäre es gerade erst passiert. Er hatte ihr das Pergament anvertraut und mit ihm die Gabe, es lesen zu können. Die Lösung des Rätsels war ganz nah. Pheradin hatte ihr den Weg gezeigt. Jetzt musste sie ihn nur noch gehen.

Sie hatte ein Frühstück aus wilden Beeren und Wurzeln zu sich genommen. Wider Erwarten hatte es gar nicht schlecht geschmeckt, auch wenn Grim vor Ekel keinen Moment den Blick von den Wurzeln genommen hatte. Dann waren sie aufgebrochen, doch entgegen ihrer Erwartung führte Pheradin sie nicht zurück durch den Nebel, sondern schlug einen anderen Weg ein. Die Mutanten waren ihnen in einem langen Zug bis zum Stadtrand gefolgt und hatten dort wie auf Kommando die linke Hand auf die Brust gelegt. Pheradin war vorausgegangen, ohne sich umzusehen, zunächst über einen schmalen Pfad hoch ins Gebirge. Einmal war Mia stehen geblieben, um zurückzuschauen: Die Mutanten hatten noch immer dagestanden und ihnen nachgesehen.

Nach einer Weile waren sie auf einen Felsvorsprung gelangt.

Dort hatte Pheradin ein merkwürdiges Ritual durchgeführt, woraufhin ein glänzender Ring auf dem Boden entstanden war. Ohne ein Wort war Pheradin hineingesprungen, und Grim, Remis und sie selbst waren ihm gefolgt. Sie waren in einem mit schwarzen Steinen befestigten Tunnel gelandet – und in diesem befanden sie sich noch immer. Manchmal folgte Pheradin einer Abzweigung, aber letztlich war jeder Gang gleich: schwarze Steine, glimmende Lichter auf dem Boden, die alles in ein unwirkliches Licht tauchten, und Pheradin, der in langen Schritten vor ihnen herlief. Seine Bewegungen wurden schon nach kurzer Zeit geschmeidiger, und als er einmal stehen blieb und Mia einen Blick auf sein Gesicht werfen konnte, war sie überrascht, wie jung er aussah. Vermutlich tat es ihm gut, aus dieser Albtraumstadt herauszukommen. Vielleicht würde er bald wieder wirkliche Träume haben. Wirkliche Träume … Über diesen Gedanken musste sie lächeln.

Vor einem großen schmiedeeisernen Tor blieb Pheradin stehen. Er legte beide Hände an das Metall und hielt inne, als würde er lauschen. Dann flüsterte er etwas. Augenblicke später schwang das Tor mit leisem Knirschen auf. Heller Lichtschein fiel in den Tunnel, und als Mia den anderen folgte, sah sie, dass es der Mond war, der so hell strahlte. Sie standen auf dem Palatin – Mia erkannte es am nahe gelegenen Kolosseum. Rom warf seine Lichter in die Nacht. Sie war froh, wieder in der Oberwelt zu sein, und als sie Pheradin ansah, entdeckte sie einen seltsamen Glanz in seinen Augen. Wie lange musste er auf diesen Anblick verzichtet haben!

»Es ist nicht weit von hier«, sagte er leise. »Wartet einen Moment, dann folgt mir.« Ohne ein weiteres Wort erhob er sich in die Luft.

Mia warf Grim einen Blick zu. »Ich glaube, ich weiß, warum er uns hilft.«

Grim zog die Brauen zusammen. »Aha«, machte er nur und schwieg. Er klang gereizt und fuhr sich mit schmerzverzerrtem Gesicht an die Stirn. Besorgt sah sie ihn an. Offensichtlich machte der Traumentzug ihm stärker zu schaffen, als er zugab.

Sie lächelte aufmunternd. »Er hat an seine Frau gedacht, das ist doch klar. Er hat dich gesehen und mich ... Einen Menschen und einen Gargoyle ...« Sie grinste, als sie sah, dass er begriffen hatte.

»Unsinn«, murmelte er, aber er lächelte. »Lass uns gehen. Oder besser gesagt: fliegen!«

Sie stieg auf seinen Rücken und legte die Arme um seinen Hals, und er erhob sich in die Luft. Zielsicher folgte er Pheradins Spur, und Mia ließ den Blick über die nächtliche Stadt schweifen. So langsam gewöhnte sie sich daran, nicht mehr zu laufen. Nicht weit von ihnen entfernt schimmerte der Tiber wie ein dunkles Band aus Seide, und unter ihnen lag die Piazza Navona mit ihren unzähligen Straßencafés. Selbst zu dieser späten Stunde tummelten sich Menschen dort unten, saßen am Rand des Vierströmebrunnens und schauten den Gauklern und Musikanten zu, die ihr Können zum Besten gaben. Mia sog die Luft ein. Diese Stadt hatte ein Aroma, dem sie sich nur schwer entziehen konnte.

Bald darauf entdeckten sie Pheradin auf einem Hausdach. Grim landete neben ihm. Mia rutschte von seinem Rücken und folgte Pheradins Blick. Vor ihnen lag die Engelsburg, und jetzt, da Mia die schneeweißen Engel auf der prunkvollen Brücke stehen sah und dahinter die Festung, vom Mondlicht beschienen, war es ihr, als hätte sie selten etwas so Schönes gesehen.

»Hier war die größte Festung der Freien«, sagte Pheradin leise. »Immer schon haben Gargoyles und Menschen hier zusammengelebt – und nach dem Zauber des Vergessens kamen die Hartide. Doch sie bezogen nicht den Ort, den ihr dort unten vor euch seht – nicht genau diesen jedenfalls.« Er lächelte geheimnisvoll. Dann schwang er sich vom Dach des Hauses. Sie folgten ihm und landeten neben ihm vor der Brücke.

Keine Fußgänger waren unterwegs. Überhaupt schien es Mia, als wären sie in diesem Moment ganz allein auf der Welt. Sie hörte, wie Pheradin tief Luft holte. Dann ging er langsam die Brücke hinauf. Sein Mantel bewegte sich hoheitsvoll mit seinen Schritten. Mia folgte ihm neben Grim und Remis und sah, wie sich die Blicke der Engel auf dem Geländer Pheradin zuwandten. Ihre Versteinerung löste sich, ihre Augen wurden schwarz. Staunend und voller Ehrfurcht sahen sie ihn an, fast so, als wäre eine Legende für sie lebendig geworden, und Mia sah den Glanz in ihren Augen – und etwas wie Hoffnung.

Sie erreichten das Tor. Pheradin legte beide Hände darauf.

»Eines müsst ihr wissen«, sagte er, ohne sie anzusehen. »Nach dem Zauber des Vergessens haben die Freien einen parallelen Raum betretbar gemacht, der neben unserer Wirklichkeit existiert. Es gibt unendlich viele parallele Räume – manche sagen, wir schaffen sie selbst, indem wir uns ändern, indem wir Wege gehen und Entscheidungen treffen. In diesem Raum gab es nur die Freien – so dachten wir, und wir wähnten uns in Sicherheit. Doch eines Tages haben die Gargoyles diesen Raum entdeckt und ihn nahezu zerstört. Seitdem wurde er verschlossen.« Er sah Mia an. »Bist du bereit?«

Sie spürte, wie ihr Herz anfing zu rasen. Schnell nickte sie. Pheradin bedeutete ihr, sich vor das Tor zu stellen. Sanft legte er ihr die Hände auf die Schultern. Sie hörte, wie er leise vor sich hin murmelte, und ein leichter Strom aus Wärme floss über seine Hände in ihren Körper. Da ertönte ein schrilles Piepen.

Mia fuhr zusammen, und auch Pheradin hob den Kopf. Grim zog verlegen etwas aus seiner Tasche. Es war ein leuchtend grünes Ding, das unaufhörlich blinkte.

Remis schoss von Grims Schulter in die Luft. »Du hast ihn immer noch?«, rief der Kobold. »Dieser verdammte Pieper! Ich dachte, du hättest gekündigt! Du …«

Ein heiseres Keuchen drang aus dem Pieper und unterbrach ihn.

»Still«, murmelte Grim. »Das ist Mourier.«

»… alle«, ertönte die Stimme. »Überfall auf Ghrogonia! Sie nehmen den Schwarzen Dorn ein. Thoron ist gestürzt. Ich wiederhole. Notruf an alle Schattenflügler. Hybriden haben die Stadt überfallen. Sie …« Die Stimme brach ab und wurde von lautem Rauschen übertönt. Stattdessen erschien ein verwaschenes Hologramm über dem Pieper. Mia sah eine Straßenecke in Ghrogonia, panische Gargoyles rasten durch die Nacht, Hybriden waren ihnen auf den Fersen.

Mia trat auf Grim zu. »Aber wer sollte Ghrogonia angreifen?«

In diesem Moment erschien eine Gestalt über dem Pieper. Es war ein Hybrid. Er stand vor dem Portal des Schwarzen Dorns und riss den Arm mit dem Zepter der Gargoyles über seinen Kopf.

Grim sog die Luft ein. »Seraphin von Athen.«

Kapitel 33

Verfluchter Mistkerl! Grim raste durch die Nacht wie ein schwarzer Komet, den Kopf voll mit glühenden Gedanken. Remis hatte sich auf seiner Schulter festgekrallt, zusammengesunken und schweigsam, als flögen sie ihrem Untergang entgegen. Seraphin von Athen. Der Name brannte hinter Grims Stirn, er schoss ihm durch die Adern wie sein eigenes Blut. Er hatte gewusst, dass dieser Kerl Ärger machen würde, schon als er ihn zum ersten Mal gesehen hatte, und ja – er hatte mit etwas Großem gerechnet, als der widerliche Kahlkopf ihn unter dem Schornstein begraben hatte. *Du hast keine Ahnung, worauf du dich eingelassen hast. Bald schon wirst du die Welt nicht wiedererkennen – wenn unsere Zeit gekommen ist!*

Grim ballte die Klauen zu Fäusten. Aber wie hätte er damit rechnen können? Mouriers Worte rasten wie entgleiste Züge durch seinen Kopf. *Hybriden haben die Stadt überfallen. Thoron ist gestürzt. Sie nehmen den Schwarzen Dorn ein.* Zum Teufel noch mal, wie hatten sie das geschafft? Die Stadt war doppelt und dreifach gesichert und der Dorn vom Ewigen Feuer umgeben – einen mächtigeren Schutzwall hatte es nie gegeben.

Mit düsterer Miene dachte er an den Kartenmann. *Ich bin alt, sehr alt, aber ich habe noch nie einen Schwarzmagier getroffen, der die Schwarze Flamme beherrscht. Bis jetzt.* Und wieder sah Grim sein höhnisches Lächeln vor sich. *Dies ist der mächtigste Schwarzmagierorden, den ich jemals gesehen habe.* Das hatten sie also mit ihrer Macht getan: Seraphin hatte Ghrogonia eingenommen, die Hauptstadt der Gargoyles, und er hatte das Zepter des Königs an sich gebracht. Grim stieß die Luft aus. Die Krönungszeremonie, natürlich. Seraphin hatte gewartet, bis Thoron das Zepter abgelegt hatte, und es in seine Gewalt gebracht. Mit ihm gebot Seraphin über Kräfte, die nicht mehr zu überbieten waren.

Grim stieß die Luft aus. Und was hatte er in der Zwischenzeit getan? War durch die Weltgeschichte gereist und hatte versucht, hinter das Geheimnis eines lächerlichen Pergaments zu kommen – was ihm im Übrigen noch immer nicht gelungen war. Und jetzt hatte Seraphin die Macht über Ghrogonia, und Mia suchte in Rom nach einem Feenkrieger, sinnloserweise vermutlich. Und dann Pheradin, der Freie, der seit Ewigkeiten nicht mehr geträumt hatte und vollkommen wahnsinnig sein konnte. Grim seufzte. Er hätte Mia niemals mit diesem Kerl allein lassen dürfen. Aber sie mussten herausfinden, was es mit dem Pergament auf sich hatte. Seraphin hatte es gesucht, er war dahinter her gewesen – vielleicht offenbarte es eine Schwachstelle, die sie nutzen konnten. Doch was hatte Seraphin überhaupt vor? Wollte er der neue König der Gargoyles sein, er, ein Hybrid? Grim dachte an den Ausdruck in seinen Augen, dieses zügellose schwarze Brennen. Nein, Seraphin hatte andere Pläne, das fühlte er. Und er würde herausfinden, welche. Gerade hatte er sich ein wenig beruhigt, als bunt flackernde Lichter vor ihm auftauchten, fast gleichzeitig mit einem Rauschen, das die Luft zum Zittern brachte. Grim spähte durch die Finsternis – und traute seinen Augen nicht.

Nicht weit von ihm entfernt zog eine Karawane durch die Luft. Er zählte mindestens fünfzig Gargoyles der unterschiedlichsten Clans. Einige waren geflügelt, andere wurden von schwebenden Kutschen gezogen oder hockten in selbst gebauten Flugobjekten.

Remis war auf seiner Schulter auf die Beine gekommen und zupfte ihn am Ohr. »Ich bin wach, nicht wahr?«, fragte er sichtlich verwirrt. »Dann bin ich nämlich verrückt geworden. Ich habe gerade ein geflügeltes Steinschwein mit zwei Tonkrügen im Maul gesehen, und in jedem hockte ein steinerner Teufel.«

Grim schnaufte. »Ich sehe genau dasselbe, vielleicht hat Pheradin auf uns abgefärbt, und jetzt sind wir beide wahnsinnig.«

Er glitt auf die Spitze der Karawane zu, wo sieben Gargoyles mit winzigen Flügeln vorweg flatterten. Grim erkannte sie sofort als Fluorenten, eine seltene Gargoyleart. Seit Urzeiten lebten sie tief unter der Erde in merkwürdigen Höhlensystemen und tauchten nur alle paar Jahrhunderte auf, um ihre Körper vom Vollmond bestrahlen zu lassen. Denn sie besaßen kein Licht in ihren Behausungen, wenn man von dem Leuchten ihrer eigenen Körper einmal absah. Er blieb dicht vor ihnen in der Luft stehen und hinderte sie so daran, ihren Weg fortzusetzen.

»Was geht hier vor?«, fragte er so laut, dass seine Stimme wie ein donnerndes Meer über die Reihen schwappte.

Doch der vorderste Fluorent, ein knallgelbes Kerlchen mit einer Nase, die so groß war, dass sie beinahe sein ganzes Gesicht einnahm, stemmte die Arme in die Hüfte. Fluorenten galten als seltsam, und als die Riesenknollennase den Mund auftat, wusste Grim auch, aus welchem Grund. »Wech da, wech da, der Herr Minister! Haben noch 'ne lange Reise vor uns, können keine Unterbrechung jebrauchen, janz und jar nich, hamse jehört?«

»Woher kommt ihr?«, fragte Grim, ohne sich auch nur einen Deut von der Stelle zu rühren.

Ein Raunen ging durch die Karawane, die Ersten begannen, etwas nach vorn zu schreien. Grim ließ seinen Blick über die Gesichter schweifen. Angst spiegelte sich darin. Schon hörte er, wie sich mehrere steinerne Harpyien näherten. Unbehaglich verschränkte er die Arme vor der Brust und bemerkte zu seiner Schande, dass Remis zitterte. In Ordnung, die Harpyien waren so alt, dass keiner mehr wusste, woher sie gekommen waren – aber das war noch lange kein Grund, Haltung zu verlieren. Entschlossen atmete er ein und starrte den Wicht vor sich so energisch an, dass der die Arme in die Luft warf.

»Mattelmück«, kreischte er und benannte damit die größte Siedlung der Fluorenten, die Grim kannte – genauer gesagt, war es die einzige, von der er überhaupt schon einmal gehört hatte. Sie lag tief unterhalb von Ghrogonia. Als hätte der Fluorent seine Gedanken gehört, rief er: »Und der Rest kommt aus der Hauptstadt!«

Grim zog die Brauen zusammen. »Und wohin wollt ihr?«

In diesem Moment kamen zwei Harpyien neben ihm zum Stehen und schauten Grim aus kalten, rätselhaften Augen an. Remis zitterte dermaßen, dass seine Zähne aufeinanderschlugen.

»Du hinderst unseren Flug!« Die Stimme der Harpyie umtoste Grim wie ein Meer aus Wind.

Er stellte erstaunt fest, dass auf einmal Schneeflocken um ihn herumflogen. »Ihr habt Ghrogonia verlassen«, sagte er und hielt dem froststarren Blick der Harpyie stand. »Sagt mir, wohin ihr reist!«

Die Harpyie senkte den Blick, als wollte sie überlegen, welches seiner Beine sie ihm zuerst ausreißen sollte. »Keine Reise ist es, die wir tun«, erwiderte sie dann. »Sind auf der Flucht, auf der Flucht! Fliehen vor dem, der uns rufen, uns vernichten wird!«

Angstvolles Raunen ging durch die Reihen, und der gelbe Fluorent begann so hell zu leuchten, dass Grim geblendet die Augen zusammenkneifen musste.

»Ihr flieht vor Seraphin von Athen?«, fragte er. Sofort erklangen panische Schreie. Wütend stemmte er die Klauen in die Hüfte. »Ihr flieht aus unserer Stadt, ihr flieht vor einem Hybriden? Ihr überlasst ihm Ghrogonia, ohne Gegenwehr zu leisten? Schämt ihr euch nicht?«

Er hatte nicht vergessen, dass die Harpyien noch immer vor ihm schwebten, aber er konnte seine Wut nicht zurückhalten. War er denn hier der Einzige, der noch bei Verstand war?

»Er ruft uns!«, kreischte ein Steinwichtel und schlug sich mit seinen schneeweißen Pfoten vor die Stirn, dass es krachte. »Viele hat er schon gefangen! Jetzt stehen sie reglos vor den Toren der Stadt! Er wird uns alle töten!«

Hektisches Stimmengewirr ertönte, zwei Kalknasen fielen sich in die Arme, und ein Kieseltroll stürzte von seinem fliegenden Fahrrad und konnte nur im letzten Moment von einem steinernen Greif gerettet werden.

Grim stieß die Luft aus. »So ein Blödsinn! Woher wollt ihr das wissen? Und selbst wenn – ihr wollt einfach fliehen und euer Schicksal ertragen, ohne euch zu verteidigen?«

»Gibt keine Verteidigung«, sagte eine der Harpyien mit einer Ruhe, die Grim nur noch mehr aufregte. »Ist der Zauber des Rattenfängers. Niemand kann ihn brechen. Nur eine Frage der Zeit, dann werden alle von ihm angezogen. Müssen Bannkreis verlassen, dann werden wir verschont bleiben.«

Grim schnaubte. »Bannkreis? Was soll der Unsinn? Der Zauber wird euch überall finden!«

»Das ist nicht wahr!« Der gelbe Fluorent stob vor Grims Nase wie eine Rakete. »Wir müssen nur schnell jenug weit jenug wech, so einfach ist das! Und jetzt – lass uns vorbei!«

Er schlug Grim vor die Brust, und obwohl der den Schlag kaum spürte, wich er zurück. Er sah in die Augen seines Volkes, und was er da erblickte, ließ ihn zurückgleiten und ihnen Platz machen. Sie fürchteten sich – und sie ließen Ghrogonia im Stich.

Grim stieß die Luft aus, aber das änderte nichts an dem Druck, den er auf einmal in seiner Brust fühlte. Immer hatte er geglaubt, dass es keine stärkeren Geschöpfe als Gargoyles gab – und nun rannten sie davon wie die Ameisen, wenn Wasser in ihren Bau gedrungen war! Dunkel zogen die Bilder aus der Freienfestung an ihm vorüber. Sein ganzes Leben lang war er davon überzeugt gewesen, dass die Freien nur eines im Sinn hatten: die Gargoyles mit Hilfe der Menschen zu vernichten. Dabei hatte ihnen nichts ferner gelegen, im Gegenteil: Sie waren diejenigen gewesen, die verfolgt und vernichtet worden waren – aus Angst. Das Gesicht eines Dämons tauchte vor seinem inneren Auge auf. *Versteckt euch in den Schatten, ihr mächtigen Helden der Nacht – aus Angst, Angst, Angst! Einst eherne Engel, Helden auf Flügeln aus Stein. Was ist aus euch geworden?*

Grim fröstelte. Zum ersten Mal in seinem Leben wurde ihm mit aller Deutlichkeit klar, dass die Gargoyles sich zu einer Gesellschaft der Furcht entwickelt hatten, die sich Monster erschuf, wo es keine gab – und lieber den Kopf in den Sand steckte, statt sich gegen wirkliche Feinde zu wehren. *Verflucht, ihr müsst kämpfen*, wollte er sie anbrüllen, aber er wusste, dass es keinen Zweck haben würde. Und so blieb er in der Luft stehen, reglos und frierend, bis auch der Letzte an ihm vorübergezogen war. Remis hockte schweigend auf seiner Schulter, aber Grim war ohnehin nicht nach Reden zumute. Wortlos setzten sie ihren Weg fort.

Der Zauber des Rattenfängers. Er hatte nicht gewusst, dass es ihn wirklich gab – er war eine Sage unter den Gargoyles, wie die Geschichte vom schwarzen Mann, die die Menschen sich erzählten. Doch Seraphin hatte den Zauber benutzt. Er hatte ihn auf die Gargoyles Ghrogonias angewandt. Grim schnaubte leise. Er selbst hatte von dem Zauber nichts zu befürchten, da er sich zu dem Zeitpunkt, da er gesprochen worden war, weit von der Hauptstadt entfernt aufgehalten hatte. Doch die Gargoyles Ghrogonias, die in jenem Augenblick in der Stadt gewesen waren, hatten dieses Glück nicht. Der Zauber hatte sich auf sie gelegt und entfaltete seine Kräfte nun in ihren Körpern wie eine tückische Krankheit. Gerade in diesem Moment fraß er sich in ihr Innerstes, bis sie ihren Willen verloren und ihm folgten – ganz gleich, zu welchem Ziel.

Nach einer Ewigkeit erreichten sie Paris. Grim hielt sich nicht damit auf, die Bahnhöfe zu benutzen. Er vermutete, dass sämtliche Züge nach Ghrogonia ohnehin ausgefallen waren. So hastete er durch die Katakomben, fand ein Portal und schaute im nächsten Augenblick auf die Hauptstadt seines Volkes. Remis stieß einen Schreckenslaut aus, und ihm selbst stockte der Atem.

Ghrogonia war nicht wiederzuerkennen. Ruinen ragten auf, wo noch vor Kurzem prächtige Bauten gestanden hatten, schwarz und hohl wie zerschmetterte Schädel. Sämtliche Lichter, die einst die Schluchten, Straßenzüge und Häuser erhellt hatten, waren erloschen. Es stank erbärmlich nach Qualm. Überall loderten Feuerreste, lange Rauchsäulen stiegen auf wie Seelenstrudel. Das

Ewige Feuer über dem Schwarzen Dorn war verglüht. Dafür erhob sich nun ein grüner Schild rings um den Turm. Die Statue der OGP war geköpft worden, und obwohl Grim dieses Ding von Anfang an abscheulich gefunden hatte, fühlte er jetzt einen Stich in der Brust, als er es geschändet fand. Blut klebte auf den Straßen, reglose Gargoyles lagen niedergemetzelt auf dem Pflaster. Über allem hing der süße, metallische Geruch von Tod und eine unerträgliche Stille. Es war, als hätte man Ghrogonia das Herz aus der Brust gerissen und nur ein röchelndes Elend aus Fleisch und Knochen zurückgelassen.

Remis deutete wortlos auf einen Schatten, der sich durch die Straßen bewegte. Grim erkannte, dass es ein Hybrid war – und er war nicht allein. Überall flogen sie durch die Luft. Einige trugen die schwarzen Umhänge, die er von den Schwarzmagiern kannte – aber es waren viele, so viele. Er zählte mindestens hundert. Sein Blick verfinsterte sich. Jetzt war ihm klar, wie es Seraphin gelungen war, in Ghrogonia einzudringen und das Ewige Feuer zu durchbrechen. Hinter ihm stand kein Orden aus Schwarzmagiern – hinter ihm stand eine Armee.

Grim hielt sich in den Schatten. Lautlos glitt er mit Remis über die verwaisten Straßen und Plätze und erschrak vor den ängstlichen Gesichtern, die manchmal im Inneren eines Hauses auftauchten. Geisterhaft sahen sie aus, selbst wenn es gar keine Geister waren. Remis stöhnte von Zeit zu Zeit, als hätte er Schmerzen, und Grim hatte die Klauen zu Fäusten geballt. Es fiel ihm nicht leicht, seine Konzentration zusammenzuhalten. Niemals hätte er das erwartet – niemals. Ghrogonia, Festung der Gargoyles seit so langer Zeit – eingenommen in einer einzigen Nacht. Seraphin hockte in seinem Turm – pah, *seinem* Turm! Im Dorn Thorons hockte er, geschützt hinter dem gleißend grünen

Zauber, dessen Kraft Grim bis hier herunter spüren konnte. Er hatte das Zepter benutzt, um diesen Schutz zu wirken, so viel stand fest, und es war klar, dass dieser Zauber nicht zu durchbrechen war.

Gerade wollte er eine breitere Straße überqueren, als Remis warnend die Hand hob. Da hörte Grim es auch. Leises Knirschen ließ ihn innehalten. Jemand näherte sich. Schnell zog er sich in die Schatten zurück. Remis verbarg sich in einer Falte seines Mantels, und Grim atmete lautlos, während er dem Geräusch entgegensah. Gestalten tauchten auf, mindestens ein Dutzend. Es waren Gargoyles – Klara! Im nächsten Moment sah Grim auch Bocus und Fibi. Schweigend liefen sie die Straße hinauf. Erleichtert stieß Grim die Luft aus und trat aus den Schatten. Er hatte schon die Klaue zum Gruß erhoben, als er spürte, dass etwas nicht stimmte. Bocus zog seinen Schwanz über das Pflaster, als wäre er ein halb abgerissener Arm, und Klara ging so zögerlich, dass es aussah, als würde sie an unsichtbaren Fäden gezogen. Selbst Fibi, der für gewöhnlich keinen Augenblick still stehen konnte, ging langsam wie im Traum. Mit zusammengezogenen Brauen trat Grim ihnen entgegen – und erschrak. Die Augen der Gargoyles waren weiß wie Spinneneier, und ihre Haut zeigte dicke, bläuliche Adern, die wie ein Netz aus Gift über ihren Körper liefen. Grim ließ die fremden Gargoyles an sich vorbeilaufen, sie umwanderten ihn, als wäre er nichts als ein Hindernis auf ihrem Weg. Dann kamen seine Freunde näher, auch ihr Blick hing in der Ferne. Grim streckte die Hand aus und hielt Bocus an der Schulter fest, doch der Drache reagierte nicht. Seine Füße bewegten sich auf der Stelle, er lief gegen Grims Hand an, und als dieser den Arm sinken ließ, setzte er seinen Weg fort, ohne zurückzuschauen. Auch Fibi schlich an ihm vorbei, ein Schatten seiner selbst. Nur Klara blieb vor ihm stehen. Grim schauderte, als er ihr in die Augen sah, diese milchigen Totenaugen, und er presste die Zähne aufeinander beim Anblick der Adern auf ihrer Haut. Dick wie Würmer wanden sie sich um Klaras Hals, sie saugten etwas aus ihr heraus, das konnte Grim fühlen, und da – für einen winzigen Moment – schob sich das Weiß von Klaras Augen zurück. Sie sah ihn an, aus einer dunklen Ecke ihres Inneren, in die sie sich zurückgezogen hatte, sah ihn an mit einer Leere, die ihn die Klaue vor den Mund heben ließ. *Hilf mir*, sagte sie lautlos. Alles in ihr war Verzweiflung.

Grim fasste nach ihrem Gesicht, doch schon waren die Totenaugen zurück. Klara sah ihn nicht mehr. Sie schaute durch ihn hindurch. Langsam wich er beiseite, und kaum hatte er das getan, setzte auch sie ihren Weg fort. Grim wollte ihr gerade folgen, als leises Zischen ihn zusammenfahren ließ. In letzter Sekunde konnte er sich in einer stockfinsteren Gasse verbergen, da zogen auch schon acht Hybriden mit schwarzen Umhängen an ihm vorüber.

Hilflos musste Grim zusehen, wie sie hinter Klara und den anderen herglitten und sie für ihn unerreichbar machten. Remis spähte aus seinem Mantel, seine Augen waren schwarz geworden vor Wut. Lautlos flog Grim den Gargoyles nach, immer in den Schatten verborgen, bis sie die Stadt verließen und hinausgingen auf die von Schluchten zerklüftete Ebene. Grim verbarg sich im Schutz der Häuser und sah ihnen mit angehaltenem Atem nach. Wieder musste er sich zusammenreißen, um keinen Laut des Entsetzens von sich zu geben.

Dort draußen auf dem Feld standen mindestens fünfzig Gargoyles und starrten den Neuankömmlingen aus toten Augen entgegen. Sie standen da wie eine Armee der Geister. Jetzt wurden Klara und die übrigen vorgestoßen, stumm stellten sie sich in die Reihen der anderen. Grim erhaschte noch einen Blick auf Klaras fremdes Gesicht – dann wandte er sich ab. Hinter sich hörte er das Gelächter der Hybriden. Am liebsten hätte er sich auf sie gestürzt und sie gezwungen, ihn zu Seraphin zu bringen. Aber er konnte sich ausrechnen, welche Chance er gegen ihn hatte – nicht die geringste.

Nein, er musste im Geheimen herausfinden, was vor sich ging, und bis dahin untertauchen, wo ihn niemand vermutete. Aber die Hybriden hatten viele Gebäude zerstört und schwirrten überall durch die Stadt – wo würde er sich verstecken können? Remis kroch aus seinem Mantel und sah ihn erwartungsvoll an. Da kam Grim eine Idee. Blitzschnell schoss er durch die Straßen, vorbei an Ruinen und dampfenden Aschehaufen, bis er eine unscheinbare Hütte vor sich auftauchen sah. Er hielt kurz inne und vergewisserte sich, dass niemand ihn beobachtete. Dann flog er quer über die Straße auf die Hütte zu. So leise wie möglich klopfte er an und hörte, wie im Inneren jemand die Luft einsog.

»Ich bin es«, zischte Grim und presste die Klaue gegen die Tür. »Los, mach auf!«

Es dauerte eine Weile, ehe die Tür geöffnet wurde und ein ängstlicher Drachenkopf im Spalt erschien.

»Grim!«, japste Karphyr, packte ihn am Kragen und riss ihn unsanft zu sich hinein.

Remis atmete tief ein und aus. Er war ganz blass um die Nase. Grim beobachtete, wie der Drache unzählige Riegel vorschob und unsinnigerweise einen klapprigen Schemel unter den Türknauf klemmte. Dann sah Karphyr ihn an.

»Was macht ihr denn hier? Es hieß, du hättest gekündigt und wärst abgehauen!« Er winkte mit der Pranke und führte sie einen langen, gewundenen Gang hinab, der sich in Spiralen tiefer ins Erdinnere bohrte. An den Wänden hingen Bilder von Kürbissen jeder Form und Größe, umringt von unzähligen Drachenporträts.

»Ist eine lange Geschichte«, murmelte Grim. »Die Kündigung hat mit roten Tüllgardinen zu tun, die ich mir lässig um die Hüfte schwingen sollte … Und noch mit anderen Dingen, aber das tut jetzt nichts zur Sache. Viel wichtiger ist, was hier passiert ist!«

Karphyr hob die roten Augenbrauen und stieß kleine Aschewolken durch die Nüstern aus. »Er ist während der Zeremonie gekommen, plötzlich waren seine Leute überall. Du hättest sehen sollen, was sie gemacht haben, Grim! Den ganzen Wald der Cylaster haben sie niedergebrannt, und den armen Wesen hat es rein gar nichts gebracht, dass sie vor Stress riesengroß geworden sind. Und sie haben die Stadt verwüstet! Thoron hat sich in seinen Privatpalast zurückgezogen, der praktisch abrissreif ist – dort hockt er nun und starrt vor sich hin, seit er das Zepter verloren hat. Seraphin hat mit seiner Armee das Ewige Feuer gelöscht und den Dorn gestürmt und jetzt … Das Zepter macht ihn unbesiegbar! Niemand kann etwas gegen ihn unternehmen, das ist sicher!«

Sie gelangten ans Ende des Ganges und damit in eine Höhle, die über und über mit Schätzen beladen war. Grim sah unzählige Goldhaufen, kostbare Edelsteine, Schmuck, Truhen voll auserlesener Stoffe, teure Gemälde, silberne Kelche und vieles mehr, für das er momentan kaum mehr als ein Kopfschütteln übrig hatte. Ausatmend ließ er sich in einen der samtenen Sessel fallen, die Karphyr in einem Halbkreis um ein warmes, magisches Feuer gruppiert hatte, und stützte den Kopf auf die Klaue. Remis kauerte sich auf der Armlehne zusammen.

»Aber es freut mich, euch gesund zu sehen«, flüsterte Karphyr, als würde er befürchten, jeden Augenblick Seraphin mit dem Zepter neben sich zu erblicken. Mit zitternden Fingern goss er sich aus einer Kanne in Kürbisform einen Tee ein.

Grim nickte düster. »Wer weiß, wie lange ich es noch bin. Der Traumentzug setzt mir zu und …«

In diesem Moment drang ein Fauchen durch den Gang zu ihnen, dass Grim alarmiert aufsprang. Doch Karphyr hob beruhigend die Hand.

»Keine Sorge«, sagte der Drache seufzend. »Ich habe ganz vergessen, dir davon zu erzählen. Die halbe Stadt ist zerstört, wie du wohl gesehen hast, und da meine Behausung von außen ohnehin schon baufällig aussieht und keiner der Angreifer von ihrem wahren Innenleben ahnt, wurde sie verschont. Jedenfalls … nun ja, ich habe ein paar Obdachlose aufgenommen.«

Grim ließ sich zurück in den Sessel sinken. Er hörte die Schritte kaum, die schlurfend näher kamen – und wäre beinahe vor Schreck hintenübergefallen, als er sah, wer da im Eingang der Höhle auftauchte.

»Also, deine Dusche ist wirklich nicht vom Feinsten, Karphyr«, sagte ein Löwe mit frisch gewaschener Mähne. »Aber dass du mir deine Pantoffeln geliehen hast, ist trotzdem nett von dir. Ich … Oh.«

Grim stieß die Luft aus, leise und zischend. »Das nennt man wohl eine gelungene Überraschung«, grollte er, während Mourier – denn niemand anderes stand da vor ihm, in albernen Plüschpantoffeln, die tadellos zu dem zu engen Superheldenkostüm gepasst hätten – zu einem Standbild der Betroffenheit erstarrte.

»Oh«, wiederholte der Löwe wenig geistreich und warf

Karphyr einen Blick zu, als könnte der die Peinlichkeit aus der Situation nehmen. Dann zuckte er mit den Achseln. »Ich wollte mir nur schnell einen Tee holen, also …«

Er tapste in den Pantoffeln zur Teekanne, während Grim die Stille beinahe nicht mehr ertragen konnte. Regungslos beobachtete er, wie Mourier sich eine Tasse nahm. Er merkte, dass Remis zwischen ihnen hin und her sah und sich gespannt auf die Lippe biss.

»Vielleicht hättet ihr meine Warnung ernst nehmen sollen, hm?«, fragte Grim und hätte sich im nächsten Moment am liebsten auf die Zunge gebissen. Verflucht, jetzt war nicht die Zeit für lächerliche Reibereien mit seinem Ex-Chef, er musste … Die Röte, die aufgrund seiner Bemerkung in Mouriers Wangen stieg, ließ ihn alles vergessen, was er musste.

Er sah deutlich, dass der Löwe schon eine passende Antwort auf den Lippen hatte. Dann sackte er plötzlich auf einen der Sessel, als hätte man ihm einen Schlag verpasst, und senkte den Blick. »Ja«, erwiderte er kaum hörbar. »So hatten wir keine Chance.«

Grim zog die Brauen zusammen. Er hatte Mourier noch nie so erlebt. Die Tasse in der Pranke des Löwen zitterte, während sein Blick ins Leere glitt. Seine Stimme hatte jeden affektierten Ton verloren. Fast schien es Grim, als säße ihm ein Clown gegenüber, den er zum ersten Mal in seinem Leben nach der Vorstellung traf.

»Es waren so viele«, sagte Mourier und starrte in die Flammen, als würde er alles noch einmal erleben, während er es erzählte. »Mindestens dreihundert Schwarzmagier. Ehe wir wussten, wie uns geschah, hatten sie das Zepter an sich gebracht, und das Gemetzel begann. Anders kann man es nicht bezeichnen, es war …«

Er fuhr sich über die Augen und schüttete den Tee ins Feuer, als wäre ihm auf einmal bewusst geworden, wie lächerlich ein teetrinkender Löwe war. »Und jetzt hat er die Gargoyles Ghrogonias in seiner Hand. Zuerst werden wir krank. Dann irren wir durch die Straßen, und irgendwann stehen wir regungslos vor den Toren der Stadt. Ich habe ihnen in die Augen gesehen, und was ich da sah, war … es war …« Er stockte. »Sie scheinen auf etwas zu warten, ich weiß nicht, auf was. Ich weiß nur eins: Viele Gefallene haben nach Hilfe geschrien, als sie gestorben sind – sie haben mich als Obersten der OGP angesehen, als könnte ich das Blatt wenden. Aber ich konnte es nicht. Ich habe sie im Stich gelassen. Jetzt kümmern sich die Nornen um die Kranken und Verletzten – versteckt in den Kellergewölben der Häuser. Aber in den meisten Fällen können sie nichts für sie tun.«

Grim starrte in die Flammen. Die Angelegenheit wurde immer verworrener. Erst die Geschichte mit Seraphin, der den König stürzte und das Zepter an sich brachte. Dann der Zauber des Rattenfängers und das unheilschwangere Ausharren der Gargoyles vor den Toren der Stadt. Und jetzt auch noch ein jammernder Ex-Chef, der so unglücklich aussah, dass Grim zum ersten Mal in seinem Leben Mitgefühl mit ihm hatte. Schnell konzentrierte er sich aufs Feuer.

»Wir haben Boten in die anderen Städte geschickt«, fuhr Mourier fort. »Aber bis die mit einer Nachricht zurückkehren, kann es schon zu spät sein. Wir wissen nicht, wie lange Ghrogonia dem Zauber des Rattenfängers standhalten kann. Und außerdem … Die Gargoyles von Rom sind dekadent, sie interessieren sich nicht für die Belange ihres eigenen Volkes, viele der übrigen Städte sind unorganisiert – kein Wunder, es wurde seit Jahrhunderten kein Krieg mehr geführt – oder zu weit entfernt, als dass ihre Bewohner hier sein könnten, ehe wir alle den Verstand verloren haben.«

Grim nickte nachdenklich. »Was wissen wir bis jetzt«, murmelte er. »Seraphin hat das Zepter der Gargoyles an sich gebracht. Das allein verleiht ihm eine Macht, die wir nicht mehr durchbrechen können – schon gar nicht, da er in etwa dreihundert Schwarzmagier um sich geschart hat. Er hat den Dorn mit einem Schutz umgeben … Ich frage mich, warum er das getan hat. Was will er vor uns verbergen?«

Mourier hob wachsam den Kopf. »Du meinst …«

Grim nickte. »Dieser Zauber, den er auf Ghrogonia gelegt hat … Er braucht seine Zeit, nicht wahr? Er wirkt nicht bei jedem Gargoyle von heute auf morgen. Sonst wären hier alle schon hinüber und würden willenlos auf Seraphins Befehle warten.«

Karphyr starrte ihn gespannt an.

»Seraphin will seine einzige Schwachstelle schützen«, sagte Grim leise. »Er will nicht, dass wir hinter seine Pläne kommen – und er will, dass der verfluchte Zauber des Rattenfängers sich ohne Zwischenfälle entfalten kann. Bald schon wird er alle Gargoyles Ghrogonias in seiner Gewalt haben – und der Teufel weiß, was er dann mit ihnen vorhat.«

Ein dunkles Grinsen legte sich auf Mouriers Gesicht, das den Löwen sofort viel sympathischer aussehen ließ. »Aber noch ist es nicht so weit. Jeden Schutzwall kann man umgehen, nicht wahr? Und jeder Zauber ist zu brechen – selbst der Zauber des Rattenfängers.«

Grim starrte in die Flammen, als wollte er sie mit seinem Blick ersticken. »Seraphin von Athen«, murmelte er leise. »Ich weiß zwar nicht, was du vorhast – aber ich werde es herausfinden. So viel steht fest.«

Kapitel 34

Das Holz unter Pheradins Händen flackerte in blauem Licht. Funken fielen von seinen Fingern und erloschen zischend auf dem kalten Boden. Er hatte sein Gesicht nah an die Tür gelehnt, als würde er lauschen. Mia kam es vor, als hätte er sich nun schon eine Ewigkeit nicht mehr bewegt.

Grim und Remis waren nach Ghrogonia aufgebrochen, um herauszufinden, was vor sich ging, und sie – sie stand allein in der Kälte und wartete darauf, dass Pheradin mit ihr sprach. Vergebens hatte er versucht, das Portal zu öffnen. Außer einem warmen Strom, der durch ihren Körper geflossen war, hatte Mia nichts gespürt, und die Tür war verschlossen geblieben. Endlich ließ Pheradin die Hände sinken.

»Ich fühle, dass da etwas ist«, sagte er leise. »Das Portal ist verschlossen … von innen.« Ein Flackern ging über sein Gesicht. »Dann ist es also wahr. Der Ort ist nicht verlassen, nicht endgültig. Jemand wartet zwischen den Welten – und er wird mir Antwort geben.« Er presste seine linke Hand gegen das Holz und murmelte etwas. Es klang, als würde er jemanden rufen. Dreimal wiederholte er seine Worte, dann winkte er Mia zu sich. »Lege beide Hände auf das Holz«, forderte er sie auf. »Du darfst sie nicht fortnehmen – ganz gleich, was passiert, hast du verstanden?«

Er hatte leise gesprochen, und doch klangen seine Worte wie ein Befehl. Sie nickte beklommen. Das Holz war warm unter ihren Fingern. Sie spürte, wie Pheradin ihr erneut die Hände auf die Schultern legte. Sofort strömte Kälte in ihren Körper. Sie hörte, wie Pheradin verschlungene Worte murmelte, und ohne dass sie etwas dagegen tun konnte, formten ihre Lippen seine Worte nach. Sie sprach mit ihm Formel um Formel, ihre Stimmen verbanden sich zu einem dunklen Singsang, der ihr das Blut aus dem Kopf zog. Das Holz unter ihren Fingern begann zu glühen. Funken sprühten über ihre Hände, zischend brannten sie sich in ihre Haut. Es tat weh, aber sie zuckte nicht zurück. Sie sprach weiter die Formeln, die Pheradin ihr vorsagte, bis sie auf einmal selbst wusste, was sie sagen musste. Die Worte tauchten aus ihrem Inneren auf wie versunkene Seerosen, die sich zurück ins Licht schoben. Mit stockendem Atem brachte sie die fremden Worte über die Lippen, bis ihre Hände vor Schmerzen anfingen zu zittern. Flammen schlugen zwischen ihren Fingern auf, eine Erschütterung ging durch die Brücke. Im nächsten Moment brach Licht durch das Holz und blendete sie. Für einen Augenblick sah sie nichts mehr als gleißende Helligkeit. Pheradins Hände waren von ihren Schultern verschwunden, und um sie herum war es still. Nur das leise Säuseln des Windes konnte sie hören und das zaghafte Flüstern von Blättern in der Nacht. Sie fuhr sich über die Augen, die Helligkeit wich einer märchenhaften Dämmerung.

Sie befand sich in einem kleinen Park in Paris. Hinter dem regennassen Gitter lagen die Straßen verlassen. Ihr Blick glitt zu Boden. Fußspuren zierten die Steine, sie sah die Fährten von Rehen, Hasen und Affen. Sie kannte diesen Ort.

»Der Forêt de la Licorne«, flüsterte sie. »Aber er ist …« Sie verstummte. Sie hatte sich zu Pheradin umgewandt – doch er war verschwunden. Sie war ganz allein. Nur die Stille umgab sie, diese seltsame, angespannte Stille und die Gewissheit, dass etwas mit diesem Ort passiert war. Etwas hatte ihn verzaubert.

Sie tat einen Schritt und stellte fest, dass der steinerne Boden unter ihren Füßen weich wurde und sich in Schnee verwandelte. Die Fährten der Tiere glitzerten, und die Pflanzen um sie herum begannen wie Nachtschattengewächse zu glimmen. Raureif glitzerte auf den Blättern der Sträucher. Bezaubert ging Mia den Weg entlang. Jeder störende Gedanke, jedes negative Gefühl war verschwunden. Sie war nichts mehr als ein Mensch, der durch einen Märchenwald ging – Schritt für Schritt. Da brach Licht durchs Unterholz, hell wie ein Stern. Mia konnte den Blick nicht abwenden, sah nichts mehr als das Licht und folgte ihm, bis sie vor einem strahlend weißen Tier stand. Sie trat näher und erkannte, dass es ein Einhorn war. Es hatte sein Haupt auf die Hufe gelegt und hielt die Augen geschlossen.

Mia stockte für einen Moment der Atem. Niemals zuvor hatte sie etwas so Schönes gesehen. Doch als sie sich niederbeugte und die Hand ausstreckte, um es zu berühren, glitzerte etwas in ihrem Augenwinkel. Sie wandte den Blick – und da sah sie das Blut. Es floss aus dem Mund des Einhorns, und jetzt, da Mia zurückwich, perlten blutrote Tränen aus dessen geschlossenen Augen. Ein eisiger Hauch streifte Mias Wange. Das Einhorn war tot.

Etwas schrie in den Baumkronen, es klang wie ein Affe. Mia fuhr zusammen. Ein Löwe brüllte nicht weit entfernt, sie hörte wildes Keuchen im Unterholz. Erschrocken taumelte sie zurück und fiel über ein Hindernis. Sie landete auf dem Rücken. Schreckensstarr sah sie, dass sie über einen Toten gefallen war – einen Menschen, der mit weit aufgerissenen Augen zum Himmel starrte. Mia unterdrückte einen Schrei und kam auf die Beine. Jetzt sah sie, dass überall um sie herum Menschen lagen, grausam verstümmelt, und ihr Blut floss in glänzenden Strömen über den Platz. Und dazwischen – lautlos und gewaltig – schritten Gargoyles auf und ab. Auch auf den Dächern der umliegenden Häuser standen sie – reglos wie Todesengel – und starrten auf das Einhorn hinunter.

Mia wich zurück. Sie stieß an etwas Hartes, stolperte und fiel rücklings über einen hölzernen Zaun. Krachend landete sie im Unterholz. Angespannt schaute sie zu den Gargoyles hinüber und tastete sich blindlings hinter den großen Baum, neben den sie gefallen war. Doch statt der Rinde berührten ihre Finger etwas Weiches. Sie fuhr zurück. Hinter dem Baum kauerte ein Mensch. Jetzt wandte er den Kopf – es war Lucas. Tränen liefen ihm übers Gesicht, er schien sie anzusehen. Mia hielt den Atem an. Er hatte die Menschen in diesen Park gebracht. Er hatte ihnen das Einhorn zeigen wollen. Doch die Gargoyles waren ihnen gefolgt – und hatten sie ermordet. Sie sah, wie ihr Vater weinte, und spürte die Kälte in ihrer Brust. *Deswegen hat er sich umgebracht*, schoss es ihr durch den Kopf. *Er hat gegen die Übermacht der Gargoyles keinen Ausweg mehr gesehen – sie haben ihm keinen Platz in ihrer Welt zugestanden und gleichzeitig ein Miteinander von Anderwesen und Menschen radikal verhindert.* Mia streckte die Hand nach ihm aus. Doch ehe sie seine Wange berühren konnte, zerriss ein Blitz die Szene.

Sie wurde durch die Luft geworfen und landete auf hartem Boden. Pheradin kniete neben ihr und half ihr auf die Beine.

»Ich war …«, begann sie, doch Pheradin nickte nur.

»Es war kein Traum, keine Illusion«, erwiderte er. »Das geschieht häufig, wenn man eine Parallelwelt berührt. Du hast einen Blick in die Vergangenheit geworfen.«

Mia schaute sich um. Sie stand auf der Brücke der Engel und fröstelte bei dem Gedanken an Lucas' weinendes Gesicht. Doch Pheradin lächelte. »Sieh«, forderte er sie auf. »Sieh nur.«

Sie folgt seinem Blick. Und da, hinter dem hölzernen Tor, stand der Feenkrieger.

Sie erkannte ihn sofort. Es war derselbe, der ihr auf dem Friedhof begegnet war – und der an Jakobs Grab um ihren Bruder geweint hatte. Das Holz der Tür bewegte sich wie dicker Nebel, aber sie konnte ihn klar erkennen. Ein sanftes Lächeln lag auf seinen Lippen. Jetzt breitete er die Arme aus. Ein angespannter Ausdruck trat auf sein Gesicht, er flüsterte etwas, das Mia nicht verstand. Gleich darauf ging eine Vibration von ihm aus. Mia sah sie in der Luft wie die Wellen, die ein Stein macht, den man in ruhiges Wasser wirft. Sie sah die Muskeln seiner Arme, es schien, als würde er etwas Schweres tragen. Langsam bewegte er die Hände auseinander – und da löste sich das Bild der Engelsburg wie ein grauer Schleier von der farbigen Welt, die dahinterlag. Mia riss die Augen auf. Hinter der realen Ebene war eine zweite Wirklichkeit entstanden – ein zweites Tor, eine zweite Burg. Das also hatte Pheradin mit einem parallelen Ort gemeint. Sie warf ihm einen Blick zu.

Geh, hörte sie seine Stimme in ihrem Kopf. Er sah sie an, sein Gesicht war kalt und regungslos, aber in seinen Augen lag ein sanfter Schimmer.

Sehen wir uns wieder?, fragte sie ihn in Gedanken.

Da lächelte er. *Alles ist möglich, Menschenkind*, erwiderte er.

Sie atmete ein, auf einmal ging ein Schmerz durch ihre Brust. Dann wandte sie sich um. Der Feenkrieger hielt das Portal geöffnet. Es schimmerte hinter der grauen Fassade der Realität wie ein Feuerwerk aus Kristall. Vorsichtig trat Mia in den Lichtkreis. Wärme umgab sie. Hinter ihr schloss sich das Portal. Schnell wandte sie sich um, doch sie sah nichts mehr als graue, durcheinandergleitende Wirbel.

»Willkommen«, hörte sie die Stimme des Feenkriegers hinter sich. »Willkommen in meiner Welt.«

Kapitel 35

Grim hielt die Hände an Karphyrs Feuer. Er fröstelte, obwohl er den ganzen Tag über versteinert an diesem Platz zugebracht hatte. Nun hockte er schon seit einer Ewigkeit vor den Flammen – und trotzdem war ihm noch immer eiskalt. Die Gesichter von Klara, Bocus und Fibi gingen ihm nicht aus dem Kopf, und damit war er nicht allein. Remis hatte sich vor dem Kamin zusammengerollt und schlief. Offensichtlich hatte auch ihn der Anblick ihrer hilflosen Freunde Kraft gekostet. Grim zog die Arme um den Körper. Es konnte auch noch eine andere Ursache für sein Frieren geben. Wie lange war es nun schon her, seit er das letzte Mal geträumt hatte? Es kam ihm vor wie eine Ewigkeit. Die Kopfschmerzen beachtete er schon nicht mehr. Sie waren wie das störende Rauschen der Autos, wenn man den Tag an der Pariser Oberwelt verbringen musste – irgendwann nahm man es nicht mehr wahr. Aber er spürte, wie eine dumpfe Müdigkeit von ihm Besitz ergriff, gegen die er nicht ankämpfen konnte.

Wenn das so weiterging, würde er bald blutend und geistesabwesend durch die Gegend wanken wie Pheradin in seinen schwärzesten Stunden. Grim stieß die Luft aus. Zum Teufel noch eins, er durfte sich jetzt nicht ablenken lassen! Er hatte einen Plan – und nicht nur er. Mourier hatte versichert, die kläglichen Reste der OGP zusammenzutrommeln, und sich dafür in Karphyrs Keller zurückgezogen. Der Drache hatte einige Male nachgesehen, was dort unten vor sich ging, während Grim fröstelnd am Feuer gehockt hatte. Aber jetzt wurde es Zeit, dass er selbst nachschaute, was der alte Löwe trieb. Er hatte sich gerade erhoben, als Karphyr den Raum betrat. Ein fröhliches Grinsen lag auf dem Gesicht des Drachen.

»Du solltest dir das wirklich nicht entgehen lassen«, sagte er.

Grim warf dem schlafenden Remis einen Blick zu. Dann folgte er Karphyr, der eine Wendeltreppe hinabeilte, als wäre der Brennende Phorox hinter ihm her – bösester Drache in der Geschichte und natürlich nichts als eine Legende, aber sicher geeignet, um einem Zierkürbiszüchter Beine zu machen. Grim ging die Treppe hinab. Er hörte Stimmengewirr, und als er hinter Karphyr in eine neonhelle Höhle trat, glaubte er, seinen Augen nicht zu trauen.

Unzählige Mitglieder der OGP schwirrten durch die Luft, hockten an riesigen Schreibtischen und starrten auf flirrende Monitore. Sie trugen allesamt dieselben lächerlichen Baskenmützen und einen Button an der Brust, auf dem stand: *Für ein Freies Ghrogonia*, und in ihrer Mitte saß – wie hätte es anders sein können – Mourier. Sein Thron war ein wenig mickrig im Vergleich zu dem Ungetüm, auf das er sonst seinen Allerwertesten setzte, aber an Stelle des gelangweilten, fetten Löwen hockte nun ein hektischer, befehlsgewandter Untergrundagent dort oben, die Mähne zerzaust, als hätte er sie seit Tagen nicht geglättet, und die Augen gerötet und müde wie bei einem Menschen nach zu wenig Schlaf und zu viel Kaffee. Neben ihm stand Krallas und guckte mit wichtiger Miene Löcher in die Luft.

Grim stand im Eingang der Höhle und konnte es nicht fassen. Was, zur Hölle, war das?

»Du befindest dich im Basislager der OGP, Code Mäusebein«, raunte Karphyr ihm zu und machte ein Gesicht, als ob er nicht wüsste, ob er weinen oder lachen sollte.

Grim konnte sich nicht abwenden von dem Anblick, der sich ihm bot. Gerade schwirrte ein junger Schattenflügler an ihm vorbei, einen ganzen Stapel Papier in den Fängen, und musterte ihn mit tadellosem Untergrundagentenblick. Beinahe hätte Grim Respekt gehabt – beinahe.

»Und was soll das? Mäusebein? Ich verstehe kein Wort«, raunte er zurück. Noch hatte Mourier ihn nicht bemerkt, noch konnte er aus diesem Irrenhaus entkommen.

Karphyr kicherte neben ihm. »Wieso fragst du das nicht den Einsatzleiter Special Agent Alpha?«

Grim sah den Drachen an und stellte zu seinem Entsetzen fest, dass er nicht gescherzt hatte. Gerade hatte er sich umgewandt und wollte so schnell wie möglich über die Wendeltreppe entkommen, als eine Stimme ihn zurückhielt.

»Kojote im Viereck, Kojote im Viereck!«

Umgehend fand Grim sich von sämtlichen Schattenflüglern umzingelt, an beiden Armen gepackt und vor Mouriers Thron gezerrt.

»Was, zur …«, rief er und riss sich los, doch schon hielt ihm Krallas einen Donnerstab an die Seite. Sofort stand Grim still. Er war einmal mit einem solchen Ding in Berührung gekommen – tausend Blitze waren durch seinen Körper geschossen und hatten ihn fast besinnungslos gemacht vor Schmerzen. Er legte keinen Wert darauf, diese Erfahrung zu wiederholen.

Krallas trat vor, schlug die Hacken zusammen – Grim glaubte

zu träumen, als er es sah –, riss die rechte Hand an den Rand seiner Baskenmütze und rief: »Kojote gestellt, Agent Alpha!«

Grim starrte Mourier an, der mit erhobenen Brauen auf ihn herabsah, und begriff immerhin, dass er selbst offenbar zum Kojoten geworden war.

»Agenten weggetreten«, murrte Mourier und entließ die Schattenflügler mit einer müden Handbewegung. Krallas entfernte sich, nicht ohne Grim einen schadenfrohen Blick zuzuwerfen. Mourier sank ein Stück weit auf seinem Thron zusammen und winkte Grim zu sich heran. Inzwischen war auch Karphyr bei ihnen angelangt und grinste übers ganze Gesicht. Seufzend trat Grim einen Schritt auf Mourier zu.

»Kannst du mir mal erklären, was hier los ist? Hast du Gefallen an Rollenspielen gefunden? Und was soll der Unsinn mit dem Kojoten? Wüsste nicht, dass mir über Tag ein Fell gewachsen wäre.« Er konnte sich nicht zusammenreißen, und zu seiner Freude entdeckte er die tupfenförmige Zornesröte in Mouriers Wangen, die ihm schon fast gefehlt hatte.

Der Löwe deutete auf die Ecken der Höhle. »Der Raum ist viereckig, fällt dir das nicht auf? Und der Kojote – nun ja, das bist du. Wer würde schon an einen Gargoyle denken, wenn er Kojote hört?« Er schob fachmännisch das Kinn vor. »Siehst du! Niemand.« Dann bewegten sich seine Augen prüfend nach links und rechts. »Ich konnte einige fähige Schattenflügler auftreiben«, raunte er. »Es wird nicht einfach werden, aber mit ihnen könnten wir es schaffen, in den Turm zu gelangen.«

Grim nickte unauffällig, froh darüber, dass Mourier ihren Plan offensichtlich trotz des Geredes über Spezialagenten und Kojoten nicht aus den Augen verloren hatte. »Und da schalten wir den Zauber aus und finden raus, was Seraphin vorhat.«

»Bevor es so weit ist, sollten wir Thoron aufsuchen«, sagte Mourier. »Er ist immer noch der König, er wird den Vorsitz unserer Besprechung führen.«

Grims Gesicht verfinsterte sich. Seit der Vision in Pheradins verbranntem Heim hatte sich sein Bild von Thoron gewandelt. Immer wieder sah er den König mit hassverzerrtem Gesicht inmitten der sterbenden Freien und konnte keine Rechtfertigung mehr für sein Handeln finden. Die Freien hatten nicht mit den Menschen paktiert, das stand außer Zweifel. Sie waren getötet worden, da Menschen nach dem Steinernen Gesetz nichts von den Gargoyles erfahren durften. Doch worauf basierte dieses Gesetz? Welche Grundlage konnte es geben für ein solches Blutvergießen?

Dennoch hatte Mourier recht. Sie mussten Thoron ins Vertrauen ziehen. Er war der König, und er war mächtig. Seine magischen Kräfte übertrafen die sämtlicher Gargoyles Ghrogonias, er war kampferprobt und hatte seinem Volk in früheren Tagen Ruhm und Ehre gebracht. Thoron würde die verbliebenen Schattenflügler antreiben, allein seine Anwesenheit würde sie zu Höchstleistungen herausfordern. Grims Zweifel und Fragen mussten warten bis nach der Schlacht.

Er nickte zustimmend. Mourier lächelte, und für einen Moment hatte Grim das Gefühl, als hätte sich eine seltsame Gemeinschaft zwischen seinem Ex-Chef und ihm selbst gebildet. Doch Mourier verstand sich als Stimmungskiller. Denn der Löwe lehnte sich zurück und sagte: »Und dann formieren wir ein Team.«

Grim drehte sich der Magen um, als er dieses Wort hörte, das für viele, mit denen er bisher zusammengearbeitet hatte, nur eines bedeutete: **T**oll, **E**in **A**nderer **M**acht's. Und das war meistens er gewesen. Er stöhnte innerlich, hielt es aber nicht für klug, freche Hinweise zu geben. Er sah zu, wie Mourier von seinem Thron sprang und sich durch das Gewirr der Gargoyles einen Weg bahnte.

»Worauf wartest du?«, rief der Löwe, als er am Eingang der Höhle angekommen war. »Brauchst du ein Kostüm aus Seide und Tüll, um mir zu folgen?«

Ohne ein weiteres Wort sprang er die Treppe hinauf. Grim warf Karphyr einen düsteren Blick zu. »Wenigstens vorwarnen hättest du mich können«, grollte er, doch der Drache lachte nur.

»Und mir den Spaß über dein Gesicht verderben, als der Kojote umzingelt wurde? Nie im Leben!«

Schnaufend ließ Grim den Drachen stehen und folgte Mourier nach oben. Wortlos schlichen sie nebeneinander durch die Straßen, bis der Löwe vor Thorons Privatpalast stehen blieb. Einst war es ein prunkvolles Gebäude gewesen, doch nach Seraphins Überfall war es kaum mehr als eine Ruine. Mit einer Kralle schob Mourier die Tür auf. Dämmerlicht fiel ihnen entgegen. Grim trat ein und zog die Tür hinter sich ins Schloss.

Sie befanden sich in einer mächtigen Eingangshalle. Eine Treppe lief geschwungen auf eine Empore, und das flackernde Licht leuchtender Steine brach sich in den gesplitterten Fenstern. Ein- oder zweimal war Grim hier gewesen, als Thoron die gesamte OGP zu irgendwelchen Festlichkeiten eingeladen hatte. Doch nun, da er an den Würdenträgern der Eliteeinheit und anderen Helden aus der frühesten gargoylschen Vergangenheit vorbeiging – sie hingen allesamt in Öl gebannt über der Treppe –, fühlte er zum ersten Mal so etwas wie Ehrfurcht. Einige dieser Schattenflügler hatten große Dinge geleistet, Igramasul beispielsweise, der der verrückten Schlange Ogryn alle neun

Köpfe abschlug, ehe sie des Königs Tochter fressen konnte. Und was war er selbst dagegen? Ein mickriger Gargoyle, noch dazu gekündigt, einer, dem eigentlich ständig alles misslang, zumindest in letzter Zeit. Ein Gargoyle, den die Welt nicht brauchte.

Wütend stampfte er hinter Mourier die Treppe hoch. Nervtötend, dieses Gejammer! Er musste dringend damit aufhören. Positiv denken. Dieser Satz ging ihm noch mehr auf die Nerven, und so hatte sein Gesicht einen Ausdruck wie bei heftigen Bauchschmerzen angenommen, als sie vor einer breiten Tür stehen blieben. Mourier warf ihm einen Blick zu, als wollte er überprüfen, dass er auch anständig gekleidet war. Gerade wollte Grim ihm mitteilen, dass seine Frisur ihn mehr an einen aufgeweichten Pudel als an einen steinernen Löwen erinnerte, als Mourier sich abwandte und die Tür aufstieß.

Im ersten Moment erkannte Grim nur die Trümmer. Ein zusammengebrochener Thron, zersplitterte Fenster, deren Scherben im Licht schimmerten wie Tau oder Raureif, ein teilweise zusammengebrochenes Dach. Dann sah er den König – und erschrak.

Er hatte Thoron in seinem Leben oft gesehen, und immer hatte ihn bei seinem Anblick so etwas wie Respekt ergriffen. Bis ins Detail erinnerte Grim sich an seine Ernennung zum Schattenflügler, bei der Thoron ihm das Zeichen der OGP an die Brust geheftet hatte. Der König hatte ihm Respekt eingeflößt mit seinem glühenden Blick, der funkelnden, marmorweißen Haut und den Nägeln aus schimmerndem Perlmutt. Thoron war die Stärke der Gargoyles gewesen, seit eh und je – niemals hatte Grim daran gezweifelt. Doch nun war der König nicht wiederzuerkennen. Zusammengesunken saß er auf seinem Thron, beschienen vom fahlen Licht des grünen Schutzschildes um den

Dorn. Er trug noch immer die Krone, aber sie saß schief auf seinem Kopf, und seine Hände lagen so reglos auf den Lehnen, dass es fast aussah, als sei er für immer erstarrt.

Mit zusammengezogenen Brauen folgte Grim Mourier, der über knirschende Fensterscherben lief, und blieb kurz vor Thoron stehen.

»Mein König«, sagte der Löwe und verbeugte sich. Auch Grim neigte den Kopf. Nie war es ihm falsch vorgekommen, bis zu diesem Moment.

Der König sah auf, er musterte sie und schien sie erst nach einer Weile zu erkennen.

»Ah«, machte er, ohne sich zu rühren. »Neues?«

»In der Tat, mein König. Es gibt Bewegungen, die das Blatt wenden könnten«, sagte Mourier. Er warf Grim einen Blick zu. »Der stärkste unserer Schattenflügler ist zurückgekehrt.«

Thoron sah ihn an, seine Augen waren nicht mehr klar und blau, sondern matt, wie gebrochen. Grim räusperte sich. Angespannt erwartete er eine Reaktion, doch selbst, als Mourier ihre Pläne umrissen hatte, regte der König sich eine ganze Weile gar nicht.

Vielleicht ist er auch schon krank, schoss es Grim durch den Kopf.

Mourier holte tief Atem. »Mein König, in diesen Stunden müssen wir zusammenstehen. Wenn wir unser Volk retten wollen …«

Da schlug Thoron mit der Faust auf seinen Thron, so laut und plötzlich, dass Grim den Atem anhielt. Die Augen des Königs funkelten in einem Gewirr aus Farben. »Retten!«, höhnte er, dass seine Stimme am zerbrochenen Dach seines Saales widerhallte. »Wir sind nicht mehr zu retten! Mein Volk zerstreut sich in alle Winde, es flieht, und was sollte es sonst tun? Er wird uns vernichten, uns alle!« Kopfschüttelnd sank er wieder in sich zusammen.

Da trat Grim vor. »Mit Verlaub, mein König«, sagte er. »Noch wurden wir nicht endgültig besiegt.«

Thoron lachte polternd. »Und wie nennst du es sonst? Ein Hybrid sitzt auf meinem Thron, ein Hybrid regiert über diese Stadt, ein Hybrid befiehlt den Gargoyles!«

Seine Worte trafen Grim wie eisige Güsse. Er wollte etwas erwidern, aber angesichts des zusammengesunkenen, aschfahlen Königs war sein Kopf wie leer gefegt.

»Wir werden die Sache aussitzen«, murmelte Thoron kaum hörbar. »Vielleicht klärt sich alles auf. Irgendwann wird er Forderungen stellen, dann werden wir verhandeln. Ruhig und mit kühlem Verstand, wie es in unserer Art liegt.«

Grim stieß die Luft aus. »Er wird nicht kommen, um zu verhandeln.« Er fühlte, dass Mourier ihn warnend ansah, aber es war ihm egal. »Euer Volk flieht, Eure Majestät, es kehrt Ghrogonia den Rücken zu – denn es braucht jemanden, der es in diesen Stunden anführt, der ihm beisteht, keinen König, der auf seinem zerbrochenen Thron sitzt und wartet!«

Thoron hob den Kopf, etwas Dunkles funkelte in seinem Blick und erlosch gleich wieder. »Glühendes Blut wird uns nicht helfen«, erwiderte er tonlos.

»Aber wir können doch nicht einfach nichts tun!« Grim hörte, wie seine Stimme an den Wänden widerhallte, als würde es gewittern. Thoron sah ihn an, sein Mund zuckte gefährlich, doch Grim achtete nicht darauf. »Mit Verlaub, Majestät«, sagte er ruhig, »Ihr habt Angst.« Für einen Moment glaubte er, dass Thoron ihn erschlagen würde. Doch der König sog nur die Luft ein, leise und röchelnd, und starrte durch ihn hindurch.

»Diese Stadt gehört uns«, fuhr Grim fort. »Sie ist schon einmal gefallen und zerbrochen, noch einmal wird das nicht geschehen! Hier geht es nicht um Hybriden oder Gargoyles – hier geht es um ein Unrecht, das passiert ist! Den Gargoyles dieser Stadt wird das Leben ausgesaugt, Seraphin nimmt ihnen den Willen und macht sie zu lebenden Toten. Er nimmt uns unsere Freiheit, wie wir den Hybriden die Freiheit nahmen. Vielleicht ist das seine Rache für das, was wir seinem Volk antaten. Und haben wir es wirklich besser verdient? Über Jahrhunderte hat diese Stadt in Angst gelebt – erst jetzt habe ich das erkannt! Wir, das stolzeste, unnachgiebigste Volk auf der Welt, lebten in Furcht! Aber es steckt mehr in uns als das! Und wenn ich eines genau weiß, dann dies: Ich habe es satt, ein Gefangener zu sein, ich habe es satt, Angst zu haben. Es wird Zeit, mit der Wahrheit zu beginnen. Ghrogonia ist unsere Heimat, ich werde sie nicht tatenlos dem Feind überlassen, ich werde um sie kämpfen, und wenn es das Letzte ist, was ich tue!«

Grim war außer Atem. Thoron sah ihn an, als wollte er ihm ins Gesicht schlagen. Gleich darauf kehrte die Maske der Gelassenheit zurück. »Zu spät«, flüsterte er. »Das Böse ist in unsere Mauern gekrochen. Es steckt schon jetzt überall … überall …«

Grim hatte tief Luft geholt, er hatte noch mehr zu sagen und wusste gleichzeitig, dass es keinen Zweck hatte. Thoron interessierte es nicht, dass jemand ihn entmachtet hatte – es interessierte ihn nur, dass es ein Hybrid gewesen war. Jetzt vergrub er sich in Hass und Resignation – selbst wenn sein eigenes Volk dafür sterben musste. Fassungslos verließ Grim den Saal, er rannte mehr, als dass er ging, und als er die Tür hinter sich geschlossen hatte, brauchte er eine ganze Weile, um sich zu beruhigen. Schwer atmend stand er in den Schatten der Altvorderen, fühlte sich von den Blicken der Schattenflügler getroffen – und hatte nichts mehr für sie übrig als Verachtung. Waren sie etwa besser gewesen? Wie leicht war es, eine neunköpfige Schlange zu erschlagen, wenn man in einem Zeitalter der Helden geboren wurde – und wie schwer hatte es ein Held in einem Zeitalter der Furcht.

Etwas knirschte hinter ihm. Es war Mourier.

»Thoron ist durcheinander«, sagte der Löwe. Es klang, als würde er sich selbst ein Schlaflied singen. »Er wird sich wieder fangen und alles mit anderen Augen sehen.«

Grim warf ihm einen Blick zu, als sie sich auf den Rückweg machten. »So lange können wir nicht warten. Ich werde allein etwas tun, wenn es sein muss. Thoron wird uns nicht helfen – aber ich brauche ihn auch nicht. Niemand braucht einen solchen König.« Er hatte eine ganze Liste mit Erwiderungen parat, falls der Löwe etwas Einfältiges entgegnen sollte. Aber zu seiner Überraschung hielt Mourier inne und schaute ihn an. Etwas zuckte über sein Gesicht.

»Du bist mir auf die Nerven gefallen«, sagte der Löwe leise und so ernst, dass Grim es nicht fertigbrachte, das Kompliment zurückzugeben. »Und deine Kündigung war … sie war …« Offensichtlich rang Mourier immer noch um Fassung, wenn er daran dachte. Unwillkürlich fragte Grim sich, ob sein Kinn wohl noch wehtat, und musste lächeln. »Aber in der augenblicklichen Situation halte ich es für angebracht, die Vergangenheit ruhen zu lassen. Wenn es in deinem Sinne ist, betrachte ich die Kündigung als unausgesprochen und heiße dich in den Reihen der Schattenflügler erneut willkommen.«

Grim konnte nicht umhin, verwundert zu sein. Schweigend folgte er Mourier über die Straße.

»Alle Häuser sind leer«, sagte der Löwe kaum hörbar. »Auch in Paris sind die Duplixe an die Stelle ihrer Herren gerückt. Die Gargoyles fliehen, dass es eine Schande ist.« Mit einem Ruck sah er Grim an. »Ich werde nicht fliehen.«

Etwas Schattenhaftes hatte sich in seinem Blick verfangen, das Grim noch nie an ihm bemerkt hatte. Der Löwe schaute hinüber zum Schwarzen Dorn und dem zitternden grünen Schild, den Seraphin ringsum errichtet hatte.

»Zusammen«, sagte Mourier. »Zusammen zwingen wir ihn in die Knie.«

Kapitel 36

Mia saß in der kleinen Kammer, in die der Feenkrieger sie nach ihrer Ankunft in der Festung geführt hatte. Kaum hatte sie ihm gegenübergestanden, war sie zu Tode erschöpft gewesen. Sie hatten kein Wort miteinander gewechselt – es war, als würde er fühlen, was sie dachte. Nun hatte sie geschlafen – traumlos und tief, und vor ihr auf dem schmalen Tisch standen die Reste ihres Frühstücks – Brot, Käse und frisches Obst. Gerade trank sie den letzten Schluck ihres Wassers, als es an der Tür klopfte. Mit pochendem Herzen öffnete sie und stand dem Feenkrieger gegenüber.

Sie hatte ihn schon dreimal gesehen, und doch schien es ihr jetzt, da sie vor ihm stand, als wäre es das erste Mal. Seine Haut, unter der die blauen Adern schimmerten, die langen Haare, die in geflochtenen Zöpfen auf seinen Rücken fielen, der Mund, zu einem sanften Lächeln verzogen – und die Augen. Noch immer spiegelte sie sich nicht darin, sondern schaute stattdessen auf die trostlose Ebene, über die von einem roten Mond beschienene Nebelfetzen dahinflogen. Sein Name war Theryon, das wusste sie plötzlich, und er hatte Jakob gekannt und auch ihren Vater. Sie waren hier gewesen, er hatte sie erweckt.

»Ja«, sagte er, als hätte er ihre Gedanken gelesen, »Lucas war mein Schüler. Er hatte immer das Bedürfnis, den Menschen von der verborgenen Welt zu erzählen, die sie umgibt.« Er hielt kurz inne. »Doch anders als Jakob wusste er nichts von dem, was du bei dir trägst.«

Mia spürte, wie das Pergament in ihrer Tasche schwerer wurde. »Jakob hatte einen Plan«, begann sie. »Er sagte, er wäre vor eine wichtige Aufgabe gestellt worden und könnte sie nicht allein bewältigen. Deswegen …«

»… hat er dich geprüft«, beendete Theryon den Satz. »Ich kannte sein Vorhaben. Er hat mich gebeten, da zu sein, wenn sich deine Fähigkeiten zeigen. Und das war ich.«

Mia dachte an den Friedhof und an Jakobs Beerdigung. Wieder sah sie die schwarze Träne, die über Theryons Wange gerollt war. *Es gibt mehr als eine Wirklichkeit*, hörte sie Jakobs Stimme. *Jedes Mal, wenn du deine Magie benutzt, bist du dem Feenland ganz nah – und wenn du Glück hast, kannst du einen Blick hineinwerfen. Dann siehst du ihre Geschöpfe – und sie sehen dich.*

»Es heißt, die Feen hätten unsere Welt verlassen«, sagte sie leise.

»Immer schon haben die Feen sich des Lebens angenommen. Mein Volk war den Menschen zugetan. Doch diese haben das Vertrauen der Feen oft enttäuscht, über die Zeit sind viele Feen böse geworden. Einige kehrten der Menschenwelt den Rücken. Andere schlossen sich im festen Glauben an das Gute im Menschen zusammen, so wie die Feen dieser Festung. Doch dieser Ort ging unter, und eines Tages haben auch sie diese Welt verlassen.«

Mia warf ihm einen verstohlenen Blick zu. »Und du? Warum bist du geblieben?«

Ein Schatten huschte über sein Gesicht, so flüchtig, dass Mia sich nicht sicher war, ob sie ihn wirklich gesehen hatte oder ob er nur eine Illusion gewesen war.

»Ich«, sagte Theryon langsam. Es klang, als würde er dieses Wort zum ersten Mal benutzen. »Meine Geschichte ist eine andere. Vielleicht wirst du sie eines Tages erfahren. Doch nun geht es um dich – um deine Geschichte.« Sein Blick glitt auf die Tasche ihres Mantels. Mia legte die Hand auf das Pergament.

»Ich sehe Zeichen darauf«, begann sie, »doch ich kann sie nicht lesen. Jakob ist dafür gestorben, ich …« Sie verstummte.

Theryon nickte langsam. »Jakob hat den Kuss an dich weitergegeben. Er hat dich zur Hüterin dieses Pergaments bestimmt. Nur du kannst das Siegel des Feuers brechen, und nur du vermagst den Zauber zu sprechen, der die fyrenischen Zeichen verwandeln wird, damit du sie verstehst. Doch um ihn zu wirken, musst du lernen, deine Magie zu beherrschen. Folge mir.«

Er führte sie durch einen langen, spiralförmig gewundenen Gang. Einige Räume, die sie passierten, waren vollständig ausgebrannt, andere notdürftig wieder hergerichtet. Ein seltsames Zwielicht herrschte in der Burg, fast so, als würde der Mond scheinen. Doch über der Burg lag ein schwarzer Himmel ohne Sterne. Und wieder schien Theryon zu wissen, was sie dachte.

»Einst war dies ein Ort des Lebens und des Lichts«, sagte er leise. »Nun ist es ein Ort der Dämmerung.«

Er führte sie eine Treppe hinauf und öffnete eine hölzerne Tür. Sie gelangten in einen Saal, dessen gewölbte Decke von mehreren Säulen getragen wurde. Kristallene Steine fächerten das Licht der Fackeln an den Wänden und warfen bunte Reflexe auf den Boden. Ein schwerer Eichentisch prangte vor einem Kamin, umringt von sechs Stühlen, und an der Wand standen Bücher in mehreren Reihen, ohne dass sie von einem Regal gehalten wurden. Über dem Tisch schwebte eine faustgroße flammende Kugel, die von mehreren kleineren Lichtbällen umkreist wurde.

»Nimm Platz.«

Theryon deutete auf den Stuhl, der am Kopfende des Tisches stand. Mia setzte sich und schaute wie gebannt auf die Feuerkugel. Sie hörte, wie Theryon hinter ihr etwas sagte, es klang, als zählte er in einer fremden Sprache. Um sie herum verschwamm der Raum, als würde jemand mit einem riesigen Radiergummi darüberfahren, doch sie sah es kaum. Sie betrachtete die flammende Kugel. Jetzt änderte sie ihre Farbe, sie wurde erst orange, dann gelb, violett und blau, bis sie schließlich weiß war – weiß wie Schnee. Für einen Moment hielten die Lichtbälle um sie herum inne – dann rasten sie auf die Kugel zu, und sie zersprang mit einem gewaltigen Knall. Geblendet fuhr Mia zurück. Sie hörte, wie die Splitter zu Boden fielen, leise und klirrend wie zerbrechendes Eis. Als sie die Augen öffnete, fand sie sich auf einem gefrorenen Meer wieder. Der Stuhl war verschwunden und mit ihm das ganze Zimmer. Sie stand auf den vereisten Wellen und spürte kalten Wind im Gesicht. Lautlos trat Theryon neben sie.

»Du befindest dich an dem Ort deiner Magie«, erklärte er. »Jedes Wesen, das über Magie gebietet, besitzt einen solchen Ort. Je größer er ist, desto mehr Magie kannst du aufnehmen.«

Mia betrachtete das Eis, das beinahe schwarz war. »Woher kommt die Magie? Aus mir selbst?«

»Magie ist in allem. Sie ist wie die Luft, die dich umgibt und durchfließt. Und wie deine Lunge sich nach dem Ausatmen automatisch wieder füllt, kehrt auch die Magie ohne dein Zutun wieder zu dir zurück, wenn du sie verbraucht hast. Dein

Element ist das Wasser. Das bedeutet, dass du eine Affinität zu allen Zaubern hast, die mit diesem Element zu tun haben. Sie kosten dich weniger Kraft. Deine Magie ist gebannt durch dieses Amulett. Setzen wir sie frei.«

Sie spürte, wie er die Hand auf das Amulett legte. Mit leisem Klirren brach die Kette. Im nächsten Moment ging ein Stöhnen durch das Eis. Der Boden unter Mias Füßen hob und senkte sich, ein tiefer Riss lief durch die Eisdecke. Wasser schlug ihr ins Gesicht, ihr stockte der Atem, so kalt war es. Sie sah sich nach Theryon um, doch er war verschwunden. Stattdessen bäumten sich die Wellen um sie auf, die Eisdecke brach unter ihr zusammen. Eisiges Wasser umschlang ihren Körper und zog sie in die Dunkelheit. Panisch strampelte sie mit den Beinen, doch sie fand keinen Halt.

»Du bist das Meer«, hörte sie Theryons Stimme. »Wenn es dich tötet, ist es das, was du willst. Beherrsche es!«

Mia bekam Wasser in die Lunge, doch sie zwang sich, nicht in Panik zu verfallen. *Du bist das Meer.* Diese Worte klangen in ihr wider und nahmen ihr die Furcht. Sie fühlte etwas Weiches unter sich und griff danach. Im nächsten Moment stob sie auf dem Rücken eines Pferdes aus dem Wasser. Es glitzerte wie die Wellen und trug sie über das Meer wie über eine Wiese. Sie grub die Hände tief in seine Mähne, die weich war und samten, als würde sie aus warmen Schleiern aus Luft bestehen.

»Um einen Zauber zu wirken, brauchst du deine Gefühle«, sagte Theryon. Seine Stimme war wie der Wind, der sie umtoste. »Sie sind es, die die Stärke eines Zaubers bestimmen. Wecke ein Gefühl in dir, ganz gleich, welches es ist.«

Mia dachte daran, wie sie das Einhorn gefunden und erkannt hatte, dass es tot war. Entsetzen und Trauer zogen ihr die Brust zusammen. Dunkle Gewitterwolken schoben sich über den Himmel, sie verwandelten sich in Pegasi mit dunklen Reitern. Gleichzeitig erhoben sich Pferde aus dem Meer.

»Die Reiter sind deine Gefühle«, sagte Theryon. »Lass sie die Pegasi antreiben.«

Mia sah sich selbst, wie sie starr vor Entsetzen von dem Einhorn forttaumelte. Umgehend gaben die Reiter ihren Pegasi die Sporen, sie stürzten aus dem Himmel zum Meer hinab. Die Herde geriet in Bewegung, immer mehr Pferde erhoben sich aus den Wellen. Sie rasten aufeinander zu und verschmolzen zu einer gewaltigen Gestalt, die bald einem Vogel ähnelte. Er funkelte wie das Licht auf den Wellen, aber seine Augen sprühten Feuer wie die Gewitterwolken über ihm. Mia spürte, wie ihr eigenes Pferd unruhig hin und her tänzelte, und sie fühlte die Begeisterung in sich selbst, als sie die Reiter rufen hörte. Da warf sich ihr Pferd in den Reigen der anderen. Es wieherte laut, Mia konnte es kaum noch zügeln.

»Kontrolliere dein Gefühl«, dröhnte Theryons Stimme in ihren Ohren. »Du bist der Sturm!«

Mia presste die Hände an den Hals des Pferdes. Ein Strom aus Wärme verließ ihre Finger. Im nächsten Moment erhob sie sich auf einem Pegasus in die Luft. Er bestand aus schwarzen Wolken und stieg auf in den Sturm. Die Reiter blieben hinter ihnen zurück, und da, mit einem heiseren Schrei, schwang sich der Vogel aus Licht aus dem Meer. Stolz kreiste er über den Wellen.

»Dieser Vogel«, sagte Theryon, »ist die Stärke des Zaubers. Je größer er ist, je mehr Licht er trägt, desto kraftvoller wird der Zauber, den du mit ihm wirkst. Deine Kraft ist groß, aber sie ist nicht unendlich. Daher merke dir: Wenn du deine Gefühle nicht zügelst, werden sie, nachdem das Meer verbraucht ist, die

Energie aus dir selbst ziehen. Sie werden nicht aufhören, bis du tot bist. Vor dir auf dem Tisch – denn ja, du sitzt noch immer auf deinem Stuhl – steht eine Kerze. Um sie zu entzünden, streckst du die Hand aus und sprichst langsam und deutlich: Lundin teano. Jetzt.«

Die Worte rollten wie von selbst über Mias Lippen. Sie spürte, wie ihr rechter Arm heiß wurde, riss die Augen auf und sah gerade noch, wie ein Feuerstrahl aus ihrer Hand schoss und die Kerze in einen Wachsfleck verwandelte. Ihr Herz raste in ihrer Brust, ihre Hände zitterten. Die Finger, in denen das Feuer gewesen war, wurden eiskalt.

Theryon legte ihr eine Hand an die Schläfe. Seine Augen erschienen ihr auf einmal so groß, dass sie nichts anderes mehr sah als die Ebene mit dem roten Mond. Ein warmer Hauch zog durch ihren Körper und beruhigte sie.

»Jeder Zauber kostet dich Kraft«, sagte Theryon. Er setzte sich neben sie und sah sie ernst an. »Du wirst die verbrauchte Magie wieder aufnehmen, doch das dauert seine Zeit. Auch aus diesem Grund gilt: Du musst deine Stärke kennen, um sie einzusetzen. Deine Gefühle sind ein Mittel – ein Werkzeug. Zumindest, was deine Magie betrifft. Aus diesem Grund sind Emotionen für viele magische Wesen reines Mittel zum Zweck und werden in Bereichen jenseits der Magie oft als Gefühlsduselei belächelt.«

Mia nickte nachdenklich. Ein Kribbeln durchzog die Finger ihrer rechten Hand, als das Blut dorthin zurückkehrte. Sie musste an Grim denken und an das, was er ihr auf ihrem Flug nach Rom gesagt hatte. *Ich folge meinen Gefühlen, auch wenn sich das für einen anständigen Gargoyle nicht gehört. Aber ich kann nicht anders. Was sind wir, wenn wir es verlernen, auf unsere Gefühle zu hören? Sie zeigen uns, dass wir lebendig sind, oder etwa nicht?* Sie lächelte. Ausnahmen bestätigten die Regel.

Theryon deutete auf die Kerze, die zu Mias Erstaunen wieder unversehrt an ihrem Platz stand. »Phantasie ist ein wesentliches Element, wenn nicht sogar die Basis aller Magie. Ohne Phantasie wird dir kein Zauber gelingen. Du musst sehen, was geschieht, ehe es passiert. Versuche es noch einmal.«

Mia schloss die Augen. Wieder ritt sie auf ihrem Pferd, wieder trieb sie die Herde zusammen, und der Vogel erhob sich aus den Fluten. Doch dieses Mal war er kleiner als zuvor, und er schimmerte nur schwach im Tosen der Wellen. Für einen Moment hielt sie inne. Sie sah die Kerze vor sich, nahm ihren Duft wahr, betrachtete den Docht und stellte sich vor, wie er sich unter der Hitze des Feuers zusammenkrümmen und brennen würde. Dann flüsterte sie die Worte. Warm schoss das Feuer durch ihre Finger, ein leises Knistern war zu hören – und der Geruch von brennendem Wachs. Mia riss die Augen auf. Die Kerze vor ihr erstrahlte in goldenem Licht.

Theryon legte zwei Finger auf ihren Brustkorb. »Das Siegel des Feuers verlangt von dir, den Zauber zu sprechen, damit du das Pergament lesen kannst. Er trägt die Formel *Hor adon fhur – sprich zu mir.*«

Seine Finger waren eiskalt. Aber auf einmal spürte Mia etwas in sich, ein Licht und eine Wärme, die zuvor nicht da gewesen waren. Theryon hatte sie erweckt. Mit klopfendem Herzen zog sie das Pergament aus der Tasche. Ihre Hände zitterten, als sie es auseinanderfaltete und die Worte murmelte.

Und dann sah sie es. Goldene Zeichen, fein säuberlich aneinandergereiht wie eine kostbare Kette, die sich langsam zu anderen Gebilden verbanden. Schon verstand Mia einzelne Worte.

Sie atmete nicht, als sie mit dem Finger darüberstrich und feine Funken über die Zeichen liefen, als wollten sie sie begrüßen. Doch kaum dass sie sich der ersten Zeile zugewandt hatte, verblassten die Zeichen und sanken ins Pergament zurück wie Steine, die man ins Meer wirft.

»Nein!« Mia griff nach ihnen, doch ihre Finger schlugen hart auf den Tisch. Schmerz durchzuckte sie, dicht gefolgt von endloser Enttäuschung. »Was hat das zu bedeuten? Ich dachte, ich kann sie lesen, wenn ich meine Magie gefunden habe! Hast du nicht …«

Sie brach ab, denn sie spürte, dass sich ihre Kehle zusammenzog. Theryon sah sie an. Sein Gesicht wirkte noch durchscheinender als sonst.

»Ich hatte es befürchtet«, sagte er wie in Gedanken. »Du wirst dich weiteren Aufgaben stellen müssen, ehe das Pergament dir sein Geheimnis offenbart. Doch ein erster Schritt ist getan. Deine Magie … sie ist erwacht.«

Kapitel 37

Grim saß an einem großen runden Tisch und starrte so wütend auf seine Klauen, dass es ein Wunder war, sie nicht in Flammen aufgehen zu sehen. Er trug einen Button, und – was noch schlimmer war – er hatte eine lächerliche Baskenmütze auf dem Kopf. Sie war zu eng und schnürte ihm das Gehirn ab, und außerdem sah sie so albern aus, dass es wirkte, als hätte sich irgendein merkwürdiger Gargoyleverein zu seiner wöchentlichen Gesprächsrunde getroffen. Denn er war umringt von Schattenflüglern, die genau die gleichen Buttons und Mützen trugen wie er. Einige Jungspunde waren anwesend, aber auch ein paar seiner früheren Gefährten aus der alten Zeit: Ihm gegenüber saß Kronk mit seinen rabenschwarzen Augen und neben ihm Walli, der steinerne, abergläubische Bär, der Budapest aus den Fängen der Gestaltwandler befreit hatte. Auch Pyros und Vladik waren da, starke Krieger zu Zeiten der Erschließung der Pariser Katakomben für die Anderwelt, und andere, mit denen Grim vor Ewigkeiten gemeinsam gekämpft hatte. Doch diese Zeiten waren lange vorbei, ihr Ruhm war vergessen und ihre Helden … Grim betrachtete die Mützen auf ihren Köpfen. Mourier hatte irgendetwas von Teamgeist und Zusammenhalt gesagt, als er sie verteilt hatte – der genaue

Sinn dieser Kopfbedeckungen hatte es allerdings nicht geschafft, durch die Mütze bis in Grims Gehirn vorzudringen. Jetzt fehlten nur noch die Vereinsfahnen und T-Shirts mit passendem Logo, und der Club der Witzfiguren wäre geboren gewesen. Er warf Karphyr einen Blick zu, der ein wenig verloren am anderen Ende des Tisches saß und auf seine Pranken schaute. Selbst der Drache war als Gastgeber unter eine dieser albernen Mützen gezwängt worden.

Mit finsterer Miene sah Grim, wie Mourier auf seinem Thron Platz nahm. Neben ihm hockte Krallas und blinzelte aus seinen kleinen Schweineaugen zu Grim herüber. Mourier schob mit seiner Pranke einen Stapel Zettel in die Runde, die rasch von eilfertigen Jungspunden verteilt wurden. Grim blätterte darin herum, sah Grundrisse und rote Linien und begriff, dass es sich um Pläne des Turms handelte. »Der Grund für unsere Zusammenkunft ist eindeutig«, sagte Mourier. »Seraphin von Athen hat unsere Stadt eingenommen. Das können und dürfen wir nicht dulden. Unser Plan sieht aus wie folgt: Wir verschaffen uns Zugang zum Schwarzen Dorn. Wir brechen den Zauber des Rattenfängers. Wir finden heraus, was Seraphin vorhat. Und mit vereinten Kräften werden wir ihn aufhalten. Zunächst bilden wir ein Team: Grim, Walli, Kronk, Krallas und ich selbst. Irgendwelche Einwände?«

Grim schüttelte den Kopf. Er selbst hätte bei der Zusammenstellung eines Teams genauso entschieden: Kronk und Walli waren neben ihm selbst die erfahrensten Krieger der Anwesenden, Mourier hatte darüber hinaus reichhaltige Kenntnisse in Bezug auf taktisches Vorgehen bei Einnahmen feindlicher Gebiete, und Krallas – nun, dieser Kriecher von einem Gargoyle verfügte über eine nicht unwesentliche magische Begabung, wie Grim zugeben musste. Aber selbst das beste Team konnte sein Ziel nicht erreichen, wenn es nicht an die eigene Stärke glaubte. Er schaute in die Runde. Die Jungspunde waren längst auf ihren Stühlen zusammengesunken, einige spielten nervös mit ihren Zetteln, und selbst in den Augen der erfahrenen Schattenflügler sah Grim etwas, das ihn beunruhigte. Sie fürchteten sich.

»Nun zum Zauber des Rattenfängers«, fuhr Mourier fort. »Wie wir wissen, warten etwa dreihundert Schwarzmagier darauf, uns lebendig zu rösten. Sie sind sehr gefährlich. Aber ich bin sicher, dass wir nach ausführlicher Planung bis zur Quelle des Zaubers vordringen können. Allerdings stellt uns der Zauber vor Probleme, denn er ist dunkle Magie. Kein Gargoyle hätte sich freiwillig damit beschäftigt. Aber es gibt Wesen, die sich mit diesen Dingen auseinandersetzen. Und einer von ihnen wird uns helfen. Sein Name ist Vraternius.«

»Der Alchemist?«, rief ein junger Rekrut. »Der Gnom, der in seiner Bruchbude verbotene Magie betreibt und Hexentränke mixt und verkauft?«

Grim zog die Brauen zusammen. »Der, den die OGP mit Vorliebe von den Plätzen der Stadt vertrieben hat, weil er angeblich die Schönheit der Gebäude verunstaltete? Auf einmal ist er also gut genug, ja?«

Ein Schatten legte sich auf Mouriers Gesicht. »Vieles von dem, was in der Vergangenheit geschehen ist, war falsch«, sagte er, und Grim konnte nicht umhin, überrascht die Brauen zu heben. Eine solche öffentliche Einsicht hätte er nicht erwartet. »Aber jetzt ist nicht die richtige Zeit, um darüber zu sprechen. Mir ist bewusst, dass es nicht einfach sein wird, Vraternius zur Mitarbeit zu überreden. Aber wir haben keine andere Wahl. Keiner von uns hat die Kraft oder das Wissen, um diesen Zauber zu brechen. Und selbstverständlich werden wir Vraternius angemessen für seine Dienste bezahlen.«

Mourier legte Karphyr eine Pranke auf die Schulter. »Neben Vraternius und dem Team wird noch jemand uns begleiten«, sagte er. »Ich habe alles Nötige mit unserem Freund Karphyr besprochen. Der Schutzzauber Seraphins hindert uns daran, dem Dorn nahe zu kommen. Karphyr wird uns helfen, diesen Zauber zu umgehen. Er wird dafür sorgen, dass wir problemlos in den Dorn hinein- und wieder herauskommen.«

Grim zog die Brauen zusammen. Von Anfang an hatte es ihn gewundert, dass der Drache ihrem Treffen beiwohnen durfte – immerhin war es geheim, nicht einmal Remis war eine Teilnahme gestattet worden. Aber bislang hatte er vermutet, dass Karphyr dabei war, da er eben der Besitzer dieser Unterkunft war – er hatte nicht damit gerechnet, dass der Drache bei ihren Plänen eine Rolle spielen sollte. Und da war er offensichtlich nicht der Einzige.

»Und wie soll das aussehen?«, fragte Krallas. Er sah Mourier nicht an, und Grim bemerkte ein nervöses Zucken in seinem Mundwinkel.

Karphyr setzte sich vor. »Darüber spreche ich nicht«, sagte er mit geheimnisvollem Lächeln. »Aber ihr werdet sehen – niemand wird unser Kommen bemerken.«

Mourier klopfte dem Drachen auf die Schulter. »Karphyr genießt mein uneingeschränktes Vertrauen«, stellte er fest.

»Gut«, sagte Grim, denn er hatte nichts dagegen, dass sein Freund sie begleitete. Der Drache hatte ihn schon manches Mal überrascht, und er sah an Karphyrs Blick, dass er seinen eigenen Plänen vertraute. »Wir düsen also in den Dorn, überwältigen die Hybriden, die uns über den Weg laufen, brechen mit unserem neuen Lieblingsfreund Vraternius den Rattenfängerzauber, woraufhin die willenlosen Gargoyles erwachen. Und dann erobern wir mit ihrer Hilfe den Dorn zurück und führen Seraphin seiner gerechten Strafe zu. Klingt doch kinderleicht.«

Er lächelte, aber keiner außer dem Löwen erwiderte diese Geste. Verflucht, in diesem Zustand war jeder Angriff auf den Dorn von vornherein zum Scheitern verurteilt. Wo war die einstige Stärke der Schattenflügler geblieben? Waren sie denn wirklich nichts als ein Haufen müder Kerle und unerfahrener Grünschnäbel? Grim schaute zu Kronk hinüber – Kronk, diesem Schrank von einem Gargoyle, der regungslos vor sich auf den Tisch schaute und die Worte der anderen wie Regen von seinem grauen Körper abprallen ließ.

Etwas in Grim zog sich zusammen, als er seinen ehemaligen Gefährten betrachtete, etwas, das nach alten Zeiten roch, die verloren waren, und einen bitteren Geschmack auf seiner Zunge hinterließ. Gerade wollte er sich abwenden, als Kronk den Blick hob. Er sah Grim direkt an mit seinen undurchdringlichen pechschwarzen Augen, mit denen er einst dem Mantikor von Bukarest entgegengetreten war, jener gefürchteten Bestie, die unzählige Menschenkinder dahingerafft hatte, ehe sie Kronk begegnet war. Grim erwiderte seinen Blick. Und auf einmal war alles wieder da: die Schlachten vor über zweihundert Jahren, in denen sie Seite an Seite gekämpft hatten, die Nächte unter freiem Himmel, als sie in Rumänien die Dörfer der Menschen vor den Übergriffen durch die Werwölfe bewahrt hatten, die lichtlosen Stunden in den Katakomben von London. Grim sah die Nacht in Kronks Augen, jene Nacht, in der sie gemeinsam vor den Toren Prags die Aufstände der Dämonen niedergeschlagen hatten, Seite an Seite. Walli war auch dabei gewesen, der nun neben Kronk saß wie ein Häuflein Elend, eingezwängt unter einer lächerlichen Mütze. Damals waren sie Krieger gewesen, gefürchtete Schattenflügler, die für das Gute gekämpft hatten. Und sie waren noch immer da: die Helden von einst. Grim sah Kronk in die Augen, und zum ersten Mal seit zweihundert Jahren erblickte er hinter dessen steinerner Fassade einen Funken des alten Feuers.

Ein Schauer flog Grim über den Rücken, als ihm bewusst wurde, dass dieses Feuer niemals erlöschen würde, ganz gleich, wie die Welt sich verwandelte. Es gab Dinge, die sich nicht änderten – und hierzu zählten die Krieger von einst, die sich danach sehnten, ins Leben zurückzukehren. Doch da war noch etwas anderes in Kronks Blick, etwas, das Grim nur zu gut kannte: Es war Müdigkeit und etwas Eiskaltes, das sich in den alten Kriegern eingenistet hatte. Grim schaute in die Runde, und er erkannte es überall: Zweifel war es – Zweifel lag in ihren Augen. Grim holte tief Atem. Er konnte diesen Anblick nicht länger ertragen. Er wollte es nicht.

Mit einem Satz sprang er auf und schlug mit der geballten Faust auf den Tisch. Der Knall ließ ihn selbst zusammenfahren, und die Jungspunde hüpften auf ihren Sitzen in die Höhe.

»Verflucht noch einmal!«, grollte Grim und spürte, wie Flammen durch seine Adern schossen. »Was ist los mit euch? Seraphin von Athen und seine Anhänger haben den König gestürzt, das Zepter an sich gebracht und sich im Schwarzen Dorn verschanzt, um in aller Ruhe die Wirkung des Rattenfängerzaubers abzuwarten, der die Gargoyles Ghrogonias langsam ihres Willens beraubt, bis sie regungslos vor den Toren der Stadt auf Seraphins Befehle warten!«

Auf einmal war es totenstill. Grim spürte die Blicke der Anwesenden wie Feuer auf seinem Gesicht. Mouriers Miene zeigte keine Regung.

»Wir sind Krieger, die Schlacht steht kurz bevor! Und wir sitzen hier unter albernen Mützen, die uns in ein Team verwandeln sollen, das wir schon längst sind, und haben Angst? Ist das wirklich euer Ernst?« Er hielt kurz inne. »An diesem Tisch sitzen die besten Schattenflügler Ghrogonias – die besten Krieger der Anderwelt. Lange haben sie sich in den Schatten versteckt, doch ihr Andenken ist nicht vergessen. Erinnert euch! Denn jetzt wird es Zeit, dass wir zu neuer Kraft erwachen!« Er ballte die Faust und sah jedem seiner alten Gefährten und jedem jungen Rekruten in die Augen.

»Schattenflügler Ghrogonias, ihr, die ihr in blutigen Schlachten an meiner Seite standet, und ihr, die ihr mit neuer Kraft in unsere Reihen aufgenommen wurdet – wir sind die Hoffnung dieser Stadt, die Hoffnung der Anderwelt! Jetzt ist nicht die Zeit für Zweifel! Es ist eine Zeit für Helden! Wir sind eherne Engel, Helden auf Flügeln aus Stein. Und wir sind bereit, zu alter Stärke zurückzukehren. Was auch immer Seraphin vorhat – wir werden uns nicht als Werkzeuge missbrauchen lassen! Wir werden uns ihm widersetzen! Vertreiben wir diesen Hybriden aus unserem Turm! Es ist unsere Stadt – holen wir sie uns zurück!«

Ein Raunen ging durch die Reihe der Schattenflügler wie ein Aufatmen unter einem Panzer aus Stein, der langsam anfing zu bröckeln. Grim sah die Ehrfurcht in den Augen der jungen Rekruten und den widererwachenden Kampfgeist im Blick seiner alten Gefährten. Nur Kronk schaute nicht auf. Schweigend starrte er vor sich auf den Tisch, als wäre er nichts als eine leblose Statue aus Stein. Gerade wollte Grim sich abwenden, als Kronk den Kopf hob, langsam, als würde er aus tiefem Schlaf erwachen.

»Ja«, sagte Kronk mit tiefer, steinschwerer Stimme und erhob sich. »Wir werden dem Bösen begegnen und es vernichten wie eine Laus im Pelz eines Bären. Wie in alten Zeiten!«

Und während er Grim in die Augen sah, erhoben sich auch die anderen Schattenflügler, und in ihrem Blick glühte das Feuer vergangener Heldenzeiten. Lautlos legten sie die rechte Faust auf die linke Brust – das Zeichen der Kameradschaft unter den Schattenflüglern. Grim spürte, wie ihm ein Schauer über den Rücken flog, als er diese Geste erwiderte. Kronk stand regungslos. Dann zog ein Lächeln über das Gesicht seines alten Gefährten, kaum mehr als eine Ahnung war es, doch es wärmte Grim wie ein Umhang aus Feuer.

»Nun«, sagte Mourier und ließ Grim den Blick wenden. Der Löwe stand auf, langsam, als wollte er zum Sprung ansetzen. Für einen Augenblick sah er Grim an. Dann lächelte er und schaute mit einem Glitzern in den Augen in die Runde. »Darauf habe ich lange gewartet«, sagte er leise. »Auf die Rückkehr der Besten in unsere Reihen.«

Und mit lautloser Geste zog er sich die Mütze vom Kopf.

Grim wusste, dass die Zeiten sich ändern würden – dass er vermutlich schon bald wieder mit einem anstrengenden Vorgesetzten zu kämpfen hatte, der Tüll und Kostüme liebte und merkwürdige Vorstellungen von Uniformen hatte. Doch in diesem Moment erkannte er den Krieger in Mourier, und er wusste, dass er diesen Anblick niemals mehr vergessen würde.

Kapitel 38

Mia erwachte von einem markerschütternden Schrei. Schlaftrunken setzte sie sich auf und brauchte einen Moment, um zu wissen, wo sie war. Sie befand sich in ihrer Kammer. Neben ihr auf der Pritsche lagen die Reste ihres Abendbrots. Sie hatte kaum etwas zu sich nehmen können, so erschöpft war sie gewesen – und so enttäuscht. Noch immer konnte sie das Pergament nicht lesen, und über die weiteren Schritte hatte Theryon sich in Schweigen gehüllt. Überhaupt war er nach ihrem Versuch, die Zeichen zu entziffern, seltsam wortkarg gewesen. Die dunklen Adern unter seiner Haut waren noch stärker hervorgetreten, und um seine Augen hatten sich schwarze Schatten gebildet.

»Diese Welt«, hatte er gesagt, als sie ihn darauf angesprochen hatte, »sie setzt mir zu.«

Dann hatte er sie auf ihr Zimmer geführt und ihr eine gute Nacht gewünscht. Sie hatte geschlafen wie ein Stein – bis jetzt.

Da war er wieder, dieser Schrei. Wie das Heulen eines Wolfs hallte er durch die Gänge und ließ sie erschaudern. Schnell sprang sie aus dem Bett, schlüpfte in ihre Schuhe und warf sich den Mantel um die Schultern. Es war kalt in diesem Gemäuer, verflucht kalt sogar. Vorsichtig öffnete sie die Tür und schlich über einen dunklen Gang. Da sah sie einen Schatten. Es war Theryon. Er war an dem Korridor vorbeigegangen, seltsam geduckt und mit schwankenden Schritten. Er hatte sie nicht gesehen.

Schnell eilte sie ihm nach, über Treppen und durch dunkle Räume, bis er einen Kuppelsaal betrat, in dessen Mitte ein goldenes Pentagramm gezeichnet worden war. Direkt darüber klaffte ein Loch in der Decke, durch das silbriges Licht fiel. Theryon trat in das Pentagramm und ließ das Licht über sein Gesicht fließen. Die Strahlen verfärbten sich golden, und er stand regungslos, beide Arme weit von sich gestreckt.

Mia verbarg sich hinter der Tür, die in den Raum führte, und wäre fast zusammengefahren, als zum dritten Mal der Schrei erklang. Er schien von überall her zu kommen. Plötzlicher Wind fegte durch den Raum, er riss an Mias Mantel und schlug ihr die Haare ins Gesicht. Sie klammerte sich an die Tür, hörte Stimmen, Tausende von Stimmen, die schreckliche Lieder sangen und Geschichten erzählten, Geschichten von einer anderen Welt, fern, fern von hier. Erschrocken sah sie, wie Theryon in die Luft gehoben wurde, der Wind um ihn herum verdichtete sich zu einem Wirbel, er riss ihm das Haar in den Nacken, dann schnitt er ihm ins Fleisch. Mia schlug sich die Hand vor den Mund. Theryons Haut riss von seinem Körper, der Wind leckte ihm mit seinen Stimmen das Fleisch von den Knochen. Theryon drehte sich rasend schnell, sein Gesicht war nichts mehr als dunkle Augenhöhlen. Kälte ging von ihm aus. Der Wind wurde zum Sturm, er schlug Mia ins Gesicht und presste sie gegen die Wand. Sie konnte die Augen nicht offen halten, bekam kaum noch Luft, sie wollte schreien, doch im nächsten Moment war es vorbei. Sie fiel vornüber, der Wind hatte aufgehört, die Stimmen waren verklungen. Stille. Schwer atmend kam sie auf die Füße. Jemand trat auf sie zu. Benommen ließ sie den Blick höher gleiten. Theryon stand vor ihr. Er sah genau so aus wie bei ihrer ersten Begegnung. Und doch hatte er sich verändert – er war neu und doch der Alte.

»Was tust du hier?«

Seine Stimme klang ruhig, aber Mia hörte deutlich den schneidenden Unterton. Da erst sah sie die Flamme. Strahlend weiß schwebte sie über dem Pentagramm, und da waren sie wieder, die Stimmen. Doch dieses Mal riefen sie Mia – ja, sie riefen nach ihr.

Theryon stellte sich ihr in den Weg. »Lass uns gehen.«

Doch Mia achtete nicht auf ihn. Wie in Trance ging sie auf das Licht zu und schüttelte Theryons Hand ab, die sich mit angenehmer Kühle um ihre Schulter geschlossen hatte. Dicht vor der Flamme blieb sie stehen. Alles um sie herum wurde schwarz. Sie sah Wesen im Feuer tanzen, wunderschöne, schreckliche Wesen, die ihre Hände nach ihr ausstreckten. Mia wusste, dass sie sich abwenden sollte – nein, sie *musste* es tun, auf der Stelle. Aber sie konnte es nicht. Sie stand da wie angewurzelt und hatte plötzlich nur noch einen Wunsch: sich ins Feuer zu stürzen, das sie verbrennen wollte. Sie streckte die Hand aus und spürte die Flammen auf ihrer Haut. Sie schrie vor Schmerzen, und doch wollte ein Teil in ihr nicht mehr zurück. Ein winziges Geschöpf mit zarten Flügeln schwirrte zu ihrer Hand, strich beinahe sanft über ihren Finger – und biss mit aller Kraft hinein. Da sprang Mia zurück. Sie sah noch, wie das Wesen sich an die Kehle griff, als sei es vergiftet worden, und reglos zu Boden glitt. Erschrocken hielt Mia ihre Hand umklammert, auf einmal war jeder Zauber vorbei. Sie spürte, dass Theryon hinter ihr stand. Es war, als würde sie neben einem gewaltigen Stück Eis stehen.

»Das ist …«, begann er, doch Mia wusste, was es war.

»… die Welt der Feen.«

Wortlos ließ sie sich von ihm zurück in ihr Zimmer bringen. Sie hatte tausend Fragen, aber sie wusste, dass er keine davon beantworten würde. Vor ihrer Tür blieben sie stehen. Sein Gesicht wirkte aschfahl im Dämmerlicht des Ganges. Er trat näher an sie heran, so nah, dass sie seinen Atem auf ihrem Gesicht fühlen konnte.

»Das, was ich dir jetzt sage, werde ich niemals wiederholen«, flüsterte er. »Du hast einen Blick in meine Welt geworfen. Mir schenkt sie das Leben, aber dich würde sie verschlingen – mit Haut und Haaren. Deshalb merke dir meine Worte gut: Halte dich fern von der Welt der Feen. Sie ist nicht für dich bestimmt.«

Kapitel 39

Grim spürte sein Blut wie Feuer in den Adern. Lautlos schlich er hinter Mourier durch die Kanalisation Ghrogonias. Kronk und Walli gingen hinter ihm, doch er hörte sie nicht. Dafür roch er Walli umso stärker. Offensichtlich hatte der Bär seinen Hang zum Aberglauben keineswegs abgelegt: Er stank nach Insektenschutzmittel, dass es Grim den Verstand benebelte, denn aus irgendeinem Grund glaubte Walli seit Kurzem, dass er dadurch weniger verwundbar würde, und Grim hatte es aufgegeben, ihm zu erklären, dass Siegfried in Drachenblut und nicht in chemischen Stoffen gebadet hatte und die Sache obendrein trotzdem dumm für ihn ausgegangen war.

Er schaute über die Schulter zurück und erhaschte einen Blick auf Karphyr, der mitunter ein scharrendes Geräusch verursachte, wenn er mit seinem Schwanz die Wände streifte. Krallas bildete das Schlusslicht. Er trug Vraternius, den Alchemistengnom, auf seinem Rücken. Hoch erhobenen Hauptes war dieser in ihr Geheimversteck gekommen und gleich von abfälligen Blicken gemustert worden. Besonders Krallas hatte die Augen verdreht und eine spöttische Bemerkung gemacht.

Zunächst hatte Grim geglaubt, Vraternius würde das hinnehmen – schließlich wurde er als Gnom tagtäglich mit solchen

Reden konfrontiert. Aber er hatte Krallas von Kopf bis Fuß gemustert, verächtlich die Luft ausgestoßen und gesagt: »Ihr bezahlt mich, damit ich mein Leben riskiere. Das ist in Ordnung. Aber ihr bezahlt mich nicht, damit ich mich von euch behandeln lasse wie das letzte Stück Dreck. Kapiert?« Keiner hatte auch nur einen Ton gesagt, aber Krallas hatte sich freiwillig gemeldet, um den Gnom mit den kurzen Beinen auf dem Weg durch die Kanalisation auf seinem Rücken zu tragen.

Anspannung lag in der Luft. Noch hatten sie den Dorn nicht erreicht, doch je näher sie ihm kamen, desto größer wurde die Gefahr, dass sie durch patrouillierende Hybriden entdeckt wurden und kämpfen oder fliehen mussten. Die Stimme des Kartenmanns klang in Grim wider. *Dies ist der mächtigste Schwarzmagierorden, den ich jemals gesehen habe.* Er erinnerte sich daran, mit welcher Leichtigkeit Seraphin den kahlköpfigen Hybriden getötet hatte. Ja, es war durchaus möglich, dass nicht alle Mitglieder des Teams unbeschadet aus dieser Sache hervorgingen.

Für einen Moment dachte Grim an Mia. Ob sie sich auf seinem Pieper gemeldet hatte? Er hatte ihn bei Remis zurückgelassen, falls ihm selbst etwas zustoßen und Mia Hilfe brauchen sollte. Er sah ihr Gesicht vor sich, ihr Lächeln – und ihren spöttischen Blick, mit dem sie ihn vermutlich ansehen würde, wenn sie von seinen Gedanken etwas wüsste. Entschlossen schob er ihr Bild beiseite. Stattdessen tauchte Seraphin vor ihm auf, wie er am Rand des Werwolfplatzes stand und mit diesem suchenden, ungläubigen Blick zu ihm herüberschaute. Grim spürte die Fragen auf seiner Zunge, die ihn seit ihrer ersten Begegnung nicht mehr losgelassen hatten und in ihm brannten wie goldenes Feuer: Wer war Seraphin von Athen? Welches Geheimnis verband sie? Er würde es herausfinden, so viel stand fest.

Mourier blieb stehen und deutete nach oben. Sofort spürte Grim ein leichtes Kribbeln auf der Haut. Sie näherten sich dem Schutzzauber, den Seraphin um den Dorn gelegt hatte. Er vibrierte mit leichtem Summen, Grim konnte die Stärke der Magie fühlen. Sie ließ ihn schaudern.

Sie setzten ihren Weg fort und hatten schon mehrere Gänge durchquert, als Mourier warnend die Pranke hob. Grim witterte und roch zwei Hybriden, die in einiger Entfernung an einer Abzweigung standen. Sie unterhielten sich leise, ihre Stimmen hallten zwischen den fallenden Tropfen der Gewölbedecke wider wie Geistergesang.

Atemlos presste Grim sich mit dem Rücken gegen den Gang, während Mourier sich vortastete. Grim wandte sich zu Kronk und kreuzte zwei Finger der linken Klaue. Das bedeutete: Um den linken Hybriden kümmere ich mich. Kronk nickte. Dann hob Grim die Faust, um die anderen vorstürmen zu lassen, sobald Mourier ihm grünes Licht gab. Ein Schauer zog über seinen Rücken, als er an die Schlachten gegen die aufständischen Dämonen Prags dachte, denen er sich gemeinsam mit Kronk gestellt hatte. Jeder Kampf war anders gewesen, jeder Gegner eine Herausforderung, und wie damals fühlte er auch jetzt das Blut durch seine Adern rauschen wie Flüsse aus Lava.

Mourier stand inzwischen auf der anderen Seite des Ganges, den Blick regungslos auf die Hybriden gerichtet. Er wartete auf den richtigen Moment, und zum ersten Mal, seit er Mourier kannte, entdeckte Grim den Jäger hinter dem alternden Löwengesicht. Für einen Moment fragte er sich, wie Mourier wohl in seiner Jugend gewesen war, ohne hängende Lider und faltige Gesäßbacken, doch im nächsten Moment bekam er das Zeichen und stürzte sich vor. So schnell, dass der Hybrid nicht einmal merkte, wie ihm geschah, raste Grim auf ihn zu, presste seine Klaue zwischen seine Schulterblätter und drückte gleichzeitig gegen seinen Hals. Sofort sackte der Hybrid in sich zusammen, ohne auch nur einen Mucks von sich gegeben zu haben. Kronk war mit seinem Hybriden ebenso verfahren. Grim lächelte befriedigt. Hatte es also doch etwas gebracht, dieses kräftezehrende Lebenspunktseminar im vergangenen Winter, zu dem alle Schattenflügler eine Extraeinladung bekommen hatten. Wochenlang hatten sie in einer zugigen Höhle irgendwo in den Pyrenäen gesessen und sich von einem Einsiedlerelf erklären lassen, dass man nur an den richtigen Stellen drücken musste, um einen Körper für eine Weile außer Gefecht zu setzen. Das war effektiver, leiser und reinlicher, als ihn zu töten, und daher galt seitdem der Codex in der OGP: betäuben statt töten. Das wirkte selbst bei Schwarzmagiern – sofern es gelang, sie zu überraschen.

Lautlos folgten sie der Biegung eines schmalen Tunnels. Dann blieb Mourier stehen. Die Magie des Schutzwalls war nun so stark, dass sie Grim schmerzhafte Schauer über den Rücken schickte. Karphyr trat dicht an eine der Mauern heran. Angespannt sah Grim zu, wie er seine Pranken über den schmutzigen Steinen bewegte, bis sie anfingen, golden zu leuchten. Karphyr murmelte etwas. Dann tippte er mit dem Zeigefinger gegen die Wand – und schob sie auf, so mühelos, als wäre sie aus Pappe. Grim hob die Brauen. Dass Gargoyles Meister der Tarnung waren – das war ja klar. Aber Drachen? Die hockten auf ihren Schätzen und züchteten Zierkürbisse, zumindest hatte er das bisher geglaubt. Schweigend folgte er Karphyr und den anderen durch den Spalt in der Wand, der sich umgehend hinter ihnen schloss, und tappte eine Weile ziemlich hilflos durch einen sehr schmalen Gang. Immer wieder blieb er mit seinen Klauen an modrigen Felsen hängen, und seine Schwingen streiften die Wände, dass es nicht nur einmal ein widerliches Geräusch gab. Grim sog die Luft ein und bemühte sich vergebens, kleiner zu werden, als endlich Licht am Ende des Ganges auftauchte. Er kniff die Augen zusammen – und erstarrte.

Er stand am Abgrund einer riesigen goldenen Höhle. Die mehrfach gefächerte Decke wurde von kunstvoll verzierten Säulen gehalten, und darunter lag eine gewaltige Stadt. Gebäude so prunkvoll wie Schlösser reihten sich aneinander, es gab Straßen, die an Stelle von Steinen mit Goldmünzen besetzt waren, und die Laternen, die allenthalben auf verlassenen Plätzen standen, spendeten durch funkelnde Kristalle ein rätselhaftes Licht.

»Das ist …«, begann Grim, doch ihm fehlten die Worte. Noch nie hatte er so viel Gold auf einem Haufen gesehen, und die Juwelen an den Fassaden der Gebäude ließen ihm den Mund offen stehen. Mourier sog neben ihm die Luft ein, als hätte ihm jemand heftig vor die Brust geschlagen, Kronk hatte einen verklärten Ausdruck im Gesicht, und Vraternius riss die Augen so weit auf, dass sie aussahen wie Teller. Grim bemerkte das Funkeln in Karphyrs Blick. Auf einmal schien der Drache innerlich zu leuchten, als hätte er eine Laterne verschluckt. Zum ersten Mal meinte Grim, die Weisheit der Drachen hinter seinen Brillengläsern zu erkennen – und ihre Tücke.

»Ihr wisst, dass es früher noch mehr von meiner Sorte gab«, sagte Karphyr lächelnd. »Sie haben lange hier unten gelebt. Dann sind sie fortgegangen und haben ihre Stadt verschlossen. Die Gargoyles erlangten die Herrschaft in Ghrogonia, das weit über unseren Köpfen liegt: auf den goldenen Straßen der Drachenstadt Myriasund.«

Grim schüttelte den Kopf. »Ich habe gedacht, sie sei eine Legende«, murmelte er und kam sich für einen Moment vor wie Mia, die zum ersten Mal vor ihm stand und ihn anschaute, als wäre er geradewegs einer albernen Phantasiegeschichte entsprungen. Nie würde er ihren Blick vergessen, das wusste er, und ein warmes Gefühl legte sich bei diesem Gedanken um seine Schultern.

»Niemand weiß von ihr, niemand kennt ihre Pfade«, erwiderte Karphyr. »Es sei denn, er wäre ein Drache. Ich habe wie jeder andere meines Volkes geschworen, niemals von ihr zu sprechen. Aber ich habe euch hergeführt – weil es der einzige Weg ist, Ghrogonia zu retten.«

Mit diesen Worten ließ er sich auf seinen winzigen Flügeln abwärtsgleiten. Er trudelte auf die Straßen zu, dass Grim sich eines Lachens nicht enthalten konnte. Er selbst schwebte so hoheitsvoll wie möglich an den Fassaden der Schlösser hinab. Gefolgt von Mourier und den anderen glitten sie durch die prächtigen Straßen dieser verlorenen Stadt. Denn verloren war sie, das war eindeutig, obwohl es fast schien, als wären die Bewohner nur kurz fortgegangen, um bald wiederzukommen. Doch die Drachen kamen nicht zurück – auch wenn niemand wusste, wohin sie gegangen waren. Sie hatten etwas mit sich genommen, einen Zauber, den die Welt nie wieder erlangen würde, und ihre goldene Stadt war stummes Sinnbild für das, was Grim immer schon gewusst hatte: Alles änderte sich, und selten wurde es besser.

Da hielt Karphyr inne. Schon seit einer Weile hatte er immer wieder an der Wand einer Gasse gelauscht, regungslos und hingegeben, als würde er etwas hören, das seinen Begleitern verborgen bleiben musste. Jetzt schien er gefunden zu haben, was er suchte. Lautlos landete Grim neben Walli und Kronk. Sie beobachteten, wie Karphyr mit angespanntem Ausdruck auf dem Gesicht in die Pranken spuckte und seinen Speichel, der übrigens so leuchtend lila war, dass es Grim in den Augen wehtat, auf einem goldenen Mauerstück verteilte. Dann murmelte er etwas, schlug noch einmal in die Pranken – und im nächsten Moment flogen Grim Goldstückchen ins Gesicht, dass es nur so klirrte.

»Was, zur Hölle …«, begann er, doch schon hatte Karphyr ihm seine schuppige Pranke auf den Mund gepresst und sah ihn mit seinen brillenvergrößerten Augen an. Langsam legte er einen Finger auf seine Lippen und deutete in das Loch, das er soeben ohne Vorwarnung in die Wand gezaubert hatte. Dahinter erstreckte sich ein schmaler Tunnel.

Grim wischte sich den Goldstaub vom Gesicht und folgte dem Drachen. Sofort schlug ihm der Gestank der Kanalisation entgegen, und er schob sich die Klaue unter die Nase, während die anderen durch die Öffnung sprangen und Karphyr den Spalt mit raschen Bewegungen seiner Pranken wieder schloss. Grim konnte sich nicht davon abhalten, einen Finger auf die neu geschaffenen Steine zu legen, die aussahen, als wären sie seit Jahrhunderten an diesem Platz gewesen. Mit leisem Knistern glitt sein Finger hindurch. Ein Illusionszauber! Anerkennend nickte er Karphyr zu, der das Team zu einem nahe gelegenen Kanaldeckel winkte. Der Drache kletterte voran, wieder lauschte er eine halbe Ewigkeit, bis er den Deckel vom Schacht schob und die anderen hinter ihm ins Freie klettern konnten.

Mit angehaltenem Atem sah Grim sich um. Sie befanden sich in einer Gasse – und dort, noch immer in einiger Entfernung, aber nun nicht mehr durch die Schleier aus Licht von ihnen getrennt, erhob sich der Turm. Wachtposten standen davor, doch sie schienen keine Störung zu erwarten.

»In der Tat«, murmelte Grim. »Wir sind drin.«

Sein Blick glitt über die Fassade des Turms. Es gab mehrere Fenster, alle waren verschlossen. Nur im dritten Stockwerk stand ein Flügel ein wenig vor. Grim wandte sich Mourier zu und deutete darauf. Der Löwe nickte. Im nächsten Moment stürzte Grim sich vor. Pfeilschnell schoss er aus seinem Versteck den Turm hinauf, löste den Haken vom Fenster, schob es auf – und stellte zu seiner Erleichterung fest, dass es sich, wie auf dem Grundriss des Turms verzeichnet, um einen riesigen Abstellraum handelte. Schnell gab er Mourier ein Zeichen, glitt lautlos ins Innere des Turms und lauschte. Vereinzelt hörte er Schritte und Stimmen, aber die Hybriden waren weit genug entfernt, um die Ankunft des Teams nicht zu bemerken. Karphyr war nicht dabei. Er würde im Schutz der Kanalisation auf ihre Rückkehr warten.

Grim schlich voran. Sie verließen das Zimmer und huschten lautlos durch die marmornen Gänge des Turms. Es war nicht weit bis zu ihrem Ziel. Nur einmal begegnete ihnen ein Hybrid, den Walli so schnell ausschaltete, dass er kaum vorher die Luft ausstoßen konnte. Dann erreichten sie den Raum des Rattenfängerzaubers. Grim spürte die Magie sofort, die von ihm ausging, und er sah an Mouriers Blick, dass er damit nicht allein war. Drei Hybriden waren vor der Tür in ein Gespräch vertieft. Grim gab Kronk und Walli ein Zeichen. Ohne den Überraschungseffekt auf ihrer Seite hätten sie keine Chance gehabt, so viel war klar. Aber so bündelte Grim seine Kräfte mit Kronk, ließ zwei der Hybriden im Ewigen Sturmwind erstarren und belegte sie mit einem Kältezauber. Walli warf den Dritten mit dem Eisigen Hauch zu Boden, und noch ehe einer von ihnen etwas hätte tun können, legte Mourier ihnen Bannnebel um die Kehlen, die jeden Laut erstickten. Eilig schleppten sie die Hybriden in ein verlassenes Zimmer, umwickelten sie mit brennenden Schnüren und ließen sie zurück. Normalerweise würden sie Tage brauchen, um sich von diesen Fesseln zu lösen, aber Grim wusste, dass er es mit Schwarzmagiern zu tun hatte. Es würde nicht lange dauern, dann hatten sie sich befreit.

Schnell stürzten sie in den Raum des Rattenfängerzaubers. Er war groß und düster und verlor sich an den Seiten in undurchdringlichen Schatten. Niemand war anwesend. Dafür standen zahlreiche Zauberutensilien herum, gläserne Kanülen, gurgelnde Flüssigkeiten in durchsichtigen Töpfen, flackernde Flammen hinter Glas. Doch das alles sah Grim kaum. Er schaute auf die leuchtende Kugel, die in der Mitte des Zimmers in der Luft schwebte – gleißend wie ein Ball aus Feuer, aber so hell, dass Grim meinte, erblindet zu sein, als er sich abwandte. Der Zauber des Rattenfängers. Zu seiner Bestürzung musste Grim feststellen, dass der Zauber sich bereits verfärbt hatte. Sein Licht war nicht mehr weiß und hell, wie es bei einem frisch gesprochenen Zauber üblich war, sondern rot, ein blutiges, schmutziges Rot, das an den Wänden des Raumes flackerte wie tausend Flammen. Bald würde er sich mit seiner Vollendung schwarz gefärbt haben. Dann wären alle Gargoyles Ghrogonias in Seraphins Gewalt.

Vraternius eilte auf den Zauber zu. Was dann geschah, erlebte Grim wie in Zeitlupe. Denn gerade als der Gnom die flammende Kugel erreicht hatte, sprang Krallas vor. Er packte Vraternius an der Gurgel, hob ihn weit über seinen Kopf und schleuderte ihn mit einem Hitzeblitz so heftig gegen die nächste Wand, dass der Gnom augenblicklich das Bewusstsein verlor. Grim stand da wie erstarrt. Das durfte nicht wahr sein. Vor ihnen stand Krallas, den Kopf tief geneigt. Er grinste voller Hohn. Und langsam zog sich der Stein von der linken Hälfte seines Gesichts zurück.

»Verräter«, schrie Mourier in einer Lautstärke, die Grim auf der Stelle aus seiner Starre riss. Eine Falle. Sie waren in eine verfluchte Falle geraten. Blitzschnell stürzte er zur Tür, die sich in diesem Moment mit lautem Poltern schloss. Gleichzeitig traten mindestens zwanzig Schwarzmagier aus den Schatten und auf die Gruppe zu.

Grim wich zurück, er spürte Kronks Rücken an seinem. »Marn phrata!«, brüllte er, dass die Wände bebten, und ließ tanzende Flammen in der Luft entstehen. Mit einer Drehung seines Handgelenks rasten sie auf zwei der Hybriden zu. Augenblicke später begann das Geschrei. Grim roch verbrannte Haut, doch er achtete nicht darauf. Wütend ballte er die Klaue, überzog sie mit Winden aus Eis und schmetterte sie gegen die Magier, die sich wie die Bienen auf die Feinde stürzten, die es gewagt hatten, in ihr Reich einzudringen. Doch plötzlich ebbten ihre Angriffe ab und versiegten schließlich. Die Hybriden hatten einen Schutzschild um sich gezogen und standen regungslos dahinter. Grim zog die Brauen zusammen. Noch war keiner seines Teams verwundet worden – mit Ausnahme von Vraternius –, aber er wusste, dass sie keine Chance gegen die Magier hatten. Rücklings zogen sie sich in der Mitte des Raumes zusammen, wie flüssiges Blei, das sich in einer Senke verbindet. Die Magier starrten sie aus kalten Augen an. Da hörte Grim Schritte, die Tür öffnete sich, und im nächsten Moment betrat Seraphin den Raum. Er schien förmlich entzückt zu sein, ihn wiederzusehen.

»Wie schön«, rief er und breitete beide Arme aus, während er auf Grim zutrat, »dass du es einrichten konntest, mir zu meiner Krönung zu gratulieren.« An seinem Arm funkelte das Zepter der Gargoyles. Grim hörte, wie Mourier neben ihm die Luft einsog. »Ich dachte schon, du hättest dich auf ewig aus meinem

Leben zurückgezogen, nachdem du so großzügig mit mir verfahren bist.«

Grim spuckte Seraphin vor die Füße und zwang ihn so zum Anhalten. »Ich fange an, mein Handeln zu bereuen«, grollte er. »Niederträchtiger Auswurf von einem Hybriden, was fällt dir ein, den Thron des Königs zu besteigen?«

Seraphin büßte nichts von seinem Lächeln ein. »Nicht doch«, sagte er abwinkend. »Ich habe meinen eigenen Thron. Und ich werde mein eigenes Volk haben, nicht wahr?«

Heiseres Lachen erklang aus den Mündern der Hybriden.

»Es hat lange gedauert, bis ihr euch hierher gewagt habt«, sagte er bedauernd. »Doch dank meines treuen Informanten ist ja alles doch noch so gekommen, wie ich es mir gedacht habe.«

Krallas stand dicht hinter Seraphin. Am liebsten hätte Grim ihm das höhnische Grinsen aus dem Gesicht gerissen. Er hatte sie getäuscht. Seit Wochen, nein, seit Monaten hatte er sich in den Gedärmen der OGP festgesetzt und jede noch so kleine Information sofort seinem Herren erzählt. Jede Information … Grim ballte die Klauen. Von ihm hatte Seraphin von Jakob erfahren – der Junge war verfolgt worden, nachdem er Bericht erstattet hatte, und noch immer erinnerte er sich daran, wie Krallas ihn durch den Spalt der Tür beobachtet hatte. Er spürte, wie die Wut in ihm überhandnahm. Schon trat er einen Schritt auf Krallas zu, doch da sprang Mourier vor.

»Verfluchter!«, rief der Löwe und bäumte sich auf. Noch nie hatte Grim ihn so gesehen. Seine Augen brannten in ihren Höhlen, schwarze Flammen loderten auf seinem Fell, und als er den Kopf zurückriss und brüllte, gefror Grim das Blut in den Adern. Dieser Löwe hatte den Lindwurm bezwungen, daran gab es keinen Zweifel. Für einen Moment sah Mourier ihn an.

»Flieht«, zischte er. Dann sprang er auf Seraphin zu und riss ihn zu Boden. Sofort stürzten sich die Magier vor. Kronk und die anderen befolgten Mouriers Befehl und rannten aus dem Raum, doch Grim rührte sich nicht. Wie betäubt sah er, wie Seraphin das Zepter emporriss und es Mourier vor die Brust schlug. Mit einem Brüllen flog der Löwe durch die Luft – und landete mitten im Feuer des Rattenfängerzaubers. Für einen Moment schien die Zeit stillzustehen. Seraphin starrte auf die Flammen, die sich auf Mourier stürzten, sein Gesicht entgleiste. Dann richtete Mourier sich im Feuer auf. Er sah Grim direkt an.

»Du sollst fliehen!«, brüllte er, und Flammen schlugen Grim ins Gesicht. »Das ist ein Befehl an einen Schattenflügler!«

Mit diesen Worten sprang Mourier aus dem Feuer. Im Flug schlug er die Pranken zusammen. Eine gewaltige Explosion ließ Teile der Decke einstürzen, polternd landeten die Bruchstücke auf den Hybriden. Grim sah noch, wie Mourier sich ein zweites Mal auf Seraphin stürzte. Dann warf er sich vor. Er sprang an Mourier vorbei zu Vraternius, der mit verbranntem Arm noch immer regungslos am Boden lag, warf sich den Gnom über die Schulter und folgte den anderen, fort aus dem Turm, hinab in die Kanalisation. Die Dunkelheit der Tunnel nahm ihn auf, doch sie kühlte nicht die Hitze in seinem Gesicht. Mouriers Augen standen vor ihm, wieder und wieder hörte er seine Stimme. *Das ist ein Befehl an einen Schattenflügler!* Verflucht noch mal, er hatte noch nie einen seiner Leute irgendwo zurückgelassen. Was fiel Mourier ein, ihm einen solchen Befehl zu erteilen! Abrupt blieb er stehen. Ohne ein Wort zu verlieren, machte er kehrt. Karphyr bemerkte es als Erster und eilte ihm hinterher.

»Was soll das?«, wisperte der Drache und hielt sich an Grims Arm fest, der ihn einfach mitschleifte.

»Unter den Turm«, raunte Grim und legte dem Drachen den bewusstlosen Vraternius in die Arme. »Zeig mir den Weg, oder ich finde ihn selbst.«

Karphyr starrte erst ihn und dann Vraternius an. Dann setzte er sich wortlos in Bewegung. Jetzt hatten auch die anderen Schattenflügler mitbekommen, dass Grim umgekehrt war. Eilig liefen sie ihm nach, doch keiner stellte eine Frage. Auf einmal schien es Grim, als würden sie alle dasselbe denken und als wäre er nur der Erste gewesen, der gehandelt hatte. Schweigend führte Karphyr sie durch die Dunkelheit. Grim kam es vor wie eine Ewigkeit. Mehrfach mussten sie Hybriden ausweichen, die ihnen aus dem Dorn gefolgt waren und nun wie die Verrückten die Tunnel absuchten. Doch sie rechneten offensichtlich nicht damit, dass die Gargoyles zum Turm zurückkehren würden. Bald klangen ihre Schritte nur noch von ferne an Grims Ohr.

Endlich blieb Karphyr stehen. Mit schmalen Augen deutete er nach oben. Grim legte die Hand an die Decke und lauschte. Es war nichts zu hören. Kurz entschlossen jagte er einen Donnerzauber durch seine Finger. Sofort pulverisierte der Stein, und Grim konnte durch ein Loch nach oben klettern. Er bedeutete den anderen, im Tunnel zu warten. Wenn hier Köpfe rollen sollten, dann war sein eigener genug. Für einen Moment stand er regungslos. Er befand sich in den ehemaligen Kerkern des Dorns. Hier hatten sämtliche Hybriden auf ihre Hinrichtung gewartet. Es war verteufelt dunkel, selbst er musste sich anstrengen, um in der Finsternis etwas sehen zu können. Er schlich sich vor, vorüber an den Zellen, die verlassen dalagen wie ausgeweidete Gerippe. Dennoch war das Tor, das hinaus auf einen dämmrigen Gang führte, verschlossen.

Grim stöhnte. Der Schlüssel – wie konnte es anders sein –

hing vermutlich am Gürtel irgendeines Hybriden in diesem verdammten Turm. Ein Flackern ging durch seinen Blick. Was dachte er für einen Unsinn! Wofür brauchte er einen Schlüssel? Er packte das Tor an den Streben und riss es mit einem einzigen heftigen Ruck heraus. Dann verließ er das Gewölbe und schlich den Gang hinauf, der sich in langen Spiralen aufwärtswand. Schatten kauerten in den Nischen an den Wänden. Angestrengt lauschte Grim, er witterte, doch er roch nichts als modrigen Stein. Da hörte er Schritte. Schnell zog er sich in eine Nische zurück und musste ein Grollen unterdrücken, als er Krallas' Stimme erkannte.

»Siehst ein wenig mitgenommen aus«, sagte der Hybrid mit widerlichem Lachen. »So kenne ich dich ja gar nicht.«

Seine Schritte hallten von den Wänden wider, und Grim hörte das leise Geräusch von Pranken auf Stein. Im nächsten Moment bog Krallas um die Kurve – und er war nicht allein. In seiner Hand hielt er eine glühende Kette, die sich mehrfach um Mouriers Hals wand und blutrote Striemen in sein Fleisch brannte. Der Löwe hielt den Blick gesenkt. Er lief, als lägen ihm Zentnerlasten auf den Schultern, und seine dunklen Augen waren seltsam stumpf.

Krallas riss an der Kette. »He«, rief er. »Was machst du für ein Gesicht? Du hast wirklich nichts gemerkt, was? Hast mir vertraut, nicht wahr?«

Ein Röcheln drang aus Mouriers Kehle. Grim fing an zu zählen. Krallas kam immer näher.

»Aber dafür wirst du jetzt erfahren, wie das ist«, fuhr der Hybrid fort, »wenn man auf der Bühne stirbt. Für eine kleine Volksbelustigung bist du doch immer zu haben. Und jetzt wirst du die Hauptrolle spielen. Ein wenig Feuer unter deinem steinernen Hintern, ein paar gebrochene Gliedmaßen – der Tod wird langsam kommen, genau so, wie es dein König uns angetan hat! Du wirst …«

Weiter kam er nicht. Grim sprang aus seinem Versteck, hob die Faust und traf Krallas mitten im Gesicht. Krachend flog der Hybrid gegen die Wand, er war so überrascht, dass er keinen Ton herausbrachte. Grim zog die Kette von Mouriers Hals und schlang sie blitzschnell um Krallas' Körper. Der Hybrid schrie, als das Metall sich in sein Fleisch grub, aber der Schmerz verhinderte, dass er seine Kräfte schnell entfalten konnte. Grim blieb für einen Moment vor ihm stehen.

»Verräter«, grollte er. Schritte hallten durch den Gang. Grim wollte sich abwenden, doch da trat Mourier neben ihn. Er schwankte vor Erschöpfung, aber in seinen Augen lag eine Verachtung, die Grim schaudern ließ.

»Wenn wir uns das nächste Mal sehen«, raunte der Löwe tonlos und schaute Krallas in seine kalten Augen, »wirst du sterben.«

Mit einem Hieb seiner Pranke schlug er Krallas' Kopf gegen die Wand. Bewusstlos brach der Hybrid zusammen. Mourier sprang neben Grim den Gang hinab. Schnell erreichten sie das Loch im Boden und ließen sich in die Kanalisation hinab.

»Du bist wohl verrückt geworden«, keuchte Mourier, als sie neben den anderen durch die Tunnel liefen. »Weit werdet ihr mit mir nicht kommen. Ich bin am Ende, ich habe keine Kraft mehr. Und der Zauber wird immer stärker, ich fühle mich ganz benebelt.«

Grim verzog den Mund zu einem Grinsen. »Als wenn das was Neues wäre«, erwiderte er freundlich. Dann wurde er ernst. »Ich bin ein Schattenflügler. Das war ich, und das werde ich immer sein. Und ich lasse niemanden zurück – ganz gleich, wer mir das befehlen sollte.«

Mourier warf ihm einen Blick zu. Er hatte schon den Mund geöffnet, um etwas zu erwidern. Doch dann ging ein Lächeln durch seinen Blick. Und er schwieg.

Kapitel 40

Mia hockte auf dem Stuhl vor dem Eichentisch und starrte vor sich hin. Sie war hundemüde, obwohl sie tief und ausgiebig geschlafen hatte. Die Bilder der vergangenen Nacht gingen ihr nicht aus dem Sinn, immer wieder hörte sie die schrecklichen Stimmen, sah Theryon mit zerfetzter Haut und die winzige Fee, die tödlich verwundet zu Boden sank. Sie fuhr sich über die Augen. Theryon setzte sich zu ihr an den Tisch.

»Du kannst die Zeichen nicht festhalten, du kannst sie nicht lesen, obwohl du die Hüterin des Pergaments bist und obwohl deine Magie erweckt wurde. Du kannst es nicht aus einem einfachen Grund: weil du es nicht willst.«

Mia zog die Brauen zusammen, aber er fuhr schon fort: »Der Zauber des Vergessens liegt wie ein Schleier zwischen der Welt der Menschen und der Anderwelt. Doch nicht er allein bewirkt, dass die Menschen die verborgenen Geschöpfe nicht erkennen. Die meisten Menschen stärken den Zauber mit ihrer eigenen Ignoranz. Aber ihr Wissen betrügt sie. Es ist das falsche Wissen. Sie sollten dem vertrauen, was sie fühlen, und sie würden es sehen. So glauben sie nur das, was sie sehen und was sie beweisen können: Was sie nicht kennen, gibt es nicht. Selbst wenn ihnen beispielsweise eine Elfe begegnet, vermuten die Menschen hinter dem anmutigen Leuchten nichts weiter als ein Glühwürmchen: Ihre Augen werden vom Zauber des Vergessens getäuscht, aber ihre Herzen täuschen sich selbst. Diese Täuschung findet sich auch bei den Hartiden. Viele verleugnen, was sie sehen und was sie fühlen. Viele tun das aus Angst – so wie du. Das ist auch der Grund, aus dem du so lange Zeit nicht gesehen hast, was doch da war.«

Mia verschränkte die Arme vor der Brust. »Angst? Wovor?«

Theryon neigte den Kopf. »Das kannst nur du selbst bis zum Letzten beantworten. Aber hast du nicht gesehen, wie Lucas unter seiner Gabe gelitten hat? Die Menschen haben ihn und seine Sehnsucht nie begriffen. Er musste sie verschleiern, unkenntlich und abstrakt machen, um nicht verhöhnt zu werden. Dann haben sie ihn gefeiert, aber verstanden haben sie ihn nie. Und je mehr er über die verborgene Welt um ihn herum erfuhr, desto mehr fühlte er sich als Sehender unter Blinden in der Welt der Menschen und als Verfolgter und Heimatloser in Ghrogonia. Er war einsam. Das ist kein Zustand, den man erreichen möchte. Dein Leben lang hast du dich nach der Anderwelt gesehnt – aber sie hat dir auch deinen Vater genommen und deinen Bruder. Du bist eine Hartidin, der Zauber des Vergessens erreicht dich nicht. Und doch bist du mitunter ebenso blind wie ein gewöhnlicher Mensch. Es wird noch eine Weile dauern, bis du die verborgene Welt um dich herum überall erkennst – zu lange hast du dich von der so genannten Realität täuschen lassen. Es wird ein langer Weg für dich, deine Hartidbegabung vollends zu entfalten. Aber du darfst dich nicht vor der Welt verschließen, die dir geöffnet wurde. Sie ist ein Teil von dir. Das wird sie immer sein. Angst und Trauer werden sich eines Tages rächen, wenn du sie verdrängst.«

Mia fühlte den Knoten in ihrem Brustkorb, als wäre er ihr Herz. Sie wusste, dass Theryon recht hatte – jedes seiner Worte traf sie wie ein Schwerthieb. Und doch konnte sie ihm nicht zustimmen. Sie saß einfach da, bis er die Hand nach ihr ausstreckte. Seine Finger waren kühl an ihrer Wange.

»Dieser Weg ist hart, Mia«, sagte er leise. »Du hast ihn dir nicht ausgesucht. Aber du bist frei. Du allein triffst die Entscheidung, ob du ihn gehen willst.«

Sie sah ihn an und fühlte eine Welle der Gelassenheit, die sich als warmer Mantel um ihre Schultern legte. Sie nickte.

Theryon erhob sich, und sie folgte ihm. Er führte sie ins Innere der Burg, Treppe um Treppe abwärts in die Dunkelheit. Sie gelangten in einen Raum, dessen Ränder sich in den Schatten verloren. In seiner Mitte lag ein See, der leuchtete, als hätte er das Licht des Mondes gefangen. Die Oberfläche war so regungslos, dass Mia sich darin spiegelte. Fast wäre sie zurückgeschreckt. Sie sah müde aus, und in ihren Augen lag eine Härte, die sie noch nie an sich bemerkt hatte.

Theryon trat hinter sie. Wortlos legte er seine Hände an ihre Schläfen. Da wurde das Wasser schwarz. Mia schwankte – und spürte einen Stoß im Rücken. Im nächsten Moment fiel sie nach vorn, hinein in Dunkelheit und Kühle. Sie streckte die Hände aus, doch sie fiel durch einen nicht enden wollenden Schacht. Da tauchten Bilder um sie herum auf, sie sah sich selbst an der Hand ihrer Mutter und fühlte die kratzige Strumpfhose auf ihrer Haut, die sie als Kind hatte tragen müssen. Lucas' Stimme aus weiter Ferne, Josis lachendes Gesicht, die traurigen Augen ihrer Mutter, Bäume, die sich im Wind bewegten, Gesichter von Verwandten, Freunden, Bekannten, der Geruch von Mandelkuchen und das Klingen von Glöckchen auf dem Weihnachtsmarkt. Sie war wieder Kind, Tochter, Schwester, Freundin, tausend Bilder rasten um sie herum und durch sie hindurch. Sie war viele, ein Mosaik, das sich immer wieder neu zusammensetzte. Dann Hybriden, verzerrte Fratzen, ganz klein Jakob, er floh vor ihnen. Sie hörte ihre Schreie, sie zerrissen die Luft. Sie hatte schreckliche Angst. Es wurde dunkler, die Bilder verschwammen, und nur eines blieb übrig. Sie sah Jakobs Gesicht, zuerst nur seine Augen, dann seine Wangen, seinen Mund. Sie sah, dass er schnell atmete. Die Verzweiflung in seinen Augen nahm ihr den Atem. Er wandte den Kopf, jetzt sah er sie an. *Mia*, flüsterte er in ihren Gedanken. Und dann der Schuss. Er war nicht zu hören, aber er schlug sich seinen Weg durch ihr Innerstes, als wollte er ihren Körper in Stücke reißen. Sie schrie – ein einziger heller Schrei.

Sie fiel auf die Knie und fand sich neben dem See wieder. Ein Zucken ging durch ihren Körper, der Knoten in ihrem Brustkorb wurde heiß und brach. *Mia*, hörte sie wieder. *Mia. Mia.* Tränen schossen ihr in die Augen. Sie wollte sich beruhigen, konnte es nicht und geriet darüber in heillose Verzweiflung. Sie rollte sich auf dem Boden zusammen und weinte wie ein Kind. Nach endlos langer Zeit, wie es ihr schien, als schon lange keine Tränen mehr gekommen waren und sie sich seltsam leer und betäubt fühlte, kehrte ein Bild zurück, erst klein und dunkel, dann immer heller. Jakob. Er lächelte, wie damals, als sie nach ihrem Friedhofsbesuch bei ihm gesessen hatte, er sprach mit ihr, als säße er neben ihr, und da, sie fühlte es deutlich, griff seine Hand nach ihrem Haar. Sie richtete sich auf und sah ihn an, es schien ihr, als wäre es das letzte Mal. Und leise flüsterte sie in Gedanken: *Du fehlst mir.*

Sie wusste nicht, wie lange sie so gesessen hatte, bis Theryon die Stille durchbrach.

»Es gibt Verletzungen, die niemals heilen«, sagte er. »Vielleicht kann diese Wunde Quelle sein für das, was du wirst.« Er zog etwas aus seiner Tasche. Es war das Pergament, Mia wusste es, ehe sie es sah. Zögernd nahm sie es in die Hände, löste das Siegel – und erstarrte. Die goldenen Zeichen liefen darüber hin, aber sie verwandelten sich vor ihren Augen, wie eine Sprache, die eben noch fremd gewesen war und die sie wie durch Zauberhand erlernt hatte. Sie hielt den Atem an, doch die Zeichen blieben. Sie fühlte ihren goldenen Schein auf ihrem Gesicht.

»Mia«, sagte Theryon leise, und sie hörte, dass er lächelte. »Du kannst sehen.«

Kapitel 41

Dunkelheit. Grim fragte sich, ob er jemals aus dieser Finsternis herauskommen würde. Aber er hatte es ja selbst so gewollt. Wohlbehalten hatte er mit Mourier und dem Rest des Teams ihr Versteck erreicht, doch nach wenigen Stunden hatte ihn eine Unruhe befallen, die ihn wieder in den Dorn getrieben hatte. So war er zurückgekehrt, um herauszufinden, was Seraphin vorhatte – und nun hockte er seit geschlagenen drei Stunden in einer winzigen Kammer und wartete darauf, auf den Gang hinausschleichen zu können.

Doch ihr Eindringen in den Turm und die Befreiung Mouriers waren nicht ohne Folgen geblieben. Wie verrückt schwirrten die Hybriden durch den Turm und durchsuchten die halbe Stadt. Grim lächelte düster. Sie würden ihn nicht finden. Dafür war er ihnen schon zu nah.

Er dachte an den Rekruten zurück, an dessen Bett er noch vor wenigen Stunden gesessen hatte. Es war einer der Anwärter für die Schattenflügler der OGP gewesen, seit zwei Tagen krank – und eigentlich längst ein Kandidat für das Feld der Willenlosen, wie Grim die Ebene vor der Stadt inzwischen nannte, auf der sich die Gargoyles zusammenfanden, die dem Zauber des Rattenfängers unterlagen. Doch die Nornen, die sich um die Kranken kümmerten, hatten etwas Bemerkenswertes festgestellt: Der Zauber hatte an Kraft verloren. Also hatte Seraphin sich selbst geschadet. Er hatte Mourier in den Zauber geschleudert und diesen dadurch verlangsamt. Nun würde es länger dauern, bis er den Willen eines Gargoyles gebrochen hatte. Grim machte sich allerdings keine Illusionen. Sie hatten einen Aufschub bekommen – mehr nicht. Noch immer lockte Seraphin die Gargoyles an wie der Rattenfänger die Kinder, ohne dass sie wussten, was er mit ihnen vorhatte.

Grim fröstelte. Es kam ihm vor, als hätte er seit Langem überhaupt nicht mehr geschlafen. Sicher, sein Körper versteinerte in der Morgendämmerung wie eh und je, aber inzwischen waren jene Abende, an denen er wie gerädert erwachte, zur Regel geworden. Er fühlte keinerlei Entspannung, keine Erleichterung und Erfrischung mehr nach dem Schlaf. Er wusste, was das bedeutete: Seine Traumreserven waren aufgebraucht. Wenn er nicht bald die Möglichkeit bekam, wieder menschliche Träume aufzunehmen, würde er erst krank werden und dann wahnsinnig – er hatte es bei Pheradin gesehen, und der war mindestens fünfmal so alt und stark wie er selbst. Grim atmete langsam ein und aus, aber es fiel ihm nicht leicht, sich zu beruhigen. Ghrogonia brauchte ihn. Er war als Einziger nicht vom Fluch des Rattenfängerzaubers befallen worden. Eine kalte Gewissheit legte sich auf seine Stirn: Wenn er versagte, würde Seraphin siegen.

Kaum hatte er das gedacht, ließ ihn ein schrilles Geräusch zusammenfahren. Irgendwo waren Gläser zu Boden gefallen, jemand lachte – es war ein eisklares Lachen aus der Kehle Seraphins. Grim lauschte. Draußen auf dem Gang war es still. Schnell schob er die Tür auf und glitt auf den Saal zu, aus dem er das Lachen gehört hatte. Es war der Thronsaal des Königs. Vorsichtig schlich er zur Tür, die aus Ebenholz bestand. Sie war nur angelehnt, und Grim gelang es, sie mit der Spitze einer Kralle ein winziges Stück zu öffnen. Sofort fiel ihm helles Licht ins Gesicht und blendete ihn. Das goldene Deckengewölbe wurde von mehreren Säulen gehalten und warf warme Lichtreflexe auf den glänzenden Boden. Samtene Vorhänge lagen vor den Fenstern, und überall standen prunkvolle Sessel und Tische herum. Doch Grim hatte dafür keinen Blick. Er sah nur einen: Seraphin.

»Es sind traurige Kreaturen«, sagte dieser gerade. »Findest du das nicht auch?«

Ein Schauer flutete über Grims Rücken, als er Seraphins Stimme hörte. Hoch aufgerichtet stand dieser vor der riesigen Videoleinwand mit dem schwebenden Kasten, auf dem allerhand Knöpfe blinkten und leuchteten – das Planbuch des Königs, mit dem Thoron seine Vorträge vorbereitet und noch vor wenigen Tagen Kundgebungen auf die Leinwände der Stadt übertragen hatte. Neben Seraphin stand Krallas, den Kopf unterwürfig geneigt. Grim konnte seine Wut nur mit Mühe unterdrücken. Dieser miese kleine Verräter …

»Natürlich, mein Pate«, sagte Krallas jetzt, und es hätte Grim nicht gewundert, wenn er auf seiner eigenen Schleimspur ausgerutscht wäre.

Seraphin warf ihm einen Blick zu. Grim erkannte die Verachtung darin, als wäre sie brennendes Pech. »Hört endlich auf, mich so zu nennen. Ein lächerlicher Name ist es, den ihr mir gegeben habt.«

Der Hybrid zog unterwürfig den Kopf zwischen die Schultern. »Aber das seid Ihr doch. Ihr gebt uns Hoffnung. Ihr nehmt Euch unser an. Ihr leitet uns. Alles das, was ein Pate tut.«

Für einen Moment glaubte Grim, Seraphin würde Krallas ins Gesicht spucken, er selbst hätte es ganz sicher getan. Doch dann zog das Lächeln über Seraphins Lippen, eiskalt und drohend, und ließ den Hybriden beiseitetreten wie einen Hund, der winselnd fortkriecht.

»Du sollst sehen, was geschehen wird«, flüsterte Seraphin, und Grim bemerkte den fiebrigen Glanz in seinen Augen. Er tippte auf dem schwebenden Kasten herum. Grim verdrehte die Augen. Er brauchte dieses Gerät nur anzusehen und bekam Bauchschmerzen. Da erhellte sich die Leinwand.

Sie zeigte einen der willenlosen Gargoyles. Seine Augen waren wächsern, seine Miene kaum mehr als eine Totenmaske. Es schien, als schwebte er regungslos in der Luft. Starr schaute er Grim entgegen, als würde er ihn gleichzeitig sehen und nicht sehen. Seraphin strich beinahe sanft über einen der Knöpfe. Grim hörte seine Stimme, er flüsterte etwas in einer dunklen, verschlungenen Sprache. Kaum hatte er geendet, entflammte ein weißes Feuer in den Augen des Gargoyles. Er riss den Kopf in den Nacken und schrie, als wollte er die Hölle ausbrechen sehen. Im nächsten Moment sah Grim ihn inmitten Hunderter Gargoyles. Sie rasten durch die Nacht in der Oberwelt, viele zu Fuß, andere in der Luft, alle mit diesem toten weißen Leuchten in den Augen. Grim schauderte, als er die Geräusche ihrer Schwingen hörte und das mechanische Stampfen ihrer Füße. Sie waren wie ein raschelnder Schwarm riesiger Insekten ohne Eigenleben, geschaffen nur für einen einzigen Zweck: dem Willen Seraphins zu gehorchen.

»Sie werden mir folgen«, flüsterte Seraphin. Seine Finger strichen über die Tastatur, als würde er auf einem Klavier spielen. »Ich werde sie lehren, was es heißt, ein Sklave zu sein – wie ich es gewesen bin. Sie werden fühlen, was wir gefühlt haben. Und sie werden es den Menschen zeigen. Den Menschen von Paris … den Menschen … der ganzen … Welt …«

Grim konnte sich nicht von der Leinwand abwenden. Der Strom der Gargoyles wuchs rasend schnell. Von allen Seiten stießen andere Willenlose hinzu. Das silberne Licht des Mondes flackerte auf ihren Körpern. Ein seltsames Geräusch drang aus ihren Kehlen wie das Knacken beim Zertreten eines Käfers. Da leuchteten Lichter vor ihnen auf – die Lichter von Paris. Grim stockte der Atem. Er sah die Schwärme der Gargoyles sich in einem gewaltigen Trichter über der Stadt vereinen. Es war, als wollten sie jedes Gebäude in einem Tornado ihrer Leiber hinwegfegen. Grim hörte das Rauschen ihrer Schwingen in der Luft, er sah, wie andere Gargoyles in schwarzen Wellen auf die Stadt zurasten. Seraphins Stimme wisperte durch ihre Reihen, sie vermischte sich mit dem Brummen ihrer Kehlen zu einem dunklen, klebrigen Gesang.

Da hörte Grim Seraphin so deutlich, als flüsterte er ihm ins Ohr: »So wird der Welt Gerechtigkeit widerfahren! Für eine freie – für meine Welt!«

Für einen Moment wurde das Rauschen der steinernen Körper so laut, dass es Grim in den Ohren wehtat. Dann stießen die Gargoyles einen Schrei aus, als hätten sie ein einziges gewaltiges Maul – und stürzten sich auf die Stadt wie flüssiger Teer. Grim sah, wie der Mond sich verfärbte und blutrotes Licht auf die Straßen und Häuser warf. Dann begannen die Menschen zu schreien.

Unwillkürlich fuhr Grim zusammen. Sofort hob Seraphin den Kopf. Seine Finger ruhten auf den Knöpfen, doch jedes Fieber war aus seinem Blick gewichen. Er warf Krallas einen

Blick zu. »Jemand ist hier«, sagte er tonlos. »Kümmere dich darum.«

Grim sah noch, wie Krallas zur Tür eilte. Dann warf er sich herum und stürzte den Gang hinab. Verdammt noch mal, war er ein alberner Anfänger oder ein ausgebildeter Schattenflügler? Wie hatte das passieren können? Wieso hatte er sich nicht zusammengerissen? Schon hörte er, wie Krallas Hybriden zusammenrief. Ihre Schritte hallten in den Gängen wider, aber Grim achtete kaum darauf. Sie würden ihn nicht bekommen. Blind fand er seinen Weg hinaus aus dem Dorn und raste durch die Kanalisation und die Drachenstadt Myriasund, ohne etwas anderes zu hören als die Schreie der Menschen. Es waren Schreie in Todesangst gewesen.

Er legte das letzte Stück durch die Kanalisation zurück und kletterte in einer dunklen Gasse aus dem stinkenden Tunnel. Schwer atmend lehnte er sich an eine Hauswand. Er hatte gesehen, was geschehen würde. Seraphin hatte es ihm gezeigt. Der schwarze Strom der Gargoyles zog an seinem inneren Auge vorüber. *Ich werde sie lehren, was es heißt, ein Sklave zu sein. So wird der Welt Gerechtigkeit widerfahren.* Grim schauderte. Seraphin würde die Gargoyles in seine Gewalt bringen – nicht nur die Gargoyles von Paris, sondern die Gargoyles der ganzen verfluchten Welt. Er hatte schon damit begonnen.

Ein Schreck fuhr Grim in die Glieder, als ihm klar wurde, was das bedeutete. Der Rattenfängerzauber wirkte auf alle Gargoyles – auch auf ihn. Was, wenn der Zauber ihn fand? Früher oder später würde das passieren. Alles würde Seraphin dann von ihm fordern können – und er würde ihn zwingen, an der Versklavung der Menschheit teilzuhaben. *Sie werden fühlen, was wir gefühlt haben.* Wieder schickten ihm die Schreie der Menschen einen Schauer über den Rücken. Er ballte die Klauen. Verdammt, es musste doch einen Weg geben, etwas gegen Seraphin zu tun! Kaum hatte er das gedacht, sah er ein grünes Licht auf sich zurasen. Keuchend landete Remis auf seiner Schulter. Er brauchte eine ganze Weile, bis er die Worte über die Lippen brachte. Leise flüsterte er sie Grim ins Ohr.

Ein dunkles Lächeln glitt über Grims Gesicht, als der Kobold geendet hatte. »Seraphin«, murmelte er leise, »so einfach mache ich es dir nicht.«

Kapitel 42

Mia hörte ihm zu. Er war die ganze Nacht durchgeflogen, dann hatte er geruht. Sie war heimlich zu ihm gegangen, als er versteinert in seiner Kammer gelegen hatte, um ihm über die Wange zu streichen. Jetzt kam sie sich ungeheuer dumm vor, aber sie bekam dieses Lächeln einfach nicht von ihren Lippen. Grim war wieder da. Bei ihr. Aber wovon er sprach, jagte ihr kalte Schauer über den Rücken. Und noch viel mehr als seine Worte erschreckte sie sein Aussehen. Ihm fehlten die Träume der Menschen. *Die Betroffenen werden schläfrig, es stellen sich körperliche Gebrechen ein. Meist verlieren sie dann den Verstand, werden gewalttätig oder suizidal, haben Wahnvorstellungen.* Sie betrachtete ihn prüfend. Man sah ihm den Entzug an. Seine Haut war grau geworden, und schwarze Adern zogen sich als filigranes Netz über seinen Körper. Seine Augen glänzten fiebrig, und wenn er die Klauen hob, zitterten seine Finger. Nur seine Stimme klang noch genauso dunkel und kräftig wie immer.

»Es gibt keinen Zweifel«, sagte er gerade. »Seraphin ist ein Hybrid, und wie alle Hybriden will er Rache für die jahrhundertelange Verfolgung und Unterdrückung seines Volkes durch Menschen und Gargoyles. Mit Hilfe der willenlosen Gargoyles wird er die Menschen versklaven und sich die Welt untertan machen. Durch das Zepter der Gargoyles ist er stärker als jedes Wesen, das ich kenne – und sein Orden verleiht ihm quasi unbegrenzte Macht. Das bedeutet im Klartext: Wir können rein gar nichts gegen ihn tun.«

Mia setzte sich vor. »Es sei denn, wir könnten es mit seiner Macht aufnehmen.« Langsam breitete sie das Pergament vor sich aus, auf dem noch immer die goldenen Zeichen standen. »Es ist eine Karte«, begann sie, »und diese Karte führt zum Zepter der Yartholdo.«

Grim starrte sie einen Moment lang regungslos an. Dann sog er die Luft ein. »Und das ist alles?« Seine Stimme vibrierte wie eine zu stark gespannte Saite. Er ballte die Faust. Krachend landete sie auf dem Tisch, dass Remis in die Luft hopste und stolpernd wieder landete. »Das ist eine Lüge!« Grims Stimme brandete gegen die Wände und rollte wie ein Unwetter zurück zum Tisch. »Das Zepter der Yartholdo! Das Zepter der Menschen! Dieses Zepter wurde zerstört!«

Da hob Theryon die Hand, als würde er das Wort erbitten. Mia sah das Lächeln in seinen Augen, aber sein Gesicht blieb ernst.

»Nein«, sagte er so ruhig, dass Grim die Luft ausstieß. »*Das* ist die Lüge.«

Grim schob seinen Stuhl so heftig zurück, dass er umfiel. Unruhig ging er im Raum auf und ab.

»Ich bin nicht die Nacht durchgeflogen, um mir jetzt irgendwelche Plattheiten anzuhören«, grollte er. »Jeder Gargoyle weiß, dass das Zepter der Menschen vernichtet wurde. Wenn ihr mir jetzt erzählt, dass das nicht so ist, wäre das wie … wie … als wenn ich behaupten würde, die Erde wäre doch nicht rund, sondern eine Scheibe! Was würdet ihr dann bitte sagen, hm?«

Mia sah ihn ernst an. »Zuerst einmal würde ich dir zuhören. Vielleicht kannst du deine Behauptung ja begründen.«

Für einen Moment erwiderte er ihren Blick. Dann stieß er die Luft aus, griff nach seinem Stuhl und ließ sich wie ein schwerer Wäschesack darauf fallen. »Meinetwegen«, murmelte er.

»Es ist wahr«, begann Theryon. »Nach den Geschichtsbüchern der Gargoyles wurde das Zepter der Menschen vernichtet, nachdem der Zauber des Vergessens gesprochen wurde. Die Gargoyles wollten so verhindern, dass die Menschen jemals wieder sehend würden und eine Gefahr für das Steinerne Volk darstellen könnten. Denn um den Zauber zu brechen, braucht man beide Zepter.«

Grim antwortete nicht. Er starrte Theryon an, als wollte er ihm rechts und links eine verpassen. Remis hingegen war ganz Ohr. Gebannt hing er an den Lippen des Feenkriegers und nickte.

»Die Hartide der damaligen Zeit wussten von den Plänen der Gargoyles, das Zepter zu zerstören«, fuhr Theryon fort. »Und sie wussten, dass mit dem Zepter die einzige Möglichkeit vernichtet werden würde, jemals den Zauber des Vergessens zu brechen. Sie sehnten sich nach einer Welt, in der alle Menschen sehend sind, und wollten daher das Zepter der Menschen vor der Zerstörung bewahren. Es gelang ihnen, es an sich zu bringen und die Gargoyles mit Hilfe einer Kopie in dem Glauben zu lassen, es wäre zerstört worden. Doch bei diesem Unterfangen wurden sie von Moira überrascht.«

Grim sog die Luft ein, seine Augen lagen in den Schatten. Theryon erwiderte seinen Blick.

»Doch Moira, die Freie, ließ die Hartide gehen. Nach dem Überfall auf diese Festung beschlossen die Überlebenden, nicht mehr offiziell oder in großen Gruppen als Hartide zu leben, sondern inkognito unter gewöhnlichen Menschen. Das Zepter verbargen sie an einem sicheren Ort und zeichneten eine Karte dorthin, die nur von einem auserwählten Hartiden gelesen werden kann. Um diese Karte zu schützen, vertrauten sie sie jenem Wesen an, das über größere Macht gebot als sie selbst: Moira. Sie sollte die Karte bewahren, bis eines Tages die Zeit gekommen sei, da der Zauber des Vergessens gebrochen werden könne.« Sein Blick traf Mia. »Moira trug dieses Geheimnis über sehr lange Zeit. Doch eines Tages wurde sie schwer krank. Sie wusste, dass sie sterben würde. Aus diesem Grund suchte sie nach einem Hartiden, um ihm die Karte zu übergeben. Aus Hartidhänden hatte sie sie bekommen, dorthin sollte sie wieder zurückkehren. Obwohl die Karte nie in Gefahr war, solange sie sich in Moiras Obhut befunden hatte, und sie außerdem davon ausging, dass niemand mehr von ihr wusste, riet sie Jakob, sich Vertraute zu suchen. Er sollte ein wichtiges Artefakt bewahren, dieses Geheimnis hätte schwer auf ihm lasten können – und außerdem war er ein Mensch. Wenn ihm etwas zugestoßen wäre, hätte niemand mehr von der Karte gewusst. So habe ich ihm geraten, seine engste Bezugsperson ins Vertrauen zu ziehen, sollte sie sich als Hartid erweisen. Die Geschichte danach ist euch bekannt.«

Mia senkte den Blick. Jakob war für das Ideal einer vereinten Welt gestorben. Dafür hatte er sein Leben gegeben und alles, was ihm wichtig gewesen war und was er geliebt hatte, zurückgelassen. Und Lucas – hätte er nicht gerettet werden können, wenn er von der Existenz des Zepters gewusst hätte und von der Möglichkeit, die Menschen sehend zu machen? Dann hätte er ihnen nicht heimlich ein Einhorn zeigen müssen – sie hätten selbst gewusst, dass es existierte. In einer vereinten Welt würden alle Menschen sehen, wie die Welt wirklich war. Für einen Moment glitt ein Lächeln über ihr Gesicht, doch es verschwand so schnell, wie es gekommen war. Den Zauber des Vergessens zu brechen – das würden die Gargoyles niemals zulassen.

Grims Stimme riss sie aus ihren Gedanken. »Deswegen ist Seraphin also hinter der Karte her«, murmelte er. »Es gibt keine mächtigeren Artefakte auf dieser Welt als die beiden Zepter. Nur mit dem Zepter der Menschen – dem einzigen Artefakt, das dem Zepter der Gargoyles ebenbürtig ist – könnte man Seraphin bezwingen.«

Mia hob die Achseln. »Seraphin will die Karte, er will das Zepter. Wir können entweder hier sitzen und zusehen, wie er die Menschheit und die Gargoyles versklavt, oder wir können ihn daran hindern.«

Da stieß Grim die Luft aus. »Und wie bitte willst du das tun? Seraphin hat einen Orden aus Schwarzmagiern hinter sich, die alle auf höhere Magie zugreifen, und er hat das Zepter der Gargoyles, das seine Macht noch zusätzlich verstärkt. Und was haben wir? Eine vage Aussicht auf das Menschenzepter – mehr nicht. Du bist nicht einmal magisch ausgebildet und willst gegen einen Schwarzmagier inklusive Orden antreten, der sein ganzes Leben lang nichts anderes gemacht hat, als sich böse Zauber auszudenken?«

Mia wollte gerade etwas erwidern, als Theryon das Wort ergriff.

»Das Zepter der Menschen könnte die Kraft des Gargoylezepters neutralisieren«, sagte er leise. »Doch in der Tat würdet ihr gegen Seraphin und seinen Orden dennoch kaum bestehen können.«

Grim nickte düster, doch Theryon war noch nicht fertig.

»Die Schwarzmagier gewinnen ihre Stärke zum einen durch ihren Bund – indem sie sich gegenseitig ihre magischen Kräfte zur Verfügung stellen – und zum anderen durch die höhere Magie. Auf diese können sie jedoch nur zugreifen, wenn sie mit der Schwarzen Flamme verbunden sind. Mit dem Zepter der Menschen könnte es gelingen, Seraphin zu isolieren – ihn sowohl von seinem Orden als auch von der Schwarzen Flamme zu trennen. Anschließend würdet ihr die Kraft des Gargoylezepters mit dem Menschenzepter neutralisieren.«

Mia sah, wie ein Lächeln über Grims Gesicht flog.

»Dann hätte Seraphin nur noch seine eigene Kraft zur Verfügung«, murmelte er. »Das würde einen Kampf Gargoyle gegen Hybrid bedeuten – mit nichts als den Fähigkeiten, die uns von Natur aus gegeben sind. Ich bezweifle, dass er ohne seine Anhänger und ohne das Zepter stärker ist als ich. Bisher war kein gewöhnlicher Gargoyle stärker als ich – und auch kein Hybrid.« Er holte tief Atem. »Und das Pergament da führt uns also zum Zepter der Menschen, ja?«

Mia nickte. »Es wird ein Ritual beschrieben, um ein Portal zu dem Ort zu öffnen, wo es zu finden ist.«

Grim wartete einen Moment, bis er merkte, dass sie ihn auf die Folter spannte. Er verdrehte die Augen. »Und was soll das für ein Ort sein?«

Mia warf einen Blick auf die goldenen Zeichen. »Er heißt … der Riss der Vrataten.«

Remis stöhnte laut auf. »Ihr seid wahnsinnig, wenn ihr dorthin reist«, sagte er mit merkwürdig heller Stimme. Seine Augen waren so weit aufgerissen, dass er für einen Moment verteufelte Ähnlichkeit hatte mit einem Lemuren. »Finsternis. Flammen. Der Himmel brennt über den Ebenen der Verdammnis, und die Schreie der Toten hallen durch jeden Winkel der Schattenwelt. Gerüchte, Sagen, mehr weiß ich nicht davon. Denn eines steht fest: Niemand kehrt wieder, der einmal hineingerät in den Riss der Verbannten.«

Mia zog die Schultern an. Auf einmal war ihr kalt.

»Na großartig«, sagte Grim nach einer Weile. »Ein Ort ohne Wiederkehr, der schrecklichste Platz, den man sich vorstellen kann – natürlich. Wo hätte es auch sonst sein sollen.« Er saß eine Weile regungslos. Dann glitt ein Lächeln über seine Lippen. »Worauf warten wir noch?«

Kapitel 43

Sein Leben war das Letzte. Grim hatte die Brauen so fest zusammengezogen, dass er Kopfschmerzen bekam. Verfluchter Mist! War es nicht genug, dass er – krank, wie er war – die Aussicht hatte, an den schrecklichsten Ort der Welt zu gelangen, nur um besagte Welt vor dem Untergang zu retten? Genügte es nicht, dass zusätzlich ein quengelnder und sich zu Tode ängstigender Kobold auf seiner Schulter saß und ihm ohne Rücksicht seine grünen Borstenhaare ins Ohr bohrte? Musste es jetzt, zur Hölle noch eins, auch noch regnen?

Seit geschlagenen dreiundvierzig Minuten hockte er nun im Kolosseum und wartete darauf, dass es Mia gelingen würde, das Portal zu öffnen. Angespannt ging sie auf einer der Sitzreihen auf und ab und murmelte immer wieder die Eingangsformel für das Ritual – aber es geschah nichts. Stattdessen flutete das verdammte Wasser das Kolosseum, als wollte es dieses jahrtausendealte Zeugnis der Vergangenheit in wenigen Stunden davonspülen, und rann in Sturzbächen über Grims Körper. Sein Mantel klebte an seinem Nacken und blieb bei jeder Bewegung wie eine Wurstpelle an ihm haften. Es war das widerlichste Gefühl, das er sich vorstellen konnte.

»Und du bist dir ganz sicher?« Er hatte das ungefähr schon

zwanzigmal gefragt, und als Mia den Kopf hob, durchbohrte ihn ihr wütender Blick wie ein giftgetränkter Pfeil.

»Ja«, zischte sie. »Es ist der richtige Ort, und es ist das richtige Ritual. Ich habe alles richtig gemacht.« Sie sprang eine der Stufen hinab und stemmte die Hände in die Hüfte. Wütend starrte sie hinunter auf die zerfallenen Gänge, in denen einst wilde Tiere, Gefangene und Gladiatoren herumgelaufen waren. Für einen Moment glaubte Grim, dass sie einen hysterischen Anfall bekommen würde. Ihr Gesicht wurde schneeweiß, ihre Augen noch eine Spur grüner. Doch dann seufzte sie leise und ließ sich ungeachtet der Nässe auf die Stufe sinken, auf der sie stand.

»Es hat keinen Zweck«, murmelte sie niedergeschlagen. »Ich kann es nicht. Vielleicht muss ich noch mehr lernen, um ein magisches Ritual ausführen zu können. Vielleicht bin ich auch einfach unfähig.«

Grim spürte, wie Remis ihm auffordernd ins Ohr kniff, und wischte den Kobold mit rascher Geste beiseite. Mia brauchte ihn, das war ihm auch klar. Aber die Rolle des Seelentrösters war noch nie seine Paradedisziplin gewesen.

Er seufzte mindestens so tief wie Mia und ließ sich neben sie sinken.

»Mit Magie ist das so eine Sache«, sagte er nach einer Weile. Er starrte vor sich auf die Stufe, als würde er dort etwas ungeheuer Interessantes beobachten und nur nebenher mit Mia sprechen. »Es ist gar nicht so einfach, damit zurechtzukommen. Ich habe einige Jahre gebraucht, um mir bei Feuerzaubern nicht mehr die Finger zu verbrennen, dabei ist Feuer mein Element, und ganz am Anfang habe ich nicht einmal einen winzigen Frostwind zustande bekommen. Das ist ein ziemlich schwacher Zauber, wenn du verstehst, was ich meine.« Er holte Atem. *Wenn du verstehst, was ich meine* – was war los mit ihm? Er hasste leere Phrasen! Remis hockte neben Mia auf der Stufe und starrte ihn mit einmaligem Einfaltsblick an. Schnell wandte Grim sich ab. »Das Wichtigste ist, dass du von vornherein weißt, dass du es kannst«, fuhr er fort. »Du darfst gar nicht daran zweifeln. Sonst kannst du es genauso gut gleich sein lassen. Du musst dir genau vorstellen, was passieren wird – und dann *wird* es passieren.«

Mia seufzte resigniert. »Du klingst wie Theryon. Er hat mir etwas Ähnliches gesagt, und du siehst, wie weit mich das gebracht hat. *Du musst sehen, was geschieht, ehe es passiert.* Blablabla. Dieses ganze Gerede über Phantasie … Ich hätte mir gleich denken können, dass das Blödsinn ist. Als könnte man die Welt aus den Angeln heben, nur weil man etwas unbedingt will. Das sind doch alles nur Gedanken.«

Grim spürte, wie ihm ihre Worte einen Schauer über den Rücken schickten. »Es gibt nichts Schlimmeres«, sagte er leise, »als über Gedanken zu sagen, dass sie nichts als Gedanken seien. Die Gedanken sind die einzige Freiheit des Menschen.«

Sie sah ihn an, regungslos und mit diesem wachsamen, durchdringenden Blick, mit dem sie auch damals gegen die Finsternis des Fensters geschaut hatte, als er sie zum ersten Mal gesehen hatte. Es hätte nicht viel gefehlt, und er hätte die Klaue ausgestreckt und ihr eine Haarsträhne aus dem Gesicht gestrichen, die sich nass vom Regen an ihre Wange schmiegte. Schnell wandte er sich ab.

»Du kannst das sagen, weil du kein Mensch bist«, sagte sie. »Aber kennst du nicht dieses Gefühl – zu fallen und auf den Aufprall zu warten, der nicht kommt?«

Er hob leicht die Schultern. »Ich falle nicht«, sagte er. »Ich fliege.«

Eine Weile war es still. Grim starrte in den Regen, ohne ihn zu sehen. Worte lagen ihm auf der Zunge – Worte, die er Mia längst hätte sagen sollen. Aber es war ihm immer gelungen, diese Worte wegzuwischen mit einem spöttischen Lachen, einem abfälligen Blick – bis jetzt. Entschlossen hob er den Kopf und sah Mia an. Das Grün ihrer Augen umtoste ihn wie ein Sturm.

»Du hast von Gedanken gesprochen«, sagte er leise, doch seine Stimme war so klar, dass sie den Regen verstummen ließ. »Du glaubst nicht an ihre Macht. Aber ich, Mia ... ich kenne die Menschen. Ich beobachte sie seit Jahrhunderten, bewahre sie vor der Dunkelheit, riskiere mein Leben für sie. Oft wurde ich dafür von meinesgleichen belächelt und verspottet. Und die Gargoyles haben nicht ganz unrecht: Viele Menschen sind tatsächlich schwach und feige, ignorant und engstirnig, ohne Rückgrat und was es sonst noch Verachtenswertes über dein Volk zu sagen gibt. Aber gleichzeitig verfügen die Menschen über etwas, das mich, ein Wesen der Dunkelheit, seit jeher angezogen hat. Es ist ein Licht, Mia, strahlender, als ich mir die Sonne denken kann. Es ist nicht mehr als ein Gedanke. Und doch hat es Menschen dazu gebracht, für ihre Freiheit zu kämpfen und dafür zu sterben, mit bloßen Fäusten gegen Panzer in den Krieg zu ziehen und an den Betten sterbender Kinder zu wachen, um sie nicht allein zu lassen in der Finsternis. Der Gedanke, von dem ich spreche, ist die Hoffnung. Sie wohnte in deinem Bruder, und sie lebt auch in dir. Menschen, die die Hoffnung nicht aufgeben, ganz gleich, was geschieht, sind etwas ganz Besonderes – sie sind das Licht in der Dunkelheit. Sie sind es, die die Welt verändern können. Wie Jakob bist auch du fähig, das Licht der Hoffnung weiterzugeben – andere Wesen mit ihrem Feuer zu entzünden.«

Mia schüttelte traurig den Kopf. »Jakob konnte das – da hast du recht. Aber ich? Nein. Ich bin noch nie ein Licht gewesen, für niemanden.«

»Du weißt so wenig, Menschenkind«, erwiderte Grim und räusperte sich schnell, um den sanften Ton aus seiner Stimme zu vertreiben. »Jakob hat an dich geglaubt, oder etwa nicht? Und er ist nicht der Einzige.«

Mia stieß ein spöttisches Lachen aus. »Ach nein? Wer denn noch?«

Grim holte tief Atem. Verflucht, warum fiel ihm ein so winziges Wort auf einmal so schwer?

»Ich«, sagte er leise. Mia sah ihn so überrascht an, dass er lächeln musste. »Du hast mehr Macht, als du ahnst«, fuhr er fort. »Du hast etwas in mir berührt, von dem ich lange Zeit nicht mehr wusste, dass es da war.« Er sah sie eindringlich an. »Ich will nie wieder hören, dass du nicht an dich glaubst.«

Mia erwiderte seinen Blick. Er konnte nicht erahnen, was sie dachte. Und dann, ganz plötzlich, streckte sie die Hand aus und legte sie auf seine Klaue. Zart wie eine Figur aus hellem Wachs lag sie auf seiner dunklen Steinhaut, und er brachte es nicht fertig, sich abzuwenden.

»Magie«, raunte er. Dann wurde ihm bewusst, dass er seinen Gedanken laut ausgesprochen hatte. Abrupt hob er den Kopf und räusperte sich verlegen. »Magie ist … etwas Besonderes«, fuhr er fort. »Sie ist eine Gabe, die nicht zu jedem kommt, und schon gar nicht zu euch Menschen. Du verfügst über sie.«

»Ja«, erwiderte Mia leise. »Für dich ist das vielleicht was ganz Tolles. Aber für mich … Auf einmal muss ich mit Magie umgehen, mit Kobolden und Gargoyles und einer Welt der Verdammten. Dieser Riss … Er ist …«

»Du hast Angst«, stellte Grim fest. Er hatte es geahnt. Seufzend holte er Atem und sah sie so streng an, wie er konnte. »Aber darum geht es nicht. Du hast dich entschieden, nicht wahr? Du hast deinen Weg gewählt, und du hast dich dazu entschlossen, ihn zu gehen. Jetzt darfst du nicht zögern. Hör auf zu zweifeln, hör auf, Angst zu haben. Du wirst jetzt dieses Portal öffnen – weil du es kannst.«

Da lächelte sie. Für einen Moment spürte er nicht mehr den Regen auf seiner Haut. Es war ein Gefühl wie der Duft der Sterne auf sonnenwarmen Dächern.

Da schwirrte ein grünes Licht in Grims Blickfeld. Remis sah ihn mit hochgezogener Braue an.

»Scheint fast so, als seist du unter die Motivationsgurus gegangen«, meinte der Kobold. »Wenn du jetzt auch noch ›Tschakaa, du schaffst es‹ sagst, muss ich mich übergeben.«

Grim warf ihm einen wütenden Blick zu, aber Mia lachte und kam auf die Beine. Schweigend ging sie die Stufe entlang, holte tief Atem und begann noch einmal mit dem Ritual. Sie zog drei Steine aus ihrer Tasche, einen Amethyst, einen Rosenquarz und ein Stück Bernstein, legte sie mit leisen Beschwörungen auf die Stufe, zeichnete verschlungene Buchstaben in die Luft – und erstarrte. Auch Grim hielt den Atem an, und Remis flog aufgeregt auf seine Schulter. Mias Finger glühten in rotem Feuer. Die Buchstaben, die sie zeichnete, blieben für einen Moment in der Luft hängen, ehe sie in einem knisternden Funkenregen zu Boden fielen. Ein Lächeln flog über ihr Gesicht, als sie fortfuhr. Sie trat in die Mitte ihres Steinkreises und breitete die Arme aus. Die Steine erhoben sich in die Luft und begannen, in rasendem Tempo um sie herumzufliegen. Mia hatte die Augen geschlossen, ihre Lider flatterten, aber ihre Stimme war klar und fest. Grim merkte, dass er vor Anspannung die Klaue in die

Treppenstufe gekrallt hatte. Mit einem Knall zersprangen die Steine in gleißendem Licht. Ihre Splitter glühten in der Nacht, und für einen Moment wurde das Kolosseum von grünem Licht überzogen. Dann war alles wie zuvor – oder doch nicht? Prüfend schaute er zum Eingang. Irgendetwas hatte sich verändert.

»Die Gitter.« Mia trat neben ihn. »Gerade eben haben sie das Kolosseum noch verschlossen. Jetzt sind sie verschwunden.«

Remis schluckte hörbar. »Sieht nicht so aus, als wären wir in einer anderen Welt, oder?«

Grim zog die Brauen zusammen. »Aber Dinge verschwinden nicht einfach so. Irgendetwas stimmt hier nicht.«

Vorsichtig stiegen sie die Stufen und Treppen hinab und verließen das Kolosseum. Alles sah genau so aus wie zuvor. Nur der Regen hatte nachgelassen und fiel nun in langen, dürren Fäden vom Himmel. Grim überquerte die Piazza del Colosseo und blieb vor dem Konstantinsbogen stehen. Auch hier gab es keine Absperrungen mehr, aber er fühlte, dass das nicht die einzige Veränderung war. Nachdenklich ließ er seinen Blick über den Platz schweifen, als ihm die Erkenntnis kam.

»Die Menschen«, flüsterte Mia im selben Moment. »Die Menschen sind verschwunden!«

Kaum hatte sie das gesagt, hörte Grim etwas über sich, nicht mehr war es als ein zischender Luftzug. Er fuhr herum, doch es war schon zu spät. Eine dunkle Gestalt sprang vom Konstantinsbogen und landete auf Grims Rücken. Er fiel auf die Knie und spürte spitze Nägel in seinem Fleisch. Fauliger Atem schlug ihm entgegen. Angewidert griff er hinter sich und riss eine magere Gestalt mit ledriger Haut von seinem Rücken. Es war ein Dämon, ein Holoklit, der seinen menschlichen Wirt zugrunde gerichtet und dessen verbrannten Körper nach eigenen Vorlieben eingerichtet hatte. Seine weißen Augen waren von klebrigen Spinnweben überzogen, und als er den Mund aufriss, drangen borstige Insektenfühler aus seinem Rachen und griffen nach Grims Kehle. Im letzten Moment packte Grim den Dämon am Schädel und schickte blaues Feuer durch seinen Leib. Er heulte vor Schmerzen. Grim schleuderte ihn zu Boden, wo er auf allen vieren aufkam und schnell wie eine Eidechse das Weite suchte.

Im selben Moment zerriss ein ohrenbetäubender Knall die Luft, dicht gefolgt vom heftigen Donnern eines Gewitters. Instinktiv zog Grim Mia unter den steinernen Bogen. Er wollte sie ansehen und sich vergewissern, ob alles mit ihr in Ordnung war – doch er konnte den Blick nicht vom Himmel abwenden. Die Wolken rissen auf, und dahinter loderten Flammen. Schatten flogen durch die Luft, es war, als hätte der Donner sie gerufen. Mia griff nach seinem Arm und deutete auf die Häuser nicht weit von ihnen. Das Feuer des Himmels warf sich in blutrotem Schein auf ihre Dächer – oder auf das, was von ihnen übrig war. Grim fuhr sich über die Augen. War er verrückt oder blind geworden? Gerade eben noch hatten die Gebäude vollkommen normal ausgesehen – und jetzt waren sie kaum mehr als Ruinen. Die Wände waren eingestürzt, einige Dächer hatten sämtliche Schindeln verloren, und überall krochen Schatten durch das rote Zwielicht.

Grim fühlte die Krallen des mickrigen Angreifers noch in seinem Nacken. Das war nicht der einzige Dämon gewesen in dieser neuen Welt. Er hörte hohle, schrille Schreie, die durch die Häuserschluchten hallten, und er spürte die Gier von anderen Dämonen, die sie aus den Schatten heraus anstarrten. Er würde nicht mit allen gleichzeitig fertig werden, so viel stand fest – schon gar nicht in seinem Zustand. Er spürte einen Druck in der Lunge, der ihm das Atmen schwer machte, und die Kopfschmerzen nahmen sadistische Züge an. Er seufzte. Er hatte Wichtigeres zu tun, als sich um die Befindlichkeiten seines Körpers zu scheren, verdammt noch mal!

»In Ordnung«, sagte Mia leise. »Scheint fast so, als wären wir da, wo wir hinwollten.«

Sie war blass geworden, aber in ihren Augen lag keine Spur von Angst. Sie zog die Karte aus ihrer Tasche. Angestrengt fuhr sie mit dem Finger über eine für Grim unsichtbare Linie und entfernte sich einige Schritte. Grim wollte ihr folgen, doch Remis hielt ihn zurück.

Mit todernster Miene flog der Kobold ihm vor die Nase. »Du musst sie darum bitten«, flüsterte er energisch.

Grim wusste sofort, worum es ging, aber er dachte gar nicht daran, sich auf diese Diskussion einzulassen. Er machte ein verständnisloses Gesicht, doch bevor eine abfällige Bemerkung über seine Lippen gekommen war, wurde er von trockenem Husten geschüttelt. Er schmeckte Blut. Seufzend wischte er sich den Mund und warf Mia einen Blick zu, die konzentriert auf die Karte schaute und offenbar nichts von seinem Anfall mitbekommen hatte. Remis hingegen hatte das Blut ganz genau gerochen und riss erschrocken die Augen auf.

»Ich weiß, dass es nicht ungefährlich ist«, flüsterte der Kobold hektisch. »Die Menschen verlieren sich in der Dunkelheit, wenn ihr ihnen die Träume nehmt, und …« Er wischte durch die Luft und schüttelte sich, als wollte er die Worte aus sich herausschleudern. »Und mir ist auch klar, dass du ihre Träume nicht willst. Ich weiß genau, was für ein Krampf es war, jedes Mal, wenn du in die Sammelstation gehen musstest – du hast es immer gehasst. Aber sie …«

Da platzte Grim der Kragen. »Zur Hölle noch eins, Remis!«, grollte er und musste sich anstrengen, um leise zu sprechen. »Ich werde den Teufel tun und sie um ihre Träume bitten! Ich bin schon viel zu weit gegangen! Siehst du nicht, was hier los ist? Fällt dir nicht auf, wie sie mich ansieht?«

Remis warf einen beiläufigen Blick zum Himmel. »Und du sie, würde ich meinen …«

Grim fuhr sich über die Augen. »Sie ist ein Mensch, verstehst du? Ich bin ein Gargoyle!« Er hob die Klauen und hielt sie so weit auseinander, wie es ihm möglich war. Er sah Remis entschieden an, doch der Kobold schob nur aufsässig das Kinn vor.

»Ja«, flüsterte er gedehnt. »Ausgerechnet du, der nie wieder einem Menschen nahekommen wollte, lässt dich auf einen von ihnen ein – mir ist schon klar, dass dich das in Konflikte stürzt! Ich war derjenige, der dich davor bewahren wollte, erinnerst du dich? Aber jetzt wird es Zeit, der Wahrheit ins Gesicht zu sehen! Du kannst dich nicht länger gegen das wehren, was du bist und fühlst. Du fürchtest dich davor, nicht mehr zurückzukönnen, wenn du erst ihre Träume …«

Ehe er den Satz beenden konnte, hatte Grim ihn geschnappt und schüttelte ihn hin und her. »Mir ist klar, dass du in deiner rosaroten Koboldromantikwelt nicht weiterleben kannst, wenn die Geschichte zwischen ihr und mir nicht mit einem blinkenden Herzaufkleber versehen wird«, zischte er. »Aber das geht dich nichts an, verstanden? Und ich kann nicht …«

In diesem Moment kam Mia zu ihnen zurück und sah sie erstaunt an. Schnell ließ Grim Remis frei, der ihm böse Blicke zuwarf.

Mia schaute von einem zum anderen und beschloss offensichtlich, sich nicht für ihre Sperenzchen zu interessieren. Sie hob die

Hand mit der Karte und deutete in eine Richtung. »Das Pantheon«, sagte sie. »Dort liegt das Zepter der Yartholdo.«

Ohne zu zögern, machte sie sich auf den Weg. Remis hockte sich auf ihre Schulter und spähte ängstlich von links nach rechts. Grim ging dicht hinter ihnen. Er durfte sich jetzt nicht ablenken lassen. Er spürte sie genau, die lauernden Blicke in den Ruinen, und er hörte deutlich die scharrenden Klauen, die ihnen über die Häuserdächer nachliefen. Aber das, was ihn noch mehr beunruhigte als die Dämonen, die nach ihren Körpern gierten, verbarg sich tiefer in der Finsternis. Dort schlich ihnen jemand nach, beobachtete und belauschte sie, jemand, der nicht an diesen Ort gehörte. Grim konnte den Schweiß auf der Haut ihres Verfolgers riechen, und er witterte den Duft von Fleisch und Blut. Derjenige, der ihnen folgte, war ein Mensch.

Kapitel 44

Mia ging der goldenen Linie nach, die sich in einem Gewirr aus dunklen Gassen über die Karte hinzog und am Ende in einen roten Stern mündete, der die Konturen des Pantheons durchschimmern ließ. Die Via dei Fori Imperiali, über die sie gingen, war verwaist. Aufgebrochene Autos standen an den Rändern, einige ausgebrannt, andere ohne Reifen und mit eingeschlagenen Scheiben. Ab und zu huschten dunkle Gestalten über die Straße, sogen gierig die Luft ein und verschwanden, sobald sie Grim bemerkten. Das blutige Licht des Himmels flackerte auf den Ruinen des Forum Romanum. Mia hatte sich eine Zeit lang für die römische Kultur interessiert und immer vorgehabt, sich diese Stätte einmal anzusehen – nie hätte sie erwartet, dass es unter diesen Umständen sein würde. Sie ließ den Blick über die Säulen und Mauerreste zu ihrer Linken gleiten. Abrupt blieb sie stehen. Grim lief ihr fast in die Hacken und fluchte, doch sie achtete kaum darauf. Sie starrte angestrengt hinauf zu den Rundbögen der Maxentiusbasilika – oder dem, was noch davon übrig war. Sie hätte schwören können, gerade einen Schatten darin gesehen zu haben. Doch nun, da sie genauer hinschaute, war er verschwunden.

Beunruhigt warf sie Grim einen Blick zu. Auch er schien

etwas bemerkt zu haben, denn er sah sich wachsam um. Plötzlich wurde er von heftigem Husten geschüttelt. Er hob die Hand vor den Mund. Erschrocken sah Mia, dass Blut zwischen seinen Fingern hervorquoll. Sie berührte ihn am Arm, doch er winkte ab. Schwer atmend schüttelte er den Kopf und bedeutete ihr, den Weg fortzusetzen. Mia wandte sich ab, aber sie konnte kaum atmen, solche Sorgen machte sie sich. Noch nie hatte sie Grim so verletzlich gesehen. Ihm fehlten die Träume, das war ihr klar, und vermutlich hatte sich auch der Streit zwischen ihm und Remis gerade eben um dieses Thema gedreht. Sie sah ihn von der Seite an.

»Ich bin ein Mensch«, sagte sie leise.

»Ach was«, erwiderte er ein wenig heiser. Er lächelte, aber selbst diese Geste wirkte traurig und kraftlos.

Sie blieb stehen und sah ihn ernst an. »Du bist krank, weil du nicht mehr träumen kannst. Warum nimmst du nicht …«

Er stieß so entschlossen die Luft aus, dass sie verstummte. »Unsinn«, grollte er. »Noch geht es mir ausgezeichnet. Ich habe schon Schlimmeres überstanden. Wir holen jetzt dieses verfluchte Zepter und stoßen Seraphin von seinem Thron, und dann wird alles wieder gut, klar?«

Mia hatte tausend Erwiderungen auf der Zunge, und sie sah, wie Remis sie bittend anschaute. Aber in Grims Blick lag etwas, das keinen Widerspruch duldete. Er würde ihre Träume nicht nehmen, ganz gleich, was sie sagen oder tun würde. Schweigend setzten sie ihren Weg fort. Aber so einfach würde sie es ihm nicht machen. Sie würde schon einen Weg finden, um diesen Sturkopf … In diesem Moment schob sich am Ende der Straße ein Gebäude in ihr Blickfeld. Es wurde von grünem Licht bestrahlt, und aus irgendeinem Grund musste Mia an einen faulenden

Zahn denken. Dabei war das Bauwerk überaus prunkvoll. Eine majestätische Treppe führte hinauf zu einem erleuchteten Säulengang und wurde von Brunnen flankiert, aus denen schwarzes Wasser sprudelte. Die steinernen Figuren auf den Absätzen und Emporen wirkten so lebendig, dass Mia für einen Moment glaubte, es mit Gargoyles zu tun zu haben. Dann sah sie die reglosen Totenaugen, mit denen die Statuen in die Dunkelheit starrten. Vielleicht steckte etwas in ihnen – aber lebendig war es nicht.

»Von oben wird das Ding aussehen wie eine Schreibmaschine«, murmelte Grim. Verächtlich schüttelte er den Kopf, öffnete den Mund, um noch etwas zu sagen – und erstarrte in seiner Bewegung. Angespannt schaute er zu den Straßenzügen hinüber, die sich von der Piazza Venezia fortbewegten, auf der sie standen. Mia konnte nichts sehen als die Ruinen der Häuser – aber sie hörte, dass sich etwas näherte. Es klang wie das Summen unzähliger Bienen. Remis sog auf ihrer Schulter die Luft ein, während sie sich umsah. Der Platz war riesig. Sie standen wie auf dem Präsentierteller – als wären sie auf einen Opferaltar gesprungen. Das Summen schwoll an, für einen Moment meinte sie, kreischende Stimmen und das knisternde Flattern von Insektenflügeln zu hören.

Grim packte sie an der Schulter. »Weg hier!«

Er durchbrach das metallene Gitter vor der Schreibmaschine, und sie stolperte hinter ihm die Treppe nach oben. Der Boden vibrierte unter ihnen, sie warf einen Blick über die Schulter – und erstarrte. Eine riesige Flutwelle aus unzähligen schwarzen Moskitoleibern rollte aus den Straßen auf sie zu. Gleichzeitig sprang einer der steinernen Löwen vom Geländer und warf Grim zu Boden. Mia schrie, als zwei eiskalte Arme sie umfassten und ihr die Luft abdrückten. Eine der Statuen hatte sie gepackt und umfasste auch Remis mit der Faust. Der Kobold rang nach Atem, doch die Statue rührte sich nicht. Mia hörte das Knistern, als sie wieder versteinerte. Die Figur hielt sie so fest, dass sie kaum Luft bekam.

»Grim!«, keuchte sie und sah mit Entsetzen, wie der Löwe seine Klauen in Grims Brust grub, ehe auch er versteinerte. Die Welle türmte sich auf dem Platz zu einer wirbelnden Wolke auf, Mia meinte, ein höhnisches Lachen aus tausend Mäulern zu hören und das messerscharfe Schaben von Beißwerkzeugen. Mit einem Ruck setzte die Wolke sich in Bewegung und raste auf die Treppe zu. Mia schrie auf, doch da sprang eine Gestalt aus den Schatten neben dem Geländer. Es war ein Mann, so viel konnte Mia erkennen. Er trug einen kurzen weißen Bart, sein Gesicht war sonnengebräunt. Sein dunkler Mantel flatterte, als er auf die Treppe sprang, und in seinen Händen hielt er einen schlichten schwarzen Stab, um dessen Enden je zwei Kugeln kreisten: eine weiße und eine schwarze.

»Nafratum!«, rief er mit tosender Stimme und riss den Stab in die Luft. Sofort schossen die Kugeln auf die Wolke zu.

»Iphenor!« Der Fremde hieb mit dem Stab auf den Boden. Die Kugeln zersprangen, als wären sie gegen eine unsichtbare Wand geprallt – und tatsächlich: Dort, wo ihre Splitter niederfielen, erhob sich ein gewaltiger Schutzschild. Die Insekten surrten aufgeregt auf der anderen Seite, doch der Schild lief die ganze Straße hinab und weit hinauf in den blutroten Himmel.

Der Fremde fuhr herum. Mit wehendem Mantel lief er auf Mia zu, hob seinen Stab und schlug der Statue zuerst den Kopf und dann die Hand ab. Mia taumelte nach vorn, als die Arme sich von ihr lösten, und Remis plumpste mit der abgeschlagenen

Faust zu Boden. Hustend sah Mia zu, wie der Fremde dem Löwen seinen Stab in den Nacken bohrte. Im nächsten Augenblick zerfiel er in tausend Scherben.

Erleichtert wollte Mia auf Grim zulaufen, doch sein Blick hielt sie davon ab. Regungslos lag er auf der Treppe und starrte den Fremden an, der seinen Blick schweigend erwiderte. Mia zog die Brauen zusammen. Irgendetwas ging hier vor. Da löste sich der Fremde aus seiner Starre. Langsam steckte er den Stab in einen Halter auf seinem Rücken, trat auf Grim zu und hielt ihm die Hand hin.

»Mein Name ist …«, begann er, doch Grim ließ ihn nicht ausreden.

Mit einem wütenden Grollen sprang er auf die Füße und baute sich drohend vor dem Fremden auf.

»Ich weiß genau, wer du bist – Pedro von Barkabant!« Der Name rollte die Treppe hinab und schickte Mia einen Schauer über den Rücken. Auf einmal hörte sie Jakobs Stimme. *Pedro von Barkabant … der Menschenkönig, der unter den Gargoyles als Blutkönig in die Geschichte einging.* Er war es gewesen, der den Gargoyles einst ihr Zepter genommen und Jagd auf sie gemacht hatte. Mia erinnerte sich daran, wie sie auf dem Feld gestanden hatte, in der Ferne der Reiter mit dem funkelnden Gegenstand in den Händen, und dann von der Druckwelle erfasst worden war, die sie selbst aus Lucas' Bild geschleudert und die fliehenden Gargoyles vernichtet hatte. *Und er hätte dieses Volk ausgelöscht, wenn sein Wahnsinn ihm nicht zuvorgekommen wäre.* Pedro von Barkabant hatte das Zepter der Menschen und das Zepter der Gargoyles abgelegt – weil er verrückt geworden war. Mia musterte ihn eindringlich. Seine Augen waren von einem hellen, klaren Blau, sein Blick begegnete dem ihren. Ein trauriger Ernst lag auf seinen Zügen, als er höflich den Kopf neigte, doch Wahnsinn konnte sie nicht darin entdecken.

Aber Grim war das offensichtlich egal. Wütend wischte er sich den Staub des zerbrochenen Löwen von den Schultern und trat auf Pedro zu. »Verflucht seist du, der mein Volk vernichten wollte!«

Mia hielt den Atem an. Grim hatte die Faust erhoben, doch Pedro rührte sich nicht. Er stand nur da mit dieser seltsamen Traurigkeit im Blick und schaute Grim an, bis dieser die Klaue sinken ließ.

»Verflucht«, sagte Pedro mit rauer Stimme. »Ja … das bin ich. Und mehr, als du ahnst. Deswegen bin ich hier, an diesem Ort ohne Zeit und Vergebung.« Für einen Moment stahl sich ein Lächeln auf sein Gesicht, dann zog sich eine Maske aus Frost darüber. Seine Augen wurden zu zwei Stückchen Eis, und jede Wärme wich aus seinen Zügen. »Was wollt ihr hier?«

Grim verschränkte die Arme vor der Brust. »Das geht dich einen feuchten Dreck an, Blutkönig!«

Pedro nickte langsam, als würde er gerade etwas verstehen. Dann zuckte er die Achseln. »Wie ihr wollt.«

Er wandte sich zum Gehen. Mia hörte, wie die Insekten hinter ihr gegen den Schutzwall flogen. Er begann zu splittern. Sie warf Grim einen Blick zu, aber der stand da wie ein bockiges Kind und rührte sich nicht. Schnell trat sie Pedro in den Weg. Er hob ruckartig den Kopf wie ein wildes Tier kurz vor dem Angriff. Für einen Moment bereute sie, ihm entgegengetreten zu sein. Dann straffte sie die Schultern und schaute ihm direkt in die Augen.

»Wir müssen zum Pantheon«, sagte sie mit fester Stimme. Sie spürte Grims Blick wie Feuer auf ihrer Haut, aber er schwieg.

Pedro sah sie an, es war unmöglich zu erraten, was er dachte. Dann nickte er.

»Folgt mir.«

Ohne ein weiteres Wort ging er die Treppe hinab, ungeachtet des berstenden Schutzwalls.

Mia sah ihm nach. Sie hörte, wie Remis auf ihrer Schulter die Luft ausstieß, als Grim neben sie trat. Sie seufzte. Jetzt kam die Standpauke. Wie kannst du mit ihm sprechen, dem Blutkönig, der die Gargoyles umbringen wollte! Doch Grim sah sie nur an und sagte dann: »Es ist deine Entscheidung.«

Überrascht hob sie die Brauen. »Ich dachte, du reißt mir den Kopf ab, weil ich ihn aufgehalten habe.«

Grims Gesicht verdunkelte sich. »Nein«, erwiderte er leise. »Im Gegensatz zu uns scheint er sich in dieser Welt der Verdammten auszukennen.« Er warf einen Blick auf die wütende Insektenwolke hinter dem Schild, dann machte er den ersten Schritt die Treppe hinab. »Im Moment haben wir keine Wahl. Wir müssen ihm vertrauen.«

Kapitel 45

Grim vertraute dem Kerl überhaupt nicht. Zur Hölle noch eins, was war hier los? Was hatte Pedro von Barkabant an diesem Ort zu suchen? Sicher, Grim wusste von den Verbrechern, die zur Strafe für besonders schwere Vergehen in den Riss der Vrataten verbannt worden sein sollten – aber Pedro von Barkabant war ein Wahnsinniger! Einer, der nackt durch den Wald rannte und dabei zufällig zwei der mächtigsten Artefakte der Weltgeschichte verlor! Nur dass er vorher noch mal eben fast das gesamte Volk der Gargoyles ausgelöscht hatte! Hoppla, könnte man sagen, dafür konnte er ja gar nichts – er war eben verrückt! Grim hustete und schmeckte Blut. Verdammt, was fiel seinem Körper ein, ausgerechnet jetzt schlappzumachen? Er musste sich beeilen, sonst würde er bald genauso durchdrehen wie dieser verrückte Exkönig der Menschen.

Er starrte Pedro an, der seelenruhig durch die finstersten Gassen stiefelte, als wollte er ihm beweisen, wie gut er sich in dieser Hölle auskannte. Immer wieder ertappte Grim ihn dabei, wie er ihn anstarrte, so als wollte er etwas sagen, das er nicht sagen konnte – oder als wollte er ihm hinterrücks ein Messer ins Herz rammen, wie Wahnsinnige das eben so machten. Grim schüttelte kaum merklich den Kopf. Nein, dieser Kerl war alles andere als verrückt, so viel stand fest. Es musste einen anderen Grund geben, aus dem er die beiden Zepter damals losgeworden war – und Grim würde es herausfinden. Notfalls würde er ihm die Wahrheit aus dem Leib schütteln, und wenn er schon mal dabei war, konnte der Kerl auch gleich verraten, was er im Riss der Vrataten zu suchen hatte. Gut, es war ein Ort ohne Zeit – aber für die Unsterblichkeit die Hölle in Kauf zu nehmen, nein, so weit würden doch nicht einmal Menschen gehen. Oder doch? Grim sah zu, wie Pedro mit beinahe nachlässiger Geste einen mickrigen Dämon von einem der Häuserdächer schoss. Allein dieser Stab, den er bei sich trug, war ein Grund zum Lachen! Schwert, Zauberstab und Pfeilröhre in einem – Mourier hätte seine wahre Freude daran gehabt.

Aber nützlich war Pedro, das musste Grim zugeben. Mindestens einmal schon hatte er sie um ein Gelage von Dämonen herumgeführt, die sich gerade über einen undefinierbaren Fleischberg hergemacht hatten. Offensichtlich war das einmal ein lebendiges Wesen gewesen. Mit Dämonen im Blutrausch war nicht zu spaßen, und Pedro schien das zu wissen. Er führte sie in großem Bogen um das Pantheon herum und suchte offenbar nach einem Durchschlupf. Grim zog die Brauen zusammen. Sobald sie erreicht hatten, was sie wollten, würde er sich nicht mehr zurückhalten. Dann würde er tun, was er tun musste.

Gerade erreichten sie den Tiber. Doch aus dem schönen gewittergrünen Fluss war ein brodelnder Moloch geworden, dessen Ufer sich wie faulendes Fleisch ins Innere der Stadt fraß. Grim stöhnte, als ihm der Verwesungsgestank in die Nase stieg, und Mia wurde so blass, dass er für einen Moment glaubte, sie würde sich übergeben. Zum Glück presste sie sich dann doch nur die Hand vor den Mund. Remis hingegen atmete schwer und zählte leise vor sich hin. Pedro war wie üblich vollkommen unbeeindruckt. Zielstrebig watete er durch den Schlamm, bis er knietief darin versunken war. Dann beugte er sich vor, grub beide Hände in den Matsch – und schlug ihn sich ins Gesicht.

Remis klappte die Kinnlade hinunter. »Ekelhaft«, flüsterte er mit einer Mischung aus würgendem Übelkeitsgeräusch und Sensationsgier.

Pedro wandte sich um. Sein Gesicht war braun von stinkendem Schlamm, und seine blauen Augen schauten stechend zu ihnen herüber. »Ich würde euch nicht raten, momentan überhaupt zum Pantheon zu gehen«, sagte er, während er seinen Mantel ebenfalls mit dem Schleim einrieb. »Ihr werdet diesen Gang höchstwahrscheinlich mit eurem Leben bezahlen. Aber wenn ihr wenigstens eine winzige Chance haben und nicht sofort bei lebendigem Leib gefressen werden wollt, müsst ihr euch damit einreiben. Ihr habt die Moskitos gesehen. Sie haben Zähne – und sie fressen Fleisch.«

Grim wollte lachen, aber Mia ging schon auf den Schlamm zu, und auch Remis konnte es scheinbar gar nicht erwarten, sich mitten hinein zu stürzen. Grim schüttelte den Kopf.

»Jeder hat seine Grenzen«, murmelte er, während er ihnen folgte. »Und meine liegt eindeutig bei Scheiße im Gesicht.«

Er bohrte einen Finger in den Schlamm und besprenkelte seinen Mantel. Mehr ließ sein Geruchssinn nicht zu. Er rechnete fest damit, dass Pedro etwas dazu sagen würde – aber der Alte musterte ihn nur mit dieser undurchsichtigen Miene und machte sich auf den Rückweg. Mia und Remis sahen aus, als wären sie kopfüber in die Kloake gefallen.

»So könntet ihr bei Schönheitswettbewerben antreten«, sagte Grim grinsend. »Vielleicht sollte ich ein Foto machen und noch eins von dem Fluss, in dem ihr …« Er warf einen Blick auf die gurgelnde Brühe – und erstarrte. Das dunkle Wasser hatte sich blutrot verfärbt, und da, als fleischige Bündel, trieben mehrere menschliche Körper. Ihre Haut war schwarz, aber Grim konnte nicht erkennen, ob sie verkohlt oder von Natur aus so gewesen war. Angewidert sah er, dass die Menschen bei lebendigem Leib gefressen worden waren. Große Fleischstücke fehlten in ihren Armen und Beinen, und ihre Augen waren aus dem Kopf gerissen worden. Grim wich zurück, als er zwei Kinderleichen sah.

»Was, zur Hölle, ist hier los?« Er sah Pedro an, doch der schaute auf die Leichen, als wäre das vollkommen normal.

»Die Drudenkönigin hat eines ihrer Feste gefeiert«, sagte er knapp. Dann wandte er sich um.

Grim eilte ihm nach und wäre auf dem schlammigen Grund fast ausgerutscht. »Es wird Zeit, dass du mit der Wahrheit rausrückst«, sagte er wütend. »Was hast du hier zu suchen? Wer ist diese Königin, die Menschen frisst? Und wieso leben die hier überhaupt – Menschen?«

Pedro blieb nicht stehen. Mit schnellen Schritten eilte er die Via dei Balestrari hinab und schaute wachsam von rechts nach links. »Dies ist ein Ort der Verdammten«, sagte er ruhig. »Hast du etwa geglaubt, nur Dämonen und Geister würden hier hausen? Nein, mein Freund – hier herrscht Verbannung, und die schert sich nicht um Volk und Geschlecht. Menschen leben hier, einige in Horden, andere in Familienstämmen unter der Erde. Sie sind bevorzugte Beute der … nun, von Königin Ontorya. Niemand redet über sie. Es heißt, sie würde jeden finden, der ihren Namen ausspricht.«

Grim hielt inne. »Du hast ihn ausgesprochen.«

Da lächelte Pedro, ohne stehen zu bleiben. »Und nicht nur

einmal hat sie mich gefunden. Und sie hat mich gefangen genommen. Aber es ist ihr nie lange gelungen.«

Grim sah sich nach Mia und Remis um, die hinter ihnen herliefen, dann folgte er ihm. »Was tust du hier?«

Pedro sah auf den Weg, auf die Häuser, in den Himmel. Grim schien es, als wäre jeder Anblick interessanter als sein Gesicht. Kaum hatte er das gedacht, blieb Pedro stehen und legte die Hand auf seine Schulter. Sie war schwerer, als Grim erwartet hatte, und eiskalt – die Hand eines Toten. »Aus Buße«, erwiderte Pedro tonlos. »Mein Leben ist Blut- und Irrfahrt gewesen, und kein Tod, kein Leiden in jener Welt jenseits dieser Hölle wäre dem gleichgekommen, was ich verbrochen habe. Hier ist die Welt der Albträume – der Kern der Schlechtigkeit und des Bösen. Hier gehöre ich hin. Ich …«

Ehe Grim wusste, wie ihm geschah, schlug Pedro ihm vor die Brust.

»Verflucht, was …«, begann er, doch da hob Pedro zwei Finger. Dazwischen klemmte ein schwarzer Moskito. Er hatte ihn gerade noch erwischt, bevor er Grim hätte beißen können.

Pedro sah ihn ernst an. Dann fuhr er sich an die Stirn, dass brauner Schlamm an seinem Finger haften blieb, und strich Grim beinahe sanft damit über beide Wangen. Grim nahm den Gestank kaum wahr. Für einen Augenblick war er wieder im Tunnel und sah Seraphin zum ersten Mal ins Gesicht. Die Narbe über seinem Auge brannte wie im Feuer.

Zur Hölle, was ging hier vor? Dieser Kerl hatte Geheimnisse, die nicht nur ihn allein betrafen, das wusste Grim plötzlich. Pedro von Barkabant hatte etwas mit seiner eigenen Vergangenheit zu tun. Auf einmal schlug sein Herz schneller.

»Wer bist du?«, fragte Grim leise.

Für einen Moment schmolz die eisige Kruste auf Pedros Gesicht. Doch ehe er etwas hätte sagen können, zerriss ein Schrei die Luft. Instinktiv zog Grim Mia und Remis in den Schatten der Hauswand. Pedro drückte sich neben sie und legte einen Finger an die Lippen.

Grim hörte das Klatschen bloßer Füße auf Asphalt und das rasselnde Husten und Keuchen eines Menschen. Vorsichtig näherte er sich dem Ende der Gasse und spähte auf den Campo de' Fiori – das Blumenfeld von Rom und die einzige Piazza in der Stadt, an der keine Kirche stand. Die Statue des Philosophen Giordano Bruno, der im Jahr 1600 auf diesem Platz als Ketzer verbrannt worden war, erhob sich im roten Licht der Himmelsflammen. Dunkle Häuser mit zerbrochenen Fenstern umringten ihn, drohend wie riesige Gespenster. Da trat ein Mann aus einer der Straßen. Sein Gesicht war schwarz vor Dreck. Er trug einen zerschlissenen Kittel, seine Füße und Hände waren blutig und die Knie aufgeschlagen. Er sah aus, als wäre er aus einer Folterkammer der Menschen geflohen. Hilflos sah er sich um, offensichtlich suchte er ein Versteck. Doch vor wem war er auf der Flucht? Gerade wollte Grim ihn herüberwinken, als Pedros Hand sich um seine Schulter schloss und sich gleich wieder entfernte.

Im nächsten Moment hallte das Geräusch von Pferdehufen durch die Straßen. Der Mann auf dem Platz geriet in heillose Verzweiflung. Panisch rannte er auf die Gasse zu, in der Grim stand, doch schon preschten sieben schwarze Pferde auf den Platz. Dunkle Gestalten saßen darauf, in schwarze Fellmäntel gehüllt, deren Kapuzen sie sich tief ins Gesicht gezogen hatten. Die Pferde hielten inne, es geschah mit einer Gleichzeitigkeit, dass Grim mit einem Schlag eiskalt wurde. Im selben Moment schoss eine glühende Peitsche über den Platz und wickelte sich in dem Augenblick um die Kehle des Fliehenden, als dieser Grim in den Schatten erkannte. Niemals würde Grim dieses Gesicht vergessen – das wusste er.

Mit enormer Wucht wurde der Mann zurückgerissen. Er landete auf dem Rücken und versuchte vergebens, die Peitsche von seinem Hals zu ziehen. Der Reiter, der ihn gefangen hatte, sprang mit geschmeidiger Bewegung vom Pferd. Lautlos trat er auf den Unglücklichen zu, ohne die Peitsche zu lockern. Kurz vor dem Mann blieb er stehen und streifte sich die Kapuze vom Kopf. Grim sog die Luft ein. Es war eine Frau. Sie hatte graue, fast weiße Augen, die aussahen wie mit Raureif überzogen, und langes schwarzes Haar. Ihr Gesicht war jung, doch in ihrem Blick lag ein Alter, das ihn an die Erzählungen über die Ersten Drachen und die Uralten denken ließ – jene Wesen, die den Göttern noch ins Angesicht geschaut hatten, ehe sie auf die Erde gekommen waren. Langsam näherten sich die Reiter, bis sie im Halbkreis um den Gefangenen herumstanden.

»Diesen Leckerbissen wollen wir uns doch nicht entgehen lassen, nicht wahr?«, rief die Frau mit dunkler Stimme.

Mit gleichgültiger Handbewegung winkte sie die Pferde näher. Sie beugten sich über den winselnden Mann – und gruben ihre Zähne in sein Fleisch.

Grim fuhr zurück. Diese Gäule waren Kreaturen der Hölle und ihre Reiter nicht weniger! Da wandte die Frau den Kopf und ließ den Blick über die umliegenden Gassen schweifen. Grim drückte sich in den Schatten. »Ich hab's gewusst«, murmelte er. »Pedro, du Hundesohn! Du hast uns geradewegs in ihre Arme geführt. Wir hätten dir niemals vertrauen sollen, du bist …« Er wandte den Kopf und verstummte.

Pedro von Barkabant war verschwunden.

Kapitel 46

Mia atmete nicht. Wie gebannt starrte sie die Frau mit den Eisaugen an, die regungslos in ihre Richtung schaute. Konnte sie sie in den Schatten erkennen? Ihre Gefährten hockten auf ihren Pferden, die sich schmatzend und gurgelnd an dem Menschen gütlich taten. Ein boshaftes Lächeln glitt über das Gesicht der Frau. Für einen Moment glaubte Mia, dass sie sie direkt ansah. Dann wandte sie sich ab. Erleichtert stieß Mia die Luft aus.

»Sie verbergen sich in den Schatten«, sagte die Frau, während sie sich in den Sattel schwang. »Ergreift sie!«

Mit diesen Worten riss sie ihr Pferd herum und preschte auf die Gasse zu.

Grim packte Mia am Kragen, schwang sich in die Luft und raste über die Ruinen der Stadt dahin. Für einen Moment fürchtete Mia, die Pferde würden sich in die Luft erheben und ihnen nachjagen, doch sie blieben am Boden und fielen bald zurück. Stattdessen zischten ihnen schwarze Pfeile nach, einer traf Grim in die Schulter. Er brüllte vor Schmerz, doch er verlangsamte seinen Flug nicht. Erst als die Schreie der Reiter und das Trappeln der Pferde auf dem Asphalt verklungen waren, landete er auf dem Balkon eines halb verfallenen Herrenhauses. Taumelnd brach er durch die hölzerne Tür und fiel der Länge nach in ein staubbedecktes Schlafzimmer.

Mia landete auf dem Rücken und kam stöhnend auf die Beine. Sie sah sich um. Ein Bett aus schwarzer Seide stand unberührt an einer Wand. Mehrere Spiegel hingen stumpf an den Wänden, und zwei dunkle Stühle standen vor einer uralten Kommode. Dieses Zimmer war vor Urzeiten das letzte Mal betreten worden, das konnte sie sehen. Der Staub lag überall wie eine zarte Schicht aus Schnee.

Grim stöhnte. Er wollte sich aufrichten, aber seine Beine gaben unter ihm nach. Schwer atmend lehnte er sich mit dem Oberkörper gegen die Wand. Sein Gesicht war grau geworden. Er bewegte den Mund, seine Lippen platzten auf und begannen zu bluten. Mia kniete sich neben ihn und griff nach seiner Hand. Seine Finger waren eiskalt.

»Der Pfeil«, flüsterte er angestrengt. »Du musst ...« Er hustete.

Remis sah Mia ernst an. »Du musst ihn rausziehen«, sagte er, und seine feste Stimme passte überhaupt nicht zu seinem ängstlichen Blick. »Er ist vergiftet. Grim kann sich erst heilen, wenn der Pfeil entfernt wurde. Ich habe nicht die Kraft dazu. Du musst das machen.«

Mia kam auf die Beine. Ihre Knie zitterten, als sie den Pfeil mit beiden Händen umfasste.

»Weiter unten«, dirigierte Remis ihre Finger an den Pfeilschaft. »Und dann – einfach ziehen, so fest du kannst. Er darf nicht abbrechen. Los!«

Mia schloss die Augen und zog. Ein knirschendes Geräusch erklang, Grim stöhnte. Dann war der Pfeil frei. Mia flog auf den Rücken, warmes Blut spritzte ihr ins Gesicht. Sie kam auf die Beine, schmiss den Pfeil in eine Ecke und ließ sich neben Grim fallen. Er saß regungslos. Für einen Moment glaubte sie, er wäre gestorben. Dann hob sich sein Brustkorb, und sie hörte, wie er den Zauber murmelte, der seine Wunde kurz darauf schloss. Für einen Moment sah er sie an, die Andeutung eines Lächelns trat auf seine Lippen. Dann flatterten seine Lider, und er verlor das Bewusstsein.

Mia strich über Grims Stirn, sie war so kalt, als würde kein Leben mehr in ihm stecken. »Was passiert mit ihm?«

»Er braucht Kraft, Mia«, sagte Remis leise. »Seine letzten Reserven hat er für seine Heilung verbraucht. Er muss sich erholen, aber das kann er nicht, wenn …« Er stockte.

»Die Träume«, flüsterte sie. »Was muss ich tun?«

Remis hob die Schultern. »Du kannst nichts tun«, erwiderte er, und jetzt hörte sie deutlich die Angst in seiner Stimme. »Er … er muss es tun.«

Mia sah, wie die letzte Farbe aus Grims Gesicht wich. Da packte sie ihn an den Schultern und schüttelte ihn, so gut sie konnte. Er stöhnte und öffnete die Augen, aber sein Blick war verhangen. Sie nahm sein Gesicht in beide Hände.

»Nimm meine Träume«, sagte sie eindringlich. »Du wirst sterben, wenn du es nicht tust!« Erst als sie es aussprach, wusste sie, dass sie recht hatte. Grim zog unwillig die Brauen zusammen. Er wollte sich abwenden, aber Mia ließ ihn nicht los. »Hör mir zu«, sagte sie wütend. »Glaubst du, ich habe keine Angst? Glaubst du, das alles ist für mich kein Problem? Das ist es – aber ich habe mich entschieden, mich nicht von Angst und Zweifel leiten zu lassen! Wenn du es schon nicht für dich selbst tun willst, dann tu es für mich! Glaubst du etwa, ich habe dich getroffen, nur um dich so einfach wieder gehen zu lassen, noch dazu hier, in irgendeiner gottverdammten Dämonenwelt? Du kannst dich nicht einfach so davonstehlen. Dafür ist es längst zu spät.«

Sie sah ihn an, sah das Erstaunen, das sich als sanfter Schleier über sein Gesicht legte. Dann neigte er den Kopf und nickte unmerklich. Ein kalter Windhauch fuhr ihr in den Nacken. Kam es ihr nur so vor, oder war das Licht im Zimmer dunkler geworden? Grim hob den Blick, seine Augen waren pechschwarz geworden. Es waren die Augen eines Wesens, das mehr war als Gargoyle oder Mensch, mehr als alles, was sie kannte. Zum ersten Mal erahnte sie sein wahres Alter. Ein Schatten trat in seinen Blick, als er seine Klaue in ihren Nacken legte. Mit einer winzigen Drehung seines Handgelenks hätte er ihr das Genick brechen können. Sie schloss die Augen, sie wollte nicht daran denken, was sie unterschied, auch nicht daran, was er war – an nichts, gar nichts mehr wollte sie denken.

Sein Atem strich sanft über ihr Gesicht, und im nächsten Moment spürte sie seine Lippen auf ihren. Zart wie ein Flüstern war sein Kuss, wie ein Schleier, der sich vor einer geheimnisvollen Welt gesenkt hatte und nur manchmal einen Blick darauf erlaubte. Sie spürte seine Arme um ihren Körper, er hielt sie, als hätte er Angst, sie zu zerbrechen. Da verwandelte sich die Dunkelheit um sie herum in ein Meer aus schwarzen Sternen. Sie verlor den Boden unter sich, die Finsternis umtoste sie mit tausend Stimmen, sie riss an ihrem Haar und wirbelte sie wie ein Blatt durch den Sturm. Mia klammerte sich an Grim, sie spürte die Kälte seiner Lippen, die Wärme, die aus ihrem Körper in den seinen strömte, und die Dunkelheit, die in ihr wuchs und sie unendlich müde machte.

Da löste Grim sich von ihr und lehnte ihr Gesicht an seine Brust. Leise wie das Schlagen von Kirchturmglocken in der

Ferne drang etwas durch die Stille. Es dauerte eine Weile, bis sie erkannte, dass es sein Herz war, das sie da hörte. Langsam kehrte die Wärme in ihren Körper zurück. Grim hielt sie fest inmitten der wirbelnden Sterne, und als sie ihn ansah, lächelte er. Doch noch etwas lag in seinem Blick, und sie fröstelte, als sie es erkannte: Es war Furcht. Sie streckte die Hand nach seiner Wange aus, doch Grim fuhr zurück, und die Finsternis um sie herum zerriss.

Benommen fand sie sich in Grims Armen wieder. Sie öffnete die Augen, für einen Moment verschwamm sein Gesicht. Dann erkannte sie, dass er sie ansah. Die graue Farbe wich von seinem Körper, und das tiefe Schwarz seiner Haut kehrte zurück. Sanft strich er ihr über die Wange. »Du hast mich gerettet«, sagte er leise. »Und du hast recht. Angst und Zweifel sind schlechte Gefährten.« Sie fühlte seinen Atem auf ihren Lippen, als er sich vorbeugte und ihr Gesicht in beide Klauen nahm. »Du …«

Weiter kam er nicht. Mit einem Knall brach die Balkontür aus ihrem Rahmen, und drei Gestalten in langen Fellmänteln sprangen ins Zimmer. Mia schrie auf, als sie die Frau mit den Eisaugen erkannte.

»Sieh an«, sagte diese beinahe sanft. »Das Fleisch von Liebenden ist besonders saftig.« Mit einem Ruck riss sie die Arme vor. Mia fühlte einen heftigen Schlag am Kopf. Dann wurde ihr schwarz vor Augen.

Kapitel 47

Das Denken fiel Grim schwer. Zum ersten Mal in seinem Leben erfuhr er, wie es sich anfühlte, wenn eine Harpyie ihre Klauen in seinen Rücken bohrte. Es war nicht besonders angenehm. Außerdem spürte er die Wirkung des schwarzen Pfeils. Das Gift lähmte seine Magie, er konnte nicht einmal ein winziges Flämmchen wirken. Er war nichts mehr als ein Koloss aus Stein. Neben ihm ritt die Frau mit dem Fellmantel auf einem der Untiere. Mia hing bewusstlos in ihren Armen, und Remis segelte wie ein grünes Taschentuch hinter der Harpyie her. Er baumelte, an Händen und Füßen gefesselt, an einem langen Strick, den die Frau an ihrem Gürtel befestigt hatte.

Grim sah die Ruinen Roms unter sich dahinrasen. Der Tiber wälzte sich als blutig-schwarzes Ungeheuer durch die Nacht, die Gebäude lagen in Dunkelheit. Nach einer Weile wurde Grim von einem roten Lichtstrahl getroffen. Er brauchte einen Moment, bis er erkannte, dass es der Petersdom war, von dessen Kuppel aus rote und grüne Lichter in die Nacht geworfen wurden, als wäre er eine riesige Diskothek der Menschen. Doch als sie näher kamen, wurde Grim klar, dass dieser Dom weder mit seinem Abbild in der Menschenwelt noch mit einem Ort der

Vergnügungen die geringste Ähnlichkeit hatte. Der Petersplatz war mit menschlichen Knochen übersät, und an dem Obelisken hingen Skelette und angefressene Leichen. Was immer dort hauste – es hatte einen mörderischen Appetit.

Die Harpyien landeten auf dem Platz. Ihre Klauen zerbrachen die herumliegenden Schädel, als wären sie aus Zuckerguss. Grim fiel zu Boden. Mühsam kam er auf die Beine und fühlte sich sofort von einer magischen Schlinge umwickelt. Sie fesselte seine Arme auf den Rücken und ließ seinen Beinen gerade genug Raum, um über den Platz zu humpeln.

Die Frau mit den Eisaugen sprang von ihrem Reittier. Mühelos hielt sie Mia an beiden Schultern in der Luft und ließ ihren Blick langsam über ihr Gesicht gleiten. Grim machte einen Schritt auf sie zu, doch sofort sprangen zwei andere Gestalten von ihren Harpyien und hielten ihn an der Schlinge zurück. Die Frau beachtete ihn nicht. Lächelnd schob sie das Kinn vor und blies Mia weißen Atem ins Gesicht.

Sofort kam Mia zu sich. Sie hustete, als hätte sie Wasser in die Lunge bekommen, sah auf – und erstarrte. Jede Farbe wich aus ihrem Gesicht, als sie die Frau so dicht vor sich sah.

»Wenn du sie anrührst, breche ich dir jeden Knochen in deinem verfluchten Leib!«, grollte Grim und riss an der Schlinge, dass seine Bewacher ins Straucheln kamen.

Doch die Frau blieb unbeeindruckt. Sie maß ihn mit höhnischen Blicken. Dann wandte sie sich ab und schritt hoheitsvoll auf den Petersdom zu. Einer ihrer Schergen band Mia die Arme auf den Rücken. Dann stieß er sie vorwärts. Schweigend folgten sie der Frau über den Platz, immer darum bemüht, nicht auf Knochen und Schädel zu treten. Sie hatten die Treppe zum Dom noch nicht erreicht, als Grim der Gestank von gebratenem Fleisch in die Nase stieg. Blutige Rinnsale besudelten die Treppe, sie schienen aus dem Dom zu kommen. Grim musste aufpassen, auf den feuchten Steinen nicht auszurutschen, aber seine Wächter hatten keine Geduld. Sie stießen ihn vorwärts, geradewegs durch eine riesige Tür ins Innere der Kirche.

Für einen Moment sah Grim nur das Licht. In blutroten Lanzen fiel es durch die Fenster der Kuppel und bohrte sich in die schwüle Dämmerung des Doms. Dann sah er die Tafel, die sich vom Eingang bis zum Altar erstreckte. An ihr saßen Druden – allesamt in schwarze Felle oder Leder gekleidet – und aßen und tranken. Sie schienen sich köstlich zu amüsieren, und fast hätte man meinen können, dass es eine ganz normale Feier war, auf der sie gelandet waren. Aber Grim sah, was auf dieser Tafel lag. Er sah Menschenköpfe, die mit Eis gefüllt worden waren und deren Hirn lose in ihren geöffneten Schädeln lag. Er sah auch die Spieße, auf denen sich Menschenkörper über flackerndem Feuer drehten, und die Käfige zwischen den gewaltigen Pfeilern, in denen sich nackte Menschen aneinanderdrängten. Gerade holten drei Männer mit blutigen Händen einen der Gefangenen aus dem Käfig. Mit schnellen Handgriffen schnallten sie ihn vor einen der Pfeiler und schnitten ihm bei lebendigem Leib den Bauch auf. Ein Mädchen fing die Eingeweide in einem silbernen Behälter und stellte ihn auf die Tafel, wo sich sofort andere darüber hermachten.

Grim bekam einen Stoß in den Rücken und bewegte sich unter den ständigen Schlägen seiner Wächter den Gang hinab zum Altar. Mia lief neben ihm, er sah aus dem Augenwinkel, dass sie zitterte. Er selbst fühlte sich wie in einem Albtraum. Er sah Leichen ohne Kopf, die mit den Füßen nach oben aufgehängt worden waren und deren Blut in dünnen Rinnsalen auf den

Boden lief. Er hörte die Schreie der Gefangenen, wenn sie aus den Käfigen gerissen wurden, um umgebracht zu werden oder ein Körperteil zu verlieren, das dann auf einem der zahlreichen Feuer landete. Die Wunden wurden mit glühenden Eisen verschlossen, es stank erbärmlich nach verkohltem Fleisch. Der Dom glänzte vom Blut der Getöteten.

Sie hatten den Altar erreicht. Grim wurde an beiden Armen gepackt und mit magischen Schnüren, die auch den letzten Rest seiner Magie unterdrückten, an ein umgedrehtes Kreuz gefesselt, während zwei der Wächter Mia auf den Altar banden. Er war mit etwas bedeckt, das Grim für Menschenhaut hielt. Mia gab keinen Ton von sich, aber er sah, dass sie fast besinnungslos war vor Angst. Remis hing noch immer ohnmächtig am Gürtel der Frau. Grim riss an seinen Fesseln, aber er erreichte nur, dass sie sich tiefer in sein Fleisch gruben.

Da trat ein muskulöser Mann mit dichtem schwarzen Haar vor einen riesigen Gong. Er hieb mit der Faust dagegen. Der Ton erschütterte die Tafel. Grim fühlte, wie das vermaledeite Kreuz hinter ihm zitterte. Im selben Moment verstummte jedes Gespräch. Wie erstarrt hielten die Feiernden inne, und selbst die Gefangenen gaben keinen Ton mehr von sich. Nur ein Mann, dem soeben der rechte Arm mit einer Axt abgetrennt worden war, wimmerte leise. Sofort holte sein Peiniger aus und spaltete ihm den Schädel. Das leise Klatschen des Gehirns auf den Steinen war das einzige Geräusch, das darauf folgte. Dann hoben die Feiernden wie ein Mann die Köpfe. Grim folgte ihren Blicken – und sog die Luft ein.

Eine Frau in einem langen schwarzen Kleid schwebte aus der Kuppel nieder. Grim erkannte das bleiche Gesicht und die schwarzen, schönen Augen in der Dämmerung. Ihr Haar umwehte sie wie ein Meer aus Seide. Sie sah ihn nicht an, als sie vor dem Altar landete. Sofort neigten die Gäste die Köpfe, und die Frau mit den Eisaugen senkte ebenso wie sämtliche Wächter den Blick.

»Königin Ontorya«, rief der Mann am Gong mit dröhnender Stimme. »Herrscherin der Druden – und der ganzen Welt!«

Ohrenbetäubender Jubel brach aus. Grim starrte in die ekstatischen Gesichter der Gäste und sah die bedingungslose Treue in den Augen der Wächter. Ontorya lächelte ein wenig, aber diese Geste konnte ihrem Gesicht keine Wärme geben. Sie sah aus wie eine Figur aus Schatten, Schnee und Eis. Majestätisch ließ sie sich auf einem Thron nieder, der eilfertig für sie herbeigeschleppt worden war. Sie saß schräg neben dem Altar und schaute gelassen auf ihre Gäste hinab.

»Willkommen«, sagte sie. Obwohl sie ihre Stimme nicht erhoben hatte, drangen ihre Worte deutlich an jedes Ohr. »Wie immer bin ich hocherfreut, dass ihr euch eingefunden habt: die einen, um zu fressen, die anderen, um gefressen zu werden.« Leises Gelächter erklang. Ontorya hob die Hand und deutete auf Mia und Grim. »Besonders glücklich schätze ich mich, dass wir heute Ehrengäste haben – darunter einen besonderen Leckerbissen: eine Menschin aus der Anderwelt!« Das letzte Wort wurde von den Anwesenden leise wiederholt, bis es als konstantes Summen im Hintergrund schwebte, während Ontorya weitersprach. »Vielleicht ist der Steinerne noch zu irgendetwas nütze, wenn wir ihm den Kopf abgeschlagen haben – er könnte als Kleiderständer dienen. Und der Kleine dort …« Sie wies auf den Gürtel der Eisaugenfrau. »Wenn er nach der Blutentnahme erst steif geworden ist, werde ich ihn mit Tinte befüllen. Vielleicht ist er ein besseres Schreibgerät als die Elfe.«

Grim sah Remis an und stellte zu seiner Erleichterung fest, dass der Kobold kein Wort mitbekommen hatte. Da erhob sich Ontorya und ging lautlos auf Grim zu. Ihre Haut war makellos wie feinster Marmor. Sie strich ihm über die Wange, und er konnte ihren Atem fühlen, als sie sprach.

»Ihr aus der Anderwelt«, flüsterte sie. »Ihr wisst gar nicht, wie das ist … die Ewigkeit in dieser Finsternis.«

Grim sah sie regungslos an. »Mir genügt ein Blick in Eure Augen, und ich weiß, was das bedeutet: Leere und Verderben.«

Offensichtlich hatte sie sich eine andere Reaktion erhofft, denn ein Anflug von Ärger zog über ihr Gesicht. Für einen Moment glaubte Grim, sie wollte ihn schlagen. Doch dann entschied sie sich offenbar anders. Sie gab der Eisaugenfrau ein Zeichen, die daraufhin etwas aus ihrer Tasche zog und neben Mia trat. Es war ein Dolch. Mia atmete schnell, sie wollte sich befreien, aber die Fesseln ließen ihr kaum die Möglichkeit, sich zu bewegen.

»Ich warne dich!«, brüllte Grim, doch er wusste, dass es aussichtslos war. Die Drudenkönigin lachte ein helles Lachen, während die Eisaugenfrau mit dem Dolch über Mias Wange strich. Dann griff sie nach ihrer Hand, schob in einer schnellen Bewegung den Ärmel zurück und fuhr mit dem Dolch über Mias Haut. Ein feiner roter Strich lief über ihren Arm.

»Bestien!«, rief Grim und riss an seinen Fesseln, doch niemand beachtete ihn. Entsetzt sah er, wie die Eisaugenfrau den blutbesudelten Dolch der Königin reichte. Ontorya führte ihn unter die Nase und schnüffelte, als würde sie einen Wein verkosten. Dann öffnete sie den Mund. Eine lange grüne Zunge schnellte hervor, schlängelte sich einmal um den Dolch und leckte das Blut ab. Die Königin seufzte wohlig und nickte.

»Ein edler Tropfen«, sagte sie zu ihren Gästen. »Lasst ihn euch schmecken!«

Die Gespräche setzten wieder ein, während zwei Wächter auf Mia zutraten. Sie packten sie an Armen und Beinen, und die Eisaugenfrau setzte den Dolch an Mias Kehle. Grim starrte sie an, wie besessen riss er an seinen Fesseln. Er spürte die Schmerzen kaum, doch es war sinnlos, er konnte sich nicht befreien. Die Hilflosigkeit nahm ihm den Atem, Orgelmusik rauschte in seinen Ohren. Verzweifelt stieß er einen Schrei aus. Gleichzeitig brach die Tür zum Dom aus den Angeln. Krachend fiel sie auf die Tafel und erschlug drei Gäste unter sich. Und im Schein des roten Himmels stand Pedro von Barkabant.

Er wirbelte seinen Stab über dem Kopf, dessen Kugeln in scharfe Splitter zerbarsten und auf die Druden zurasten. Ehe sich auch nur einer der Gäste oder Wachtposten rühren konnte, schwebte vor jeder ihrer Stirnen ein tödlich funkelnder Splitter. Wie erstarrt verharrten sie regungslos und durchbohrten Pedro mit ihren Blicken. Einzig die Drudenkönigin war noch frei. Sie machte einen Schritt auf Pedro zu, dann hielt sie inne. Grim sah, dass sie heftig atmete, und er wusste, dass hier etwas vor sich ging, das er niemals vollständig begreifen würde. Hier ging es um Pedro und die Königin, und in beiden Gesichtern las Grim von einem lang gehegten Zustand der Hassliebe.

Pedro hatte seinen Stab sinken lassen. Jetzt sprang er aus dem Stand ein gewaltiges Stück weit nach vorn und landete zwischen schepperndem Geschirr auf der Tafel. Einige der Gäste wichen unmerklich zurück, doch sofort begannen die Splitter vor ihren Gesichtern zu glühen und ihnen wie ein Brennglas die Haut zu verkohlen. Sie keuchten vor Schmerzen, doch kein Wort drang über ihre Lippen.

Pedro drehte seinen Stab spielerisch in seiner Hand. Seine Stiefel zermalmten die Teller unter sich wie Figuren aus Gips. Kurz bevor er den Altar erreicht hatte, blieb er stehen. Er hatte die Königin nicht aus den Augen gelassen.

»Ontorya«, rief er laut. Der Name hallte in den Gewölben der Kirche wider wie der Gesang von Geistern. »Du hast mir den Fang gestohlen!«

Da lachte die Drudenkönigin. »Davon kann nicht die Rede sein, Pedro von Barkabant«, erwiderte sie. »Ich würde sagen: Du hast nicht gut genug darauf achtgegeben.« Katzengleich ging sie vor dem Altar auf und ab.

»Ich dachte mir, dass du wie immer uneinsichtig sein würdest«, sagte Pedro. Er deutete mit seinem Stab über die Tafel. »Du würdest nie auf ein Festmahl wie dieses verzichten. Daher mache ich dir einen Vorschlag.« Lautlos sprang er von der Tafel und landete dicht vor der Königin. Grim hielt den Atem an. Für einen Moment flackerten die Gesichter der beiden Feinde vor seinem Blick, und er wusste nicht mehr, wer von ihnen Ontorya und wer Pedro war – sie glichen einander aufs Haar. Dann beugte Pedro sich vor. Er war der Königin jetzt so nah, dass seine Lippen fast die ihren berührten, und zu seiner Verwunderung stellte Grim fest, dass Ontorya die Augen schloss. Doch was Pedro dann sagte, überraschte ihn noch mehr.

»Friss mich«, flüsterte er. »Ich weiß, dass du schon lange danach gierst. Jetzt bin ich zu dir gekommen. Du musst nur zustimmen.«

Ontorya hatte bei seinen Worten gelächelt. Jetzt öffnete sie die Augen. In ihrem Blick lag unverhohlenes Begehren. Pedro zog den Kopf zurück.

»Aber ich stelle eine Bedingung«, fuhr er fort und schaute an ihr vorbei. Er sah Grim an, und etwas in seinem Gesicht ließ Grim schaudern. »Lass jene frei!«

Ontorya sog scharf die Luft ein. »Ich hätte es wissen müssen«, erwiderte sie. Grim hörte zu gleichen Teilen Erregung und Vergnügen in ihrer Stimme.

»Wer sagt mir, dass du bleibst, wenn sie gehen dürfen?«, fragte sie. »Ich kenne deine Tücke, oft genug wurde ich Opfer deiner Finten. Ist es nicht so?«

Ein kaum merkliches Lächeln trat auf Pedros Gesicht. »So ist es, Königin der Druden – Meisterin der Täuschung, Herrin der Lüge.«

Für einen Moment glaubte Grim, Ontorya würde in Gelächter ausbrechen. Doch dann wurde ihr Gesicht wieder zu der Maske aus Eis. Langsam neigte sie den Kopf, ohne Pedro aus den Augen zu lassen, und flüsterte: »Gib mir dein Wort, Ehrenmann!«

Pedro zog ein Messer und hielt es dicht über seine Handfläche. »So wollen wir unser Abkommen gegenseitig besiegeln. Wenn eines gilt, dann das Ehrenwort der Verdammten. Ist es nicht so?«

Mit einer Bewegung, die zu schnell war für Grims Augen, riss Ontorya der Eisaugenfrau den Dolch aus den Fingern und zog ihn über ihre Hand. Ohne Pedro aus den Augen zu lassen, leckte sie ihr Blut ab. Pedro umfasste sein Messer, ballte die Finger zur Faust und zog es heraus. Blut quoll über seine Haut und fiel zu Boden. Im gleichen Moment rasten die Splitter von den Stirnen der Druden und verschmolzen mit den Kugeln seines Stabes. Erleichtertes Seufzen drang durch die Kirche, als die Gäste auf ihren Stühlen zusammensanken und die Wächter sich über die Gesichter fuhren.

Ehe Grim wusste, wie ihm geschah, wurde er gepackt. Die Fesseln um seinen Körper lösten sich. In großer Eile wurde auch Mia losgebunden, und der bewusstlose Remis landete in Grims Klaue. Jemand stieß Grim in den Rücken, um ihn zum Ausgang zu bewegen, aber er rührte sich nicht. Er sah Pedro an, der seinen Blick erwiderte, während er zum Altar geführt wurde. Keiner der Wächter berührte Pedro. Fast ehrfürchtig sahen sie zu, wie er seinen Mantel auszog und zu Boden fallen ließ. Dann legte er sich auf den Altar, zog sein Messer und hielt es der Königin entgegen.

Wieder wurde Grim vorwärtsgestoßen, dieses Mal so heftig, dass er sich in Bewegung setzte. Er fühlte sein Herz in der Brust. Seine Narbe über dem Auge brannte wie Feuer. Er hörte die eiskalte Stimme der Königin hinter sich und die Worte, die Pedro mit unglaublicher Ruhe erwiderte, als er gefesselt wurde. Dann das kalte Geräusch von Metall, das die Luft zerschnitt – und im nächsten Moment der Geruch von menschlichem Blut.

Später wusste Grim nicht mehr, was ihn dazu bewogen hatte, so zu handeln, wie er es dann tat. Mit einem Brüllen fuhr er herum, schlug dem Wächter, der ihn zum Ausgang trieb, ins Gesicht, und raste auf den Altar zu. Ontorya wirbelte herum, das Messer glitzerte in ihrer Hand, aber Grim war schneller. Mit der rechten Faust traf er Ontorya in den Magen. Sie flog quer durchs Kirchenschiff und landete krachend in einem der Käfige. Kreischende Gefangene stürzten ins Freie. Grim wehrte zwei der Wächter ab, darunter die Eisaugenfrau, indem er sie im Nacken packte und ihre Köpfe zusammenstieß. Dann schlug er mit voller Wucht auf den Altar, der unter Pedro splitterte und die Fesseln lockerte. Sofort kam Pedro auf die Beine. Grim packte ihn und riss Mia mit sich, die wie erstarrt zu ihm aufsah. Sie rasten über die Tafel auf den Ausgang zu. Schwarze Pfeile folgten ihnen, aber sie streiften nur zweimal Grims Arm. Im nächsten Moment schlug ihnen die Kühle der Nacht entgegen. Grim packte Pedro und Mia fester und erhob sich umgehend in die Luft.

Erst als sie im Schutz der Dunkelheit in einer winzigen Gasse landeten und er sich schwer atmend gegen die Wand eines Hauses lehnte, wurde ihm klar, was er getan hatte. Er hatte Pedro von Barkabant vor dem Tod bewahrt – den Blutkönig der Menschen.

Kapitel 48

Grim sagte kein Wort, als sie durch die Straßen schlichen. Mia konnte es ihm nicht verdenken. Sie waren gerade dem Tod von der Schippe gesprungen – und das nur mit Hilfe des einstigen Erzfeindes der Gargoyles. Pedro von Barkabant folgte ihnen, doch auch er war schweigsam und wie in Gedanken versunken. Grim hatte ihm das Leben gerettet, aber offensichtlich war weder der eine noch der andere sonderlich glücklich damit. Mia seufzte. Sie hatte jetzt Wichtigeres zu tun, als sich über männliche Befindlichkeiten Gedanken zu machen. Remis saß auf ihrer Schulter und schaute aufmerksam auf die Karte, die sie vor sich hielt. Er war heilfroh gewesen, von dem blutigen Intermezzo bei den Druden nicht das Geringste mitbekommen zu haben. Aber jetzt betrachtete er die Karte, als würde er die goldenen Linien darauf erkennen und genau wissen, dass sie sie ins Verderben führen würden. Kaum hatte sie das gedacht, tauchte das Pantheon vor ihnen auf.

Mia hielt inne. Das Licht des Himmels überzog das Gebäude mit blutigem Rot, aber selbst bei Tageslicht hätte die gewaltige Kuppel mit dem vorgelagerten Pronaos und seinen korinthischen Säulen aus grauem Granit beeindruckend gewirkt.

»Wusstest du, dass bis heute niemand weiß, wer das Pantheon erbaut hat?«, fragte sie, als Grim neben ihr stehen blieb.

Er sah sie mit einem Anflug von Belustigung an. »Es besteht zum größten Teil aus Beton«, erwiderte er. »Was denkst du, wer den Römern diesen Baustoff näher gebracht hat? Es waren Gargoyles. Ohnehin konnten viele Gebäude dieser Stadt nur mit ihrer Hilfe errichtet werden. Früher, als es noch eine Verbindung gab zwischen Ober- und Unterwelt, wurden hier im Pantheon Feierlichkeiten abgehalten, Feste der Anderwelt oder zu Ehren der Götter der Menschen, aber auch Todesfeiern oder Hochzeiten. Es war ein Ort, wo sich unsere Völker begegnet sind – ein Ort der Gemeinsamkeit und Freundschaft.«

Die Luft wurde kühler, als sie zwischen den Säulen hindurchgingen. Eine gewaltige bronzene Tür versperrte den Eingang. Mia legte ihre Hand dagegen. Kaum hatte sie das getan, flammten auf der Karte drei Worte auf.

»Finstra erom unis«, sagte sie. Ein Stöhnen ging durch die Tür, es klang, als würde sich ein uralter Baum im Wind bewegen. Dann öffnete sie sich einen Spaltbreit. Mia spürte ihr Herz in der Brust. Jetzt war es nur noch ein Schritt, und sie würden das Zepter der Menschen in der Hand halten – die Waffe, mit der sie Seraphin aufhalten konnten – und das einzige Artefakt, mit dessen Hilfe es möglich war, die Welt auf einen Schlag zu verändern. Entschlossen schob sie die Tür auf und trat ein.

Sofort entfachten sich Kerzen auf goldenen Ständern. Es klang, als würde ein feuerspeiender Drache Atem holen. Ein blutroter Lichtstrahl fiel durch das Opaion und erhellte die riesige Kuppel mit den Kassettenfächern. Der Boden wie die Wände waren reich mit farbigem Marmor verziert. Es herrschte absolute Stille. Mia spürte, wie die Karte in ihrer Hand warm wurde.

Die Worte flackerten darüber hin wie lautloses Gemurmel, und durch die goldenen Linien flammte deutlich ein einzelnes Wort in schwarzem Feuer auf.

»Haphrator«, flüsterte Mia.

Ein Flüstern ging durch die Karte wie das Murmeln unzähliger Stimmen. Die Worte leuchteten heller. Sie traten aus dem Pergament heraus, standen für einen Moment reglos in der Luft und begannen dann, Mia zu umkreisen, bis sie nichts mehr sah als eine Säule aus goldenem Licht. Sie spürte, wie die Zeichen über ihre Haut glitten, sie flüsterten mit ihr und raunten ihr etwas zu.

»Hen«, sagte sie, als sie das Wort verstanden hatte. Sofort schossen die Buchstaben durch den Raum, löschten die Kerzen, erhellten für einen Moment die marmornen Wände und schossen hinauf zum Opaion. Mit einem Zischen stoben sie durch die Öffnung. Mia hielt den Atem an. Der rote Lichtschein war verschwunden. Sie standen im Dunkeln. Sie hörte Grim, der neben ihr die Luft einsog, und fühlte Remis' Haare an ihrer Wange. Nur Pedro gab keinen Ton von sich. Da kehrte das Zischen der Buchstaben zurück, goldenes Licht fiel durch die Öffnung der Kuppel – und im nächsten Augenblick schoss ein gewaltiger Blitz ins Pantheon und traf mit lautem Donnern den Boden. Für einen Moment tanzten goldene Flämmchen vor Mias Blick, als der Blitz erlosch. Sie zwinkerte und sah, dass über dem schwarzen Fleck, den der Blitz auf dem Marmor hinterlassen hatte, drei goldene Kreise schwebten – wie Rauchringe aus dem Mund eines Riesen. Ansonsten lag der Raum in Dunkelheit. Zögernd trat Mia auf die Ringe zu. Die Luft in ihrem Inneren zitterte leicht.

Sie sah sich zu Grim um, der ihr gefolgt war. »Sieht nicht so aus, als würden diese Dinger das Zepter ausspucken«, stellte er fest. »Was sagt die Karte?«

Mia warf einen Blick darauf, doch die Zeichen waren verschwunden. Da stieß Pedro ein heiseres Lachen aus. »Narren«, murmelte er und trat zu den Ringen. Seine Finger glitten durch das goldene Licht. Kaum hatten sie sie berührt, blieb schwarzer Ruß an ihnen hängen. »Ihr habt keine Ahnung, wo ihr euch hier befindet, nicht wahr?«

Er sah sie an, und Mia erkannte das schelmische Flackern in seinen Augen. Grim hingegen stieß ärgerlich die Luft aus. »Wie wäre es, wenn du uns einweihst, Monsieur Oberschlau?«

Pedro warf ihm einen Blick zu. »Das Pantheon ist ein Ort der Freundschaft – so weit stimmt deine Analyse von vorhin. Aber die Gargoyles und die Menschen haben es damals nicht umsonst an diesem Ort gebaut. Denn es diente noch einem anderen Zweck – und zwar der Reise durch die Zeit.«

»Natürlich«, erwiderte Grim spöttisch. »Gehörst du etwa auch zu denen, die an diese Märchen glauben? Es ist unmöglich, durch die Zeit zu reisen. Niemandem ist das bisher gelungen – nicht einmal den Alchemisten von Prag, und das will was heißen!«

Pedro achtete nicht auf ihn. Er ging in die Knie und strich mit beiden Händen über den Boden dicht neben den goldenen Ringen. Für einen Moment zog er die Brauen zusammen, dann entspannte sich sein Gesicht. »Fühlt es selbst«, sagte er nur.

Mia ließ sich neben ihm nieder und legte die Hand auf den Marmor. Sie fühlte ein dumpfes Pochen, fast wie … Erschrocken wich sie zurück.

»Ein Herzschlag«, flüsterte sie.

Sofort legte auch Grim seine Klauen auf den Boden, und selbst Remis wagte ein vorsichtiges Betasten.

Pedro nickte triumphierend. »Welche Worte hast du gesprochen, als du eingetreten bist?«, fragte er Mia, doch er wartete eine Antwort nicht ab. »Haphrator Hen – der Fluss der Zeit. Manche sagen, gewisse Götter haben ihn im Morgengrauen der Ersten Tage wie eine Fessel um ihre Welten gelegt, andere behaupten, er stecke in jedem Geschöpf selbst. Vielleicht ist beides wahr. Fest steht, dass er existiert. Wir spüren es selbst: Die Zeit rinnt uns durch die Finger, sie kommt uns manchmal ewig lang vor und manchmal viel zu kurz. Sie ist ein Wunder und ein Mysterium, das wir nie ganz begreifen werden. Niemand kann die Zeit anhalten – es sei denn, er gelänge in ein Außerhalb, in dem andere Gesetze gelten. So ist es auch im Haphrator Hen. Er fließt, aber in seinem Kern verharrt er bewegungslos. Manchmal gelangen wir an diesen Ort von allein – meistens in unseren Träumen. Dort gibt es keine Zeit. Aber es gibt auch einen anderen Weg. An gewissen Orten – dort, wo die Haut zwischen unserer Welt und dem Außerhalb dünn ist – können wir für kurze Momente hinüberwechseln. Jetzt stehen wir am Ufer des Haphrator Hen. Wenn wir uns hineinstürzen, werden wir mit der Zeit schwimmen – und sie mit uns.«

Mia holte tief Atem. »Das, was wir suchen, liegt am anderen Ende der Zeit«, sagte sie leise. Die goldenen Ringe tanzten vor ihren Augen. Sie wandte sich zu Grim um und ergriff seine Klaue.

Für einen Moment zuckte er zurück, dann lächelte er. »Dann wird es Zeit, dass wir es uns holen.«

Remis schluckte hörbar, und Mia spürte ihr Blut in den Adern, als sie einen Schritt in das Licht taten. Im nächsten Moment wurde sie durch die Luft gerissen. Goldene Wirbel tanzten um sie herum, sie zogen an ihren Haaren und drangen ihr wie Wasser in die Lunge. Sie rang nach Atem, aber nichts als goldene Schleier flossen in ihren Mund. Die Karte in ihrer Hand wurde heiß, wieder hörte sie die Stimmen, die wie wahnsinnig durcheinanderriefen. Dann wurde es schwarz um sie herum. Die Wirbel verschwanden. Mia fiel aus großer Höhe. Sie vernahm Flügelrauschen neben sich. Grim fing sie auf, sie hörte seine Klauen auf Stein, als sie landeten. Remis erhellte vage die Umrisse der Kuppel des Pantheons.

»Großartig«, murmelte Grim. »Hat der Alte uns also allein gehen lassen.«

Mia sah sich um. In der Tat war Pedro nirgends zu sehen. Sie schaute auf die Karte, auf der langsam die Konturen von Häuserzeilen auftauchten. Eine schmale goldene Linie wies ihnen den Weg. Sie warf Grim einen Blick zu. »Lasst uns gehen.«

Schweigend verließen sie das Pantheon. Sie waren in die Vergangenheit der Stadt gereist, das stand außer Zweifel. Und wie hatte Rom sich verändert! Fasziniert ließ Mia den Blick über die Gässchen schweifen, die das Pantheon umgaben, und nahm gleichzeitig denselben Geruch wahr, der auch die moderne Metropole durchzog: diesen Duft von Altertum, Stolz und Leidenschaft, das Feuer der Ewigen Stadt, das nie erlöschen würde.

Sie waren kaum wenige Schritte gegangen, als Grim Mia in eine Häusernische zog. Sein Gesicht war angespannt, er deutete die Straße hinab.

Zwei Männer kamen ihnen entgegen. Sie trugen eng anliegende Hosen, die Mia verteufelt an Strumpfhosen erinnerten, und kurze, in Falten gelegte Schecken, die kaum über die Lenden reichten. Der Bereich der Schultern war wattiert, und die Männer trugen Schnabelschuhe von gewaltigen Ausmaßen. Mia wartete, bis sie außer Sicht waren, dann atmete sie aus.

»Also, entweder ist gerade eine merkwürdige Form von Karneval im Gang«, sagte sie mit einem Lächeln, »oder wir sind tatsächlich in der Vergangenheit gelandet.«

Sie setzten ihren Weg fort. Immer wieder mussten sie sich vor Menschen in Acht nehmen, doch ihnen begegnete kein einziger Gargoyle. Auch andere Geschöpfe schienen aus den Straßen verschwunden zu sein.

»Der Zauber des Vergessens«, sagte Grim. »Er wirkt bereits.«

Mia nickte nachdenklich. Sie mussten in der Zeit kurz nach dem Sprechen des Zaubers gelandet sein. Gerade beobachtete sie eine Frau in langem Gewand, die aus einem der Hauseingänge trat. Ihr Kleid hatte eine hoch angesetzte Taille und war mit goldenem Brokat besetzt. Ihr aufgestecktes Haar verbarg sich zum Teil unter einer Doppelhörnerhaube, von der lange Schleier herabfielen. Da sog Grim die Luft ein. Er witterte. Beunruhigt zog Mia die Schultern an. »Was ist los?«

Auch Remis schaute ängstlich von links nach rechts, schien aber nichts entdecken zu können.

Grims Gesicht verfinsterte sich. »Steinblut«, murmelte er. »Wir müssen uns beeilen.«

Mia schoss der Schreck in die Glieder. Also waren doch Gargoyles unterwegs – aber was suchten sie in der Oberwelt? Vermutlich waren es Traumsammler oder Erinnerungslöscher, vielleicht sogar Schattenflügler, die bis heute in der Anderwelt für Ordnung sorgten. So oder so wären sie sicher überrascht, auf einmal einen Gargoyle, einen Menschen und einen Kobold zu treffen – in trauter Dreisamkeit, noch dazu frisch aus der Zukunft. Sie schlich hinter Grim durch die Gassen und sah kurz darauf die Schatten, die über die Straßen flogen. Doch sie schienen kein genaues Ziel zu haben. Vielmehr kam es Mia so vor, als suchten sie etwas – oder jemanden.

So schnell sie konnten, folgten sie der goldenen Linie durch die verwinkelten Gassen und erreichten schließlich ein heruntergekommenes Haus. Im Inneren flackerte warmes rotes Licht. Mia schaute noch einmal auf die Karte. Langsam erlosch die goldene Linie. Sie hatten ihr Ziel erreicht. Ihr Mund war staubtrocken, als sie die Tür berührte.

Grim hielt sie zurück. »Da ist jemand«, flüsterte er. Im nächsten Moment wurde die Tür einen Spaltbreit geöffnet.

Ein misstrauisches Augenpaar musterte sie eingehend, dann wurde die Tür aufgerissen. Vor ihnen stand ein Mann von etwa dreißig Jahren. Er trug eine leinene Kutte, aber die Art, wie er das Schwert in seiner Hand hielt, zeigte, dass er kein Mönch war. Seine Augen waren dunkel wie bei einem Bären, und sein braunes Haar war lockig und voll. Sein Blick ruhte auf der Karte in Mias Händen. »Du bist gekommen«, sagte er, und Mia begriff erst nach einem Moment, dass er auf Fyrenisch mit ihr sprach. Instinktiv verstand sie die Worte – ebenso wie sie gelernt hatte, die Karte zu lesen. Dann fiel sein Blick auf Grim, und in sein Gesicht trat heillose Angst. Er packte sein Schwert und wollte es auf Grim richten, doch Mia hob die Hände.

»Er ist ein Freund«, sagte sie schnell und fühlte, wie sich die Worte von ganz allein in Fyrenisch verwandelten. »Ohne ihn wäre ich niemals so weit gekommen. Nicht alle Gargoyles sind böse in der Zukunft.«

Der Mann zögerte einen Moment. Dann ließ er sein Schwert sinken. »Eine merkwürdige Truppe seid ihr«, sagte er mit einem Blick auf Remis und winkte sie herein. Ein Lächeln lag auf seinem Gesicht, als er die Tür hinter ihnen schloss. Er schob einen schweren Stuhl davor und deutete auf die hölzernen Schemel, die um ein kleines Feuer herumstanden. Mia setzte sich zögernd, Remis flog auf ihr Knie. Grim warf den klapprigen Schemeln einen Blick zu und blieb stehen.

»Ich habe diese Karte von meinem Bruder bekommen«, fing Mia an. »Unsere Welt wird von Bösem bedroht, und wir brauchen das Zepter, um das Unheil abzuwenden. Wir vermuteten es im Pantheon, doch da war es nicht, und stattdessen sind wir hierher geschickt worden.«

Der Mann nickte. »Wir haben es vor den Gargoyles in Sicherheit gebracht«, sagte er. Mia hörte, dass er in großer Eile sprach. Immer wieder schaute er zu dem winzigen Fenster, das zur Straße wies. »Doch jetzt haben sie unsere Spur gefunden. Sie sind uns auf den Fersen. Deswegen haben wir uns entschlossen, das Zepter zu zerstören, da keiner von uns weiß, ob er gefangen wird – nicht ohne jedoch ein Portal zum Fluss der Zeit zu erschaffen, durch das der Träger der Karte reisen kann, um das Zepter zu erhalten.« Er sprang auf und trat zu einer hölzernen Truhe. Mit beiden Händen zog er einen in helles Leinen gewickelten Gegenstand daraus hervor. Er setzte sich, als würde ihm plötzlich schwindlig. Seine Hände zitterten, doch auf seinen Lippen lag ein dankbares Lächeln, als er Mia den Gegenstand überreichte. »In wenigen Augenblicken hätte ich es zerstört.«

Mia spürte ein Kribbeln in den Fingern, als sie das Zepter an sich nahm. Sie fühlte seine geschwungene Form, doch als sie das Tuch zurückschlagen wollte, hob der Mann die Hand. »Nein«, sagte er bittend. »Nicht hier. Ihr müsst …«

Da polterte etwas gegen die Tür. Sofort sprang der Mann auf. In seinem Blick stand nackte Angst. Er deutete auf eine winzige Tür neben dem Kamin. »Geht!«, flüsterte er.

Mia kam auf die Beine. »Wir können dich doch nicht deinem Schicksal überlassen«, sagte sie kaum hörbar. »Wir müssen …«

Da ergriff er ihre Hände, und für einen Moment meinte sie, in Jakobs Augen zu sehen. »Ihr müsst fliehen«, sagte er eindringlich. »Ihr dürft nicht eingreifen, sonst verändert ihr die Zeit. Ich danke euch dafür, dass ihr gekommen seid, ihr habt keine Ahnung, wie sehr! Aber ihr müsst von hier verschwinden! Flieht!«

Wieder polterte es gegen die Tür. Der Mann ließ Mias Hände los. Er sah sie noch einmal an. Dann wurde sein Gesicht hart, und er trat zur Tür. Grim zog Mia mit sich. Lautlos verließen sie das Zimmer und fanden sich in einem winzigen Raum ohne Fenster wieder. Auf der Karte erschienen blasse Buchstaben, aber Mia wusste auch so, was sie zu tun hatte.

»Haphrator Hen«, flüsterte sie.

Im selben Moment splitterte die Tür. Mia hielt den Atem an, sie sah, wie Grim sich kampfbereit machte. Die Zeichen der Karte erhoben sich zum zweiten Mal in die Luft, erhellten das Zimmer und schossen in einem gewaltigen Blitz zu Boden. Mia hörte den Mann schreien, aber in seiner Stimme lag keine Furcht mehr. Sie hörte, wie er kämpfte – wie er von einem Gargoyle gepackt und zu Boden geschleudert wurde – und wie sein Genick brach.

Die goldenen Ringe flammten in der Dunkelheit. Schritte kamen auf die winzige Tür zu, schwere, steinerne Schritte. Grim packte Mia am Arm und zog sie ins Licht. Dieses Mal verloren sie sich nicht. Mia hielt das Zepter fest umklammert, und Grim ließ sie nicht los. Wieder bekam sie keine Luft, und wieder wurde kurz darauf alles schwarz. Grim fing ihren Sturz ab. Sie fanden sich im Pantheon wieder. Mia roch den Duft der erloschenen Kerzen. Sie waren zurück im Riss der Vrataten.

Mit zitternden Händen legte sie das Zepter vor sich auf den Boden. Grim und Remis hockten sich neben sie, und auch Pedro trat aus den Schatten. Grim warf ihm einen Blick zu, offensichtlich hatte er vor, ihn wegzuschicken. Doch dann schien er es sich anders zu überlegen. Er schwieg und wandte sich ab. Mit klopfendem Herzen schlug Mia das Tuch zurück. Vor ihnen lag das Zepter der Yartholdo. Sein Stab bestand aus zwei ineinander verschlungenen Kristallstreben, die teilweise von dunklem Stein überzogen wurden, und auf seiner Spitze saß ein funkelnder Diamant. Ein rotes Flimmern pochte in seiner Mitte wie das Schlagen eines Herzens. Vorsichtig nahm Mia es in die Hand. Es war überraschend schwer und eiskalt.

»Menschen sind dafür gestorben«, sagte sie leise. »Dieser Mann … Habt ihr seine Augen gesehen? Er hat keine Zweifel gehabt. Er hat für das Bild einer freien, einer geeinten Welt sein Leben gegeben. Und ich kenne nicht einmal seinen Namen.«

Grim betrachtete das Zepter mit einem Ausdruck, den Mia nicht deuten konnte. »Ohne ihn hätten wir jetzt nichts gegen Seraphin in der Hand, so viel steht fest.«

Mia sah ihn an. Auf einmal erschienen ihr seine Augen kalt. »Und was ist danach?«, fragte sie kaum hörbar.

Sie sah, wie er die Zähne aufeinanderpresste, als er sich abwandte. Langsam erhob er sich und ging in dem dämmrigen Raum auf und ab. »Du willst den Zauber des Vergessens brechen, nicht wahr?« Seine Stimme hallte laut von den Wänden wider.

Mia nickte, obwohl seine Worte nicht wie eine Frage geklungen hatten. »Unsere Welten müssen nicht getrennt sein. Es gab mal eine andere Zeit – eine Zeit ohne Blutvergießen und ohne Kriege.«

Grim stieß die Luft aus. »Bis die Menschen alles zerstört haben, was einmal zwischen unseren Völkern bestand! Durch ihre Schuld ist mein Volk beinahe ausgelöscht worden – durch *seine* Schuld!« Er hob die Klaue und deutete auf Pedro, der sich fast vollständig in die Schatten zurückgezogen hatte. Schweigend sah er Grim an. Es war unmöglich zu erraten, was er dachte.

Mia kam auf die Beine und legte eine Hand auf Grims Arm. »Nicht alle Menschen sind so, wie er es einmal war. Im Kolosseum hast du es selbst gesagt! Es gibt Menschen, die die Welt verändern können. Aber mein Vater ist gestorben, weil er keinen Platz finden konnte in dieser zerrissenen Welt, und Jakob hat sich umgebracht, weil er die Möglichkeit von Freiheit und Vertrauen nicht aufgeben wollte. Und was ist mit mir? Ich riskiere mein Leben, um die Gargoyles vor Sklaverei und Vernichtung zu bewahren! Glaubst du nicht, dass sich ihre Einstellung zu den Menschen ändert, wenn sie davon erfahren? Moira hat uns vertraut! Sie …«

Grim riss seinen Arm zurück. »Sie wusste, dass ich die Karte vernichtet hätte, wenn sie mir davon erzählt hätte – deswegen hat sie es nicht getan. Moira war krank, sie hatte …«

Mia holte Atem, sie spürte ihr Herz im ganzen Körper. »Sie hatte Hoffnung«, rief sie.

Ein Flackern ging durch Grims Blick. »Du weißt nicht, worauf du dich einlässt – gegen wen du kämpfen willst. Natürlich sind nicht alle Menschen verachtenswert – nicht alle sind so, wie die Hassreden einiger Gargoyles uns glauben machen wollen. Aber viele sind es eben doch – zu viele, als dass sie die Anderwelt neben sich akzeptieren würden! Ich bin nicht allein mit meiner Einstellung. Jeder Gargoyle fürchtet die Menschen und ihre Gier!«

Da hob Mia den Kopf. »Ja – oder ihre Nähe, nicht wahr?« Sie

sah ihn an. Seine Augen waren pechschwarz geworden. »Du hast noch einen ganz anderen Grund, die Menschen zu fürchten, aber du bist zu feige, um es zuzugeben! Hast du dich nie gefragt, warum du mit solcher Leidenschaft Schattenflügler bist?«

»Um den Zauber des Vergessens zu schützen«, erwiderte Grim energisch.

Mia nickte. »Und warum willst du das? Um die Menschen von dir fernzuhalten, die du gleichzeitig immer wieder vor der bösen Seite der Anderwelt beschützt.« Grim holte tief Luft, aber sie ließ ihn nicht zu Wort kommen. »Ich weiß, dass du das nicht hören willst, aber so ist es. Das ist dein Problem, Grim: Du sehnst dich nach den Menschen, aber gleichzeitig verachtest du diese Gefühle, wie es sich für einen Gargoyle gehört und wie deine Angst es dir befiehlt. Ich weiß von deinem Menschenfreund und seinem Tod. Du hast gelitten, ja, du leidest noch immer, weil du ihn verloren hast, und nie wieder wolltest du so etwas empfinden. Ich weiß, wie das ist! Mein Vater hat mich verlassen, als ich sieben Jahre alt war! Jakob ist tot! Es gibt nichts, das den Schmerz aufwiegen könnte – gar nichts! Aber er gehört zum Leben dazu, genauso wie das Glück! Du kannst dich nicht für das eine oder das andere entscheiden – aber du kannst auch nicht für immer so leben, wie du es seit damals tust! Das ist kein Leben, das ist … gar nichts! Was sagtest du, als ich dir meine Träume geschenkt habe? *Und du hast recht. Angst und Zweifel sind schlechte Gefährten.* Du warst so kurz davor, beides hinter dir zu lassen. Aber jetzt stehst du vor mir und lässt dich von ihnen leiten! Du läufst weg, Grim, nicht nur vor mir, sondern auch vor dir selbst. Aber eines sage ich dir: Ich werde nach dieser Geschichte nicht einfach aus deinem Leben verschwinden, nur weil du immer wieder Angst hast vor deinen Gefühlen. Ich bin nicht feige, Grim. Und deswegen sage ich dir jetzt etwas, das ich noch nie zu jemandem gesagt habe. Ich glaube … ich habe mich in dich verliebt.«

Er zuckte zusammen, als hätte sie ihn geschlagen, und für einen Moment wurde sein Gesicht ganz weich. Doch dann kehrte die Härte in seine Züge zurück.

»Nein!«, rief er und wich zurück, als befürchtete er einen Angriff. »Du bist ein Mensch, Mia! Ich bin ein Gargoyle! Wie stellst du dir das vor? Es war alles ein Fehler, ein gewaltiger, verfluchter Fehler! Du weißt nichts von mir! Alles, was du hast, sind ein paar wirre Worte aus dem Mund eines Kobolds! Du weißt nichts von den Kriegen, die es gegeben hat, ausgelöst durch die Gier und den Wahnsinn der Menschen! Du weißt überhaupt nicht, was Krieg ist! Du hast einen Traum, aber in dieser Welt ist er nicht zu erfüllen – nicht mit diesen Menschen, nicht mit diesen Gargoyles! Das Zepter ist eine Gefahr in den Händen der Menschen, und du siehst, was seine bloße Existenz anrichten kann! Es wäre Wahnsinn, den Zauber zu brechen! Ich kann nicht zulassen, dass die Menschen die Anderwelt mit neuen Kriegen überziehen!« Er holte tief Atem. Als er weitersprach, war seine Stimme eiskalt geworden. »Wir werden Seraphin mit dem Zepter aufhalten. Und dann – werde ich es vernichten.«

Mia spürte, wie sich etwas in ihr zusammenzog. Sie schüttelte den Kopf. »Es ist möglich, dass die Menschen sich ändern, genauso wie die Gargoyles. Wenn die Welt eine andere würde, dann …« Sie brach ab, ein kaum merkliches Lächeln stahl sich auf ihr Gesicht. »Deine Worte klingen eiskalt, wie die Steine, auf denen du stehst. Was will ich auch anderes erwarten von einem Wesen aus Stein – das willst du mir doch zeigen, nicht wahr? Dass du kalt bist und gefühllos und immer auf dem richtigen Weg. Ja, du hast an alles gedacht – die richtigen Worte, das regungslose Gesicht, die Ablehnung in deinen Augen. Es gibt da nur ein Problem.« Sie hielt inne. »Ich glaube dir nicht.«

Sie sah das Erstaunen in seinem Blick, sah, wie er den Mund öffnete, um etwas zu sagen. Im selben Moment hörte sie das Zischen. Es durchschnitt die Luft, und im nächsten Augenblick rasten mehrere schwarze Gestalten durch das Opaion der Kuppel und landeten mit fliegenden Umhängen auf dem marmornen Boden. Mia sah, wie einer der Fremden vortrat. Langsam zog er seine Kapuze vom Kopf. Grim sog die Luft ein.

»Nein«, sagte er, und seine Stimme hatte jeden Klang verloren. »Das darf nicht wahr sein.«

Kapitel 49

Seraphin lächelte. Er schritt vor seinen Magiern auf und ab, die sich mit verschränkten Armen hinter ihm aufgebaut hatten. Instinktiv trat Grim zu Mia und legte ihr eine Klaue auf die Schulter.

»Es ist wirklich ganz reizend von euch, dass ihr mir auf so zuvorkommende Weise das gebracht habt, worauf ich all die Zeit gewartet habe«, sagte Seraphin mit widerlich dankbarem Gesichtsausdruck. »Ohne euch hätte ich es ohne Frage niemals gefunden. Zwischenzeitlich wäre es ja beinahe … nun ja, blutig geendet. Doch dann ist ein alter Bekannter auf der Bildfläche erschienen – und alles wurde gut.« Er warf einen Blick in die Schatten. Pedro trat daraus hervor. Sein Gesicht war regungslos wie zuvor, aber Grim sah die Empfindungen in seinen Augen, die wie ein sich rasend schnell veränderndes Kaleidoskop durcheinanderwirbelten. Er zog die Brauen zusammen. Was, zum Teufel, ging hier vor? Seraphin sah Pedro mit hasserfülltem Blick an. Dann wandte er sich ab, und seine Augen wurden kalt. Er fixierte Mia, die das Zepter so fest umklammerte, dass ihre Knöchel weiß hervortraten. Grim spürte, dass sie zitterte. Seraphin streckte die Hand aus und trat einen Schritt vor. »Gib mir das Zepter.«

Grim wusste, dass er gegen Seraphin keine Chance hatte. Trotzdem schob er Mia hinter sich und stellte sich ihm in den Weg. Doch noch ehe er ein Wort sagen konnte, trat eine Gestalt zwischen sie.

»Lange habe ich auf diesen Augenblick gewartet«, sagte Pedro, denn niemand anderes war es, der nun mit erhobenem Stab vor Seraphin stand und ihn mit kalten Augen musterte.

Seraphin lächelte kalt. »Du willst mich herausfordern, alter Mann?«, zischte er. »Dieser Ort wird dich stärker gemacht haben, ohne Frage – so ist das mit der Verdammnis, nicht wahr? Aber du unterschätzt mich – wie in alten Zeiten.« Er wandte halb den Blick zu seinen Schergen. »Das ist mein Kampf«, sagte er zu ihnen. »Sorgt dafür, dass niemand den Raum verlässt.«

Mit diesen Worten begab er sich in die Mitte des Pantheons und stellte sich in einigem Abstand zu dem Lichtkegel, der wie eine Lanze durch die Öffnung der Kuppel fiel. Pedro wollte ihm folgen, doch Grim hielt ihn zurück.

»Bist du verrückt geworden?«, raunte er. »Seraphin wird dich umbringen!«

Da sah Pedro ihn an, ein trauriges Lächeln spielte um seine Lippen. »In mir ist nicht mehr viel übrig, das er noch nicht getötet hätte.« Er legte Grim die Hand auf die Schulter. Dann wandte er sich um und trat Seraphin gegenüber.

Unterdessen hatten die Magier sich an den Wänden postiert, um einen plötzlichen Ausbruch ihrer Gefangenen zu verhindern. Schweigend verschränkten sie die Arme vor der Brust und beobachteten, wie Pedro seinen Stab in der Hand drehte. Er sah Seraphin an mit diesem Ausdruck in den Augen, der ebenso gut Liebe wie Hass hätte bedeuten können, und Seraphin starrte zurück, das Gesicht wutverzerrt. Grim erschien der Moment wie eine Ewigkeit. Dann stieß Pedro einen Schrei aus und stürzte sich vor. Gleichzeitig brach sein Stab auseinander und gebar ein flammendes Schwert aus weißem und schwarzem Feuer.

Blitzschnell zog Seraphin die Faust durch die Luft, und ein rotes Flammenschwert erwuchs aus seiner Hand. Funken sprühten, als die Klingen aufeinanderprallten, während die Kämpfenden sich zwischen ihren Klingen anstarrten, als könnten sie sich mit bloßen Blicken erdolchen. Einen Augenblick lang rangen sie miteinander. Dann stieß Seraphin Pedro zurück, dass dieser quer durch den Raum flog und über den Köpfen der Magier an der Wand landete. Leichtfüßig stieß er sich ab, als würde die Schwerkraft für ihn nicht gelten, und stürzte auf Seraphin nieder. Sein Schwert hinterließ glühende Narben in der Luft. Seraphin wich seinen Hieben mühelos aus, doch Grim sah, dass Pedros Kräfte nachließen. Schon standen Schweißperlen auf seiner Stirn.

Instinktiv trat Grim einen Schritt nach vorn, doch da griff Mia nach seinem Arm. Sie schüttelte den Kopf, aber ihre Lippen bewegten sich in merkwürdigem Rhythmus, und ihr Blick ging durch ihn hindurch. Grim begriff. Sie wirkte den Bannzauber, mit dem sie Seraphin von der Schwarzen Flamme trennen und sein Zepter neutralisieren wollte, wie Theryon es ihnen gesagt hatte. Angespannt sah er, wie Pedro taumelte. Seraphin nutzte die Gelegenheit, sprang hoch in die Luft und schlug seine Faust krachend auf Pedros Rücken. Grim hörte das Splittern von Knochen. Im nächsten Moment brach Pedro zusammen und blieb reglos liegen. Schon stand Seraphin über ihm und hob sein Schwert in die Luft. »Ich werde dich töten«, rief er mit sich überschlagender Stimme. »Wie ich es schon damals hätte tun sollen!«

Da riss Mias Schrei die Luft in Fetzen. Seraphin fuhr zusammen und starrte verwirrt in ihre Richtung, und Grim spürte, wie etwas in ihm anfing zu zittern. Wie betäubt schaute er auf Mias Arm – sie hatte das Zepter mit sich verschmolzen. Jetzt hob sie es in die Luft und schrie den Bannzauber. Mit einem Rauschen erhob sich eine flammende blaue Kuppel und schloss Grim, Mia und Pedro mit Seraphin ein. Kaum hatte sie die Worte gesprochen, richtete sie das Zepter auf Seraphins Arm, an dem das Zepter der Gargoyles prangte. Wieder rief sie einen Zauber, und ehe Seraphin etwas hätte tun können, schoss ein blauer Flammenstrahl aus dem Menschenzepter und traf das Zepter der Gargoyles. Die Lichter der Zepter flammten kurz auf – dann erloschen sie beide.

Fast hätte Grim gejubelt, als er Seraphins fassungsloses Gesicht sah. Jetzt hatte er keine Schwarze Flamme mehr, auch kein Zepter, das seine Kräfte steigerte – jetzt war er nichts weiter als ein Narr von einem Hybriden, der es gewagt hatte, sich mit Grim anzulegen.

Grim spürte eine eiskalte Hand an seinem Arm. Mia war schneeweiß. Sie bewegte die Lippen und brach gleich darauf ohnmächtig zusammen. Grim schickte einen Stärkungszauber durch ihren Körper. Dann stürzte er sich auf Seraphin, packte dessen Arm mit dem Schwert und drängte ihn von Pedro weg. Sie rangen miteinander, Grim schaute in Seraphins Augen, die in schwarzen Flammen standen. Seine Narbe brannte wie Feuer. Unnachgiebig umfasste er Seraphins Arm, riss ihn nach unten und schlug das Handgelenk auf sein angezogenes Knie. Seraphin schrie auf, das Schwert flog gegen den Bannwall und erlosch. Grim murmelte einen Feuerzauber. Glühend schossen die Flammen aus seinen Händen in Seraphins Körper, dicht gefolgt von zwei Blitzen. Seraphins Augen flackerten auf, als würde er ein Feuerwerk betrachten – doch er wurde nicht schwächer.

Grim presste die Zähne aufeinander. Verflucht, was war hier los? Seine Schergen waren von ihm getrennt, das Zepter war wertlos und eine Schwarze Flamme für ihn unerreichbar. Ein boshaftes Lächeln stahl sich auf Seraphins Lippen, als er seine Nägel in Grims Fleisch bohrte. In einer schnellen Bewegung ließ er Grim los und presste seine Hände an dessen Schläfen. Grim sah, wie sich die Zauber, die er soeben in Seraphin hineingeschossen hatte, im Schwarz von dessen Pupillen vereinten. Er riss an Seraphins Händen, doch der rührte sich nicht. Es schien Grim, als wäre er ein Mensch, der mit bloßen Händen gegen eine Figur aus Stein kämpfte. Schon loderten Flammen aus Seraphins Blick. Grim sah noch, wie er die Formel sprach. Im nächsten Moment schoss flackerndes Feuer aus Seraphins Augen in ihn hinein. Grim brüllte vor Schmerzen. Flammen füllten ihn aus, sie fraßen sich seinen Hals entlang, hinab in die Lunge, zerfetzten die Eingeweide und sprühten Funken aus seiner Haut. Er fühlte, wie er durch die Luft flog, doch schon der Aufprall war seltsam dumpf. Er konnte nicht mehr atmen, alles in ihm war zerrissen. Seine Sinne schwanden, er ertrug den Schmerz nicht länger. Er wollte Mia sehen, ein letztes Mal, aber er konnte sich nicht mehr rühren. Schon schlich die Kälte des Todes über seinen Körper, er fühlte, wie der ewige Stein über seine Brust kroch. Er hörte nichts mehr als das Versagen seines eigenen Herzens. Mit letzter Kraft öffnete er die Augen und sah, wie Seraphin über Pedro stand und das Schwert in die Luft riss. Ein letztes Mal schaute er in Seraphins dunkle Augen, die ihn mit unnennbarer Verzweiflung ansahen. Dann wurde es schwarz.

Kapitel 50

Mia erwachte unter rasenden Kopfschmerzen. Noch ehe sie die Augen aufschlug, prasselten die Erinnerungen wie Hagelkörner auf sie nieder. Der Riss der Vrataten. Das Zepter der Menschen. Der Überfall durch die Schwarzmagier. Der Kampf zwischen Seraphin und Pedro. Sie hörte sich die Formel des Bannzaubers sprechen, fühlte wieder, wie das Zepter mit ihr verschmolz, und sah die schwarzen Schleier, die sie als Strudel aus Finsternis mit sich rissen. Stöhnend öffnete sie die Augen und fand sich in einem Bett mit seidenen Kissen wieder. An der hohen Decke funkelten Kristalle, und auf den kostbaren Tischen und Anrichten, die überall im Zimmer standen, sah sie mehrere Schalen mit Obst und Körbe mit duftendem Brot. Auf einem Schränkchen neben der Tür lagen aufgeschlagene Bücher. Sie kam auf die Beine, zog die Vorhänge des Fensters beiseite und schaute auf die Dächer Ghrogonias. Die Erkenntnis überkam sie als eisiger Schauer: Sie befand sich im Schwarzen Dorn. Das Fenster war magisch gesichert, in blauen Flämmchen zog sich der Zauber über das Glas. Sie lief zur Tür und fand sie verschlossen. Gefangen. Grim hätte sie niemals eingesperrt, also konnte das nur eins bedeuten: Ihr schöner Plan war schiefgegangen. Grim hatte den Zweikampf nicht gewonnen. Stattdessen hatte Seraphin sie gefangen genommen. Aber aus welchem Grund? Warum hatte er sie nicht getötet und so auf leichte Weise die einzige Waffe zerstört, die ihm noch gefährlich werden konnte? Und was noch viel wichtiger war: Was war mit Grim? Hatte Seraphin ihn umgebracht?

In diesem Moment klopfte es an der Tür. Instinktiv stellte Mia sich hinter einen Sessel. Das Zepter, das sie mit ihrem Arm verschmolzen hatte, flammte in hellem Feuer. Ein Schlüssel drehte sich im Schloss, und Seraphin trat ein. Er war allein. Lautlos schloss er die Tür hinter sich und blieb neben dem Bücherschrank stehen. Seine Finger glitten über die Seiten eines Buches, als wären sie die Flügel eines zarten Schmetterlings.

»Du liest, nehme ich an?«, fragte er, ohne sie anzusehen. »Wenn dir diese Bücher nicht zusagen, werde ich andere bringen. Ich kann dir alles kommen lassen, was du willst.«

Mia stieß die Luft aus. »Wo sind meine Freunde? Was ist mit Grim? Wo ist Remis, der Kobold? Und was hast du mit Pedro gemacht?«

Seraphin hob den Kopf. »Ich habe sie besiegt«, sagte er leichthin. »Eure lächerlichen Zauberkunststückchen waren erfolglos. Ich verfüge über Kräfte, gegen die ihr nicht einmal den Hauch einer Chance hattet.« Er hielt kurz inne. »Der Gargoyle mischte sich ein, als ich eine alte … Rechnung zu begleichen hatte. Er wurde verwundet, vermutlich schwer. Das lag nicht in meiner Absicht. Ich weiß nicht, wie es ihm geht. Ich kann ihn suchen lassen, wenn du es willst.«

»Ja«, sagte Mia sofort. »Ich will, dass du ihn suchst und dass ihm kein Haar gekrümmt wird, ist das klar?«

Sie spürte ihr Herz wie einen Dampfhammer in ihrer Brust, aber Seraphin nickte nur. »Ich werde alles Nötige veranlassen.

Allerdings könnte die Suche eine Weile dauern, der Riss der Vrataten ist nicht ungefährlich.«

Mia fröstelte, als sie an die Drudenkönigin und ihre Schergen dachte, doch Seraphin sprach schon weiter. »Von einem Kobold weiß ich nichts, und Pedro von Barkabant …« Er verzog das Gesicht zu einer Grimasse, als er den Namen aussprach. »Pedro von Barkabant ist tot.«

Mia stieß verächtlich die Luft aus. »Du bist ein Mörder.«

»Ja«, sagte er leise. »Das bin ich. Ich weiß, dass du mir die Schuld gibst am Tod deines Bruders. In gewisser Weise trage ich diese Schuld. Doch es lag nie in meiner Absicht, dass er stirbt – und ich bestrafte den, der dafür verantwortlich war. Er hat gelitten, bevor er starb, dessen kannst du gewiss sein.«

Mia wehrte sich nach Kräften gegen die Gewissheit, die in diesem Moment in ihr wuchs. Aber in Seraphins Blick lag etwas, das keinen Zweifel zuließ: Er sagte die Wahrheit.

»Ich glaube dir kein Wort«, zischte sie dennoch. »Du willst die Menschheit versklaven, du machst die Gargoyles willenlos, damit sie nach deiner Pfeife tanzen! Du willst die ganze Welt in den Untergang treiben, weil du von Hass und Rache geleitet wirst!«

Seraphin lächelte ein wenig. »Es war nie meine Absicht, Rache zu üben. Rache ist töricht, ebenso wie Hass. Und was meine Pläne betrifft: Ich will die Menschen nicht versklaven, im Gegenteil: Ich will sie befreien.«

Diese Worte klangen aus Seraphins Mund so absurd, dass Mia auflachte. Doch Seraphin sah sie mit einem Ernst an, der sie frösteln ließ. Das Gespräch nahm eine Wendung, die sie nicht erwartet hatte. Sie krallte die Finger in die Sessellehne, bis ihre Knöchel weiß hervortraten.

»Fragst du dich nicht, warum ich das Zepter nicht zerstört habe?«, fragte er scheinbar beiläufig. »Das hast du doch erwartet, oder etwa nicht?«

Mia rührte sich nicht. Natürlich hatte sie das erwartet, was denn sonst?

»Ich brauche es«, fuhr Seraphin fort. »Ich brauche es für meinen Plan. Auf den Menschen lastet ein Fluch – ein Zauber, der sie in Ketten legt.«

Mia schluckte. »Der Zauber des Vergessens«, sagte sie leise. »Was geht dich dieser Zauber an?«

Seraphin musterte sie, reglos wie eine Katze vor dem Sprung. »Ich will ihn brechen.«

Leise hatte er das gesagt, aber seine Worte fuhren ihr als eisiger Windhauch ins Gesicht. Konnte das wahr sein? Hatte ihr Erzfeind, der Hetzer Jakobs und ihr Verfolger, gerade wirklich diese Worte gesprochen?

Sie lächelte spöttisch. »Warum solltest du das wollen? Und wieso lässt du die Gargoyles in die Oberwelt ziehen? Weil sie sich auf ihre wehrlosen Opfer stürzen sollen, sobald es dir passt!«

Etwas wie Bestürzung spiegelte sich in Seraphins Blick, als sie das sagte. »Die Gargoyles werden in die Oberwelt ziehen«, sagte er langsam. »Denn ich will, dass die Menschen bei ihrem Erwachen denen in die Augen schauen, die so lange von ihnen getrennt waren. Und auch die Gargoyles sollen die wiedersehen, vor denen sie sich jahrhundertelang versteckt haben. Der Zauber des Vergessens und der Zauber des Rattenfängers werden gleichzeitig gebrochen – keine Zeit mehr für Vorurteile und Ängste. Gargoyles und Menschen werden sich im roten Licht des Schicksalsmondes gegenüberstehen, und es wird keinen Hass mehr geben. Nun …« Er lächelte. »Zumindest für den ersten Moment. Aber dieser Moment ist es, der zählt. In diesem Augenblick werden Menschen und Gargoyles erkennen, dass sie einander brauchen – und sie werden sich daran erinnern, wenn Furcht und Neid über sie kommen sollten, und gegen diese Gefühle gewappnet sein. Und für den Fall, dass die Gargoyles in Panik unüberlegt reagieren – der Notschalter liegt in meiner Hand. Aber ich bin sicher, dass sie sich auf Dauer mit einer geeinten Welt abfinden werden, mehr noch: Sie werden sie selbst errichten. Denn sie sehnen sich nach den Menschen und sie brauchen sie. Kein Leben in den Schatten mehr, kein heimliches Stehlen der Träume, sondern Freiheit. Und mit der Freiheit für Menschen und Gargoyles werden auch andere Völker endlich in Frieden leben können – wie wir, die Hybriden, bislang versklavt und aufgerieben zwischen den Fronten. Dann können wir ein Leben führen, das jenseits einer viehischen Existenz liegt.«

Mia umfasste die Lehne des Sessels fester. Sie spürte, wie ihr Bild, das sie sich von Seraphin gemacht hatte, Stück für Stück auseinanderbrach wie eine Sandfigur im Sturm.

»Deswegen brauche ich dich«, fuhr er fort. »Ich brauche das Zepter.«

Mia hörte Jakobs Stimme in ihrem Kopf: *Nur, wenn es freiwillig abgelegt wurde, konnte es von einem anderen aufgenommen werden.* Sollte Seraphin das Zepter mit Gewalt an sich bringen wollen, indem er sie tötete, würde er es vernichten.

»Nur mit ihm kann ich meinen Plan umsetzen«, fuhr Seraphin fort. »Wenn du es mir nicht gibst, ist er gescheitert.« Er lächelte ein wenig. »Aber ich glaube, dass deine Wünsche und Ziele sich nicht so sehr von den meinen unterscheiden, wie du bisher dachtest. Oder irre ich mich?«

Mia lachte verächtlich, aber ihre Stimme klang hoch und dünn, als sie antwortete: »Du weißt nichts von mir.«

Seraphin strich sanft über einen Buchrücken. »Ich weiß, dass dein Bruder nicht gestorben wäre, wenn der Zauber des Vergessens nicht bestehen würde. Manchmal zerbrechen die Dinge. Dinge, die man geliebt oder gehasst hat, Dinge, für die man sein Leben gegeben hätte – sie zerbrechen, einfach so. Und man steht vor den Scherben und sieht keinen Weg mehr. Ich kenne dich – weil ich mich kenne. Wir sind nicht so verschieden. Ich bin ein Hybrid. Du bist eine Hartidin. Auch du stehst zwischen den Welten – genau wie ich. Und auch du sehnst dich nach der Freiheit.«

Er sah sie an, sie wusste nicht, wie lange. Es fiel ihr schwer, seinen Blick zu erwidern. War es möglich, dass sie sich so in ihm getäuscht hatte? Er lächelte, als hätte er ihre Gedanken gehört.

»Ich glaube dir kein Wort«, sagte sie so ruhig wie möglich. »Du kannst mir viel erzählen. Wer weiß schon, was du in Wirklichkeit vorhast!«

In diesem Moment klopfte es an der Tür. Seraphin legte die Hand auf die Klinke. »Ich möchte, dass du die Dinge verstehst«, sagte er. »Es gibt mehr in dieser Welt als die Sichtweise der Menschen und Gargoyles – und oft ist das Böse in Wirklichkeit gut, und der wahre Feind begegnet dir als guter Freund. Ich möchte es dir überlassen, ein Urteil zu fällen – dir allein. Und da du mir nicht vertraust – gar nicht vertrauen kannst nach allem, was bisher geschehen ist –, habe ich jemanden hergebeten, der sich vor Kurzem meinem Weg anschloss und der dich erkannte, als ich dich hierher brachte. Vielleicht vermag er deine Zweifel besser zu zerstreuen als ich.«

Mit diesen Worten öffnete er die Tür. Ein Hybrid trat ein. Er trug eine dunkle Uniform, aber Mia achtete nicht darauf. Auf einmal stand sie wieder vor der Mauernische in der Gasse Ghrogonias und half einem Hybriden bei der Flucht, indem sie das Schloss seiner Fessel brach. Sie erinnerte sich an seine braunen Augen und das sanfte Lächeln, und als er sie jetzt ansah, lachte er, dass sein Blick Funken sprühte.

Vor ihr stand Morl.

Kapitel 51

Grim lag auf dunklem Felsgestein, und seine Finger tasteten mühsam über seine Brust, an der verkrustetes Blut klebte. Doch in ihm regte sich nichts mehr, er fühlte keinen Herzschlag. Wie Blitze schossen die Erinnerungen auf ihn ein. Wieder sah er Seraphin vor sich, wieder flog er hilflos durch die Luft, wieder schwanden seine Sinne vor Schmerz und Verzweiflung. Er fühlte noch einmal die Kälte des Todes, die unbarmherzig über seinen Körper gestrichen war, und den übermächtigen Drang, Mia anzusehen – ein letztes Mal. Doch es war ihm nicht gelungen.

Er griff sich an die Kehle, auf einmal spürte er sie wieder, die Flammen, die sein Innerstes zerfetzt hatten wie wertloses Papier. Seraphin hatte ihn umgebracht, zum Teufel noch eins, was bildete der Kerl sich ein? Er – war – tot! Er sagte es sich einige Male halblaut vor, aber dadurch wurde es für ihn nicht glaubwürdiger. Irgendwie hatte er sich den Tod anders vorgestellt – in gewisser Weise … toter.

Er presste sich eine Klaue gegen die Schläfe und zwang sich, einen kühlen Kopf zu bewahren und die schwarzen Schlieren zu vertreiben, die seinen Blick benebelten. Ihr Plan war nach hinten losgegangen. Er hatte den Kampf gegen Seraphin verloren. Er hatte versagt, und nun war er tot, abgeschnitten von jeder Möglichkeit, Seraphin doch noch aufzuhalten. Aber diese Katastrophen verblassten vor dem Gefühl, das mit einem Namen seine Brust durchzog wie ein tödlicher Schwerthieb: Mia. Er hörte ihre Worte wie eine ferne Melodie in seinem Kopf. *Ich glaube … ich habe mich in dich verliebt.* Wo war sie jetzt? War sie etwa tot, genauso wie er? Der Gedanke zog ihm das Herz zusammen, dass es schmerzte. Entschlossen ballte er die Klaue zur Faust. Er würde herausfinden, was mit Mia geschehen war, so viel stand fest. Er musste zu ihr zurückfinden – um jeden Preis. Aber wo zur Hölle war er überhaupt?

Es stank nach Schwefel, und als er die Schatten vor seinen Augen fortgewischt hatte und sich umsah, stellte er fest, dass er sich in einer gewaltigen Höhle am Ufer eines Flusses befand. Nebel waberte über das schwarze, undurchsichtige Wasser und verbarg die gegenüberliegende Seite vor Grims Blick. Meterdicke Baumwurzeln hatten sich in die Höhlendecke gegraben, sie schimmerten in blutigem Rot. Trotz des Nebels war es heiß, Flammen und dichte Rauchschwaden krochen aus Rissen im Boden und verwoben sich zu gespenstischen Gestalten. Sie begannen zu tanzen und griffen nach Grims Gesicht, er hörte sie lachen, ein Totenreigen nur für ihn.

Die Erkenntnis kam so plötzlich, dass sie ihm einen Ruf des Erstaunens entlockte. Er war in der Hölle gelandet! Der Schreck ließ ihn schwanken, und er musste sich an einem schrumpligen Felsen festhalten, um nicht umzufallen. Er war in Hels Reich – Hel, die Totengöttin! Verdammt! Er hatte seine Wette mit Fibi, diesem teufelsgläubigen Narren, verloren, es gab sie also tatsächlich. Dabei hatte er Hel ebenso wie die unendlichen anderen Jenseitsvorstellungen immer für einen Mythos gehalten.

Es existierten zwar zahlreiche Aufzeichnungen über Begegnungen mit ihr oder einem ihrer Boten, ganze Bibliotheken hätte man mit den Geschichten darüber füllen können. Geschichten über die Midgardschlange Jormungand, Bythorsul genannt in der Anderwelt – die Höllenschlange, die einmal durch die ganze Unterwelt reichte und die Seelen in ewiger Umklammerung hielt, und über ihren Bruder, den Fenriswolf, der einst mit der magischen Fessel Gleipnir gebunden worden war und sich erst zu Ragnarök, dem Weltenuntergang, befreien würde. Oder über Hel selbst, die Schwester der beiden, die manchmal als schwarze Katze, manchmal auch als Rabe oder Schmetterling auf der Erde erschien. Aber wer glaubte denn alles, was in irgendwelchen Büchern erzählt wurde! Grim fuhr sich über die Augen und hob den Blick zur Höhlendecke. Nein, es gab keinen Zweifel. Über ihm thronte die Esche Yggdrasil, der Weltenbaum. Und dieses Gewässer da war Gjöll, der Todesfluss, hinter dem das Reich Hels endgültig begann. Grim kniff die Augen zusammen. Jetzt schimmerte die Gjallarbrücke durch den Nebel, dieses goldene Ungetüm, das den Fluss überspannte und von allen Toten überschritten werden musste. Niemand verweigerte ihnen den Zutritt, selbst der Höllenhund Garm nicht, der bei der Brücke in einer Grotte hockte. Grim stieß leise die Luft aus. Ja, hinein durften sie alle. Er wusste allerdings, dass dieser vieräugige Köter niemanden wieder hinausließ.

Grim schüttelte langsam den Kopf. Jetzt fehlte es nur noch, dass ihm Luzifer höchstselbst über den Weg lief. Er lächelte dunkel. Nein, er wusste es besser. Wenn es ihn gab, hauste der Teufel in der Welt der Lebenden. Dort ging er in Hut und Mantel.

Grim seufzte tief. Vermutlich würde es nicht einfach sein, aus der Hölle zu entkommen. Aber was hatte er noch zu verlieren? Er war tot! Konnte es noch schlimmer kommen?

»Ich werde zurückkehren«, sagte er leise. »Ich werde Hel persönlich dazu bringen, mich aus ihrem Reich zu entlassen. Und wenn Seraphin Mia auch nur ein Haar gekrümmt hat, dann …« Seine Knochen knackten, als er die Faust anspannte.

»… dann wirst du in deinem jetzigen Zustand gar nichts gegen ihn ausrichten können«, beendete eine Stimme hinter ihm den Satz.

Grim fuhr herum – und erstarrte. Vor ihm auf dem Boden saß Pedro von Barkabant mit einer entsetzlichen Wunde quer über der Brust und schaute mit trübseligem Gesicht zu ihm auf. Phantastisch. Es konnte immer schlimmer kommen. Sein Tod war das Letzte.

Doch Grim war klar, dass der Alte recht hatte.

Seraphin gebot über Kräfte, die Grim weder begriff noch bekämpfen konnte. Dieser Hybrid würde ihn problemlos ein zweites Mal umbringen, so viel stand fest.

Da lächelte Pedro. »Aber es gibt einen Weg«, sagte er listig. »Denn ich kenne Seraphin gut. Er ist nicht unbesiegbar.«

Grim verschränkte die Arme vor der Brust. »Jetzt bin ich aber gespannt.«

»Die Geschichte ist ein wenig länger«, begann Pedro. »Aber ich wüsste nicht, dass wir es gerade eilig hätten.« Er wartete, bis Grim sich neben ihm niedergelassen hatte, und fuhr dann fort: »Du weißt, dass ich ein Kriegstreiber war. Wie besessen suchte ich nach einem Weg, endgültig den Sieg über die Gargoyles zu erringen. Ich beschäftigte mich mit Alchemie und schwarzer Magie. Die Menschen sind schwach – vor allem körperlich. Sie waren den Gargoyles nur in Bezug auf ihre Anzahl überlegen und durch den Vorteil, dass sie schlafen konnten, wann sie wollten. Ich fragte mich, wer gegen die Gargoyles bestehen könnte – und stieß auf die Hybriden. Ich erfuhr durch meine Studien, dass es die Möglichkeit gibt, Hybriden jenseits des natürlichen Weges zu schaffen. Man benötigt nichts weiter als den steinernen Körper eines Gargoyles und das Herz eines Menschen und dann …«

Grim stieß die Luft aus. »Du sprichst so, wie ich es von dir erwarten würde. Abartige Experimente passen zu einem Blutkönig wie die Faust aufs Auge.«

»Moralische Gründe haben mich nicht abgeschreckt«, gab Pedro zu. »Als mein ältester Sohn Elias auf dem Schlachtfeld tödlich verwundet wurde, setzte ich meine Pläne in die Tat um. Ich wollte sein Herz retten, indem ich es in einen steinernen Körper pflanzte. Und ich hatte die Hoffnung, meinen Sohn auf diese Weise am Leben zu erhalten. Es gelang mir, einen Hybriden zu schaffen. Ich belebte ihn mit der Kraft der beiden Zepter und schenkte ihm so die Gabe, über höhere Magie zu gebieten. Ich erzählte ihm nichts von seiner Macht, da ich fürchtete, er könnte sie eines Tages gegen mich verwenden, und ließ ihn in dem Glauben, ein Mensch zu sein – und zwar Elias selbst, der auf dem Schlachtfeld in ein Feuer geraten war und durch meine alchemistischen Studien ein neues Gesicht bekommen hatte. Seine Erinnerungen, so erzählte ich ihm, seien bei diesen Bemühungen verloren gegangen. Meine Hoffnung, dass der Hybrid ein Ebenbild von Elias werden würde, wurde rasch zerschlagen. Denn statt eines kämpferischen Sohnes war der Hybrid sanft und hatte mit der Vernichtung der Gargoyles, wie ich sie plante, nichts im Sinn. Er interessierte sich für die einfachen Leute und gab sich mit Stallburschen und Küchenmägden ab – schließlich verliebte er sich sogar in eine Hybridensklavin. Um ihn von diesem Weg abzubringen, stellte ich ihm ein Ultimatum bezüglich eines Überfalls auf eine Siedlung der Gargoyles. *Überlege dir gut, ob du dich gegen mich wendest. Ich weiß, dass es dir längst nicht mehr nur um dich geht* … Das sagte ich zu ihm.«

Grim stieß die Luft aus. »Du hast ihn erpresst.«

»Ich habe es versucht. Aber er ist geflohen. Ich hetzte ihm die Inquisition der Gargoyles auf den Hals. Ich wollte nicht, dass er oder seine Frau zu Schaden kommen, ich hatte alles genau geplant.« Er lachte bitter. »Ja. Ich hatte einen Plan. Aber er ging schief, und statt der Ergebenheit meines Sohnes zog ich mir seinen ewigen Hass zu. – Ja, er hasst mich, und er tut recht daran. Und er fand mich, um Rache zu nehmen.«

Grim setzte sich vor. »Seraphin ist dieser Hybrid, nicht wahr?«

Pedro nickte. »Deswegen hattet ihr keine Chance gegen ihn. Er wurde mit der Macht des Teufelszepters geschaffen, einem Artefakt, dem höhere Magie innewohnt. Er musste nicht von einer Schwarzen Flamme getrennt werden – er trägt sie selbst in sich.« Er sah Grim an. »Ich bin Seraphins Vater. Aber auch du hast mehr mit ihm zu tun, als du denkst.«

Im ersten Moment wollte Grim verächtlich die Luft ausstoßen. Aber dann dachte er an die Vision, die er bei dem ersten Treffen mit Seraphin gehabt hatte, und berichtete Pedro davon.

»Es gibt eine Erklärung für all das«, sagte dieser. »Das, was du gesehen hast, war eine Erinnerung. Sie liegt weit, sehr weit zurück und tief in dir selbst verborgen. Ich könnte dir dabei helfen, sie zu finden.«

Grims Gesicht verfinsterte sich. Auf einmal war ihm verflucht heiß in dieser Höhle, die Strahlen der Sonne waren nichts dagegen, und es fiel ihm schwer, ruhig sitzen zu bleiben. Langsam stieß er die Luft aus. Vermutlich war das die einzige Gelegenheit, jemals eine Erklärung für sein seltsames Verhältnis zu Seraphin zu bekommen. »In Ordnung«, grollte er und sah Pedro unter zusammengezogenen Brauen an. »Fang an mit deinem Hokuspokus, wir werden ja sehen, was dabei herauskommt.«

Pedro forderte ihn auf, sich auf den Rücken zu legen. »Wende die Handflächen nach unten, schließe die Augen. Ich zähle von neun rückwärts. Wenn ich mit dem Finger schnippe, befindest du dich unter dem Tuch wie in deiner Vision. Aber dieses Mal ein paar Minuten früher.«

Grim schloss die Augen, als Pedro ihm einen kühlen Stein auf die Stirn legte. Dann begann Pedro zu zählen. Grim hörte ihm zu, er spürte, wie er müde wurde und von den Worten gezogen in die Tiefe fiel. Plötzlich steckte er in einem reglosen steinernen Leib, er atmete nicht und konnte nichts sehen als die feinen Maserungen eines Tuches, das direkt vor ihm hing. Hinter dem Tuch, das fühlte er, war Licht.

Da hörte er das Prasseln von Feuer. Grim schauderte. Er war in seiner Vision. Doch da waren keine kämpfenden Gestalten vor dem Feuer. Stattdessen hörte er Pedro, der ein Märchen vorlas, und das helle Lachen eines Kindes. Grim hörte, wie Pedro ihm vorlas, langsam und liebevoll, und wie sie miteinander sprachen, nur dem Augenblick verpflichtet. Er wusste, dass das Kind Pedros Sohn war. Gerade, als Pedro das Buch zuklappte, erschütterte ein Beben den Raum. Grim wäre zusammengefahren, wenn er gekonnt hätte, noch mehr, als er die Stimme hörte, die nun sprach:

»Vater …«

Es war Seraphin. Grim hörte, dass Pedro aufsprang und seinen kleinen Sohn fortschickte. Doch das Kind blieb hinter der angelehnten Tür stehen, Grim hörte seine aufgeregten Atemzüge.

»Was willst du?«, fragte Pedro kalt. Er trat vors Feuer, und Seraphin näherte sich von der anderen Seite. Sie sahen aus wie zwei Pappfiguren vor der Kulisse der Hölle.

Seraphin lachte hart auf. »Ein merkwürdiger Zufall, dass die Inquisition ausgerechnet an meinem Hof vorbeikam, nicht wahr?« Seine Stimme zitterte vor Wut. »Du warst das! Du hast sie mir auf den Hals gehetzt! Gibst du es wenigstens zu?«

Grim sah, wie Pedro die Hände hob. »Ich hätte nicht damit rechnen können, dass du deine Kräfte entfesselst.«

Seraphin sog langsam die Luft ein. »Du hast mir nicht einmal gesagt, was ich bin!«

Im nächsten Moment stürzte er sich vor, und der Kampf begann. Grim erlebte alles noch einmal, was er damals im Tunnel gesehen hatte. Wieder schlug Pedros Körper gegen ihn, wieder hörte er Seraphins Stimme. *Du – hast mich – verraten!* Doch dieses Mal wusste er, dass der Schatten, der sich vor Pedro warf, das Kind war. Sein Blut war es, das an Seraphins Händen klebte, als das Tuch zerriss. Doch die Vision endete nicht. Grim sah, wie Pedro sein sterbendes Kind in den Armen hielt, wie er Seraphin einen gewaltigen Feuerzauber entgegenschleuderte und ihn in die Flucht schlug. Pedro weinte. Er strich seinem zitternden Sohn das Haar aus der Stirn, er sprach zu ihm, so leise, dass Grim ihn nicht verstehen konnte. Dann hob Pedro den Blick, schnell wie eine Schlange vor ihrer Beute. Er betrachtete Grim, und Grim schaute zurück durch den Schlitz im Vorhang, schaute ihn an aus seinem verwundeten Auge und sah den Entschluss in Pedros Gesicht aufflammen.

»Einmal noch«, hörte er ihn murmeln. »Aus weißem Stein

erschuf ich jenen. Nun werde ich ihn ins Leben rufen, schwarz wie die Nacht, ja, ein Kind der Finsternis, auf dass Unschuld aus den Schatten erblühe. Nur einmal noch. Für dich, nicht wahr? Für dich …« Wieder strich er seinem Sohn über die Stirn. Im nächsten Moment ging ein Riss durch Grims Bewusstsein, und alles wurde schwarz.

Schwer atmend kam er in der Höhle zu sich. Pedro hatte sich von ihm abgewandt. Jetzt warf er ihm einen Blick zu. »Ich bin nicht verrückt geworden, wie die Gargoyles glauben. Ich habe ihnen die Zepter freiwillig überlassen. Und dich … Ich setzte dich auf dem Ätna aus, und du glaubtest von da an, ein Gargoyle zu sein, da ich dir die Träume nahm und dich vergessen ließ, was vorher war.«

Grim kam auf die Beine. Er fühlte sich zum Bersten mit etwas gefüllt, das verteufelt nach Wut schmeckte. »Verflucht!«, brüllte er so laut, dass seine Stimme in der Höhle widerhallte. »Mein ganzes verdammtes Leben lang dachte ich, ich sei ein Gargoyle, ein Vulkangeborener, zum Teufel noch mal! Und jetzt kommst du und erzählst mir, du seist mein … mein Vater! Ich fasse es nicht! Pedro von Barkabant ist mein Vater!« Er verfiel in hysterisches Lachen und konnte nicht aufhören, bis er Tränen in den Augen hatte. Er sah Pedro an. Am liebsten hätte er den Alten mit dem Kopf zuerst in eines dieser feuerspuckenden Löcher gesteckt, aber etwas hielt ihn davon ab. Wenn er ehrlich war, empfand er fast so etwas wie Mitleid mit ihm, aber er wehrte sich nach Kräften gegen dieses Gefühl. Dann traf ihn eine zweite Erkenntnis mit solcher Wucht, dass er sich setzen musste.

»Ich bin …«, begann er, doch mitten im Satz versagte seine Stimme.

Pedro nickte. »Du bist ein Hybrid, Grim«, erwiderte er leise.

»Die Worte *nephrator aphraton* geben dir Hybridgestalt. Teufelskind – Engelsblut, das ist deine Losung. Sprich die Worte *nadem grhono Engelsblut*, um menschliche Gestalt anzunehmen, und *nadem kiron Teufelskind*, wenn du wieder zu einem Gargoyle werden willst.«

»Schlafe, Stein – schlafe, Fleisch«, murmelte Grim leise. Eine Weile schaute er vor sich hin. Er konnte es nicht fassen. Er war tot. Er war ein Hybrid. Was kam als Nächstes? Eine geheime Mitgliedschaft bei den Taubenfreunden? Er starrte auf den Boden, als wäre er an einem Abgrund angekommen, an dem er nicht mehr weiter konnte. Entschlossen hob er den Blick. Ein letztes Mal sog er kühle Luft in seinen steinernen Brustkorb.

»Nadem grhono – Engelsblut«, grollte er dann. Er schloss die Augen und spürte, wie eine angenehme Kühle in ihm aufstieg. Mit leisem Knistern zog sich seine steinerne Haut zurück, ohne dass es ihn schmerzte, und sein Körper wurde ganz leicht. Dann streifte ihn Wärme wie bei einer Umarmung, und er öffnete die Augen. Das Erste, was er sah, waren seine Hände. Sie waren feingliedrig und von einer weichen Haut überzogen. Hingerissen drehte er sie im Feuerschein der Höhle. Vorsichtig fuhr er sich mit den Händen übers Gesicht – zart war es, und sein Haar war weich wie Tücher aus Seide. Seine Ohren rauschten von all den Geräuschen, die sein Körper machte.

Da trat Pedro zu ihm und gab ihm eine polierte Spiegelscherbe. Grim hielt sie sich vors Gesicht und schaute einem Fremden in die Augen – und gleichzeitig schien es ihm, als würde er sich zum ersten Mal wirklich ansehen. Seine Augen waren schwarz wie zuvor, doch seine Züge lagen in aristokratischer Schönheit, weich und doch hart. Noch immer lief die Narbe über sein rechtes Auge, kaum mehr als ein blasser weißer Strich, und sein Haar fiel ihm in sanften Strähnen in die Stirn. Hingerissen drehte er den Spiegel, bis Pedro ihm die Hand auf die Schulter legte. »Nun, Narziss, wie gefällt dir dein neues Gesicht?«, fragte er mit einem Lächeln.

»Es ist … es …«, sagte Grim und geriet in Verzückung über seine neue Stimme, die kraftvoll und gleichzeitig sanft klang, ein Meer aus Gegensätzen wie sein ganzes neues Ich. Gerade wollte sich ein Lächeln auf sein Gesicht legen, als durch den Spiegel eine andere Gestalt sichtbar wurde, ein Kind, das im Sterben lag. Grim ließ den Spiegel sinken.

»Ich bin verflucht«, murmelte er. »Ich bin niemand, kein Gargoyle, kein Mensch – ein Mittelding, nichts Eindeutiges, nichts Richtiges. Ich bin ein Nichts.«

Pedro sah ihn an wie einen Hund, der winselnd zu seinen Füßen lag, und tätschelte ihm zu allem Überfluss auch noch die Schulter. Grim wandte sich ab. Hätte er sich doch nur nie auf den ganzen Dreck eingelassen, wäre er doch nur mit dem Hintern in der Arena sitzen geblieben und hätte Moira und den Jungen und alle Geheimnisse der Welt tun lassen, was sie wollten! Was hätte er verpasst? Jede Menge Ärger, die Nachricht, dass er eine Ausgeburt der Hölle war und sein ganzes bisheriges Leben ein einziger großer Haufen Koboldkacke, zwischendurch jede Menge Probleme mit irgendwelchen Kerlen, die er noch nie zuvor gesehen hatte, außer in seinem vermutlich vollkommen wahnsinnig gewordenen Hirn, ein Mädchen, das Wunden in ihm aufriss, an die er nie mehr erinnert werden wollte, und die Aussicht auf noch mehr Ärger. Er war tot! Großartig. Ein Hybrid! Das war doch das Allerletzte. Hätte er nicht ein Held sein können, eine Art Supermann oder so, der die Welt rettete? Düster dachte er an das Kostüm, das Mourier ihm zugedacht hatte, und empfand es in diesem Moment als Sinnbild für sein ganzes Leben. Knapp daneben ist auch vorbei, und wenn man eben statt eines muskelbepackten Superhelden ein zusammengeflickter Hybrid war, musste man sich mit Plüschgürteln und Seidentaft zufriedengeben.

Er holte tief Atem. Seltsamerweise bewirkte sein Sarkasmus in dieser Situation nicht die Erleichterung, die er ihm sonst verschaffen konnte. Plötzlich fühlte Grim eine Erschütterung in sich, ein Beben, das sein ganzes bisheriges Ich in einen gewaltigen Scherbenhaufen verwandelte. Zum ersten Mal in seinem Leben erfuhr er, was es bedeutete, in heillose Finsternis zu stürzen.

Da legte Pedro ihm die Hand auf den Arm. »Ja, du bist ein Zwischenwesen. Und damit hast du Möglichkeiten, die Menschen oder Gargoyles niemals besitzen werden, verfügst über Kräfte, die ich nur erahnen kann, und brauchst, wenn du lernst, mit deinen Talenten zu leben, statt sie zu verfluchen, nur noch weniges zu fürchten. Menschliche Leidenschaft gepaart mit dem kühlen Verstand der Gargoyles, übernatürliche Stärke, Empfindsamkeit, die Fähigkeit, Magie zu wirken – du hast alle Möglichkeiten, die Welt steht dir offen! Von heute an unterliegst du nicht mehr den Fesseln der Sonne. Du kannst in ihrem Licht gehen, wohin es dich zieht, und du wirst aus eigener Kraft träumen können! Du kannst alles sein und nichts, ist dir die Bedeutung dieser Worte eigentlich bewusst?«

Grim senkte den Blick, als er über Pedros Worte nachdachte. Sein Leben lang hatte er in Zerrissenheit und Zweifeln gelebt – und mit einem Schlag ergab so vieles einen Sinn. Seine Liebe zu den Menschen und seine Sehnsucht nach ihnen. Seine aufbrausende Art, die manche als Leidenschaft bezeichneten und die so untypisch für einen Gargoyle war. Sein Humor, der nur von wenigen in der steinernen Gesellschaft überhaupt begriffen wurde. Und tausend Dinge mehr. Er war ein Hybrid – er stand dazwischen. Auf einmal musste er daran denken, wie es sein mochte, der Sonne ins Angesicht schauen zu können, ohne unter ihren Strahlen zu Stein werden zu müssen … Ein seltsames Gefühl stieg in ihm auf, eine Mischung aus Übermut und Wahnsinn – es war das Glück. Fremd nistete es in seiner Brust und ließ ihn lächeln. Er ballte die menschliche Faust und betrachtete sie wie ein Kunstwerk.

»Und noch eines darfst du nicht vergessen«, sagte Pedro leise. »Du kannst Seraphin besiegen, denn wie er wurdest auch du mit der Kraft der Zepter geschaffen. Auch du kannst über höhere Magie gebieten. Dafür musst du nur das Tor zu ihr öffnen.«

Grim holte tief Atem. »Wenn wir schon einmal dabei sind«, murmelte er. Er erhob sich und ließ es zu, dass Pedro ihm die linke Hand an die Schläfe legte. Sofort fand er sich vor einem gewaltigen schwarzen Portal wieder.

»Rufe deine Magie«, hörte er Pedros Stimme. »Sprich dann die Worte Yor Yurfaman.«

Grim tat, was Pedro ihm sagte. Er spürte, wie seine Magie ihren angestammten Platz verließ und sich in seinem Körper ausbreitete wie ein Schauer aus Wärme.

»Öffne das Tor«, sagte Pedro.

Grim legte die Hände gegen das Holz – es waren Menschenhände. Schwarze Flammen tanzten über sie hin. Vorsichtig zog er das Tor auf. Goldenes Licht fiel ihm entgegen, doch es ließ sich nicht von den Grenzen seines Körpers aufhalten. Es durchdrang ihn wie Sonnenwärme am Morgen. Die schwarzen Flammen auf seiner Haut wurden golden und sanken zischend in seinen Körper, bis er sich angefüllt fühlte mit Licht.

Er fand sich in der Höhle wieder. Pedro legte ihm die Hand auf die Schulter. »Nun trägst du die höchste Magie in dir«, sagte er leise. »Jetzt wirst du Hel suchen, diese gottverdammte Königin der Toten, und du wirst diesen Ort verlassen. Hast du verstanden?«

Grim öffnete den Mund, um etwas zu sagen, wandte sich dann ab und sagte es doch: »Komm mit mir.«

Da lächelte Pedro. »Nein«, erwiderte er sanft. »Meine Zeit ist seit Langem abgelaufen. Ich habe meine Schuld getragen, dort, wo sie nie weniger wird, wo die Erinnerung nie erlischt – an einem Ort der Verbannten, einem Ort ohne Zeit. Jetzt ist es genug. Ich werde allein ins Reich der Toten gehen und dort bleiben, wie es für mich bestimmt ist.« Er griff nach Grims Hand. »Eines Tages kannst du mir vielleicht verzeihen«, sagte er kaum hörbar. »Ich wünsche es dir – nicht für mich … aber für dich.«

Grim spürte, wie sich seine Kehle zusammenzog. Leise murmelte er die Formel und kehrte in seinen steinernen Körper zurück. Er blieb kurz vor Pedro stehen. Tausend Worte lagen ihm auf der Zunge, tausend Fragen, tausend Gedanken. Aber als er Pedro ansah, war alles in seinem Hirn wie ausgelöscht.

»Ich danke dir«, sagte er leise. »Für die Wahrheit. Und dafür, dass ich dich kennenlernen durfte … Ich habe mir immer einen Vater gewünscht.«

Er sah, dass sich Tränen in Pedros Augen sammelten. Schnell wandte er sich ab und schritt auf die goldene Brücke zu, die sich halb im Nebel verlor. Fast hatte er sie erreicht, als er sich noch einmal umdrehte.

»Warum hast du die Zepter aufgegeben?«, fragte er.

Pedro war kaum mehr als eine winzige helle Gestalt auf dem dunklen Ufer, und doch klang seine Stimme klar und deutlich an Grims Ohr. »Die letzten Worte meines jüngsten Sohnes haben mich aufgeweckt. Er sagte: *Das wird nie ein Ende haben – wenn du es nicht beendest.* In diesem Augenblick ist etwas Unschuldiges in meinen Armen gestorben. Durch meine Schuld.«

Grim sah ihn an, schweigend und nachdenklich. Er hob die Klaue, eine stumme Geste in der Dämmerung der Hölle. Dann wandte er sich um und verschwand im Nebel.

Kapitel 52

Morl setzte sich auf einen der Sessel. Er trug eine schwarze Uniform, die ihm an den Schultern ein wenig zu groß war, und sah Mia von unten herauf an.

»Ich habe gesehen, wie du hierher gebracht wurdest«, sagte er. »Ich konnte es kaum glauben, als ich dich erkannt habe. Ich hätte nicht erwartet, dass wir uns unter diesen Umständen wiedersehen.«

Mia stieß die Luft aus. »Und ich hätte nicht gedacht, dass du dich auf seine Seite stellst.«

Morl zuckte die Achseln. »Er will die Welt befreien. Ich wüsste nicht, was daran schlecht wäre.«

»Woher weißt du, dass du ihm trauen kannst? Woher weißt du, dass er wirklich tut, was er sagt? Hast du seine großartigen Pläne jemals hinterfragt, hast du seine Worte geprüft? Woher weißt du, dass er die Wahrheit sagt?«

Morl sah sie an, seine Augen wurden schmal. Er öffnete den Mund für eine Antwort, doch offensichtlich überlegte er es sich anders, denn er schloss ihn gleich wieder.

Mia seufzte. »Er hat dich bequatscht, nicht wahr?«

Morl hob leicht die Schultern. »Nach der Einnahme des Turms hat Seraphin sich an die Rebellen gewandt. Er rief uns auf, sich ihm anzuschließen, um mitzuhelfen, die Welt besser zu machen – eine gerechte Gesellschaft aufzubauen, in der es keine Willkür, keine Ungerechtigkeit, keine Gewalt mehr gibt. Und vielleicht wird es uns gelingen.«

Mia nickte düster. »Ich sage es ja – er hat dich bequatscht. Genau das Gleiche hat er gerade bei mir versucht.«

Morl lächelte zaghaft. »Und – hatte er damit Erfolg?«

Mia biss die Zähne zusammen. Seraphins Worte hatten sie stärker durcheinandergebracht, als sie zugeben wollte, aber sie war fest entschlossen, sich nicht einwickeln zu lassen. »Glaubst du ihm etwa seine Geschichte von der freien Welt und dieses ganze friedliche Getue? Er hat mich quer durch ganz Paris gehetzt und Feuerbälle nach mir geworfen! Ist das etwa der neue Pazifismus?« Mia atmete aus. Es tat ihr gut, ihrer Verwirrung freien Lauf zu lassen, indem sie Seraphins Worte niederredete.

Doch Morl lachte nur. »Und was hat er deiner Meinung nach vor?«

Mia hatte schon den Mund geöffnet, als sie merkte, dass sie keine Antwort darauf hatte. Sie dachte daran, wie leidenschaftlich Seraphin von der Freiheit der Völker und einer vereinten Welt gesprochen hatte. Aber sagte er die Wahrheit? Oder täuschte er sie, weil er das Zepter an sich bringen wollte – aus welchem Grund auch immer? Sie zuckte die Achseln. »Woher soll ich das wissen? Ich habe nur sein Wort. Er kann mir viel erzählen. Und außerdem – selbst wenn er es ernst meint: Nicht alle Wesen sind so edel, wie sie sein müssten, damit dieses Projekt funktioniert. Wo will er eine Gesellschaft bauen, wie er sie sich vorstellt? Im Garten Eden?«

Morl sah sie ernst an. »Diese Ironie hätte ich dir nicht zugetraut.«

»Ich überrasche die Leute gern«, gab sie zurück. »Besonders, wenn sie so naive Ideen haben oder sich von großen Worten blenden lassen. Du hast es doch selbst gesagt: *Vielleicht wird es uns gelingen!* Vielleicht, vielleicht!«

Schweigend betrachtete er sie, mit demselben prüfenden und suchenden Blick wie damals in der Gasse Ghrogonias. »Ich glaube dir nicht, dass du wirklich so denkst«, sagte er dann. »Du hast mir das Leben gerettet, erinnerst du dich? Du hättest ebenso gut weglaufen können. Alles wäre einfacher gewesen, wenn du es getan hättest. Das Risiko war groß, dass du erwischt wirst – und die Chance, dass es dir tatsächlich gelingt, mir zu helfen, war klein. Dennoch hast du es getan. Trotz des Vielleichts – oder etwa nicht?«

Sie schob das Kinn vor. »Ja, weil man gewisse Dinge einfach tun muss, sonst …« Sie stockte.

Er grinste breit. »Sonst was?«

»Sonst ist man nicht mehr wert als der Dreck unter den Nägeln.«

Er nickte langsam. »Und aus demselben Grund folge ich Seraphin. Mag sein, dass seine Ideale scheitern werden. Möglich, dass ich alles verliere, was ich habe – und ich habe nicht besonders viel. Aber ich werde der bleiben, der ich bin – selbst wenn ich sterben sollte in diesem Gefecht. Ich habe mich dem Kampf gestellt. Was bleibt von uns übrig, wenn wir nicht bereit sind, das für unsere Hoffnungen und Träume zu tun?«

Er hielt inne, und Mia war froh darum. Sie hatte Morl schon bei ihrer ersten Begegnung gemocht, schon damals war es ihr vorgekommen, als würden sie sich bereits sehr lange kennen. Aber jetzt, da er auf diese Weise mit ihr sprach, musste sie an Jakob denken. Sie wehrte sich mit all ihrer Kraft dagegen, aber sie wusste, dass sie genauso fühlte wie Morl. Ärgerlich stieß sie die Luft aus. Von allen Seiten redeten sie auf sie ein, es war ja kein Wunder, dass sie langsam weich wurde. Entschlossen schüttelte sie den Kopf.

»Es wird schon seine Gründe haben, warum er ausgerechnet euch Rebellen zu sich gerufen hat«, sagte sie. »Was will er mit euch anstellen? Ihr gebt eine ganz passable Armee ab, könnte ich mir denken. Gargoyles, Schwarzmagier, Rebellen – damit kann er sicher einiges anfangen.«

Morls Augen wurden schmal. Für einen Moment glaubte Mia, dass er aufstehen und gehen würde. »Das denkst du?«, fragte er, und Mia hörte zum ersten Mal einen Anflug von Wut in seiner Stimme. »Du weißt nichts von uns. Du weißt nicht, wie es ist, wenn man in der Gosse leben muss und dafür getötet werden kann, dass man sich kein Halsband umbinden lässt. Du weißt nicht, wie wir lebten, bevor er kam. Wir mussten uns verstecken – in versifften Tunneln, modrigen Gängen oder zugigen Metroschächten. In Ghrogonia war unser Platz klar: ganz unten.« Er sprang so schnell auf, dass Mia zurückwich. Entschuldigend hob er die Hände. »Ich kann dir viel erzählen. Aber du wirst mir ebenso wenig glauben wie Seraphin – es sei denn, du siehst es mit eigenen Augen. Komm mit mir. Ich will dir etwas zeigen.«

Er ging zur Tür und hielt sie ihr auf. Mia überlegte nicht lange. Vielleicht ergab sich auf dem Weg wohin auch immer eine Möglichkeit zur Flucht – oder sie würde herausfinden, ob sie Seraphin trauen konnte. Kaum hatte sie den Flur betreten, wurde ihr klar, dass an eine Flucht nicht zu denken war. Überall standen Schwarzmagier, die sie mit wachsamen Augen beobachteten. Morl führte sie über dunkle Gänge immer tiefer den Turm hinab. Schweigend lief sie neben ihm her, bis sie einen Gang erreichten, der von flackernden Fackeln gesäumt wurde. Die Luft wurde kühler, und Mia roch den angenehmen Duft von Jasmin. Vor einer großen schwarzen Tür blieb Morl stehen. Mia hörte Stimmen auf der anderen Seite und leises Weinen. Ein Schauer lief ihr über den Rücken. Wohin hatte Morl sie geführt?

»Das hier – das sind die Rebellen, die Seraphin gerufen hat.«

Mit diesen Worten stieß er die Tür auf. Im ersten Moment war Mia geblendet von dem silbrigen Licht, das auf den weißen Laken unzähliger Betten lag. Dann sah sie die Hybriden. Vor allem Kinder waren es, abgemagert und mit viel zu großen Augen. Einige hatten Ekzeme an den Handgelenken und Entzündungen an Mund und Augen, andere lagen apathisch da, die kleinen Hände mit Kanülen versehen, durch die sie künstlich ernährt wurden. Viele Kinder sahen sie staunend an. Offensichtlich hatten sie noch nie einen Menschen zu Gesicht bekommen. Auf ihren Betten saßen Erwachsene in weißen Uniformen. Sie lasen ihnen vor und versorgten ihre Wunden. Auch Frauen und Männer lagen in den Betten, und sie wirkten ebenso verwahrlost und ausgehungert.

Mia wandte den Kopf und sah einen kleinen Jungen von vielleicht acht oder neun Jahren. Er hockte mit angezogenen Beinen auf seinem Bett, hatte den Kopf auf die Knie gestützt und schaute regungslos zu ihr herüber. Seine Augen waren groß und dunkel, und in ihnen stand eine traurige Hoffnungslosigkeit, die Mia bis ins Mark traf: Es waren die Augen eines Kindes, das von der Welt vergessen worden war.

»Die Gargoyles nannten uns Rebellen«, sagte Morl neben ihr. »Aber für sie waren all jene Rebellen, die sich ihnen nicht mit Haut und Haaren unterwarfen. Wir mussten im Dreck leben, weil wir Hybriden sind. Wir sind verfolgt und getötet worden aus demselben Grund. In einer Welt wie dieser können Wesen wie wir nicht leben – wir haben keinen Platz darin. Seraphin will, dass sich das ändert. Und er hat bereits begonnen.« Morl folgte Mias Blick und betrachtete den kleinen Jungen. »Noch nie sind Hybriden medizinisch versorgt worden. Warum auch? Wir waren lästige Kreaturen, und wenn einer starb, kam schon bald ein neuer. Dieses Kind hat beide Eltern verloren bei einer der sogenannten Säuberungen in den Gängen, die der König alle naselang mit Spezialtrupps durchführen ließ und bei der alle sich dort versteckenden Hybriden entweder versklavt, vertrieben oder getötet wurden. Seine Schwester wurde hingerichtet, als sie zwölf war – sie hatte zwei Schattenflügler mit faulen Eiern beworfen. Als wir ihn fanden, wog er kaum fünfzehn Kilo. Es ist nichts Ungewöhnliches, wenn die Kinder in den Gängen sterben. Niemand von denen, die etwas daran ändern könnten, interessiert sich dafür.«

Mia konnte sich nicht von dem Jungen abwenden. Er hatte strohblondes Haar. Wieder musste sie an Jakob denken. Hatte er von diesen Zuständen gewusst? Sie dachte an seinen Blick, mit dem er den Schattenflüglern in Ghrogonia nachgesehen hatte, und an den bitteren Ton in seiner Stimme, als es um die Hybriden gegangen war. Ja, er hatte es gewusst, und er war hilflos gewesen und verzweifelt, weil er nichts dagegen hatte tun können.

»Seraphin will den Zauber des Vergessens brechen«, sagte sie leise. Der Junge hob den Kopf, als hätte sie mit ihm gesprochen – und hatte sie das vielleicht?

Morl nickte neben ihr. »Das wird der erste Schritt zu einer neuen Welt. In einer Welt, in der Vielfalt alltäglich ist, in der jeder seinen Platz hat und nicht um sein Recht zu existieren kämpfen muss, nur weil er ist, was er ist – in einer solchen Welt hat die Angst vor dem Fremden keinen Platz. Denkst du nicht, dass es sich lohnt, für diese Welt zu kämpfen?«

Mia trat zu dem Bett des Jungen. »Ja«, sagte sie leise. »Vielleicht.«

Und der Junge mit den traurigen Augen lächelte.

Kapitel 53

Nacht. Nicht einmal die Ahnung eines Lichtfunkens drang durch die Finsternis, die Grim umgab. Seine Füße tasteten sich vor, unsicher wie im Schlaf. Er hasste es, so hilflos zu sein. Er wusste, dass er auf einem zugefrorenen See sein musste – er hörte das leise Stöhnen des Eises und das gurgelnde Wasser darunter. Überhaupt war es verflucht kalt geworden, seit er die Brücke überwunden und sich auf den Weg zu Hels Burg gemacht hatte. Die Riesin Modgudr, die die goldene Brücke bewachte, hatte ihm den Weg gewiesen, und nach einem kurzen Marsch über verschneite, neblige Felder war es dunkel geworden – so dunkel, dass selbst seine Augen keinen Anhaltspunkt in der Finsternis mehr finden konnten.

Da erklang ein tiefes, durchdringendes Dröhnen. Sofort hielt er inne, die Klauen zur Abwehr erhoben, auch wenn das wenig Sinn machte – er hätte einen Angreifer erst bemerkt, wenn er ihm den Kopf von den Schultern gerissen hätte. Angespannt lauschte er auf den stetigen Ton, und die Erkenntnis flutete ihn wie ein Meer aus Eis: Es war ein Herzschlag, den er da hörte, leise und von solcher Tiefe, dass das Eis unter seinem Klang erzitterte. Grim unterdrückte jeden Anflug von Furcht, der ihn in Anbetracht dieser Erkenntnis anfallen wollte. Entschlossen machte er einen Schritt nach vorn in die Finsternis. Im selben Moment flammte etwas in einiger Entfernung auf und erhellte den See, auf dem Grim stand. Es war eine gewaltige schwarze Burg, die am anderen Ufer stand. Ein Spalt klaffte in ihrer Mitte, als hätte ein Riese sein Schwert durch den Stein gezogen. Rotes Licht quoll daraus hervor wie das Fleisch in einer Wunde. Grim spannte die Muskeln an. Er wusste, dass dies der Sitz von Hel war – instinktiv, als wäre er ein blindes Tierkind, das zurück zur Mutter fand. Jetzt war es nicht mehr weit. Er würde sie dazu bringen, ihn gehen zu lassen – und dann würde er Seraphin einen Besuch abstatten und ihn ein für alle Mal an seinen Machenschaften hindern. Und sollte er Mia tatsächlich etwas getan haben … Grim zog die Brauen zusammen. In diesem Fall würde er qualvoll sterben – und dann würde er ihm in die Hölle folgen und ihn noch einmal töten, so viel stand fest.

Er trat auf die Burg zu – und bereute es sofort. Das Eis knackte bedrohlich, Grim hörte es bersten. Dann fühlte er sich von einer Welle erfasst und wurde herumgeschleudert, wehrlos wie ein Blatt im Wind. Trudelnd schlug er gegen Felswände und versuchte vergebens, seinen Kopf vor den Stößen zu schützen. Im nächsten Moment schlang sich etwas um seinen Körper, er spürte Schuppen unter seinen Klauen und Luft auf seiner Haut. Er fuhr sich über die Augen – und schaute in das Gesicht einer riesigen Schlange. Pechschwarz war ihre Haut und glänzte wie feuchtes Leder, ihre Augen blickten starr und kalt, und zwischen ihren reglosen Lippen züngelte eine tiefrote Zunge wie gefrorenes Blut. Grim schlug seine Klauen in ihren Leib, mit dem sie ihn umschlungen hielt, doch er war hart wie Felsgestein.

»Bythorsul«, grollte er.

Kaum hatte er den Namen der Midgardschlange ausgesprochen, entfachten sich rote Fackeln auf dem Wasser und beleuchteten den See. Oder war es ein Meer? Pechschwarze Wellen hoben und senkten sich. Tentakel schoben sich wie riesige Würmer aus der Tiefe, und in jedem hing ein wehrloses Geschöpf. Grim sah Menschen, deren Leiber halb zerfressen waren, sie schrien lautlos, die Gesichter zu Fratzen entstellt, er sah Gargoyles, wie Schwerter ragten die Tentakel aus ihren Körpern, immer wieder tauchten Zentauren auf, das Fleisch hing ihnen in Fetzen vom Körper, und überall standen Anderwesen in Flammen, sie verbrannten und konnten nicht einmal schreien.

Grim presste beide Klauen gegen den Leib der Schlange und sah sich selbst in ihrem rechten Auge, das klar und kalt war wie ein Spiegel. Und noch etwas sah er darin: Medusen tauchten aus dem Meer auf, ihre Körper brannten und ihre Schlangenhaare züngelten um ihre Gesichter. Sie öffneten die Münder und begannen zu singen. *Kalter Schrecken Bythorsul … haust in tiefen Wassern … hält dich fest im Sündenpfuhl … frisst, was du gewesen …* Grim verschloss sich vor dem Gesang. Bythorsul wollte ihn bei sich behalten – mit aller Kraft würde dieses Höllentier das versuchen. *Frisst, was du gewesen.* Grim presste die Zähne aufeinander. Jetzt begriff er, warum Bythorsul in den düsteren Geschichten, die er über die Hölle kannte, einen besonderen Namen hatte: Seelenfresser. Wer einmal in ihren Armen geschlafen hatte, so hieß es, hatte das Leben für alle Zeiten verloren. Aber so einfach würde Grim es der Schlange nicht machen.

»Ich muss zu Hel«, keuchte er, denn Bythorsul verstärkte ihren Griff zusehends. »Sie muss mich aus ihrem Reich entlassen. Ich bin noch nicht an der Reihe. Ich …«

Da fuhr ihm etwas ins Gesicht, kühl und angenehm wie ein Windhauch in der Wüste.

Du bist heimgekehrt, hörte er eine unsagbar sanfte Stimme. Er erschrak, als er merkte, dass es die Schlange war, die zu ihm sprach. Er starrte sie an, als würde er sie erst jetzt erkennen.

Doch du willst diesen Ort verlassen. Bythorsuls Stimme umschmeichelte ihn wie ein sanfter Wind. Nichts sah er mehr, nicht das Meer, nicht die armen Kreaturen in ihren Klauen, nur sich selbst in ihrem Spiegelauge.

Dies sind die Wasser der Wahrheit, fuhr die Schlange fort und begann, sich hin und her zu wiegen. Grim spürte den Schmerz in seinem Körper, sie würde ihn auseinanderreißen, wenn sie ihren Griff nicht lockerte.

Kannst du in ihnen schwimmen?

Im nächsten Augenblick war er frei. Er flog durch die Luft, über die Köpfe der Gefangenen, und schlug krachend gegen eine Felswand. Benommen fiel er ins Wasser, auf einmal war es klebrig und dickflüssig, und er versank darin wie ein Felsklumpen. Noch ehe er seine Schwingen gebrauchen konnte, reichte es ihm bereits bis zur Brust. Mit aller Kraft zog er sich an der Felswand empor, doch da griff etwas nach seinen Beinen und riss ihn hinab, so schnell, dass er nicht einmal fühlte, wie das Wasser über seinem Kopf zusammenschlug. Mit brennendem Griff wurden seine Beine umklammert, er schrie, als er in das Gesicht einer Medusa blickte. Sie brannte am ganzen Körper, ihre Haut wellte sich, ohne schwarz zu werden, und die Schlangenleiber auf ihrem Schädel waren rote Flammen. Mit einem Fauchen rissen sie die Mäuler auf und stürzten sich auf Grim. Er spürte ihre Bisse wie Nadeln in seinem Fleisch, ihr Gift schoss in seinen Körper und spannte seine Muskeln zum Zerreißen. Wie wild schlug er um sich, mit kreischendem Lachen ließ die Medusa ihn los.

Wie oft würdest du sterben, um noch einmal zu leben?, hallte eine Stimme durch die Wellen. *Gib auf, gib dich hin, es wird nicht zu deinem Schaden sein …*

Für einen Moment ließ Grim sich von der Stimme das Gesicht kühlen. Dann riss er die Augen auf und starrte auf die Flammen, die aus seinem Körper loderten wie aus einem rissigen Stück Erde. »Niemals!«, brüllte er, so laut er konnte.

Da nahm der Schmerz in seinem Körper zu, etwas riss ihn in die Tiefe und schlug ihm mit glühender Peitsche ins Gesicht. Das Gift in ihm brannte, dass er fast wahnsinnig wurde, und fraß sich durch seine Gedanken. Besinnungslos brüllte er und schlug sich gegen die Stirn, er sah, wie die Flammen sich auf seine Erinnerungen stürzten, hörte sie bersten wie springendes Eis, wieder und wieder, bis er ruhiger wurde. Auf einmal wusste er nicht mehr, warum er sich wehrte, er wusste nicht, was mit ihm geschah. Alles war dunkel um ihn herum, das Feuer auf seiner Haut tat nicht mehr weh – nichts tat mehr weh.

Du kannst nicht gewinnen, hörte er Bythorsuls Stimme zärtlich neben seinem Ohr. Er rührte sich nicht. Dunkel flammten Bilder seiner Vergangenheit in ihm auf, aber sie waren zu schwach und erloschen in der Finsternis wie Sterne. Grim spürte, wie er auf dem Boden des Meeres aufschlug, die Flammen knisterten in seinen Ohren, jemand lachte – der Ton ging ihm durch und durch, er hatte ihn schon einmal gehört.

Und da flüsterte eine Kinderstimme ihm zu: *Frisst, was du gewesen.* Mit einem Schlag war er wieder hellwach. Reglos spähte er durch die Finsternis. Da war etwas, es war ein Kind, ein Junge von vielleicht neun Jahren. Grim riss die Augen auf. Wie angefachte Kohlen flackerten Erinnerungen in ihm auf. Er kannte dieses Kind, er hatte es sterben sehen in Pedros Armen. Ein Schmerz durchzog seine Brust. Es war der Junge, den Seraphin getötet hatte – der Junge, dessen Herz Grim trug. Er war an Händen und Füßen gefesselt und stand regungslos vor dem Felsen, an den man ihn gebunden hatte. Sein dunkles Haar bewegte sich im Strom des Meeres. Er öffnete den Mund, und obwohl er kein Wort laut aussprach, konnte Grim ihn verstehen: *Hilf mir. Rette mich.*

Grim spürte die Flammen nicht mehr, die über seinen eigenen Körper leckten. Er sah nur noch das Feuer auf dem Körper des Jungen, und er spürte, dass er ihn retten musste, so schnell er konnte. Er schaute in die dunklen Kinderaugen und sah seine eigenen Gedanken darin. Monsieur Pité. Paris in der Dämmerung. Moira. Bocus. Klara. Fibi. Remis. Und – Mia. Mit einem Schlag waren seine Erinnerungen zurück. Dieser Junge, das wusste er nun, war er selbst – aber er war auch Jakob und Mia und Monsieur Pité, er war all jene, die er jemals geliebt und verloren hatte.

Grim richtete sich auf. Bythorsuls Gesang war verklungen. Mühsam kämpfte er sich durchs Wasser und erreichte den Jungen, der ruhig zu ihm aufsah. Grim verbrannte sich die Hände an den glühenden Schnüren, als er ihn befreite, aber er achtete nicht darauf. Mit einem Schrei riss er sie entzwei. Für einen Moment sah Grim nichts mehr als die dunklen Augen des Kindes und das zaghafte Lächeln auf dessen Gesicht. Der Junge griff nach seiner Hand und deutete in die Finsternis des Meeres. Grim nickte. Ja, auch er wollte zum Ufer. Gemeinsam würden sie es bis dorthin schaffen. Sie taten den ersten Schritt – und Grim fuhr vor Schmerzen zusammen. Seine Narbe über dem Auge brannte wie Feuer. Er spürte, wie sein Körper weiterging, die Hand des Jungen in der seinen – aber gleichzeitig löste sich etwas aus ihm und schwebte weit weg, bis er sich im Körper eines Kindes auf einer Mauer sitzend wiederfand. Er war nicht irgendein Kind – er war der Junge, der gerade mit seinem Körper durch Bythorsuls Meer spazierte. Vor ihm lag ein schwarz verkohltes Schlachtfeld, in der Ferne glitzerte ein Fluss – und neben ihm saß Seraphin.

Er saß da in Menschengestalt, und jede Härte, jeder Hass, der für Grim unabwendbar in Seraphins Gesicht gehörte, war verschwunden. Er lächelte ein wenig, als er einen Arm um den Jungen legte, der Grim war.

»Stell dir vor«, vernahm Grim seine Stimme und fühlte sich, als würde er einem Freund zuhören, »dass wir gerade nicht auf dem Schlachtfeld der letzten Nacht sitzen, weil Vater uns erziehen und ans Blutvergießen gewöhnen will. Nein. In Wahrheit befinden wir uns auf einem riesigen rotschwarzen Felsen. Dieser Acker ist das Weideland der Einhörner, und der Fluss dort hinten ist nicht die Donau, die im Schwarzen Meer aufgeht. In Wahrheit nennt man diesen Fluss Anorys, und er führt zum Ozean der Nacht. Denn wir sind im Land der Freiheit, und wir tragen das Zeichen des Feuers auf unserer Stirn – das Zeichen für Veränderung …«

Er sagte noch mehr, aber Grim begriff nur die Hälfte seiner Worte. Es war ein Märchen, eine Geschichte, und während er Seraphin zuhörte, wusste er, dass sie Brüder waren und dass sie niemals etwas anderes getan hatten, als sich andere Welten auszudenken – andere Welten als die Kriegswelt, in der sie leben mussten. Er sah, wie Seraphin ihn weckte in jener Nacht, da er aus seinem Elternhaus floh, fühlte die Umarmung, hörte die letzten Worte, die sie miteinander sprachen. Und dann der Abend, als sie sich wiedersahen. Grim stand an der Tür, er sah seinen Vater mit Seraphin kämpfen – Seraphin, der auf einmal ein Hybrid geworden und dennoch nichts anderes war als sein Bruder. Grim spürte die Angst in seiner Brust, als er sich zwischen die Kämpfenden warf – und den Schmerz, als Seraphins Schwert ihn traf. Er sah nichts mehr als Seraphins Blick und die Verzweiflung darin, und als er starb, fühlte er nur eines: Liebe für ihn, seinen Bruder, der ihn getötet hatte.

Grim spürte die Hand des Menschenkindes in seiner Klaue, als er zu sich kam. Er lag auf feinem Sand. Der Junge legte ihm die Hand auf die Stirn. Sie war kühl und zart wie ein Blütenblatt. Grim öffnete die Augen. Der Junge, dessen Herz er trug, sah ihn an. Sie hatten sich gegenseitig durch die Wellen geführt. Mühsam richtete Grim sich auf und sah die Burg Hels nicht weit entfernt vor sich aufragen. Er kam auf die Beine. Jetzt würde er diesen verfluchten Ort verlassen – so viel stand fest. Er machte einige Schritte auf die Burg zu, doch als er merkte, dass der Junge ihm nicht folgte, blieb er stehen.

Der Junge stand auf, langsam und zögernd. Ein Lächeln lag auf seinem Gesicht, als er zum Abschied die Hand hob und auf das Meer zutrat. Grim wollte ihn aufhalten, er hatte schon die Klaue nach ihm ausgestreckt – und ließ sie tatenlos wieder sinken. Der Junge war nicht gekommen, um für sich den Weg durch die Wellen zu gehen – er hatte es für Grim getan. Er hatte Grim zu sich selbst geführt – und durch die seelenlosen Wasser Bythorsuls.

Grim holte tief Atem, ein seltsames Gefühl hatte in seiner Brust Platz genommen, eine Veränderung, die er erst nach einer Weile begriff: Zum ersten Mal in seinem Leben wusste er, wer er war. Der Junge ließ das Wasser des Meeres um seine Füße spülen. Noch einmal wandte er sich zu Grim um, und seine

Lippen formten vier lautlose Worte: *Leb wohl, mein Bruder.* Dann ging er Schritt für Schritt ins Meer hinein, bis die Wellen über seinem Kopf zusammenschlugen.

Grim fuhr sich über die Augen und stellte fest, dass Tränen an seinen Fingern haften blieben. Auf einmal war er sehr müde. Langsam wandte er sich ab und ging über den Strand auf die Burg zu. Er hatte sie noch nicht erreicht, da spürte er schon, wie die Kälte auf ihn zukroch. Sie kam aus der Burg, die er betreten musste, um diesen Ort verlassen zu können. Hel hatte den Frost geschickt, um ihn willkommen zu heißen.

Kapitel 54

Mia saß an einer reich gedeckten Tafel, auf der sich silberne Platten mit unzähligen Köstlichkeiten türmten. Gläserne Karaffen gab es mit tiefrotem Wein und Blumen in kunstvoll gebundenen Sträußen. Vor ihr stand ein Teller mit duftenden Speisen, aber sie rührte ihn nicht an. Sie musste an Grim denken, unaufhörlich dachte sie an ihn. Seraphin hatte einen ganzen Trupp Magier losgeschickt, um ihn zu finden, doch bislang gab es keine Nachrichten von ihm. Mia stieß lautlos die Luft aus. Sie wusste ja noch nicht einmal, ob Seraphin ihn wirklich suchen ließ oder ob das alles zu einem wirren und perfiden Spiel gehörte, das sie nicht durchschaute. Aber sie wusste, aus welchem Grund sie hier war. Seraphin hatte sie um ein Abendessen gebeten – vermutlich wollte er wissen, ob sich ihre Meinung ihm gegenüber geändert hatte. Sie hatte erwartet, dass er sie ausfragen und bedrängen würde, aber er tat nichts dergleichen. Offenbar gab er ihr alle Zeit der Welt, sich selbst ein Urteil zu bilden, und wollte ihr mit diesem Essen die Gelegenheit geben, weitere Fragen zu stellen. Sie holte tief Atem. Sie hatte nur noch eine einzige Frage.

»Ich habe das Hospital gesehen«, sagte sie. Er hob den Blick und sah sie aufmerksam an. »Ich habe mit Hybriden gesprochen, die dir folgen. Sie vertrauen dir bedingungslos. Keines von deinen Worten widerspricht dem, was du tust oder getan hast. Ich habe keinen Grund mehr, dir nicht zu glauben. Und dennoch gibt es einen Unsicherheitsfaktor in dem ganzen schönen Bild.« Sie hielt inne und wartete, bis er fragend die Brauen hob. »Dich«, sagte sie dann.

Er lächelte ein wenig. »Du kennst meine Pläne«, erwiderte er.

»Ja. Aber dich – dich kenne ich nicht. Warum tust du das alles?« Sie sah den Schatten, der sich auf sein Gesicht legte, und wusste, dass sie ins Schwarze getroffen hatte. Wenn er sie belog, würde sie es jetzt herausfinden. Sie sah das Muskelspiel an seinen Schläfen und hörte, wie er die Luft einsog. Dann entspannte sich sein Gesicht ein wenig.

»Du fragst nach meiner Geschichte«, stellte er fest, aber es klang wie eine Frage.

Mia nickte. »Wie soll ich dir glauben, wenn ich gar nicht weiß, wer du bist? Gut möglich, dass du eine perfekt inszenierte Show arrangiert hast – darauf werde ich nicht hereinfallen.« Sie lehnte sich zurück. »Nein. Wenn du mich auf deiner Seite haben willst, musst du ehrlich sein – in allem.«

Er sah sie an, für einen Moment lächelte er. Dann senkte er den Blick. Seine Hände ruhten rechts und links neben seinem Teller, aber Mia spürte die Anspannung, unter der er stand. Offensichtlich fiel ihm das, woran er jetzt dachte, nicht leicht. »Ich wurde geschaffen von Pedro von Barkabant«, begann er leise.

Mia riss die Augen auf. »Dem Menschenkönig?«, fragte sie ungläubig. »Aber du bist ein Hybrid. Wie …«

Seraphin hob die Hand. »Er schuf mich nicht auf natürlichem Weg. Er gab mir das Herz seines sterbenden Sohnes, um eine Kriegsmaschine im Kampf gegen die Gargoyles aus mir zu machen. Aber er fürchtete gleichzeitig, dass ich mich gegen ihn wenden könnte. Daher hat er mir bei meiner Erschaffung mein wahres Wesen verschwiegen.«

Mia sah ihn an. Sie dachte an Pedro, an seine traurigen, verzweifelten Augen, und zum ersten Mal fiel ihr der gleiche Ausdruck auch in Seraphins Blick auf. Wieso hatte sie das vorher nicht bemerkt?

»Ich hatte kein Interesse an Pedros Krieg«, fuhr Seraphin fort. »Eines Tages drohte er, meine Geliebte zu töten, würde ich ihm nicht in den Krieg folgen. Sie war eine Sklavin, eine Hybridin, und wir flohen in einer nebligen Nacht. Sie gab sich als Mensch aus, wir heirateten und wohnten in einem einsamen Bauernhaus am Waldrand. Ja, diese Hände haben Feldarbeit verrichtet – kannst du dir das vorstellen?«

Mia nickte langsam. »Ja«, sagte sie, »ich kann mir einen Pflug in deinen Händen vorstellen – viel eher als ein Schwert.«

Er sah sie mit einem seltsamen Ausdruck in den Augen an. Dann fuhr er fort: »Wir waren glücklich – bis das Schicksal uns fand. Pedro hatte die Gargoyleinquisition auf unsere Spur gebracht. Sein Plan bestand darin, in mir den Hass auf die Gargoyles zu entfachen, damit ich ihm endlich in den Krieg folgen würde. Er stellte sich vor, dass die Inquisition uns gefangen nehmen, ihr übliches lächerliches Gerichtsverfahren abhalten und uns dann hinrichten würde – natürlich wollte er uns schon kurz nach der Gefangennahme retten lassen. Leider hat er nicht alles bedacht bei seinem schönen Plan. Denn als die Gargoyles uns überfielen, entfesselte ich durch meine Wut zum ersten Mal meine Magie. Ein riesiger Feuerstrahl verkohlte den erstbesten Gargoyle. Sofort schossen die anderen zurück. Ich wurde schwer verletzt. Meine Frau starb.«

Er drehte sein Weinglas zwischen den Fingern. Mia sah, dass seine Augen glänzten, und zum ersten Mal erkannte sie, wie weich sein Gesicht sein konnte.

»Pedro ist in den Riss der Vrataten gegangen, um sich selbst zu bestrafen«, sagte sie leise. »*Verflucht*, sagte er. *Ja … Das bin ich. Deswegen bin ich hier, an diesem Ort ohne Zeit und Vergebung.*«

Seraphin nickte wie in Gedanken. »Durch seine Schuld ist mir alles genommen worden – meine Liebe, mein Leben, mein Ich. Es war, als wäre ich mit einem Schlag aus dem Leben geschleudert worden – aber ich durfte nicht sterben, ich musste zusehen, wie sich alles weiterdrehte. Nur ich, ich drehte mich nicht mehr mit.«

»Es ist wie ein Sonnenaufgang ohne Farben«, sagte sie leise. »Wie Musik, von der man weiß, dass sie da ist – aber hören kann man sie nicht. Wie eine Berührung durch eine Wand hindurch oder ein Flüstern in einer fremden Sprache.« Ihre Worte überraschten sie selbst, sie waren über ihre Lippen gekommen, ohne dass sie sie hatte aussprechen wollen.

Seraphin holte tief Atem. »Ja«, sagte er. »Genau so. Eine Weile wollte ich einfach sterben – mich auflösen und nichts, gar nichts mehr fühlen oder denken. Doch dann wollte ich Rache. Und so begann ich, den Tod meiner Frau zu ahnden, indem ich die Inquisitoren der Gargoyles tötete, die an dem Mord Schuld trugen. Ich zog eine blutige Spur durchs Land, ehe ich merkte, dass dieser Weg mich nirgendwohin führte. Ich wollte die Welt ändern – wollte verhindern, dass ein anderer so etwas erleben muss wie ich. Doch der Hass, der den Hybriden noch heute entgegenschlägt, nahm nie ab. Eines Tages beschloss ich, einen Weg zu finden, um die Hybriden aus der Unterdrückung zu führen. Hierfür reiste ich in den Untergrund Athens, wo einst eine Schwarzmagierschule bestanden haben soll. Ich hoffte, in den Ruinen der Schule Unterlagen zu finden, die mir in irgendeiner Weise weiterhelfen konnten. Ich wusste allerdings nicht, wonach ich genau suchte. Und was ich fand, hätte überraschender nicht sein können.« Er lächelte, als würde eine schöne Erinnerung in ihm auftauchen. »Denn statt Büchern fand ich einen alten Ordensbruder der Schwarzmagier, der gerade dabei war, sich mit einem komplizierten Ritual das Leben zu nehmen. Wie ein Engel sei ich ihm erschienen, sagte er mir später. Ich erzählte ihm meine Geschichte im Gegenzug für seine, und er beschloss, mit dem Sterben zu warten und mir zu helfen. Von ihm erfuhr ich vom Zauber des Rattenfängers und davon, wie ein Schwarzmagierorden gegründet werden kann. Durch die Umstände meiner Erschaffung verfüge ich selbst über eine Schwarze Flamme, musst du wissen. Ich brauche keinen Orden, um höhere Magie zu wirken.«

»Dann ist das also der Grund, aus dem wir dich nicht besiegen konnten«, sagte Mia. »Aber wofür brauchtest du den Orden überhaupt, wenn du über solche Kräfte verfügst?«

Seraphin hob die Schultern. »Allein hätte ich das Zepter der Gargoyles nie an mich bringen und so niemals den Rattenfängerzauber wirken können. Ich scharte über die Jahre Hybriden um mich und bildete sie in Schwarzer Magie aus – bis unsere Stunde gekommen war. Dann erfuhr ich, dass dein Bruder die Karte zum Zepter der Menschen erhalten hat, und beauftragte einen meiner engsten Vertrauten damit, dieses Artefakt an sich zu bringen. Dieser Hybrid hat mich schwer enttäuscht, schwerer, als du dir vorstellen kannst. Ich gab ihm einen Teil meiner Macht, doch er nutzte sie, um willkürlich zu morden. Er trieb deinen Bruder dazu, sich das Leben zu nehmen. Ich strafte ihn dafür mit dem Tod. Den Rest der Geschichte kennst du.« Er hielt inne. »Nun weißt du, warum ich tue, was ich tue. Du hast recht – wenn du mir folgen solltest, musst du mir dein Vertrauen schenken. Du musst sicher sein, dass ich dich nicht enttäusche. Jetzt habe ich dir meine Geschichte erzählt. Glaubst du mir?«

Mia schwieg nachdenklich. Seine Worte hallten in ihr wider, und sie fühlte den Schmerz, von dem er gesprochen hatte, als wäre es ihr eigener. Und war er es nicht? Waren sie wirklich so verschieden? Auch sie hatte geliebte Menschen verloren, und das nur aus einem einzigen Grund: weil der Zauber des Vergessens bestand. Ohne ihn wäre Jakob niemals in diese Lage gekommen, und auch ihr Vater hätte sich nicht das Leben genommen. Mia wusste, dass weder Hybriden noch Hartide in einer Welt, wie sie jetzt war, jemals einen Platz finden würden. Sie sah Seraphin an, schaute in seine dunklen Augen und wusste, dass sie ihre Wahl getroffen hatte.

»Ja«, sagte sie leise. »Ich glaube dir.«

Kapitel 55

Kaum fühlte Grim das flackernde Licht auf seinem Gesicht, sah er, dass die Burg keineswegs aus Stein war. Sie bestand aus unzähligen Leibern, schwarz verkohlt allesamt, doch keineswegs leblos. Übelkeit stieg in Grim auf. Er sah Menschen, Zentauren, Harpyien und etliche andere, sie waren ineinander verschlungen, hatten Klauen und Hände in des anderen Fleisch geschlagen, die Münder zu irrem Lachen verzerrt. Weiße Augen hatten sie, sie sahen aus wie erblindet, und doch starrten sie ihm entgegen, als er die letzten Schritte zum Portal zurücklegte. Ein Summen hing in der Luft, ein Gesang aus stummen Mäulern, wie Wind über vergessenen Gräbern.

Schaudernd schritt Grim durch das Portal und fand sich in einem rot flackernden Saal wieder. Erst auf den zweiten Blick stellte er fest, dass es auch hier kein Stein war, aus dem die Wände bestanden, sondern Fleisch. Adern und Sehnen durchliefen den Raum, der sich wie ein Muskel zusammenzog und entspannte, und als Grim auf die einzige Tür zuschritt, die er sehen konnte, sackte er knietief in blutigem Schleim ein. Angewidert stolperte er vor und sah erst auf den zweiten Blick die Schlangenleiber, die sich durch das Fleisch der Burg wanden.

Ein Klagen durchzog die Luft, lang anhaltend wie das Heulen

eines Wolfes. Grim verharrte, wo er stand. Es war Fenris, der da heulte, während sich die magische Fessel Gleipnir enger um seinen Leib wand und er auf seine Befreiung wartete. Grim spürte, wie ihm jeder Ton dieses Wolfsgesangs ein Messer ins Herz trieb. Und gleichzeitig meinte er, noch nie etwas Schöneres als diese Klänge gehört zu haben, noch nie eine Melodie von solcher Kraft und Traurigkeit. Da streifte etwas Weiches sein Bein, und der Gesang brach ab. Erstaunt sah er an sich hinab. Vor ihm auf dem Boden saß eine Katze. Sie war pechschwarz mit leuchtenden gelben Augen und schaute ihn an, als würde sie jeden Augenblick anfangen zu sprechen. Doch stattdessen wandte sie sich um und lief vor ihm davon. Kaum hatte sie einige Schritte getan, zog Nebel auf, so undurchdringlich, dass Grim bald nichts mehr sah als die Katze, die geduldig auf ihn wartete. Er folgte ihr. Nach Ewigkeiten, so schien es ihm, erreichten sie ein Fenster. Es stand mitten im Nebel, ohne Haus, ohne Wände, und gleißendes Licht brach durch das dünne Glas.

Die Katze hob den Kopf, sie sah Grim an. Dann sprang sie durch das Fenster. Klirrend rieselten die Scherben zu Boden. Im nächsten Moment hörte Grim ein Fauchen, so schrill, dass er zusammenfuhr. Ohne nachzudenken, stürzte er sich ins Licht. Weißer Marmorboden raste auf ihn zu, er landete auf dem Gesicht und schlitterte ein ganzes Stück weit in einen riesigen, hellen Saal hinein. Stöhnend kam er auf die Füße, und noch ehe er sie sah, wusste er, dass er die Königin gefunden hatte.

Sie saß auf einem Thron aus Perlmutt, eine große, helle Gestalt. Auf den ersten Blick glaubte Grim, einen Menschen vor sich zu haben, eine Frau, über die Maßen schön, mit mandelförmigen, schräg stehenden Augen und weißen Schultern, auf die ihr langes Haar hinabfiel. Die eine Hälfte ihres Gesichts war makellos, die andere jedoch wurde von blauen und schwarzen Adern durchzogen und trug die Haut einer Toten. Und Grim wurde in diesem Moment klar, dass sie genau das war: tot – und lebendig. Ein Zwischenwesen wie er selbst. Sie war gekleidet in ein blaues Kleid, über und über mit winzigen Kristallen besetzt. Es war, als trüge sie die Nacht am Körper.

Aufmerksam schaute sie zu Grim herüber, mit einem Ausdruck auf dem Gesicht, der alles bedeuten konnte. Gerade wollte er sich verneigen, als das Bild vor ihm verschwamm und das Menschliche zu etwas anderem wurde. Plötzlich sah er schimmernde Schuppen auf den blassen Armen der Königin, ihre Haut wurde durchscheinend. Noch immer schaute sie ihn an, doch ihr Gesicht veränderte sich, die Nase zog sich zurück, der Mund wurde breiter, auf einmal sah er sich einem Fisch gegenüber – oder einem Wesen, das lange im Meer gelebt hatte. Verwirrt fuhr er sich über die Augen und musste feststellen, dass die Königin sich schon wieder verwandelte. Grüne Fingernägel wuchsen aus ihren Händen, ihr Körper überzog sich mit seidigen Federn, winzige Ohren entstanden zu beiden Seiten des Kopfes, und statt des Fischmauls besaß sie nun einen roten Vogelschnabel.

»Deine Augen können mich nicht sehen«, hörte er ihre Stimme, tief und dunkel wie der Klang einer sehr großen Glocke. Ihr Bild flackerte vor seinem Blick, es war, als durchliefe sie in rasender Geschwindigkeit tausend Erscheinungsformen. Dann saß ihm wieder der Mensch gegenüber – nein, sie war ein Gargoyle, feine Risse durchzogen den Stein ihrer Haut, und um ihre Finger hatte sich Moos gelegt. »Sie sehen, was sie sehen wollen.«

Grim wusste nicht, was er erwidern sollte. Verwirrt sah er Hel an, die nun in der steinernen Gestalt verharrte.

»Meine Königin«, brachte er hervor und stellte zu seiner Beschämung fest, dass seine Stimme zitterte. Schnell neigte er den Kopf.

»Ich weiß, warum du gekommen bist – Kind des Feuers«, unterbrach sie ihn.

Erstaunt hob er den Kopf, denn er hatte das Lächeln in ihrer Stimme gehört.

»Ja, das bist du«, fuhr sie fort. »Ich weiß von der Karte und dem Siegel des Feuers, mit dem die Freien sie verschlossen haben. Immer birgt ein solches Siegel ein Geheimnis, das die Welt verändern könnte – das ist wahr. Weiter heißt es, das Siegel des Feuers sei das Zeichen für Veränderung. Aber das ist nicht richtig. Das Siegel allein bedeutet gar nichts. Es zeigt Möglichkeiten auf, weiter nichts. Der Wandel beginnt mit der Sehnsucht – und die liegt in den Herzen der Wesen, in einigen schwach, in anderen stärker – und in manchen so strahlend und hell, dass sie sich eines Tages ihren Weg brechen wird: so wie bei dir. Du bist ein Kind des Feuers – des Wandels – der Veränderung, und du kannst die Flamme weitergeben, wenn sie lichterloh in dir brennt. Es gibt nicht viele Wesen, die diese Gabe haben: die Welt aus den Angeln zu heben. Du hast sie. Du trägst den Samen in dir, und wenn er aufgeht, wird der Mond in anderen Farben strahlen und die Sonne in anderem Licht. Du wirst aus den Schatten treten – und die Welt wird sich wandeln. Du wirst brennen – Kind des Feuers.«

Grim merkte, dass er fröstelte. »Ich muss zurückkehren«, sagte er mit fester Stimme. »Die Welt steht vor schweren Stunden und …« Er stockte.

Hel lachte leise. »Oh ja«, erwiderte sie. »Ich habe ihren Namen gehört … Mia … Mia …«

Grim fuhr zusammen, als die Worte tausendfach gebrochen in

dem endlosen Raum widerhallten. Plötzlich war die Stimme der Königin kalt geworden – oder bildete er sich das nur ein? Sie saß noch genauso da wie vorher, selbst das Lächeln auf ihren Lippen war noch dasselbe. Da erhob sie sich mit einer Schnelligkeit, dass Grim der Atem stockte. Schon stand sie vor ihm, so nah, dass er die Linie ihres Halses sehen konnte. Ihre Augen waren zwei Winterseen, eisig und schön, und sie hielten seinen Blick fest. Sie schien etwas in ihm zu suchen, er fühlte, wie sie die Mauer seiner Gedanken zerschlug – noch nie zuvor hatte er so empfunden, nicht einmal, als das Feuer Bythorsuls seine Erinnerungen gefressen hatte. Niemandem war es gelungen, so mühelos in seinen Kopf zu sehen, nicht einmal Seraphin. So also fühlte es sich an, wenn jemand die eigenen Gedanken las. Grim spürte, dass er zitterte. Dann zog Hel sich zurück. Sie nickte leicht.

»Viele sind vor dir gekommen. *Bring mich zurück*, riefen sie. *Ich bin noch nicht fertig*. Doch sie waren fertig. Meine Schwester Bythorsul hat sie in ihre Arme gezogen, und sie haben alles vergessen, was sie waren und wollten. Andere stürzten sich meinem Bruder Fenris in den Rachen, da sie seinen Gesang nicht ertrugen, und er verschlang sie in einem Stück. Du bist anders als alle, die vor dir kamen. Ich werde dich gehen lassen. Doch niemand, der sich selbst nicht kennt, darf aus meinem Reich zurückkehren in die Welt der Lebenden. Du beschreitest einen Weg, der erst mit dem Tod endet – und bisweilen noch nicht einmal dann: Werde, der du bist.« Ihre Worte klangen in Grim wider wie der Laut zerbrechender Spiegel. »Den ersten Schritt bist du in Bythorsuls Meer gegangen. Nun ist es an der Zeit, dass du den Schatten begegnest – den Schatten deiner Vergangenheit. Du musst den Weg der Spiegel gehen – den Weg der Spiegel zurück ins Licht!«

Beim letzten Wort hob sie die Hände, ihr Klatschen zerriss den Raum wie ein Blatt Papier.

Grim stürzte in die Finsternis und landete hart auf staubigem Grund. Hustend kam er auf die Beine und fand sich in einem schmalen Gang wieder, der über und über mit Spiegeln behängt war. Den Schatten seiner Vergangenheit sollte er also begegnen. Er stieß die Luft aus. Sollten sie kommen! Er würde ihnen ins Gesicht lachen, was oder wer sie auch waren!

Er setzte sich in Bewegung und geriet bald in ein Labyrinth aus Spiegeln. Nicht nur einmal schepperte er mit dem Kopf gegen die Wand, da er einen Durchgang erahnte, wo nichts als ein Spiegel war, und bald hatte er jedes Zeitgefühl verloren. Wie lange irrte er nun schon durch die Gänge? Minuten? Stunden? Tage? Er wusste es nicht. Irgendwann begannen die Spiegel, andere Bilder zu zeigen als ihn selbst. Sie wurden zu Gedanken und Erinnerungen, die Grim Menschen geraubt hatte, zu Tönen, meistens Orgelklängen, zu Stimmen, Gelächter und Tränen. Auch Gestalten sah er, Moira, wie sie ihm zuwinkte, die dunkle Silhouette Pedros, den sterbenden Jungen in seinen Armen. Grim schloss die Augen, er ertrug diese Bilder nicht mehr. Doch als er sich durch die Gänge tastete, fühlte er sie – die anderen, die hinter den Spiegeln lauerten, ihre eisigen Hände, ihr Lachen, ihren Atem auf seinem Gesicht.

Du musst dir die Sehnsucht bewahren. Sie ist es, die uns lebendig hält.

Grim fuhr herum und starrte Moira ins Gesicht. Tausendfach abgebildet in jedem Spiegel schaute sie ihn an, genau wie damals – damals? – in der Arena bei ihrem letzten Gespräch.

»Was soll das?«, fragte Grim und hob den Kopf, doch selbst über ihm hingen Spiegel, und auch dort stand Moira und schaute auf ihn herab. Da flackerte es in seinem Augenwinkel. Eine

Tür hatte sich geöffnet, hinter der undurchdringliche Finsternis lag. Grim tat einen Schritt auf sie zu, dann besann er sich. Hel wollte, dass er sich den Schatten stellte – und wenn Moira ein Schatten war, wollte er es tun. Er wandte sich um und trat vor den nächstbesten Spiegel. Moira schaute ihn an, als wäre sie tatsächlich da.

»Sieh, wohin meine Sehnsucht mich gebracht hat«, sagte er leise. Er war sich bewusst, wie lächerlich es war, mit einem Spiegelbild zu sprechen, aber als er ihr in die Augen sah, schien es ihm, als würde sie ihn hören. »Sie hat mir nicht dabei geholfen, dich zum Reden zu bringen. Und sie hat dich auch nicht daran gehindert, dich der verfluchten Sonne zu schenken!« Die Worte brachen aus ihm hervor wie eine Lawine, es war, als rissen sie die Haut von einer gerade verheilten Wunde. »Du hast mir nichts erzählt! Du hättest alles verhindern können und hast es nicht getan! Du hast mich alleingelassen!«

Er hatte gebrüllt, ohne es zu wollen, und noch ehe er wusste, wie ihm geschah, ging ein Zittern durch den Spiegel, vor dem er stand, und Moiras Bild zerbrach. Erschrocken sah Grim zu, wie die Scherben zu seinen Füßen niederfielen, klirrende Flocken aus Glas. Benommen sah er, wie sie stumpf wurden, ebenso wie die Spiegel um ihn herum. Nur einer zeigte noch Moiras Gestalt, und da hörte er noch einmal ihre Stimme.

Es gibt Sterne, sagte sie leise, *die schon nicht mehr da sind, wenn wir ihr Licht sehen. Sie sind erloschen, verstehst du, aber vorher haben sie ihren Schein zu uns gesandt. Und dann, wenn sie schon lange nicht mehr da sind, gibt es doch noch ihr Licht, das für uns strahlt.*

Grim starrte sie an. Verlegen bemerkte er, wie ihr Bild vor seinem Blick verwischte. Er fuhr sich über die Augen, etwas Feuchtes blieb an seinen Klauen haften, und noch ehe er wusste, wie ihm geschah, fiel er auf die Knie zu Moiras Füßen und verbarg das Gesicht in den Händen. Wie ein Krampf ging es durch seinen Körper, und er weinte. Als es vorbei war, fühlte er sich dumpf und leer. Sein Kopf dröhnte, das Licht tat seinen Augen weh. Schlafen, nur für einen Moment. Erschöpft lehnte er den Kopf an den Spiegel, der Moira zeigte – und da fühlte er ihre Hand. Sanft strich sie ihm über den Kopf, so behutsam, dass er zuerst zu träumen glaubte. Doch als er sie ansah, erwiderte sie seinen Blick. Ihre Hand war aus dem Spiegel geglitten, sanft ruhte sie an seiner Wange. Er hörte, wie sie in Gedanken mit ihm sprach, sie sagte ihm Worte, die er nicht denken, nur empfinden konnte, und als sie ihre Hand zurückzog und sich von ihm verabschiedete, war er vollkommen ruhig.

Grim stieg eine Treppe hinauf, die Moira ihm gewiesen hatte. Sie war alt, und je höher er kam, desto deutlicher drang ihm ein Geruch in die Nase, ein Geruch wie – noch ehe er den richtigen Begriff dafür gefunden hatte, gelangte er in einen dämmrigen Raum. Er wusste sofort, wo er war. Schon setzte die Orgelmusik ein, er wollte fliehen, aber kaum dass er sich umgewandt hatte, zog ihn ein Gefühl doch weiter. Er hatte sich entschieden. Er würde seinen Schatten begegnen – er würde nicht länger vor ihnen davonlaufen. Sein Herz schlug schmerzhaft in seiner Brust. Schritt für Schritt ging er die Kanzel hinauf und erreichte die Orgel.

Zuerst sah er seine Hände, weiß und schmal, dann das schwarze Priestergewand, das ihn noch dünner wirken ließ, und schließlich sein Gesicht, blass und schon gezeichnet von der Krankheit. Er hielt die Augen geschlossen, während seine Finger wie Schmetterlinge über die Tasten flogen.

»Da sind Sie also«, sagte der kleine Mann mit einem Lächeln, ohne Grim anzusehen. »Setzen Sie sich zu mir, kommen Sie, ich möchte wissen, wie sich diese Klauen mit der Musik vertragen.«

Und wie in seinem vorigen Leben ließ Grim sich neben Monsieur Pité auf dem Boden nieder, ließ es zu, dass der kleine Pfarrer seine Klauen über die Tasten führte, und erschauderte wie damals vor dem ersten Ton, den er dem Instrument entlockte. Das Husten unterbrach Monsieur Pité, Grim schaute wieder in die glänzenden Augen seines Freundes, und wie damals sprang er auf, entsetzt von der Erkenntnis, die er in dessen Blick gefunden hatte.

»Ich hätte mir ein anderes Ende für meine Rolle gewünscht«, sagte Monsieur Pité und sah ihn an, so ernst, dass Grim es kaum ertragen konnte. »Ich verstehe wenig von dem, was Gott tut – manchmal bin ich mir nicht einmal sicher, ob er überhaupt dahintersteckt, wenn Sie verstehen …« Er hustete, Grim sah das Blut in seinem Taschentuch und war hilflos und betäubt wie damals. »Aber Sie dürfen nicht trauern, hören Sie? Nicht zu sehr, im Mindesten … Denn es wäre eine sehr lange Traurigkeit, wenn Sie sie bis an Ihr Ende mit sich schleppen müssten. Denken Sie an das, was wir hatten – wir beide. Das ist mehr als jedes traurige Ende – mehr als alles Leid der Welt. Vergessen Sie niemals das Glück, mein Freund – sonst könnte es Sie für immer verlassen.«

Grim spürte den Schmerz in seiner Kehle, als Monsieur Pité aufstand, zitternd, als würde er frieren, und zu ihm trat.

»Und eines hat Gott doch für mich getan«, sagte der kleine Pfarrer, und plötzlich war es wieder da, dieses Lächeln, das sein Gesicht so jung machte. Er legte seine Hand auf Grims Brust. »Sie glauben gar nicht, was es für mich bedeutet, in diesem Herzen zu bleiben.«

Sein Lächeln ging Grim nach, während er durch die Falltür aufwärtskletterte, die auf einmal erschienen war, es ging ihm nach und wärmte ihn auf seinem Weg durch die Dunkelheit. Dann wurde es blasser und versank wie ein Funke in der Finsternis von Grims Brust, noch immer leuchtend, noch immer warm.

Grim blieb stehen, und kaum hatte er das getan, wurde es hell um ihn herum. Er roch den Duft des Petroleums und wusste, dass er nur die Hand auszustrecken brauchte, um das Zimmer wieder zu verlassen, in dem er nun stand. Doch stattdessen öffnete er die Augen und blieb. Petroleumlampen standen auf schäbigen Bücherregalen. Der Schreck schoss Grim in die Glieder, und noch ehe er seine Stimme hörte, wusste er, dass Jakob da war. Er saß hinter ihm auf dem klapprigen Stuhl und blätterte in einem uralten Buch. Jetzt hob er den Blick, und im gleichen Moment wandte Grim sich um.

Jakob war tot, das konnte Grim sehen. Seine Haut war grau, seine Augen gebrochen, Blut klebte an seiner Stirn. Doch er lächelte, als wäre alles in Ordnung, als wäre es gut so, wie es eben war, und seine Augen wurden klar. Er sagte kein Wort. Grim aber sprach zu ihm, lautlos und wie in Gedanken. Als er geendet hatte, fuhr er sich über die Augen. Auf einmal fühlte er sich seltsam leicht.

Wir sind frei, sagte Jakob. *Wir Menschen. Ich habe mich entschieden – nicht du hast den Abzug gedrückt. Du trägst keine Schuld an meinem Tod. Ich hingegen … ich habe eine Schuld auf mich geladen, die niemand abzahlen kann.*

Mias Lachen durchwehte den Raum, und es wurde kalt, als es verklungen war. Jakob hatte den Blick sinken lassen, sein Lächeln war verschwunden. Nun hob er den Kopf.

Ich habe sie verlassen, sagte er. *Du darfst ihr das nicht antun.*

Eine Weile sahen sie sich an, dann schüttelte Grim den Kopf. »Nie«, sagte er leise.

Jakob ließ das Buch auf den Tisch sinken, es machte kaum ein Geräusch, und doch zuckte Grim zusammen. Er hob die Hand und winkte Grim zu sich. Lautlos beugte er sich neben Jakobs Mund und hörte die Worte, die er ihm zuflüsterte. Langsam nickte er. Eine Weile schwiegen sie. Dann spürte Grim, wie Licht in seinem Rücken aufflackerte, helles, gleißendes Licht. Noch einmal neigte er vor Jakob den Kopf, dann wandte er sich zum Gehen. Er hatte schon die Hand an die Tür gelegt, hinter der das Licht flammte wie die Sonne selbst, als er noch einmal über die Schulter zurückschaute.

Jakob saß da, sein Blick war noch immer klar wie der eines Lebenden.

Wir sehen uns wieder, Menschenkind, sagte Grim auf Grhonisch. *Wir sehen uns wieder in der Zwischenwelt.* Ein Flackern wie Dankbarkeit ging über Jakobs Gesicht. Grim lächelte leise. Dann wandte er sich ab und schritt durch die Tür.

Hel erwartete ihn, oder sie wartete auf nichts – regungslos saß sie auf ihrem Thron, bis Grim vor ihr stehen blieb und den Kopf neigte. Erstaunt stellte er fest, dass sie in Menschengestalt verharrte.

»Nun«, hörte er ihre Stimme. »Du bist vor den Schatten nicht geflohen. Dann will ich mein Wort halten.«

Sie erhob sich, hoheitsvoll dieses Mal, und trat zu ihm. Und ehe er etwas dagegen hätte tun können, beugte sie sich vor und küsste ihn. Für einen Augenblick glaubte er, in einem Meer aus Finsternis ertrinken zu müssen, er sah die Nacht, wie sie mit wehenden Tüchern um ihn toste und jeden seiner Sinne in Dunkelheit hüllte. Im nächsten Moment spürte er Hels Einsamkeit, war selbst nicht mehr da, war nur noch sie, und er war betroffen, als sie sich von ihm löste. Sie nickte leicht, als sie ihn ansah.

»Ich danke dir«, sagte sie leise. »Ich habe gefühlt, was du fühlst.«

Da ging ein Dröhnen durch den Raum. Erschrocken sah Grim, wie die Decke aufriss und strahlendes Licht hereinfiel. Gleichzeitig stiegen Nebel auf, sie drehten sich schnell und immer schneller, bis sie in einer gewaltigen Spirale durch den Riss in der Decke schossen.

»Meine Königin«, begann er. »Woran erkennt Ihr, dass ich …« Er verstummte, als er sie lächeln sah.

»Dass du geworden bist, der du bist?«, fragte sie und lachte leise. »Aber sieh dich doch an!«

Verwirrt hob Grim den Blick zu dem Spiegel, der sie geworden war – und fuhr zurück. Ein Junge stand da mit dunklem Haar und großen schwarzen Augen, der Junge aus dem Meer, er war vielleicht neun Jahre alt, und er lächelte, als er die Hand an den Spiegel legte – von innen. Grim streckte den Arm aus, das Glas war kühl an seinen Fingern. Da zog es sich zurück, für einen Moment spürte er wieder die Hand des Kindes, zart wie ein Blütenblatt. Dann kroch Raureif über den Spiegel, und als Grim den Blick hob, war Hel zurück. In ihren Augen erkannte er sich. Seine Haut war zart, die Narbe über seinem Auge kaum mehr als ein blasser Streifen.

Als Gargoyle war er in die Hölle gegangen – als Mensch würde er aus ihr zurückkehren.

Kapitel 56

Die Flamme der Kerze war schwarz. Mia hockte in ihrem Sessel, sie war in Gedanken versunken. *Ja, ich glaube dir.* Sie streckte die Hand nach dem Feuer aus und sah, wie sich Raureif auf ihre Finger legte.

»Wärme wirst du da nicht finden.«

Morls Stimme ließ sie sich umwenden. Sie erschrak, als sie ihn sah. Ein gehetzter, fiebriger Ausdruck lag in seinem Blick, und als er einen Stuhl zu ihr heranzog, zitterten seine Hände.

»Was ist es denn mit dir los?«, fragte sie instinktiv leiser, doch Morl zuckte zusammen, als hätte sie gebrüllt. Er sah sich um, doch die Tür war fest verschlossen.

»Weißt du noch, als wir darüber sprachen, ob du Seraphin glaubst?«, fragte er.

Mia nickte.

»Du hast mich gefragt: *Woher weißt du, dass du ihm trauen kannst? Woher weißt du, dass er wirklich tut, was er sagt?*« Er knetete seine Hände, als wüsste er nicht, wohin mit ihnen. »Diese Frage hat mich die ganze Nacht über wach gehalten, nachdem wir aus dem Hospital gekommen sind. Ich habe mich selbst gefragt: Woher weiß ich das eigentlich? Ich meine …« Er lachte verkrampft auf. »Ich kenne Seraphin erst seit kurzer Zeit, und er hat schon so viel für mein Volk verändert. Und trotzdem ... Auf einmal hatte ich ein komisches Gefühl, wenn ich an seine Reden dachte, die er zu Beginn an uns gerichtet hat, oder an seinen Blick, wenn er über Gargoyles und Menschen sprach.« Er schüttelte den Kopf. »Auf einmal habe ich überall Anzeichen dafür gesehen, dass etwas nicht stimmt. Es war, als hätten deine Fragen in mir einen Schleier zerrissen, den ich nur zu bereitwillig über ein Stück Finsternis gebreitet hatte.« Er holte tief Luft. »Jedenfalls habe ich mich umgehört. Es gibt einen Raum in diesem Turm, der nicht jedem offen steht – nur Seraphin selbst und seine Schwarzmagier haben Zutritt. Dort befindet sich Seraphins Planbuch. Es ist kein gewöhnliches Buch, es ist ein Gerät mit einer Leinwand, auf der er ...«

»Ich weiß«, unterbrach Mia ihn. Grim hatte ihr von diesem Gerät erzählt, auf dessen Leinwand er damals die willenlosen Gargoyles über Paris gesehen hatte.

Morl fuhr sich über den Mund. Er sprach jetzt so leise, dass Mia sich vorbeugen musste, um ihn zu verstehen. »Seraphin sagt, dass er eine freie Welt schaffen will, eine Welt, in der Menschen und Gargoyles und Hybriden und alle übrigen Wesen friedlich zusammenleben können, nicht wahr? Das hat er dir erzählt?«

Mia nickte.

»Mir hat er dasselbe gesagt. Genauso wie all den anderen Rebellen, die aus dem Untergrund zu ihm gekommen sind.« Er schüttelte den Kopf. »Ich war in seinem Zimmer, Mia. Ich habe mich hineingeschlichen und in seinem Buch ... gelesen. Seine wahren Pläne sehen anders aus als alles, was er uns erzählt hat – ganz anders.« Er schob seinen Stuhl zurück und erhob sich. »Ich will sie dir zeigen.«

Mit klopfendem Herzen folgte Mia ihm über den Gang.

Schwarzmagier gingen an ihnen vorüber und maßen Mia mit abschätzigen Blicken. Sie schienen alle ein Ziel zu haben, und als Mia Morl darauf ansprach, erwiderte er: »Sie treffen sich zu einer ihrer Sitzungen. Deswegen ist der Zeitpunkt günstig – weder sie noch Seraphin können uns stören … wenn wir uns beeilen.«

Vor einer Tür aus Ebenholz blieb er stehen. Flüchtig sah er sich um, zog einen Schlüssel aus seiner Tasche und öffnete sie. Schnell schlüpften sie ins Zimmer. Erleichtert atmete Mia aus. Sie waren allein.

Sie befanden sich in einem prunkvollen Saal. Kostbare Vorhänge hingen vor den hohen Fenstern, überall standen vornehme Möbelstücke herum. Über einem schwebenden Würfel mit verschiedenen blinkenden Schaltern hing eine Leinwand. Zielstrebig ging Morl darauf zu und bediente einen der Schalter. Sofort stieß der Würfel einen leisen Pfeifton aus.

Die Leinwand wurde hell. Sie zeigte ein steinernes Gesicht mit wächsernen Augen. Mia hielt den Atem an. Von diesem Gesicht hatte Grim ihr erzählt – und auch das, was darauf folgte, kam ihr bekannt vor. Sie sah, wie weißes Feuer in den Augen des Gargoyles aufflammte, hörte seinen Schrei, als er den Kopf in den Nacken riss, und fand sich im nächsten Moment Hunderten von Gargoyles gegenüber. Sie flogen und liefen durch die Nacht, alle mit diesem toten weißen Leuchten in den Augen, wie Grim es beschrieben hatte, und wie er schauderte auch Mia, als sie die Geräusche der Schwingen hörte und das mechanische Stampfen steinerner Füße. Morl bediente den Würfel, aber Mia beachtete ihn kaum. Die Körper der Gargoyles machten ein Geräusch wie sich aneinander reibende Schuppenleiber. Sie ertrug diese Töne kaum, und als die Gargoyles plötzlich aus ihren unzähligen Mündern einen einzigen Schrei ausstießen, fuhr sie zusammen. Noch nie hatte sie einen solchen Laut gehört – selbst die Gesänge der Toten mussten dagegen lebendig klingen. Sie sah, wie sich der Mond blutrot verfärbte und wie die Gargoyles wie eine Welle aus gewaltigen Ameisen über Paris herfielen. Die Schreie der Menschen, die dann folgten, ließen ihr das Blut in den Adern gefrieren.

Aber Seraphin hatte ihr die Bilder erklärt. Vielleicht war alles ein Missverständnis, vielleicht interpretierte Morl das Gesehene falsch, vielleicht … Wieder schrie einer der Menschen, und in diesem Moment wusste Mia, dass es kein Vielleicht mehr gab. Sie starrte auf die Leinwand, unfähig, sich abzuwenden, und folgte einem breitschultrigen Gargoyle vor ein Schlafzimmerfenster. Sie sah die schlafenden Menschen in ihren Betten – es war ein junges Ehepaar, ein kleines Kind schlief in seinem Gitterbettchen neben dem Bett der Eltern. Mia hörte, wie Morl neben ihr einen Schalter bewegte. Im nächsten Moment stürzte sich der Gargoyle vor. Das Fenster zerbrach, klirrend fielen die Scherben zu Boden. Der Mann sprang aus dem Bett, die Frau schrie voller Entsetzen und eilte zu ihrem weinenden Kind. Der Gargoyle trat auf den Mann zu. Seine Augen glühten in weißem Licht. Der Mann stürzte sich auf ihn, doch es war, als würde er auf einen Felsen einschlagen. Er schrie seiner Frau etwas zu, doch schon traten andere Gargoyles ins Zimmer und machten eine Flucht unmöglich. Das Kind wurde ihr aus den Armen gerissen und achtlos fallen gelassen. Mia hörte das Knacken von brechenden Wirbeln, dann lag das Kind still. Die Gargoyles rührten sich nicht, während das Ehepaar in blanke Panik verfiel. Da bewegte Morl erneut einen Schalter. Mit einer einzigen Bewegung packte der stämmige Gargoyle den Mann, riss ihn an der Kehle in die Luft – und stieß ihm die Faust in die Brust. Mia presste sich beide Hände auf den Mund, als sie sah, wie der Gargoyle dem Mann das Herz aus dem Leib riss. Die Frau schrie ein letztes Mal, dann wurde auch sie gepackt. Ihre Rippen brachen, als der Gargoyle ihr das Herz herausriss. Die toten Körper fielen zu Boden. Regungslos standen die Gargoyles mit den zuckenden Herzen da, die von einem blauen Schimmer überzogen wurden. Mia fuhr zurück, als plötzlich Seraphin auf der Leinwand auftauchte – flackernd und unscharf, ein Hologramm. Er stand neben den Leichen der Menschen und hielt beide Zepter in der Hand. Seine Lippen bewegten sich, als er sie über seinen Kopf hob. Wieder drückte Morl einen Schalter. Die Gargoyles traten sich gegenüber, rissen sich gegenseitig die steinernen Herzen aus der Brust und pflanzten die menschlichen Herzen an deren Stelle. Mit schreckgeweiteten Augen sah Mia, wie Seraphin etwas murmelte. Blaue Lichtströme flossen über die Gargoyles hin, gleißende Blitze schossen aus den Zeptern in ihre Körper. Sie zuckten mehrfach wie unter Stromstößen und fielen zu Boden. Mia starrte Seraphin an, der schwer atmend im Zimmer stand und auf die Gargoyles niederschaute. Da bewegten die Gargoyles die Finger und richteten sich langsam und mühevoll auf. Fassungslos sah Mia zu, wie sich der Stein von einer Hälfte ihrer Körper zurückzog. Wie auf Kommando hoben sie die Köpfe und starrten Mia aus kalt lächelnden Augen an. Dann wurde die Leinwand schwarz.

Mia schaute in die Dunkelheit und konnte es nicht glauben. »Hybriden«, flüsterte sie. »Er will Hybriden aus Menschen und Gargoyles machen.«

Morl nickte. »Deswegen braucht er das Zepter. Nur mit beiden kann er diese … Kreaturen zum Leben erwecken.«

Mia sah ihn an. Er war blass geworden, aber der fiebrige Ausdruck war aus seinem Blick verschwunden. »Er will den Zauber des Vergessens lösen«, sagte sie kaum hörbar.

Morl lächelte bitter. »Das ist wahr. Aber er will es nur aus einem einzigen Grund: Damit kein Fluch auf den menschlichen Herzen seiner Geschöpfe liegt. Das …«

Er brach ab, um Mia festzuhalten, die auf einmal schwankte. Ihr war schwindlig, ihre Gedanken rasten wie wahnsinnig durch ihren Kopf. Sie spürte das Bedürfnis, sich zu übergeben. Die Schreie der Menschen erschütterten sie bis ins Mark. Da tauchte ein Bild in ihr auf, das Gesicht eines Gargoyles mit einer Narbe über dem rechten Auge. Grim. *Er wurde verwundet, vermutlich schwer. Das lag nicht in meiner Absicht. Ich weiß nicht, wie es ihm geht. Ich kann ihn suchen lassen, wenn du es willst.* Mias Herz zog sich zusammen, als Seraphins Worte in ihr widerklangen. Jedes einzelne war eine Lüge gewesen, und Grim … War er tatsächlich … tot? Dieser Gedanke lähmte sie auf eine Weise, wie sie es noch nie zuvor erlebt hatte. Wütend ballte sie die Hände zu Fäusten.

»Nein«, sagte sie mit fester Stimme.

Entschlossen trat sie vor den schwebenden Würfel. »Seraphin wird diesen Kampf nicht gewinnen. Überall in der Stadt gibt es Leinwände, nicht wahr? Die Rebellen müssen wissen, was Seraphin vorhat – er hat sie genauso belogen wie uns. Sie werden ihm nicht folgen, wenn sie die Wahrheit erfahren – und vielleicht werden sie gegen ihn kämpfen.«

Morl sah sie aus schmalen Augen an. »Das kannst du nicht wissen. Vielleicht heißen sie seine Pläne gut. Die Zeit der Unterdrückung und Verfolgung war lang. Sie hat ihre Spuren hinterlassen in den Köpfen der Hybriden.«

Mia holte tief Atem. »Du kennst dein Volk besser als ich. Was denkst du?«

Für einen Moment stand Morl regungslos. Dann hob er die Hand und drückte langsam drei verschiedene Knöpfe. Gleich darauf sah Mia, wie unten in den Straßen der Stadt die Leinwände aufflackerten.

Sie sah Morl an, er lächelte zaghaft. Dann wandte sie sich ab. Trotz der schrecklichen Bilder war der Anblick wunderschön – es war, als würden die Sterne aufgehen.

»Wir müssen verschwinden«, sagte Morl neben ihr.

Mia wusste, dass er recht hatte. Jeden Augenblick konnten Seraphins Schergen sie entdecken und gefangen nehmen. Eilig verließen sie den Raum und liefen den verlassenen Gang hinab. Für wenige Augenblicke umdrängte sie die Stille mit unwirklicher Kälte und gab Mia das Gefühl, als würde ihr Herzschlag laut von den Wänden widerhallen. Dann hörte sie die ersten Schritte. Rasch kamen sie näher, umgeben von zunehmendem Stimmengewirr. Mia warf einen Blick zurück. Eine Gestalt erschien am Ende des Ganges – eine helle, engelsgleiche Gestalt.

Seraphin.

Er ging ihnen nach, langsam, den Kopf tief geneigt und die linke Hand erhoben, als wollte er Mia an der Kehle packen. Atemlos fuhr sie herum und sah noch, wie Morl vor ihr um die Ecke bog. Dann spürte sie einen magischen Hieb im Rücken. Sie stolperte, der Länge nach schlug sie auf dem Boden auf. Ein stechender Schmerz durchzog ihren Kopf, Blut lief über ihre Stirn, als sie sich auf den Rücken drehte. Verschwommen sah sie Seraphin auf sich zukommen, sie fühlte die Magie, die in seiner Hand darauf wartete, sich auf sie zu stürzen. Taumelnd kam sie auf die Beine und wollte Morl nacheilen, doch schon legte sich ein Zauber auf ihren Körper, der eine Flucht unmöglich machte. Gleich darauf spürte sie Seraphins Atem an ihrer Wange.

»Du hast also beschlossen, dich gegen mich zu wenden«, sagte er mit einer Stimme, die die Luft zum Erstarren brachte. Er packte sie mit eisiger Hand im Nacken. »Das sollst du bereuen – für den Rest deines Lebens!«

Kapitel 57

Etwas lag schwer in Grims Brust und machte einen Höllenlärm. Er brauchte eine Weile, bis er merkte, dass es sein Herz war, das da schlug. Als Nächstes roch er bestialischen Gestank und spürte, wie ihm etwas in die Nase stach und schluchzte. Grim öffnete die Augen und schaute auf ein grünes Büschel Haare.

»Hmpf«, machte er, denn Remis lehnte an seinem Hals und verteilte seine Haare auf seinem Mund und teilweise in seiner Nase. Es war widerwärtig. Der Kobold hob den Kopf – aber wie hatte er sich verändert! Ein winziges Fieberthermometer steckte in seinem Mund, die Augen waren dick und geschwollen, und er sah so jämmerlich aus, dass Grim erschrocken Luft holte. Japsend sah Remis ihn an.

»Fmie! Fmie!«, machte er, denn das Thermometer zog seinen Mund in die Breite, und schoss wie eine Rakete senkrecht in die Luft. Ungefähr in diesem Moment war es, dass Grim den gewaltigen Tintenfisch bemerkte, der faulenderweise auf seiner Brust lag. Mit einem Brüllen sprang er auf und schlug sich den Kopf an der niedrigen Höhlendecke an, während der glibberige Fisch quer durch den Raum flog, mit feuchtem Platschen an der Wand landete und langsam abwärtsschleimte. Mit angeekeltem

Gesicht versuchte Grim, die Schleimfäden auf seiner Brust zu entfernen, was ihm nicht im Mindesten gelang. Da schoss Remis auf ihn nieder, kümmerte sich weder um den Schleim noch um Grims angewidertes Gesicht und fiel ihm kreischend in den Arm.

»Du lebst!«, rief der Kobold mit sich überschlagender Stimme. Er flog kurz von Grim weg, schaute ihn mit beinahe herzförmigen Augen an und landete wieder an seiner Brust. Seufzend tätschelte Grim ihm den Rücken.

»Merkwürdig eigentlich«, murmelte er. »Bei dem Gestank dürfte eigentlich gar keiner mehr leben. Anwesende Kobolde eingeschlossen.«

Empört sah Remis ihn an. »Ist das etwa der Dank?«, ereiferte er sich. »Ich habe dich aus dem Riss der Vrataten geholt, dass das gleich klar ist! Und ich habe dich hier aufgebahrt, wie es unter Kobolden üblich ist, inklusive unseres Bestattungsrituals! Wir sind nun einmal keine Gargoyles, die ihre Toten irgendwo in der Einöde verstauben lassen – wir kümmern uns um sie! Und dazu gehört auch die Krake!«

Remis flog zu der Wand, an welcher der Tintenfisch inzwischen seine Talfahrt beendet hatte und am Boden eine stinkende Lache mit Tentakeln bildete, und schaute bedauernd auf das arme Tier hinab. Dann stemmte er die Hände in die Hüfte. »Aber jetzt erzählst du erst mal, wieso du wieder da bist! Sicher, bei einem Gargoyle wissen Außenstehende nie so genau, ob er lebt oder nicht – aber du sahst schon relativ eindeutig ziemlich tot aus.«

Grim winkte ab. Mit eingezogenem Kopf ging er durch die Höhle, die viel zu klein für ihn war. »Später«, murmelte er. »Jetzt haben wir Wichtigeres zu tun. Das erste ist: Wo ist Mia? Lebt …«

Er musste sich räuspern, auf einmal versagte seine Stimme. »Lebt sie noch?«

Remis sah ihn verständnislos an, dann überzog sich sein Gesicht mit einem schelmischen Grinsen. »Ja, sie lebt – zumindest war das so, als Seraphin sie mitgenommen hat. Er hat sie nicht getötet. Das bedeutet wohl, dass sie sich zu dieser Stunde im Schwarzen Dorn befindet. Gar nicht weit von hier also.«

Grim trat zum Eingang der Höhle und schaute auf Ghrogonia hinab. Die Stadt lag tief unter ihm – und war umgeben von einem Meer aus steinernen Körpern. Grim schwankte, als er die Massen an Gargoyles sah, die willenlos auf der Ebene standen. Remis nickte düster.

»Ja«, sagte er leise. »Seraphin steht kurz davor, seine Pläne in die Tat umzusetzen. Wir müssen …«

Grim wartete nicht, bis Remis seinen Satz beendet hatte. Ihm war auch so klar, was sie mussten: etwas tun, und zwar sofort. Er ließ den Kobold stehen, breitete die Schwingen aus und schoss auf die Straßen hinab, die vollständig verwaist waren. Entschlossen schlug er mit den Fäusten gegen Karphyrs Tür. Als niemand öffnete, riss er sie aus den Angeln und stürmte die Treppe hinunter. Schnell öffnete er den Geheimgang zum Hauptquartier der OGP, das sie nach ihrem Ausflug in den Turm eingerichtet hatten – und erstarrte.

Der Raum war vollständig verwüstet. Der breite Tisch war in der Mitte durchgebrochen, die Stühle lagen kreuz und quer verstreut, und sämtliche Unterlagen waren entweder verbrannt oder lagen zerfleddert am Boden. Grim fuhr sich über die Augen. Die Hybriden hatten die OGP aufgespürt. Vermutlich waren sie alle … Er beendete seinen Gedanken nicht. Stattdessen griff er sich einen Stuhl und schleuderte ihn mit einem Schrei an die Wand, der den Berg zum Erzittern brachte. Dann ließ er sich zu Boden sinken und verbarg den Kopf in seinen Klauen. Verflucht! Was sollte er jetzt tun? Er konnte unmöglich allein gegen Seraphin und seine Magier antreten. Sollte das etwa alles gewesen sein? War er dafür durch die Hölle gegangen?

Da hörte er ein leises Scharren. Mit angehaltenem Atem starrte er auf die gegenüberliegende Wand und sah, wie sich eine geheime Tür öffnete – und auf der anderen Seite stand Mourier. Der Löwe starrte ihn mindestens ebenso verwirrt an wie er ihn. Dann sprang er in einem plötzlichen Satz quer über den Tisch und landete in Grims Armen. Gleich darauf wich er zurück, rot bis zum Mähnenansatz, und schaute unbeteiligt an die Decke.

»Du bist zurück«, sagte er nach einem Moment verlegenen Schweigens, und Grim nickte grinsend.

»Und du lebst auch noch«, gab er zurück.

Mourier sah ihn an, ein leichtes Lächeln flog über sein Gesicht. Dann wurde er wieder ernst. »Während deiner Abwesenheit ist viel passiert. Ich habe mit den jämmerlichen Resten der OGP versucht, den Dorn einzunehmen – was rettungslos gescheitert ist. Ich weiß, es war eine törichte Idee. Aber was hätte ich sonst tun sollen, das frage ich dich! Inzwischen ist unsere Lage beinahe aussichtslos. Kronk und Walli sind dem Ruf des Rattenfängerzaubers erlegen, ebenso die meisten anderen Elitekämpfer. Nur noch wenige Gargoyles sind übrig, und niemand kommt mehr von unten ins Innere des Turms, dafür haben diese Bastarde gesorgt. Und den Schutz – nun, um den zu brechen, bräuchte man ungeheure Kräfte.«

Grim nickte vor sich hin. »Man muss Seraphin mit seinen eigenen Waffen schlagen«, sagte er. »Ich habe in den vergangenen

Tagen Dinge erlebt …« Er hielt inne. »Es gäbe eine Möglichkeit, ihn zu besiegen.«

In knappen Worten berichtete er dem Löwen vom Zepter der Yartholdo. Mourier wurde schneeweiß und sagte eine ganze Weile kein Wort mehr. Dann holte er tief Atem. »Es existiert«, flüsterte er. »Aber selbst mit ihm … Seraphin verfügt über Kräfte …«

»… die nicht länger größer sind als meine.« Kaum hatte Grim den Satz beendet, entfachte er goldenes Feuer in seiner Faust und ließ es in einem Funkenregen durch seine Finger prasseln. Die Luft um ihn herum flackerte wie ein Segel im Sturm.

Mourier starrte ihn ehrfürchtig an. »Du wirkst … höhere …«, stammelte er. Dann fing er sich. »Ich werde nicht fragen, wie das möglich ist«, stellte er fest, auch wenn Grim genau sah, dass die Neugier ihn fast umbrachte.

Er grinste breit. »Ich werde es dir erzählen«, sagte er. »Wenn alles vorbei ist.«

»Aber selbst wenn du Seraphin besiegen kannst – wir müssen den Schutzwall durchbrechen und gegen seine Schergen antreten, um die Gargoyles von diesem verfluchten Zauber des Rattenfängers zu befreien. Und dafür brauchen wir magiefähige Wesen. Die OGP ist quasi nicht mehr existent, und die anderen Gargoyles, die wenigen, die noch übrig sind, haben Ghrogonia verlassen. Wen also willst du um Hilfe bitten?«

Grim schaute düster vor sich hin. Dann hellte sich sein Blick auf. »Keine Sorge«, sagte er mit einem Lächeln. »Ich habe da so meine Quellen.«

In diesem Moment ging ein Rauschen durch die Luft. Grim zog die Brauen zusammen und folgte Mourier nach oben. Das Geräusch kam von der Straße. Vorsichtig verließen sie Karphyrs

Hütte und schauten zu einer der Leinwände hinauf, die noch immer in der ganzen Stadt hingen. Zuerst flackerte das Bild, dann wurde es deutlich – und was Grim dann sah, machte ihn sprachlos.

Kapitel 58

Die Fesseln schnitten Mia ins Fleisch. Seraphin hatte sie auf einen Stuhl gebunden, bei jeder Bewegung zogen sich die Schnüre enger zusammen. Sie spürte die Kälte des Bannzaubers auf ihrer Stirn, der ihre Magie unterdrückte – vermutlich hatte Seraphin Angst, dass sie aus Versehen irgendetwas zerstören könnte. Denn sie saß vor der Leinwand, dicht vor dem schwebenden Würfel. Seraphin bediente verschiedene Knöpfe, bis die Armee der willenlosen Gargoyles gezeigt wurde, die vor den Toren der Stadt wartete.

Seraphin wandte sich zu ihr um. Sie erschrak, als sie ihm ins Gesicht sah. Seine Wangen waren eingefallen, seine Augen traten ein Stück weit aus ihren Höhlen und wurden von roten Adern durchzogen. Das Schlimmste aber war sein Lächeln, dieses starre Maskenlächeln, das keine seiner Empfindungen verriet. Er ging neben ihr in die Hocke.

»Du lässt mir keine andere Wahl«, sagte er leise.

Mia hätte ihm am liebsten ins Gesicht gespuckt. »Du hast mich belogen«, zischte sie. »Du wolltest mich für deine Machenschaften missbrauchen, deine widerwärtigen und wahnsinnigen Pläne! Wieso tust du das? Du hast von Freiheit gesprochen, von einer vereinten Welt! Wie kannst du wollen, dass Gargoyles und

Menschen sterben? Was ist frei an einer Welt, die auf dem Blut Unschuldiger errichtet wird?«

Seraphins Gesicht zeigte keine Regung. Für einen Moment fragte sie sich, ob er sie überhaupt gehört hatte. Ein merkwürdiger Glanz hatte sich in seine Augen geschlichen, ein Fieberblick wie bei einem kranken Tier.

»Unschuldig«, sagte er dann. Das Wort klang fremd aus seinem Mund – so sehr, dass Mia einen Moment brauchte, um zu verstehen, dass er es noch nie ausgesprochen hatte. Sein Mund verzog sich zu einem höhnischen Grinsen. »Niemand ist unschuldig.«

Er sah sie an, als hätte sie etwas erwidert, dann beugte er sich vor. Er war ihr jetzt so nah, dass sie die Kühle seiner Haut fühlen konnte. Sein Atem streifte ihre Wange.

»Weißt du, was sie gesagt haben, als sie über der Leiche meiner Frau standen?« Seine Stimme klang wie Glas kurz vor dem Zerspringen. *»In dieser Welt gibt es keinen Platz für Kreaturen wie euch.* Sie haben sie getötet, einfach für das, was sie war. Und sie haben dabei … gelächelt.«

In seinen Blick trat ein Schmerz, der es Mia schwer machte, die Wut in ihrer Stimme aufrechtzuerhalten. Entschlossen presste sie die Zähne zusammen. »Du bist nicht anders als sie«, brachte sie hervor.

Da lachte Seraphin auf, hell und klar. »Sieh dir die Menschen an – Ignoranz! Und betrachte die Gargoyles – Furcht! Das sind ihre Götter, und sie selbst sind Geschwüre, nicht mehr, ein widerwärtiges Ekzem, das schon viel zu lange auf und in der Erde wuchert und alles im Keim erstickt, was jenseits seiner Götter leben will. Ja, sie sind ein Geschwür – und ich werde die Welt von ihnen befreien! Sie werden zu meinen Füßen liegen und um ihr Leben betteln – diejenigen, die übrig bleiben. Wer weiß, vielleicht werde ich es ihnen geben. Aber es wird mir gehören, jederzeit werde ich darüber verfügen können – und ich werde es sie wissen lassen! Ich werde die Welt nach meinen Vorstellungen formen, eine freie, eine Hybridenwelt! In ihr werden andere Regeln gelten, und alles, was vorher schlecht und schwarz war, wird weiß und gut.«

Mia spürte das Licht des Menschenzepters auf ihrer Haut. *Nur wenn es freiwillig abgelegt wurde, konnte es von einem anderen aufgenommen werden.* Sie sah Seraphin fest in die Augen. »Es gibt nur einen Haken an deinem Plan«, sagte sie und bemühte sich, ruhig zu sprechen. Es gelang ihr so gut, dass sie von dem eisigen Ton in ihrer Stimme überrascht war. Sie lächelte boshaft. »Mich.«

Seraphins Augen wurden schmal. »Du bist ein Mensch«, sagte er langsam, als wäre seine Zunge auf einmal zu schwer. Er fuhr sich über den Mund. »Du wirst mir geben, was ich will.«

Mit diesen Worten erhob er sich und drückte mit spielerischer Geste auf einen Knopf auf dem Würfel. Ein Zimmer wurde sichtbar, es war ein Schlafzimmer, Mia sah zugezogene Vorhänge, einen Kleiderschrank mit Kommode und ein Bett. Und in dem Bett lag – ihre Mutter. Mia stieß einen Laut des Erschreckens aus, doch Seraphin lachte nur.

»Ja«, sagte er gedehnt. »Du wirst mir geben, was ich will. Denn ich werde sie trotzdem töten – auch wenn ich sie nicht verwandeln kann. Ich werde mir meinen Triumph nicht nehmen lassen durch ein lächerliches Menschenkind! Alle werden sterben – alle! Es sei denn …« Er hielt inne. »Es sei denn, du gibst mir das Zepter. Dann könnte ich mich erweichen lassen und jemanden verschonen, den du sehr liebst – ja, das könnte ich. Wenn du dich aber weigerst, mir zu helfen – geschieht das!«

Mit schnellen Bewegungen berührte er mehrere Knöpfe, doch

Mia bemerkte es kaum. Sie sah nur ihre Mutter, die mit blassem Gesicht im Bett lag und schlief. Da tauchte ein Schatten hinter dem Fenster auf, er drang durch die Vorhänge und kroch über den dämmrigen Boden bis hin zum Bett. Mia wollte sich abwenden, doch Seraphin hatte sich hinter sie gestellt und hielt ihr Gesicht in beiden Händen. Mit schreckgeweiteten Augen sah sie, wie der Schatten die Faust hob und das Fenster einschlug. Das Klirren der Scherben weckte ihre Mutter, sie schrie auf, als der Gargoyle ins Zimmer trat, aber Mia hörte ihre Stimme nicht. Sie sah nur ihr angstverzerrtes Gesicht. Der Gargoyle machte einen gewaltigen Schritt, ihre Mutter sprang aus dem Bett, doch schon war er bei ihr, packte sie an der Kehle und hob sie in die Luft. Mia schrie, doch Seraphin ließ sie nicht los. Seine eiskalten Finger brannten an ihren Wangen. Und dann, mit einem Schrei, der die Hölle entfacht hätte, stieß der Gargoyle die Faust vor. Mia hörte, wie die Rippen ihrer Mutter brachen, sie sah noch das erschrockene Staunen in ihren Augen, kurz bevor sie starb. Dann ließ Seraphin sie los, und sie wandte sich ab.

Sie spürte, wie ihr Tränen über die Wangen liefen, als er sich vor ihr niederließ. Auf seinen Lippen lag ein Lächeln voller Triumph. Mia spürte wildes Feuer in sich, sie konnte sich nicht rühren, keinen klaren Gedanken fassen. Alles in ihr war Verzweiflung. Und dann plötzlich, mitten durch das Chaos, klang eine Stimme zu ihr. *Hier geht es um mehr als nur um uns … Es ging immer um mehr als das. Vergiss das niemals! Und denk daran, dass du stark bist – genau wie Jakob.* Mia holte Atem, ihr schien es, als würde die Luft ihre Lunge verbrennen. Dann sah sie Seraphin in die Augen.

»Du lässt mir keine Wahl«, flüsterte sie. »Und deswegen habe ich dir nur noch eines zu sagen.« Sie wartete, bis er sich ein Stück weit vorgebeugt hatte. Dann wandte sie den Kopf und flüsterte beinahe zärtlich in sein Ohr: »Scher dich zur Hölle!«

Für einen Moment saß Seraphin regungslos. Dann wich er zurück, doch sein Blick ruhte auf ihr, schwarz und brennend wie brodelndes Pech. Mia hörte die Schreie des Triumphs in sich, wildes, ungezügeltes Gebrüll aus tausend todgeweihten Kehlen. Ihr schien es, als stünde sie allein auf einem Schlachtfeld, vor sich ein nicht zu bezwingendes Heer. Doch statt zu fliehen, riss sie ihr Schwert in die Luft und trieb ihr Pferd vorwärts.

Seraphin erhob sich langsam. Er kehrte vor den Würfel zurück. Wieder erschien das Bild der wartenden Armee. Feierlich drückte Seraphin einen Knopf. Weißes Feuer flammte in den Augen der Gargoyles auf. Mia hielt den Atem an, als sie sich in Bewegung setzten. Es hatte begonnen. Bald schon würden sie die Oberwelt erreichen – und dann würde Seraphin nicht zögern, das zu tun, was er versprochen hatte. Mia spürte wieder Tränen in sich aufsteigen, aber sie wandte den Blick nicht ab. Noch war es nicht vorbei. Noch hatte er gar nichts erreicht – noch hatte er sie nicht getötet. Grims Gesicht tauchte vor ihrem inneren Auge auf, und deutlich hörte sie seine Stimme. *Es ist ein Licht, Mia, strahlender, als ich mir die Sonne denken kann.* Mia holte tief Atem. Sie zog in die Schlacht – in vollem Galopp.

Kapitel 59

Das *Zwielicht* war brechend voll. Remis hatte ganze Arbeit geleistet – er hatte sämtliche Bewohner der Schluchten und die übrigen Ghrogonier zusammengetrommelt. Nun saßen und standen sie dicht gedrängt in der rauchgeschwängerten Absteige und schauten misstrauisch zu Grim herüber.

Er hockte hinter einem der schweren Eichentische auf einer Empore, sodass ihn alle sehen konnten. Immer wieder schauten Einzelne von ihren Gesprächen auf und maßen ihn mit ihren Blicken. Er konnte es ihnen nicht verdenken. Sie kannten ihn als Grenzgänger, als einen, der auch gern mal das Gesetz beugte und der sich nicht zu schade dafür war, ausgerechnet das *Zwielicht* zu seiner Stammkneipe zu machen. Aber er war nie einer von ihnen geworden. In ihren Augen war er ein Gargoyle – ein Schattenflügler noch dazu, einer von denen, die regelmäßig in die Schluchten hinabstiegen, um in den Slums für Ordnung zu sorgen – was bedeutete, dass heruntergekommene Hütten ersatzlos niedergebrannt und unerlaubt Zugereiste unverzüglich der Stadt verwiesen wurden. Grim schaute düster auf seine Klauen. Er hatte sich an diesen Aktionen nie beteiligt, aber woher sollten diese Wesen das wissen? Und ausgerechnet sie musste er nun um Hilfe bitten.

Plötzlicher Tumult zerriss seine Gedanken. Er hob den Blick und erspähte Mourier, der sich langsam und mit unsicherem Lächeln durch die Menge schob. Das Misstrauen, das Grim sich selbst gegenüber gespürt hatte, war nichts gegen die offene Feindseligkeit, die Mourier entgegenschlug. Böse Worte wurden ihm an den Kopf geworfen, und nicht nur einmal trat ihm einer der Anwesenden in den Weg und machte nur nach einem intensiven Blickwechsel Platz. Als Mourier endlich die Empore erreichte, machte er ein Gesicht, als hätte er auf eine faulende Zitrone gebissen. Wortlos ließ er sich neben Grim fallen und starrte düster in die Menge.

Grim schaute über die Köpfe hinweg und entdeckte Remis, der ihm ein Zeichen gab. Mehr würden nicht kommen. Es konnte losgehen.

Grim erhob sich, und augenblicklich verstummten die Gespräche. Für einen Moment hielt er inne. Noch nie hatte er eine solch gespannte Stille im *Zwielicht* erlebt, so viel stand fest. Er räusperte sich. »Ghrogonier«, begann er, doch schon krähte ein hagerer Kobold dazwischen.

»Von wegen!«, kreischte er und warf beide Arme in die Luft. »Nie waren wir Ghrogonier! Wir waren immer nur die Geschöpfe des Zwielichts, der Abschaum in der Gosse und vor den Toren der Stadt!«

Zustimmender Beifall. Grim seufzte. Er hätte es sich denken können.

»Ghrogonier!« Seine Stimme brandete über den Tumult hinweg und erstickte ihn. Mit düsterem Blick schaute er in die Menge. »Das seid ihr, ganz gleich, wer oder was euch etwas anderes gelehrt hat. Jetzt ist nicht die Zeit für Streit zwischen uns. Ein Hybrid hat unsere Stadt eingenommen, ihr alle wisst, was er vorhat. Noch kann ich ihn aufhalten – aber ich schaffe es nicht allein. Ich brauche eure Hilfe.«

Da lachte ein Waldschrat mit weißem Bart und scharfen blauen Augen auf. »Habe ich es euch nicht gesagt?«, fragte er in die Menge. »Die Steinköpfe brauchen unsere Hilfe. Und wie soll diese Hilfe aussehen?« Herausfordernd kniff er die Augen zusammen.

»Gemeinsam mit euch kann ich den Schutzwall durchbrechen, der den Schwarzen Dorn umgibt«, erwiderte Grim. »Und während ihr die Magier aufhaltet, werde ich Seraphin zum Kampf fordern.« Ein Raunen ging durch die Reihen, doch Grim achtete nicht darauf. »Aber wir haben es mit einem Orden aus Schwarzmagiern zu tun. Seraphin kann jederzeit auf die magischen Kräfte seiner Jünger zugreifen, sollten seine eigenen Reserven sich erschöpfen, und ist so praktisch unbesiegbar. Doch wenn wir ein magisches Bündnis schließen, wie Seraphin es mit seinen Jüngern getan hat, wenn ihr mir Zugriff auf eure magischen Kräfte gewährt – dann kann ich gegen Seraphin bestehen.«

Der Waldschrat stieß die Luft aus. »Und dann zerstörst du den Rattenfängerzauber, der deinem Volk den Willen raubt – und schon sind alle Gargoyles wieder frei! So ist doch der Plan, nicht wahr?«

Grim straffte die Schultern, doch ehe er etwas erwidern konnte, fiel ihm ein stark behaarter Gnom ins Wort.

»Wieso sollten wir den Steinköpfen helfen?«, rief er mit heiserer Stimme. »Ich für meinen Teil bin ganz froh, dass ich sie nur noch von Weitem sehen muss! Das ist nicht unser Krieg!«

Grim stieß so verächtlich die Luft aus, dass der Gnom erstarrte wie das Kaninchen vor der Schlange. »Ihr beschwert euch über die Gargoyles, die nur sich selbst im Kopf hatten«, grollte er wütend. »Und was tut ihr? Ghrogonia ist die Stadt aller! Und das soll sie wieder werden, wenn all das hier vorbei ist. Ein Fremder hat den Thron der Stadt gestohlen – und er wird nicht nur Ghrogonia, sondern die ganze Welt vernichten, wenn wir ihn nicht aufhalten. Ihr habt seine Pläne gesehen – und das wird erst der Anfang sein. Er wird nicht bei Menschen und Gargoyles Halt machen – er wird auch euch finden, und er wird euch versklaven oder töten, wie er es mit uns vorhat!« Er holte Atem. Er fühlte sein Herz in seiner Brust wie einen Dampfhammer, als er die ängstlichen Blicke sah, die getauscht wurden. Ja, er war auf dem richtigen Weg. Vielleicht würden sie …

Da lachte der Waldschrat erneut, es war ein hartes Lachen ohne Freude. »Und anschließend können wir bleiben, wo der Pfeffer wächst«, sagte er leise, aber seine Worte waren so scharf, dass sie die Luft in Fetzen schnitten. Auf einmal war es totenstill. »Ihr habt uns in den Dreck gestoßen und uns von euren schönen, sauberen Straßen verbannt. Jedes Lebensrecht habt ihr uns genommen, einfach nur deshalb, weil wir nicht sind, was ihr seid: Gargoyles.«

Ein Raunen setzte ein, das Grim schaudern ließ. »Ich bin ein Ghrogonier«, sagte er dann. »Das war ich, und das werde ich immer sein. Ich weiß, dass unsere Stadt nicht vollkommen war – schon gar nicht für euch, die ihr von den Gargoyles an den Rand gedrängt wurdet aus Gründen, die ich selbst nie begriffen habe und wohl nie begreifen werde. Nicht umsonst bin ich immer ein Grenzgänger gewesen – viele von euch kennen mich persönlich und werden mir zustimmen. Aber die Gargoyles haben nicht immer so gelebt wie jetzt. Einst waren wir frei – selbst mit den Menschen haben wir Freundschaften gepflegt.« Er spürte den Blick Mouriers. »Doch dann kam die Furcht – schleichend und heimlich wie eine tückische Krankheit. Ich weiß nicht, wie es begonnen hat, mit dem Zauber des Vergessens oder schon vorher. Aber ich weiß, dass Ghrogonia einst die Stadt aller war – nicht die Stadt der Gargoyles. Ihr habt Anspruch auf sie, ebenso wie wir. Und diesen Anspruch werde ich an eurer Seite verteidigen, wenn all das hier vorbei ist. Ihr werdet es sein, die die Stadt gerettet haben – nicht die Gargoyles, die willenlos durch die Nacht geflogen sind. Die Zeit des Wandels ist gekommen. Wir müssen kämpfen, für uns alle. Nehmt das Bündnis, das ich heute anstrebe, als Grundlage für alles, was später darauf errichtet werden soll: Es basiert auf Gleichberechtigung, Stärke und Freiheit.«

Seine Worte verfehlten ihre Wirkung nicht. Überall erklang zustimmendes Gemurmel, aber noch immer wurden misstrauische Blicke getauscht. Der alte Waldschrat hatte ihn nicht aus den Augen gelassen.

»Ich verstehe, dass es für dich ein verlockender Plan sein muss«, sagte er jetzt. »Du bekommst Zugriff auf unsere magische Kraft und wirst so viel stärker als zuvor. Aber was haben wir davon? Was ist das für ein Bündnis, von dem nur eine Seite profitiert? Wir sollen in die Schlacht ziehen, aber wie stellst du dir einen Kampf zwischen Kobold und Schwarzmagier vor? Keiner von uns hat die Stärke, um mit einem von ihnen fertig zu werden!«

Grim nickte langsam. Auf diesen Einwurf hatte er gewartet. »Wenn ihr mir für den Kampf gegen Seraphin eure Stärke zur Verfügung stellt«, sagte er und spürte, wie sein Herz schneller schlug, »werde ich euch teilhaben lassen an einer besonderen Kraft – einer Kraft, die euch befähigen wird, es mit den Schwarzmagiern aufzunehmen.«

Der Waldschrat schnaubte verächtlich.

»Was meinst du damit? Was soll das für eine Kraft sein?«

Grim spürte, wie ihm das Blut aus dem Kopf wich. »Die Magie der Götter«, erwiderte er leise.

Für einen Augenblick war es totenstill. Dann brach der Tumult los. Alles schrie durcheinander. Grim fuhr sich über die Augen. Es war eine Schnapsidee gewesen hierherzukommen. Er hätte es vorhersehen können – und vermutlich hatte er das sogar, insgeheim und leise. Aber hier lag ihre einzige Chance. Ohne diese Wesen waren sie verloren. Doch sie glaubten ihm nicht. Sie hielten ihn für einen Wichtigtuer und Scharlatan, für einen, der von seinem hohen Ross gefallen und in der Kloake gelandet war.

»Ich sage die Wahrheit!«, rief er, so laut er konnte. »Und ich werde es euch beweisen!« Seine Stimme brachte sie zum Schweigen. »Ich brauche einen Freiwilligen.«

Unruhe entstand, doch kurz darauf wurde ein mickriger grüner Gnom aus der Menge nach vorn befördert. Er landete stolpernd vor dem Podest. Aus angstvoll aufgerissenen Augen starrte er nach vorn, seine Unterlippe zitterte. Grim seufzte leise. Entschlossen trat er einen Schritt vor.

»Wie ist dein Name?«

Der Gnom krallte die Hände ineinander, seine Augenlider zuckten, als er Grim ansah. »Froll«, erwiderte er unsicher.

»Welches ist dein Element?«

Froll schluckte hörbar. »Feuer.«

Grim deutete auf einen Leuchter, der hinter ihm auf dem Tisch stand. »Kannst du diese Kerzen da entzünden?«

Froll hob die Achseln, dann streckte er einen Finger aus und murmelte etwas. Schweißperlen traten ihm auf die Stirn, und ein jämmerlicher Funke sprang über seine Hand auf eine der Kerzen zu. Fast meinte Grim, sie ergeben seufzen zu hören, als sie sich entzündete. Ein Raunen ging durch die Menge. Froll wischte sich mit vor Anstrengung geröteten Wangen die Stirn. Ohne ein weiteres Wort zu verlieren, legte Grim ihm die Hände auf die Schläfen. Er selbst spürte nur einen kühlen Hauch, der seinen Körper von innen durchstreifte. Doch Frolls Augen begannen zu leuchten, als hätte jemand ein Licht in ihm angezündet. Er starrte Grim wie hypnotisiert an, dann fielen seine Augen zu. Grim hielt ihn mit einer Hand fest, damit er nicht umfiel. Dann schnippte er mit dem Finger. Sofort war Froll wieder hellwach.

Grim deutete erneut auf den Kerzenleuchter. »Entzünde die anderen«, sagte er leise. »Entzünde sie mit aller Kraft, die du hast.«

Froll schaute sich angstvoll nach der Menge um, die regungslos zu ihm hochsah. Dann hob er die Hand. Seine Finger zitterten. Wieder flüsterte er etwas. Im nächsten Augenblick schoss ein Feuerball aus seiner Hand, der Grim rücklings gegen die Wand drückte und krachend in den Tisch einschlug. Mourier starrte mit versengten Schnurrbarthaaren auf die Flammen, und Froll fiel der Unterkiefer hinunter. Grim legte ihm eine Hand auf die Schulter und drehte ihn der fassungslosen Menge zu.

»Das«, sagte er ruhig, »ist höhere Magie. Mit ihrer Macht werden eure Zauber stärker, ohne dass sie mehr von eurer Kraft verzehren. Ich stelle sie euch gefahrlos zur Verfügung, wenn ihr mit mir in die Schlacht zieht. Ich fordere euch auf: Folgt mir und rettet diese Stadt vor dem Untergang!«

Er spürte sie deutlich, die Ruhe vor dem Sturm. Er sah die Faszination und Begeisterung in den Augen seiner Zuhörer und warf Mourier einen Blick zu, der rußgeschwärzt mit dem Kopf nickte.

»Du kannst uns viel erzählen!«, krähte da der Waldschrat und streckte die Faust in die Luft. »Wer sagt uns, dass du deine Macht nicht missbrauchst, sobald du auf unsere Kraft zugreifen kannst? Du könntest jeden Einzelnen von uns umbringen! Du willst uns Zugang zur Sphäre der höheren Magie gewähren – aber sie kann uns wahnsinnig machen, wenn sie nicht kontrolliert wird! Du behauptest, dass sie keine Gefahr für uns sei – aber wir haben nur dein Wort! Warum sollten wir dir vertrauen?«

Da klingelte etwas. Es klang wie das Schlagen feiner Glöckchen. Grim hob den Kopf und sah, wie sich eine untersetzte Gestalt durch die Menge schob. Die Umstehenden wichen zurück, ein Ausdruck von Respekt trat in ihre Augen. Kurz vor dem Podest teilte sich die Menge und gab den Blick auf den Neuankömmling frei. Grim hob überrascht die Brauen. Es war Vraternius. Der Gnom sah ihn für einen Moment regungslos an. Dann wandte er sich der Menge zu.

»Ihr habt recht«, rief er mit fester Stimme und deutete auf Grim, »wenn ihr an ihm zweifelt! Denn er ist ein Gargoyle, noch dazu ein launischer Kerl, der nur seinen eigenen Gesetzen gehorcht, ein Schattenflügler mit einem Hang zur Gefühlsduselei und enormen Körperkräften, die er auch einsetzt, wenn er es für richtig hält.« Er krempelte seinen rechten Ärmel hoch. Schreie des Entsetzens drangen durch den Raum. Seine Haut war rot und vernarbt – die Folgen des Feuerangriffs von Krallas im Schwarzen Dorn. »Dieser Gargoyle«, fuhr er fort, »ist all das, was ich sagte – aber das sind nur Worte gewesen. Ihr könnt sie so oder so verstehen, und es ist leicht, sie in eure Vorurteilsschubladen zu packen und ihn gleich dazu. Ihr kennt meine Meinung über die Steinköpfe! Ich habe damit nie hinterm Berg gehalten. Aber wir dürfen nicht denselben Fehler machen wie viele von ihnen. Wir dürfen uns nicht von unserer Angst leiten lassen. Dieser Gargoyle ist vor allem eines: ein Held. Er hat mir das Leben gerettet, als alle anderen – auch viele von euch, dass das gleich klar ist – abgehauen wären. Er hat Ehre und Gewissen, meine Freunde. Und jetzt bittet er euch um Hilfe – eine Hilfe, die ihr gewähren solltet, wenn ihr jemals wieder ohne Scham in den Spiegel schauen wollt!«

Leises Gemurmel setzte ein. Der Waldschrat stand auf. »Sie hätten das niemals getan«, rief er und hob die dürre Faust. »Die Gargoyles hätten uns nicht geholfen!«

Da stemmte Vraternius die Hände in die Hüfte. »Und?«, rief er so laut, dass Grim zusammenfuhr. »Wollt ihr etwa so sein wie sie?«

Für einen Moment war es totenstill. Dann setzte der Jubel ein. Grim wechselte einen Blick mit Mourier, aber erst, als Vraternius sich zu ihm umwandte, begriff er, dass er gewonnen hatte. Das Volk Ghrogonias stand auf seiner Seite. Vraternius kam auf die Empore und legte ihm eine Hand auf den Arm. »Sieht so aus, als würden sie euch helfen, nicht wahr?«, fragte er mit einem Lächeln. Grim wollte sich bedanken, doch der Gnom winkte ab. »Freunde«, sagte er und hielt Grim die Hand hin. Grim ergriff sie und schüttelte sie vorsichtig. Für einen Moment verstummten die Geräusche um ihn herum, und seine Finger wurden warm, als flösse ein Strom aus Wärme in seinen Körper. Dann zog Vraternius seine Hand zurück. Das warme Gefühl jedoch blieb und ließ Grim lächeln.

Schnell fand Vraternius sich bereit, die Menge der Freiwilligen zu organisieren. Grim verließ das *Zwielicht* und machte sich mit Mourier auf den Rückweg. Denn die Ghrogonier auf seine Seite zu bringen, war das eine – nun galt es, einen König zu mobilisieren, einen König, der in Verzweiflung geraten war und nicht mehr aus seinem zerstörten Haus herauskam. Grim hatte Thoron seit seinem letzten Besuch nicht mehr zu Gesicht bekommen, aber er wusste, dass er auf die Stärke dieses Gargoyles nicht verzichten konnte – ganz gleich, was nach diesem Kampf aus dem König werden mochte. Es galt, in die Schlacht zu ziehen, und dafür brauchte er nicht nur jedes einzelne magiefähige Wesen – er brauchte Thoron. Die Geschöpfe des *Zwielichts* würden die Schwarzmagier aufhalten können, aber nur der König war alt und mächtig genug, um Grim ein Vordringen bis zu Seraphin zu ermöglichen. Grim ließ die Knöchel seiner rechten Klaue knacken. Er würde Seraphin zum Kampf fordern. Doch zuvor musste er an den Magiern vorbei – und er musste das Zepter der Menschen an sich bringen. Für einen Augenblick dachte er an Mia. Sie hatte die Bilder von Seraphins Plänen über die Leinwände laufen lassen – daran gab es für ihn keinen Zweifel. Das bedeutete, dass sie zumindest bis zu diesem Zeitpunkt überlebt hatte. Aber was hatte Seraphin inzwischen mit ihr gemacht? Für einen Moment schloss Grim die Augen. Sie lebte, das fühlte er. Und er würde sie finden.

Über geheime Wege gelangten sie zurück nach Ghrogonia und zu Thorons Palast. Für einen Augenblick blieben sie stehen.

»Woher weißt du, dass er uns helfen wird?«, fragte Mourier auf einmal.

Grim warf dem Löwen einen erstaunten Blick zu. Diese Frage hatte er sich nie gestellt. »Thoron war verwirrt, als wir ihn das letzte Mal gesehen haben. Ihm ist alles ausweglos und ohne jede Hoffnung erschienen. Aber jetzt stehen die Dinge anders. Jetzt haben wir einen Plan. Thoron war und ist der König Ghrogonias – er würde es nicht zulassen, dass die Stadt in Hybridenhänden bliebe.« Ein merkwürdiges Gefühl überzog Grim, als er dieses Wort aussprach: *Hybrid.* Für einen Moment schlug sein Herz schneller in seiner Brust. Dann holte er tief Luft und trat ein.

Dämmerung empfing ihn. Es war so dunkel, dass er die Gemälde im Treppenaufgang kaum erkennen konnte. Überall lagen Gesteinsbrocken auf dem Boden. Grim brauchte eine Weile, bis er merkte, dass es Ziegel waren, die durch das marode Dach gefallen waren. Schon nach wenigen Schritten hörte er die knarrenden Dachbalken – lange würde das Gebäude nicht mehr standhalten. Vorsichtig liefen sie die Treppe hinauf, doch sie fanden den Saal verwaist. Nur der Thron stand noch darin, geisterhaft beschienen vom Licht des grünen Schutzwalls rings um den Schwarzen Dorn. Suchend schaute Grim sich um. Der Palast war riesig. Thoron konnte überall sein. Da sah er die Fußabdrücke – es waren Thorons Spuren, das konnte er erkennen, doch daneben … Grim hielt den Atem an. Langsam ging er in die Hocke und strich mit dem Finger durch die Steinsplitter. Beinahe erschrocken hob er den Blick und sah Mourier an.

»Menschen«, flüsterte der Löwe, beugte sich nieder und sog den Duft des Fußabdrucks ein. Dann deutete er aus dem Saal hinaus.

Grim folgte Mourier die Treppe hinab durch düstere Räume. Schließlich gelangten sie in die Kellergewölbe. Neben dem Schwarzen Dorn hatte der Palast des Königs jahrhundertelang als Kerkeranlage gedient. Eines Tages dann, mit Abnahme der politischen Gefangenen und der Auslagerung der Gefängnisse in den Dorn, waren die Verliese geschlossen worden. Dennoch fühlte Grim sich unwohl, als er in die grabesähnliche Finsternis hinabstieg, die ihn von allen Seiten umdrängte. Ihm schien es, als griffen unsichtbare Hände nach ihm, als flüsterten Stimmen in seinem Ohr, als weine ein Kind … Er hielt inne und lauschte angestrengt. Steinschwer senkte sich seine Hand auf Mouriers Schulter. Der Löwe horchte – dann hörte er es auch. Dort vorn in den Verliesen weinte tatsächlich ein Kind.

Grim spürte sein Blut im ganzen Körper, als er neben Mourier den Gang hinabschlich. Langsam bogen sie um die Ecke und gelangten in einen Raum mit zahlreichen Eisenkäfigen, die teils an der Decke hingen, teils im Boden verankert waren. Tausend Gedanken rasten in Grims Kopf durcheinander, doch keiner hätte das Bild umfassen können, das er nun sah. In den Käfigen saßen Menschen. Sie waren nackt und abgemagert, vielen waren in Folge von Untererernährung die Haare ausgefallen. Sie wichen zurück, als sie Grim und Mourier sahen, doch als der Löwe ein Licht entfachte, beschirmten sie die Augen mit den Händen. Sie kannten kein Licht mehr. Grim wurde eiskalt, als er begriff, dass die Kinder in den Armen der Frauen in diesen Verliesen geboren worden waren.

Fassungslos trat er näher an einen der Käfige heran. »Wer seid ihr?«, fragte er so leise wie möglich, doch die Menschen pressten sich in die hinterste Ecke des Käfigs und starrten ihn nur aus riesigen Tieraugen an. Er wandte sich Mourier zu. »Was, zur Hölle, geht hier vor?«

»Hölle …«

Grim fuhr herum. Mourier stieß einen Laut des Schreckens aus, als Thoron in der Tür erschien. Sein Gesicht war nicht mehr als ein Totenschädel mit dunklen, faulig glänzenden Augen und einem widerwärtig grinsenden Maul. Seine Finger hatten sich in den Stein des Türrahmens gekrallt, und jetzt, da er sich von ihm löste, sah Grim das Blut, das an seinen Armen hinablief. Thoron schwankte, als er auf sie zutrat.

»Mein König«, begann Grim, doch als Thoron den Kopf hob und ihn ansah, wusste er, dass er sich seine Worte sparen konnte. Der König Ghrogonias war verschwunden. Er existierte nicht mehr – er hatte den Verstand verloren und alles, was ihn einmal ausgezeichnet hatte.

»Träume«, murmelte Thoron und deutete auf die Käfige wie ein betrunkener Dirigent. Er lachte schrill, die Menschen fuhren zusammen wie ein einziger zitternder Körper. Thoron flüsterte etwas, klackend öffnete sich eine Käfigtür. Die Menschen darin stießen Angstschreie aus, doch Thoron kümmerte sich nicht darum. Überraschend schnell stürzte er auf den Käfig zu, griff hinein und zerrte ein kleines Mädchen von sieben oder acht Jahren heraus. Scheppernd fiel die Tür ins Schloss. Eine Frau presste sich dagegen, sie wimmerte und streckte die Hände nach dem Kind aus, das schreckensstarr in Thorons Armen hing.

Der König trug das Mädchen wie eine Puppe. Dann stellte er es ab und ging vor ihm in die Knie. Aus glasigen Augen starrte er das Kind an. »Wir müssen träumen«, sagte er langsam, als könnte er seine Zunge nicht mehr schneller bewegen. »Wir wurden um die Träume betrogen. Wir wurden um alles betrogen. Das Leben. Das Licht. Die Wärme. Es ist immer kalt hier unten. Immer kalt. Kalt.« Er sah sie an, als würde er eine Reaktion erwarten, doch das Mädchen zitterte am ganzen Leib und starrte ihn an wie ein gelähmtes Reh. Rasselnd holte er Atem und beugte sich vor.

Da riss Grim das Mädchen von ihm weg. »Seid Ihr verrückt geworden?« Die Worte brachen aus ihm hervor wie Gewehrsalven, doch Thoron sah ihn nicht einmal an. Er lachte nur, lautlos, als würde er keinen Ton mehr herausbringen. Dann hob er mit einem Ruck den Kopf, sprang durch die Luft auf Grim zu und packte ihn an der Kehle. Grim keuchte, er spürte, wie Thorons Krallen sich in sein Fleisch bohrten.

»Tot«, zischte der König, und seine Augen flackerten in wildem Feuer. »Jetzt habt ihr mich gefunden! Endlich, endlich gefunden. Es ist alles Wahnsinn. Es ist alles nichts. Ihr werdet die Nächsten sein! Wartet nur. Wartet nur. Unsere … Existenz ist ein Albtraum. Jenseits von allem – nichts als … das Nichts. Es ist vorbei, nicht wahr? Ja. Es ist vorbei.« Dann ließ er Grim fallen, riss die Faust in die Luft – und stieß sie sich in die Brust. Krachend brachen seine Rippen. Schwarzes Blut spritzte auf den Boden, als er sich das Herz herausriss. Zitternd stand er da und sah Grim an. Seine Lippen bebten. Tränen traten ihm in die Augen. Für einen Moment wurde sein Gesicht ganz weich. In diesem Augenblick sah Grim, wie Thoron als frisch geküsster Gargoyle gewesen war, wie er geliebt und gelacht und das Leben gelebt hatte, ehe die Kälte und die Ewigkeit gekommen waren und ihn in ihre eisigen Arme genommen hatten. In diesem Moment war er Thoron ganz nah. Der König streckte die Hand mit dem Herzen aus, als wollte er es Grim reichen. Dann brach er zusammen. Sein Körper schlug auf den steinernen Boden, er atmete längst nicht mehr. Noch einmal flammten seine Augen auf. »Wartet nur«, flüsterte er lautlos, ehe er starb.

Grim stand da wie angewurzelt. Er starrte auf den König, der sich in seinem Wahnsinn dem Tod in die Arme geworfen hatte. Schwarze Tränen liefen Thorons Wangen hinab, die langsam für immer versteinerten. Mourier kümmerte sich um die Menschen und führte Grim durch dunkle Gänge zurück auf die Straßen Ghrogonias.

Erschüttert ließ Grim sich neben Mourier auf die Stufen des Palastes sinken. Auf einmal hatte er keine Kraft mehr. Er barg das Gesicht in den Klauen. »Ich kann es nicht glauben«, sagte er nach einer Weile. »Thoron, er … Er hat uns belogen, all die Jahre lang. Es ging ihm nie um unser Volk – es ging ihm um seinen eigenen Hass. Er hat die Hybriden beneidet, weil sie besitzen, was er niemals bekommen konnte – ebenso wie die Menschen. Die Freien haben die Menschen geliebt, und weil er zu diesem Gefühl nicht fähig war, musste er sie unter dem Deckmantel des Steinernen Gesetzes vernichten. Er hat uns alle getäuscht.«

Mourier sah ihn an. »Er ist geworden, wie wir alle werden, wenn sich nichts ändert. So ist es doch, nicht wahr? Er hatte Angst. Wir hatten Angst. Die Stadt ist in dieser Atmosphäre gewachsen und mit ihr ein König, der dem Wahnsinn verfallen ist. Er hat …« Mourier hustete. Für einen Moment fürchtete Grim, er müsste sich übergeben. Dann fuhr der Löwe fort: »Er hat sich Menschen gehalten und ihnen die Träume geraubt – ohne Unterlass. Das hat ihn um den Verstand gebracht. Ein Wahnsinniger hat über uns alle geherrscht – über mich, die OGP! Und ich habe seine Befehle ausgeführt, ich gottverfluchter Hornochse, wie konnte ich das nur tun?«

Grim starrte Mourier an, der puterrot geworden war, und musste auf einmal lachen. »Ich habe dich noch nie fluchen hören. Es klingt gar nicht so schlecht. Mit ein bisschen Übung könntest du es weit bringen.«

Mourier warf ihm einen Blick zu, dann stieß er die Luft aus. Eine Weile saßen sie schweigend. »Es ist so, wie du gesagt hast«, sagte der Löwe dann. »Unsere Stadt war nicht vollkommen. Aber verdient sie es nicht, vollkommen zu sein? Verdienen wir es nicht?«

Grim nickte langsam. Dann ließ er den Kopf sinken. »Es ist vorbei«, sagte er leise. Er hatte es geahnt, doch nun, da er die

Worte aussprach, fuhren sie ihm eiskalt den Nacken hinunter. »Waldschrate, Kobolde, Gnome – was habe ich mir gedacht? Sie sollen gegen die Schwarzmagier kämpfen?« Er schüttelte den Kopf. »Mit Thorons Stärke hätte ich es vielleicht bis zu Seraphin geschafft – aber so ist es hoffnungslos. Was wir bräuchten, ist eine Armee – eine Armee, wie Seraphin sie hat. Aber so …« Er fuhr sich über die Augen. »Nein. So haben wir keine Chance.«

Die Geräusche um ihn herum wurden dumpf, nur ein leises Knirschen drang noch an sein Ohr. Schritte. Sie näherten sich mit einem Geräusch, als würden sie glühende Kohlen unter ihren Sohlen zum Erlöschen bringen. Grim hatte diesen Klang schon einmal gehört. Damals hatte er im Schnee gelegen, mit dem Gesicht nach unten, und war dem Tod näher gewesen als dem Leben. Jetzt hob er den Blick und konnte es nicht glauben. Dort auf der Straße stand Pheradin – und langsam, einer nach dem anderen, traten seine Mutanten aus den Schatten der Häuser.

»Doch«, sagte Pheradin mit einem Lächeln. »Ihr habt eine Chance. Mit uns.«

Kapitel 60

Mias Stirn brannte unter dem Bannzauber, und sie spürte, wie er seine eisigen Klauen nach ihren Gedanken ausstreckte. Ihren Körper hatte er bereits bezwungen. Wie gelähmt saß sie auf dem Stuhl und fühlte, wie ihr Kopf ständig auf ihre Brust sank, ehe sie ihn mit einem Ruck wieder emporriss. Sie zwang sich, die Augen offen zu halten, und konzentrierte sich auf das gefrorene Meer in ihrem Inneren.

Ihre Magie war noch immer da, auch wenn sie in Fesseln lag – doch jede Fessel konnte man sprengen. Theryon hatte ihr von Bannzaubern erzählt. *Es ist, als würdest du in einen zu kleinen Käfig gesperrt, in dem du dich nicht mehr bewegen kannst – deine Magie kann sich nicht entfalten, sie ist nutzlos geworden für dich. Es sei denn, du zerbrichst den Käfig mit ihrer Hilfe.* Mia atmete schwer. Wenn es ihr gelang, den Zauber zu brechen, würde sie das Zepter einsetzen können. Im Zweikampf hätte sie gegen Seraphin keine Chance – aber vielleicht könnte sie ihn überrumpeln und fliehen. Mit aller Kraft schaute sie nach innen und versuchte, das Meer zu wecken, doch die Kälte auf ihrer Stirn unterbrach sie immer wieder. Kaum dass sich das erste Eis auf den Wellen brach, drückte der Zauber ihr die Augen zu, und sie verlor sich für einen Moment in endloser Dämmerung.

Seraphin achtete nicht auf sie. Er hielt zwei Kreidestücke in den Händen, ein schwarzes und ein weißes, und zeichnete verschlungene Kreise auf den Boden um Mia herum. Der Zug der Gargoyles in die Oberwelt flackerte hinter ihm auf der Leinwand und zeichnete seine Umrisse scharf wie einen Scherenschnitt. Sein Gesicht war kalkweiß geworden, und seine Augen lagen tief in ihren Höhlen wie dunkle, glitzernde Seen. Er sah aus, als würde er aus nichts mehr bestehen als Licht und Schatten. Mit schnellen Bewegungen zeichnete er etwas in die Luft. Die Spur seines Fingers begann zu glühen, bis flammende Buchstaben einer fremden Sprache in der Luft standen. Langsam trat Seraphin durch das Feuer. Es tanzte über seine Haut, dann schloss es sich wieder zu den Zeichen zusammen, die regungslos hinter ihm in der Luft stehen blieben. Mia spürte ihr Herz in der Brust, als er vor sie trat. Er hob die Hand, mit leisem Flackern entzündeten sich die Kreidekreise. Blaue, rote und schwarze Flammen erhoben sich zu mannshohen Feuerwänden. Mia spürte die Hitze auf ihrem Gesicht, als Seraphin sie mit seinem Blick zum Aufstehen zwang. Es war, als würde er ihr Schlingen um den Körper legen und sie in die Höhe ziehen – sie konnte sich nicht dagegen wehren, seinem Willen zu folgen. Er berührte ihre Wange, und auf einmal sah sie nichts anderes mehr als sein Gesicht. Sie hörte das knisternde Geräusch des Feuers und roch den Duft von Seraphins Haut. Ein Schauer lief über ihren Rücken, als ihr bewusst wurde, dass sie diesen Geruch kannte und schon immer geliebt hatte: Es war das Meer, die Wellen, die tosend an den Strand kamen bei Stürmen im Herbst oder bei Fluten in Vollmondnächten. Nach Meeresstürmen roch seine Haut. Für einen Augenblick wurde sein Gesicht ganz weich. Es schien ihr, als würde sie ihn zum ersten Mal wirklich ansehen.

Der fiebrige Glanz war aus seinen Augen gewichen, und ein sanftes, fast erstauntes Lächeln lag auf seinen Lippen, als würde er begreifen, dass er in die Dunkelheit gefallen war und jedes Licht verloren hatte. Mia wollte etwas sagen, um diesen Moment festzuhalten, irgendetwas, um die Finsternis um ihn zu zerreißen und ihn aus dieser Kälte zu holen, in die er sich selbst geschleudert hatte. Doch schon überzog die Maske wieder sein Gesicht und verschloss seine Gedanken vor ihr. Sie fror, als sie ihn ansah, sein makelloses Gesicht, seine tiefschwarzen Augen, sein Lächeln, das alles bedeuten konnte.

»Deine Mutter muss nicht sterben«, flüsterte er. Sie konnte seinen Atem auf ihrer Stirn spüren, so nah war er ihr. »Nicht, wenn du fühlst, was ich fühle. Du wirst sehen, was ich sehe. Und du wirst sein, was ich bin.«

Mias Herz schlug so schnell, dass es wehtat. Sie wollte vor ihm zurückweichen, aber ihr Körper gehorchte ihr nicht.

Seraphin lächelte ein wenig. »Dann wirst du erkennen, dass mein Weg keine Irrfahrt ist. Du wirst sehen, dass er die einzige Möglichkeit ist, für die Hybriden eine freie, eine gerechte Welt zu schaffen. Ja, du wirst dich für mich und meinen Weg entscheiden – wenn du eine Hybridin geworden bist.«

Mia spürte die Panik, die als knisternde Eisschicht über ihren Körper kroch. Aus dem Augenwinkel sah sie eine steinerne Gestalt. Es war ein Gargoyle, das wusste sie, und er war gekommen, um ihr das Herz aus der Brust zu reißen und es in seinen steinernen Körper zu pflanzen. Das Schwarz in Seraphins Augen griff nach ihr, es war, als würde seine Dunkelheit sie rufen. Der Wahnsinn hatte ihn in seiner Gewalt, das stand außer Zweifel. Er hatte den Verstand verloren. Jetzt streckte er die Hand nach ihr aus, schon spürte sie die Kälte seiner Finger auf ihrer Haut.

Im nächsten Moment ging eine Erschütterung durch den Turm, ein heftiges Beben, das sie von den Füßen riss. Gesteinsbrocken fielen von der Decke. Sie wollte ihren Kopf schützen, doch die Fesseln hinderten sie daran. Mehrere kleinere Steine streiften ihre Stirn und hinterließen blutige Kratzer. Seraphin stand vor den Flammen, sein Gesicht brannte vor Wut.

»Was, zur Hölle …«, begann er und schritt durch das Feuer.

Mia hörte Schritte und gleich darauf die Stimmen einiger Magier. Durch die Flammen drangen nur Bruchstücke an ihr Ohr. *Schutzwall … angegriffen … der Gargoyle mit der Narbe …* Ein Schreck fuhr ihr in die Glieder. Grim! War das möglich? Hatte er den Turm angegriffen? War er gekommen, um sie zu retten?

Tausend Fragen stürmten auf sie ein, aber jede einzelne verblasste vor dem Gefühl, das sich ihrer jetzt bemächtigte: Er lebte! Sie wollte sich aufrappeln, doch die Fesseln um ihre Beine ließen das nicht zu – noch nicht. Denn sie spürte, wie der eisige Hauch von ihrer Stirn verschwand. Seraphin hatte offenbar anderes im Sinn als sie – der Bannzauber ließ nach. Angespannt starrte sie auf die Flammenwand. Jeden Augenblick konnte er zurückkehren und seinen Plan in die Tat umsetzen. Sie sah ihn hinter dem Feuer auf und ab gehen, er gab Befehle, hektisches Stimmengewirr erfüllte die Luft. Sie musste etwas tun, sofort. Vielleicht konnte sie sich rücklings durch die Flammen schieben. Und wenn sie verbrannte? Sie stieß die Luft aus. Alles war besser als tatenlos darauf zu warten, getötet zu werden. Sie hatte sich gerade ein Stück weit nach hinten geschoben, als sie jemanden hinter sich spürte. Kühle Finger legten sich auf ihre Hände. Sie fuhr zusammen, doch im nächsten Moment flüsterte eine wohlbekannte Stimme an ihrem Ohr: »Kein Wort.«

Es war Morl. Lautlos löste er ihre Fesseln.

Kapitel 61

Der Wall flackerte in grünem Licht. Grim spürte sein Herz in der Brust, er war außer Atem. Der erste Angriff hatte ihn von den Füßen gerissen, so heftig hatte die Erde gebebt, aber noch immer stand der Wall vor ihm und duldete kein Durchkommen zum Turm. Schon sah er, wie die Magier aus dem Dorn strömten, schwarz wie riesige Insekten, und auf der anderen Seite Position bezogen. Sie bauten sich im Halbkreis vor dem Portal des Dorns auf. Hohn und Spott lagen auf ihren Gesichtern, als sie die Blicke über Grim und die Kobolde, Gnome und Waldschrate schweifen ließen, die sich in langen Reihen vor dem Schutzwall versammelt hatten. Krallas stand an vorderster Front. Er ließ Mourier nicht aus den Augen, der regungslos neben Grim verharrte und zu ihm hinüberstarrte.

Grim lächelte düster. *Warte nur*, dachte er bei sich. *Du hast die längste Zeit so töricht gegrinst.* Er holte tief Luft. Dann trat er direkt vor den Wall. Er überzog seine Haut mit einem Schutzzauber und hob die Klauen. Funken sprühten, als er sie gegen den Wall legte, und ein Stöhnen ging durch die grüne Wand, als wäre sie berstendes Eis. Noch einmal schaute er auf die höhnischen Magier. Dann wandte er den Blick halb zurück und nickte.

Pheradin und seine Mutanten machten kein Geräusch, als

sie aus den Schatten der Häuser traten, aber Grim sah in den Gesichtern der Magier, dass ihr Auftritt beeindruckend war. Wie schwarze Wellen kamen sie aus den Straßenzügen, und noch ehe die Magier etwas hätten tun können, rissen sie die Fäuste gen Himmel. Blaue Blitze zuckten über ihre Körper, als Grim auf ihre magischen Kräfte zugriff, und er fühlte, wie die Energie ihn als gewaltiger Stromstoß durchfuhr. Er brüllte den Zauber, Feuer loderte aus seinen Klauen, und sofort zogen sich tiefe Risse durch den Wall. Für einen Moment stand die gesplitterte Mauer regungslos. Dann lächelte er, schob den Kopf vor und stieß die Luft aus. Klirrend brach der Wall zusammen. Grim streckte die Faust als Zeichen des Angriffs. Sofort sprangen die Mutanten vor.

Sie waren wie ausgehungerte Tiere bei der Mahlzeit. Pheradin stürzte sich auf zwei Magier zugleich, doch er bewegte sich so schnell, dass sie seinen Angriffen kaum ausweichen konnten. In jeder Hand trug er einen Dolch und hieb auf die Schutzzauber der Magier ein, auf denen von seinen Schlägen glühende Kerben entstanden. Grim sah, wie sich die feindlichen Schutzwälle der Magier unter dem Atem der Mutanten verfärbten, wie die Magie sich daraus zurückzog und auf die Angreifer überging. Schon wurden die ersten Wälle zerrissen. Die Mutanten sprangen die Wehrlosen an und verbissen sich in ihren Körpern, die übrigen Magier wirkten mächtige Zauber, um die Angreifer vom Portal zurückzutreiben. Noch hielten sie ihre Stellung, wie die Glieder einer Kette standen sie nebeneinander und duldeten kein Durchkommen. Und aus dem Turm sprangen andere Magier herab, ihre Umhänge flatterten im Wind wie Krähenflügel.

Grim warf Remis einen Blick zu. Gefolgt von einer dichten Wolke aus fliegenden Kobolden, grölenden Waldschraten und springenden Gnomen stürzte der Kobold sich vor. Wie flirrende bunte Wolken hüllten sie zwei Magier ein, Grim hörte die Schmerzensschreie, als die Kobolde ihnen das Fleisch von den Knochen rissen und die Gnome mit ihren Krallen nach den Augen schlugen. Tosend erhoben sich Feuersbrünste in die Luft, hüllten einzelne Kobolde ein und ließen sie verkohlt zu Boden fallen. Grim ballte die Klauen. Er konnte sich nur mit Mühe davon abhalten, sich in den Kampf zu stürzen. Aber er musste seine Kräfte zusammenhalten. Er brauchte sie für Seraphin. Doch die Magier wichen nicht von der Stelle, und noch immer gab es keine Lücke in diesem verfluchten Ring, der ihn daran hinderte, in den Dorn einzudringen.

Da löste sich Mourier aus seiner Starre. Langsam und geschmeidig bahnte er sich seinen Weg durch das Chaos, ohne Krallas aus den Augen zu lassen. Der Hybrid sandte Flammenzauber in seine Fäuste, doch Grim sah die Schweißperlen auf seiner Stirn, und als Mourier stehen blieb und ihn regungslos anstarrte, begann Krallas zu zittern. Mit einem Schrei hob er die Arme, ein flammender Morgenstern schoss aus seiner rechten Faust. Zischend raste er durch die Luft auf Mourier zu, doch der Löwe wich ihm aus. Die Waffe schlug krachend in den Boden ein und hinterließ einen gesplitterten Krater. Blitzschnell riss Krallas den Morgenstern zurück, Mourier tänzelte zur Seite, fast schien es Grim, als hörte er ihn lachen. Da machte Krallas einen Schritt, der Morgenstern sauste auf Mourier nieder – doch der Löwe fuhr herum, schnappte nach der Kette und biss sie entzwei.

Wie erstarrt stand Krallas da, als Mourier mit tödlicher Langsamkeit den Kopf hob. Grim hielt den Atem an. Dann sprang Mourier vor. Flammen loderten auf seinem steinernen Fell, als er durch die Luft schoss und Krallas zu Boden riss. Grim stürzte sich vor. Krallas' Fall hatte eine Lücke in die Verteidigung der Magier gerissen – das war seine Chance. Er sah noch, wie Mourier das Maul aufriss und seine Zähne mit einem Brüllen in Krallas' Hals schlug. Dann breitete er die Schwingen aus, raste über ihn auf das Portal zu und hinein ins Innere des Dorns.

Die Dunkelheit umfing ihn wie ein kühlender Windhauch. Er warf das geöffnete Tor hinter sich zu und verschmolz es mit dem Stein des Turms. Schon polterten Magier von außen gegen das Tor, es vibrierte unter den Zaubern, die sie wirkten. Grim lächelte. Es würde eine Weile dauern, bis sie ihm folgen konnten. Dennoch musste er sich beeilen. Bevor er sich Seraphin zum Kampf stellen konnte, brauchte er das Zepter der Menschen. Er musste Mia finden. Doch was, wenn Seraphin das Zepter bereits mit irgendeiner teuflischen List an sich gebracht hatte? Dann wäre alles verloren, er würde keine Chance mehr haben gegen Seraphin, und Mia … Grim stieß lautlos die Luft aus und schob jeden Gedanken dieser Art beiseite. Er durfte jetzt nicht die Nerven verlieren. Mia war eine Kämpferin – sie hätte sich das Zepter niemals abnehmen lassen.

Lautlos schlich er über den Gang, der nur vom flackernden Licht der roten Fackeln erhellt wurde. Seraphin würde Mia nicht getötet haben, schließlich brauchte er das Zepter für seinen Plan. Und er hatte die Gargoyles auf den Weg geschickt. Vermutlich wollte er sie ebenso im Auge behalten wie das ungezogene Mädchen, und das bedeutete, dass Mia sich aller Wahrscheinlichkeit nach im Thronsaal befand – drei Ebenen über Grim. Er holte tief Atem, um sich zu beruhigen. Die höhere Magie pulste in seinen Adern wie flüssiges Gold. Seine Sinne waren wachsam wie noch nie. Er hörte jeden Luftzug, jeden noch so leisen Schritt. Am liebsten wäre er einfach vorgeprescht, hätte sich seinen Weg freigeschlagen, wie es seine Art war, und sich nicht in den Schatten herumgedrückt. Aber er musste sich zusammenreißen. Nicht alle Magier hatten den Turm verlassen, und er durfte keinen Kampf provozieren, der ihn zu viel seiner magischen Kraft gekostet hätte.

Immer wieder musste er Magiern ausweichen, die nach dem Eindringling suchten, der das Tor von innen versiegelt hatte. Als er die zweite Ebene erreichte, wurde es ruhiger. Offensichtlich rechneten die Hybriden nicht damit, dass er es so weit gebracht hatte, und durchstöberten die Untergeschosse. Grim lächelte düster. Sollten sie ruhig dort unten suchen, bis sie schwarz wurden. Er würde sein Ziel erreichen, und dann … Weiter kam er nicht. Denn in diesem Moment traten neun dunkle Gestalten aus den Nischen des Ganges. Schwarzmagier. Sie hatten ihm eine Falle gestellt, und er hatte nichts Besseres zu tun gehabt, als mitten hineinzulaufen.

Er sah noch, wie sie die Arme in die Luft rissen. Im nächsten Augenblick zischten schwarze Pfeile auf ihn zu. Er konnte das Gift riechen, das an ihren Spitzen klebte. Schnell warf er sich herum und drehte sich in der Luft um die eigene Achse. Zwei Pfeile durchbohrten seinen Mantel, ein weiterer raste so dicht an seinem Hals vorbei, dass er den Luftzug fühlen konnte. Krachend landete er auf dem Boden und fühlte im nächsten Moment einen stechenden Schmerz in der rechten Schulter. Ein Pfeil ragte aus seinem Fleisch, schon spürte er die lähmende Kühle des Gifts, die in seinen Körper drang. Sie hatten ihn getroffen, verfluchte Mistkerle!

Ein wütendes Grollen drang aus seiner Kehle. Mit einem Ruck riss er sich den Pfeil aus dem Leib. Er würde nicht aufgeben – niemals. Dieses Wort war es, das ihn nach vorn trieb.

Wer brauchte schon Magie, um gegen diese Hurensöhne zu bestehen! Mit einem gewaltigen Tritt stieß er sich von der Wand ab, legte die Schwingen an den Körper und schoss auf die Magier zu. Zwei Pfeile rasten an seinem Hals vorbei, einen weiteren packte er im Flug und stach ihn einem Magier in den Nacken. Er warf sich auf den Rücken, krachte auf den Boden und schlitterte gegen zwei Magier. Mit einem Hieb zertrümmerte er ihnen die Beine, schreiend fielen sie zu Boden. Grim sprang auf, er sah die Biegung am Ende des Ganges. Dort würde er Deckung finden. Entschlossen raste er darauf zu, die Pfeile zischten wie wütende Bienen um sein Gesicht, und er flog im Zickzack von einer Wand zur anderen. Ein Flammenzauber traf ihn zwischen die Schultern und schleuderte ihn zu Boden. Benommen blieb er liegen.

Er hörte höhnisches Gelächter. Sie spielten mit ihm, jagten ihn wie die Katze die Maus. Ihre Schritte knirschten auf dem Steinboden, als sie näher kamen, und er spürte die Zauber, die sich in ihren Fäusten sammelten, um ihn zu zerschmettern. Er wollte sich aufrichten, aber der Gang verschwamm vor seinem Blick. Er fühlte das Gift in seinem Körper und die Müdigkeit, die ihn mit unbarmherziger Kälte befiel. Er ballte die Klauen. Er durfte jetzt nicht aufgeben. Mia brauchte ihn, das fühlte er. Er würde sie retten und Seraphin bezwingen, und wenn er es mit vergiftetem Blut und klaffender Wunde tun musste, sollte es so sein. Er war die einzige Hoffnung, die Ghrogonia noch hatte. Entschlossen kam er auf die Beine – und erstarrte.

Er hatte sie nicht kommen hören. Im ersten Moment glaubte er, das Bewusstsein verloren zu haben und in wirre Träume gefallen zu sein. Er fuhr sich über die Augen. Aber er war wach. Und vor ihm standen mindestens zwanzig Hybriden, sie füllten den Gang bis zum Ende, und vermutlich verbargen sich noch einmal so viele in den Korridoren und Fluren, die von ihm abzweigten. Es waren keine Schwarzmagier – aber in dieser Anzahl war das beinahe gleichgültig. Mit reglosen Gesichtern sahen sie ihn an. Die Magier waren stehen geblieben. Sie lachten noch lauter, offenbar gefiel ihnen der Gedanke, ihr Opfer von den Hybriden in winzige Stücke zerreißen zu lassen. Schon trat einer von ihnen vor. Es war ein bärtiger Hybrid mit dunklen Augen. Mit kräftigem Griff packte er Grim und presste die Hand auf seine verletzte Schulter. Grim brüllte vor Schmerz, doch der Hybrid sah ihm regungslos ins Gesicht. Die Magier hinter ihm feuerten ihn an, und Grim hatte gerade beschlossen, sie allesamt zum Teufel zu schicken, zur Hölle mit der Sparsamkeit seiner Kräfte – als er etwas in den Augen des Hybriden aufblitzen sah. Erstaunt zog er die Brauen zusammen. Es war ein Lachen. Im nächsten Moment strömte ein warmes Gefühl aus der Hand des Hybriden durch Grims Körper, wie der Atem eines Kindes auf seinem Gesicht. Fassungslos spürte er, wie das Gift sich aus seinem Leib zurückzog und sich die Wunde auf seiner Schulter schloss. Der Hybrid heilte ihn.

Jetzt erkannte Grim die Wut in den Gesichtern seiner Gefährten – und die Enttäuschung. Seraphin hatte sie belogen, das wusste er plötzlich, ohne auch nur ein Wort mit ihnen zu sprechen – und nun stellten sie sich gegen ihn.

Er schaute dem Bärtigen in die Augen. Vor ihm stand einer der Rebellen, die jahrhundertelang als Feinde der Gargoyles gegeißelt worden waren – und er hatte ihm das Leben gerettet. Flammen loderten in Grims Blick auf, als er lächelte – er sah es in den Augen des Hybriden. Kaum merklich nickte er. Mehr brauchte es nicht. Im nächsten Moment stürzten sich die Hybriden an ihm vorbei auf die Magier, die überrumpelt zu Boden gingen.

Grim sah nicht zurück. Er rannte den Gang hinab, denn er wusste, dass er seinem Ziel nah war. Mia war ganz in der Nähe. Er würde sie retten, er würde das Zepter bekommen – und dann würde er ihn bezwingen: Seraphin von Athen, seinen Bruder, der beschlossen hatte, die Welt zu vernichten.

Kapitel 62

Mia atmete nicht. Regungslos starrte sie auf die dunklen Schatten, die sich hinter der Flammenwand bewegten, und hörte Seraphins Stimme wie einen Peitschenhieb durch die Luft zischen.

»Er ist gekommen«, rief er immer wieder. »Ich habe es gewusst! Ich habe gefühlt, dass er mein Schicksal ist!«

Der Wahnsinn in seiner Stimme schickte Mia kalte Schauer über den Rücken. Endlich lösten sich ihre Fesseln. Ihre Haut brannte, als sie sich zu Morl umwandte, aber sie achtete nicht darauf. In seiner Wut hatte Seraphin den Bannzauber nicht aufrechterhalten. Nichts als ein schwaches kühles Gefühl auf ihrer Stirn war zurückgeblieben. Leise schlich sie hinter Morl her zu der Feuerwand und sah, wie er mit den Händen einen schmalen Spalt in die Flammen grub. Seine Finger zitterten, der Zauber schien ihn viel Kraft zu kosten. Schnell schob Mia sich hindurch. Sie sah Seraphin und seine Schergen vor der Leinwand. Die ersten Gargoyles flogen über den Dächern von Paris. Mia stockte der Atem, als sie vor den erleuchteten Wohnungen der Menschen landeten und mit weißen Wachsaugen in die Nacht starrten. Morl griff nach ihrem Arm, doch kaum hatte sie sich umgedreht, zerriss ein Schrei die Luft.

»Zu spät!« Seraphin flog auf sie zu und landete mit rauschenden Schwingen neben ihr. Mit der einen Hand packte er sie an der Kehle, mit der anderen griff er nach Morl, der ihm voller Verachtung ins Gesicht sah.

Mia zog es das Blut aus dem Kopf, als sie in Seraphins Augen schaute. Nichts als Irrsinn flackerte darin. Sie griff nach seinen Händen, die sich wie Klauen aus Eis um ihren Hals schlossen und ihr die Luft abdrückten. Das Zepter an ihrem Arm funkelte im Schein der Flammen, die Lichter brachen sich auf Seraphins Zügen. Er wandte den Blick von ihr ab, für einen Moment stand er regungslos und starrte wie betäubt auf das Zepter der Menschen. Dann glitt ein Lächeln über seine Lippen.

»Nun gut«, sagte er mit der gewohnten Kälte in der Stimme. Seine Finger lösten sich von ihrer Kehle. Umso heftiger packte er Morl und riss ihn an sich. Mit der freien Hand deutete er auf die Leinwand. »Nicht mehr lange, und deine Mutter wird tödlichen Besuch bekommen. Und dein Freund hier«, er grub Morl seine Nägel ins Fleisch, bis Blut kam, »wird mir die Wartezeit verkürzen!«

Er riss ihn mit sich zu der flackernden Feuerwand und hielt ihn dicht an die Flammen. Morl schrie auf, als Seraphin seinen Arm packte und ihn ins Feuer hielt. Mia presste sich die Hände vor den Mund, als Morl schrie.

»Hör auf!« Ihre Stimme überschlug sich, aber Seraphin lachte nur. Er streckte die Hand nach ihr aus und hielt sie auf Abstand, ohne sie zu berühren.

»Gib mir, was ich will«, erwiderte er, »und schon ist er frei! Ihr alle – ihr alle werdet frei sein!«

Mia sah Morl an, der heftig den Kopf schüttelte. »Er wird dich nicht töten, Mia«, rief er mit schmerzverzerrter Stimme.

»Er braucht das Zepter! Lauf weg! Kümmere dich nicht um mich!«

Da packte Seraphin ihn an den Haaren, warf ihn zu Boden und trat mit vollem Gewicht auf seine linke Hand. Morl schrie auf, aber noch immer sah er Mia an.

»Lauf weg!«, keuchte er, doch Mia blieb, wo sie war. Die Gedanken rasten durch ihren Kopf, aber sie konnte keinen von ihnen greifen. Sie sah nur Morl, sein vor Schmerz entstelltes Gesicht, und Seraphin, der ihn an den Haaren emporriss und ihm glühende Finger an die Schläfen presste. Mia sog die Luft ein. Was sollte sie tun? Da hörte sie die Stimme Theryons. *Deine Kraft ist groß, aber sie ist nicht unendlich. Daher merke dir: Wenn du deine Gefühle nicht zügelst, werden sie, nachdem das Meer verbraucht ist, die Energie aus dir selbst ziehen. Sie werden nicht aufhören, bis du tot bist.*

Der Entschluss kroch ihr mit eisigen Zungen über den Nacken. Sie zwang sich, den Blick von Morl abzuwenden, und sah Seraphin in die Augen. Mit geballter Faust hob sie den Arm mit dem Zepter.

»Du hast recht«, sagte sie. »Er wird mich nicht töten. Denn er will das hier, nicht wahr? Und wenn ich sterbe …« Sie tat einen Schritt nach vorn und überzog ihre linke Hand mit Kristallen aus Eis. »Wenn ich sterbe, ist es verloren – für immer!«

Seraphin stand da wie erstarrt. Seine Lider zuckten, als er sah, wie das Eis über Mias Arm kroch, aber seine Hand, mit der er Morl hielt, lockerte sich nicht.

»Das wagst du nicht«, sagte er leise, aber Mia hörte den Anflug von Unsicherheit, der in seiner Stimme mitschwang.

Sie lachte so höhnisch, dass sie selbst erschrak. Die Kälte des Zaubers kroch ihr in den Leib, ihre Lippen fühlten sich fremd und eisig an in ihrem Gesicht. »Es ist … dein … Risiko«, sagte sie mit schwerer Zunge. Ihr Blick ruhte fest auf Seraphin, der Morl ein Stück weiter an die Flammen hielt. »Töte ihn, töte meine Mutter – im selben Augenblick werde ich sterben – und das Zepter mit mir!«

Schwarze Schleier zogen an Seraphin vorüber. Mia brauchte einen Moment, ehe sie begriff, dass sie das Bewusstsein verlor. Ihr Meer war verbraucht, der Eiszauber durchdrang jede Faser ihres Körpers. Jetzt nährte er sich von dem Leben, das sie in sich trug. Keine Wasserpferde erstanden aus den Wellen ihres Meeres, denn das Meer war versiegt. Stattdessen erhoben sich Pferde aus Blut, und sie rasten durcheinander und fraßen sich wie wahnsinnig durch ihren Körper. Mia spürte, wie Blut aus ihrer Nase rann, aber sie rührte sich nicht. Sie sah, wie Seraphin Morl fallen ließ, doch sie wandte den Blick nicht ab. Wenn sie jetzt aufgab, hatte er gewonnen. Sie schwankte und zwang sich, die Augen offen zu halten. *Es darf niemals in falsche Hände geraten, hörst du, niemals.* Jakobs Stimme war ihr so nah, dass sie glaubte, er stünde neben ihr. Sie lächelte, als sie sich dieser Illusion hingab. *Sie jagen mich schon seit Tagen, aber sie werden mich nicht bekommen. Niemals.* Mia lachte über die Wut in Seraphins Augen und wiederholte lautlos das Wort: *Niemals.*

Im nächsten Moment fühlte sie sich fallen. Ihr Kopf schlug auf dem Boden auf, sie fiel in ihr eigenes Blut. Ihr war so kalt, dass ihr ganzer Körper wehtat – und dann auf einmal hörte jeder Schmerz auf. Dunkelheit umgab sie. Stimmen riefen sie aus weiter Ferne, und da, wo die Stimmen waren, war auch Licht. Sie dachte und fühlte nichts mehr, und doch konnte sie sich bewegen und auf das Licht zutreten. Ein seltsamer Frieden legte sich um ihre Schultern. Die Dunkelheit hinter ihr ging sie nichts mehr an. Sie wollte ein Teil des Lichts werden, das mit goldenen Strahlen nach ihr rief, ganz gleich, was dabei mit ihr geschehen mochte.

Da drang etwas durch die Finsternis, die sich fremd und feindlich hinter ihr auftürmte, ein Ton, der sie innehalten ließ. Etwas näherte sich, nein, nicht etwas – jemand. Ein Brüllen von unmenschlicher Tiefe zerriss die Luft, es klang wie berstender Fels. Mia wandte den Kopf halb zurück, etwas wie Erinnerung flog sie an, und sie hörte die Frage, die der goldene Glanz des Lichtes ihr stellte, wie durch wehende Tücher. Für einen Moment stand sie regungslos. Sie betrachtete die flüsternden Strahlen, hörte ihre zärtlichen Stimmen und fühlte noch einmal den Frieden, der in ihrem Licht auf sie wartete. Dann senkte sie den Blick wie bei einer Verbeugung und schüttelte kaum merklich den Kopf.

Im nächsten Moment umflutete sie Wärme. Sie spürte, wie sie in ihren Körper zurückkehrte. Raue Hände berührten ihre Wange, und noch ehe sie die Augen öffnete, stieg ein Name in ihr auf und erhellte die Finsternis.

Grim war wieder da.

Kapitel 63

Grims Faust schmerzte von dem Hieb, mit dem er Seraphin zu Boden geschlagen hatte, und es kostete ihn Kraft, den Schutzschild aufrechtzuerhalten.

Seraphin kam langsam wieder zu sich, und seine Magier schleuderten ihre Zauber gegen den Schild, dass er knackte wie brechendes Glas. Mutanten stürmten den Raum und stürzten sich auf die Magier. Der junge Hybrid lag zitternd am Boden innerhalb des Schildes und hielt sich den verbrannten Arm. Die Leinwand hinter ihnen zeigte das nächtliche Paris, doch etwas hatte sich verändert. Auf jedem Dach, in jeder schattenreichen Straße standen Gargoyles und warteten darauf, die Menschen zu töten.

Aber das alles sah Grim wie durch eine beschlagene Fensterscheibe. Mia lag in seinen Armen. Sie war leichenblass, und ihr Gesicht war blutverschmiert, aber auf ihren Lippen blühte ein Lächeln. Sie konnte die Augen kaum offen halten. Er musste sich nah zu ihr hinunterbeugen, um ihre Worte zu verstehen.

»Wie oft willst du mir eigentlich noch das Leben retten?«, fragte sie. »Ich dachte, es sei alles ein Fehler gewesen. Ich bin ein Mensch, du bist ein Gargoyle …«

Grim öffnete den Mund, aber statt Erklärungen kam ein

Zauber über seine Lippen. Er fühlte, wie er Menschengestalt annahm, und sah sich selbst gespiegelt in Mias Augen.

»Ob Gargoyle, Mensch oder Hybrid«, sagte er leise. »Es gibt Dinge, vor denen man nicht weglaufen kann.«

Sanft strich er ihr über die Wange und küsste sie. Und da war keine Kälte mehr in seiner Brust, kein Schatten und keine Dämmerung. Er hatte sich entschieden – für das Leben.

Da zerriss ein Schrei die Luft, hell und klar wie aus Eis. Grim holte tief Luft und griff nach Mias Hand. Ihre Lippen flüsterten den Zauber, der das Zepter der Menschen von ihrem Körper löste und es mit Grims Arm verschmolz. Er spürte, wie es sich in sein Fleisch grub. Noch einmal strich er Mia über die Wange. Dann wandte er sich ab.

Er packte den zitternden Hybriden am Kragen. »Du wirst auf sie achtgeben, hast du verstanden?«

Der Hybrid sah ihn aus großen braunen Augen an. Er öffnete den Mund, um etwas zu sagen, und schloss ihn gleich wieder. Er nickte kurz und half Mia beim Aufstehen. Für einen Moment sah sie Grim an, und er erwiderte ihren Blick. Dann ließ er den Schild fallen. Er sah noch, wie Mia mit dem Hybriden im Kampfgewühl verschwand. Dann wandte er sich um.

Vor ihm stand Seraphin. Es lag einiger Abstand zwischen ihnen. Kämpfende drängten sich an ihnen vorüber, aber Grim schien es, als wären sie ganz allein. Sein Bruder stand regungslos, den Kopf tief geneigt, und schaute aus undurchdringlich schwarzen Augen zu ihm herüber. Ein Ausdruck flackerte über sein Gesicht, den Grim nicht deuten konnte. War es Entsetzen? Hingabe? Sehnsucht? Er wusste es nicht. Aber als Seraphin den Mund öffnete und leise zu ihm sprach, hörte er nichts anderes mehr. Es schien, als wäre jedes andere Geräusch verstummt.

»Da bist du nun also«, sagte Seraphin ruhig.

Grim nickte langsam. »Das klingt, als hättest du mich erwartet.«

Seraphin hob den Kopf, als würde er wittern. »Vielleicht habe ich das. Wer weiß?« Er musterte Grim eine Weile. »Du hast mich bekämpft, seit du mich zum ersten Mal gesehen hast. Alles hast du getan, um meine Pläne zu durchkreuzen, und nicht nur einmal ist es dir auch gelungen. Ja, du hast mir das Leben schwer gemacht. Und ich bin ehrlich: Ich wusste nicht, aus welchem Grund. Doch nun, da ich dich in dieser Gestalt vor mir sehe, bin ich mehr als erstaunt. Das Blut eines Hybriden fließt in deinen Adern ebenso wie in meinen. Und du bekämpfst mich?«

Grim lächelte, aber es lag keine Freude in dieser Geste. »Die Farbe des Blutes ist unbedeutend bei der Frage, auf wessen Seite man steht. Das habe ich in letzter Zeit immer wieder gelernt. Mein ganzes Leben lang kannte ich nur eine Seite, und das war meine eigene.«

Seraphin legte den Kopf ein wenig schief. »Dann ist Unfreiheit das, was du willst? Ein Leben in den Schatten, wie es immer war, versteckt vor den Augen der Gargoyles, die dich mit ihren Klauen zurück in die Gosse werfen würden, sobald sie wüssten, was du bist, einsam unter den Menschen, die nicht ahnen, was hinter deiner weichen Haut steckt? Ich kann dich befreien!«

Grim stieß die Luft aus. »Du kannst keine freie Welt auf Tod und Verderben gründen. Es gibt andere Wege, die Dinge zu ändern.«

Da lachte Seraphin auf. »Nein, die gibt es nicht. Es gibt nur einen einzigen Weg: meinen!«

Grim trat einen Schritt auf Seraphin zu, der umgehend zurückwich. Sie begannen, sich zu umkreisen, ohne sich aus den Augen zu lassen.

»Ich kenne dich«, sagte Seraphin, und ein merkwürdiger Fieberglanz trat in seinen Blick. »Ich weiß nicht, woher, aber ... ich kenne dich.«

»Oh ja«, erwiderte Grim langsam. »Wir kennen uns gut, du und ich. Lange habe ich gebraucht, um das herauszufinden. Ich musste buchstäblich durch die Hölle gehen dafür. Ich weiß mehr als du, aber du fühlst, dass da etwas ist, nicht wahr? Es ist wie ...«

»... Schicksal«, sagte Seraphin kaum hörbar.

Mit einem Ruck blieben sie stehen. Regungslos standen sie sich gegenüber, die Hände halb erhoben, als warteten sie nur darauf, ihre Zauber auf den Weg zu schicken.

»Wenn du diesen Weg gehen willst«, grollte Grim leise, »musst du an mir vorbei.«

Im nächsten Moment riss er den Arm mit dem Zepter nach vorn. Flammen schossen aus seiner Faust und schleuderten Seraphin gegen die riesige Leinwand. Krachend schlug er dagegen, das Glas splitterte, fiel in tausend Scherben zu Boden und prasselte auf Seraphins reglosen Körper. Grim holte tief Atem. Das Zepter hatte seinen Zauber um ein Vielfaches verstärkt, doch schon kam Seraphin auf die Beine. Die Splitter der Leinwand rieselten von seinem Rücken, feine Kratzer liefen über seine rechte Wange.

Mit einem Schrei schlug er die Hände zusammen, ein-, zwei-, dreimal – und mit jedem Schlag trat er aus sich selbst heraus und vervielfältigte sich in rasender Geschwindigkeit, bis er Grim sechsfach umzingelt hatte. Gleichzeitig stürzten seine Anderen vor. Sie flimmerten in einem blauen, kalten Licht und hielten Grim von dem echten Seraphin fern. Grim packte einen von ihnen an der Kehle und schlug ihn heftig mit dem Kopf auf sein Knie. Dann fuhr er herum, nahm in der Drehung Gargoylegestalt an und schlug zwei weiteren mit flammender Faust die Köpfe von den Hälsen. Er keuchte. Er nutzte die Kraft der Mutanten und wusste, dass auch Seraphin auf die Stärke seiner Jünger zugreifen musste, um diese Zauber zu wirken. Wie lange würden sie durchhalten?

In diesem Moment schlug ein Anderer Grim glühende Finger in den Arm. Zischend gruben sie sich bis auf den Knochen in sein Fleisch. Grim brüllte auf vor Schmerz, spreizte zwei Finger und stach sie dem Angreifer in die Augen. Blitzschnell liefen Eisblumen über dessen Haut, erreichten die Augenhöhlen und brachten seinen Körper zum Erstarren. Ruckartig riss Grim seine Hand zurück und trat ihm vor die Brust. Mit einem Stöhnen fiel der Andere um und zerschlug auf dem Boden in glitzernde Scherben. Da traf Grim etwas am Rücken, es waren drei Harpunen an stählernen Seilen, die ihn zurückrissen und über den Boden schleiften. Grim griff hinter sich, aber die Harpunen bohrten sich tiefer in sein Fleisch. Er presste die Zähne zusammen, schlug die Klauen in den Boden und riss tiefe Krater in den Marmor. Mit einem Schrei fuhr er herum, ließ das Feuer in sich aufsteigen und schoss es aus seinen Augen auf den Anderen, der die Harpunen fest umfasst hielt und im nächsten Augenblick mit zerschmettertem Brustkorb zusammenbrach. Grim kam stöhnend auf die Beine, griff nach den Harpunen und riss sie sich aus dem Körper. Der Heilungszauber flutete ihn für einen Moment mit glühender Hitze. Hinter sich hörte er, wie der letzte Andere auf ihn zurannte.

Wütend fuhr er herum und preschte ihm entgegen. Gleichzeitig sprangen sie in die Luft und rissen die Fäuste empor.

Für einen Moment schien die Zeit stillzustehen. Grim sah die Mutanten und die Magier unter sich, er sah das wutverzerrte Gesicht des Anderen und hörte die Luft, die sein Körper beim Flug zerschnitten hatte. Dann stießen ihre Fäuste zusammen. Gleißend helle Funken sprühten, und für einen Moment sah Grim nichts als weißes Licht. Er landete auf den Füßen – und hörte, wie der Körper des Anderen über ihm zerbrach.

Schwer atmend fuhr er sich über die Augen. Er spürte Seraphin hinter sich, noch eher er ihn sah. Langsam wandte er sich um. Seraphin stand so dicht vor ihm, dass es Grim für einen Augenblick schien, als blickte er in einen Spiegel – als betrachtete er das Negativ eines Fotos von sich selbst. Doch dann flammte die Kälte in Seraphins Augen auf, und der Moment war vorüber. Der Frost in diesen Augen war schwarz – es war die Schwarze Flamme. Grim erschrak, als sich ein zweiter Körper aus Seraphin herausschob – ein Körper aus Feuer. Im nächsten Augenblick stand Seraphin noch einmal vor ihm, er brannte, und seine Augen waren weiß wie Schlangeneier. Grim sog die Luft ein. Seraphin hatte seine Schwarze Flamme nach außen treten lassen, sein Ich, sein ganzes Selbst. Um das zu tun, brauchte er ungeheure Kräfte. Grim schauderte, als er hörte, wie die Magier um sie herum zu Boden fielen. Die Luft flirrte von ihren Todesschreien.

»Du musst mich mit meinen Waffen besiegen«, sagte der flammende Seraphin mit vor Hitze prasselnder Stimme. »Tu es, oder du wirst sterben.«

Die Flammen brannten auf Grims Gesicht. Er wusste, dass Seraphin recht hatte. »Nein«, grollte er dennoch. »Keiner meiner Jünger wird durch meine Hand sterben. Mein Weg – ist nicht – der Tod!«

Mit diesen Worten stürzte er sich auf den flammenden Seraphin, der sich sofort in seinen Hals verbiss und sein Feuer über seinen Körper schickte. Grim spürte den Schmerz wie eine Welle auf sich zurasen. Er würde ohnmächtig werden, wenn er ihn erreichte, das wusste er – und sterben. Er riss den Kopf herum und schaute dem anderen Seraphin ins Gesicht, dem Seraphin in Hybridgestalt, der reglos und schwer atmend zu ihnen herübersah.

»Ich kenne dich«, brüllte Grim, während er den Hals des Feuerseraphin umfasst hielt. »Und weißt du auch, woher? Ich werde es dir zeigen!« Damit riss er sich los, stürzte sich auf Seraphin und presste ihm die Klauen an die Schläfen. In rasender Geschwindigkeit schickte er die Bilder der Hölle in ihn hinein: Seraphin und der Junge auf der Mauer, Seraphin an dessen Bett, Seraphin, als er ihn erschlug. Haltloses Entsetzen flackerte über Seraphins Gesicht, während sein flammendes Ebenbild von Grim abließ und regungslos neben ihnen stehen blieb. Der Strom der Erinnerungen versiegte, aber Grim rührte sich nicht. Mit zitternden Händen tastete Seraphin nach seinen Klauen.

»Du bist …«, begann er, doch seine Stimme brach ab.

Grim sah ihm direkt in seine schwarzen Augen. »Wir sind Brüder, Seraphin«, sagte er leise. »Ich trage das Herz des Jungen, den du erschlagen hast.«

Seraphins Augen weiteten sich, dann stieß er einen Schrei aus und riss sich los. Er taumelte von Grim zurück und starrte ihn an, als könnte er nicht glauben, was er soeben erfahren hatte.

»Du hast ihn geliebt«, fuhr Grim fort. »Und du hast ihn in deinem Hass getötet. Weißt du, was er gefühlt hat, als er starb?«

Seraphin fuhr sich über die Lippen, die rissig waren, als hätte er einen langen Marsch durch die Wüste hinter sich. »Er hat mich gehasst«, flüsterte er und sah zu Boden. »Wie alle Menschen.«

Da trat Grim auf ihn zu. »Nein. Er hat dich geliebt. Und er hatte Mitleid mit dir, mein Bruder, der du dich selbst verloren hast.«

Er legte Seraphin die Hand auf die Schulter, und für einen Moment schien es ihm, als würden sie nicht in einem blutbefleckten Saal stehen, umgeben von den Schreien der Sterbenden und Verletzten. Ihm war, als säßen sie nebeneinander auf einer Mauer, die Blicke auf ein verbranntes Schlachtfeld gerichtet. Und dieses Mal war er es, der das Wort ergriff.

»Stell dir vor«, sagte er leise, »dass wir gerade nicht auf dem Schlachtfeld der letzten Nacht stehen, weil wir uns selbst nicht gekannt oder vor uns davongelaufen sind. Nein. In Wahrheit befinden wir uns in einem Saal der Könige. Hier ist der Geburtsort der Freiheit, und das Blut zu unseren Füßen ist kein Blut der Verzweiflung – es ist das Blut der Ersten Stunde. In Wahrheit führt uns der Weg zum Ozean der Nacht. Denn wir sind im Land der Freiheit, und wir tragen das Zeichen des Feuers auf unserer Stirn – das Zeichen für Veränderung …«

Er hielt inne, denn er spürte, wie sich seine Kehle zusammenzog. »Es ist noch nicht zu spät«, sagte er eindringlich. »Kehr um. Du hast von neuen Welten geträumt – Welten jenseits von Tod und Zwang. Aber du hast deinen Weg verloren. Du hast deine Träume erstickt, die du noch immer fühlst, in jedem Augenblick deines kalten Daseins – wie den Tod, den du in dir trägst. Ich bitte dich – als dein Bruder.«

Da riss Seraphin den Blick vom Boden und sah ihn an. Tränen waren in seine Augen getreten. Sein Gesicht hatte jede Härte verloren. Für einen Moment glaubte Grim, ihn nicken zu sehen. Doch dann neigte Seraphin den Kopf.

»Nein«, flüsterte er unhörbar. »Es ist zu spät.«

Und ehe Grim etwas hätte tun können, stürzte sich die Schwarze Flamme auf Seraphin, umschlang ihn mit den Armen und grub die Zähne in sein Fleisch. Grim wich zurück, er sah nichts mehr als schwarzes Feuer, das mit einem gewaltigen Knall erlosch. Dicke Rauchschwaden stiegen in geisterhaften Spiralen zur Decke auf. Grim holte tief Atem. Seine Klauen zitterten, denn er erwartete, die verkohlten Überreste seines Bruders zu sehen, als er näher herantrat. Das Zepter der Gargoyles lag funkelnd am Boden.

Doch Seraphin war verschwunden.

Kapitel 64

Mia erwachte von einem störenden Pieksen in der Nase. Mühsam öffnete sie die Augen und fand sich in einem riesigen Bett wieder. Und auf ihrer Brust hockte Remis und stach ihr seine Haare ins Gesicht.

»Sie ist wach!«, rief er jetzt und warf die Arme in die Luft, sodass er ein ganzes Stück nach oben hüpfte. Plumpsend landete er auf Mias Brustkorb und ließ sie husten. Sofort schob sich eine steinerne Klaue vor Mias Gesicht, packte Remis und schnippte ihn ein Stück weit ins Zimmer. Sie wandte den Kopf und sah Grim an, der neben ihrem Bett saß. An seinen Armen glommen die beiden Zepter. Mia holte Atem, aber er nickte, bevor ein Wort über ihre Lippen gekommen wäre.

»Es ist vorbei«, sagte er. »Seraphin wurde besiegt.«

Remis schoss wie eine Rakete vor Mias Nase. »*Wurde* besiegt, ja, Monsieur Bescheidenheit!« Er sah Mia vielsagend an und deutete auf Grim. »Er war es – er ist gegen Seraphin angetreten, der mit allen möglichen Tricks versucht hat, den Kampf zu gewinnen. Zum Beispiel hat er sich vervielfältigt, mindestens … hundertmal!« Er bekam rote Pusteln im Gesicht vor Aufregung. »Und am Ende hat er sich aus dem Staub gemacht! Ist einfach verschwunden – Peng – und das war's dann!«

Mia zog die Brauen zusammen. »Soll das heißen, dass er vielleicht noch … lebt?«

Grim hob die Schultern. »Ich weiß es nicht. Er wurde von Schwarzem Feuer verschlungen. Sollte er das überlebt haben – auf die eine oder andere Weise –, wird er nicht so einfach zurückkehren können.«

Da schwirrte Remis in die Luft und drehte einen Looping. »Genau«, rief er freudestrahlend. »Er ist weg, das ist die Hauptsache, nicht wahr? Grim hat ihn besiegt und den verfluchten Rattenfängerzauber gebrochen, und jetzt sind alle Gargoyles wieder bei vollem Bewusstsein. Noch sind nicht alle Bewohner Ghrogonias in die Stadt zurückgekehrt, aber das kann nicht mehr lange dauern. Und dann werden sie ihren Retter hochleben lassen!«

Grim seufzte. »Es ist nicht allein mein Verdienst, dass wir Seraphin besiegen konnten«, sagte er ernst. In knappen Worten berichtete er von Pheradins Hilfe, von seinen Mutanten und den Gästen des *Zwielichts*, aber auch von Thoron und seinem Selbstmord. Und Mia erzählte ihm von ihren Erfahrungen mit Seraphin, die er seltsam einsilbig hinnahm. Erst, nachdem Remis ihm auffordernde Blicke zugeworfen hatte, erzählte er ihr von seinen Erlebnissen in der Hölle, von Pedro von Barkabant und der Tatsache, dass Seraphin sein Bruder war.

Nachdem sie eine Weile schweigend zusammengesessen hatten, holte Mia tief Atem. Seraphin war besiegt. Diese Tatsache kam ihr so unwirklich vor, dass sie sich kneifen musste, um festzustellen, dass sie nicht träumte. Und Grim war kein Gargoyle – er war ein Hybrid. Sie dachte daran, was er zu ihr gesagt hatte, nachdem er sie vor dem Tod bewahrt hatte. *Ob Gargoyle, Mensch oder Hybrid – es gibt Dinge, vor denen man nicht weglaufen kann.* Und dann hatte er sie geküsst. Sie musste lächeln, doch dann fiel ihr Blick auf das Zepter der Menschen, das noch immer an Grims Arm hing. *Ich werde es vernichten* – hatte er das nicht gesagt?

Grim folgte ihrem Blick. »Du willst noch immer den Zauber des Vergessens brechen, nicht wahr?«

Mia öffnete den Mund, aber sie fand keine neuen Worte, um diesen Wunsch zu erklären. Langsam nickte sie.

Grim schaute auf das Zepter, das seine Farben in sanften Spiegelungen gegen die Wände warf. »Du willst es für die Hartide tun – für Jakob und alle, die so sind wie er oder dein Vater. Aber denkst du, dass Jakob das gewollt hätte?«

Seine Frage kam Mia so absurd vor, dass sie lachen musste. Aber Grim hob den Kopf und sah sie mit einem Ernst an, dass ihr das Lachen im Hals stecken blieb.

»Jakob war mein Bruder«, sagte sie. »Er hat ebenso wie ich erlebt, wie mein Vater gelitten hat, und er ist für dieses verfluchte Zepter gestorben. Warum hätte er das tun sollen, wenn nicht, um die Welt zu verändern? Ja – er wollte den Zauber brechen, daran gibt es für mich keinen Zweifel.«

»Das glaube ich nicht«, sagte Grim leise. »Ich habe seine Augen gesehen, als er starb. Er kannte die Menschen. Er wusste, dass sie ...« Er hielt inne, als würde ihm auf einmal bewusst werden, dass seine Worte sinnlos waren, und sah sie an. In seinem Blick lag etwas, das sie noch nie mit solcher Deutlichkeit darin gesehen hatte – etwas wie Sehnsucht. Er holte tief Atem und nahm ihre Hand. Auf einmal hatte sie ein merkwürdig feierliches Gefühl. Selbst Remis schaute andächtig von einem zum anderen.

»Früher«, sagte Grim, »als Menschen und Gargoyles noch zusammengelebt haben ... vor all der Feindschaft, vor den Kriegen und den Morden ... da haben Gargoyles den Menschen als Seelenspiegel gedient. Sie trugen die Menschen durch die Dämmerwelt, die Sterbliche nur durch den Verlust ihres Lebens durchqueren können – oder auf den Armen eines Zwischenweltlers. Sie brachten die Menschen in andere Welten, um sie gesund zu machen, um ihre Sehnsucht zu stillen … um ihnen beizustehen …« Er hielt inne. »Ich kann dich durch die Dämmerwelt führen – wenn du dich von mir tragen lässt.«

Mias Mund war staubtrocken. »Und die Welt, zu der du mich führst, ist …« Sie konnte es nicht aussprechen, aber sie wusste, dass Grim sie zu Jakob bringen konnte – er konnte sie durch die Dämmerwelt zum Reich der Toten führen.

»Lange habe ich nicht gewusst, was es bedeutet, ein Seelenspiegel zu sein«, sagte er leise. »Bei unserem letzten Gespräch sagte Moira zu mir: *Du weißt nicht mehr, wie es ist, für einen Menschen ein Seelenspiegel zu sein, ihn auf den Grund seines Ichs zu tragen, auf deinen eigenen Händen. Du weißt nicht, wie es ist, die Dämmerwelt mit diesem fremden Wesen auf deinen Armen zu durchwandern, bis an den Rand der Totenwelt. Du bist nie mit einem von ihnen in die Welt der Träume gereist. Wir können nicht nur mit unseren Schwingen fliegen, hast du das vergessen? Wir können auch fliegen auf ihren Träumen. Wir konnten die Menschen hinbringen, wohin sie allein niemals gelangen konnten. Wir konnten ihnen helfen – wie sie uns helfen konnten.*« Er hielt inne. »Jetzt weiß ich, dass sie recht hatte. Erinnerst du dich, als du mich fragtest, ob ich schon einmal gefallen wäre, ohne aufzukommen?«

Mia lächelte. »Du sagtest, du würdest nicht fallen – du würdest fliegen.«

Grim nickte langsam. »Das war gelogen. Ich bin gefallen, ohne es zu merken. Aber ich habe Fliegen gelernt, auf meinen Träumen – und auf deinen. Ist es da nicht nur gerecht, wenn ich nun dir helfe? Ich habe das noch nie getan. Aber vielleicht können wir die Dämmerwelt durchwandern – zusammen.«

Mia legte ihre Hand auf seine Klaue. »Ja«, sagte sie mit einem Lächeln. »Gemeinsam.«

Wieder schwiegen sie eine Weile. Dann nahm Grim ihre Hand. »Schließe die Augen.«

Sie tat es und fühlte, wie er sie hochhob. Ein leises Säuseln erklang wie das Wispern des Windes in den trockenen Blättern eines Herbstwaldes. Grim flüsterte verschlungene Worte vor sich hin. Er setzte sich in Bewegung, und seine Schritte klangen seltsam dumpf an ihr Ohr. Etwas streifte ihre Wangen, sie brauchte eine Weile, bis sie merkte, dass es Nebel war. Sie hörte auf Grims Stimme, und obwohl sie seine Worte nicht verstand, schien es ihr, als erzählte er ihr eine Geschichte. Bilder tauchten vor ihr auf, als würde sie mit offenen Augen durch die Welt gehen, durch die er sie trug, Bilder aus ihrer Kindheit, aber auch Bilder aus Grims Leben und schließlich Wesen, die mal von ferne, mal ganz aus der Nähe zu ihnen herübersahen und Mia erschienen wie vergessene Träume oder Erinnerungen. Nach einer Weile lichtete sich der Nebel. Grim setzte sie ab, und Mia öffnete die Augen. Sie fand sich vor einem tiefen Abgrund wieder, und auf der anderen Seite – stand Jakob.

Mia stockte der Atem. Die Ebene um ihn herum war trostlos und von verkrüppelten Bäumen besetzt. Ab und zu flogen Nebelfetzen darüber hin wie zerrissene Tücher, und über der fruchtlosen Erde prangte ein roter Mond. Mia hatte dieses Bild schon einmal gesehen. Sie erinnerte sich an Theryons Augen. Diese Ebene hatte sie darin gefunden. Jakob war nicht in der Welt der Toten. Er befand sich im Reich der Feen. Seine Haut war grau und seine Augen stumpf und blutunterlaufen. Sie sah die Wunde an seiner Schläfe, seine spröden, aufgerissenen Lippen und den Brustkorb, der sich weder hob noch senkte.

»Du bist tot«, sagte sie, aber es klang wie eine Frage.

Jakob lächelte ein wenig. Auf einmal schien Mia der Abgrund kaum noch vorhanden. Sie hätte nur die Hand auszustrecken brauchen, um Jakob berühren zu können. Aber etwas in seinem Blick hielt sie davon ab, ein Schatten, der sie frösteln ließ.

»Es gibt viele Arten des Todes«, sagte er mit seiner gewohnten Stimme. Er griff in die Tasche seiner Hose und zog eine silberne Kugel daraus hervor. Mia fuhr zusammen, als sie begriff, dass das die Kugel war, mit der Jakob sich erschossen hatte. »Silber«, sagte er mit dem schelmischen Lächeln, das sie immer an ihm geliebt hatte. »Sie hat mich in die Feenwelt gebracht. Ich bin dem Reich der Toten entkommen – obwohl ich nicht mehr lebe. Aber es war ein weiter Weg bis hierher. Es liegen noch mehr Gefahren vor als hinter mir, wenn ich in deine Welt zurückkehren will. Ich habe nicht gewusst, ob ich überhaupt bis zu diesem Punkt komme – aus diesem Grund habe ich dir nichts davon erzählt. Ich wollte dich nicht noch einmal enttäuschen.«

Mia schluckte. »Du hast mich nie enttäuscht.«

»Ich habe dich alleingelassen«, erwiderte Jakob. »Diesen Gedanken muss ich tragen. Aber ich wollte dich noch einmal sehen. Deswegen bat ich einen Freund, dich hierher zu bringen. Und er hat mir die Bitte nicht abgeschlagen.« Mia wollte sich zu Grim umdrehen, aber sie konnte es nicht. Ihr Blick hing an Jakob, als fürchtete sie, dass er jeden Moment wieder verschwinden könnte. »Ich weiß, dass ich dich mit vielem allein gelassen habe«, fuhr er fort. »Und nun bist du nicht ohne Grund gekommen. Du hast eine Frage. Ich lese sie in deinen Gedanken.«

Mia musste lächeln. »Können alle … Toten Gedanken lesen?«

»Nicht alle«, erwiderte er. »Aber der Tod intensiviert Fähigkeiten, die uns zu Lebzeiten gegeben waren – und er nimmt sie, wie es ihm gefällt.« Ein Schatten hatte sich auf sein Gesicht gelegt. Abwartend sah er sie an.

»Ich weiß nicht, was ich tun soll«, sagte sie leise. »Diese Welt, der Zauber des Vergessens … Es kann doch nicht für immer so bleiben. Ich muss doch etwas tun, oder nicht?«

Jakob nickte. »Ja, das musst du. Du musst die Welt verändern. Du musst helfen, aus ihr einen Ort zu machen, an dem alle Wesen zusammenleben können – ohne Vergessenszauber, ohne Verstecke.«

»Genau das will ich«, erwiderte Mia triumphierend. »Wenn der Zauber des Vergessens erst gebrochen ist …«

»Nein, Mia.« Jakob sah sie ernst an. »Das ist nicht der Weg, den ich meine.«

Sie zog die Brauen zusammen. »Aber du … Lucas … Er hatte keine Chance, Jakob! Wie hätte er seine Einsamkeit durchbrechen können? Er hat den Menschen ein Einhorn zeigen wollen – und die Gargoyles haben sie dafür getötet! Sie haben …«

Da hob Jakob die Hand. »Sieh, was passiert ist«, sagte er leise.

Ein helles Licht entstand auf seiner Handfläche. Wie gebannt schaute Mia hinein. Sie konnte sich nicht abwenden, es war, als hätte sie jemand in Trance versetzt. Um sie herum wurde es hell, sie fand sich auf dem Weg mit den Fährten wieder, der sie durch den Forêt de la Licorne führte. Und wieder lief sie auf das Licht zu, das durch die Bäume und Sträucher brach – doch dieses Mal stand das Einhorn lebendig vor ihr. Und da war Lucas, er zeigte es den Menschen, sein Gesicht strahlte vor Glück.

Mia wollte zu ihm laufen, doch kaum hatte sie das gedacht, veränderten sich die Gesichter der Menschen. Zwei von ihnen zogen ein Messer, sie stachen auf das Einhorn ein, Mia hörte ihre Stimmen, sie sprachen davon, das Horn zu verkaufen. Lucas stürzte sich dazwischen, aber das Einhorn brach in seinen Armen zusammen. Da legte er den Kopf in den Nacken und schrie, dass es Mia eiskalt den Rücken hinablief. Er sprang auf, in seinen Augen lag ein Hass, der ihn entstellte, der ihn zu einem Fremden machte und Mia zurückweichen ließ. Sie sah das Messer in seiner Hand, hörte die Zauber, die er sprach, und sah starr vor Schreck, wie er sich auf die Menschen stürzte. Einen nach dem anderen stach er nieder, er riss ihnen die Kehlen aus dem Leib wie ein wildes Tier. Dann brach er zusammen, die sich nähernden Gargoyles trieben ihn ins Unterholz, wo er weinend sitzen blieb.

Mia hörte ein Schnippen, im nächsten Moment stand sie wieder vor dem Abgrund. Sie fühlte, dass sie zitterte.

»Deswegen hat er sich das Leben genommen«, sagte Jakob. »Die Menschen haben das Einhorn getötet.«

Mia stieß die Luft aus. »Aber nicht alle Menschen sind so!« Ihre Worte stürzten in den Abgrund, fast meinte sie, sie aufschlagen zu hören.

Da hob Jakob das Kinn. »Und was ist mit dir selbst?«, fragte er mit seltsam kalter Stimme. »Mit dir, einer Hartidin? Was hast du in Theryons Kuppelsaal getan? Was ist mit der Welt der Feen? Nicht einmal du kennst deine Grenzen, Mia. Nicht einmal du weißt, wie du mit einer fremden Welt umgehen musst. Selbst du bist deinen niederen Gefühlen gefolgt. Und deiner Gier. Selbst du, Mia.«

Sie sah die Fee, die tödlich verwundet zu Boden sank, so deutlich vor sich, als würde es gerade passieren. Sie spürte, wie ihre Knie weich wurden. Er hatte recht, mit jedem einzelnen Wort hatte er recht. Sie schüttelte den Kopf. Auf einmal kam es ihr vor, als wäre sie durch eine Wüste gewandert, nur um dann zu erfahren, dass am anderen Ende der Einsamkeit eine neue Ödnis begann. Nichts hatte sie erreicht – nichts würde sich ändern.

»Aber was soll ich dann tun?«, fragte sie, ohne ihn anzusehen.

Jakob schwieg eine Weile. »Bevor der Zauber des Vergessens gebrochen werden kann, müssen die Menschen wissen, dass es die Anderwelt gibt – ohne sie zu sehen.«

Mia musste an ihre durchgedrehte Tante Josi denken. *Ich habe sie nie gesehen. Aber ich habe sie gefühlt. Ich glaube, dass alle Menschen tief in sich diese Fähigkeit haben. Früher haben sie es noch viel stärker gespürt. Aber er ist immer noch da – dieser dunkle Punkt in uns, der die Sehnsucht kennt.*

»Wenn es so weit gekommen ist«, fuhr Jakob fort, »werden die Menschen nicht mehr danach gieren, die Geschöpfe der Anderwelt zu sehen – denn sie werden sie fühlen und damit wissen, dass sie da sind. Und sie werden wissen, dass sie selbst nur vollständig sind, wenn sie sich mit der Anderwelt verbinden – in Freundschaft. Sie werden das Bedürfnis haben, mit denen, die sie fühlen, wieder in Harmonie zusammenzuleben und die durch den Zauber des Vergessens getrennten Welten wieder zu einer zu verbinden.«

Mia stieß die Luft aus. »Aber wie soll ich die Menschen dazu bringen, dass sie wissen, was sie nicht sehen? Sie werden Beweise verlangen.«

Jakob lächelte ein wenig. »Jeder Mensch kann die Anderwelt fühlen, wenn er seine Sinne und sein Bewusstsein nicht mit anderen Dingen verkleistert. Das Mittel der Hartide, Mia, ist die Kunst. Nichts setzt die Ignoranz so schnell schachmatt wie ein Flug über den eigenen Horizont – und eben diesen bietet die Phantasie, die Basis aller Kreativität, die Grundlage der Freiheit.

Doch für diesen Flug müssen die Menschen die Phantasie in ihr Herz lassen. Dann kann die Kunst sie verwandeln – für eine Welt, die versteckt vor ihren Augen existiert.« Er hielt kurz inne. »Wie hat Lucas immer gesagt: Du hast Schlösser geknackt, seit du fünf bist – weil du Grenzen und Barrieren nicht akzeptieren willst, die andere dir setzen. Immer wieder hast du das seitdem getan, auch bei ihm.« Er deutete auf Grim. »Du reißt Mauern ein und hast ihn so gerettet. Nichts anderes ist es, was die Kunst tut. Sie weckt und lässt träumen. Und auf ihren Träumen werden die Menschen zurückfinden in die Anderwelt, die immer ein Teil von ihnen war.«

Mia schwieg. Sie hatte unzählige Fragen und Entgegnungen, aber je länger sie darüber nachdachte, desto stärker schmolzen sie auf drei Worte zusammen. Schließlich nickte sie. »Du hast recht«, sagte sie leise. Sie sah Jakob an, doch er deutete auf den Nebel, der plötzlich hinter ihm aufzog.

»Unsere Zeit wird knapp«, sagte er. »Aber es ist jemand hier, der dich noch einmal sehen wollte. Er ist mit den Nebeln der Totenwelt an den Rand der Feenwelt gekommen, denn er möchte sich von dir verabschieden.«

Mia sah, wie eine Gestalt sich aus dem Nebel schob, eine dunkle, geduckte Gestalt mit klauenartigen Händen und verfilzten Haaren, die mehr aussahen wie ein Fell. Zögernd hob die Gestalt den Kopf und neigte ihn leicht zur Seite, fast so, als würde sie nur mit dem rechten Auge klar sehen können. Die Erkenntnis traf Mia wie ein Schlag.

»Lucas«, flüsterte sie kaum hörbar.

Jakob nickte, doch Mia sah es nur aus dem Augenwinkel. Sie schaute auf die Gestalt im Nebel, die regungslos zu ihr herübersah. »Das Reich der Toten verändert jene, die warten. Und er hat lange, sehr lange auf dich gewartet. Er möchte nicht, dass du dich erschrickst. Du sollst lieber sein totes Gesicht in Erinnerung behalten als das, was er jetzt ist.«

Da hob Lucas die Hand. Mia spürte, wie ihr eine Träne über die Wange lief, als sie seine Geste erwiderte. Dann hörte sie ein Lachen – sein Lachen, und es klang warm und frei wie früher, als er glücklich gewesen war. Im nächsten Moment war er verschwunden.

Mia sah Jakob an, der auf einmal wieder weit von ihr entfernt schien. Er streckte die Hand nach ihr aus, doch kaum hatte er sie über den Abgrund gehalten, verbrannte er sich die Finger. Mia spürte, wie sich ihre Kehle zusammenzog. Der Nebel kroch aus dem trockenen Boden der Ebene, schnell stieg er höher und hüllte Jakobs Gestalt ein.

»Jakob«, rief sie, denn sie konnte ihn kaum noch erkennen. »Kannst du zurückkommen?«

Ein seltsamer Wind wühlte sich durch den Nebel. Geisterstimmen stoben aus dem Abgrund und trieben Mia zurück, bis sie Grims Klaue auf ihrer Schulter fühlte. Doch sie wandte sich nicht ab. Regungslos schaute sie in den Nebel, der Jakob verschluckt hatte, und da hörte sie seine Stimme.

»Vielleicht«, sagte er sanft, und sie konnte hören, dass er lächelte. »Du weißt doch: Alles ist möglich – eines Tages.«

Kapitel 65

Lautlos bewegte Grim sich durch die Nebel der Dämmerwelt. Er wusste, wie er die Füße setzen musste, er hätte taub und blind seinen Weg zurück in die Anderwelt gefunden. Denn er trug eines ihrer Kinder auf seinen Armen, und hier, umgeben von Zwielicht und Zeitlosigkeit, führte Mias Herzschlag ihn Schritt für Schritt auf sichere Pfade.

Sie schwieg. Er konnte es ihr nicht verdenken. Auch ihm gingen Jakobs Worte nach, sein Gesicht, sein Lächeln, seine verlorene Gestalt in der grausamen und feindlichen Welt der Feen, und auch er dachte an den gebeugten Schatten mit den Klauenhänden, der wohl einmal ein Mensch gewesen war. Er hätte gern etwas gesagt, um Mia zu zeigen, dass sie nicht allein war. Aber für manche Dinge gab es keine Worte, das wusste er. Manche Dinge konnten nur in der Stille und in Gedanken existieren oder in den Schatten und Träumen der Nacht.

Kaum hatte er das gedacht, legte Mia die Hand auf seine Brust. Ihre Finger waren warm auf seiner Haut. Sie wandte ihm den Kopf zu, und obwohl sie die Augen geschlossen hielt, wusste er, dass sie ihn in diesem Moment ansah. Sie sagte nichts, und doch hörte er ihre Worte genau. Sie sprach Grhonisch. Noch nie hatte er diese Sprache so gern gehört wie in diesem Augenblick.

»Du musst dich nicht bedanken«, erwiderte er. »Erinnerst du dich, was du sagtest, als du mich zum ersten Mal gesehen hast?«

Sie lächelte. »Ich glaube, ich sagte, dass ich nichts mit dir zu tun haben will.«

»Nein, davor. Du hast es zu dir selbst gesagt, aber …« Er hielt inne. »Nun ja, ich hatte schon immer ein ganz gutes Gehör. Du hast meine Narbe über dem Auge angesehen und gesagt: ›Als hätte man ihn verwundet, während er schlief.‹«

Ein Schatten fiel auf Mias Gesicht. »Ja«, sagte sie kaum hörbar. »Und das hat Seraphin ja auch getan.«

»Er war es, der mir die Wunde zugefügt hat, ehe ich geboren wurde. Aber du …« Er holte tief Atem. Nie hätte er gedacht, so etwas einmal zu sagen, aber die Worte brannten auf seiner Zunge, und er konnte und wollte sie nicht zurückhalten. »Du warst es. Du hast mich verwundet, während ich schlief.«

Er sah die Verwunderung auf ihrem Gesicht und dann das Lächeln. Sie brauchte nichts zu erwidern. Es genügte, dass sie ihren Kopf an seine Schulter legte, während er sie in die Anderwelt zurücktrug.

Der Nebel lichtete sich. Kaum fand Grim sich in dem Zimmer des Turms wieder, als er die Schreie hörte. Schnell setzte er Mia ab, denn er erwartete einen Angriff, irgendetwas, das den Frieden stören würde, den er gerade empfand. Doch stattdessen sauste Remis durch die Balkontür des Zimmers und riss die Arme in die Luft. »Es sind die Gargoyles«, sagte er freudestrahlend. »Sie sind zurückgekehrt! Viele sind aus fernen Städten und Provinzen gekommen, um dich zu sehen! Sie sind außer sich! Sie rufen nach dir, hörst du das?«

Grim trat zum Fenster des Schwarzen Dorns, aber er konnte nichts sehen als die Dächer entfernter Häuser. »Allerdings«, murmelte er. »Das müssen die Nachwirkungen des Zaubers sein. Sie singen, könnt ihr das fassen?«

Tatsächlich klang ein ziemlich schiefer Gesang zu ihnen herauf. Mia warf ihm einen Blick zu. »Sie sind gekommen, um dich zu feiern«, sagte sie. »Du hast sie gerettet, hast du das schon vergessen?«

Remis nickte eifrig. »Genau so ist es! Die Nachricht von deinem Kampf gegen Seraphin hat sich wie ein Lauffeuer verbreitet. Sie ...«

In diesem Moment setzte ein Sprechchor ein, der beständig einen einzigen Namen wiederholte: *Grim. Grim. Grim.* Sein Name klang wie ein Kanonenschuss durch die Häuserschluchten und brandete zum Schwarzen Dorn hinauf.

Grim wich zurück, aber Mia legte ihm die Hand auf den Arm. »Sie rufen nach dir. Du kannst dich nicht einfach davonstehlen. Sie brauchen dich.«

Remis sah ihn zustimmend an. Grim spürte sein Herz im ganzen Körper. Na großartig. Draußen eine tobende Menge, die ihn als neuen Superstar bejubeln wollte, und drinnen die ersten Groupies. Er holte tief Atem. Verflucht, warum war er so nervös? Schließlich stimmte es doch – er hatte Seraphin besiegt. Warum sollte er sich verstecken? Einen Augenblick blieb er stehen, wo er war, und schaute mit geneigtem Kopf zum Fenster. Dann tat er einen gewaltigen Schritt, stieß beide Türflügel auf und trat hinaus auf den Balkon.

Er musste sich am Geländer festhalten, um nicht zu schwanken. Unter ihm lag ein Meer aus steinernen Körpern. Die Gargoyles standen auf dem Platz vor dem Dorn, in den Straßenzügen rings herum, sogar auf den Häuserdächern und den Mauern der Ruinen. Es war, als hätte jemand erkaltete Lava in die Stadt gegossen, aber in diesen Körpern steckte Leben. Tausend schwarze Augen sahen zu ihm auf, und als er die Klaue hob, rissen die Gargoyles die Fäuste in die Luft und brachen in ohrenbetäubenden Jubel aus. Noch nie, das wusste er, hatte er aus steinernen Mündern solche Töne gehört – es war, als würden sie den Panzer um ihre Gefühle sprengen und sie als bunte Schmetterlinge in die Freiheit entlassen. Ihre Schreie drangen ihm ins Mark, dass er meinte, er müsste in diesem Augenblick auch ohne Schwingen fliegen können.

Wie lange war es her, dass Blut und zerfetztes Fleisch in diesen Straßen gelegen hatten? Wie lange hatten sich ängstliche Bewohner in ihren Häusern verschanzt? Mochte Ghrogonia ein Saurierskelett sein, wie er in Thyros gedacht hatte – mochte diese Stadt irgendwann nichts mehr sein als verfallene Häuser ohne Dächer und Schindeln. Immer aber würde er an dieses Bild zurückdenken, und jeder Stein, jeder Kiesel würde sich an diesen Augenblick erinnern. Und wenn dann einmal in Hunderten von Jahren ein Wesen in die Trümmer hinabsteigen sollte, würde er sie noch immer fühlen – die Schreie der Gargoyles, als sie ihre Freiheit zurückerlangten.

»Ghrogonier!«, brüllte Grim. Seine Stimme rollte über ihre Köpfe hinweg und vermengte sich mit ihren Schreien zu einem fulminanten Konzert des Triumphs. Dreimal musste er sie rufen, ehe sie sich beruhigen wollten, und immer wieder wurde er von ekstatischen Zwischenrufen unterbrochen.

»Ich bin kein guter Redner«, rief er und erntete begeisterte Pfiffe. »Es ist viel passiert, und die Historienschreiber werden alle Hände voll zu tun haben, um die Ereignisse aufzuzeichnen, mit denen wir uns in letzter Zeit herumschlagen mussten. Ich bin dafür nicht geschaffen. Das ist Sache der Dichter und Denker.

Aber eines will ich euch doch sagen.« Er holte tief Atem. Dann riss er beide Arme in die Luft und brüllte, so laut er konnte: »Wir haben gesiegt!« Der anschließende Jubel fegte ihm das steinerne Haar aus dem Gesicht. »Jetzt wird eine neue Zeit anbrechen. Gemeinsam werden wir die Stadt wieder aufbauen, wir werden …«

Er brach ab, denn in diesem Moment schob sich etwas durch die Menge. Er sah, dass es Hybriden waren – die sogenannten Rebellen, die ihn bei seinem Kampf unterstützt hatten. Sie waren an Händen und Füßen gefesselt, und auf ihren Stirnen prangten schwarze Kreidezeichen. Dunkel gekleidete Gargoyles trieben sie durch die Menge, sie schlugen sie mit Stangen aus Eisen. Schrille Pfiffe erklangen, faulendes Obst flog durch die Luft. Grim spürte, wie ihm das Blut aus dem Kopf wich.

»Seid ihr wahnsinnig?«, brüllte er so laut, dass zwei Häuserruinen unter dem Donner seiner Stimme nachgaben und polternd einstürzten. Die Menge erstarrte in ihren Bewegungen. Wie ein Mann wandten sie die Köpfe und schauten zu ihm auf. Er krallte seine rechte Klaue in die Brüstung, dass Steine splitterten und den Turm hinabfielen, und deutete mit der linken auf die Gefangenen. »Was, zur Hölle noch eins, tut ihr da?«

Zögernd trat einer der schwarz gewandeten Gargoyles vor, der die Hybriden mit einer Eisenstange in Schach hielt. »Es sind Hybriden, Herr«, sagte er wie selbstverständlich. Sofort erklangen wütende Schreie, wieder flog etwas durch die Luft. Mit dumpfem Geräusch traf es einen der Gefangenen an der Schläfe. Mia schrie auf, und Grim erkannte ihn wieder: Es war der junge Mann, der Mia im Kampf gegen Seraphin beigestanden hatte. Jetzt hatten die Gargoyles auch Mia bemerkt und verfielen in aufgebrachtes Kreischen.

»Ein Mensch!«, schrie der Gargoyle mit der Eisenstange und

bekam einen puterroten Kopf. »Ein Mensch in Ghrogonia! Die Mutanten haben wir davongejagt und jetzt das! Tod! Tod den Eindringlingen! Das Böse steckt in ihnen! Wir müssen sie vernichten!«

Da breitete Grim die Schwingen aus, schoss hoch in die Luft und schlug über den Köpfen der Menge die Hände zusammen. Donnernd fielen Funken auf die Gargoyles nieder und verbrannten ihnen die steinerne Haut. Mit gezielten Blitzen schmolz er die Fesseln der Hybriden und brannte einen Kreis um sie herum, vor dem die Gargoyles zurückwichen.

»Ihr!«, rief er und raste dicht über die Umstehenden hinweg, dass sie erschrocken die Köpfe einzogen. Mit rauschendem Schwingenschlag landete er in ihrer Mitte auf dem Podest, das Thoron für seine Hinrichtungen genutzt hatte. Wütend schaute Grim in die Menge, die geballten Klauen in die Hüfte gestemmt. »Diese Hybriden haben ihr Leben für euch riskiert«, rief er außer sich. »Trotz des Hasses, der ihnen seit dem Anbeginn der Zeit entgegenschlägt, trotz der dummdreisten Ignoranz, die sie in unserer hochwohlgeborenen Gesellschaft ertragen mussten, haben sie für euch gekämpft, sind sie für euch gestorben, während ihr blind und willenlos herumgestanden habt und für Seraphin von Athen durch die Nacht geflogen seid, um euch selbst zu entleiben!«

Auf einmal hörte er Hels Stimme neben seinem Ohr. *Du bist ein Kind des Feuers – des Wandels – der Veränderung, und du kannst die Flamme weitergeben, wenn sie lichterloh in dir brennt.* Die Gargoyles starrten ihn an, und zum ersten Mal sah er den Funken der Sehnsucht in ihren Augen, der einst in allen Angehörigen des Gargoylevolks gewohnt hatte: das Zeichen des Feuers.

Er ließ die Arme sinken. »Und blind seid ihr immer noch!

Seht euch doch um! Erkennt ihr nicht, wohin Neid und Hass uns geführt haben? Systematisch haben Herrscher wie Thoron unsere Gedanken vergiftet und ihren eigenen Neid und ihre eigene Furcht in uns gepflanzt. Und wir haben ihnen nur zu gern geglaubt. Seit Jahrhunderten haben wir in unserem Kokon aus Angst gelebt!«

Da reckte ein Gargoyle mit langem Bart den Hals. »Aber Thoron war unser König! Er hat uns durch viele Kriege geführt! Ohne ihn wären wir von den Korpartharen vernichtet worden!«

Zustimmendes Gemurmel erklang, doch Grim achtete nicht darauf. Er trat einen Schritt vor. »Thorons Glanzzeit ist schon seit Jahrhunderten vorbei gewesen! Er verfolgte die Hybriden wie kein Zweiter, und warum? Weil er sie beneidete. Ja, das ist die Wahrheit! Er neidete ihnen ihre Fähigkeit zu träumen! In ihnen sah er das Wesen der Gargoyles vervollkommnet – sich selbst erkannte er als minderwertig. So verfolgte er die Hybriden unter dem Deckmantel der Inquisition und machte uns glauben, dass alle Hybriden uns Böses wollten! Ja, es gibt welche unter ihnen, die genau das vorhatten – in Seraphin haben wir es selbst erlebt. Aber das Böse wohnt nicht in einem Volk, in einer Rasse oder in unserem Blut! Es steckt in uns allen! Wisst ihr, was er in seinem Palast tat, unser ehrenwerter, hochangesehener König?« Er wartete einen Augenblick, bis es ganz still geworden war. »Er hat sich Menschen gehalten und ihnen die Träume geraubt, immer und immer wieder, bis er den Verstand verloren hat! Er, der immer Mäßigung predigte, ist seiner Gier verfallen! Am Ende war er nichts als ein alternder Gargoyle, der sich in seinem Wahnsinn und in seiner Verzweiflung das Herz aus der Brust gerissen hat!« Laute des Entsetzens drangen zu ihm herauf. »Früher war das Volk der Gargoyles stark und strahlend, und Ghrogonia war die Stadt aller! Warum muss das Vergangenheit sein? Ich kenne eure Ängste. Aber wollt ihr wirklich auf ewig in diesem steinernen Sarg liegen, gelähmt von Hass, Neid und Angst, bis ans Ende aller Zeit?«

Mit kräftigen Flügelschlägen kehrte er auf den Balkon zurück. Er sah sie an, einen nach dem anderen, und obwohl er nur die ersten Reihen deutlich erkennen konnte, fühlte er den Herzschlag jedes einzelnen Gargoyles auf dem Platz. »Ich habe euch gerettet!«, rief er. »Aber ich bin noch lange nicht am Ende. Die Stadt liegt in Trümmern, es ist unsere Aufgabe, sie wieder aufzubauen. Ghrogonia soll in neuem Glanz erblühen – und ich werde dafür sorgen. Folgt mir in eine neue Zeit – und in eine neue Welt.« Er deutete auf die Hybriden und legte Mia die freie Klaue auf die Schulter. »Ohne dieses Mädchen hätte ich Seraphin niemals besiegen können. Sie hat mir das Zepter der Menschen überlassen – um euch zu retten! Gnome, Kobolde und Waldschrate standen in dieser Schlacht auf eurer Seite – und andere Wesen, die es in euren Augen bisher nicht einmal wert waren, auf euren sauberen Plätzen zu sitzen! Und die Hybriden haben für euch gekämpft – das ist ein Beweis dafür, dass es niemals in ihrer Absicht lag, die Gargoyles zu vernichten. Sie wollten einfach nur in Frieden leben – wie ihr alle!« Er holte tief Atem. »Wenn ihr sie weiter hassen wollt, grundlos und ohne Verstand – dann müsst ihr auch mich hassen, mich, euren Retter – denn ich bin einer von ihnen.«

Keiner der Gargoyles rührte sich, als er Hybridgestalt annahm. Er legte beide Hände auf die Brüstung. »Wollt ihr mir folgen?«

Sie schauten ihn an, als hätte er sie geschlagen, und für einen Augenblick meinte er, allein hinter einer gläsernen Wand zu stehen, auf ewig von ihnen getrennt. Da sprang ein Gargoyle aus der Menge, eilte die Basilika hinauf und landete hoheitsvoll auf der zerbrochenen Statue der OGP. Es war ein Löwe mit dichter Mähne und flammendem, steinernen Fell. Stolz hob er den Kopf. »Ich bin ein Gargoyle«, rief Mourier, denn niemand anderes war es. »Und wenn es einen gibt, dem ich mein Leben anvertraue – dann ist es der Hybrid dort oben auf dem Schwarzen Dorn. Grim, du Kind der Hölle! Ich folge dir!«

Seine Worte brandeten gegen die umstehenden Häuser, und ehe der letzte Ton verklungen war, brachen die Gargoyles in Jubel aus. Grim sah die Begeisterung in ihren Augen, er fühlte das Steinblut, das auch in seinen Adern floss.

»Ghrogonier«, brüllte er, und seine Stimme überschlug sich vor Freude. »Für eine neue Welt!«

Kapitel 66

Keine Angst.« Mia nahm die Hand ihrer Mutter und legte sie auf den Sattel. »Dir wird nichts passieren. Aber nimm nicht die Augenbinde ab. Das verdirbt die Überraschung.«

Sie wandte sich um und stellte befriedigt fest, dass Josi ruhig mit verbundenen Augen auf dem Rücken des Esels saß. Vor ihr hockte Falifar, Remis hatte es sich auf der Schulter ihrer Mutter bequem gemacht. Er zwinkerte Mia aufgeregt zu.

»Du weißt, dass ich Überraschungen nicht ausstehen kann«, sagte ihre Mutter seufzend. »Zumindest dann nicht, wenn ich mit verbundenen Augen Zug fahren muss. Und was war das überhaupt für ein wackeliger Waggon, in den du uns verfrachtet hast? Ich dachte, mein Magen dreht sich um, so ist er hin und her geschaukelt!«

Mia musste lachen. »Das wirst du bald erfahren«, sagte sie nur. Dann kletterte sie hinter ihrer Mutter auf den Esel. »Los!«

Mit einem Satz sprangen die Esel in die Luft, und gleichzeitig rissen Falifar und Remis den Frauen die Augenbinden ab. Josi lachte auf, und Mias Mutter stieß einen Schrei aus. Ghrogonia lag unter ihnen – die dunklen Häuser, die Ruinen, die, von Gerüsten umgeben, von Gargoyles, Hybriden und Mutanten wieder aufgebaut wurden, der Schwarze Dorn und die ganze wundervolle Stadt, die im Augenblick von unzähligen Wesen nur so wimmelte. Girlanden hingen über den Straßenzügen, leuchtende Ballons flogen über den Dächern, und auf den größeren Plätzen standen festlich geschmückte Tische mit köstlichen Speisen. Musik klang durch die Straßen, überall wurde getanzt und gelacht. Ghrogonia feierte seine Auferstehung und ein Geruch von Frühling lag in der Luft, ein Duft von Aufbruch und neuer Zeit.

Mia wusste, dass Josi und ihre Mutter nicht dasselbe sahen wie sie. Der Zauber des Vergessens verhüllte ihnen die wahre Gestalt der Wesen, die ihnen begegneten. Doch Josi hatte Tränen in den Augen, und Mia las im Gesicht ihrer Mutter, dass auch sie Ghrogonias Wunder fühlte – ohne sie zu sehen.

Sie legte den Kopf auf die freie Schulter ihrer Mutter. »Lucas und Jakob haben recht gehabt«, sagte sie. »Die Anderwelt – sie existiert. Noch kannst du nicht sehen, wie ihre Geschöpfe in Wahrheit aussehen – aber du kannst sehen, dass sie da sind. Und vor allem kannst du es fühlen!«

Wie aufs Stichwort stürzte sich ihr Esel in einen rasanten Looping. Ihre Mutter schrie und krallte sich lachend in seiner Mähne fest. Sie flogen durch den neu bepflanzten Wald der Cylaster, drehten eine Runde um die Basilika, preschten in wildem Zickzack durch die kleinen Gässchen und landeten schließlich in einer dunklen Straße vor einem Haus mit hölzerner, ein wenig schiefer Tür. Josi sprang von ihrem Esel, als wäre sie ein junges Mädchen. Ihre Wangen waren ganz rot vor Aufregung, und Falifar quasselte in einem fort auf sie ein. Offenbar kannte er sich ausgezeichnet mit der ghrogonischen Architektur aus, denn er erzählte ihr ausgiebig von den Spitzgiebeln, die in dieser Straße vorherrschten.

Mia half ihrer Mutter beim Absteigen, die kalkweiß im Gesicht war. Langsam ging sie die Straße hinab, bückte sich und berührte die schwarzen Pflastersteine. Sie sah sich um wie in einem Traum, aber auf ihrem Gesicht lag eine Ruhe, die Mia nur von den alten Fotos her kannte – den Fotos aus jener Zeit, als Lucas noch lebendig gewesen war. Sie sah Mia an.

»Er ist hier gewesen, nicht wahr?«, fragte sie leise. »Ich kenne diese Straße, er hat sie oft gemalt, und die Häuser …« Sie stockte, und Mia sah, dass sie Tränen in den Augen hatte. »Und ich habe von alldem nichts gewusst. Er war hier und hat mir nichts davon erzählen können. Er muss so einsam gewesen sein, Mia, so schrecklich einsam.«

Mia ging zu ihr und nahm ihre Hand. Die Steine unter ihren Füßen waren warm, fast schien es, als würden sie sie trösten wollen. »Er hat diese Stadt geliebt«, sagte sie. »Er hat auch die Welt der Menschen geliebt und darunter gelitten, dass beide voneinander getrennt sind und er allein dazwischenstand. Aber mehr als all das hat er uns geliebt, Mama. Ich weiß, dass du daran zweifelst, auch wenn du nie darüber sprichst. Aber es ist die Wahrheit. Er war allein hier unten – aber er ist niemals einsam gewesen. Immer waren wir in seinen Gedanken, und wenn er uns verlassen hat, dann nicht, weil er uns nicht geliebt hat – sondern weil er sich selbst nicht mehr lieben konnte.« Sie zog ihre Mutter zu der hölzernen Tür und sah ihr in die Augen. »Lucas hätte gewollt, dass du das hier siehst. Aber in Wahrheit bist du nicht zum ersten Mal hier. Du warst es jedes Mal, wenn er an diesem Ort war – in seinen Gedanken.«

Damit ließ sie die Hand ihrer Mutter los und klopfte an die Tür. Für einen Moment war es still. Dann begann es im Inneren des Hauses zu rumpeln. Knarrend zogen sich Riegel von der Tür zurück, ehe sie mit einem Ruck geöffnet wurde.

Vor ihnen stand ein Gnom. Er lächelte verlegen, als er eine Verbeugung machte.

»Willkommen«, sagte Vraternius und reichte Mias Mutter seinen Arm. »Ich habe schon viel von Ihnen gehört.«

Kapitel 67

Die Lichter der Ballons fielen auf Grims Gesicht und ließen ihn lächeln. Er saß neben Mourier am Kopfende einer langen Tafel vor dem Schwarzen Dorn und konnte kaum glauben, dass vor wenigen Tagen auf demselben Boden blutige Kämpfe stattgefunden hatten. Jetzt saßen Mutanten an seinem Tisch, Hybriden, Kobolde, Gnome – und Gargoyles, vermischt mit den Wesen der Anderwelt, als wäre das schon immer eine Selbstverständlichkeit gewesen. Kronk und Walli waren mit jungen Schattenflüglern ins Gespräch vertieft, die wie gebannt an den Lippen der Krieger hingen. Selbst die Vampire waren zu dem Freudenfest Ghrogonias gekommen, und auch wenn sie ihre eigenen Getränke mitgebracht und in üblicher elitärer Weise an einem Extratisch Platz genommen hatten, fing Grim immer wieder anerkennende Blicke auf. Lyskian hob sein Glas auf sein Wohl und lächelte in alter Freundschaft.

Mit tosendem Applaus wurde die Choreographie eingeleitet, die Bocus mit einigen Mitgliedern des Clans der Sputatores einstudiert hatte und die immer wieder in der Mitte der Tafel aufgeführt wurde. Sie bildeten eine bewegte Pyramide, auf der Bocus – als einziger Feuerspucker unter den Wasserspeiern – ganz oben thronte und einen funkensprühenden Drachen in den Himmel Ghrogonias spie. Klara und Fibi pfiffen ausgelassen durch die Zähne, als Bocus sich hoheitsvoll verbeugte, und Karphyr überreichte ihm freudestrahlend einen selbst gezüchteten Zierkürbis.

Die Funken des Feuerdrachen rieselten mit kristallenem Klirren auf die Umsitzenden nieder. Nachdenklich schaute Grim ihnen hinterher, wie sie in glühenden Bändern durch die Nacht flogen und schließlich erloschen. Aus irgendeinem Grund war ihm philosophisch zumute, und eine merkwürdige Schwermut ließ ihn seufzen. Dabei hatte er wirklich keinen Grund zu irgendwelchen melancholischen Verspannungen. Er hatte Seraphin besiegt, er war ein Held, Ghrogonia erstrahlte in neuem Glanz, und er hatte Mia gefunden. Ihr Name zauberte ein Lächeln auf seine Lippen. Ja, die Welt würde sich ändern, das war unausweichlich – es hatte schon längst begonnen. Noch vor wenigen Tagen hätten die Gargoyles sich eher eine Hand abgeschlagen, als auch nur mit einem Hybriden auf einer Augenhöhe zu reden – und nun wollten sie einen als ihren König einsetzen. Grim fuhr sich über die Augen. Niemals hätte er sich das träumen lassen – er, der künftige König Ghrogonias!

»Du machst ein Gesicht wie zehn Tage Regenwetter«, sagte Remis mit vollem Mund. Er hockte vor Grim auf dem Tisch, angelehnt an eine dicke Weinflasche, und stopfte sich eine Blaubeere nach der anderen in den Mund, ohne sie zu kauen. Es hätte Grim nicht gewundert, wenn der Kobold kleine Beulen im Bauch bekommen hätte von den Früchten.

»Ich hasse es, wenn du Redewendungen der Menschen benutzt«, grollte Grim, aber Remis lachte nur.

»Ich weiß«, sagte er grinsend. »Deswegen mache ich es ja. Und außerdem musst du gerade reden. Du weißt doch …«

»… wer im Glashaus sitzt, sollte nicht mit Steinen werfen?« Grim lächelte. »Ja, ja. Ich weiß.«

Neben ihm wurde ein Stuhl zurückgezogen, und Mourier ließ sich an der Tafel nieder. Seine Wangen waren gerötet, denn er hatte gegen seine Gewohnheit Wein getrunken, und auf seinen Lippen lag ein seliger Ausdruck. Lächelnd lehnte er sich zu Grim herüber und hauchte ihm seinen Atem ins Gesicht. »Ein schöner Abend, hm?«, sagte er gedehnt. »Wer hätte gedacht, dass alles so ausgehen würde. Und diese Pyramide, die Bocus mit seiner Truppe da auf die Beine gestellt hat – famos, ganz, ganz famos, muss ich sagen!«

Grim hörte ihm zu, aber er achtete kaum auf die Worte des Löwen. Eine Erkenntnis stieg in ihm auf wie eine riesige Seifenblase kurz vor dem Platzen. Er wollte kein König sein. Er hatte das nie gewollt. Er war ein Schattenflügler, verflucht noch eins, nicht weniger, aber auch nicht mehr. Was sollte er auf einem Thron irgendwo ganz oben! Er wollte auf regennassen Dächern sitzen und stundenlang auf irgendwelche Sterblichen warten, wie er es immer schon getan hatte – und darauf hoffen, dass eines Tages die Zeit käme, da sie gelernt hatten, ihn zu sehen. Er zog die Brauen zusammen. Aber Ghrogonia brauchte einen König. Jemanden, der die frisch geborene Hoffnung nicht erstickte, jemanden mit Leidenschaft und Tatkraft, einen, der sich nicht fürchtete, auch mal in den Schlamm hinabzusteigen, wenn es seinem Volk diente. Ein verstohlenes Grinsen schlich sich auf sein Gesicht, als er den Kopf wandte und Mourier ansah. Der Löwe hielt ein Weinglas zwischen den Krallen und redete vor sich hin.

»… wie damals«, sagte er gerade. »Ist das nicht ganz wunderbar? Der Senat wird seine Pforten öffnen und nicht mehr nur

Gargoyles, sondern auch andere Wesen in seine Reihen aufnehmen, wie es vor Hunderten von Jahren schon einmal war. Und ihm wird der König vorstehen, du wirst …«

Da merkte er, dass Grim ihn ansah. Verwirrt brach er ab. »Ist was?«

Grim musste lächeln. »Ich werde gar nichts«, sagte er. »Ich bin kein König, Mourier. Das bin ich noch nie gewesen. Aber ich kenne jemanden, für den dieses Amt wie geschaffen ist.«

Für einen Moment starrte ihn der Löwe mit überwältigendem Unverständnis an. Dann begriff er und bekam kreisrunde Augen. Er schüttete sich den restlichen Wein in den Rachen und stellte das Glas so heftig ab, dass der Stiel zerbrach. »Du meinst …«, sagte er und zwinkerte, als wäre ihm etwas ins Auge gekommen. »Du denkst, dass … dass … ich …« Das letzte Wort war kaum mehr als ein Flüstern.

Grim nickte langsam. »Diese Stadt braucht einen König, der sein Amt liebt. Das Volk wird dir folgen – es kennt dich als Vorsitzenden der OGP und weiß von deinen Taten in dem Kampf, den wir zusammen durchgestanden haben. Ghrogonia braucht einen Helden – einen Drachentöter.«

Da flammte es in Mouriers Augen auf, als hätte er eine Leuchtboje verschluckt. Er lächelte verlegen. »Vermutlich wäre es eine gute Idee, wenn der neue Vorsitzende der OGP dem neuen König Ghrogonias mit Rat und Tat zur Seite stünde«, sagte er leise. Jede Trunkenheit war aus seiner Stimme gewichen.

Grim wandte den Blick, ein Lächeln glitt über sein Gesicht. »Das ließe sich einrichten.«

Der Löwe erwiderte sein Lächeln, und für einen Moment konnte Grim sich an keine einzige Situation erinnern, in der er über Mourier gelacht oder ihn zum Idioten erklärt hatte. Vor ihm saß der Löwe, der den Lindwurm zur Strecke gebracht hatte. Wie hatte er jemals daran zweifeln können?

Eine Weile war es still. Grim ließ die Lichter der Ballons über sein Gesicht tanzen. Das beklemmende Gefühl in seinem Inneren war verschwunden. Morgen würde es vielleicht, nein, ganz sicher wieder neue Probleme geben, neue Schicksalsschläge und neue Dramen. Aber heute Nacht – heute Nacht war alles gut. Mourier würde der neue König Ghrogonias werden – vielleicht mit mehr Würde, als er Polizeipräsident gewesen war. Und er selbst würde der OGP vorstehen – und endlich Ordnung in den Laden bringen. Seine ganz eigene Ordnung selbstverständlich.

Der Löwe seufzte neben ihm. »Ich würde sagen: Violett.«

Grim warf ihm einen fragenden Blick zu.

Mourier sah ihn an, als wäre seine Feststellung vollkommen eindeutig gewesen. »Na, für deine Uniform. Als offizieller Vorsitzender der OGP kannst du diesen alten Schlabbermantel an den Nagel hängen.« Er warf einen schwärmerischen Blick hinauf zu den bunten Ballons. »Oder doch lieber Lavendel? Hach, das ist eine so bezaubernde Farbe, mein Lieber, du wirst phantastisch aussehen, und die Pyramide …«

An dieser Stelle blendete Grim Mouriers Stimme aus und seufzte ergeben. Remis schaute von einem zum anderen. Dann warf er Grim einen Blick zu und grinste mit vollem Mund übers ganze Gesicht. Grim lehnte den Kopf zurück und lächelte. Manche Dinge änderten sich nie.

So viel stand fest.

FINIS

Jacqueline Carey

Elegie an die Nacht

Der Herr der Dunkelheit

Roman

Die Suche nach dem magischen Dolch!

Als der rote Stern über der Welt Urulat aufgeht, versucht der Zauberer Malthus die Omen zu deuten, und mitten in der Wüste wird ein Kind geboren, das das Schicksalsmal trägt. Zugleich fällt der Schatten des mächtigen Satoris auf die Welt, der in seiner Festung Finsterlicht eine gewaltige Armee aufgestellt hat. Zusammen mit der Zauberin des Ostens will er Urulat erobern. Eine Gruppe von Tapferen macht sich auf den Weg, um einen magischen Dolch zu suchen – das einzige Mittel, die Kräfte des Bösen aufzuhalten …

»Ein wunderbar erzähltes Epos voller bewegender Figuren, die man nicht mehr vergessen wird.« *Fantastic Fiction*

600 Seiten, broschiert, Trade Paperback mit Klappenbroschur
€ 15,95 [D]
ISBN 978-3-8025-8218-0

Bernd Perplies

Tarean

Sohn des Fluchbringers

Roman

Ein Junge stellt sich den Mächten des Bösen

Vor sechzehn Jahren wurden die Freien Reiche des Westens vom Heer des Hexenmeisters Calvas überrannt. Bei dem Versuch, den Hexenmeister aufzuhalten, machte sich der Ritter Anreon von Agialon unwissentlich zu dessen Komplizen. Anreons Sohn, der junge Tarean, wünscht sich nichts sehnlicher, als den Namen seines verstorbenen Vaters reinwaschen zu können. Bewaffnet mit dem magischen Schwert Anreons, zieht Tarean aus, um das Land von der Herrschaft des grausamen Hexenmeisters zu befreien …

»Kopfkino vom Feinsten!« *Steffis-Buecherkiste.de*

352 Seiten, Trade Paperback
€ 12,95 [D]
ISBN 978-3-8025-8180-9